카라마조프가의 형제들 1

Братья Карамазовы

세계문학전집 154

카라마조프가의 형제들 1

Братья Карамазовы

표도르 도스토옙스키

김연경 옮김

민음사

안나 그리고리예브나 도스토옙스카야*에게 바친다

내가 진실로 진실로 너희에게 말한다.
밀알 하나가 땅에 떨어져 죽지 않으면 한 알 그대로 남고,
죽으면 많은 열매를 맺는다.

(요한복음서 12 : 24)

* 도스토옙스키의 두 번째 아내로 『회상록』을 남겼다.

일러두기

1. 번역 대본은 나우카 판(아카데미 판) 도스토옙스키 전집(1972~1990. 전 30권) 14, 15권에 수록된 Братья Карамазовы이며, 영역본 The Brothers Karamazov(C. Garnett 번역, Penguin Books, 1980: D. McDuff 번역, Penguin Putnam Inc. 2003), 불역본 Les Frères Karamazov(H. Mongault 번역, Gallimard, 1994), 기존의 국역본 『카라마조프의 형제』(김학수 번역, 범우사, 1989) 등을 참조했다.

2. 러시아어 고유 명사의 한글 표기는 국립국어원 외래어표기법을 따르는 것을 원칙으로 하되, 발음상의 편의를 위해 구개음화 적용(미챠, 카체리나, 스메르쟈코프 등)을 비롯한 몇몇 예외를 두었다. .

3. 작품 속에서 인용, 변주되는 성경 텍스트는 『성경』(한국 천주교 주교회의, 2006, 2쇄) 및 러시아어판 『성경』(모스크바, 러시아 성경 공동체, 2001)을 토대로 하여 옮겼다.

차례

3장 호색한들

2부

4장 파열들

주요 등장인물

표도르 파블로비치 카라마조프 이기적이고 탐욕스러운 중년의 지주
아젤라이다 이바노브나 미우소바 표도르의 첫 번째 아내이자 드미트리의 어머니
소피야 이바노브나 표도르의 두 번째 아내이자 이반과 알렉세이의 어머니
드미트리(미챠, 미첸카, 미치카, 미트리) 표도르의 장남
이반(바냐, 바네치카, 반카) 표도르의 차남
알렉세이(알료샤, 료샤, 알료셰치카, 알료셴카, 알료쉬카) 표도르의 삼남
파벨 표도로비치 스메르쟈코프 표도르의 사생아로서 하인 겸 요리사
리자베타 스메르쟈쉬야 마을의 백치 여인으로 스메르쟈코프의 어머니
그리고리 바실리예비치 표도르의 하인
마르파 이그나치예브나 그리고리의 아내
카체리나(카챠, 카첸카, 카치카) 이바노브나 베르호프체바 드미트리의 약혼녀
그루셴카(그루샤) 아그라페나 알렉산드로브나 스베틀로바 과거 삼소노프의 정부(情婦)이자 사업가
조시마(지노비이) 이 도시 수도원의 장로
미하일(미샤) 라키친(라키트카, 라키투쉬카) 알렉세이의 동료 신학생
카체리나 오시포브나 호흘라코바 젊고 부유한 미망인
리자(리즈) 호흘라코바의 딸
쿠지마 쿠지미치 삼소노프 이 도시의 거상(巨商)
이폴리트 키릴로비치 이 도시의 검사
페츄코비치 페테르부르크에서 초빙된 변호사
니콜라이 일리치 스네기료프 퇴역한 2등 대위
일류샤(일류셰치카) 스네기료프의 아들
니콜라이(콜랴) 크라소트킨 일류샤의 친구

작가로부터

나의 주인공 알렉세이 표도로비치 카라마조프의 전기를 시작함에 있어 나는 다소간 의혹에 빠져 있다. 그것은 다름 아니라 내가 비록 알렉세이 표도로비치를 나의 주인공이라 부르고 있긴 하지만, 그럼에도 그가 전혀 위대한 사람이 아니라는 것을 나 자신이 잘 알고 있는 까닭에, 다음과 같은 종류의 질문들이 불가피하게 튀어나올 것임이 미리부터 훤히 보이기 때문이다. 즉, 당신의 주인공 알렉세이 표도로비치가 무엇 때문에 그렇게 뛰어나단 말인가, 당신은 왜 그를 주인공으로 골랐는가? 그가 무슨 그럴듯한 일을 했단 말인가? 누구에게 무엇으로 유명하단 말인가? 독자인 내가 왜 그의 인생의 사실들을 연구하는 데 시간을 낭비해야 한단 말인가?

마지막 질문이 가장 치명적인 것인데, 왜냐면 그저 '아마 소설을 읽다 보면 직접 보게 될 거다.'라고 대답할 수밖에 없기 때문이다. 자, 그런데 소설을 다 읽고 나서도 그게 보이지 않는다면, 나의 알렉세이 표도로비치가 뛰어나다는 것에 동의할 수 없다면 어쩔 것인가? 내가 이런 말을 하는 것은 안타깝게도 그럴 거라는 것이 훤히 보이기 때문이다. 나에게 있어서는 뛰어난 인물이지만, 이것을 독자에게 증명할 수 있을지는 대단히 의심스럽다. 문제는 이 인물이 활동가이긴 하되 애매하고 모호한 활동가라는 사실이다. 하지만 요즘과 같은 시대에 사람들에게 분명함을 요구하는 것이 이상할지도 모르겠다. 그래도 한 가지만은 꽤 분명한 듯하다. 즉, 이 인물이 이상한 사람, 심지어 괴짜라는 점 말이다. 하지만 이상함과 괴짜다움은 사람들의 주목을 끌기보다는 오히려 차라리 해를 끼치는 법이니, 특히나 다른 부분들을 통합하여 총체적인 혼란 속에서 아무거나 보편적 의미를 발견하려고 노력할 때는 더더욱 그러하다. 괴짜라는 것은 대부분의 경우 부분적이고 특수한 현상이다. 그렇지 않은가?

그런데 만약 여러분이 이 마지막 명제에 동의하지 못하고 '그렇지 않다.' 혹은 '언제나 그런 건 아니다.'라고 대답한다면, 나는 나의 주인공 알렉세이 표도로비치의 의의에 관해 용기를 얻을 듯하다. 왜냐면 괴짜란 '언제나' 부분적이고 특수한 현상인 것은 '아닐'뿐더러 오히려 바로 그가 이따금씩은 자신의 내부에 전체의 핵심을 담지하고 있기 때문이며—고로 그의 시대의 나머지 사람들은 모두 어떤 거센 돌풍으로 인해 왠지 잠깐 동안 그에게서 떨어져 나가 버린 데 지나지 않기 때문이다…….

그럼에도, 참으로 재미없고 희뿌연 해명 따위는 늘어놓지 말고 서문도 없이 대뜸 그냥 시작하는 편이 나았을지도 모른다. 마음에 든다면—그냥 그렇게 다 읽어 줄 테니까. 하지만 정말 큰 문제는 나의 이 전기는 하나이지만 소설은 두 편이라는 데 있다.[1] 주된 소설은 두 번째 것으로서—그것은 이미 우리 시대에, 바로 우리의 지금 이 현재 순간에 이른 내 주인공의 활동을 다룰 것이다. 첫 번째 소설은 십삼 년 전에 일어난 일을 다루고 있기 때문에 거의 소설이라고 할 수 없고 그저 내 주인공의 청소년기의 한 순간을 포착하고 있을 따름이다. 그럼에도 이 첫 번째 소설이 없으면 안 되는데, 그렇게 되면 두 번째 소설 중 많은 것을 이해할 수 없을 것이기 때문이다. 그런데 그렇게 되면 나의 원래 고충은 좀 더 복잡해진다. 내가, 즉 전기 작가 자신이 이런 보잘것없고 애매모호한 주인공을 위해서는 한 편의 소설도 과분하다고 생각한다면, 두 편의 소설을 갖고 뭘 어쩌겠으며 나 자신의 이러한 오만 방자함을 무엇으로 설명할 것인가?

이런 문제들을 해결하느라 고심하면서도 나는 구태여 어떤 해결책도 찾지 않고 그냥 넘어가기로 결심하는 바이다. 물론, 형안이 있는 독자는 내가 아주 처음부터 이럴 생각이었음을 진작 알아차렸을 터이고, 따라서 무엇 하러 실없는 말들을 늘어놓아서 귀중한 시간을 낭비하느냐고 나에게 마냥 신경질

---

1) 따라서 본 소설은 작가의 기획에 의할 때 1부에 해당한다. 2부는 작가의 죽음으로 인해 쓰이지 못했지만 메모에 의하면 수도원을 나온 알료샤가 혁명가로 활약하는 내용을 담을 것이었다.

을 냈을 것이다. 이 점에 관해서라면 이제는 정확히 대답하도록 하겠다. 내가 실없는 말들을 늘어놓아서 귀중한 시간을 낭비한 것은, 첫째 예의상, 둘째 나름대로 머리를 굴려 보느라 그런 것이다. 어쨌거나 뭔가는 미리 알려 주지 않았느냐, 하는 식으로 말이다. 그나저나 나는 나의 소설이 '본질적으로 총체적인 통일성을 지닌 채' 저절로 두 개의 이야기로 갈라진 것을 심지어 기쁘게까지 생각하는 바이다. 첫 번째 이야기를 접하고 나면 그땐 이미 독자가 스스로 두 번째 이야기를 읽을 가치가 있는지 없는지를 결정하게 될 테니까 말이다. 물론 그 누구도 그 어디에도 얽매여 있지 않다. 첫 번째 이야기를 읽다가 두 페이지째부터 더 이상 열어 보지 않겠다는 생각으로 책을 내던질 수도 있는 노릇이다. 하지만 공정한 판단을 내리기 위해서 기필코 끝까지 완독하길 원하는 섬세한 독자들도 있다. 예를 들자면, 러시아의 비평가들이 전부 다 이렇다. 바로 이런 자들에 대해서라면 어쨌거나 마음이 좀 놓인다. 그들이 참으로 꼼꼼하고 성실함에도 불구하고, 어쨌거나 나는 소설의 첫 번째 에피소드가 진행되는 부분에서 곧바로 이 이야기를 던져 버릴 수 있는 가장 합법적인 핑곗거리를 제공하는 셈이니까. 자, 이로써 서문은 끝이다. 나는 서문이 쓸데없다는 사실에 전적으로 동의하지만, 기왕지사 쓰였으니 이대로 남겨 두도록 한다.

그럼 이제 본문으로 들어가자.

1부

1장

어느 집안의 역사

1 표도르 파블로비치 카라마조프

알렉세이 표도로비치 카라마조프는 우리 군(郡)[2]의 지주 표도르 파블로비치 카라마조프의 셋째 아들이었는데, 그의 아버지는 정확히 십삼 년 전 비극적이고 어두운 최후를 맞이했기 때문에(지금도 우리 도시에서는 회상하곤 할 만큼) 한때 대단한 유명세를 탔던바, 그의 최후에 대해서는 때가 되면 얘기를 하겠다. 지금 이 '지주'(비록 그가 자기 영지에서 살았던 적은 평생 동안 거의 없었지만 우리 도시에서는 이렇게 불렀다.)에 대해 말해 둘 것은 그저, 그가 상당히 자주 마주치긴 하더라도 이상한 유형, 그러니까 걸레같이 방탕할 뿐만 아니라 말이 통하

---

2) 군, 현 등은 19세기 당시 러시아의 행정 구역이다.

지 않는 멍청한 인간 유형—하지만 멍청하긴 해도 자신의 재산과 관련된 일만은 능수능란하게 처리할 줄 아는, 다만 오직 이런 일 하나만을 할 줄 아는 그런 족속에 속하는 유형이라는 점뿐이다. 표도르 파블로비치는 그 예로서, 거의 땡전 한 푼 없이 시작한 데다가 지주라고 해 봐야 가장 보잘것없는 수준이어서 남의 식탁을 이리저리 옮겨 다니며 식객 자리나 노리는 처지였지만, 최후를 맞이한 순간에 보니 10만 루블[3]이나 되는 돈을 현금으로 갖고 있었다. 동시에 그럼에도 불구하고 그는 평생 동안 줄곧, 우리 군을 통틀어서 아주 멍청하기 짝이 없는 미치광이이기도 했다. 다시금 반복하건대, 이것은 머리가 나빠서가 아니다. 오히려 이런 미치광이들은 대부분이 상당히 영리하고 교활할뿐더러—그러면서도 말도 통하지 않을 만큼 멍청한데 그건 어쩐지 러시아 민족 특유의 멍청함이었다.

그는 두 번 결혼해서 아들 셋을 두었다. 장남 드미트리 표도로비치는 첫 부인, 나머지 두 아들 이반과 알렉세이는 두 번째 부인의 소생이었다. 표도르 파블로비치의 첫 부인은, 역시나 우리 군의 지주였으며 상당히 부유하고 명망 있는 귀족이었던 미우소프 집안 출신이었다. 지참금이 딸려 있는 데다가 아름답고 더욱이 요즘 세대에는 제법 흔하지만 지난 세대에도 이미 더러 찾아볼 수 있었던 기민하고 영리한 부류에 속하는 아가씨가 어쩌다가, 그런 보잘것없는, 그 당시 그의 별명

3) 러시아의 화폐 단위.

대로 '푼수'에게 시집을 갈 수 있었는지에 대해서는 구태여 설명을 늘어놓지 않겠다. 심지어 내가 알기로 지난 '낭만적인' 세대에 속하는 한 처자는 몇 년 동안 어느 한 신사를 향해 수수께끼 같은 사랑을 키워 오던 중, 비록 언제라도 가장 조용한 방식으로 그에게 시집을 갈 수 있었건만 스스로 극복할 수 없는 장애물을 잔뜩 생각해 내서는 폭풍우 치는 밤에 절벽과 흡사한, 높은 강둑에서 상당히 깊고 물살이 빠른 강으로 몸을 던져 그렇게 죽어 버렸는데, 이는 그야말로 그녀 자신의 변덕 때문이었고, 오로지 셰익스피어의 오필리아[4]를 닮고 싶었기 때문이었다. 만약 그녀가 오래전부터 점찍어 놓고 아껴 온 이 절벽이 그다지 아름답지 않았더라면, 만약 그 자리에 그저 산문적이고 편편한 강둑이 있었더라면, 자살 따위는 아예 없었을 것이다. 이것은 실제로 있었던 사건이며, 우리 러시아의 삶에서는 최근 두 세대에 걸쳐 이런 사건들, 혹은 이와 유사한 사건들이 적지 않게 일어났음을 생각해야 한다. 아젤라이다 이바노브나 미우소바의 행동도 이와 같아서, 틀림없이 남이 불어넣은 바람의 메아리이자 사로잡혀 버린 사상의 초조한 반응에 지나지 않았을 터이다. 아마 그녀는 여성의 독립을 선언하고 사회적 세악 및 자신의 가문과 가족의 독재에 대항하고 싶었을 것이며, 사근사근한 환상에 사로잡힌 나머지 표도르 파블로비치가 식객이라는 처지에 있긴 하지만 어쨌거나 모든 최상의 것을 지향하는 과도기적 세기를 대변하는 극

4) 『햄릿』의 여주인공이며, 자살로 삶을 마감한다.

히 용감하면서도 극히 냉소적인 사람들 중 하나라고 비록 한 순간이나마 확신했을 수도 있지만, 실상 그는 그저 못된 광대에 불과했을 뿐, 그 이상은 아무것도 아니었다. 더욱이 정말로 짜릿한 것은 보쌈 결혼을 치렀다는 사실인데, 바로 이것이 아젤라이다 이바노브나를 아주 매혹시켰다. 한편 표도르 파블로비치는 자신의 사회적 처지를 보건대 그 당시 이와 같은 온갖 돌발 행동을 저지를 만반의 태세를 갖추고 있었다. 수단과 방법을 가리지 않고 자신의 출셋길을 닦고자 열렬하게 바라고 있던 차에, 좋은 가문에 빌붙고 지참금도 싹 챙기는 것은 아주 구미가 당기는 일이었으니 말이다. 상호간의 사랑이라면 ─ 그런 것은 약혼녀 쪽에서도, 표도르 파블로비치 쪽에서도 아젤라이다 이바노브나가 아름다웠음에도 불구하고 전혀 없었던 듯하다. 그러니까 이번 건은 어쩌면 표도르 파블로비치의 인생에서 나름대로 유일한 경우였는데, 그는 평생 동안 지독하게 여자를 밝히는 편이라서 여자가 손가락만 까딱해도 대번에 누구든 가리지 않고 아무 치맛자락에나 들러붙을 준비가 되어 있는 작자였으니 말이다. 하지만 오직 이 여자만은 육욕의 측면에서 볼 때 그에게 이렇다 할 특별한 인상을 불러일으키지 않았던 것이다.

아젤라이다 이바노브나는 보쌈 결혼이 있고 난 직후 자신이 남편을 그저 경멸하고 있을 뿐, 그 이상은 아무것도 아니라는 것을 금방 깨달았다. 이런 식으로 결혼은 굉장히 빨리 그 결과를 드러내고 말았다. 처가 측에서는 상당히 빨리 이 사건과 타협하여 도망간 딸에게 지참금을 떼 주었지만, 그럼에도 부부 사이에서는 가장 무질서한 생활과 영원한 소란이 시작되었다. 사람들 말로는 그래도 젊은 부인은 표도르 파블로비치와 비교가 안 될 만큼 점잖고 고상하게 굴었다고 한다. 이제 와서는 다 아는 얘기지만, 그는 그녀가 돈을 받기가 무섭게 즉각 2만 5000루블에 이르는 금액을 죄다 낚아채 버렸고, 때문에 그녀는 그 많은 돈을 그 시점부터 고스란히 물에 던져 버린 셈이었다. 마찬가지로 그녀가 지참금으로 받게 된 시골 마을, 또 시내에 있는 상당히 훌륭한 집도 어떤 적절한 절차를 통해 자기 명의로 옮기려고 오랜 시간 동안 안간힘을 썼다. 이렇게 그는 자기 아내에게 파렴치한 애원과 아첨을 늘어놓아서 그녀의 내부에 말하자면 그 자신에 대한 경멸과 혐오만을 불러일으킨 것만으로도, 그녀가 정신적으로 너무 지친 나머지 저 인간이 제발 그냥 떨어져 나갔으면 좋겠다는 마음이 들게 한 것만으로도 소기의 목적을 달성한 셈이었다. 하지만 다행스럽게도 아젤라이다 이바노브나의 집안이 직접 나서서 이 약탈자를 저지했다. 부부 사이에 심심찮게 주먹 다툼이 있었다는 것도 확실히 알려진 사실인데, 전설에 따르면 주먹질을 한 쪽은 표도르 파블로비치가 아니라 불같은 성미를 지닌 부인, 즉 얼굴색이 거무스름하고 용감무쌍하고 성질이 급하고 타고나길 남달리 힘이 셌던 아젤라이다 이바노브나였다고 한다. 결국 그녀는 세 살배기 미챠[5]를 표도르 파블로비치의 품에 남겨 둔 채, 가난에 찌든 신학교 출신 교사와 함께 표도르 파블로비치의 집을 내팽개

5) 드미트리의 애칭.

치고 도망쳐 버렸다. 표도르 파블로비치는 순식간에 집 안을 완전히 하렘으로 만들어서 몹시 방탕한 술판을 벌였다. 그 와중에도 막간을 이용해 거의 온 현(縣)을 돌면서 사람들을 하나하나 붙잡고 아젤라이다 이바노브나가 자기를 버렸다며 눈물을 질질 짜면서 하소연을 하곤 했는데, 뿐만 아니라 자신의 결혼 생활 중 남편으로서는 차마 입에 담기도 뭣할 만큼 부끄러운 이야기까지 미주알고주알 알려 주기도 했다. 무엇보다도, 모든 사람들 앞에서 모욕받은 남편이라는 우스꽝스러운 역할을 연기하되, 심지어 갖은 윤색을 해 가면서까지 자신의 모욕을 속속들이 묘사하는 것이 그에겐 유쾌하다 못해 커다란 낙이라도 되는 성싶었다. "표도르 파블로비치, 그렇게 슬픈 일을 당하고도 이렇게 신이 나다니, 무슨 벼슬이라도 받은 모양이죠?" 조롱꾼들은 그에게 이렇게 말하곤 했다. 심지어 많은 사람들이, 그가 새롭게 단장한 어릿광대 모습을 하고 나타나는 것을 좋아한 나머지 사람들에게 더 많은 웃음을 선사하기 위해 일부러 자신의 희극적인 처지를 알아채지 못하는 척한다고 덧붙이기도 했다. 하지만 누가 알겠는가, 그의 이런 행동에 정말로 순진한 구석이 있었는지도 모를 일이다. 결국 그는 도망간 부인의 행방을 알아내는 데 성공했다. 이 가엾은 여인은 페테르부르크에 있는 것으로 밝혀졌는데, 자신의 신학교 졸업생과 함께 그곳으로 간 뒤 가장 완벽한 해방을 만끽하고 있었던 것이다. 표도르 파블로비치는 그 즉시 부산을 떨면서 페테르부르크로 떠날 채비를 했지만—무엇을 위해서 떠나는 것일까?—그건 물론 그 자신도 몰랐다. 어쨌거나 정말로 그는 당장이라도 출발할 참이었다. 하지만 이런 결심을 하고 나자, 길을 떠나기에 앞서 기분을 북돋우기 위해 다시 한번 아주 질펀한 술판을 벌일 특권쯤은 있다는 생각이 들었다. 그런데 바로 그때 그녀가 페테르부르크에서 사망했다는 소식을 그의 처가 쪽은 받았던 것이다. 그녀는 어쩌다가 갑자기 어디 다락방에서 죽었다는데, 어떤 소문에 따르면 장티푸스 때문이라고도 하고—또 다른 소문에 따르면 굶어 죽은 것 같다고도 했다. 자기 부인의 사망 소식을 알게 됐을 때 표도르 파블로비치는 술에 취한 상태였다. 어떤 말에 따르면 그가 그렇게 거리로 뛰어나가 기쁨에 겨워 두 팔을 하늘로 뻗으면서 "이제야 해방되었노라."라고 외쳤다고 하고—또 다른 말에 따르면 어린아이처럼 목 놓아 엉엉 울었다고 하는데, 어찌나 심하게 울었으면, 비록 그를 엄청나게 혐오했음에도 불구하고, 차마 보기가 안쓰러울 정도였다는 것이다. 이도 저도 충분히 그럴 법한 얘기다. 즉 그는 자신의 해방에 기뻐함과 동시에 자신을 해방시켜 준 여인을 애도하며 울었던 것이니—모든 것이 함께 뒤섞였던 것이다. 대부분의 경우 사람들이란 심지어 악인들조차도 우리가 대략적으로 단정 짓는 것보다는 훨씬 더 순진하고 순박한 법이다. 이건 우리 자신도 마찬가지이다.

2 장남을 쫓아내다

물론 이런 인간이 어떤 양육자였으며 어떤 아버지였을지

는 충분히 상상할 수 있는 일이다. 아버지로서의 그에게는 응당 일어날 법한 일이 일어났다. 즉 그는 아젤라이다 이바노브나에게서 태어난 자기 아이를 아예, 완전히 내팽개쳤는데, 이는 아이에게 원한이 있어서도, 부부간에 무슨 모욕적인 감정이 있어서도 아니고 그저 아이의 존재를 깡그리 잊었기 때문이었다. 그가 눈물을 찔찔 짜며 하소연을 늘어놓아 모든 사람을 질리게 해 놓고서 자기 집을 방탕의 소굴로 바꿔 놓는 동안, 세 살배기 소년 미챠를 거둔 것은 이 집의 충직한 하인 그리고리였으니, 그때 그가 신경을 쓰지 않았다면 아마 어린아이의 속옷을 갈아입힐 사람조차 없었을 것이다. 게다가 어쩌다 보니 어린아이의 외가에서도 아이에 대해선 처음부터 잊어버린 듯했으니 말이다. 아이의 외할아버지, 즉 아젤라이다 이바노브나의 아버지인 미우소프 씨는 그 당시 이미 세상을 떠난 뒤였다. 과부가 된 그의 부인, 즉 미챠의 외할머니는 모스크바로 이사 간 뒤 무척이나 심하게 아팠으며 누이들은 시집을 갔기 때문에 거의 꼬박 한 해 동안 미챠는 하인 그리고리의 집에 머물며 마당 오두막에서 살지 않으면 안 됐다. 하지만 아비가 아이를 기억했다고 한들(정말이지 아이가 존재한다는 것을 그가 몰랐을 리는 없잖은가.) 아이라면 어떻든 그의 방탕한 생활에 방해가 되었을 터이니 그가 직접 나서서 다시 오두막으로 내보냈을 것이다. 그런데 파리에서 고(故) 아젤라이다 이바노브나의 사촌 오빠인 표트르 알렉산드로비치 미우소프가 돌아온 사건이 발생했다. 그는 이후에도 오랜 세월을 연이어 외국에서 살았는데 당시만 해도 아직은 매우 젊었지만 미우소프 집안사람들 중에서는 특별하게도 수도(首都) 물과 외국 물을 먹은 탓에, 계몽된 사람, 더욱이 평생 동안 유럽인이나 다름없었던 데다가 말년에는 40, 50년대[6]의 자유주의자를 자처했다. 자신의 활동 기간 내내 그는 러시아에서건 외국에서건 그 시대의 많은 자유주의자들과 인맥을 쌓았으며 프루동,[7] 바쿠닌[8]과도 개인적인 안면이 있었고, 자신의 편력이 끝나 갈 무렵에는 이미 그 자신이 48년 파리의 2월 혁명[9] 당시 시가전의 참가자나 다름없었다고 암시하면서 혁명의 사흘간에 대해 회상하면서 얘기하는 것을 특히나 좋아했다. 그것이 그의 젊은 시절 중 가장 즐거운 추억들 가운데 하나였던 것이다. 그는 이전 계산법으로 치자면 대략 1000명 정도의 농노에 해당하는 독립 자산도 갖고 있었다. 그의 훌륭한 영지는 바로 우리 도시 가장자리에 위치해 있어서, 저 유명한 우리 수도원의 토지와 맞닿아 있었다. 표트르 알렉산드로비치는 아주 젊었을 때 유산을 받자마자 당장 무슨 하천 어로권이라든가 무슨 삼림 벌목권이라든가 잘은 모르겠지만 여하튼 그런 것을 놓고서 수도원을 상대로 끝없이 소송을 제기했으며, 그렇게 '성직자들'에게 소송을 거는 것을 계몽된 시민으로서의 의무로까지 간주했다. 자신이 물론 기억을 하고 있었고 한때는 심지어 유심

6) 1840, 50년대를 말하는데, 이하 제시된 연도는 별도의 언급이 없는 한 1800년대를 가리킨다.

7) 프랑스의 사회학자, 경제학자, 유토피아주의자.

8) 러시아의 혁명적 인민주의자, 무정부주의자.

9) 1848년 2월 프랑스 혁명을 말한다.

히 봐 두기도 했던 아젤라이다 이바노브나에 대한 얘기를 전부 듣고 또 미챠가 남겨졌다는 것을 알고 나자, 표도르 파블로비치를 향한 젊은이다운 온갖 분노와 경멸이 끓어올랐음에도 불구하고 그는 이 일에 끼어들었다. 바로 그 참에 처음으로 표도르 파블로비치와 안면을 튼 것이기도 했다. 그는 상대방에게 아이의 양육을 자기가 맡았으면 한다는 의사를 직설적으로 표명했다. 그가 훗날 상대방의 특징적인 성격을 잘 드러내 주는 대목인 양 길게 이야기한 바에 따르면, 표도르 파블로비치에게 미챠 얘기를 꺼내자 상대방은 한동안 무슨 아이를 말하는 건지 전혀 알아먹지 못하겠다는 듯 굴었으며 심지어 그의 집 안 어딘가에 어린 아들이 있다는 것에 자못 놀라워하는 눈치였다는 것이다. 표트르 알렉산드로비치의 이야기 속에 과장된 점이 있다고 할지라도 어쨌든 충분히 그럴듯한 부분도 있었을 터이다. 그런데 정말로 표도르 파블로비치는 평생 동안 연기를, 그러니까 사람들 앞에서 갑자기 뭐든 전혀 뜻밖의 역할을 연출하는 것을 좋아했는데, 무엇보다도 이따금씩은 아무 필요도 없이, 심지어 예컨대 지금처럼 자신에게 곧바로 해가 되는 경우에도 그러했다. 하지만 이러한 특성은 비단 표도르 파블로비치뿐만이 아니라 굉장히 많은 사람, 심지어 대단히 영리한 사람들에게서도 찾아볼 수 있는 것이다. 표트르 알렉산드로비치는 일을 열심히 진척시켜서 (표도르 파블로비치와 공동으로) 아이의 후견인이 되었는데, 이는 어머니의 사망 이후 어떻든 아이 앞으로 자그마한 재산이, 즉 집과 영지가 남겨졌기 때문이었다. 이렇게 미챠는 정말로 외종

숙 집으로 옮겨 갔다. 하지만 그에겐 마땅히 자기 가족이 없었고 또 영지 수입을 정리하여 기반이 잡히기가 무섭게 장기간의 일정으로 다시금 서둘러 파리로 떠났기 때문에, 아이는 그의 숙모 중 하나인 모스크바의 어느 귀부인에게 맡겨졌다. 그렇게 파리의 생활에 젖어 있는 동안 그도 아이에 대해서 잊어버리고 말았으니, 특히 그의 상상력에 앞으로 평생 동안 잊을 수 없을 정도로 큰 충격을 안겨 준 그 2월 혁명이 도래했을 때는 더 그러했다. 한편 모스크바의 귀부인은 사망했고 미챠는 그녀의 결혼한 딸 중 하나의 집으로 옮겨 갔다. 이후에도 그는 네 번이나 이렇게 보금자리를 바꾼 듯하다. 하지만 이 이야기라면, 더욱이 표도르 파블로비치의 이 맏아들에 대해서라면 앞으로 이야기할 것이 많기 때문에 지금부터 장황하게 늘어놓지는 않을 것이며 그저 내 소설을 시작하기 위해서 없으면 안 되는, 그에 대한 필수적인 정보들을 얘기하는 것에 그치도록 하겠다.

첫째, 이 드미트리 표도로비치는 표도르 파블로비치의 세 아들 중 유일하게, 자기는 어쨌거나 얼마간의 재산이 있으니까 성년이 되면 독립하게 되리라는 확신을 갖고 자라났다. 그의 소년 시절과 청년 시절은 무질서하게 흘러갔다. 그는 김나지움의 공부를 채 다 끝내지 못했고, 그다음엔 어쩌다 어느 군사 학교에 들어갔고, 그다음엔 캅카스에 떨어져서 승진을 했고, 결투를 해서 강등되었다가 다시 복귀하여 방탕을 일삼다가 꽤 많은 돈을 탕진해 버렸다. 성년이 되기 전에는 표도르 파블로비치로부터 돈을 받지 않는 상태였기 때문에, 그때까지 그는 엄청난 빚을 지고 말았다. 그가 성년이 된 뒤 처음으로 자신의 아버지인 표도르 파블로비치를 알게 되고 또 보게 된 것은 자기 재산에 대해 아버지와 해명을 하기 위해 일부러 우리의 고장으로 왔을 때였다. 그는 그때도 부친이 자기 마음에 들지 않았던지, 아버지 집에서 그다지 오래 머물지도 않았고 아버지로부터 얼마간의 돈을 받자마자, 또 앞으로 영지에서 나올 수입을 받는 문제로 아버지와 다소간 협상을 한 뒤에 서둘러 떠나 버렸는데, (주목해 둘 만한 사실인바) 그때 그는 표도르 파블로비치에게 그 영지의 수입도, 가격도 전혀 알아내지 못한 채였다. 표도르 파블로비치는 그때 첫 만남에서부터(이 점을 바로 기억해야 한다.) 미챠가 자신의 재산에 대해 정확하지 못한 과장된 개념을 지니고 있음을 알아챘다. 표도르 파블로비치는 자기 나름대로 특별한 계산이 있던 터라 이것에 만족했다. 그는 젊은이가 경솔하고 난폭하고 정열적이고 참을성이 없는 난봉꾼이라서, 일시적으로 뭘 쥐여 주기만 하면 당연히 짧은 시간 동안이긴 하지만 여하튼 당장은 잠잠해지는 부류라는 결론을 내렸던 것이다. 바로 이 점을 표도르 파블로비치는 이용해 먹기 시작했지만, 즉 자잘한 간식거리 삼아 간간이 송금을 해 줌으로써 일을 일단락 짓기 시작했지만 결국에 가서는, 이미 사 년이나 지난 마당에 인내력을 상실한 미챠가 부친과의 일을 완전히 담판 짓기 위해서 다시 한번 우리 도시에 나타나는 일이 터져 버렸으니, 그때 느닷없이 사정을 알고 나서 미챠는 정말 깜짝 놀랄 수밖에 없었다. 즉, 자기 앞으론 이미 땡전 한 푼 남아 있지 않아 숫제 계산을 하는 것도 힘들

지경이다, 자신의 재산 전부를 이미 표도르 파블로비치한테서 현금으로 받아 갔기 때문에 어쩌면 그 자신이 도리어 부친에게 빚이 있을 수도 있다, 언제 언제 미챠 자신의 의사에 따라 성립된 이러저러한 협약에 의할 때 그는 더 이상 그 어떤 것도 요구할 권리가 없다 등등. 젊은이는 심히 충격을 받았으며 행여 거짓말이 아닐까, 속임수는 아닐까 하는 의심이 들어서 거의 앞뒤를 잃을 정도로 격분해 버렸다. 자, 바로 이런 정황이 내 소설의 도입부에 해당하는 첫 번째 소설의 주제를, 아니 더 정확히 말해 그것의 외적인 부분을 이루게 될 참극의 시발점이 된 것이다. 하지만 이 소설로 넘어가기 전에 표도르 파블로비치의 나머지 두 아들인 미챠의 동생들에 대해서도 얘기하고 이들이 어디서 나타났는지도 설명해 둘 필요가 있겠다.

3 두 번째 결혼과 두 번째 아이들

표도르 파블로비치는 네 살배기 미챠를 자기 품에서 쫓아내 버리고 나서 그야말로 잽싸게 두 번째 결혼을 했다. 이 두 번째 결혼 생활은 팔 년 정도 지속되었다. 그는 두 번째 부인, 역시나 아주 젊었던 소피야 이바노브나라는 아가씨를 어떤 유대인과 함께 일행이 되어 무슨 자잘한 일을 처리하려고 들렀던 다른 현에서 데리고 왔다. 표도르 파블로비치는 비록 방탕을 일삼고 술을 마시고 난동을 부려 댔지만, 자신의 자본을 다루는 일만은 철두철미해서 자기 일을, 물론 거의 언제나 야비한 방법을 쓰긴 했지만 여하튼 언제나 성공적으로 해치웠다. 소피야 이바노브나는 일자무식의 무슨 보제(補祭)의 딸로서 어릴 때부터 부모 없는 '고아'나 다름없이 그녀의 은인이자 양육자이자 박해자인 장군 부인, 즉 명망 있는 보로호로프 장군의 늙은 미망인의 부유한 집에서 자라났다. 자세한 내막은 잘 모르지만, 말대꾸라곤 통 할 줄 모르는 이 온순하고 순해 빠진 양녀가 제 손으로 창고의 못에 올가미를 매달아 죽으려고 한 것을 사람들이 구해 주었다는 말이 들리는 것으로 봐서 — 그녀로서는, 보아하니 사람이 악한 건 아니지만 그저 따분함을 견디지 못해 참을 수 없을 만큼의 고집불통이 되어 버린 노파의 변덕과 영원한 꾸지람을 참아 내기가 그 정도로까지 힘겨웠던 모양이다. 표도르 파블로비치는 청혼을 했지만, 저쪽에서 그에 대한 뒷조사를 한 뒤 퇴짜를 놓자 그 즉시 첫 결혼 때와 마찬가지로 다시금 고아 처녀에게 보쌈 결혼을 제안했다. 그녀가 그에 관한 각종 일들을 제때 소상히 알았더라면, 정말로 그녀는 어떤 일이 있어도 결코 그를 따라가지 않았으리라. 하지만 다른 현에서 있었던 일이 아닌가. 더욱이 열여섯 살의 소녀가 은인의 집에 남느니 차라리 강물에 뛰어드는 편이 낫다는 것 외에 무슨 생각을 더 할 수 있었겠는가. 바로 이렇게 가엾은 소녀는 은인을 여자에서 남자로 바꿔 버린 것이다. 표도르 파블로비치는 이때 한 푼도 가져가지 못했는데, 이는 장군 부인이 화가 나서 아무것도 주지 않았을 뿐만 아니라 그것도 모자라 두 사람을 모두 저주하기까지 했기 때문이다. 하지만 이번에는 그도 뭘 가져갈 속셈은 아예 손톱

만큼도 없었고 그저 순결한 소녀의 뛰어난 아름다움에 매혹되었을 뿐이니, 무엇보다도 그녀의 순결한 모습이 그를, 지금까지 오직 천박한 여자의 아름다움만을 죄스럽게 탐닉해 온 이 호색한을 사로잡았기 때문이었다. "그때 그 순결한 두 눈이 꼭 면도날처럼 내 마음을 싹 도려내는 것 같더군." 훗날 그는 과연 예의 그 징그러운 웃음을 흘리며 이렇게 말하곤 했다. 하지만 이 음탕한 인간에게는 이것마저도 그저 음탕한 욕정에 불과했을지도 모른다. 표도르 파블로비치는 이번엔 어떤 떡고물도 받지 못했기 때문에 그녀 앞에서 거리낌 없이 굴었으며, 그녀가 말하자면 그에게 '죄인'이나 다름없는 처지이고 그가 그녀를 '올가미에서 꺼내 준 것'이나 다름없다는 사실을 이용하여, 그리고 말대꾸라곤 할 줄 모르고 기이할 만큼 풀이 죽어 있는 그녀의 성격을 이용하여 결혼 생활의 가장 평범한 예의조차도 두 발로 짓밟아 버리고 말았다. 그러니까 아내가 버젓이 있는 상황인데도 고약한 여자들이 집으로 몰려들고 지저분하고 떠들썩한 술판이 벌어지곤 했다. 여기서 한 가지 눈에 띄는 점을 지적해야겠다. 즉, 무뚝뚝하고 우직하고 이것저것 따지기 좋아하는 고집불통의 샌님인 하인 그리고리가 이전 마님인 아젤라이다 이바노브나는 싫어했지만, 이번엔 새 마님의 편이 되어서 하인 신분으로는 거의 용납될 수 없는 욕지거리를 퍼부으며 표도르 파블로비치와 다툴 정도로 마님을 옹호했으며, 심지어 한 날은 개떼처럼 몰려들어 난잡한 술판을 벌이고 있는 추잡한 여자들을 완력을 써서 내쫓아 버리기도 했다. 이후, 어린 시절부터 늘 겁을 집어먹고 살아온 이 불행한 젊은 여인에게는 무슨 부인성 신경 질환과 비슷한 병이 생겼는데, 이것은 특히나 시골의 평민 아낙네들에게 자주 나타나는 것으로서 이 병에 걸린 여자들은 클리쿠샤라고 불렸다. 이 병에 걸리면 끔찍한 히스테리 발작이 일어나고 이따금씩은 환자가 의식을 잃는 일도 있었다. 그래도 그녀는 표도르 파블로비치에게 두 아들 이반과 알렉세이를 낳아 주었으니, 첫아이는 결혼 첫해에, 둘째 아이는 삼 년 뒤에 태어났다. 그녀가 죽었을 때 소년 알렉세이는 고작 네 살이었기 때문에 제법 이상하긴 하지만, 내가 아는 한 소년은 이후 평생 동안 어머니를 기억했다―물론 꿈속에서 본 듯한 모습으로이긴 하겠지만 말이다. 그녀가 죽고 나자 두 소년에게는 장남인 미챠와 거의 똑같은 일이 일어났다. 그들은 아버지에 의해 깡그리 잊혔고 역시나 바로 그 그리고리의 손으로, 그의 오두막으로 떨어졌다. 아이들 어머니의 은인이자 양육자인 고집불통의 장군 부인이 그들을 발견한 곳도 이 오두막이었다. 그녀는 아직까지 살아 있었으며 지난 팔 년 내내 자기가 받은 모욕을 잊지 못하고 있었다. 자신의 '소피야'의 인생사에 관한 한 장군 부인은 팔 년 내내 가장 정확한 정보들을 속속들이 알고 있었는데, 그녀가 얼마나 아픈지, 그녀 주변에서 얼마나 추잡한 일이 벌어지는지에 대한 얘기를 듣자, 두세 번 정도 큰 소리로 자신들의 식객들에게 "그년은 그래도 싸지, 하느님께서 배은망덕한 그년한테 보내신 선물이야."라고 말하곤 했다.

소피야 이바노브나가 죽은 지 정확히 석 달 뒤에 장군 부인은 갑자기 친히 우리 도시에, 그것도 곧바로 표도르 파블로비치의 집에 나타났는데, 이 도시에 머문 시간은 고작해야 삼십 분 정도였지만 많은 일을 해치웠다. 저녁때의 일이었다. 그녀가 팔 년 동안 보지 못한 표도르 파블로비치는 술에 취해 가지곤 그녀를 맞으러 나왔다. 사람들 말로, 장군 부인은 그를 보자마자 가타부타 말도 없이 대뜸, 철썩철썩 소리가 날 만큼 매섭게 따귀를 두 번 후려갈기고 그의 머리털을 움켜쥐고 위아래로 세 번 잡아당긴 뒤 한마디 말도 덧붙이지 않고서 곧장 오두막의 두 소년에게로 향했다고 한다. 첫눈에 소년들이 제대로 씻지도 않고 더러운 옷가지를 걸치고 있는 것을 알아채곤 그 자리에서 그리고리의 따귀를 후려갈기고 두 아이는 자기가 데려가겠노라고 선언했으며, 그러고는 아이들을 그 몰골 그대로 끌어내 담요에 둘둘 싼 뒤 마차에 실어 자기 도시로 데려갔다. 그리고리는 충직한 노예처럼 이 따귀를 꾹 참고 버르장머리 없는 말이라곤 한마디도 하지 않았으며 연로한 마님을 마차까지 바래다줄 때는 허리 굽혀 인사를 하면서 감동에 겨운 목소리로 "고아들을 거둬 주셨으니 하느님께서 보답하실 것입니다요."라고 말했다. "어쨌거나 네놈은 등신이야!" 장군 부인은 떠나면서 그에게 이렇게 소리쳤다. 표도르 파블로비치는 이 사태를 전부 곱씹어 보고는 이거 참 잘된 일이라고 생각했기 때문에, 이후 장군 부인이 아이들 양육에 관해 정식으로 동의를 구해 왔을 때는 단 한 가지 항목에도 토를 달지 않고 받아들였다. 따귀를 얻어맞은 것에 대해서는 자기가 직접 나서서 온 도시를 돌며 떠벌리고 다녔다.

장군 부인도 그 일이 있고 나서 곧 죽고 말았지만, 그래도 유언장에다 두 어린애들에게 각각 1000루블씩을 주라고 썼고 '이 돈은 이들의 교육비이다, 전부 다 반드시 이들을 위해서 써야 되지만 다만 정확히 성년이 될 때까지만 돈이 모자라지 않도록 할 것, 이따위 아이들에겐 이만한 선심도 과분한 것이다, 하지만 만약 누구든 내키는 사람이 있다면 자기가 알아서 지갑을 풀든지 말든지.' 등등의 말이 있었다. 유언장을 내가 직접 읽어 보지는 못했지만, 뭔가 정확히 이처럼 이상하고도 너무나 독특한 문체로 표현된 말이 있다는 얘기는 들었다. 그런데 알고 보니 노파의 주된 상속자는 바로 그 현의 귀족들 모임 회장인 예핌 페트로비치 폴레노프라는 정직한 사람이었다. 그는 표도르 파블로비치와 편지로 얘기를 나눠 본 뒤 이 작자에게서는 친아들의 양육비조차 받아 낼 수 없다는 것을 금방 깨닫고서(비록 상대방이 단도직입적으로 거절하는 일은 절대 없었지만 다만 이런 경우에는 언제나 질질 끌었고 이따금씩은 징징 짜는 소리를 늘어놓곤 했다.) 자신이 몸소 고아들의 일에 신경을 썼으며 특히 그들 중 작은 아이 알렉세이를 좋아하게 됐기 때문에 심지어 오랫동안 자기 집으로 데려와 키우기도 했다. 나는 아주 처음부터 이 점을 유념해 주십사 독자 여러분께 부탁하는 바이다. 만약 젊은이들이 평생 동안 자신의 양육과 교육에 대해 빚진 사람이 있다면, 그건 바로 세상에서 보기 힘들 만큼 고결하고 인간적인 이 예핌 페트로비치일 것이다. 그는 장군 부인이 어린애들 앞으로 남긴 1000루블을 손 하나 대지 않고 보존했으며 따라서 애들이 성년이 되었을 무렵에는 이자가 불어나서 각각의 1000루블이 2000루블에까지 이르렀다. 애들을 키우는 데는 자기 돈을 썼는데 물론 애들 각각에게 지출된 돈은 1000루블씩이 훨씬 넘었다. 그들의 유년기와 청소년기에 대한 자세한 얘기는 이번에도 잠시 제쳐 두고 가장 주된 사항만을 지적하고자 한다. 형인 이반에 관해 알려 둘 것은 그저 다음과 같은 것뿐이다. 즉, 그는 어쩐지 마음의 문을 닫아 버린 듯한 음울한 소년으로 자라났으며 결코 겁이 많은 건 아니었지만 열 살 때부터 자기들이 어쨌거나 남의 집에서 남의 자비로 자라고 있다는 것, 자기 아버지는 차마 입에 담기도 부끄러운 종류의 인간이라는 것 등을 간파한 듯했다. 이 소년은 아주 빨리, 거의 유아기 때부터(최소한 전해지는 말은 그렇다.) 학업에 어떤 비상하고도 탁월한 재능을 나타내기 시작했다. 정확히는 모르지만, 소년은 막 열세 살이 되자마자 예핌 페트로비치 가족과 헤어져 모스크바의 한 김나지움으로, 예핌 페트로비치의 어린 시절 친구이자 그 당시 노련하고 저명하던 교육자의 기숙사로 옮겨 갔다. 훗날 이반이 직접 이야기한 바에 따르면, 이 모든 것이 예핌 페트로비치의 말하자면 '좋은 일에 대한 열의' 덕분, 즉 그가 천재적 재능을 가진 소년은 천재적인 교육자의 집에서 교육받아야 한다는 생각에 심취해 있었기 때문이었다고 한다. 하지만 젊은이가 김나지움을 졸업하고 대학에 입학했을 때는 예핌 페트로비치도, 천재적인 교육자도 이미 이 세상 사람이 아니었다. 아이들의 돈 1000루블은 이자 덕분에 이미 2000루블로 불어났지만 예핌 페트로비치가 일 처리를 제대로 못 해 놓았고 우리 나라에서는 정말로 불가피한 온갖 형식적 절차

와 수속까지 겹쳐 그 돈을 받는 일이 지연되었고, 이 때문에 젊은이는 대학 생활 첫 이 년간은 항상 자기 힘으로 밥벌이와 생계를 책임지면서 동시에 공부도 해야 됐기 때문에 고생이 이만저만이 아니었다. 여기서 꼭 지적해 두어야 할 것은 그가 당시 아버지에게 상의 차원의 편지 한 통 쓸 마음도 없었다는 점인데—어쩌면 워낙 오만한 성격인 데다 아버지를 경멸하고 있었기 때문일 수도 있고, 아니면 어차피 아버지한테서는 제대로 된 지원이라곤 손톱만큼도 받을 수 없으리라고 내심 냉철하고 합리적인 판단을 내렸기 때문일 수도 있다. 어떻든 간에 젊은이는 조금도 굴하지 않고 일자리를 구했다. 처음에는 20코페이카[10]를 받는 과외 선생 노릇을 했고, 그다음에는 신문사의 출판국을 찾아다닌 결과 '목격자'라는 필명으로 거리의 이런저런 사건에 대한 열 줄짜리 기사를 쓸 수 있게 됐다. 이 기사들은 언제나 몹시 흥미진진하고 톡 쏘는 맛이 있었기 때문에 급속도로 인기를 끌었는데, 이것 하나만 봐도 입증되는 바, 이 젊은이가 영원히 가난에 허덕이는 저 불행한 대다수의 우리네 젊은 남녀 학생들에 비하면, 즉 으레 아침부터 밤까지 수도의 각종 신문사, 잡지사를 문턱이 닳도록 드나들면서도 기껏해야 프랑스어 번역이나 정서(淨書) 일감을 맡겨 달라는 영원히 천편일률적인 부탁밖에 되풀이할 줄 모르는 학생들에 비하면 확실히 실제적인 면에서도, 지적인 면에서도 우월했던 것이다. 이반 표도로비치는 편집국과 안면

10) 100코페이카는 1루블에 해당한다.

을 트고 난 이후에도 항상 그들과의 끈을 놓지 않았으며, 대학 생활이 막바지에 접어들었을 무렵에는 여러 전문적인 주제를 다룬 책들에 대한 극히 재치 있는 서평을 발표하기 시작했고 덕택에 문단에서도 유명해지게 되었다. 그런데 아주 최근에 와서는 우연한 기회에 갑자기 훨씬 더 폭넓은 독자층의 주의를 끄는 데 성공함으로써 일시에 극히 많은 사람에게 주목을 받고 기억되게 되었다. 이것은 상당히 흥미진진한 사건이었다. 이미 대학을 나와 자신의 2000루블로 외국 여행을 준비하던 중 이반 표도로비치는 갑자기 어느 큰 신문에 이상한 논문 한 편을 발표해서 비전문가들마저도 그것에 주목하게 되었다. 무엇보다도, 그는 자연과학을 전공했지만 이 논문에서는 아예 생소한 주제를 다루었다. 그러니까 이 논문은 당시 곳곳에서 대두되었던 교회 재판 문제에 관한 것이었다. 이 문제에 관하여 기존에 제시된 몇몇 견해들을 분석하면서 그는 자신의 개인적인 견해도 피력했다. 중요한 것은 전반적인 논조와 결론이 뛰어날 정도로 뜻밖이라는 점이었다. 그렇지만 교회 관계자들 중 다수는 필자가 단연코 자기들 편이라고 생각했다. 이들과 나란히 시민주의자들뿐만 아니라 무신론자들조차도 갑자기 박수를 보내기 시작했다. 하지만 결국, 몇몇 형안이 있는 사람들은 논문 전체가 그저 뻔뻔한 소극(笑劇)이자 냉소에 지나지 않는다는 결론을 내렸다. 이 사건에 대해 특별히 언급하는 것은, 이 논문이 때마침 이제 막 대두된 교회 재판 문제에 대체로들 관심을 가지고 있던, 우리 도시 근교의 저명한 수도원에까지 흘러 들어와 커다란 의혹을 불러일으켰기 때문이다. 필자의 이름을 알고 나서는 그가 우리 도시 출신이며 '바로 그 표도르 파블로비치'의 아들이라는 것에도 관심을 갖기 시작했다. 그런데 바로 이 무렵에 갑자기 필자가 몸소 우리 도시에 나타난 것이다.

이반 표도로비치는 그때 왜 우리 도시에 왔을까 — 나는 그 당시에도 거의 어떤 불안마저 느끼며 스스로에게 이렇게 묻던 기억이 난다. 그토록 많은 사태들의 시발점이 된 이 운명적 귀향은 나에게 이후에도 오랫동안, 거의 언제나 불분명한 일로 남아 있었다. 대체로 판단해 보건대, 척 보기에도 저토록 박식하고 오만하고 신중한 젊은이가 그토록 추잡스러운 집에, 평생 동안 자기를 거들떠보지도 않고 알지도 못했을뿐더러 기억조차 못 하는 아버지 앞에 느닷없이 나타난 것은 이상한 일이었다. 이 아버지라는 작자는 설사 아들이 자기한테 돈을 달라고 간청해도 물론 어떤 일이 있어도 절대 돈을 내놓지 않을 거면서도 평생 동안 이반과 알렉세이, 요 아들들마저도 언제 찾아와 돈을 내놓으라고 할까 봐 절절매는 처지였다. 자, 이런데 젊은이가 이런 아버지의 집에 들어와 함께 한 달 하고도 또 한 달을 살고 있는 데다가 둘의 사이가 더할 나위 없이 좋은 것이다. 특히 이 마지막 사실에 대해선 나뿐만 아니라 다른 많은 사람도 놀라고 말았다. 내가 벌써 앞서 언급한, 표도르 파블로비치의 첫 아내 쪽으로 먼 친척[11]인 표트르 알렉산드로비치 미우소프도 이 무렵엔 또다시 우리 도시, 그러니까

11) 앞서 사촌이라는 언급이 있었다.

도시 근교의 자기 영지에 와 있었는데, 완전히 자기 거주지가 되어 버린 파리에서 온 거였다. 내 기억에, 그는 자기 쪽에서 지대한 관심을 갖고 있던 이 젊은이와 인사를 나눈 뒤 그 누구보다도 놀라워했으며, 젊은이와 지식을 겨루면서 이따금씩 내심 고통을 느끼기도 했다. "오만한 청년이야." 그는 그 무렵 이반 표도로비치를 두고 우리에게 이런 말을 하곤 했다. "언제든 자기한테 필요한 푼돈쯤은 손에 넣을 수 있고 지금도 외국에 나갈 만한 돈은 있는데—도대체 왜 여기에 온 걸까? 돈 때문에 아버지를 찾아온 게 아니라는 것쯤은 누가 봐도 뻔하잖아. 어차피 이 아버지란 작자는 무슨 일이 있어도 돈을 내줄 위인이 아니니까. 술과 계집질을 좋아하는 청년도 아닌데, 노인은 이 청년이 없으면 못 살 정도로 사이가 좋다니!" 사실, 정말로 그랬다. 이 젊은이는 노인에게 심지어 눈에 뜨일 정도로 큰 영향력을 행사했다. 노인은 때때로 굉장히, 심지어 표독스러울 정도로 제멋대로 굴긴 했지만 이따금씩은 거의 그의 말에 고분고분 따르는 듯한 조짐을 보였으며 심지어 이따금씩은 좀 더 조신하게 처신하는 모습까지 보였던 것이다…….

나중에 가서야 밝혀졌지만, 이반 표도로비치는 일정 부분 자기 형인 드미트리 표도로비치의 부탁을 받고 그의 일로 온 것이었다. 그가 태어나서 형의 얼굴을 처음으로 직접 보고 알게 된 것은 바로 이 무렵, 그것도 이번에 집에 와서였지만, 모스크바에서 이리로 오기 전부터 드미트리 표도로비치와 더 많은 관련이 있는 어떤 중대한 일 때문에 편지를 주고받기 시작한 터였다. 이것이 어떤 일이었는지 독자 여러분은 때가 되면 전부 다 상세히 알게 될 것이다. 어쨌거나, 나중에 이 일과 관련된 특별한 정황을 알게 되었을 때도 이반 표도로비치는 여전히 나에게 수수께끼 같았고 그가 우리 도시에 온 것도 여하튼 아리송하게 여겨졌다.

한 가지 덧붙여 두자면, 그 당시 이반 표도로비치는 아버지와 형, 즉 그때 아버지를 상대로 대판 싸움을, 숫제 정식 소송마저도 꾀하고 있던 드미트리 표도로비치 사이에서 중재자 내지는 조정자의 입장을 취하고 있었다.

이 집안은, 반복하건대, 그때 생전 처음으로 다들 한자리에 모인 것이었고 몇몇 구성원은 생전 처음으로 서로의 얼굴을 본 것이기도 했다. 오직 막내아들 알렉세이 표도로비치만은 우리 도시에 와서 산 지 벌써 일 년 정도가 되었으니까, 그나마 형제들 중에서 제일 먼저였던 셈이다. 자, 바로 이 알렉세이야말로 소설의 무대 위에 등장시키기에 앞서 현재 나의 이 서문 격 이야기 속에서 이런저런 말을 하기가 제일 힘든 인물이다. 그럼에도 그에 대한 서문 격의 이야기를 쓰지 않을 수 없는 것은, 적어도 몹시 이상한 사항 한 가지를 미리 설명해야 하기 때문이다. 그 사항이란 다름 아니라, 나의 미래의 주인공을 소설이 시작되는 첫 무대에서부터 어쩔 수 없이 수도복을 입힌 채로 독자 여러분 앞에 선보이게 됐다는 점이다. 그렇다, 그는 그때 벌써 일 년째 우리 수도원에 살고 있었고 평생 동안 수도원에 묻혀 있을 각오를 다지고 있는 것 같았다.

4 셋째 아들 알료샤

그때 그는 겨우 스무 살이었다.(작은형 이반은 그때 스물네 살, 큰형 드미트리는 스물여덟 살이었다.) 무엇보다도 먼저 일러둘 것은 이 알료샤[12]라는 청년이 절대 광신도가 아니며 내 생각으론 적어도 신비주의자도 아니라는 점이다. 미리부터 나의 견해를 전부 말해 두겠다. 그는 그저 조숙한 박애주의자에 지나지 않았고, 따라서 그가 수도원이라는 길로 내달렸다면 그건 오직 그 무렵엔 그 길 하나만이 그를 감동시켰고 악의로 가득 찬 속세의 암흑에서 벗어나 사랑의 빛을 향해 몸부림치던 그의 영혼을 위한, 말하자면 이상적 출구로 보였기 때문이었다. 또한 하필 그 길이 그에게 충격적인 감동을 안겨 준 것은 그저 그때 그가 유달리 뛰어나다고 생각한 존재—즉 우리 수도원의 저명한 장로(長老) 조시마를 그곳에서 만났기 때문이었으니, 그에게 알료샤는 열렬한 첫사랑에 빠진 양 억누를 길 없는 마음을 송두리째 바쳤던 것이다. 하지만 그가 그때는 물론이고 심지어 갓난아이 적부터 아주 수상쩍은 구석이 있었다는 것에 대해서는 나도 반론을 제기하지 않겠다. 말이 나온 김에 지적하자면, 앞서 언급했듯, 어머니가 죽었을 때 그는 고작해야 네 살이었지만 이후 평생 동안 어머니를, 어머니의 얼굴과 애무를 '마치 어머니가 살아서 내 앞에 서 있는 양' 기억했다. 이런 추억들은 심지어 훨씬 더 어린 나이, 심지어 두 살

12) 알렉세이의 애칭.

때라도 기억에 남을 수 있지만(다들 알고 있다시피) 다만, 그것들은 평생 동안 암흑 속의 밝은 점과 같고, 또 한 조각만 남기고 완전히 망가져 소실돼 버린 한 폭의 거대한 그림에서 뜯겨 나온 마지막 조각과 같은 것이다. 그의 경우도 꼭 그러했다. 그는 조용한 어느 여름날의 저녁을, 열린 창문과 저물어 가는 태양의 비스듬한 햇살을 기억하고 있었으니(비스듬한 햇살이 제일 강렬하게 기억 속에 아로새겨졌다.) 방구석의 성상, 그 앞에 불이 밝혀진 램프, 성상 앞에서 무릎을 꿇고 히스테리 발작이라도 난 듯 째질 듯한 비명을 지르며 흐느껴 우는 어머니, 그 어머니는 두 팔로 아이를 부여잡아 뼈가 으스러질 정도로 꽉 껴안은 채 아이를 위해 성모에게 기도를 드리고, 그러다가 아이를 자기 품에서 떼 내어 성모의 비호 아래 맡기듯 두 팔로 아이를 성상 쪽으로 내민다……. 그러면 갑자기 유모가 뛰어 들어와 화들짝 놀라며 아이를 어머니에게서 낚아채 간다. 자, 바로 이런 그림이다! 알료샤는 그 순간 어머니의 얼굴까지도 기억 속에 아로새겨 놓았다. 자기가 기억을 더듬어 판단할 수 있는 한, 그 얼굴은 광기에 휩싸여 있었지만 그럼에도 아름다웠다고 말했으니까. 하지만 그는 이 추억을 누구에게 털어놓는 걸 별로 좋아하지 않았다. 유년기에도, 청소년기에도 그는 격정을 토로하는 일이 드물었고 말수도 적은 편이었는데, 이는 의구심이 많거나 소심하거나 혹은 사람을 기피하는 음울한 성벽 탓이 아니라 그와는 정반대로 뭔가 다른 것이 있어서, 즉 다른 사람에겐 아무런 상관이 없지만 자기한테는 다른 사람들의 존재를 잊어버릴 만큼 중요한, 순전히 개인적이고도 내적인 어떤 고민이 있어서였다. 그래도 그는 사람들을 좋아했다. 평생 동안 사람을 완전히 믿으며 사는 듯했지만 그렇다고 해서 누구한테서라도 무슨 얼뜨기나 순진한 놈 취급을 받는 일도 결코 없었다. 그에게는, 남을 심판하고 싶지도 않고 남을 탓하는 일을 떠맡고 싶지도 않고 또 어떤 일이 있어도 남을 탓하지 않을 것이라고 말해 주고 각인시켜 주는 뭔가가 있었다.(이후에도 평생 그러했다.) 종종 마음이 쓰라릴 만큼 슬플 때조차도 조금도 누구를 탓하지 않고 모든 것을 용인하는 듯싶었다. 그뿐인가, 이런 의미에서 결국 그는 그 누가 나설지라도 놀라거나 경악하지 않을 수 있게 되었는데, 아주 어렸을 때부터 그러했다. 스무 살에 그야말로 더러운 방탕의 소굴이나 다름없는 아버지 집에 와서도 차마 눈 뜨고 볼 수 없을 때가 있으면, 순결하고도 깨끗한 그는 그저 말없이 물러났을 뿐, 누구를 경멸하거나 비난하는 기색은 조금도 없었다. 한편, 한때 식객 생활을 했던 까닭에 남한테 모욕을 받을까 봐 늘 예민하게 촉각을 곤두세우고 있던 아버지는 처음에는 미심쩍다는 듯 무뚝뚝하게 그를 맞이했지만('입을 꾹 다물고 있는 걸 보니 속으론 별별 생각을 다 하고 있겠지.') 결국 두 주일도 채 지나지 않아 시도 때도 없이 눈물을 흘리며 그를 껴안고 입을 맞추게 되었다. 사실, 술에 취한 나머지 축축한 감상에 젖어 쏟아 내는 눈물이긴 했지만, 그를 진정으로 깊이 사랑하게 된 것만은 분명했으니, 물론 이 작자는 일찍이 아무도 이렇게까지 사랑해 본 적이 없었던 것이다…….

사실 이 청년은 어디를 가나 모든 사람한테서 사랑을 받았고, 이건 아주 어릴 때부터도 그랬다. 자신의 은인이자 양육자인 예핌 페트로비치 폴레노프의 집에 들어갔을 때도 그는 이 집안의 모든 사람들의 애정을 독차지하여 완전히 친아들이나 다름없이 됐다. 하지만 그가 이 집에 들어간 건 거의 갓난애였을 때니까 이 나이의 아이가 남한테 아첨을 해서 호감을 사려는 이해타산적인 잔꾀나 간계나 술수를 썼을 리도, 자기를 사랑하게끔 강요하는 능력이 있었을 리도 절대 없다. 그러니까 그는 남에게 특별한 사랑을 불러일으키는 재능이 있었던 것인데, 일부러 꾸민 것도 아니고 그저 본능적으로 그런 천성을 타고났던 것이다. 학창 시절에도 마찬가지긴 했지만, 학우들한테서 더러 의구심이나 냉소를, 어쩌면 숫제 증오심을 불러일으키는 아이들 중 하나였을 법도 하다. 이를테면 그는 골똘히 생각에 잠겨 홀로 고립되는 경향이 있었다. 그렇게 아주 어렸을 때부터 구석에 틀어박혀 책 읽는 것을 좋아했으며, 그런데도 학창 시절 내내 정말로 모든 아이들의 총아라고 불릴 만큼 학우들의 사랑을 받았다. 그는 생기발랄하게 노는 일도, 심지어 즐겁게 구는 일도 별로 없었지만, 왠지 무뚝뚝한 기질을 타고나서가 아니라 오히려 얌전하고 해맑아서 그렇다는 것을 다들 그를 보기만 하면 금방 알 수 있었다. 자기 또래들 사이에서도 절대로 나서려고 하지 않았다. 어쩌면 바로 이 때문일 수도 있지만 그는 누구라도 절대 무서워하는 일이 없었는데, 아이들은 그가 자신의 대담함을 뻐기기는커녕 자기가 용감하고 대담하다는 점을 아예 모르고 있다는 것을 그의 시선을 통해 금방 깨닫게 되었다. 모욕을 마음에 담아 두는 일도 절대 없었다. 모욕을 당하고 한 시간이나 지났을까, 그는 마치 그들 사이에는 아무 일도 없었던 듯 믿음 가득하고 해맑은 표정으로 자기를 모욕한 아이에게 무슨 대답을 하거나 심지어 그가 먼저 나서서 상대방에게 말을 걸곤 했다. 그것도 자기가 받은 모욕을 어쩌다 잊었다거나 일부러 용서해 주었다는 식의 표정도 아니고 그저 그런 것은 모욕도 뭐도 아니라고 생각했기 때문에, 이것이 또한 아이들의 마음을 완전히 홀리고 사로잡았던 것이다. 그런데 그에게는 다만 어떤 특성이 하나 있었다. 이 때문에 저학년에서 고학년에 이르기까지 김나지움의 모든 학급에서 학우들이 그를 골려 주고 싶은 마음에 아주 안달을 했지만, 이 역시 표독스러운 냉소가 발동했기 때문이 아니라 그저 그것이 그들에게 즐거움을 선사했기 때문이었다. 그의 특성이란 바로 기이한 광증에 가까울 정도로 심각한 수치심과 결벽증이었다. 그는 도무지 여자들에 대한 특정한 말들과 특정한 대화들을 가만히 듣고 있지 못했다. 이 '특정한' 말들과 대화들이란, 불행하게도, 학교에서 근절될 수 없는 것이다. 거의 어린애처럼 영혼도 마음도 깨끗한 아이들이 때로는 군인들도 차마 입에 담지 못할 일이나 그림, 모양에 대해서 학교에서 자기들끼리, 그것도 큰 소리로 즐겨 떠들어 대는 일은 아주 허다한데, 사실 정작 군인들이야말로 우리의 상류 지식층 사회의 어린 자제들이 진작부터 알고 있는 이와 같은 것들을 대부분 알지도 못하거니와 숫제 이해하지도 못하는 실정이다. 그렇지만 이건 아직 도덕적인 타락도, 또 진짜로 음탕한 내적인 냉소주의도 아니고 그저 외적인 냉소주의의 소산일 뿐인데, 바로 이런 것이 아이들 사이에서는 종종 뭔가 미묘하고 섬세하고 남자다운 것으로, 모방할 가치가 있는 것으로 간주되는 법이다. 아이들은 '알료쉬카[13] 카라마조프'가 '이런 얘기'가 나오면 재빨리 손가락으로 귀를 틀어막는 것을 보고서 이따금씩 일부러 그의 주위에 떼를 지어 몰려와서 귀를 틀어막은 그의 손을 억지로 떼 내고 그의 두 귀에다 대고 갖은 추잡한 소리들을 외쳐 댔지만 상대방은 버둥거리다가 간신히 빠져나와 마룻바닥에 주저앉았다가 아예 드러누워 손으로 얼굴을 가리곤 했는데, 그러면서도 그들에게 무슨 말 한마디, 욕 한마디 하지 않고 입을 꾹 다문 채 모욕을 감내했다. 그러다가 결국엔 그를 가만히 내버려 두었고 '계집애'라고 놀리는 일도 없어졌을 뿐만 아니라, 이런 쪽으론 그를 별 볼 일 없는 놈으로 치부하며 한심하다는 듯 바라보곤 했다. 말이 나온 김에 일러두자면, 학업에 관한 한 그는 자기 반에서 늘 우등생에 속했지만, 일등을 한 적은 한 번도 없었다.

예핌 페트로비치가 죽고 나서도 알료샤는 이 년 더 현립(縣立) 김나지움에 머물러 있었다. 예핌 페트로비치의 부인은 슬픔을 달랠 길이 없어 남편이 죽자마자 거의 곧장, 죄다 여자들밖에 없는 가족 모두와 함께 이탈리아로 장기 여행을 떠나 버렸고, 알료샤는 예핌 페트로비치의 먼 친척이라는 생면부지의 어떤 두 부인의 집으로 가게 됐지만, 어떤 조건으로 그렇게 됐는지는 그 자신도 몰랐다. 그의 성격 중 이것 못지않게, 아니

---

13) 알렉세이(알료샤)의 애칭.

이보다 더 특이한 것은 자기가 누구의 돈으로 살고 있는지에 전혀 관심이 없었다는 점이다. 이 점에서 그는, 대학 시절의 첫 이 년간 제 손으로 밥벌이를 하며 빈궁하게 살았고 아주 어릴 때부터 자신이 은인의 집에서 남의 밥을 얻어먹으며 살고 있음을 쓰라리게 절감했던 자신의 형 이반 표도로비치와는 정반대였다. 그렇다고 해서 알렉세이의 성격 중 이 이상한 특성을 너무 엄격하게 비난할 필요는 없었던 것 같은데, 왜냐면 누구나 그를 조금이라도 알게 되면, 이런 쪽으로 문제가 불거지기가 무섭게, 알렉세이가 그야말로 유로지브이[14]와 같은 부류의 청년임을, 즉 갑자기 일확천금이 굴러떨어진다고 해도 좋은 일을 위해서든 아니면 그저 약삭빠른 사기꾼한테 걸려들든 여하튼 상대방이 손을 내밀기만 하면 첫마디에 곧장 미련 없이 그 돈을 내놓을 위인임을 확신하게 됐기 때문이다. 그러니까, 물론 액면가 그대로는 아니지만 여하튼 대체적으로 말해서 그는 돈의 가치라는 걸 통 모르는 것 같았다. 그가 먼저 용돈을 달라고 부탁하는 일도 없었지만 행여 용돈을 받게 되더라도 그는 몇 주 내내 그걸로 뭘 해야 할지 몰라 하거나 숫제 돈을 쥐고 있질 못해서 순식간에 마구 써 버리기 일쑤였다. 돈과 부르주아적 명예에 관해서라면 심히 까다로운 사람인 표트르 알렉산드로비치 미우소프는 나중에 한번 알렉세이를 가만히 지켜보고 나서 그에 대해 다음과 같은 아포리즘을 내뱉은 적이 있다. "저런 사람은 이 세상에 둘도 없을 거요.

14) 백치이면서 동시에 성스러운 존재로 여겨지는 '성(聖) 바보'.

어느 날 갑자기 인구 백만의 낯선 대도시 광장에 완전 무일푼 상태로 혼자 남겨져도 결코 파멸하는 일도, 굶어 죽거나 얼어 죽는 일도 없을 거란 말이오. 그런 상황이 되면 사람들이 금방 그에게 먹을 것을 주고 몸 둘 곳을 마련해 줄 테고, 설령 남이 돌봐 주지 않는다고 해도 자기가 나서서 금방 모든 것을 해결할 테니까요. 또 그러기 위해서 그가 유달리 힘을 쓴다거나 무슨 굴욕감을 느끼거나 하지도 않을 테고 그를 돌봐 준 사람도 무슨 부담을 느끼기는커녕 오히려 흐뭇해하겠지요."

그는 김나지움을 제대로 마치지 못했다. 졸업까지는 꼬박 일 년은 더 남아 있었지만, 머릿속에 한 가지 일이 떠올랐기 때문에 아버지한테 간다고 갑자기 부인들에게 알린 것이다. 그들은 그를 워낙 귀여워했으므로 놓아주려 하질 않았다. 여비가 상당히 저렴한 편이었기 때문에 그는 은인의 가족이 외국으로 떠나기 전에 선물로 준 시계를 저당 잡히려고 했지만 부인들이 이를 만류하고 그에게 넉넉하게 여비를 주었음은 물론이고 새 옷과 속옷까지 마련해 주었다. 하지만 그는 반드시 삼등칸을 타겠노라고 하면서 절반의 돈을 그들에게 되돌려 주었다. 우리의 소도시에 도착하자 곧바로 "학교도 안 마치고서 도대체 뭐 하러 온 게냐?"라는 아버지의 질문 공세에 부딪쳤지만 딱히 이렇다 할 대답도 하지 않고 여느 때와 달리 깊은 생각에 골몰해 있었다고들 한다. 하지만 곧이어 그가 어머니의 무덤을 찾아 헤매고 있다는 것이 밝혀졌다. 심지어 그때 자기 입으로 오직 이 때문에 왔노라고 시인한 거나 다름없었다. 하지만 그가 귀향한 것이 이 때문만은 아니었을 터이다.

그저, 그의 영혼 속에서 도대체 무엇이 갑자기 솟구쳐 올라서 그를 이미 피할 길 없는 어떤 새로운 미지의 길로 이끌었는지 그때는 그 자신도 몰랐으며 도무지 설명할 수도 없었을 것이라는 편이 가장 그럴듯하겠다. 표도르 파블로비치는 자기의 둘째 부인을 어디다 묻었는지를 아들한테 가르쳐 줄 수가 없었는데, 이는 그녀의 관에 흙을 뿌리고 난 이후 한 번도 그녀의 무덤을 찾은 적이 없었던 까닭에 참으로 오랜 세월이 흐르는 동안 그때 그녀를 어디다 묻었는지 까맣게 잊어 먹었기 때문이었다…….

여기서 표도르 파블로비치 얘기로 넘어가자. 그는 전에도 오랫동안 우리 도시를 떠나 있었다. 둘째 아내가 죽고 삼사 년이 지났을 때 러시아 남부로 떠났고 끝에는 오데사[15]로 가서 몇 년을 쭉 거기서 살았다. 그가 처음으로 만난 사람들은, 그 자신의 말을 빌리건대 '수많은 유대인들, 유대인 녀석들, 유대인 놈들, 유대인 새끼들'이었고 마지막에는 유대인들뿐만 아니라 '히브리 양반들의 집에도 출입'하게 됐다. 여기서 생각해야 할 것은 그가 자기 인생 중 바로 이 시기에 돈을 요리조리 주무르는 특별한 능력을 십분 발휘했다는 점이다. 그가 다시, 그것도 완전히 우리 도시로 돌아온 것은 알료샤가 오기 불과 삼 년쯤 전의 일이다. 아직은 절대 호호백발 노인은 아니었건만, 예전에 그를 알던 사람들은 그가 폭삭 늙어 버렸다고 생각했다. 사실 그의 몸가짐은 더 점잖아진 것이 아니라 어쩐지

15) 흑해의 북쪽 해안에 있는 도시.

더 뻔뻔스러워져 있었다. 예를 들자면, 예전엔 그냥 어릿광대였지만—이젠 그에게 다른 사람들까지 어릿광대로 만들려는 철면피 같은 욕구가 생겨났다. 여자들과 추태 부리기 좋아하는 것은 예전이나 다를 바 없는 정도가 아니라, 숫제 더 역겨운 수준이 된 듯했다. 곧이어 그는 이 군 곳곳에 많은 새로운 술집을 열었다. 보아하니 그에게는 대략 10만 루블, 그게 아니라 해도 거의 그만큼에 육박하는 금액의 돈이 있었던 것 같다. 도시와 군 거주자 중 많은 이들이 그 즉시 그에게서 돈을 빌려 갔는데, 물론 아주 믿을 만한 담보물이 있어야 했다. 그런데 아주 최근 들어 그는 어쩐지 몸이 불어나 살가죽이 축 처져 버렸고 어쩐지 균형감과 명민함을 상실하여 무슨 경솔한 짓을 저지르기도 했고 일 하나를 시작했다가 영 엉뚱하게 끝내는 일도 있었으며 어쩐지 정신이 해이해져서는 술이 떡이 되도록 마시는 일이 점점 더 잦아졌다. 그리하여 이 무렵에는 역시나 나이가 지긋이 들었던 예의 그 하인 그리고리가 어떤 때는 거의 가정 교사처럼 주인을 쫓아다니며 돌봐 주지 않았더라면 표도르 파블로비치에겐 시끄럽고 별난 일들이 끊이질 않았을 것이다. 알료샤의 귀향은 정신적인 측면에서도 그에게 모종의 영향을 미친 듯했으니, 이 철없는 노인의 영혼 속에 이미 오래전에 잠들어 버린 뭔가가 내부에서부터 깨어난 것만 같았다. 그는 자주 알료샤를 들여다보며 "얘야, 알고 있느냐, 네가 그 여자를, 그 클리쿠샤를 닮았다는 걸?"이라는 말을 하게 됐다. 그는 죽은 자신의 아내, 알료샤의 어머니를 이렇게 불렀던 것이다. 결국 이 '클리쿠샤'의 무덤을 알료샤에게 가르쳐 준 사람은 그리고리였다. 그는 알료샤를 우리 도시의 묘지로 데려가서 그곳의 멀리 구석진 곳에 있는, 그다지 비싸지는 않지만 단정한 주철 비석을 그에게 가르쳐 주었는데, 거기에는 고인의 이름, 지위, 나이, 사망 연도가 새겨져 있었고 아래쪽에는 심지어 평민층의 무덤에 흔히 사용되던 옛 묘지 시구로 된 4행시 같은 것도 적혀 있었다. 놀랍게도 이 비석을 세운 것은 그리고리였다. 그러니까 그리고리는 벌써 수차례에 걸쳐 이 무덤을 돌봐야 한다고 말했지만 표도르 파블로비치가 번번이 신경질을 내며 무덤이고 추억이고 다 귀찮다고 손을 내젓곤 결국엔 오데사로 떠나 버리자, 그 후에 그리고리가 직접 자기 돈을 들여서 가엾은 '클리쿠샤'의 무덤 위에 비석을 세웠던 것이다. 알료샤는 어머니의 무덤에서 이렇다 할 특별한 감정은 전혀 내비치지 않았다. 그저 비석을 어떻게 세웠는가에 대해 그리고리가 근엄하게 차근차근 늘어놓는 얘기를 경청하면서 고개를 숙인 채 좀 서 있다가 한마디도 하지 않고 떠났을 뿐이다. 그때 이후, 꼬박 일 년 동안 묘지를 찾는 일은 없었던 것 같다. 하지만 이 작은 에피소드가 표도르 파블로비치에게 영향을, 그것도 아주 독특한 영향을 미쳤다. 그는 갑자기 1000루블을 집어 들고서 우리 수도원을 찾아가 그 돈을 자기 부인의 연도(憐悼)에 써 달라고 했는데, 단 둘째 부인이자 알료샤의 어머니인 '클리쿠샤'가 아니라 자기를 완전히 쥐고 흔들었던 첫 부인 아젤라이다 이바노브나를 위해서였던 것이다. 그날 저녁 무렵엔 술이 떡이 되도록 퍼마신 상태에서 알료샤에게 수도사들의 욕을 늘어놓았다. 사실 그는 종교와는 거리가 먼 사람이었다. 아마 5코페이카짜리 양초 한 자루도 성상 앞에 세워 본 적이 없을 작자였던 것이다. 이런 인간들일수록 돌발적인 감정과 돌발적인 생각이 이상스럽게 터져 나오는 일이 종종 있는 법이다.

나는 이미 그의 몸이 몹시 불어나 살가죽이 축 처져 버렸다고 말한 바 있다. 그의 생김새는 이 무렵엔 지금까지 그가 살아온 인생의 특성과 본질을 여실히 증명해 주는 무엇이었다. 영원히 철면피 같고 의심과 냉소가 가득 든 그의 조그만 두 눈 밑에는 고깃덩어리 같은 기다란 자루가 달려 있었으며, 작지만 기름기 좔좔 흐르는 얼굴에는 수많은 주름들이 깊게 잡혀 있었고, 그 외에도 그의 뾰족한 아래턱 쪽으로는 고깃덩어리처럼 기다랗고 커다란 목울대가 지갑 같은 몰골로 달려 있었으니, 이 때문에 어쩐지 역겨울 만큼 음탕한 그의 인상이 더 배가되었다. 여기에 덧붙여 음란하고 긴 입, 부은 듯 퉁퉁한 입술, 그 밑으론 거의 다 썩어 빠진 새까만 이들의 자잘한 유해들이 삐죽삐죽 보였다. 무슨 말을 시작할 때마다 매번 침을 튀기는 버릇도 있었다. 그나저나 그는 자기 얼굴을 갖고 농담하는 걸 좋아했지만, 그럼에도 자기 얼굴에 여전히 만족하는 것 같았다. 특히나 별로 크지는 않지만 매우 가는, 콧등이 유난히도 위로 휘어진 자신의 매부리코를 가리키며 곧잘 이런 말을 하곤 했다. "진짜 로마식 코야, 목울대까지 더해지니까 진짜로 몰락기 고대 로마 귀족의 용모야." 이 점을 그는 뿌듯하게 여기는 것 같았다.

자, 그런데, 어머니의 무덤을 방문하고 얼마 지나지 않아 느닷없이 알료샤는 수도원에 들어가고 싶다고, 수도사들은 그를 견습 수도사로 받아들일 준비가 되어 있노라고 아버지에게 알려 왔다. 그러면서 이것은 자신의 간절한 소망이니 아버지에게 정식 허락을 구하노라고 설명했다. 노인은 수도원의 암자에서 구도 생활 중이던 조시마 장로가 그의 '얌전한 아이'에게 특별한 인상을 남겼음을 진작부터 알고 있는 터였다.

"이 장로는 물론 그치들 중에서는 가장 정직한 수도사이지." 말없이 생각에 잠겨 알료샤의 말을 경청한 뒤 그는 이렇게 말문을 열었지만, 아들의 부탁에는 거의 조금도 놀라지 않은 기색이었다. "음, 우리 얌전한 꼬마 녀석이 거길 들어가고 싶단 말이지!" 그는 반쯤 취한 상태였는데, 술에 반쯤 취했음에도 갑자기 교활함과 취기 어린 간사함이 살짝 가미된 예의 그 미소를 느긋하게 지어 보였다. "음, 아닌 게 아니라 나는 네가 결국에는 이 비슷하게 되리라고 예감했단다, 상상이 되느냐? 너는 바로 그곳을 노리고 있었던 게야. 뭐, 아무렴 어때, 너한테는 2000루블이 있으니 그게 네 지참금인 셈이다. 그래도 내 너를, 내 천사야, 절대로 그냥 내버려 두지 않을 거란다. 아니, 거기서 무슨 요구를 한다면 너를 위해 뭐라도 갖다 바치마. 뭐 요구하지 않는다면 구태여 우리가 나서서 치근댈 필요야 없지, 안 그러냐? 게다가 너는 돈이라면 카나리아처럼 일주일에 낟알 두 개씩만 쓰지 않니……. 음. 그나저나, 어느 수도원 근처에 조그만 마을이 하나 있는데 그곳 사람들이 죄다 알고 있지만 그 마을엔 오직, 그들 표현으론 '수도원의 마누라들'만이 살고 있다는구나. 내 생각으론 이런 마누라들이 삼십 명은 족히 되지 않을까 싶어……. 나도 그곳에 가 본 적이 있는데, 거긴 물론 그 나름대로 재미가 있더라고, 이런 건 다양할수록 좋으니까 말이야. 고약한 건 그저 러시아 국수주의가 지독하게 강해서 아직까지는 프랑스 여자가 한 명도 없다는 점인데, 있었더라면 짭짤한 돈벌이가 됐을 거다. 소문이 퍼지면 잔뜩 몰려올걸. 뭐, 하지만 여기 수도원은 맹탕이야, 여기엔 수도원의 마누라들은 없고 기껏해야 수도사들만 200명 정도 있으니. 정말로 그렇단다. 금욕주의자들이지. 내 그건 인정하마……. 음. 그래, 네가 수도사가 되고 싶단 말이지? 그런데 아닌 게 아니라 네가 없으면 섭섭할 것 같구나, 알료샤, 진짜로 나는 너를 좋아하게 됐거든……. 하여튼, 이거 참 좋은 기회기도 해. 우리 죄 많은 놈들을 위해 기도를 하면 되잖니, 우리는 여기 앉아서 너무나 많은 죄를 지었거든. 나는 줄곧 이 생각을 해 왔단다. 누가 언제든 나를 위해 기도를 해 줄 것인가? 하고. 이 세상에 그런 사람이 있긴 있을까? 요 귀여운 꼬마 녀석, 아닌 게 아니라 나는 이런 쪽으론 정말 바보 천치란다, 설마 못 믿겠니? 완전히 바보 천치라니까. 한번 보렴. 내가 아무리 바보 천치라도 항상 이 문제를 생각하고 또 생각한단다. 그러니까 물론 간간이 생각한다는 소리야, 항상 그럴 수는 없으니까. 그러니까 내 생각으론 말이다, 내가 죽었을 때 악마들이 나를 갈고리로 꿰어 자기들 나라로 끌고 가는 걸 깜박 잊어 줄 순 없는 노릇이거든. 자 그래서, 이런 생각이 들어. 갈고리라고? 그래, 놈들 나라 어디서 갈고리가 난단 말인가? 대체 무엇으로 만드는 걸까? 철로 된 것일까? 그렇다면 도대체 어디서 두들겨 만드는 걸까? 저기 놈들 나라에도 무슨 공장이 있단 소리인가? 아닌 게 아니라 저기 수도원의 수도사들은 정말로 지옥에도 예컨대 천장이 있다고 가정하는 모양이야. 나로 말할 것 같으면 지옥이라는 걸 믿을 만반의 준비가 되어 있지만, 단 천장은 없어야 해. 그 편이 좀 더 세련되고 좀 더 계몽된 듯하고, 다시 말해 루터[16]식이란 말이지. 하지만 본질적으론 이러나저러나 매한가지 아니냐. 천장이 있으면 어떻고 없으면 또 어떠냐? 하지만 바로 이게 빌어먹을 문제가 아니냐는 말이다! 그래, 천장이 없다면 고로 갈고리도 없는 거야. 갈고리가 없다면 고로 모든 것이 물거품이 되는 것이니, 이번에도 영 터무니가 없잖느냐. 그때는 도대체 누가 나를 갈고리에 꿰어 끌고 간단 말이냐? 나 같은 놈을 끌고 가지 않는다면, 그땐 어떻게 되겠어? 도대체 이 세상 어디에 진리가 있단 말이냐? 그것을 만들어 내기라도 해야 돼.[17] 이 갈고리는 나를 위해서라도, 나 하나만을 위해서라도 일부러 만들어 내야 돼. 왜냐면 알료샤, 네가 알기만 한다면, 나는 정말 파렴치한 놈이거든!"

"그렇지만 그곳엔 갈고리 같은 건 없어요." 알료샤가 아버지를 바라보며 조용하고 진지하게 말했다.

"그래, 그럴 테지, 오직 갈고리의 그림자만 있겠지. 알고 있어, 알고 있다고. 이것은 어떤 프랑스 놈이 지옥을 묘사한 그대로구나. '나는 솔의 그림자로 마차의 그림자를 청소하는 마

16) 독일의 종교 개혁자이자 신학자.

17) Il faudrait l'inventer. 볼테르가 한 말을 아이러니하게 인용한 것이다.

부의 그림자를 보았다.'[18]라고 했지. 그런데 얘야, 너는 갈고리가 없다는 걸 어떻게 알지? 수도사들 집에 살게 되면 그런 말은 입도 뻥긋 못 하게 될 거다. 그나저나 어서 가 봐라, 그곳에서 진리를 터득하게 되면 그땐 여기 와서 좀 얘기해 주렴. 저 세상이 어떤 것인지를 제대로 알면 저곳에 가는 것도 어떻든 좀 더 수월하지 않겠니. 게다가 술 취한 영감쟁이에다가 계집년들이 들끓는 이 아비 집보다야 수도사들 집에 있는 것이 좀 더 점잖지 않겠니……. 하긴 어차피 천사 같은 너한테는 손끝 하나 못 대겠지만. 뭐, 아마 저기서도 너한테는 손끝 하나 못 댈 거야. 아닌 게 아니라 바로 그래서, 그럴 거라고 기대하기 때문에 내 너의 뜻을 들어주는 거란다. 너의 정신은 악마한테 잡아먹히지 않았거든. 활활 타다가 꺼져서 다 낫게 되면 다시 돌아올 테지. 이 아비는 너를 기다리도록 하마. 정말로 이 지상에서 나를 비난하지 않은 사람은 오직 너뿐이거든, 그런 느낌이 드는구나, 요 귀여운 꼬마 녀석, 정말로 그런 느낌이 들어, 어떻게 그걸 느끼지 못할 수 있겠니……!"

그러고서 그는 숫제 엉엉 흐느껴 울기 시작했다. 그는 감상적이었다. 그는 못됐고 또 감상적이었다.

---

18) 'J'ai vu l'ombre d'un cocher, qui avec l'ombre d'une brosse frottait l'ombre d'une carrosse.' 6세기에 페로 형제와 그들의 친구 보랭이 『아이네이스』의 한 곡을 패러디한 것을 다소 부정확하게 인용한 것이다.

5 장로들

행여 독자들 중 누구는 나의 젊은이가 병적이고 광적이고 인성 발달이 부실한, 병약하고 바싹 마른 말라깽이에 창백한 몽상가일 거라고 생각할지도 모르겠다. 하지만 정반대로, 그 무렵 알료샤는 균형 잡힌 몸에 발그스름한 뺨과 해맑은 시선을 지녔으며 쇠도 녹일 만큼 건강한 열아홉 살의 미성년이었다. 그는 그 무렵엔 아주 잘생겼다고 해도 과언이 아니었고 평균보다 큰 키에 늘씬했으며 짙은 아마빛 머리칼에 약간 갸름하긴 하지만 윤곽이 뚜렷한 계란형 얼굴, 반짝반짝 빛나는 짙은 잿빛의 커다란 두 눈을 지녔으며 몹시 사려 깊고 몹시 침착해 보였다. 발그스름한 뺨을 지녔다고 광신주의나 신비주의에 빠져들지 말라는 법이 어디 있느냐고 말할 사람이 있을지도 모르겠다. 하지만 내 생각으론 알료샤는 그 누구보다도 더 리얼리스트였던 것 같다. 오, 물론 수도원에 있으면서 그는 기적이라는 것을 전적으로 믿었지만, 내 생각에 기적이 리얼리스트를 혼란스럽게 하는 일은 결코 없을 것 같다. 리얼리스트를 믿음으로 이끄는 것은 기적이 아니다. 진정한 리얼리스트는 만약 그가 믿음이 없는 자라면 기적마저도 믿지 않을 힘과 능력을 언제라도 자기 내부에서 발견할 것이고, 반면 기적이 자기 앞에서 물리칠 수 없는 사실이 된다면 그는 사실을 인정하기보다는 차라리 자신의 감각들을 믿지 않는 쪽을 택할 것이다. 설사 그 사실을 인정한다고 할지라도, 그건 그저 자기가 지금까지는 몰랐던 자연적인 사실로서 인정하는 것에 지나지 않는다. 리얼리스트에게는 기적에서부터 믿음이 나오는 것이 아니라 믿음에서부터 기적이 나오는 것이다. 만약 리얼리스트가 일단 믿게 된다면, 그는 다름 아닌 자신의 리얼리즘에 따라 기적도 반드시 인정해야 한다. 사도 토마스는 제 눈으로 보기 전에는 믿지 못하겠다고 단언했지만 보았을 때는 "주여, 나의 하느님이여!"라고 말했다. 과연 그가 기적 때문에 억지로 믿게 됐을까? 필경 그렇지 않을 것이다. 그가 믿게 된 것은 그저 믿기를 바랐기 때문이고 "내 눈으로 보기 전에는 믿지 못하겠다."라고 말한 그때부터 이미 자기 마음 깊은 곳에서 완전히 믿고 있었기 때문일 것이다.[19]

행여나 알료샤를 두고 우둔하다느니 덜떨어졌다느니 김나지움도 제대로 마치지 못했다느니 등의 말을 할지도 모르겠다. 김나지움을 마치지 못한 것은 사실이지만, 우둔하거나 멍청하다는 것은 지나치게 부당한 말일 터이다. 이미 앞서 말했던 것을 그저 반복하자면, 그가 이 길로 들어선 것은 오직 그 무렵엔 그것 하나만이 그에게 충격적일 만큼 큰 감동을 안겨 주었으며 단번에, 암흑에서 빠져나와 빛을 향해 몸부림치던 그의 영혼을 위한, 그야말로 이상적인 출구로 보였기 때문이었다. 덧붙여 지적하자면 그는 일정 부분 이미 현대의 청년이었으니, 즉 자신의 본성상 진실을 요구하고 그것을 추구하며 또 그것을 믿는 정직한 청년이었고, 또 믿음이 생긴 이후에는 자신의 영혼의 힘을 다 바쳐서 그 진실에 당장 뛰어들어 어

19) 요한복음 20: 24-29.

서 빨리 위업을 달성하고 싶어 못 견디는, 그것을 이루기 위해서라면 모든 것을, 심지어 인생이라도 희생할 각오가 되어 있는 그런 청년이었다. 하지만 불행하게도 인생을 희생한다는 것이 어쩌면 이와 같은 많은 경우에 치를 수 있는 희생 중 가장 손쉬운 것이라는 점을 이런 청년들은 이해하지 못할 수도 있다. 예를 들어, 젊음이 한창 끓어오를 때 인생의 오륙 년을 힘들고 지난한 학업과 학문을 위해 희생한다는 것은, 비록 예의 그 진실과 위업을 너무도 사랑한 나머지 그것을 기필코 이루겠노라고 다짐한 뒤 그것을 위해 자기 내부의 힘을 열 배로 늘리기 위한 목적에서라고 할지라도 그런 희생은 그야말로 대부분의 청년들에게 거의 감당하기 힘든 일인 것이다. 알료샤는 모든 청년들과 정반대되는 길을 선택했을 뿐, 어서 빨리 위업을 이루고 싶다는 열망에 있어서는 똑같았다. 진지하게 심사숙고해 본 결과 불멸과 신이 존재한다는 확신을 얻어 감동하자마자, 당장에 그는 응당 스스로에게 "불멸을 위해 살고 싶다, 어정쩡한 타협 따위는 받아들이지 않겠다."라고 말했다. 이와 꼭 마찬가지로 그가 불멸과 신은 없다고 단정 지었다면, 당장에 그는 무신론자와 사회주의자의 길로 나갔을 것이다.(왜냐면 사회주의는 노동의 문제 내지는 소위 제4계급의 문제일 뿐만 아니라, 주로 무신론의 문제요 무신론의 현대적 구현의 문제이며 땅에서 하늘에 다다르기 위해서가 아니라 하늘을 땅으로 끌어 내리기 위한, 그야말로 신 없이 건설되는 바벨탑의 문제이기 때문이다.) 예전처럼 산다는 것이 심지어 이상하고 불가능하다고까지 알료샤는 생각했다. 성경에도 "네가 완전한 사람이 되려거든, 모든 것을 나눠 주고 나를 따르라."[20]라고 쓰여 있지 않은가. 알료샤는 스스로에게 "나는 '모든 것' 대신에 달랑 2루블만 낼 수도 없고, '나를 따르라.' 대신에 그냥 미사만 보러 다닐 수도 없다."라고 말했다. 갓난아기 시절의 기억들 속에는 아마도 그의 어머니가 미사를 보기 위해 그를 우리 교외 수도원에 데려갔던 일이 뭔가 보존되어 있었던 모양이다. 어쩌면 그의 클리쿠샤 어머니가 성상 앞으로 그를 내밀었을 때 비스듬히 비치던 석양이 영향을 미쳤는지도 모르겠다. 사려 깊은 그가 그때 우리 도시를 찾아온 것도 이것이 모든 것이냐 아니면 이것도 고작 2루블에 불과한 것인가를 그냥 한번 살펴보기 위해서였을 수도 있는데—그러고서 수도원에서 이 장로를 만났던 것이다…….

이 장로라 함은 내가 앞서 이미 설명했듯 조시마 장로이다. 하지만 여기서 우리 나라 수도원의 '장로'라는 것이 대체 무엇인지에 대해서도 몇 마디 해야겠는데, 유감스럽게도 이 부분에 관한 한 나는 그다지 유능하지도 탄탄하지도 않음을 절감하는 바이다. 그럼에도 피상적인 진술이나마 몇 마디 해 보고자 한다. 첫째, 전문적이고 유능한 사람들은 장로와 장로제가 우리 나라, 즉 우리 러시아의 수도원에 나타난 것은 고작해야 아주 최근의 일로 심지어 100년도 되지 않았지만 모든 동방 정교 국가들, 특히 시나이산과 아토스산[21]에서는 이미 천 년

20) 마태오복음 19: 21, 마르코복음 10: 21, 루카복음 18: 22.

21) 동방 정교(그리스 정교)의 성지로, 시나이산은 시나이반도의 남쪽에 있으며 아토스산은 에게해와 면한 그리스의 반도에 있다.

전부터 존재해 왔노라고 주장한다. 한편, 아주 먼 옛날 우리 루시[22]에도 장로제가 존재했거나 응당 존재했어야 하지만 타타르 침공, 동란, 콘스탄티노플의 함락 등의 러시아 국난 이후 동방과의 관계 단절로 인해 이 제도는 우리 나라에서 잊혔고 장로들도 대가 끊겼다고 하는 주장도 있다. 그러다가 위대한 고행자(이렇게들 부른다.) 중 하나인 파이시 벨리치코프와 그의 제자들에 의해서 지난 세기 말부터 우리 나라에서 다시 부활했다. 하지만 거의 100년이 흐른 지금까지도 극소수의 수도원에만 존재하고 심지어 이따금씩은 러시아에 유례가 없는 혁신적 제도로 취급받아 거의 박해를 당하기까지 했다. 우리 루시에서 장로 제도가 유달리 번성했던 곳은 어느 저명한 황야, 즉 코젤스카야 오프치나 수도원이었다. 언제 누구에 의해서 그것이 우리 도시 근교의 수도원에까지 보급되었는지는 정확히 말할 수 없지만 이미 세 번째 장로 승계가 있었으며 조시마 장로는 그들 중 마지막이었다. 그러나 그도 이미 노쇠하고 병들어 죽음이 코앞에 있었건만 누가 그를 승계할 것인지는 아예 미지수였다. 이 문제는 우리 수도원에 있어서 제법 중요했는데, 이는 그때까지 우리 수도원은 특별히 이렇다 할 일로 명성을 날린 일이 없었기 때문이다. 이곳에는 성자의 유체(遺體)라든지 기적을 현시한 성화(聖畫)라든지 하는 것이 없었으며, 심지어 우리의 역사와 연관된 훌륭한 전설조차도 없었고, 역사적 위업과 조국에 대한 공훈을 쌓은 적도 없었다. 우리

---

22) 러시아의 옛 명칭.

수도원이 러시아 전역에 걸쳐 번성하고 명성을 누린 것은 다름 아니라 장로들 덕분이었으니, 그들을 보고 그들의 말을 듣기 위해 수천 베르스타[23]나 떨어진 러시아 전역에서 신도들이 무리를 지어 우리 마을로 몰려들곤 했던 것이다. 그렇다면 장로란 도대체 무엇인가? 장로란 여러분의 영혼과 여러분의 의지를 자신의 영혼과 자신의 의지 속으로 가져가는 자이다. 일단 장로를 선출하고 나면, 여러분은 절대 복종과 완전한 자기 방기의 자세로 자신의 의지를 버리고 그것을 그에게 바친다. 스스로 이런 짐을 진 자는 이 시험을, 이 끔찍한 인생의 학교를 자발적으로 받아들인다. 오랜 시험이 끝나면 결국에는 평생 동안의 복종을 통해 이미 완전한 자유에, 즉 자기 자신으로부터의 자유에 도달할 수 있을 만큼, 한평생을 살면서도 자기 내부에서 자기를 발견하지 못한 자들과 같은 운명을 피할 수 있을 만큼 스스로를 지배하고 다스릴 수 있게 된다는 희망을 갖고서 말이다. 이 고안물, 즉 장로제는 이론적인 것이 아니라 현대로부터 이미 천 년의 역사를 지닌 동방에서 실행을 거쳐 나온 것이다. 장로에 대한 의무는 우리 수도원에도 늘 있어 왔던 통상적인 '복종'과는 다른 것이다. 이 경우 장로를 따르는 자들은 영원히 고해성사를 해야 하며 의무를 지운 자와 의무를 갖게 된 자 사이에는 파괴할 수 없는 관계가 맺어진다. 인구에 회자되는 한 예를 들자면, 기독교[24]의 아주 초창기 시절 한 견습

23) 1베르스타는 약 1.067킬로미터.

24) 이때의 기독교는 로마 가톨릭교, 동방 정교, 개신교 등을 포괄하는 기독교(그리스도교) 일반을 지칭한다. 러시아 정교는 그 근원을 따지면 동방 정

수도사가 장로가 내린 어떤 복종의 계율을 이행하지 못한 채 시리아에 있던 그의 수도원을 떠나 다른 나라인 이집트로 갔다고 한다. 그곳에서 그는 오랜 시간에 걸쳐 위대한 위업을 이룩하고 나서 마침내 모진 고문을 겪으면서 순교하게 되었다. 교회에서는 이미 그를 성자로 떠받들어 장례식을 치르고 있었는데, 그때 갑자기 보제(補祭)가 "이름 받은 자들[25]은 나올지어다."라고 외치자마자 수난자의 관이 그 안에 안치된 시신과 함께 그 자리를 떠나 사원 밖으로 내동댕이쳐졌다. 이런 일이 세 번이나 거듭 반복됐다. 그러다가 결국에는 이 성스러운 수난자가 복종의 계율을 어기고 자신의 장로를 떠났기 때문에 아무리 위대한 위업을 이룩했다고 해도 장로가 풀어 주지 않으면 용서를 받을 수 없다는 것이 밝혀졌다. 그런데 초대를 받고 온 장로가 복종의 계율을 풀어 주자, 그때야 비로소 그의 장례식도 무사히 치러질 수 있었다. 물론 이 모든 것은 오래된 전설에 불과하지만 여기 최근에 있었던 실화도 있다. 우리 시대에 속하는 한 수도사가 아토스산에서 구도 생활을 하고 있는데, 장로가 갑자기 그가 마음 깊이 사랑하고 있던 성소이자 조용한 은둔처인 아토스산을 떠나라고, 그러고는 일단 성지 순례 차원에서 예루살렘으로, 그다음에는 다시 러시아로 돌아와서 북쪽 시베리아로 가라고 명령했다. "네가 있을 곳은 여기가 아니라 저기니라."라면서 말이다. 충격을 받은 나머지 괴

교에서 온 것이다.

25) 러시아 정교에서 사용되는 용어로서 아직까지 교회의 완전한 일원이 되지 못한, 준비 단계에 있는 사람을 일컫는다.

로워 죽을 지경이 된 수도사는 콘스탄티노플의 총대주교 앞으로 가서 그의 복종의 계율을 풀어 달라고 간청했으나, 교회의 총지휘자였던 그의 대답인즉, 총대주교인 자기조차도 그것을 풀어 줄 수 없음은 물론이고 장로가 일단 한번 부과한 이상 그 복종을 풀어 줄 수 있는 권한은 그것을 부과한 장로 당사자를 제외하곤 이 땅 어디에도 있을 수 없다는 것이었다. 이런 식으로, 장로 집단은 어떤 경우에 있어서는 불가사의할 만큼 무한한 권한을 부여받은 것이었다. 바로 이 때문에 우리 나라의 많은 수도원에서 처음에 장로제가 거의 박해를 당하다시피 했던 것이다. 반면 민중들 사이에서는 곧 장로들이 대단히 존경받기 시작했다. 이를테면 우리 수도원의 장로들만 해도 평민이며 세도가며 할 것 없이 몰려들어서는 장로들 앞에 엎드려 그들에게 자신들의 의심, 자신들의 죄, 자신들의 고뇌를 고백하고 조언과 가르침을 구했다. 장로들을 싫어하는 사람들은 이를 보고 예의 그 해묵은 비난을 퍼붓고 이곳에서는 고해성사의 신비스러움이 제멋대로 경솔하게 훼손되고 있다고 외쳐 댔다. 하지만 장로의 견습 수도사든 속세 사람이든 장로 앞에서 하는 고해성사는 절대로 신비스러운 의식으로서 행해지는 것이 아니었다. 어쨌거나 장로제는 결국 유지되었고 조금씩 러시아의 수도원 곳곳에 뿌리박고 있는 추세이다. 사실 인간이 노예 상태에서 벗어나 자유와 정신적인 완성에 이르기 위해 정신적으로 재탄생함에 있어서 이미 천 년에 걸쳐 온갖 시험을 거쳐 온 도구도 양날의 무기로 변할 수 있는 노릇이고, 따라서 어쩌면 겸허와 완전한 극기가 아니라 정반대의 것인 가장 악마적인 오만함을, 즉 자유가 아닌 굴레를 낳을 수도 있는 것이다.

조시마 장로는 예순다섯 살쯤 되었으며 지주 출신이었는데 언젠가 아주 젊었을 때는 군인이었고 캅카스에서 위관(尉官)으로 복무했다. 그가 지닌 어떤 특별한 정신적 자질이 알료샤를 감동시킨 것은 의심의 여지가 없었다. 알료샤는 장로의 암자에서 살았는데, 장로가 그를 몹시 좋아하게 되어 자기 암자로 들인 까닭이었다. 여기서 지적해 둘 것이 있다. 즉 알료샤는 그때 수도원에 살긴 했지만 어디에 얽매인 몸이 아니었기 때문에 꼬박 며칠씩이라도 마음 내키는 대로 어디든 나다닐 수 있었고 따라서 그가 수도복을 입고 다녔다면 그건 수도원의 다른 사람들 사이에서 괜히 튀지 않기 위해 자발적으로 그런 것이었다. 물론 그것이 자기 마음에 들었기 때문이기도 했다. 어쩌면 알료샤의 젊은 상상력에 강한 영향을 미친 것은 그의 장로를 에워싸고 있는 이 권력과 영예였을지도 모르겠다. 많은 사람들이 조시마 장로에 대해 하는 말을 들어보면, 그는 자신의 영혼을 고백하기 위해 찾아와 그에게서 조언과 치유의 말을 갈구했던 모든 이들을 워낙 오랜 세월 동안 자기 암자로 들였고 또 워낙 많은 고백과 고뇌와 자백을 자기 영혼 속으로 받아들였기 때문에, 종국에는 그를 찾아온 미지인의 얼굴을 보자마자 첫눈에 이 사람이 무엇 때문에 왔는지, 그에게는 무엇이 필요한지, 심지어 어떤 종류의 고통이 그의 양심을 괴롭히고 있는지조차도 알아맞힐 수 있을 정도로 예리한 통찰력을 획득했으며, 방문객이 무슨 말을 하기도 전에 그의 비밀을 정확히 알아맞혀서 방문객을 깜짝 놀라게 하고 또 당혹스럽게 하고 거의 두려움에 떨게 만들었다고 한다. 하지만 알료샤가 거의 언제나 인지한 바로는, 그러면서도 처음으로 장로와 단독으로 대화를 나누게 된 많은 사람들 중 거의 전부가 들어갈 때는 공포와 불안에 떨지만 장로의 방에서 나올 때는 거의 언제나 밝고 기쁜 모습이었고 음울하기 짝이 없는 얼굴도 행복한 얼굴로 변해 있었다. 알료샤는 장로가 엄격하기는커녕 사람을 대할 때면 늘 거의 명랑했다는 사실에 유달리 감동을 받았다. 수도사들은 장로에 대해 장로가 진심으로 큰 애착을 갖는 것은 좀 더 죄 많은 자이고, 가장 죄 많은 자를 그 누구보다도 제일 좋아한다고 말하곤 했다. 수도사들 중에는 장로의 인생이 그야말로 막바지에 이른 시점에서도 그를 증오하거나 질투하는 자들도 있었지만 그 수는 이미 줄었고 또 그나마도 입을 다물고 있었다. 그들 중에는 수도원 내에 명성이 자자하고 영향력도 제법 있는 인물들도 몇몇 있었는데, 예를 들자면 수도원의 터줏대감 중 하나로서 위대한 묵언 수행자에 보기 드문 금욕주의자가 있었다. 하지만 어쨌든 간에 대다수가 이미 의심의 여지 없이 장로 편이었으며 그들 중 아주 많은 이들이 장로를 마음속에서 우러나오는 진심으로 열렬하게 좋아했다. 심지어 몇몇 사람들은 그에게 거의 광적으로 매달려 있었다. 이런 이들은 비록 대놓고 큰 소리로 외친 건 아니지만 그래도 장로는 성자이다, 이 점은 의심의 여지가 없다, 하고 대놓고 말하곤 했으며, 장로의 죽음이 임박했음을 예견하면서 고인을 통해 아주 가까운 미래에 수도원으로선 큰 영광이 될 기적이 즉각 일어나리라고 기대했다. 알료샤도 장로의 기적적인 힘을 교회 밖으로 날아가 버린 관 이야기와 마찬가지로 철저하게 믿고 있었다. 아픈 아이들이나 어른 친척들을 데리고 와서 그들의 몸에 손을 얹고 기도해 달라고 장로에게 간청했던 많은 사람이 곧바로, 심지어 어떤 이들은 바로 다음 날 다시 와서 눈물을 흘리며 장로 앞에 엎드리고 그들의 환자를 치료해 주어서 고맙다고 하는 것을 그는 보아 왔다. 정말로 이렇게 치료가 되었는지 아니면 그저 병이 진행되다가 자연적으로 호전되었는지 이 점에 관한 한 알료샤에겐 의문이라는 것이 존재하지 않았다. 이는 스승의 정신적인 힘을 굳게 믿었기에 스승의 영광이 곧 그 자신의 승리나 다름없었기 때문이었다. 특히 장로를 만나서 그의 축복을 받고자 일부러 러시아 방방곡곡에서 몰려든 평민 신도들이 암자 대문 곁에 서서 장로를 기다리고 있고 장로가 그들 무리를 맞이하기 위해 나올 때면, 알료샤는 심장이 전율하는 듯했고 온몸이 반짝반짝 빛나는 듯했다. 그들은 장로 앞에 엎드려 울면서 그의 발에, 또 그가 발 딛고 서 있는 땅에 입을 맞추고 흐느꼈으며, 아낙네들은 자기 아이들을 그를 향해 내밀기도 하고 병든 클리쿠샤를 데려오기도 했다. 장로는 그들과 이야기를 나누고 짧은 기도를 해 주고 축복한 뒤 보냈다. 최근에는 그의 병세가 더욱 악화되어 암자에서 나올 힘도 없을 만큼 쇠약해지는 때도 있었는데, 그럴 때면 신도들은 며칠씩이나 수도원에서 그가 나오길 기다리기 일쑤였다. 알료샤에게는 그들이 장로를 왜 그토록 좋아하는지, 왜 장로의 얼굴을 보자마자 그 앞에 엎드려 감동에 젖어 우는지는 아예 의문거리도 되지 않았다. 오, 그는 노동과 괴로움, 무엇보다도 항구적인 불의와 항구적인 죄, 그것도 자신의 죄뿐만 아니라 전 세계의 죄로 인해 만신창이가 된 러시아 평민의 겸허한 영혼에게 있어 성물(聖物)이나 성자를 찾아서 그 앞에 엎드려 경배하는 것보다 더 강렬한 욕구와 위안은 없다는 것을 너무도 잘 이해하고 있었던 것이다. '설령 우리에게 죄와 거짓과 유혹이 만연한다고 할지라도 어쨌거나 지상의 저곳 어딘가에 성스럽고 드높은 분이 계신다. 그분은 우리 대신 진리를 갖고 계시고 또 그분은 우리 대신 진리를 알고 계신다. 즉 진리는 이 땅에서 죽어 가는 것이 아니니 고로 언젠가는 우리에게도 넘어와, 약속된 대로 온 땅에 퍼지게 될 것이다.' 알료샤는 민중들이 바로 이렇게 느끼고 심지어 이렇게 판단하고 있다는 것을 알고 있었으며, 또한 이해하고 있었다. 민중들의 눈에는 장로야말로 바로 그 성자이며 하느님의 진리의 수호자이며 이 점에 대해서라면 그 자신도 이렇게 울고 있는 농부들이나 자기 아이들을 장로에게 내미는 병든 아낙네들과 마찬가지로 추호의 의심도 없었다. 알료샤의 영혼 속에는 장로가 유명을 달리하면서 수도원에 이례적인 영광을 안겨 줄 것이라는 확신이 수도원의 그 어떤 누구에게보다도 더 강렬하게 자리 잡고 있었다. 또한 대체로 요 근래 줄곧 어떤 깊고도 열렬한 내적 환희가 점점 더 거세고도 또 거세게 그의 마음속에서 타오르고 있었다. 장로가 어쨌거나 자기 앞에 유일자로 서 있다는 점에 대해선 어떤 의혹도 없었던 것이다. '어떻든 저분은 성스러우시고, 저분의 마음속에는 모든 사람을 갱생시킬 수 있는 비밀이, 궁극적으로는 지상의 진리를 세울 위력이 들어 있으니, 모두 다 성스러워져서 서로서로를 사랑하게 될 것이며 부유한 자도 가난한 자도, 높은 자도 낮은 자도 없어져 모두 다 하느님의 아이들처럼 될 것이니, 그리하여 그리스도의 참된 왕국이 도래할 것이다.' 바로 이런 꿈이 알료샤의 마음속에서 어른거리고 있었던 것이다.

알료샤가 그때까지 전혀 모르고 있던 두 형의 귀향은 그에게 아주 강렬한 인상을 준 것 같았다. 큰형 드미트리 표도로비치가 한배에서 난 작은형 이반 표도로비치보다 더 늦게 왔지만 큰형과 더 빨리, 더 많이 친해졌다. 그는 이반 형이 어떤 사람인지 알고 싶어 안달이 났지만 형이 여기 산 지 벌써 두 달이나 됐고 서로 마주칠 일이 상당히 자주 있었음에도 불구하고 아직까지도 어째 좀처럼 친해지질 못했다. 알료샤는 워낙에 말이 없는 성격이어서 뭔가를 기다리는 듯도, 뭔가를 부끄러워하는 듯도 했고, 또 이반 형은 처음에는 알료샤도 알아챌 수 있을 만큼 알료샤한테 오래도록 호기심 어린 시선을 보내곤 했지만 얼마 안 가서 숫제 동생에 대해 생각하는 것 자체를 그만둔 듯싶었다. 이것을 알아채자 알료샤는 다소간 혼란스러워졌다. 그는 형의 무관심을 나이 차이로, 특히 학력의 차이로 돌렸다. 그럼에도 알료샤는 또 다른 생각도 하고 있었다. 즉 이반이 자기에게 저토록 호기심과 관심을 보이지 않는 것은 알료샤가 전혀 모르는 어떤 일 때문일 수도 있지 않느냐는 거였다. 알료샤는 줄곧 왠지 이반이 뭔가에, 내적이고 중대한 뭔가에 홀려 있고 어쩌면 아주 힘든 어떤 목표를 향해 달려가고 있어서 자기에게 신경 쓸 겨를이 없는 양, 오로지 이 때문에 자기를 멍한 눈으로 바라보는 양 생각했던 것이다. 한편으론 형은 박식한 무신론자니까 자기 같은 멍청한 견습 수도사를 경멸해서 그런 건 아닐까 하는 생각에 몰두하기도 했다. 그는 자기 형이 무신론자라는 것을 아주 잘 알고 있었다. 설사 형이 정말로 자기를 경멸한다고 해도 이런 것쯤으로 마음이 상할 리는 없었지만, 어쨌거나 형이 흔쾌히 자기한테로 좀 더 가까이 다가와 주길, 왠지 스스로도 알 수 없는 불안한 혼란을 느끼며 학수고대하고 있었다. 드미트리 표도로비치 형은 이반 형을 마음 깊숙이 존경하고 있어서 그에 대해 말할 때는 어떤 특별한 감동에 젖곤 했다. 실은 바로 큰형을 통해서 알료샤는 최근 두 형들을 훌륭하고 친밀한 관계로 엮어 준 중대한 일의 자초지종을 알게 되었다. 이반 형에 대한 드미트리의 열광적인 평가가 알료샤의 눈에 유난히 띄었던 이유는 이반과 비교할 때 드미트리 형이 교육을 거의 받지 못했고 함께 나란히 세운다면 서로 이보다 더 닮지 않은 두 사람은 생각도 해낼 수 없을 만큼 인성과 성격에 있어 현란한 대조를 이루었기 때문이다.

바로 이런 때에 이 들쑥날쑥한 집안의 구성원이 모두 참석한 가족 회동이, 아니 더 정확히 말해 그냥 가족 모임이 장로의 암자에서 이루어졌으니, 이것은 알료샤에게 굉장히 큰 영향을 미쳤다. 이 모임의 구실은, 실은 가짜였다. 그 당시 유산과 재산 분배 문제를 둘러싼 드미트리 표도로비치와 그의 아버지 표도르 파블로비치의 불화는 여러모로 보아 끝으로 치닫고 말았다. 서로의 관계가 날카로워져 참을 수 없는 지경이 됐던 것이다. 그래서 아마 표도르 파블로비치가 먼저 농담 삼아 조시마 장로의 암자에서 다 함께 모이면 어떨까 슬쩍 말을 던진 모양인데, 구태여 장로가 직접적으로 나서서 중재를 해 주길 바라서가 아니라 장로의 위신과 얼굴을 봐서 아무래도 말이 좀 더 잘 먹히고 화해 분위기가 조성돼서 점잖게 합의를 볼 수 있지 않을까 싶어서였을 것이다. 드미트리 표도로비치는 장로의 암자에 가 본 적도 한 번 없고 숫제 그를 본 적도 없었던 터라, 물론 장로를 동원해 자기를 겁주려는 속셈일 거라고 생각했다. 하지만 그도 최근 아버지와 싸우면서 유별나게 과격한 짓을 많이 했다며 속으로 자책하고 있었기 때문에 도전을 받아들였다. 그나저나 말이 나온 김에 일러두자면, 그는 이반 표도로비치처럼 아버지의 집에 사는 것이 아니라 도시의 다른 쪽 끝에 따로 살고 있었다. 그런데 그 무렵 우리 도시에 와서 살고 있던 표트르 알렉산드로비치 미우소프가 표도르 파블로비치의 이 생각을 특히나 지지하고 나섰다. 40, 50년대의 자유주의자이자 자유사상가이며 무신론자인 그는 너무 심심해서였는지 아니면 그냥 가볍게 기분 전환을 하고 싶었는지 여하튼 이 일에 굉장한 관심을 보였다. 갑자기 수도원과 저 '성자'를 보고 싶어졌다. 즉 그의 영지와 수도원 사이에는 아직도 영토 경계 문제며 무슨 삼림 벌목권이며 무슨 하천 어로권 등등에 관한 해묵은 싸움이 지속되어 줄곧 소송을 질질 끌고 있는 상태였기 때문에, 그는 자기가 직접 나서서 어떻게든 그들 사이의 싸움을 좀 보기 좋게 끝낼 수 없을지 수도원장 신부와 협상하고 싶다는 식의 구실을 대어 서둘러 이 기회를 이용하고자 했던 것이다. 이렇게 훌륭한 의도를 갖고 온 방문객이라면 물론 수도원에서도 마냥 호기심에서 찾아온 사람보다는 좀 더 주의를 기울여 신중하게 받아들일 것이 아니겠는가. 이 모든 것을 고려해 보니 최근 들어선 암자를 나오는 일도 숫제 거의 없고 심지어 병 때문에 일반 방문객마저도 마다해 온 병든 장로에게 수도원 측에서 모종의 내적인 영향력을 행사할 수도 있는 노릇이었다. 결국엔 장로도 동의했고 모임 날짜도 정해졌다. "누구 때문에 내가 그들과 함께하기로 했을까?" 그는 그저 미소를 지으면서 알료샤에게 이렇게 말할 따름이었다.

회합이 있으리란 것을 알고 나서 알료샤는 몹시 당황했다. 서로 못 잡아먹어서 안달인 이 사람들 중 회합을 진지하게 바라볼 수 있는 사람이 있다면, 그건 틀림없이 드미트리 형 하나뿐이었다. 나머지는 모두 장로에게 모욕이 될 수도 있는 얄팍한 목적을 갖고 올 것이니 바로 이 점을 알료샤는 이해하고 있었다. 이반 형과 미우소프는 호기심, 그것도 어쩌면 가장 저열한 호기심 때문에, 그의 아버지는 어쩌면 무슨 광대극이나 연극판을 벌이기 위해 올 것이다. 오, 알료샤는 비록 입을 다물고 있긴 했지만 자기 아버지를 이미 속속들이 잘 알고 있었다. 반복하건대, 이 소년은 다들 생각하는 바와 같이 그렇게 단순 소박한 소년이 절대 아니었다. 힘겨운 마음으로 그는 예정된 날이 오길 기다렸다. 그가 집안의 이 모든 불화가 어떻게든 잘 끝났으면 하고 혼자서 마음속 깊이 몹시 애를 태운 건 의심의 여지가 없다. 하지만 그럼에도, 그가 제일 애를 태웠던 것은 역시 장로 때문이었다. 그는 장로를, 장로의 영예를 생각하며 마음을 졸였고, 장로가 받을지도 모를 모욕, 특히 미우소프의 세련되고도 점잖은 냉소와 학자인 이반의 사람을 깔보는 듯한 애매한 말들이 무서웠으니, 이 모든 것이 그에게 훤히 떠올랐던 것이다. 그는 심지어 용기를 내어 장로에게 미리 언질을 드려 볼까, 올 가능성이 있는 이 인물들에 대해 무슨 말이든 해 볼까 싶기도 했지만 생각을 좀 해 본 끝에 가만히 입을 다물었다. 그저 예정된 날의 전날 밤에 한 지인을 통해 드미트리 형에게, 자기는 형을 몹시 사랑하고 있으며 형이 약속한 것을 꼭 지켜 주기 바란다는 말을 전했을 뿐이다. 드미트리는 동생에게 무슨 약속을 했는지 통 기억이 나지 않았기 때문에 곰곰 생각을 더듬어 보다가, 그저 답장을 통해 '저열한 짓거리가 펼쳐지더라도' 있는 힘껏 자제를 하겠다, 장로와 동생 이반을 마음 깊이 존경하긴 하지만 그럼에도 이건 자기를 옭아맬 올가미거나 형편없는 희극임을 확신한다고 말했다. "하지만 어쨌거나 네가 그렇게 존경하는 성스러운 분에게 무례를 범할 바엔 차라리 혀를 깨물고 죽겠다."라고 드미트리는 자신의 편지를 끝맺었다. 하지만 이 편지도 알료샤를 그다지 고무시키진 못했다.

2장

부적절한 모임

1 수도원에 도착하다

따뜻하고 청명한 아름다운 날이었다. 8월 말이었다. 장로와의 회동은 대략, 늦은 미사 직후인 11시 반으로 잡혀 있었다. 하지만 우리의 수도원 방문객들은 미사엔 참석하지 않고 정확히 미사가 끝날 무렵에 도착했다. 그들은 두 대의 마차에 나눠 타고 왔다. 첫 번째 마차, 즉 값비싼 말 한 쌍을 맨 멋스러운 반개(半開) 마차를 타고 온 사람은 표트르 알렉산드로비치 미우소프였는데, 그는 자신의 먼 친척인 아주 젊은 스무 살가량의 청년 표트르 포미치 칼가노프와 함께였다. 이 젊은이는 대학 입학을 준비하고 있었다. 그런데 미우소프는 무엇 때문인지 현재 그에게 거처를 제공해 주고 있었으며 자기와 함께 취리히나 예나와 같은 외국으로 간 뒤 거기서 대학에 입학하여 과정을 끝내면 어떻겠냐고 꼬드기는 중이었다. 하지만 젊은이는 아직 마음을 정하지 못한 상태였다. 그는 곧잘 생각에 잠겼고 더러 멍한 구석도 있었다. 좋은 인상을 주는 얼굴에 체격도 건장하고 키도 상당히 컸다. 그의 시선은 이상하게도 한곳에 고정되어 있는 경우가 많았다. 아주 멍한 사람들이 으레 그렇듯, 그도 이따금씩 우리를 오랫동안 뚫어져라 바라보았지만 실은 우리를 보고 있는 것이 전혀 아니었다. 말수도 적고 다소간 꿔다 놓은 보릿자루 같았지만 그래도 누구와든 단둘이 있게 되면 갑자기 엄청나게 수다스러워지고 격정적으로 변했으며 웃음까지 헤퍼져서는 왠지 통 알 수 없는 일로 웃음보를 터뜨리기 일쑤였다. 하지만 그의 활기는 재빨리, 갑자기 생겨났다가 역시나 또 그렇게 재빨리, 갑자기 사그라지곤 했다. 옷차림은 항상 훌륭하다 못해 무척 세련된 편이었다. 그에게는 이미 마음대로 처분할 수 있는 얼마간의 재산이 있었지만 아직 훨씬 더 많은 재산이 떨어질 상황이었다. 알료샤와는 친구 사이였다.

미우소프의 마차보다 훨씬 뒤처져서 표도르 파블로비치와 그의 아들 이반 표도로비치도 흰 바탕에 적갈색 무늬가 있는 늙은 말 한 쌍이 끄는, 덜커덩거리고 몹시 낡아 빠진 대형 짐마차를 타고 도착했다. 드미트리 표도로비치는 전날 밤에 이미 날짜와 시간을 알려 주었건만 아직 오지 않은 상태였다. 방문객들은 마차를 수도원의 텃밭 옆 여관에 세워 두고 걸어서 정문으로 들어갔다. 표도르 파블로비치를 제외한 나머지 세 사람은 숫제 수도원이라는 걸 본 적도 없는 것 같았고, 미우소프는 삼십 년 남짓 아예 교회에도 가 본 적이 없었을 것이다. 그는 다소 시건방지게 굴면서도 다소간의 호기심이 어린 눈으로 수도원을 두리번두리번 살폈다. 하지만 수도원 안에는 교회 건물들과 평범하기 짝이 없는 살림살이 건물들 말고는 그의 관찰자적 이성을 자극하는 것이 아무것도 없었다. 교회에서 마지막으로 나온 군중들이 모자를 벗고 성호를 그으며 그 곁을 지나가고 있었다. 평민들 중에는 제법 상류층에 속하는 방문자들, 즉 두서너 명의 귀부인들과 매우 연로한 장군도 한 명 보였다. 이들은 모두 여관에 묵고 있었다. 거지들이 곧 우리 방문객들을 에워쌌지만 누구 하나 그들에게 땡전 한 푼 주는 이 없었다. 오직 페트루샤[26] 칼가노프만이 지갑에서 10코페이카짜리 은화 한 닢을 꺼냈는데, 대체 무엇 때문인지 여하튼 몹시 덤벙대고 당혹스러워하다가 서둘러 한 아낙네의 손에 쥐여 주곤 재빨리 "똑같이 나눠 가져요."라고 말했다. 일행 중 아무도 이것을 제대로 알아차리지 못했기 때문에 그가 당혹스러워해야 할 이유는 전혀 없었다. 그럼에도 이 사실을 알아차리자 그는 더욱더 당혹스러워했다.

그나저나 이상한 일이었다. 원래대로 하자면 이쪽에서 응당 그들을 기다리고 있어야 했고 더욱이 다소간의 존경마저 내비쳐야 했다. 한 사람은 최근에 1000루블이나 희사했고, 다른 사람은 아주 부유한 데다 교양마저 철철 넘치는 지주로서 소송의 추이에 따라 하천 어로권 문제와 관련하여 이곳 사람

---

26) 표트르의 애칭.

들 모두에게 일정 부분 영향력을 행사할 수 있는 자가 아닌가. 자, 이런데도 공식적인 인물 중 그들을 마중하러 온 자가 아무도 없었던 것이다. 미우소프는 멍하게 교회 주변의 묘석들을 바라보고 있다가 이렇게 '성스러운' 곳에서 묻힐 권리를 얻기 위해 장례를 치른 자들은 돈깨나 썼겠다고 한 소리 하고 싶었지만 그냥 잠자코 있었다. 단순한 자유주의적 아이러니는 그의 내부에서 거의 분노 같은 것으로 바뀌고 있었던 것이다.

"젠장, 그나저나 여기 누구한테 물어봐야 할지 통 종잡을 수가 없으니, 원……. 이거 무슨 수를 써야겠어, 시간은 자꾸 가는데." 그가 갑자기 혼잣말처럼 이렇게 내뱉었다.

그때 갑자기 그들 쪽으로 나이가 제법 든, 헐렁한 여름 외투를 걸친 대머리 신사 한 명이 다가왔는데, 눈에는 아첨하는 기색이 역력했다. 모자를 살짝 들어 올린 뒤 그는 달착지근한 발음으로[27] 자기는 그러니까 툴라의 지주 막시모프라고 모두에게 소개했다. 그는 금세 우리 일행을 위해 부산을 떨기 시작했다.

"조시마 장로께서는 암자, 그것도 아주 외진 암자에 살고 계시는데 수도원에서 400보 이상 떨어진 데다가 숲을 지나고 또 숲을 지나서……."

"숲을 지나야 된다는 건 나도 알고 있소." 표도르 파블로비치가 그에게 대답했다. "그저 우리는 길을 전혀 기억하지 못하는 거요, 오랫동안 가 본 일이 없어서."

---

27) 원어('prisjusjukat')는 'sh'를 's'의 연음으로 발음한다는 뜻이다.

"자, 바로 이 문으로 들어가서 곧장 숲을 따라갑니다…… 숲을. 어서 가십시다. 뭣하면…… 제가 몸소……. 자 이쪽, 이쪽입니다……."

그들은 문을 나와 숲 쪽으로 향했다. 지주 막시모프는 예순 살쯤 된 사람으로서 숫제 걷는 것이 아니라 차라리 옆으로 몸을 돌린 채 뛰다시피 했는데, 그러면서도 무슨 경련이라도 인 듯 거의 유례없는 호기심을 보이며 그들 모두를 살펴보는 것이었다. 그 눈은 어쩐지 퉁방울처럼 툭 튀어나와 있었다.

"이보시오, 우리가 장로님한테 가는 건 우리 나름의 용무가 있어서요." 미우소프가 엄격한 어조로 한마디 했다. "우리는 말하자면 '이분'의 알현을 허락받은 몸이니, 길을 안내해주셔서 고맙긴 하지만 함께 들어가시지는 말았으면 싶군요."

"저는 벌써 갔다 왔는걸요, 갔다 왔다고요……. 그야말로 완벽한 기사더군요!(Un chevalier parfait!)" 이렇게 말하면서 지주는 손가락을 허공에 탁 튕겼다.

"기사(chevalier)란 누굴 말하는 거요?" 미우소프가 물었다.

"장로님이시지요, 위대하신 장로님, 장로님……. 수도원의 명예와 영광이지요. 조시마 장로님 말입니다. 이 장로님은 그러니까 그토록……."

하지만 그의 정신없는 일장 연설은 일행들을 좇아온 한 수도사 때문에 중단됐는데, 그는 수도복에 달린 두건을 쓰고 있었고 그다지 크지 않은 키에 몹시 창백하고 바싹 여위어 있었다. 표도르 파블로비치와 미우소프는 가던 걸음을 멈추었다. 수도사는 굉장히 정중하게 거의 허리까지 숙여 가며 인사를 한 뒤 말했다.

"수도원장 신부님께서 간곡히 부탁하시길, 여러분이 암자를 방문하신 연후에 모두 당신의 암자에서 점심 식사를 드셨으면 좋겠답니다. 수도원장 신부님의 암자에서 늦어도 1시까지입니다. 당신도 마찬가지입니다." 이렇게 말하면서 그는 막시모프를 바라보았다.

"아무렴, 꼭 가고말고요!" 표도르 파블로비치는 초대를 받아 기뻐 죽겠는지 큰 소리로 외쳤다. "꼭 가겠습니다. 더욱이 우리는 모두 여기서 점잖게 굴겠다고 약속했거든요……. 그나저나 표트르 알렉산드로비치, 당신은 갈 거요?"

"아니, 그럼 왜 안 간단 말이오? 내가 여기 온 게 바로, 여기 이들의 풍습을 전부 보기 위해서가 아니오. 내게 골치 아픈 건 오직 하나, 바로 내가 지금, 표도르 파블로비치, 당신과 함께 있다는 것이지……."

"그러고 보니 드미트리 표도로비치가 아직도 없군."

"그가 아예 안 온다면 더할 나위 없이 좋을 텐데. 아니, 당신은 내가 당신네들의 이 어설픈 연극이 좋아서 당신네들한테 덤으로 붙은 줄 아시오? 아무튼 우리 모두 식사는 하러 가겠으니 수도원장 신부님께 감사의 말씀을 전해 주시오." 그가 이렇게 말하면서 수도사를 쳐다보았다.

"아닙니다, 저는 여러분을 장로님께 안내할 의무가 있습니다." 수도사가 대답했다.

"그렇다면 저는 수도원장 신부님께로 가겠습니다, 그사이에 곧장 수도원장 신부님께로."라고 막시모프 지주가 조잘거렸다.

"수도원장 신부님께서는 지금 바쁘시지만, 정 그러고 싶으시다면……." 수도사가 주저하면서 말했다.

"질기기 짝이 없는 영감탱이구먼." 막시모프 지주가 다시 수도원으로 달려가자, 미우소프가 큰 소리로 이렇게 평했다.

"폰 존[28]을 닮았어." 표도르 파블로비치가 갑자기 말했다.

"당신이 아는 거라곤 그런 거밖에 없지……. 뭘 봐서 저 사람이 폰 존을 닮았다는 거요? 당신 눈으로 폰 존을 보기라도 했소?"

"그의 사진을 봤소. 얼굴이 닮은 데가 있다는 게 아니라 뭔가 설명할 수 없는 걸로 닮았어요. 영락없이 폰 존의 복사본이라니까. 나는 언제나 관상 하나만 봐도 이런 걸 알 수 있소."

"뭐, 당신은 그런 쪽으론 전문가일 테니까. 단, 표도르 파블로비치, 지금 본인 입으로 우리는 점잖게 행동하겠노라고 약속했다고 말한 거, 기억할 거요. 분명히 말하지만, 알아서 잘 처신하시오. 설사 당신이 어릿광대짓을 벌인다고 해도, 나는 당신과 동급으로 보이고 싶진 않으니까……. 이봐요, 이 작자는 말이죠." 이렇게 말하면서 그는 수도사를 쳐다보았다. "바로 이런 인간과 함께 점잖은 사람들 앞에 나서는 것이 두렵군요."

수도사의 핏기 없는 창백한 입술에는 교활한 기색이 감도는, 미묘하고도 떨떠름한 미소[29]가 번지긴 했지만 이렇다 할 대답은 전혀 없었는데, 이 침묵이 자신의 위엄을 지키기 위해서라

---

28) 페테르부르크에서 창녀의 유혹에 빠져 사창가에서 처참하게 살해된 인물.
29) 원어로는 '보리수 껍질 같은 미소'이다.

는 점은 너무도 분명했다. 미우소프는 한층 더 인상을 썼다.

'에잇, 빌어먹을 놈들 같으니, 죄다 수백 년 동안 외모만 그럴듯하게 갈고닦았지, 속으론 거들먹거리고 엉터리 수작뿐이라니까!' 그의 머릿속에서는 이런 생각이 스쳐 지나갔다.

"자, 드디어 암자로군, 다 왔어!" 표도르 파블로비치가 소리쳤다. "그런데 텃밭과 대문이 잠겨 있는걸."

그러면서 그는 잽싸게 대문 위와 옆에 그려진 성자들 앞에서 큼직하게 성호를 긋기 시작했다.

"로마에 가면 로마법을 따르는 법이지." 그가 한 소리 했다. "여기 암자에서 스물다섯 명의 성자들이 모두 도를 닦느라 서로서로를 바라보면서 양배추를 먹는다죠. 이 문으론 단 한 명의 여자도 들어갈 수 없다니, 바로 이 점이 특히나 훌륭하단 말씀이올시다. 아닌 게 아니라 정말로 그렇다니까요. 다만 제가 들은 바론, 장로님께서는 부인들을 접견하신다면서요?" 이렇게 말하면서 그가 갑자기 수도사를 돌아보았다.

"평민층 여성분들은 지금도 여기 와 있는데, 바로 저기 작은 회랑(回廊) 옆에 누워서 기다리고 있습니다. 상류층 귀부인들을 위해서는 역시나 여기에, 다만 텃밭의 바깥에 있는 회랑에 작은 방 두 칸이 마련되어 있는데, 바로 여기 이 창문들이지요. 장로님께서는 몸이 건강하실 때는 내부 통로를 통해, 즉 어쨌거나 텃밭을 지나서 그분들을 맞으러 가십니다. 바로 지금도 어느 마님께서, 그러니까 하리코프의 지주인 호흘라코바 부인께서 몸이 허약한 따님과 함께 장로님을 기다리고 계십니다. 최근에는 건강이 너무 약해져서 사람들 앞에 나오시는 일이 거의 없으시지만, 그분들은 꼭 만나 보시겠다고 약속하신 모양입니다."

"그러니까 어쨌거나 암자에서 마님들한테로 갈 수 있는 뒷구멍이 있다는 거로군요. 성스러운 신부님, 제가 무슨 속셈이 있어서 이런다고 생각지는 마십시오, 그저 그냥 그렇게 말해 본 것뿐이니까요. 그나저나 아토스산에서는 말이죠, 신부님께서도 들으셨겠지만, 여자의 방문은 물론이고 어떤 생물체건 여자 딱지, 암컷 딱지가 붙은 것은 전부 금지된다더군요, 암탉이고 암칠면조고 암송아지고 할 것 없이……."

"표도르 파블로비치, 나는 당신을 여기 혼자 내팽개치고 그만 돌아가겠소. 그리고 미리 일러두자면, 내가 없으면 당신은 양팔을 붙들린 채 여기서 끌려 나가게 될 거요."

"아니, 내가 당신에게 무슨 방해가 된단 말이오, 표트르 알렉산드로비치. 한번 잘 보시오." 수도원의 텃밭 안으로 성큼 발을 던져 놓은 뒤 그가 갑자기 소리쳤다. "잘 보시라고요, 이 작자들은 그야말로 장미꽃 계곡에서 살고 있지 않소!"

정말로, 지금 비록 장미꽃은 없었지만 그래도 희귀하고 아름다운 가을꽃들이 여유가 있는 곳이라면 어디든 소복이 피어 있었다. 이 꽃들을 가꾼 사람의 솜씨가 보통이 아닌 듯싶었다. 꽃밭은 교회의 텃밭과 무덤 사이에 가꾸어져 있었다. 장로의 암자가 있는, 입구 앞에 회랑이 달린 자그마한 단층짜리 목조 건물 주위에도 역시나 꽃이 심어져 있었다.

"그런데 예전에 바르소노피이 장로님이 계실 때도 이랬던가요? 그분은 화려한 것을 좋아하지 않았고 심지어 부인들한테까지 펄펄 뛰며 달려들어선 지팡이로 쥐어팼다고 하던데요." 표도르 파블로비치가 입구 계단으로 올라서면서 한 소리 했다.

"바르소노피이 장로님께서는 정말로 이따금씩 유로지브이 같은 모습을 보이긴 하셨지만, 세간의 얘기들은 터무니없는 것들이 많습니다. 지팡이로 사람을 때리신 적은 결코 없었습니다." 수도사가 대답했다. "이제, 여러분, 잠시만 기다려 주십시오, 제가 여러분께서 오셨노라고 알리겠습니다."

"표도르 파블로비치, 듣고 있소, 마지막으로 조건을 달아야겠소. 점잖게 행동하시오, 안 그랬다간 내 당신한테 톡톡히 갚아줄 테니." 미우소프는 그사이에 용케 틈을 내어 한 번 더 중얼거렸다.

"도대체 무엇 때문에 당신이 이렇게 방정을 떠는지 통 알 수가 없군요." 표도르 파블로비치가 냉소적으로 한 소리 했다. "아니, 지은 죄들이 두려운 거요? 아닌 게 아니라 장로는 상대방의 눈만 봐도 이 사람이 무슨 일로 온 것인지 알아맞힌답디다. 어쨌거나 당신처럼 파리 시민입네 하는 진보적인 신사 양반이 저자들의 견해를 이렇게까지 높이 평가하다니, 이 몸은 놀라서 뒤로 자빠지겠소, 정말!"

하지만 미우소프가 이 빈정거림에 미처 대거리를 할 겨를도 없이, 다들 안으로 들어오라는 말이 떨어졌다. 그는 다소 골이 난 상태에서 안으로 들어갔다…….

'그래, 지금도 앞일이 훤히 보인다, 이렇게 골이 났으니 내가 먼저 시비를 걸게 될 거야……. 그러다 보면 혼자 열을 받아서 나 자신은 물론이고 나의 사상에도 먹칠을 하게 되겠지.' 그의 머릿속에서는 이런 생각이 어른거렸다.

2 늙은 어릿광대

그들은 장로와 거의 동시에 방으로 들어섰는데, 장로는 그들이 도착하자 곧바로 침실에서 나온 것이었다. 방에서는 암자에 딸린, 두 명의 수도사제가 그들보다 먼저 와서 장로가 나오길 기다리고 있었는데, 한 명은 사서 신부였고, 다른 한 명은 늙지는 않았지만 건강이 좋지 않은 파이시 신부로서 대단히 박식한 사람이라고들 했다. 그 밖에도, 겉보기에 스물두 살쯤 된 듯한 젊은 청년이 평범한 프록코트를 입은 채 구석에 서서(이후에도 줄곧 서 있었다.) 대기 중이었는데, 그는 무엇 때문인지 수도원과 수도사들의 후원을 받는 신학생이자 미래의 신학자였다. 키는 상당히 컸고 풋풋한 얼굴에는 광대뼈가 넓게 튀어나와 있었으며 밤색의 다소간 작은 눈은 영리하고도 주의 깊어 보였다. 얼굴은 극히 공손하긴 하되 아첨의 기색이라곤 찾아볼 수 없는 점잖은 표정이었다. 그는 안으로 들어온 손님들에게 몸을 숙여 인사하는 것조차도 하지 않았는데, 이는 자기를 그들과 동등한 자격을 가진 인물이 아니라 오히려 위에 종속된 아랫사람으로 간주한 탓인 듯싶었다.

조시마 장로는 견습 수도사와 알료샤를 동반하고 나왔다. 수도사제들은 자리에서 일어나 손가락이 땅에 닿을 정도로 몸을 깊이 숙여 그를 맞이했고, 이어 장로의 축복을 받자 그의 손에 입을 맞추었다. 그들을 축복한 뒤 장로는 조금 전의 그들 못지않게 손가락이 땅에 닿을 정도로 몸을 깊이 숙여 그들 각각에게 답례했으며 자기도 그들 각각에게 축복을 청했다. 이 의식 전체가 무슨 일상적인 관례로서가 아니라 거의 어떤 감정까지 담아 극히 진지하게 진행되었다. 하지만 미우소프에게는 다들 억지 감동을 주기 위해 일부러 저러는 것처럼 보였다. 그는 자신과 함께 들어온 모든 일행들 중 맨 앞에 서 있었다. 그러니까, 그가 심지어 어제 저녁부터 곰곰 생각했던 바, 속생각이야 어떻든 간에 단순히 예의 차원에서라도(여기에선 이런 관습이 있지 않은가.) 장로에게 다가가 그의 축복을 받는 것이, 손에 입을 맞추지는 않더라도 최소한 축복 정도는 받아 주는 것이 옳았을 것이다. 하지만 지금 수도사제들이 이런 식으로 절을 하고 입을 맞추는 것을 보자 그는 일 초 만에 결심을 바꾸어 버렸다. 즉, 속세에서 하는 식으로 진중하고 엄숙하게 몸을 깊이 숙인 뒤 의자 쪽으로 물러섰다. 표도르 파블로비치도 똑같이 행동했는데, 이번에는 완전히 원숭이처럼 미우소프를 따라 했던 것이다. 이반 표도로비치는 몹시 진중하고 공손하긴 했지만 역시나 양손을 바지 솔기에 붙인 채 인사를 했고, 칼가노프는 너무 당혹스러웠기 때문에 아예 몸을 숙이지도 않았다. 장로는 그들을 축복하기 위해 들어 올렸던 손을 내리고 그들에게 또 한 번 몸을 숙인 뒤 다들 앉으라고 권했다. 알료샤는 빰이 벌겋게 달아올랐다. 부끄러워졌던 것이다. 그의 불길한 예감이 슬슬 실현되고 있었다.

장로는 가죽을 씌운 아주 고풍스러운 마호가니 소파에 앉았고, 두 명의 수도사제를 제외한 네 명의 손님들을 모두 맞은편 벽 옆에 있는, 검은 가죽이 심하게 닳아 버린 마호가니 의자 네 개에 나란히 앉혔다. 수도사제들은 따로 떨어져 한 명은 문 곁에, 다른 한 명은 창문 곁에 앉았다. 신학생, 알료샤, 견습 수도사는 그대로 서 있었다. 방은 전체적으로 몹시 비좁고 왠지 시들시들한 모습이었다. 물건들과 가구는 조잡하고 빈약했는데 그나마도 최소한의 필수품들뿐이었다. 창턱에는 화분 두 개가 놓여 있었고 구석에는 성화들이 많이 있었는데 그것들 중 거대한 크기의 성모 마리아 성화는 필경 교회 분리 한참 전에 그려진 듯했다. 그 앞에서는 램프가 가물가물 타오르고 있었다. 램프 주위로 반짝반짝 빛나는 황금 장식의 또 다른 두 폭의 성화가, 이어 그것들 주위에는 게루빔[30] 조각상들과 사기로 만든 달걀들, 상아로 만든 가톨릭식 십자가와 그것을 안고 있는 비탄(Mater dolorosa)에 잠긴 성모가 있었고, 지난 수 세기에 걸쳐 위대한 이탈리아 화가들이 그린 외국 판화 몇 점이 걸려 있었다. 이 세련되고 값비싼 판화들 옆에는 성자들, 순교자들, 고위 성직자들 등을 그린 극히 서민적인 러시아 석판화 몇 점이 제 나름의 자태를 뽐내고 있었는데, 아무 장터에서나 몇 코페이카만 주면 살 수 있는 것들이었다. 러시아의 현재 및 예전 주교들의 석판 초상화도 몇 점 있었지만 그것들은 이미 다른 쪽 벽에 걸려 있었다. 미우소프는 이 모든 '허례허식'을 슬쩍 훑어본 뒤 뚫어질 듯한 시선으로 장로를 응시

30) 구품천사 가운데 상급에 속하는 천사.

했다. 이렇듯 그는 자신의 식견을 지나치게 존중하는 약점을 갖고 있었는데, 하지만 이것은 그가 벌써 쉰 살이라는 점, 즉 사회에서도 웬만큼 자리가 잡힌 똑똑한 사람이라면 으레 이따금씩은 자기도 모르게 자만심이 생기게 마련인 나이였음을 고려한다면 어쨌든 양해해 줄 만한 것이었다.

첫 순간부터 그는 장로가 마음에 들지 않았다. 실제로 장로의 얼굴에는 비단 미우소프뿐만 아니라 많은 이들의 마음에 들지 않을 법한 뭔가가 있었다. 장로는 키가 크지 않고 등이 굽은 데다가 다리마저도 아주 허약했으며 겨우 예순다섯의 나이였건만 병으로 인해 훨씬 더, 최소한 열 살은 더 늙어 보였다. 아주 여윈 그의 얼굴에는 자잘한 주름들이 포진해 있었으며 특히 눈언저리는 잔주름투성이였다. 크지는 않아도 해맑은 편인 두 눈은 마치 두 개의 반짝이는 점처럼 재빠르게 반짝거리곤 했다. 허옇게 센 머리카락은 그저 관자놀이 주변에만 몇 가닥 남아 있을 뿐이고 숱이 거의 없는 조막만 한 턱수염은 쐐기 같았으며, 종종 미소를 짓는 입술은 두 개의 노끈처럼 가늘었다. 코는 길다기보다는 새 부리처럼 날카로웠다.

'여러모로 보아 표독스러운 데다가 마음이 시시껄렁한 자만심으로 가득 찬 작자야.' 미우소프의 머릿속에서는 이런 생각이 스쳐 지나갔다. 대체로 그는 자기 자신이 못마땅했다.

괘종시계가 울린 덕분에 대화가 시작될 수 있었다. 작은 싸구려 벽시계가 12시 정각을 알리면서 빠르게 시계추를 움직였던 것이다.

"정확히 시간이 됐군요." 표도르 파블로비치가 소리쳤다.

"그런데도 제 아들 녀석 드미트리 표도로비치가 아직 보이질 않는군요. 그 애 때문에 심히 송구스럽습니다, 신성한 장로님!(알료샤는 '신성한 장로님'이라는 말에 온몸을 부르르 떨었다.) 저로 말할 것 같으면 일분일초도 어기지 않고 언제나 시간을 엄수한답니다, 정확함은 왕이 갖춰야 할 예의임을 명심하고 있는 탓에……."

"하지만 당신은 최소한 왕도 뭣도 아니잖소." 그 즉시 미우소프가 참지 못하고 중얼거렸다.

"거참, 지당하신 말씀, 왕은 아니지요. 생각해 보시오, 표트르 알렉산드로비치, 그런 거라면 나 자신이 더 잘 알고 있소, 여부가 있나요! 또 바로 그래서 나는 늘 자다가 봉창 두드리는 소리를 하는 거요! 존경하옵는 장로님!" 그는 일순간 어떤 고양된 감정을 담아서 소리쳤다. "장로님께서 지금 눈앞에 보고 계신 건 어릿광대, 진정한 어릿광대입니다! 이렇게 제 소개를 합지요. 고질적인 습관이거든요, 오호라! 그나저나 이따금씩 자다가 봉창 두드리는 소리를 해 대는 건 사람들을 웃겨 볼 요량으로, 기분을 풀 요량으로 일부러 그러는 것입니다. 기분은 좋아야 하지 않겠습니까, 안 그렇습니까? 칠 년쯤 전에 볼일이 있어서 어느 작은 도시에 가게 됐는데, 그렇고 그런 장사치 나부랭이들과 사업 같은 걸 벌여 볼 참이었지요. 우리는 경찰 서장을 찾아갔는데, 그곳 경찰 서장한테 부탁할 일이 좀 있어서 우리 쪽으로 초대를 하려던 것이었어요. 경찰 서장이 나오는데 키가 크고 뚱뚱하고 무뚝뚝한 금발의 사나이더군요. 이런 경우에는 가장 위험한 유형이죠. 이자들은 간(肝)

이 보통이 아니거든요. 저는 곧장 그에게로 다가가서 사교계 사람답게 거리낌 없는 태도를 보이며 '경찰 서장님, 말하자면, 우리의 나프라브니크가[31] 되어 주십시오.'라고 말합니다. 그 사람은 '어떤 나프라브니크를 말하는 거요?'라고 하더군요. 저는 벌써 0.5초 만에 이 일은 글러 터졌다, 영 골치 아픈 놈이다, 하는 것을 알아채고서 그를 뚫어져라 바라보았습니다. '저는 그저 좌중의 흥을 돋우기 위해 농담을 하고 싶었던 겁니다, 나프라브니크 선생은 우리 러시아의 유명한 카펠마이스터가 아닙니까, 우리에게는 우리 사업의 조화를 위해서 카펠마이스터 같은 존재가 필요하거든요…….' 이렇게 조근조근 설명을 곁들이고 비유까지 들었으니, 그럴듯하지 않습니까? 그런데 그는 대뜸 '죄송하지만 나는 경찰 서장이고, 나의 관직명을 갖고 말장난하는 건 용납하지 않소.'라고 하더군요. 그러곤 몸을 획 돌려서 가 버립디다. 저는 그의 뒤를 따라가면서 외칩니다. '그래요, 그래, 당신은 경찰 서장입니다, 나프라브니크가 아니라!' 그러자 그는 '아니오, 일단 말해진 이상 나는 나프라브니크인 셈이오.'라더군요. 자, 그러니 한번 생각해 보십시오, 아닌 게 아니라 우리 일은 완전히 틀어져 버렸습니다! 저는 매사가 이 모양이고 늘 이 모양입니다. 너무 친절하게 굴다가 나 자신만 손해를 본다니까요, 원! 벌써 수년 전, 한번은 제법 영향력이 있는 한 인사에게 '선생님의 부인께서는 간지럼을 좀 잘 타시

31) 19세기 러시아의 작곡가이자 지휘자로서 1869년에 페테르부르크의 마린스키 극장의 첫 카펠마이스터가 되었던 인물인데, 경찰 서장(ispravnik)과 발음이 비슷해서 표도르가 말장난을 한 것이다.

는 편입니다.'라고 말한 적이 있었지요. 말하자면, 저는 명예심, 즉 정신적인 자질을 말한 거였는데, 저의 이 말에 그는 갑자기 '아니, 집사람을 간질여 본 적이 있단 말이오?'라고 하더군요. 순간 또 자제력을 잃은 저는 갑자기, 그럼 어디 친절 한판 떨어 볼까, 하는 생각을 했지요. 해서, '그럼요, 간질여 봤다마다요.'라고 해 줬더니 바로 그 순간 그가 나를 간질이더군요……. 워낙 오래된 일이라 이제는 이렇게 이야기를 해도 부끄럽지도 않습니다. 그러니까 저는 영원히 손해를 본다니까요!"

"당신은 지금도 딱 그렇게 하고 있소." 미우소프가 혐오스럽다는 듯 중얼거렸다.

장로는 말없이 이 사람과 저 사람을 찬찬히 바라보았다.

"그런 것 같군요! 한번 생각해 보시오, 아닌 게 아니라 나도 이럴 줄 알았소, 표트르 알렉산드로비치, 그나저나, 당신이 먼저 나에게 그 소리를 꼭 하겠구나, 하는 것까지 예감했다오. 제 농담이 영 효과가 없겠다는 것이 보이는 순간이면, 장로님, 저는 양쪽 뺨이 바싹 말라 아랫잇몸에 달라붙기 시작하고 거의 경련마저 인답니다. 젊은 시절부터, 귀족들 집에서 식객 노릇을 하며 빌붙어 살면서 빵을 얻어먹던 그 시절부터 그랬지요. 저는 태어날 때부터 뼛속까지 어릿광대란 말입니다, 장로님, 유로지브이라고 해도 과언이 아닐 정도입니다. 틀림없이 제 속에는 부정한 놈이, 그것도 대단할 것 없는 놈이 들어앉아 있는지도 모르겠는데, 좀 대단한 놈이었다면 다른 집을 골랐겠죠. 다만, 표트르 알렉산드로비치, 당신의 집은 아니올시다, 당신도 집으로 치자면 뭐 별 볼 일 없는 작자니까. 하지만 그 대신 저는 믿습니다, 신을 믿는다는 말입니다. 저는 오직 최근에 들어서 회의해 보긴 했으나 대신 지금은 이렇게 앉아서 위대한 말씀을 기다리고 있습니다. 저는, 장로님, 철학자 디드로[32]와 같습니다. 성스러우신 신부님, 아시는지요, 철학자 디드로가 예카체리나 여제[33] 치하에서 총주교 플라톤을 어떻게 알현했는지 말입니다. 들어와서는 대뜸 한다는 말이 '신은 없습니다.'라는 거였다죠. 이 말에 위대한 성직자는 손가락을 들고 '광인이 자기 마음속에 신이 없다고 말했도다!'라고 대답했습니다. 그러자 디드로는 대번에 그의 발밑으로 몸을 던졌습니다. '믿습니다, 세례도 받겠습니다.'라고 외쳤습니다. 그리고 그는 그 자리에서 당장 세례를 받았습니다. 다슈코바 백작 부인[34]이 대모가 되고 포촘킨[35]이 대부였다죠……."

"표도르 파블로비치, 이건 참을 수가 없군요! 당신 말이 거짓말이고 그 터무니없는 얘기가 실화가 아니라는 건 당신이 더 잘 알면서 왜 자꾸 수작을 부리는 거요?" 이젠 완전히 자제력을 잃어버린 미우소프가 부르르 떨리는 목소리로 말했다.

"실화가 아닐 거라는 예감이 평생 동안 들었습니다!" 표도르 파블로비치는 흠뻑 도취되어 소리쳤다. "여러분, 대신에 실제 사실을 죄다 말씀드리지요. 위대하신 장로님! 용서하십시오, 마지막 것, 디드로의 세례에 관한 얘기는 제가 지금, 그것

---

32) 프랑스의 철학자, 유물론자.

33) 독일 태생의 러시아 여제.

34) 예카체리나 여제의 가까운 조력자.

35) 예카체리나 여제의 총신.

도 이야기를 시작한 바로 이 순간에 지어낸 것인데, 이전에는 절대 머릿속에 떠오르지도 않던 생각입니다. 그냥 재미를 좀 보자고 지어낸 것이지요. 바로 이 때문에 수작을 부리는 거요, 표트르 알렉산드로비치, 좀 더 귀엽게 보이려고 말이오. 그나저나 어떤 때는 무엇을 위해 이러는지 저 자신도 잘 모른답니다. 디드로에 관한 한, 이 '광인이 말했도다.'라는 말을 이곳 지주들 집에 기식하던 젊은 시절부터 그들한테서 스무 번쯤은 들었습니다. 그나저나, 표트르 알렉산드로비치, 당신의 숙모인 마브라 포미니쉬나한테서도 들었소. 그들은 모두 지금까지도, 무신론자 디드로가 신에 대해 물어보려고 대주교 플라톤을 찾아갔다고 확신하고 있는데……."

미우소프가 자리에 일어났는데, 그는 인내력을 상실한 정도가 아니라 완전히 제정신이 아닌 것 같았다. 미쳐서 펄펄 날뛸 상황이었건만 이래 봤자 자기만 웃기는 놈이 된다는 걸 의식하고 있었다. 정말로, 방 안에는 완전히 불가능한 어떤 일이 일어났다. 예전 장로들이 있을 때부터 어쩌면 벌써 사십, 오십 년 내내 이 방에 모인 사람들은 언제나 마음 깊숙이 경건함을 갖춘 방문객들뿐이었다. 출입이 허가된 사람들은 거의 다, 방 안으로 들어서는 순간부터 이로써 그들이 위대한 자비를 입고 있노라고 생각했다. 많은 이들이 무릎을 꿇고 엎드렸으며 방문 시간 내내 무릎을 꿇은 채로 앉아 있었다. '상류층' 인사들이나 심지어 대단히 박식한 인사들조차도 대다수가, 더욱이 호기심 내지는 다른 동기로 찾아온 몇몇 자유사상가들조차도 다들 함께 방으로 들어서든 아니면 장로와 단독으로 만나게 되든지 간에 하나에서 열까지 그 시간 내내 아주 깊은 존경심과 조심스러운 예의를 갖추는 것을 자신의 제일 큰 의무라고 생각했다. 더욱이 여기에 무슨 돈 문제가 개입된 것도 아니고, 그저 한쪽에선 사랑과 자비가, 다른 한쪽에선 참회 그리고 영혼의 힘든 문제나 자기 마음의 삶에 있어서의 힘든 순간을 해결하고자 하는 갈망이 있을 뿐이었다. 따라서 표도르 파블로비치가 저지른 이런 돌발적인 어릿광대짓은 지금 이 장소에는 맞지 않는 불경스러운 것으로서, 동석한 사람들, 적어도 그들 중 몇몇에게는 의혹과 놀라움을 유발시켰다. 수도사제들은 그래도 표정 하나 바꾸지 않고 장로가 무슨 말을 할까 진지한 주의를 기울이며 예의 주시했지만, 그러면서도 여차하면 미우소프와 마찬가지로 일어날 준비를 하고 있었다. 알료샤는 금방이라도 울음을 터뜨릴 듯 고개를 떨어뜨린 채 서 있었다. 그가 무엇보다도 이상하게 여겼던 것은, 자기 형이, 즉 아버지를 말릴 수 있는 영향력을 가진 유일한 사람이라고 기대했던 이반 표도로비치가 지금 눈을 내리깐 채 꼼짝도 않고 의자에 앉아서 심지어 어떤 학구적인 호기심마저 내보이며 자기는 이 자리에서 완전히 제삼자라는 듯 이 모든 것이 어떻게 끝날까를 천연덕스럽게 기다리고 있었다는 점이었다. 자기와 친하다고까지 할 수 있는 지인인 라키친(그 신학생 말이다.)마저도 알료샤는 쳐다볼 수가 없었다. 그는 상대방의 생각을 알고 있었던 것이다.(비록 이걸 알고 있는 사람은 수도원을 통틀어 오직 알료샤 한 명뿐이었지만.)

"저를 용서해 주십시오……." 미우소프가 장로를 향해 말하기 시작했다. "장로님께는 저마저도 이 가당치 않은 장난질에 가담한 것처럼 보일 수 있으니까요. 표도르 파블로비치 같은 사람조차도 이토록 존경받는 인물을 방문할 때 자신의 의무가 무엇인지쯤은 기꺼이 이해하리라고 믿었으니, 제 불찰입니다……. 저 사람과 함께 왔다는 이유만으로 용서를 구해야 될 줄은 정말 생각도 못했으니……."

표트르 알렉산드로비치는 말을 채 다 끝내기도 전에 너무도 당황한 나머지 벌써 방에서 나가려고 했다.

"염려하지 마십시오, 부탁입니다." 갑자기 장로가 자신의 허약한 다리에 힘을 주어 자리에서 일어나서는 표트르 알렉산드로비치의 양손을 잡아 다시 의자에 앉혔다. "마음 편히 가지십시오, 부탁입니다. 특히 당신께 제 손님이 되어 주십사 부탁드리는 바입니다." 그러면서 장로는 공손하게 인사를 한 뒤 몸을 돌려 다시 자신의 소파에 앉았다.

"위대하신 장로님, 고언을 내려 주십시오, 제가 너무 설쳐대는 바람에 장로님께서 기분이 상하신 건 아닌지요, 예?" 갑자기 양손으로 의자의 팔걸이를 움켜쥔 채 대답의 종류에 따라 그걸 놓고서 팍 뛰어나가기라도 할 기세로 표도르 파블로비치가 소리쳤다.

"제발 부탁입니다, 당신께서도 염려하지 마시고 어려워하지도 마십시오." 장로가 그에게 강경 조로 말했다. "어려워 마시고 내 집인 양 편히 여기십시오. 무엇보다도, 자기 자신을 그렇게 부끄러워하지 마십시오, 모든 것이 다 그 때문이니까요."

"제 집인 양 편히 여기라고 하셨습니까? 원래 제 모습 그대로 있으란 말이시죠? 오, 이건 과분한 말씀, 정말 너무도 과분한 말씀이시지만, 감격스럽게 받아들이겠습니다! 그나저나 경건하신 신부님, 저더러 원래의 모습 그대로 있으라고 부추기지 마십시오, 부디 그런 모험은 하지 마십시오……. 원래의 모습까지라면 저 자신도 다다르지 못할 것입니다. 이 점, 신부님을 지켜드리기 위해 미리 알려 두는 겁니다. 뭐 그건 그렇고 그 밖의 것은 전부 아직도 미지의 암흑에 휩싸여 있지만, 그럼에도 혹자들은 저를 과장되고도 우스꽝스럽게 만들고 싶어 했지요. 이건, 표트르 알렉산드로비치, 당신을 두고 하는 말이오. 하지만, 성스러우신 존재이신 신부님께는, 자 이렇게, 환희의 충정을 토로하는 바입니다!" 그러면서 그는 자리에서 일어나 두 팔을 위로 치켜든 뒤 말했다. "그대를 배었던 배는 복되도다, 그대에게 양식을 준 젖꼭지도 복되도다, 특히 젖꼭지가 복되도다![36] 장로님께서는 지금 '자기 자신을 그렇게 부끄러워하지 말라, 모든 것이 다 그 때문이다.'라는 고견을 들려주셨으니, 이로써 흡사 저를 훤히 꿰뚫어 제 속을 다 읽으신 것 같습니다. 바로 그렇습니다, 사람들 앞에 나가게 되면 언제나 내가 다른 모든 놈들보다 야비하고 죄다 나를 어릿광대 취급한다는 느낌이 들고 그렇다 보니 '그래, 내 정말로 어릿광대 역을 맡아 주지, 네놈들이 어떻게 생각할지는 무섭지도 않아, 네놈들은 하나에서 열까지 죄다 나보다 더 야비하니까!'라는 식이 되는 겁니다. 자, 바로 그리하여 저는 어릿광대가 된 것이올

36) 루카복음 11: 27의 속된 패러디.

시다, 부끄러운 나머지, 너무도 부끄러운 나머지, 위대하신 장로님, 어릿광대가 된 것입니다. 오로지 너무 예민한 탓에 미쳐 날뛰는 것이지요. 정말이지 사람들 앞에 나갈 때 그 즉시 다들 나를 아주 사랑스럽고 아주 똑똑한 사람으로 생각해 주리라는 확신이 서기만 한다면, 오! 그렇다면 저는 얼마나 착한 사람이 되었겠습니까! 스승님!" 그러면서 그는 갑자기 무릎을 꿇었다. "영생을 얻으려면 저는 무엇을 해야 하겠습니까?" 지금 이 순간도 도무지 종잡을 수가 없었다. 과연 그는 농담을 하고 있는 것일까, 아니면 정말로 그토록 감동에 휩싸여 있는 것일까?

장로는 그를 향해 눈을 돌리곤 미소를 띠며 말했다.

"무엇을 해야 할지는 당신 자신이 오래전부터 알고 있습니다, 충분히 현명하시니까요. 술을 마시지 말 것이며 말을 자제할 것이며 음탕에 빠지지 말 것이며 특히 돈을 지나치게 숭배하지 말 것이니, 우선 당신의 술집부터 닫으시지요, 다 닫을 수는 없다면 두서너 곳만이라도. 무엇보다도, 정말 무엇보다도 거짓말을 하지 마십시오."

"그러니까 디드로 얘기 말씀이십니까, 예?"

"아니요, 디드로 얘기가 아닙니다. 무엇보다도, 자기 자신에게 거짓말을 하지 마십시오. 자기 자신에게 거짓말을 하고 그 거짓말에 귀를 기울이는 자는 결국 자기 내부에서도, 자기 주위에서도 어떤 진실도 분간하지 못하게 되며, 그리하여 자기 자신도, 타인들도 존경하지 않게 됩니다. 아무도 존경하지 않게 되면 사랑하는 법을 잊어버리게 되고, 사랑이 없는 상태에서 마음껏 즐기고 기분을 풀자니 정욕에, 조잡한 음욕에 빠져 들게 되고 결국 완전히 짐승과 다름없는 죄악의 소굴로 빠져 들게 되는 법이니, 이 모든 것이 사람들과 자기 자신에 대한 끊임없는 거짓말에서 비롯되는 것입니다. 스스로에게 거짓말을 하는 사람들은 다른 사람들보다 더 쉽게 화를 낼 수 있습니다. 정말이지 화가 나는 것도 이따금씩 아주 통쾌한 것이지요, 안 그렇습니까? 또한 사람이란, 아무도 자기의 화를 돋우지 않았건만 그저 저 혼자 잔뜩 화가 났노라고 지어내고 멋진 그림을 만들어 내기 위해 장식 삼아 거짓말과 과장을 부풀리고 말꼬리를 물고 늘어져 겨우 콩알 몇 개로 산 하나를 만들었다는 것을 잘 알면서도, 그 자신이 이 점을 잘 알면서도 그럼에도 스스로 버럭 화를 내는데, 그것도 통쾌할 때까지, 커다란 만족을 얻을 때까지 화를 내서 모욕감에 시달리다가 결국엔 상대방을 진정으로 적대시하기에 이르는 것입니다……. 자, 일어나서 앉으시지요, 정말 부탁입니다, 실은 이것조차도 모두 거짓 시늉이 아닙니까……."

"복되신 분이시여! 그 손에 입을 맞추게 해 주십시오." 표도르 파블로비치는 펄쩍 뛰듯 다가가 재빨리 장로의 여윈 손에 입을 쪽쪽 맞추었다. "정말 그렇습니다, 화가 나 모욕감에 젖어 있는 건 통쾌한 일입니다. 장로님께서 제가 전엔 들어 보지도 못한 그런 말씀을 하시다니, 정말 훌륭한 말씀이십니다. 바로, 바로 제가 말입니다, 평생 동안 기분이 통쾌해질 정도로 화를 내 왔고 또한 미학을 위해서 화를 내 왔으니, 남 때문에 화가 나서 모욕감에 젖는 것은 통쾌할 뿐만 아니라 어떤 때는 아름답기도 하거든요. 바로 이 점을 장로님께서는 잊으셨습니다, 위대하신 장로님. 아름답다, 이 말씀입니다! 이 점을 저는 공책에 메모해 두겠습니다! 그나저나 저는 거짓말을 해 왔습니다, 정말로 평생 날이면 날마다 매 시각 거짓말을 해 왔습니다. 진실로 저는 거짓말이고 거짓말의 아버지올시다![37] 그러고 보니, 거짓말의 아버지는 아니었던 것 같은데, 제 머릿속에서 성경 구절이 온통 뒤죽박죽됐지 뭡니까, 뭐 설사 거짓말의 아들이라고 해도, 이것도 썩 괜찮군요. 다만…… 저의 천사이신 장로님…… 디드로 정도라면 이따금씩은 괜찮지 않습니까! 디드로라면 딱히 해가 될 게 없지만, 그런데 다른 말이라면 해가 됩니다. 위대하신 장로님, 그나저나, 이런 잊어 먹을 뻔했군, 실은 벌써 삼 년 전부터 여기에 문의해 보고 싶은 일이, 그러니까 일부러 여기를 찾아와서 정확히 알아낼 때까지 물어보고 싶었던 일이 하나 있습니다. 다만, 저 표트르 알렉산드로비치에게 제발 말을 막지 말아 달라고 해 주십시오. 그러니까 말입니다, 위대하신 신부님, 순교자전 어딘가에 기적을 일으킨 어떤 성자 얘기가 있다던데 그게 사실입니까, 믿음 때문에 수난을 당한 끝에 결국 머리가 잘렸는데 그때 그가 벌떡 일어나 자기 머리를 들어 올리곤 '거기에 상냥하게 입을 맞춘 뒤' 품에 안은 채로 오랫동안 걸어 다녔으며 그러면서 또 '거기에 상냥하게 입을 맞추었다.'는 얘기 말입니다. 이것이 사실입니까, 아닙니까, 정직하신 신부님들?"

37) 요한복음 8: 44, 그리스도 말의 패러디.

"아니요, 그건 사실이 아닙니다." 장로가 말했다.

"순교자전에는 그런 얘기는 전혀 없습니다. 어떤 성자를 두고 하시는 말씀이신지요?" 수도사제인 사서 신부가 물었다.

"저 자신도 어떤 성자를 일컫는지는 모릅니다. 아무렴, 모르다마다요. 제가 보기 좋게 속은 거라고들 하더군요. 실은 누구한테서 들은 얘기였는데, 누가 얘기해 주었는지 아십니까? 바로 이 표트르 알렉산드로비치 미우소프올시다, 지금 막 디드로 건으로 버럭 성질을 낸 이 양반이 이런 말을 했다, 이 말씀이지요."

"나는 당신한테 그런 얘기를 한 적도 결코 없거니와, 숫제 당신과 얘기라는 걸 하지 않소."

"옳은 말씀이오, 당신이 나한테 얘기를 한 건 아니지. 하지만 당신은 내가 동석했던 어떤 모임에서 이렇게 얘기했고, 이건 사 년쯤 전의 일이오. 내가 이 얘기를 끄집어 낸 건 당신의 이 우스꽝스러운 이야기로 인해 내 믿음이 뒤흔들렸기 때문이오. 당신은 이걸 몰랐겠지, 아예 눈치도 못 챘겠지만 나는 믿음이 뒤흔들린 채로 집에 돌아왔고 그때 이후 점점 더 심하게 흔들리고 있소. 그렇소, 표트르 알렉산드로비치, 당신이야말로 이 대대적인 타락의 원흉이었던 거요! 이건 디드로 정도가 아니란 말이오!"

표도르 파블로비치는 비장할 정도로 열을 올렸지만 그가 이번에도 연기를 하고 있다는 것은 이미 누구에게나 분명한 사실이었다. 그럼에도 미우소프는 쓰라릴 만큼 상처를 받았다.

"완전히 헛소리야, 이 모든 것이 헛소리라고." 그가 중얼거렸다. "언젠가 정말로 그런 말을 했는지도 모르겠지만…… 다만 당신한테 한 건 아니오. 실은 저 자신도 들은 말입니다. 파리에 있을 때 어느 프랑스인에게서 들은 건데, 우리 나라에서는 미사 때 순교자전의 그 부분을 낭독한다고 하더군요……. 그는 러시아의 통계학을 전문적으로 연구하던 매우 박식한 사람으로…… 러시아에 오래 살았어요……. 저로 말할 것 같으면 순교자전은 읽지도 않았으며…… 게다가 읽지도 않을 겁니다……. 원래 밥 먹을 땐 별별 소리를 다 하지 않습니까……? 저희들은 그때 밥을 먹고 있었거든요……."

"그래요, 당신은 그때 밥을 먹고 있었고, 나는 믿음을 잃었던 거요!" 표도르 파블로비치가 살살 약을 올렸다.

"당신의 믿음이 나와 무슨 상관이오!" 미우소프는 거의 소리를 지를 뻔했으나, 갑자기 자제를 하고 경멸스럽다는 듯 말했다. "당신은 손에 닿는 것이면 뭐든 문자 그대로 똥칠을 해대는군요."

장로가 갑자기 자리에서 일어났다.

"죄송합니다만, 여러분, 몇 분간 잠시 어디 좀 다녀와야겠습니다." 그가 모든 방문객을 향해 말했다. "여러분보다 먼저 와서 저를 기다리는 분들이 있어서요. 그나저나 당신은 어쨌거나 거짓말을 하지 마십시오." 그는 표도르 파블로비치를 향해 즐거운 얼굴로 덧붙였다.

그가 방에서 나가자, 알료샤와 견습 수도사가 계단을 내려가는 그를 부축하기 위해 뛰어나갔다. 알료샤는 숨을 헐떡이고 있었는데 이 자리를 떠나게 된 것이 기뻤지만, 그보다는 장로가 기분이 상하지도 않고 오히려 즐거워했기 때문에 더욱더 기뻤다. 장로는 자기를 기다리는 사람들을 축복해 주기 위해 회랑 쪽으로 향했다. 하지만 표도르 파블로비치는 그러고서도 방의 문간에서 그를 저지했다.

"참으로 복되신 분이시여!" 그가 감정을 담아 외쳤다. "장로님의 손에 다시 한번 입을 맞추도록 해 주십시오! 아닙니다, 장로님과는 좀 더 이야기를 할 수 있고, 같이 지낼 수도 있겠지요! 장로님께서는 제가 항상 이렇게 거짓말만 하고 어릿광대짓만 한다고 생각하시겠죠? 하지만 알아주십시오, 이건 제가 줄곧 장로님을 시험하기 위해서 일부러 이렇게 연기를 했던 것임을. 줄곧 요리조리 장로님을 재 봤던 것이지요. 장로님과 같이 지낼 수 있을까? 장로님께선 이렇게 자긍심이 강하신데 거기에 나의 이 하잘것없음이 들어갈 자리가 있는가? 하고 말이죠. 장로님께 표창장을 부여하는 바입니다. 장로님과 같이 지낼 수 있겠습니다! 그러면 이제부터 침묵하겠습니다, 줄곧 입을 다물겠습니다. 의자에 앉아 잠자코 있겠습니다. 이제, 표트르 알렉산드로비치, 당신이 말할 차례요, 이제는 당신이 주역이 돼 버렸으니까…… 십 분 동안이긴 하지만."

3 믿음 깊은 아낙네들

텃밭의 바깥쪽 담에 붙어 있는 목조 회랑 옆, 아래쪽에는 이날따라 한결같이 여자들만 몰려와 있었는데, 그 아낙네들은 대략 스무 명쯤 됐다. 드디어 장로가 나온다는 소식이 전해지자, 그렇게들 모여서 기다리고 있었던 것이다. 회랑으로 나온 자들 중에는 여지주 호흘라코바 모녀도 있었는데, 그들도 장로를 기다린 건 맞지만 귀족 방문객을 위해 따로 마련된 거처에 있었다. 그들은 어머니와 딸, 단둘이었다. 호흘라코바 부인은 부유하고 옷차림이 언제나 세련됐으며 아직 상당히 젊고 아주 예쁜 귀부인으로서 약간 창백한 얼굴에 거의 검은색의 몹시 생기 있는 눈을 지니고 있었다. 그녀는 기껏해야 서른세 살 정도였는데 과부가 된 지는 벌써 약 오 년이나 되었다. 그녀의 열네 살짜리 딸은 소아마비로 다리를 앓고 있었다. 가엾은 소녀는 벌써 반 년째 걸어 다닐 수도 없어서 바퀴 달린 긴 안락의자를 타고 다녔다. 이 아이는 병 때문에 다소 여위긴 했지만 명랑하고 매력적인 존재였다. 속눈썹이 긴, 그녀의 짙은 큰 눈에서는 뭔가 장난기 섞인 것이 반짝이곤 했던 것이다. 어머니는 봄부터 딸을 외국으로 데려갈 참이었지만, 여름에 영지 관리 문제로 지체되고 있었다. 그들이 벌써 일주일째 우리 도시에 와 있는 건 종교 순례차라기보다는 여기에 볼일이 있어서였는데, 벌써 사흘 전에 장로를 한 번 방문한 적이 있었다. 지금 그들은 장로가 거의 더 이상 그 누구도 접견하지 않는다는 것을 알면서도 갑자기 다시 찾아와서 한 번만 더 '위대한 치료자를 바라볼 수 있는 행운'을 누리게 해 주십사 집요하게 간청하고 또 애원했던 것이다.

장로가 나오길 기다리면서 어머니는 딸의 안락의자 곁, 의자에 앉아 있었고, 그녀로부터 두 걸음 떨어진 곳에는 이곳 수도원 출신이 아니라 먼 북쪽의 잘 알려지지 않은 어느 수도원에서 온 늙은 수도사가 서 있었다. 그도 또한 장로님의 축복을 받고자 했다. 하지만 회랑에 나타난 장로는 우선 곧장 민중들에게로 갔다. 군중들은 들판과 맞닿은 나지막한 회랑 입구의 삼단 층계 쪽으로 몰려들었다. 장로는 위쪽 계단에 서서 영대(領帶)를 두른 뒤 자기에게로 밀려든 여인들을 축복해 주기 시작했다. 그에게 한 클리쿠샤가 두 손을 잡힌 채 끌려왔다. 그 클리쿠샤는 장로를 보자마자 갑자기 경기라도 난 듯 어쩐지 터무니없는, 째질 듯한 비명을 내지르면서 온몸을 떨었다. 장로는 그녀의 머리에 영대를 얹고 그녀를 위해 짧은 기도문을 읽어 주었는데, 그러자 곧 그녀는 잠잠해지면서 진정했다. 지금은 어떤지 모르겠지만, 내가 어릴 때만 해도 시골 마을과 수도원에서 이런 클리쿠샤들을 직접 보거나 그런 얘기를 듣는 일이 종종 있었다. 그들은 미사에 데려오면 온 교회가 떠나갈세라 째질 듯 소리를 지르거나 개처럼 짖어 댔지만, 영성체가 시작되어 그들을 그쪽으로 데려가면 당장 '귀신 들림'이 멎었으며 병든 이들은 항상 얼마간은 얌전해졌다. 어린 아이였던 나에게 이것은 매우 충격적이고 놀라운 일이었다. 하지만 그때 내가 질문 공세를 퍼붓자 다른 지주들, 특히 나의 도회지 선생님들은 이 모든 것이 일을 하기 싫어 꾀병을 부리는 것에 지나지 않으며 적절히 엄격한 조치를 취함으로써 언제라도 근절할 수 있다고 하면서, 덧붙여 이를 뒷받침하기 위한 다양한 일화를 들려주기도 했다. 하지만 이후 나는 의학 전문가들을 통해 이것이 무슨 꾀병이기는커녕 오히려 무서운 부인 질환이라는 것을 알고 나서 놀라움을 금치 못했다. 이것은 주로 우리 루시에 만연한 것으로서 우리네 시골 여성들의 운명이 얼마나 힘겨운가를 증명해 주는 질환, 즉 어떤 의학적 도움도 없이 올바르지 못한 방식으로 힘겹게 출산을 한 직후 곧바로 살인적인 노동에 시달리는 데서 비롯되는 질환이라는 것이었다. 이것 말고도, 벗어날 길 없는 괴로움이나 구타 등도 그 원인이 되는데, 보편적인 견본을 따를 때 어떤 여자들은 그 천성상 어쨌거나 이런 것들을 참아 낼 수 없는 것이다. 귀신에 들린 듯 몸부림치는 여자를 성체 쪽으로 데려가면 이상하게도 그저 한순간에 치유되곤 했는데, 이를 두고 나는 꾀병이라느니 심지어 '성직자들'이 꾸며 낸 거나 다름없는 마법이라니 하는 설명을 듣기도 했지만, 어쨌거나 이 치유는 역시나 가장 자연스러운 방식으로 행해졌을 것임이 분명하다. 즉, 그녀를 성체 앞으로 데려가는 아낙네들은 물론이고, 무엇보다도 환자 자신이 성체 쪽으로 인도되어 그 앞에 몸을 숙이면 자기를 점령하고 있는 부정한 기운이 도저히 배겨 낼 재간이 없을 것임을 확고한 진리처럼 굳게 믿었던 것이다. 그랬기 때문에 늘 신경질적이고 물론 정신적으로도 병이 든 여인의 몸을 성체 쪽으로 숙이게 하는 그 순간에는 언제나 그녀의 전 조직에 반드시 어떤 전율이 일어났으니(응당 그래야 했다.) 이 전율은 반드시 기적적으로 치유될 것이라는 기대와 기적이 실현될 것이라는 완전한 믿음, 그 자체에서 기인한 것이었다. 그리고 그 기적은 그저 단 한순간에 일어나는 것 같았다. 지금도 그 기적은, 장로가 아픈 여인에게 영대를 걸쳐 주자마자 곧

바로 일어났던 것이다.

그에게로 몰려든 여인들 중 많은 이들이 순간의 효과가 불러온 감동과 황홀의 눈물을 흘렸다. 또 다른 이들은 그의 옷자락에도 입을 맞추기 위해 버둥거렸고 또 다른 이들은 무엇이 그리 슬픈지 통곡을 했다. 그는 모두를 축복해 주었으며 어떤 이들과는 대화를 나누기도 했다. 조금 전의 클리쿠샤라면 그는 벌써 알고 있었는데, 그녀는 수도원에서 그다지 멀지 않은, 겨우 6베르스타쯤 떨어진 마을에서 데려온 여자로서 전에도 장로한테 데려온 적이 있었던 것이다.

"아, 저기 먼 곳에서 오신 분이 있군!" 그는 아직 별로 늙지는 않았지만 피골이 상접할 정도로 바싹 여윈 한 여인을 가리켰는데, 볕에 그을린 정도가 아니라 완전히 검게 타 버린 것 같은 얼굴이었다. 그녀는 무릎을 꿇은 채 서서 부동의 시선으로 장로를 바라보고 있었다. 그녀의 시선 속에는 뭔가 광적인 것이 담겨 있었다.

"멀리서 왔습니다, 신부님, 멀리서요, 여기서 300베르스타나 떨어진 곳이랍니다. 신부님, 멀리서, 정말 멀리서 왔습니다." 여인은 한쪽 손바닥으로 뺨을 괸 채 고개를 이쪽저쪽으로 까딱까딱 흔들며 노래 후렴구를 되풀이하듯 말했다. 그 말투는 마치 통곡을 하는 것도 같았다. 민중에게는 말없이 끈덕지게 참아 온 괴로움이 있다. 그것은 자기 속으로 침잠하여 침묵한다. 하지만 가슴이 찢어질 것만 같은 괴로움도 있다. 그것은 일단 눈물과 함께 터져 나오면 통곡으로 변한다. 여성들에게선 특히나 그렇다. 하지만 이 괴로움이 말 없는 괴로움보다 가벼운 건 아니다. 이 경우 통곡이란 이처럼 가슴의 상처를 점점 더 벌리고 찢어 놓음으로써, 오직 그렇게 함으로써만 달랠 수 있는 것이다. 이런 괴로움은 위안을 바라지도 않고, 그저 달랠 길 없는 괴로움의 느낌으로 연명한다. 그러니까 통곡은 끊임없이 상처를 자극하고자 하는 욕구에 지나지 않는 것이다.

"소시민 출신인가 본데?" 호기심 어린 눈으로 그녀를 들여다보며 장로가 계속 물었다.

"예, 도회지 사람입니다, 신부님, 우리는 도회지 사람이지요. 농민 출신이지만 그래도 도회지 사람입니다, 도회지에 살고 있으니까요. 신부님을 뵙기 위해서 왔습니다. 신부님 얘기를 들었지요, 듣다마다요. 핏덩어리나 다름없는 아들 녀석을 묻고 나서 하느님께 기도를 하러 갔습니다요. 수도원을 세 곳이나 다녀 봤지만 저에게 '나스타슈쉬카, 신부님께 가 보게나.'라고, 그러니까 여기 신부님께 가 보라고 말하더군요. 그래서 왔습니다. 어제 여관에 있다가 오늘 신부님께 온 것이지요."

"왜 울고 있는 겐가?"

"아들 녀석이 안됐어요, 신부님, 세 살배기였답니다, 석 달만 더 살았더라도 세 살이 되었을 거예요. 아들 녀석 때문에 마음이 아파요, 신부님, 아들 녀석 때문에. 우리에게 남은 마지막 아들이었습죠, 나와 니키투쉬카 사이엔 아이가 넷이나 있었건만 우리 집에서는 아이들은 왠지 남아나질 않아요, 남아나질 않더라고요, 그렇게 원해도 도무지 남아나질 않는 거예요. 먼젓번 세 아이들을 묻었을 때만 해도 이렇게까지 서럽진 않았는데 이 막내 녀석을 묻고 나니 잊을 수가 없어요. 바로 지금도 녀석이 내 앞에 서 있는 것만 같아요, 떠나질 않아요. 내 속이 바싹바싹 타들어 가 버렸답니다. 녀석의 속옷이나 윗옷, 장화 따위를 보면 엉엉 울게 돼요. 녀석이 남긴 것들을 하나 둘씩 죄다 펼쳐 놓고 그렇게 바라보면서 엉엉 운답니다. 내 남편 니키투쉬카에게 말했지요. 여보, 순례를 떠나야겠어요, 잠깐만 보내 줘요 하고요. 그이는 마부고, 우리는 가난하지 않아요, 신부님, 가난하지 않다고요. 우리 명의로 마차업을 하는 거라서 말도, 마차도 다 우리 거랍니다. 하지만 이런 재산이 지금 우리에게 무슨 소용이 있어요? 그이, 그러니까 나의 니키투쉬카는 내가 없어서 분명히 술에 손을 대기 시작했을 거예요, 전에도 그랬거든요. 내가 조금만 방심하면 그이는 해이해진답니다. 그런데도 지금은 그이 생각은 나지도 않아요. 벌써 석 달째 집을 떠나 있거든요. 잊었습니다, 모든 걸 잊었어요, 기억하고 싶지도 않아요. 이제 와서 제가 그이와 뭘 하겠어요? 그이와는 끝난 거예요, 끝났다고요, 모든 사람들과 다 끝장을 봤어요. 이젠 내 집도, 내 재산도 보지 않을 거예요, 아무것도 보고 싶지 않아요!"

"애어멈, 이보게."라고 장로가 말했다. "어느 날 고대의 위대한 성자가 사원에서 한 여인이 바로 자네처럼 자신의 갓난애, 그것도 유일한 아들이 역시나 하느님의 부르심을 받은 까닭에 울고 있는 것을 보았다네. '그대는 이걸 모르고 있는 것이냐.'라면서 성자가 그녀에게 말했지. '하느님의 왕좌 앞에서 이 갓난애들이 얼마나 대담하게 구는지를? 하늘의 왕국에서 그들보다 더 대담한 자는 아무도 없는 법일세. 주여, 주님께서는 우리에게 생명을 선사하셨으나 우리가 그 생명을 보기가 무섭게 곧바로 그것을 우리에게서 다시 가져가시옵나이다, 하고 하느님께 말하지. 그러고는 버르장머리 없을 만큼 대담하게 자기들에게 어서 빨리 천사의 지위를 내려 달라고 강청하고 부탁한다네. 자, 그러니'라면서 성자께서 말씀하셨다네. '기뻐하라, 여인이여, 울지 말지어다, 그대의 갓난아이는 지금 하느님 곁에, 하느님의 천사들 무리 속에 있으니.' 성자께서는 바로 이렇게 말씀하셨으니, 그분께서 그 여인에게 거짓을 알려 주었을 리는 없지 않나. 그러니 애어멈, 자네의 갓난아이도 필경 이제 주님의 왕좌 앞에 임하여 기뻐하고 즐거워하면서 자네를 위해 하느님께 기도하고 있음을 알아 두게나. 그러니 울지 말고, 기뻐할 일이로다."

여인은 한 손으로 뺨을 괸 채 그의 말을 듣고 있었다가 시선을 내리깔았다. 그녀는 깊이 한숨을 내쉬었다.

"니키투쉬카도 똑같은 말을 하면서 저를 위로했어요, 신부님 말씀과 토씨 하나 안 틀리고요. '바보같이 울긴 왜 울어, 우리 아들 녀석은 지금쯤 분명히 주님 곁에서 천사들과 함께 노래를 부르고 있을 텐데.' 하지만 나에게 이렇게 말해 주는 그이도 울어요, 보면 나와 똑같이 울더라고요. '알아요, 니키투쉬카, 주님 곁이 아니라면 녀석이 어디에 있겠어요, 다만, 니키투쉬카, 여기 지금 우리와 함께 있는 건 아니잖아요, 우리 곁에는 없다고요, 그전 같으면 바로 여기에 앉아 있었는데!' 한 번이라도 녀석을 볼 수 있다면, 단 한 번만이라도 다시 녀석을 바라볼 수 있다면, 녀석에게 다가가지도, 말도 한마디 하지 않고서 그저 구석에 몸을 숨긴 채 단 일 분만이라도 녀석의 모습을 보고 녀석이 뜰에서 놀다가 뛰어 들어와 예의 그 목소리로 '엄마, 어디 있어?'라고 외치는 걸 들을 수 있다면. 녀석이 작은 발로 톡톡 소리를 내면서 방을 지나가는 것을 한 번이라도, 단 한 번만이라도 들을 수 있다면, 그 톡톡거리는 발소리 말이죠, 그렇게 자주, 자주 기억이 나요, 나에게로 달려와 소리를 지르면서 웃곤 했지요, 녀석의 발소리만 들어도, 그냥 그것만 들어도 녀석이라는 걸 알 수 있으련만! 하지만 신부님, 녀석이 없으니 녀석의 소리를 이젠 영원히 못 들을 거예요! 자, 여기 녀석의 허리띠는 있지만 녀석은 없어요, 이제는 절대로 볼 수 없을 테죠, 들을 수도 없고요……!"

그녀는 겨드랑이에서 자기 아이의 자그마한 장식용 허리띠를 꺼냈는데, 그것을 보기가 무섭게 곧 손으로 눈을 가린 채 온몸을 부들부들 떨며 흐느껴 울었으니, 손가락 사이로 갑자기 눈물이 시냇물처럼 흘러나왔던 것이다.

"이것은" 하고 장로가 말했다. "그러니까 고대에 '라헬이 자기 아이들을 생각하며 울지만, 그래도 자식들이 없으니 위로도 마다한다.'[38]라고 한 것과 마찬가지이니, 자네들, 어머니들은 이 지상에서 그와 같은 운명을 타고났도다. 그렇다면, 위로받으려 들지 말게, 위로받을 수도 없으니 위로받으려 들지 말고 울지도 말게나. 다만 울음이 나올 때마다 매번 꾸준하게 자네의 아들이 하느님의 천사 중 하나라는 것을 상기하게나.

---

38) 마태오복음 2: 18에 인용된, 예레미야 31: 15.

그곳에서 자네를 지켜보면서 자네의 이런 모습을 보며 자네의 눈물을 기뻐하고 그 눈물을 하느님께 알려 주고 있다는 것을. 앞으로 오랫동안 자네는 어머니로서의 이 크나큰 눈물을 흘리게 될 테지만, 결국에 가서는 그것이 자네에게 조용한 기쁨으로 변할 것이며, 그때는 자네의 쓰라린 눈물들도 그저 조용한 감동의 눈물이자 죄로부터의 구원을 가져다주는 참된 정화의 눈물이 될 걸세. 자네 아이의 명복을 빌도록 하겠네. 이름이 뭐였나?"

"알렉세이였습니다, 신부님."

"거참, 이름도 사랑스럽구먼. 예언자 알렉세이의 이름을 딴 것인가?"

"그렇습니다, 신부님, 예언자, 예언자 알렉세이에서 따왔지요!"

"얼마나 위대한 성인이었던가! 명복을 빌겠네, 애어멈, 아이의 명복을 빌고 자네의 슬픔을 위해 기도하고 자네 바깥양반의 건강도 빌겠네. 다만, 바깥양반을 홀로 남겨 두는 건 죄스러운 일일세. 남편한테로 가서 그 사람을 정성껏 보살펴 주게. 저곳에서 자네의 아이가 자네가 자기 아버지를 내팽개친 것을 보면 자네들 때문에 울음을 터뜨릴 걸세. 왜 자네는 아이의 축복을 파괴하는 겐가? 아이는 살아 있는 거야, 영혼이란 영원히 살게 마련이니까 살아 있는 거나 다름없지 않나. 비록 집에는 없지만 그 아이는 보이지 않게 자네들 곁에 있다네. 그런데 자네가 자기 집이 미워졌다고 말한다면, 아이가 어떻게 집엘 오겠나? 어차피 자네들, 즉 아버지와 어머니가 함께 있는 것을 보지 못할 바엔 아이가 도대체 누굴 찾아오겠는가? 자,

지금은 아이가 꿈에 보인다고 괴로워하지만, 그때가 되면 아이가 자네에게 온화한 꿈들을 보내 줄 걸세. 어서 남편한테로 가게나, 애어멈, 오늘 바로 가게나."

"가겠습니다, 친아버지 같은 신부님 말씀대로 가겠습니다. 제 마음을 꿰뚫어 보셨어요. 니키투쉬카, 나의 니키투쉬카, 나를 기다리고 있겠지요, 여보, 기다리고 있겠지!" 아낙네는 또 통곡을 할 태세였지만, 장로는 이미 순례자 복장이 아닌, 일반 도시 사람처럼 차려입은 어느 늙은 노파에게로 향했다. 그녀의 눈을 보니, 무슨 볼일이 있어 뭔가를 알리러 온 것이 분명했다. 그녀는 자기를 위관 미망인이라고 소개하면서 여기서 멀지 않은 곳, 고작해야 우리 도시에서 왔다고 했다. 그녀의 아들인 바센카는 무슨 위원부에서 근무하다가 시베리아의 이르쿠츠크로 떠났다. 그곳에서 두 번에 걸쳐 편지를 썼지만 지금은 벌써 일 년째 편지가 없었다. 그녀는 아들의 행방을 이리저리 수소문해 봤지만 사실, 정확히 어디다 물어야 할지도 모르고 있다는 것이었다.

"다만, 얼마 전에 스체파니다 일리니쉬나 베드랴기나라는 부유한 상인의 부인이 저에게 말했어요. 프로호로브나, 당신 아들의 이름을 교회의 추도식 명부에 올리고 명복을 빌어 줘, 하고요. 그 아이의 영혼이 괴로울 정도로 그리움을 느끼면 편지를 쓸 테니까, 하면서요. 그러면서 스체파니다 일리니쉬나는 '여러 번이나 이런 일이 있었으니까 믿을 만한 얘기야.'라고 말하더군요. 다만, 저는 아무래도 석연치 않은 구석이 있어서……. 우리의 빛이신 장로님, 그게 사실입니까, 아닙니까, 그렇게 하면 잘될까요?"

"그런 건 아예 생각도 하지 말게. 그런 걸 물어보는 것조차도 부끄러운 일이야. 아니, 어떻게 친어머니가 살아 있는 아들의 영혼을 두고 명복을 빌 수가 있는가! 그것은 마법에 맞먹는 큰 죄야. 다만 자네가 뭘 몰라서 그런 것이니 용서가 되는 걸세. 차라리 늘 서둘러 우리를 감싸 주시고 도와 주시는 천상의 여왕님께 아들의 건강이나 기원하게나, 자네의 옳지 못한 생각도 용서해 달라고 하고. 자네에게 더 해 줄 말이 있는데, 프로호로브나, 자네 아들이 몸소 곧 자네한테 오거나 아니면 필경 편지를 보낼 걸세. 자네는 그렇게 알고 있으면 된다네. 어서 가 보게, 이제부터는 마음 편히 가지고. 분명히 말하지만, 자네 아들은 살아 있다네."

"사랑스러우신 신부님, 주님께서 보답을 해 주시길, 신부님께서는 우리의 은인이시며 우리 모두와 우리의 죄를 위해 기도하시는 자이시며……."

하지만 장로는 이미 군중 속에서, 아직 젊은데도 결핵에라도 걸렸나 싶을 만큼 기진맥진해 있는 농부 여인이 자기에게 불타는 시선을 보내는 것을 인지했다. 그녀는 말없이 장로를 바라보고 있었으며 두 눈은 뭔가를 부탁하고 있었으나 감히 다가가는 것이 두려운 듯했다.

"무슨 일로 왔나, 자네는?"

"제 영혼을 용서해 주십시오, 친아버지 같은 신부님." 그녀는 서두르지 않고 조용히 말한 뒤 무릎을 꿇은 채로 그의 발 아래 엎드려 절을 했다.

"죄를 지었습니다, 신부님, 그 죄가 무서워요."

장로는 아래 층계에 앉았고, 여인은 여전히 무릎을 꿇은 채로 그에게로 가까이 다가왔다.

"혼자된 지 삼 년째인데."라고 마치 전율하듯 반쯤 속삭이며 그녀가 말을 시작했다. "시집살이가 힘겨웠습니다, 늙은 남편이었는데 저를 죽도록 마구 때렸지요. 그러다가 남편이 몸져눕자 그이를 바라보니 이런 생각이 들더군요. '건강해지면 다시 시작될 텐데, 그때는 어떡하나?' 하는. 바로 그때 제 머릿속에서 바로 그 생각이 떠올랐는데……."

"잠깐만." 장로는 이렇게 말하고서 자신의 귀를 곧장 그녀의 입술 쪽으로 갖다 대었다. 여인이 조용히 속삭이며 말을 이어갔기 때문에 주위에서는 거의 아무 말도 알아들을 수 없었다. 그녀는 곧 말을 끝맺었다.

"그런 지 삼 년이 된다고?" 장로가 물었다.

"예, 삼 년이 됐지요. 처음에는 저도 생각을 하지 않았는데, 이제는 너무 괴로워 병까지 얻었어요."

"멀리서 왔는가?"

"여기서 500베르스타 떨어진 곳에서 왔어요."

"고해성사 때 말한 적이 있던가?"

"그럼요, 두 번이나 말했습니다."

"영성체는 받게 하던가?"

"예, 받게 해 주었습니다. 무서워요, 죽을까 봐 무서워요."

"아무것도 무서워 말게나, 절대 무서워하지도 괴로워하지도 말게. 자네의 내부에서 뉘우치는 마음이 식지 않는 한, 하느님께서 모든 것을 용서하실 것이네. 진실로 뉘우친다면 주님께 용서받지 못할 만큼 큰 죄는 이 세상에 없고 있을 수도 없다네. 아니, 무릇 인간이란 하느님의 무한한 사랑을 소진시킬 정도로 큰 죄는 절대 범할 수도 없지. 아니, 하느님의 사랑을 능가할 만한 죄가 있을 수 있겠는가? 그저 끊임없이 뉘우치는 데만 마음을 쓰게나, 두려움일랑은 아예 떨쳐 버리고. 하느님께서는 자네가 헤아릴 수도 없을 만큼 자네를 사랑한다는 것을 믿게나, 자네가 죄를 지었고 죄 속에 허덕이고 있을지라도 그런 자네를 사랑한다는 것을. 천상에서는 열 명의 의로운 자들보다 한 명의 뉘우치는 자를 보고 더 기뻐한다지 않나, 오래전부터 전해 오는 말씀이지. 자, 가 보게나, 무서워하지 말고. 사람들을 보고 마음 상하지 말 것이며 자네를 모욕한다고 해서 화내지 말게나. 고인을 마음속으로 늘 용서할 것이며 자네를 어떻게 학대했든 고인과 진실로 화해하게나. 자네가 뉘우치고 있다면 곧 사랑한다는 게 아니겠나. 사랑하고 있다면 자네는 이미 하느님의 사람이라네. 사랑으로 모든 것이 상쇄되고 모든 것이 구원된다네. 자네와 다름없이 죄를 지은 사람인 나도 자네에게 감동하고 자네를 안쓰러워한다면, 하느님께서는 오죽하시겠나. 사랑은 너무나도 귀중한 보물이라서 그것으로 전 세계를 살 수도 있으며 자신의 죄뿐만 아니라 타인의 죄도 대속할 수 있는 법이라네. 어서 가 보게, 그리고 무서워하지 말게나."

그는 그녀에게 세 번의 성호를 그었으며, 자기 목에서 성상을 풀어서 그녀의 목에 걸어 주었다. 그녀는 말없이 머리가 땅에 닿도록 그에게 절을 했다. 그는 자리에서 일어나, 젖먹이를 품에 안고 있는 어느 건강한 아낙네를 즐겁게 바라보았다.

"브이셰고르예에서 왔습니다요, 사랑스러우신 장로님."

"여기서 6베르스타나 떨어진 곳인데 어린것이랑 고생이 이만저만이 아니었겠구먼. 그래, 무슨 일로 왔는가?"

"장로님을 보려고 왔어요. 전에도 왔는데, 잊으셨는지요? 저를 잊으셨다면 장로님의 기억력이 변변찮은 거예요. 우리 마을 사람들이 장로님께서 편찮으시다고들 해서, 그럼 내 직접 가서 뵙고 와야겠다고 생각했지요. 이렇게 장로님을 직접 뵈니, 편찮으시다니요? 아직 이십 년은 더 사실 겁니다, 정말로요, 하느님께서 장로님과 함께하시길! 장로님을 위해 기도하는 사람들이 얼마나 많은데, 장로님께서 편찮으실 리가 있나요?"

"여러 가지로 고맙네, 자네."

"기왕지사 여기 온 김에 조그만 부탁 한 가지 드리겠습니다. 여기 60코페이카가 있는데, 이것을 장로님, 저보다 더 가난한 여자에게 주세요. 여기 오면서 차라리 장로님을 통해서 내놓는 것이 좋겠다고 생각했어요, 장로님이시라면 누구에게 주셔야 될지를 아실 테니까요."

"고맙네, 고마워, 자넨 정말 착하구먼. 자네를 사랑한다네. 틀림없이 그리하겠어. 품에 안은 건 계집애인가?"

"예, 계집애랍니다, 빛과 같은 분이시여, 리자베타라고 해요."

"주님께서 자네 둘을 축복하시길, 자네와 갓난애 리자베타를. 자네는 내 마음을 즐겁게 해 주었네, 애어멈. 잘들 가시게나, 사랑스럽고 소중하고 상냥한 이들이여."

그는 모든 사람들을 축복해 주고 그들 모두에게 몸을 숙여 인사했다.

4 믿음이 약한 귀부인

외지에서 온 귀부인, 즉 여지주는 장로가 민중들과 대화를 나누고 그들을 축복하는 장면을 모두 지켜보면서 조용히 눈물을 흘리며 손수건으로 눈물을 훔치곤 했다. 그녀는 감수성이 예민하고 많은 점에서 진실로 선량한 기질을 지닌 사교계 부인이었다. 장로가 드디어 그녀에게로 다가오자 그녀는 황홀감에 차서 그를 맞이했다.

"이 모든 감동적인 장면을 보면서 많이, 정말 많이 참았습니다……." 그녀는 너무 흥분해서 말을 다 끝내지 못했다. "오, 민중이 장로님을 얼마나 사랑하는지 이해하며, 저 자신도 민중을 사랑하고, 민중을 사랑하길 바랍니다, 아니, 어떻게 민중을, 위대할 만큼 아름답고 순진무구한 우리네 러시아 민중을 사랑하지 않을 수 있겠습니까!"

"부인 따님의 건강은 어떻습니까? 부인께서는 또 저와 담화를 나누고 싶으셨던가요?"

"오, 저는 집요하게 부탁하고 애원했습니다, 장로님께서 저를 들여보내실 때까지 장로님의 창문 앞에서 사흘이라도 무릎을 꿇고 있을 각오가 되어 있었습니다. 우리가 장로님을 찾아온 건, 위대한 치유자이신 장로님, 환희에 가득 찬 우리의 고마움을 보여 드리기 위해서입니다. 장로님께서는 저의 리자를 치유해 주지 않으셨습니까, 그것도 완전히 치유해 주셨지요, 그것도 무엇으로입니까? 목요일에 리자를 위해 기도하고 리자에게 장로님의 손을 얹어 줌으로써가 아니었는지요. 우리는 그 두 손에 입을 맞추고자, 경의로 가득 찬 우리의 감정을 토로하고자 이렇게 서둘러 온 것입니다!"

"치유를 했다니요? 아니, 저 아이는 아직도 의자에 누워 있지 않습니까?"

"하지만, 바로 그 목요일부터 밤마다 딸아이를 괴롭히던 신열이 완전히 사라졌습니다, 벌써 이틀째지요." 부인은 격앙된 어조로 서둘러 말했다. "그뿐인가요, 딸아이의 다리가 튼튼해졌답니다. 오늘 아침 자리에서 일어났을 땐 건강했지요, 밤새 곤히 잤거든요, 이 아이의 홍조를, 빛나는 두 눈을 보십시오. 그때는 줄곧 울었지만 이제는 웃고 있어요, 명랑하고 즐거워해요. 오늘은 두 발로 서게 해 달라고 마구 조르더니 꼬박 일 분 동안 어떤 도움도 없이 혼자 힘으로 서 있었답니다. 아이는 이 주 후면 카드리유[39]를 출 거라고 저한테 장담을 하는군요. 그래서 저는 이곳 의사 게르첸슈투베를 불렀습니다. 그는 어깨를 으쓱하면서 놀랍다고, 믿어지지 않는다고 말하더군요. 자, 이런데도 저희들이 얼른 이리로 달려와 장로님께 감사를 드리는 것이 못마땅하신가요, 이게 폐가 되나요? 리즈(Lise),[40]

39) 18세기 후반, 19세기에 유행했던 춤의 일종.

40) 리자베타, 즉 리자의 프랑스식 이름. 이하 편의상 '리즈'로 표기한다.

감사를 드려야지, 감사를!"

귀엽게 방실방실 웃고 있던 리즈의 얼굴이 갑자기 자못 진지해졌다. 그렇게 그녀는 최대한 의자에서 몸을 일으켜 장로를 바라보면서 장로 앞에서 자신의 작은 두 손을 모았지만, 이내 참지를 못하고 갑자기 웃음을 터뜨리는 것이었다…….

"이건 저 사람 때문이에요, 저 사람을 보니까 웃겨서 그래요!" 그녀는 자기가 기어코 참지 못하고 웃음을 터뜨린 것에 대해 어린애다운 신경질을 내면서 알료샤를 가리켰다. 그 누구든 장로 뒤에 한 걸음쯤 떨어져 서 있는 알료샤를 보았더라면, 한순간 그의 얼굴이 확 달아올라 두 뺨이 새빨개졌음을 알아챘을 것이다. 그는 두 눈을 반짝이다가 곧 내리깔았다.

"이 아이는 알렉세이 표도로비치, 당신에게 용건이 있답니다……. 그래, 건강은 어떠신가요?" 애 엄마가 갑자기 알료샤를 보더니, 그를 향해 장갑을 낀 매력적인 손을 내밀며 말을 이어 갔다. 장로는 주위를 둘러보다가 갑자기 알료샤를 유심히 바라보았다. 알료샤는 리즈 쪽으로 다가가서는 어쩐지 이상하고도 겸연쩍은 웃음을 띠면서 그녀에게 한 손을 내밀었다. 리즈는 엄숙한 표정을 지었다.

"카체리나 이바노브나가 이걸 전해 주라고 하셨어요." 그녀는 그에게 조그만 편지를 내밀었다. "자기 집에 좀 들러 달라고, 그것도 어서 빨리, 빨리 들러 달라고, 기대를 저버리지 말고 꼭 와 달라고 부탁하던데요."

"그분이 저한테 들러 달라고 부탁한다고요? 그분이 저를……. 대체 왜?" 알료샤가 심히 놀라면서 중얼거렸다. 그의 얼굴엔 갑자기 수심이 가득해졌다.

"오, 이건 전부 드미트리 표도로비치 때문에……. 그리고 최근의 모든 사건들 때문이에요." 부인이 대충 설명을 하기 시작했다. "카체리나 이바노브나가 이제 한 가지 결정을 한 모양인데……. 그것을 위해서 그분은 반드시 당신을 만나야 한답니다……. 도대체 왜일까요? 물론, 저야 모르지만 가능한 한 빨리 와 달라고 부탁했어요. 그러니 당신은 그리하시겠지요, 분명히 그렇게 하실 테죠, 이건 심지어 기독교적 감정의 명령이 아닙니까."

"저는 그분을 고작 한 번 봤을 뿐인데요." 여전히 납득이 되지 않다는 듯 알료샤가 말했다.

"오, 그분은 너무도 고귀하고 너무도 현묘한 존재입니다……! 그분의 고통만 생각해도……. 그분이 지금 어떤 고통을 감내해 왔고 또 지금도 감내하고 있는지 생각해 보세요, 무엇이 그분을 기다리고 있는지 생각해 보시라고요……. 이 모든 것이 끔찍합니다, 끔찍해요!"

"좋습니다, 가 보겠습니다." 부디 와 달라는 강경한 부탁 말고는 그 어떤 설명도 없는 수수께끼 같은 짧은 편지를 훑어본 뒤 알료샤는 마음을 정했다.

"아, 그래 주시겠다니 정말 사랑스럽고 관대하세요." 갑자기 정말로 생기를 띠면서 리즈가 소리쳤다. "사실, 저는 엄마에게 그는 구도 생활 중이기 때문에 어떤 일이 있어도 가지 않을 거다, 하고 말했거든요. 정말 어찌나, 어찌나 멋진 분이신지! 저는 언제나 당신이 멋진 사람이라고 생각해 왔어요, 지금 이 말을 당신에게 하게 돼서 기분이 너무 좋아요."

"리즈!" 부인은 엄하게 꾸지람을 하듯 말했지만, 그래도 곧 바로 미소를 지었다.

"당신은 우리를 잊으셨답니다, 알렉세이 표도로비치, 우리 집에는 통 오고 싶지 않으신가 봐요. 그나저나 리즈는 오직 당신과 있을 때만 기분이 좋다고 저에게 두 번씩이나 말했답니다." 이 말에 알료샤는 내리깔았던 눈을 들어 올렸는데, 갑자기 다시금 얼굴이 새빨개졌고 다시금 갑자기 자기도 왠지 모르면서 씩 웃었다. 하지만 장로는 이미 그를 지켜보고 있지 않았다. 우리가 벌써 말한 바 있는, 리즈의 의자 곁에서 장로가 나오길 기다리고 있던, 외부에서 온 수도사와 대화를 나누기 시작했던 것이다. 그는 보건대, 가장 평범한 수도사 중 하나, 즉 평범한 직위에, 근시안적이면서도 확고부동한 세계관을 가졌으되 믿음에 있어서는 그 나름대로 고집스러운 수도사였다. 그는 스스로를 먼 북쪽 오브도르스크라는 어떤 곳에 있는, 수도사 수가 기껏해야 총 아홉 명인 어느 가난한 수도원에서 성(聖) 실베스트르의 명을 받고 왔노라고 아뢰었다. 장로는 그를 축복했으며 괜찮다면 자신의 방에 들러 달라고 초청했다.

"장로님께서는 감히 어떻게 이런 일들을 행하시는 겁니까?" 수도사는 질책을 하듯 엄숙하고 의기양양하게 리즈를 가리키면서 갑자기 물었다. 그녀의 '치료'를 암시하는 말이었다.

"물론 이 점에 대해선 아직 뭐라 말하기 이릅니다. 병세가 좀 누그러졌다고는 해도 완전히 치료된 건 아니며, 또 다른 원인 탓일 수도 있으니까요. 하지만 정말로 뭔가가 일어났다면,

그건 누구의 힘도 아닌, 하느님의 명령에 의한 것이겠지요. 모든 것이 하느님의 뜻입니다. 제 암자를 방문해 주시지요, 신부님.” 그는 수도사에게 덧붙였다. “아무 때나 손님을 받을 수는 없는 처지지만 말입니다. 병을 앓고 있는지라, 제 수명이 다한 것도 알고 있습니다.”

“오 아닙니다, 아니에요, 하느님께서는 우리에게서 장로님을 앗아 가지 않으실 겁니다, 아직 오래 사실 겁니다, 오래.” 부인이 소리쳤다. “게다가 도대체 어디가 아프다는 겁니까? 이토록 건강하고 즐겁고 행복한 모습으로 우리를 바라보고 계시는데.”

“오늘은 제가 유난히도 기분이 좋지만, 이것이 그저 순간일 뿐임을 이미 알고 있답니다. 이제는 제 병이 어떤 것인지 잘 이해하고 있으니까요. 만약 부인 눈에 제가 명랑해 보인다면, 그건 부인의 그러한 말씀이 바로 저를 그 어느 때보다도, 그 무엇보다도 더 기쁘게 해 주었기 때문입니다. 사람이란 행복을 위해서 창조되었기에 전적으로 행복한 자는 자기 자신에게 곧장 ‘나는 이 땅에서 하느님의 서약을 이행했노라.’라고 말할 자격이 있는 것입니다. 모든 의로운 분들, 모든 성자들, 모든 성스러운 수난자들이 다 행복했던 것이지요.”

“오, 정말 대단한 말씀이십니다, 얼마나 대담하고 고귀한 말씀이신지.” 부인이 소리쳤다. “장로님의 말씀은 꼭 폐부를 찌르는 듯하군요. 그나저나 행복, 행복이란 도대체 어디에 있습니까? 누가 스스로에 대해 자기는 행복하다고 말할 수 있겠습니까? 오, 만약 장로님께서 오늘 저희가 다시 한번 장로님을 뵐 수 있도록 허락하셨을 만큼 선량하신 분이라면, 제가 장로님께 지난번에는 다 말하지 못한, 감히 말할 수 없었던 모든 것을 들어 주세요, 오랫동안, 너무도 오랫동안 저를 괴롭히고 있는 모든 것을! 저는 고통스럽습니다, 저를 용서해 주세요, 고통스럽다고요……." 그러면서 그녀는 어떤 열렬하고도 격정적인 감정을 담아 장로 앞에 두 손을 모았다.

"무엇이 유달리 그렇습니까?"

"제가 고통스러운 건…… 불신 때문입니다……."

"하느님에 대한 불신입니까?"

"오 아닙니다, 아니에요, 그런 건 감히 생각도 할 수 없습니다. 하지만 내세에 대해서라면 이것은 수수께끼입니다! 그 누구도, 정말이지 그 누구도 그것에 대해 대답해 주지 않아요! 들어 보세요, 장로님께서는 인간의 영혼을 꿰뚫어 보시고 치료해 주시는 분이시잖아요. 저는 물론, 장로님께서 제 말을 완전히 믿어 주시리라고는 바라지도 않지만, 정말 맹세코 경솔함에서 이런 말을 하는 건 아닙니다. 즉, 무덤 뒤에 찾아올 내세에 대한 이 생각이 고통스럽고 무섭고 경악스러울 정도로 저를 흥분시킨다는 말입니다……. 누구에게 물어봐야 될지 모르겠습니다, 평생 감히 그러지 못했지요……. 그런데 바로 지금 저는 용기를 내어 장로님께 여쭈어 보는 겁니다……. 오, 맙소사, 이제 장로님께서는 나를 어떻게 생각하실까!" 그러면서 그녀는 손뼉을 탁 쳤다.

"저의 견해에 대해서는 신경 쓰지 마십시오." 장로가 대답했다. "저는 부인의 고뇌가 진실되다는 것을 전적으로 믿습니다."

"오, 어찌나 고마운지! 보세요, 저는 눈을 감고 이런 생각을 해 봅니다. 다들 믿고 있다면, 이런 믿음이라는 것이 도대체 어디서 생겨났을까요? 그런데 이 모든 것이 처음에는 자연의 위협적인 현상들에 대한 두려움에서 생겨났고, 고로 이런 것은 아예 존재하지 않는 거라고 하더군요. 그렇다면, 평생 동안 믿음을 갖고 살다가 죽었는데 갑자기 아무것도 없다면, 제가 읽은 어느 책에서 말하는 것처럼, '무덤 위에는 그저 잔디만 무성할 뿐'이라면 어떡하나 하는 생각이 들었습니다. 이건 끔찍해요! 무엇으로, 무엇으로 믿음을 되돌릴 수 있을까요? 하지만 어린아이였을 때는 아무 생각도 하지 않고 기계적으로 믿었는데……. 무엇으로, 도대체 무엇으로 이것을 증명할 것인가, 저는 지금 장로님 앞에 엎드려 이것을 여쭙고자 온 거랍니다. 정말 제가 지금 이번 기회를 놓친다면, 앞으로 평생 아무도 제게 대답을 해 주지 않을 겁니다. 무엇으로 증명해야 할까요, 무엇으로 확신을 얻을 수 있을까요? 오, 전 정말 불행해요! 가만히 서서 주위를 둘러보면 다들 무심해요, 거의 다들 무심하다고요, 그 누구도 이제는 이런 것에 신경을 쓰지 않고, 그저 저 하나만 이것을 참을 수 없어 한다니까요. 이건 정말 죽도록 괴로워요, 죽도록!"

"틀림없이 죽도록 괴로우실 겁니다. 하지만 이 경우엔 증명할 수 있는 건 아무것도 없는 반면, 확신을 할 수는 있습니다."

"정말요? 어떻게요?"

"사랑을 실천에 옮김으로써 그럴 수 있습니다. 부인 가까이에 있는 사람들을 실천적으로, 끊임없이 사랑하도록 노력하십시오. 사랑을 할 수 있게 됨에 따라 하느님의 존재도, 부인 영혼의 불멸도 확신할 수 있게 될 겁니다. 만약 가까이 있는 사람들을 사랑하여 완전한 자기희생에 도달하게 된다면, 그때는 틀림없이 믿게 될 것이며 심지어 어떤 의심도 부인의 영혼 속에 깃들지 못하게 될 것입니다. 이것은 여러 경험을 거쳐 검증된 것이며, 이것은 정확히 그렇습니다."

"실천적인 사랑이라고요? 그렇다면 다시 질문이 있습니다, 이런 질문이에요, 이런 질문이라고요! 보세요, 저는 인류를 너무도 사랑하여, 정말로 가끔씩은 모든 걸, 갖고 있는 모든 걸 버리고 리즈마저 홀로 남겨 둔 채 간호사의 길을 떠나는 꿈을 꾸곤 합니다. 눈을 감고 생각하고 꿈을 꿀 때면, 그 순간이면 저는 저의 내부에 극복할 수 없는 힘을 느낍니다. 어떤 상처도, 어떤 고름으로 썩어 가는 독도 저를 놀라게 할 수 없을 테죠. 저는 제 손으로 직접 상처를 싸매 주고 씻어 줄, 이 순례자들 곁을 지키는 간호사가 될 준비가, 그 독에 입을 맞출 준비가 되어 있어요……."

"부인께서 머릿속으로 다름 아닌 그런 것을 꿈꾸신다면, 그것 자체로 대단히 좋은 일입니다. 그러다 보면 어쩌다가라도 정말로 선한 일을 하시게 될 테니까요."

"예, 하지만 그런 생활을 제가 오랫동안 견뎌 낼 수 있을까요?" 부인은 거의 미친 듯 흥분하여 열렬하게 말을 이어 나갔다. "바로 여기에 가장 큰 문제가 있답니다! 이것이 저에게 여러 질문들 중 가장 고통스러운 것이기도 하고요. 눈을 감고서 자문해 본답니다. 이 길로 들어서서 오랫동안 견딜 수 있을까? 하고요. 만약 네가 어떤 환자의 상처를 씻겨 주는데 그 환자가 너에게 당장 고마움을 보이기는커녕 오히려 변덕을 부려 너를 괴롭힌다면, 너의 박애적인 봉사를 높이 평가하기는커녕 아예 그것을 알아주지도 않고 너에게 소리를 지르고 거칠게 요구를 하고 심지어 어디 상부에다(아주 고통스러워하는 사람들의 경우에는 흔히 있는 일이니까요.) 불평을 늘어놓는다면, 그땐 어떻게 될까? 너의 사랑은 지속될 것인가, 아닌가? 자, 그래서 말입니다. 저는 전율하면서 이미 이 문제에 대해, 만약 인류에 대한 나의 '실천적인' 사랑을 곧바로 식게 만들 수 있는 뭔가가 정말로 있다면 그것은 오직 배은망덕뿐이라고 결론 내렸습니다. 한마디로, 저는 보답의 노예인 겁니다. 저는 당장 보답을, 즉 칭찬을 요구하는 거예요, 사랑에 대해 사랑으로 보답해 주길 말입니다. 다른 방식으로라면 저는 그 누구도 사랑할 수 없어요!"

그녀는 자기 자신을 진정으로 채찍질하느라 발작이라도 난 듯했으며, 말을 다 끝마쳤을 때는 도전적인 결의를 갖고 장로를 바라보았다.

"그건 이미 오래전에 어느 의사가 저에게 해 준 얘기와 똑같군요." 장로가 지적했다. "그는 이미 나이가 꽤 지긋이 든, 이론의 여지가 없이 똑똑한 사람이었지요. 그도 부인처럼 그렇게 노골적으로 말했는데, 비록 농담이긴 했지만 서글픈 농담이었지요. 인류를 사랑하긴 하지만 스스로에게 놀라곤 한다고 말하더군요. 인류 전체를 더 많이 사랑하면 할수록, 개별적인 사람들, 즉 사람들 개개인은 점점 덜 사랑하게 된다고 말입니다. 몽상 속에서는 인류에 대한 열정적인 봉사를 생각하기에 이르고 갑자기 어떤 식으로든 요구가 있을 시엔 어쩌면 정말로 사람들을 위해 십자가행도 마다하지 않을 각오를 하게 되는 일이 드물지 않지만, 정작 고작 이틀도 누구와 한방에서 지낼 수가 없다, 이건 경험을 통해 잘 알고 있다, 하고 말하더군요. 상대방이 자기 곁에 있을라치면 곧 그라는 사람 자체가 자기의 자존심을 억누르고 자유를 밀어낸답니다. 꼬박 이십사 시간 동안이면 심지어 가장 훌륭한 사람도 증오하게 될 수 있다고 하더군요. 누구는 너무 오랫동안 식사를 하니까, 다른 누구는 콧물감기에 걸려 끊임없이 코를 푸니까 말이죠. 사람들이 자기를 조금이라도 건드리면 곧 그들의 적이 된답니다. 대신, 개별적인 사람들을 더 많이 증오하게 될수록 언제나 인류 전체에 대한 그의 사랑은 더욱더 불타오르게 된다고 말했습니다."

"하지만 어떻게 해야 될까요? 그런 경우에는 어떻게 해야 되냐고요? 이제 절망에 빠져야 하나요?"

"아니요, 부인께서 이 때문에 그토록 상심하신다는 것만으로도 이미 충분합니다. 부인께서 할 수 있는 것을 실천하시면 보답이 돌아올 겁니다. 부인께서는 이미 많은 것을 하신 것인데, 그토록 깊이, 진실되게 스스로를 의식하실 수 있었으니까요! 부인께서 지금 저와 이토록 진실되게 이야기를 나누셨지만, 만약 그것이 지금처럼 저에게서 그저 부인의 의로움에 대한 칭찬을 받기 위한 것이었다면, 실천적인 사랑이라는 위업에 있어선 물론, 아무것도 달성하지 못할 것입니다. 그렇다면 모든 것이 그저 부인의 몽상 속에 머물게 될 것이고 삶 자체는 환영(幻影)처럼 명멸해 버리겠지요. 그때는 응당, 내세에 대해서도 잊으실 것이고 결국에 가서는 자연스럽게 어떻게든 마음은 편해질 테지요."

"장로님께서는 저를 짓밟아 놓으셨습니다! 저는 이제야, 장로님께서 그 말씀을 하신 이 순간에야 비로소 깨달았습니다, 배은망덕을 참을 수 없다는 이야기를 하면서 저는 정말로 장로님께서 저의 진실됨을 칭찬해 주시길 기대한 것에 지나지 않았음을 말입니다. 장로님께서는 저에게 숨겨진 내가 어떤 것인지를 간파하시어 그걸 일러 주셨고 설명해 주신 겁니다!"

"그 말씀, 진정이시겠지요? 자, 지금 부인께서 그렇게 인정하셨으니, 저는 부인께서 진실되고 착한 마음의 소유자라는 것을 믿겠습니다. 설령 행복에까지는 다다르지 못한다 하더라도, 부인이 좋은 길로 들어섰음을 늘 기억하시고 거기서 일탈하지 않도록 노력하십시오. 무엇보다도, 거짓을, 어떤 것이든 거짓을 피하고 특히 자기 자신에 대한 거짓을 피하십시오. 자신의 거짓을 관찰하고 매시간, 매 순간 그것을 들여다보십시오. 다른 사람들이건 자기 자신이건 누군가를 거리껴 하지도 마십시오. 부인의 내부에서 어떤 것이 부인께 추잡하다고 여겨지는 것은 부인께서 자기 내부에서 그것을 인지했다는 사실만으로도 이미 정화되는 겁니다. 공포도 역시 피하십시오, 공포란 그저 온갖 거짓의 결과일 따름이지만. 사랑을 성취함에 있어 자신의 옹졸함을 절대로 두려워하지 말 것이며, 이와 관련하여 부인의 어떤 고약한 행동들에 대해서도 큰 두려움을 갖지는 마십시오. 부인께 이보다 더 즐거운 얘기를 더 이상

들려 드릴 수 없는 것이 안타까울 따름이니, 몽상적인 사랑과 비교할 때 실천적인 사랑이란 잔혹하고 무서운 것이니까요. 몽상적인 사랑은 어서 빨리 만족할 만한 위업을 달성하여 모든 사람들이 자기를 우러러봐 주길 갈망합니다. 그러다 보면 정말로, 그렇게 모든 이들의 시선을 받고 칭찬을 받기 위해서 목숨조차도 내놓을 것이지만, 다만 그것이 오래 지속되지 않고 마치 연극 무대에서처럼 어서 빨리 성사된다는 조건으로만 말이죠. 하지만 실천적인 사랑, 그것은 노동이자 인내이며, 어떤 이들에게는 말하자면 완전히 학문이나 다를 바 없습니다. 그럼에도, 미리 말해 두건대 부인께서 온갖 노력을 기울였음에도 불구하고 목표를 향해 나아가기는커녕 오히려 그것으로부터 멀어졌음을 목도하고 공포감을 느끼게 될 바로 순간, 바로 그 순간에, 부인께 미리 말씀드리지만, 부인은 갑자기 목표에 도달하게 될 것이며 부인 앞에서 언제나 부인을 사랑했고 언제나 부인을 인도했던 주님의 기적적인 힘을 보게 될 겁니다. 죄송합니다만, 저를 기다리는 사람들이 있어서 부인과 더 오래 머물 수가 없군요. 그럼, 안녕히 가십시오."

부인은 울고 있었다.

"리즈, 리즈, 이 애를 축복해 주세요, 축복해 주세요!" 갑자기 그녀는 자리를 박차고 벌떡 일어났다.

"이 아가씨는 사랑받을 자격이 없습니다. 이 아가씨가 줄곧 장난만 치는 걸 보았거든요." 장로가 농담처럼 말했다. "아가씨는 왜 줄곧 알렉세이를 놀렸던 거요?"

그런데 리즈는 정말로 줄곧 이런 장난질에만 정신이 팔려 있었다. 그녀는 이미 오래전부터, 지난번부터 알료샤가 자기를 보자 당혹스러운 나머지 아예 자기를 쳐다보지 않으려고 애쓰고 있다는 걸 알아챘는데, 바로 이것이 그녀는 엄청나게 재미있었던 것이다. 그녀는 주의를 곤두세우고 기다리다가 그의 시선을 포착했다. 알료샤는 자기에게로 쏟아지는 집요한 시선을 견디다 못해 갑자기 극복할 수 없는 힘에 이끌려 자기도 모르게 힐끗힐끗 그녀를 바라보았고, 그러면 그녀는 그 즉시 그의 눈을 빤히 쳐다보면서 의기양양한 미소를 지었다. 알료샤는 당혹스러워했으며 이 때문에 점점 더 신경질이 났다. 결국엔 그녀로부터 완전히 몸을 돌려 장로의 등 뒤로 숨어 버렸다. 몇 분 뒤 그는 다시금, 바로 저 극복할 수 없는 힘에 이끌려 그녀가 자기를 보고 있는지 아닌지를 보기 위해 몸을 돌렸다가, 리즈가 의자에서 몸을 거의 완전히 빼내어 그를 비스듬히 쳐다보면서 이제나저제나 그가 자기를 봐 줄까 열심히 기다리고 있는 것을 보았다. 그러다가 그의 시선을 포착하자 너무도 큰 소리로 깔깔대며 웃어 댔기 때문에 이번엔 장로도 가만히 참고만 있지 않았던 것이다.

"장난꾸러기 아가씨, 왜 그를 그렇게 부끄럽게 만드는 거요?"

리즈는 너무 뜻밖에 갑자기 얼굴을 붉히고 눈을 반짝였으며 얼굴 표정은 엄청나게 진지한 빛을 띠게 됐는데, 그러고선 분노에 찬 열렬한 불평을 담아 갑자기 신경질적으로 빨리 말하기 시작했다.

"저분은 왜 모든 걸 잊었다죠? 제가 어렸을 때는 저를 품에 안고 다녔어요, 우리는 함께 놀았다고요. 정말이지 저한테 책 읽는 걸 가르치러 오곤 했는데, 장로님께서는 이걸 모르시나요? 저분은 이 년 전에 작별 인사를 하면서, 절대로 잊지 않을 것이다, 우리는 영원한 친구이다, 영원하고 또 영원한 친구라고 말했단 말이에요! 그래 놓고서는 이제 갑자기 저를 무서워하는 거예요, 아니, 제가 자기를 잡아먹기라도 한대요? 왜 제 근처에는 오고 싶어 하지도 않는대요, 왜 말도 하지 않는대요? 왜 우리 집엔 오기 싫어한대요? 설마 장로님께서 저분을 보내 주시지 않는 것도 아닐 테고. 저분이 어디든 마음대로 다닌다는 거, 우린 다 알고 있어요. 제가 저분을 초대하는 건 점잖지 못하니까, 저를 잊지 않았다면 저분이 먼저 기억을 했어야죠. 아차, 아니지, 저분은 지금 구도 생활 중이군요! 장로님께선 왜 저분한테 옷자락이 저렇게 긴 수도복을 입히셨어요……. 달리다 보면 넘어질 텐데……."

그러면서 그녀는 더 이상 참지 못하고 갑자기 한 손으로 얼굴을 가리더니, 예의 그 파르르 떨리기만 할 뿐 소리도 나지 않는 초조한 웃음소리를 내며 도무지 억제할 수 없다는 듯 오랫동안 웃어 댔다. 장로는 미소를 머금은 채 그녀의 말을 경청한 뒤 상냥하게 그녀를 축복했다. 하지만 그녀는 그의 손에 입을 맞추기 시작하다가 갑자기 그 손을 자기 눈에 갖다 대며 울음을 터뜨렸다.

"장로님, 저한테 화내지 말아 주세요, 저는 바보예요, 아무 가치도 없는……. 그러니 아마 알료샤가 옳은지도 몰라요, 정말 옳아요, 이런 우스꽝스런 계집애한테는 오고 싶지도 않을 거예요."

“내 그를 꼭 보내 주도록 하지요.” 장로가 이렇게 단언했다.

5 아멘, 아멘!

장로는 약 이십오 분 정도 방을 떠나 있은 셈이었다. 이미 12시 반이 지났건만, 모든 사람들을 모이게 한 장본인인 드미트리 표도로비치는 아직도 나타나지 않고 있었다. 하지만 그에 대해서는 아예 잊어버린 양, 장로가 다시 방으로 들어섰을 때 손님들 사이에서는 몹시 활기찬 공통의 대화가 오가고 있었다. 대화에 참여한 사람은 누구보다도 이반 표도로비치와 두 수도사제였다. 보아하니 미우소프도 아주 열렬하게 대화에 끼어들어 봤지만, 이번에도 그는 운이 좋지 못했으니, 확실히 깍두기 신세가 된 것이다. 그의 말에 대꾸를 해 주는 사람도 거의 없었기 때문에 이 새로운 상황은 점점 증폭되어 온 그의 짜증을 배가시킬 뿐이었다. 그러니까 그는 이전에도 다소 열을 내며 이반 표도로비치와 지식을 겨루어 봤지만 상대방이 자기를 조금이라도 무시하면 냉정하게 참아 내질 못했다. ‘나는 적어도 지금까지는 유럽의 모든 진보적인 것의 정상(頂上)에 서 있던 몸인데, 이 새로운 세대는 함부로 우리를 무시하는군.’ 그는 속으로 이렇게 생각하고 있었다. 의자에 앉아 잠자코 있겠노라고 자기 입으로 맹세한 표도르 파블로비치는 정말로 얼마간은 잠자코 있었지만, 비아냥거리는 미소를 머금은 채 자기 옆에 앉아 있는 표트르 알렉산드로비치를 지켜보고 있었는데 상대방이 잔뜩 골이 난 모습에 아주 신이 난 듯했다. 이미 오래전부터 무슨 건수만 잡으면 그에게 앙갚음을 하려고 벼르던 차라, 지금 이 기회를 놓치고 싶지 않았다. 기어코 더는 참지 못하고 옆 사람의 어깨에 몸을 살짝 기대면서 다시 한번 속닥속닥 약을 올렸다.

"아니, 왜 아까 '친절하게 입을 맞춘 이후' 자리를 뜨지 않고 이런 점잖지 못한 모임에 남아 있기로 하셨소? 그냥 남아 있는 건 자기 꼴이 모욕으로 인해 처참하게 망가졌다는 느낌이 들어, 앙갚음 차원에서 지식을 뽐내기 위해서겠지. 이제는 저들에게 자기 지식을 뽐낼 때까지 떠나지도 못할걸요."

"또 시작이오? 지금 갑니다, 당신 말과는 정반대로."

"맨 나중에, 제일 나중에 출발할 테지요!" 표도르 파블로비치가 또 한 번 급소를 찔렀다. 바로 거의 이때 장로가 돌아온 것이었다.

논쟁은 일 분 만에 잠잠해졌지만 장로는 자기 자리에 앉은 뒤 계속하라고 다정하게 부추기듯 좌중을 둘러보았다. 그의 표정을 거의 속속들이 꿰고 있는 알료샤는 그가 완전히 기진맥진한 상태에서 간신히 버티고 있음을 분명히 알 수 있었다. 병세가 깊어진 최근에는 힘이 너무 소진하여 졸도하는 일도 잦았다. 졸도 직전에 나타나는 것과 거의 유사한 창백함이 지금도 그의 얼굴 가득 퍼져 갔으며 입술도 새하얘졌다. 하지만 그는 분명히 모임을 해산시키고 싶지 않은 듯했다. 어쩌면 덧붙여 뭔가 자기만의 목적이 있는지도 몰랐는데, 하지만 도대체 어떤 목적일까? 알료샤는 그를 유심히 지켜보고 있었다.

"이분의 흥미롭기 이를 데 없는 논문에 대해 논하던 중입니다." 사서인 수도사제 이오시프가 장로를 향해 이반 표도로비치를 가리키면서 말했다. "여러 새로운 점이 많지만, 그럼에도 사상 자체는 양날의 칼 같은 데가 있습니다. 이분은 교회의 사회 재판과 그 권리의 범위 문제와 관련하여, 바로 이 문제로 꼬박 책 한 권을 쓴 어느 성직자에게 대답하는 차원에서 논문 한 편을 잡지에 실었는데요……."

"유감스럽게도 당신의 논문을 읽지는 못했지만, 얘기는 들었습니다." 주의 깊은 시선으로 뚫어질 듯 이반 표도로비치를 응시하면서 장로가 말했다.

"이분은 흥미롭기 이를 데 없는 관점을 취하고 계십니다." 사서 신부가 계속했다. "교회의 사회 재판에 관한 문제에 있어서 교회를 국가로부터 분리하는 것을 완전히 거부하는 듯하거든요."

"그거 참 흥미로운데, 어떤 의미에서 그렇게 생각하시는지요?" 장로가 이반 표도로비치에게 물었다.

상대방은 마침내 그에게 대답을 했는데, 알료샤가 전날 밤부터 우려했던 것처럼 사람을 깔보듯 하면서 예의를 갖추는 것이 아니라, 겸허하고 절제된, 눈에 뜨일 만큼 조심스러운 태도를 보였으며 무슨 저의를 품고 있는 것 같지도 않았다.

"저는 두 요소들의 혼합, 즉 교회와 국가의 개별적인 본질들의 혼합이 물론 영원히 계속되라는 입장에서 출발했습니다만, 이 일의 근저에는 기만이 도사리고 있기 때문에 그것은 불가능하며 정상적인 상태는 물론이거니와 어느 정도 조화된 상태로 이끌어 가는 것조차도 절대 안 될 겁니다. 예컨대 재판과 같은 종류의 문제에 있어서 국가와 교회 사이의 절충이란 제 생각으론 순전히 그 본질상 불가능합니다. 제가 반박을 가했던 성직자는 교회가 국가에서 정확하고 일정한 입지를 점하고 있다고 주장합니다. 하지만 저는 그에게, 반대로, 교회가 국가 내에서 그저 일정한 구석만을 점할 것이 아니라 자기 내부에 전 국가를 포함해야 하며, 그것이 지금은 여사여사한 이유로 불가능하다 할지라도 사태의 본질을 볼 때 앞으로 기독교 사회가 발전하기 위해서는 틀림없이 직접적이고도 가장 주된 목적이 되어야 한다고 반박했습니다."

"참으로 옳으신 말씀입니다!" 박식하면서도 말수가 적은 수도사제 파이시 신부가 강경하고도 신경질적인 어조로 말했다.

"순전히 교황지상주의[41]로군!" 초조해하며 다리를 바꿔 꼰 뒤 미우소프가 소리쳤다.

"에이, 우리 나라에는 산도 없는걸요!" 이오시프 신부가 이렇게 소리친 뒤 장로를 보면서 말을 이어 갔다. "그나저나 이분의 논적인 성직자가 제시하는 '기본적이고 본질적인' 명제는 다음과 같은데, 유념할 만합니다. 첫째, '그 어떤 사회 연합도 사회 구성원의 민간적, 정치적 권리를 지배할 수 있는 권력을 소유할 수 없으며 그렇게 해서도 안 된다'. 둘째, '형사상의 권력과 민법상의 사법적 권력은 교회에 속해서는 안 되는데,

---

41) 축어적으로는 '산 너머 저편'(라틴어), 즉 알프스산 너머의 로마 교황청을 지칭하며 교황의 권위가 세속 국가 권력보다 우위에 있음을 말한다.

그것은 교회가 신적인 기관이면서 동시에 종교적 목적을 위한 사람들의 연합인 이상 교회의 본질과 양립될 수 없는 것이기 때문이다'. 그리고 끝으로, '교회는 이 세계에 속한 것이 아니다.'라는 것이죠……."

"성직자로서는 참으로 적절하지 않은 말장난이군요!" 더 이상 참지 못하고 파이시 신부가 다시 말을 끊었다. "저도 당신이 논박한 그 책을 읽었는데."라며 그는 이반 표도로비치에게 말을 걸었다. "'교회는 이 세계에 속한 것이 아니다.'라는 성직자의 말에 놀랐습니다. 이 세계에 속한 것이 아니라면 지상에는 교회라는 것이 절대 있을 수도 없습니다. 성스러운 복음서에서 '이 세계에 속한 것이 아니다.'라고 했을 때는 그런 의미가 아닙니다. 이런 말장난은 있을 수도 없습니다. 우리 주님 예수 그리스도께서는 바로, 이 땅에 교회를 설립하기 위해 오셨던 것입니다. 천상의 왕국은, 응당, 이 세계가 아닌 천상에 속해 있는 것이지만, 그곳에 들어가려면 지상에 세워져 확립된 교회를 거쳐야 합니다. 그렇기 때문에 이런 의미를 두고 세속적인 말장난을 늘어놓는 것은 있을 수도 없는 일이며 전혀 쓸모도 없습니다. 교회는 진실로 왕국으로서 통치하도록 운명 지어졌으며 궁극적으론 틀림없이 전 지상의 왕국이 되어야 하는데, 이에 관한 한 우리는 하느님으로부터 약속을 받았습니다……."

그는 갑자기 스스로를 억제하듯 입을 다물었다. 이반 표도로비치는 공손하고 주의 깊게 그의 말을 경청한 뒤 굉장히 침착한, 하지만 아까와 마찬가지로 열의 있고 순진무구한 표정으로 장로를 바라보며 계속했다.

"제 논문의 핵심은 고대, 즉 기독교의 초창기 삼 세기 동안 기독교는 이 지상에서 그저 교회로 존재했으며 그저 교회였을 따름이라는 것입니다. 로마라는 이교도 국가가 기독교 국가가 되길 희망했을 때 어쩔 수 없이 다음과 같은 형국이 되었습니다. 즉 기독교 국가가 된 이후 로마는 교회를 그저 자기 내부로 포함시키기만 했을 뿐, 국가 자체는 여전히 대단히 많은 점에서 이전과 마찬가지로 이교도 국가로 남아 있게 된 것입니다. 본질적으로, 반드시 그렇게 될 수밖에 없었겠지요. 하지만 국가로서의 로마에는 문명화와 이교적인 지혜의 소산들이 너무도 많이 남아 있었으니, 바로 국가의 목적과 기초들이 바로 그 예입니다. 한편, 그리스도 교회는 국가 속으로 들어간 이후에도 틀림없이, 자신의 기초들, 즉 교회의 존립 기반인 초석 중 그 어떤 것도 절대로 양보할 수 없었으며 주님에 의해서 일단 견고하게 확립되고 지정된 자신의 목적을 추구하지 않을 수 없었습니다. 그러니까 전 세계를, 즉, 모든 고대 이교도 국가를 교회로 바꾸는 것 말입니다. 이런 식으로(즉 미래의 목적을 위해서) 교회가 국가 안에서 (제가 논박하고 있는 저자의 표현대로) '온갖 사회적 연합'이나 '종교적 목적을 위한 사람들의 연합'처럼 일정한 자기 자리를 찾아야 하는 것이 아니라, 반대로, 온갖 지상의 국가가 나중에는 완전히 교회로 바뀌어 교회 자체로 거듭나야 하며 이로써 교회의 목적과 일치하지 않는 온갖 자신의 목적들은 이제 물리쳐야 합니다. 이 모든 것은 절대로 국가를 깎아 내리는 것도, 위대한 국가로서의 명예나 영광 및 그 통치자들의 영광을 뺏는 것도 아니고, 그저 국가를 여전히 이교적인 거짓되고 그릇된 길에서 끌어내어 오로지 영원한 목적으로만 이어지는 올바르고 참된 길로 인도하는 것일 뿐입니다. 바로 그렇기 때문에 '교회의 사회 재판의 근거들'에 관한 책의 저자가 만약 이 근거들을 탐색하고 제안하면서 그것들을 아직은 죄 많고 완결되지 않은 우리 시대를 위해 불가피하되 일시적인 절충안으로 봤더라면, 그의 논의는 타당했을 것입니다. 하지만, 이 근거들의 저작자가 감히 지금 자기가 제안하고 있으며 부분적으론 지금 이오시프 신부님께서 열거하신 그 근거들이 근원적인 영구불변의 원칙이라고 공언한다면, 그때는 이미 교회와 성자, 교회의 영구불변한 소명에 정면으로 배치되는 겁니다. 바로 이것이 제 논문의 핵심이며 요지의 전부입니다."

"즉, 한마디로 말하면 이렇군요." 파이시 신부가 한마디 한마디에 힘을 주어 다시 말을 시작했다. "우리 19세기에 와서 너무도 분명해진 어떤 이론에 따르면, 교회는 마치 하등한 것이 고등한 것으로 변형되듯 국가로 다시 태어나야 하며 그다음엔 과학을 비롯한 시대정신과 문명에 자기 자리를 양보함으로써 국가 속에서 소멸되어야 한다는 겁니다. 이것을 원하지 않아 저항한다면, 교회는 국가 내에서 무슨 구석으로 내몰릴 것이며 그나마도 감시를 받는 처지가 될 터인데, 이것은 현재 동시대의 유럽 국가들 어디서나 볼 수 있는 일입니다. 한편, 러시아인들은 교회가 마치 하등한 유형이 고등한 유형으로 변형되듯 국가로 다시 태어나는 것이 아니라 반대로, 오로지 국가가 다름 아닌 교회로 변모되어야 한다고 이해하고 있으며 또 그것을 희망하고 있습니다. 그렇게 될지어다, 아멘!"

"그래요, 솔직히 신부님의 말씀을 들으니 저도 이젠 다소 힘이 나는군요." 미우소프가 다시 다리를 꼬면서 씩 웃었다. "제가 이해하는 한, 이것은 그러니까 그리스도의 재림 때에나 실현될 아주 요원한 무슨 이상 같군요. 뭐 아무렴 어떤가요. 하지만 전쟁, 외교관, 은행 등등의 소멸을 꿈꾸는 멋진 유토피아적 몽상이군요. 심지어 사회주의와도 닮은 구석이 있어요. 하마터면 저는 이 모든 것이 워낙 진지하다 보니, **이제는**[42] 교회가 예컨대, 형사상의 범죄를 재판하고 태형이며 유형을, 아마 사형마저도 선고하게 될 것이라고 생각했지 뭡니까."

"만약 지금 재판이라는 것이 오직 교회의 사회 재판 하나뿐이라고 할지라도, 지금도 교회는 유형을 보내거나 사형을 선고하진 않을 겁니다. 그 경우엔 범죄와 그것에 대한 시각이 틀림없이 변해야만 하는데, 물론 지금 당장 갑자기는 아니고 조금씩 변해야겠지만 그래도 상당히 빠른 시일 내에……." 이반 표도로비치는 눈 하나 깜빡하지 않고 침착하게 말했다.

"그거 진담이십니까?" 미우소프가 그를 유심히 바라보았다.

"모든 것이 교회가 되어 버린다면, 교회는 범행을 저지른 자나 복종하지 않는 자의 목을 자르는 것이 아니라 그들을 파문해 버릴 겁니다." 이반 표도로비치가 계속했다. "한번 물어봅시다, 파문당한 자는 어디로 가야 될까요? 사실 그렇게

---

42) 원문의 이탤릭체나 대문자로 강조한 부분은 고딕체로 표시했다.

되면 그는 지금처럼 사람들뿐만 아니라 그리스도로부터 떠나야 될 겁니다. 범행을 저지름으로써 사람들뿐만 아니라 그리스도의 교회에 대해서도 반기를 든 셈이니까요. 지금도 물론 엄격한 의미에서는 그렇습니다만, 어떻든 공언된 것은 아니기 때문에 오늘날의 범죄자의 양심은 극히, 극히 자주 자기 자신과의 거래로 돌입합니다. '도둑질을 하긴 했다, 그렇다고 해서 교회에 못 갈 건 없다, 그리스도의 적이 된 건 아니지 않은가.' 라는 식이죠. 오늘날의 범죄자는 스스로에게 끊임없이 이렇게 말합니다. 하지만, 교회가 국가의 자리를 차지하게 된다면 그때는 지상의 교회를 통째로 부정하지 않는 한 '다들 잘못 알고 있어, 다들 잘못된 길로 빠져든 거야, 전부 다 가짜 교회야, 오직 살인자이자 도둑인 나 하나만이 올바른 기독교 교회야.'라고 말하기는 힘들 겁니다. 정말이지 스스로에게 이런 말을 하긴 매우 힘들 테고, 이건 좀체 찾아볼 수 없는 거대한 상황적 조건들이 있어야만 가능할 겁니다. 이제, 다른 한편으로, 범죄에 대한 교회 자체의 시각을 한번 보십시오. 지금은 사회를 지키기 위해서 흔히들 병균에 감염된 구성원을 기계적으로 잘라 내고 있는데, 현재의 이러한 거의 이교적인 시각은 응당, 인간을 다시금 갱생시키고 부활시키고 구원해야 된다는 이념으로 완전하고도 참되게 바뀌어야 하지 않을까 싶은데요……."

"그럼, 그게 도대체 뭐란 말입니까? 또 이해가 안 되는군요." 미우소프가 말을 가로챘다. "또 무슨 몽상 같은 소리인지, 원. 뭐가 똑 부러지는 것도 아니고 영 이해가 안 됩니다. 파문이라니, 파문은 또 뭡니까? 그저 농담 따먹기를 하고 있는 건 아닌지 심히 의심스럽군요, 이반 표도로비치."

"실은 지금도 정말 그렇습니다." 갑자기 장로가 입을 열었고, 그러자 좌중의 시선이 일시에 그에게로 향했다. "사실 지금도 그리스도의 교회가 없다면 범죄자의 악행을 제어할 어떤 것도 없을 것이며 나중에 그에 대한 징벌도 가할 수 없을 것인데, 이때의 징벌이란 지금 이분이 말씀하신 것과 같은, 대부분의 경우 그저 마음의 짜증만을 돋울 뿐인 기계적인 징벌이 아니라 진정한 징벌, 즉 유일하게 효과적이며 유일하게 공포를 주기도 하고 마음의 평화를 주기도 하는, 자기 자신의 양심을 의식함으로써 행해지는 진정한 징벌을 말합니다."

"아니 어떻게 그럴 수가 있죠, 좀 가르쳐 주시겠어요?" 미우소프가 아주 왕성한 호기심을 갖고 물었다.

"바로 다음과 같은 이유에서지요." 장로가 시작했다. "이렇게 유형을 보내 강제 노역을 시키는 것으론, 예전엔 채찍질까지 했지만, 그 누구도 교화시키지 못할뿐더러 무엇보다도 거의 그 어떤 범죄자도 두려움에 떨게 하지 못하므로, 범죄의 수는 줄어들기는커녕 갈수록 더 증가하는 추세가 됩니다. 이 점에는 당신도 응당 동의하시겠지요. 결과적으로, 이런 식으로 해선 사회가 전혀 보호받지 못하는데, 해로운 구성원을 기계적으로 잘라 내어 눈에 보이지 않도록 멀리 유형을 보낸다고 해도 그의 자리엔 곧 또 다른 범죄자가, 어쩌면 그것도 둘씩이나 나타날 것이기 때문입니다. 만약 현재에도 이 사회를 보호하고 범죄자마저도 교화해서 다른 사람으로 다시 태어나게 하는 뭔가가 있다면, 그것은 다시금 오직, 자신의 양심을 의식함으로써 듣게 되는 그리스도의 율법뿐입니다. 그리스도 사회, 즉 교회의 아들로서 자신의 죄를 의식했을 때 비로소 그는 자신이 사회, 즉 교회 앞에 죄를 지었음을 의식하게 되는 겁니다. 이렇듯, 국가가 아니라 오직 교회 앞에서만 현대의 범죄자는 자신의 죄를 의식할 수 있습니다. 만약 재판권이 교회와 같은 사회에 속해 있었더라면, 그 사회는 파문당한 자들 중 누구를 다시 소환하여 자기에게 합류시킬지를 알았을 겁니다. 하지만 지금 교회는 어떤 실제적인 재판권도 없이 그저 도덕적인 단죄의 가능성만을 갖고 있기 때문에 범죄자에 대한 실제적인 징벌에서 그 스스로 멀어져 있습니다. 즉, 교회는 범죄자를 파문하는 것이 아니라 그저 아버지와 같은 훈시를 방기하지 않는 것일 뿐입니다. 더욱이, 범죄자가 여전히 기독교 교회와 계속 사귈 수 있도록 노력하지요. 범죄자를 교회 미사나 영성체에 들여보내고 그에게 공물을 주기도 하면서 죄인이라기보다는 차라리 포로와 같이 다루는 것이지요. 그런데 만약 기독교 사회가, 즉 교회가, 시민적 권리가 그를 배척하고 내치듯 그렇게 그를 배척했다면, 오 주여! 범죄자는 어떻게 되었겠습니까? 교회마저도 국가의 법에 따라 매번 그를 파문함으로써 징벌을 가한다면 어떻게 되겠습니까? 더 큰 절망이란, 적어도 러시아의 범죄자에겐, 있을 수도 없는데, 이는 러시아의 범죄자들에겐 아직은 믿음이 있기 때문입니다. 그래도 누가 알겠습니까. 어쩌면 더 무서운 일이 일어난다면, 즉 범죄자의 절망적인 마음속에서 혹시나 믿음이 상실되어 버린다면, 그때는 어쩌겠습니까? 하지만 교회는 사랑을 베푸는 상냥한 어머니처럼 실제적인 징벌을 스스로 회피하는데, 왜냐면 구태여 교회가 징벌을 가하지 않더라도 죄인은 국가 재판에 의해 너무도 고통스러운 처벌을 받았기에 누구든 차라리 그를 동정해 주어야 하기 때문이지요. 무엇보다도, 교회 재판이 유일하게 진리를 내포한 재판이고, 그 결과 그 어떤 다른 재판과도 일시적인 절충의 형태로라도 정신적으로 결합될 수 없기 때문에 징벌을 회피하는 겁니다. 이런 경우엔 거래를 하는 것이 이미 불가능합니다. 외국의 범죄자들은 뉘우치는 일이 드물다고들 하는데, 그것은 가장 현대적인 학설들조차도 그의 범죄는 범죄가 아니라 그저 부당한 억압적 힘에 대한 반란일 뿐이라는 생각을 그에게 확증해 주기 때문이지요. 사회는 자기 힘으로 범죄자를 마구 짓밟으면서 기계적으로 내치고 이러한 파문에는 증오가 합세하는데(적어도 유럽인들 자신이 스스로에 대해 이렇게 말하더군요.) 자기의 형제이기도 한 범죄자를 증오하는 건 물론이고 그의 앞날의 운명을 완전히 무시하고 깡그리 망각하는 것이지요. 이렇듯, 모든 것이 교회 측의 일말의 동정도 없이 일어나는데, 왜냐면 많은 경우 그곳에는 이미 교회가 전혀 없거나 아니면 그저 교회 종사자들과 웅장한 교회 건물들만 남아 있을 뿐, 그곳의 교회 자체는 국가 안에서 완전히 소멸되기 위하여 이미 오래전부터 교회라는 하등한 모습에서 국가라는 고등한 모습으로 열심히 이행하고 있기 때문입니다. 적어도, 루터파 국가에서는 그런 듯합니다. 로마에서라면 벌써 천 년째 교회 대신에 국가가 선포되었지요. 그렇기 때문에 범죄자는 스스로를 교회의 일원으로 의식하지 못하며, 파문당한 채 절망에 빠지는 겁니다. 사회로 돌아온다고 해도 보통은 너무도 큰 증오를 품은 상태이기 때문에, 사회 자체가 이미 그를 파문하는 겁니다. 이것이 어떻게 끝날지는 여러분이 직접 판단할 수 있을 겁니다. 많은 경우 우리 나라도 동일하다고 여길지도 모르겠습니다. 하지만 사실인즉, 우리 나라에는 제도로 확립된 재판 말고도 덧붙여 범죄자를 여전히 사랑스럽고 여전히 소중한 자기 아들로 대하는 교회라는 것이 있고, 덧붙여 비록 현재는 실제적인 힘은 없고 그저 생각 속에서만 미래를 위해 존재하지만 어떻든 교회 재판이라는 것이 보존되고 있으며, 이는 비록 몽상 속에서라도 틀림없이 범죄자 자신에 의해, 그의 영혼에 의해 본능적으로 인정되고 있습니다. 지금 여기서 여러분께서 말씀하신 것도 옳은데, 만약 정말로 교회 재판이 시작되어 완전한 힘을 발휘하게 된다면, 즉 전 사회가 그저 교회로 변하기만 한다면, 교회의 재판이 지금과 달리 범죄자의 교화에 큰 영향을 미칠 뿐만 아니라, 어쩌면 정말로 범죄의 수가 믿을 수 없을 만큼 현저한 비율로 줄어들 것입니다. 게다가 더욱이 교회도 미래의 범죄자와 미래의 범죄를 많은 경우 지금과 완전히 다른 방식으로 이해할 것이며, 파면된 자를 되돌리고 잠재적 범죄자에게 경종을 울리고 타락한 자를 부활시킬 수 있을 것이 분명합니다. 사실" 하고 장로가 씩 웃었다. "지금은 그리스도 사회 자체가 아직 준비가 안 되어, 그저 일곱 명의 의인들 위에 서 있긴 합니다. 하지만 그들이 영락하지 않는 한, 아직은 거의 이교적인 연합으로서의 사회를 전 세계를 다스리는 단일한 지상의 교회로 완전히 변형시킬 것을 기다림에 있어서는 한결같이 확고부동합니다. 이것은 반드시 실현되도록 약속된 것인바, 세기들의 끝에 가서라도 그대로 이루어질어다, 아멘! 시간과 기한 때문에 혼란스러워할 필요는 없는데, 시간과 기한의 비밀은 하느님의 지혜와 선견지명, 사랑에 달린 것이기 때문입니다. 또 인간의 계산에 의할 때는 아직 극히 요원할 수 있는 것이, 하느님의 예정된 뜻에 의하면 그 실현이 전야에, 바로 문턱에 와 있는지도 모릅니다. 이것이 그대로 이루어질지어다, 아멘."

"아멘! 아멘!" 파이시 신부가 경건하고도 준엄하게 장로의 말을 반복했다.

"이상하군요, 대단히 이상합니다!" 미우소프는 이렇게 말하면서 열렬함이 아니라 어떤 숨겨진 격노를 표출하는 듯했다.

"무엇이 그리 이상하게 여겨지십니까?" 이오시프 신부가 조심스럽게 물었다.

"아니 이게 정말로 뭡니까?" 미우소프가 갑자기 마치 폭발이라도 한 듯 소리쳤다. "지상에서 국가가 배척되고 교회가 국가의 지위로 상승된다니! 이건 교황지상주의 정도가 아니라, 이것은 초(超)교황지상주의군요! 교황 그레고리우스 7세[43]도 꿈도 못 꾸었을 겁니다!"

"완전히 정반대로 이해하고 계시는군요!" 파이시 신부가 엄

43) 중세 교회 개혁 운동을 지도하고 로마 교황권의 전성기를 이룩한 교황.

격하게 말했다. "교회가 국가로 변하는 것이 아닙니다, 이 점을 유념하십시오. 그것이야말로 로마이고 로마의 꿈이지요. 그야말로 악마의 세 번째 유혹이란 말입니다! 오히려, 국가가 교회로 변하여 교회의 지위로 올라가고 전 지상의 교회가 되는 것인데, 이것은 교황지상주의와도, 로마와도, 당신의 해석과도 정반대되는 것으로서 그저 이 땅에서 정교의 위대한 소명일 뿐입니다. 이 별은 동방에서부터 빛나게 될 겁니다."

그러자 미우소프는 의미심장한 표정으로 잠시 입을 다물었다. 그의 모습 전체가 이례적인 자긍심을 뽐내고 있었다. 관대한 척 사람을 깔보는 듯한 미소가 그의 입술에 어리었다. 알료샤는 심장이 강하게 요동치는 가운데 이 모든 것을 지켜보고 있었다. 이 대화 전체가 그를 뼛속까지 흥분시켰던 것이다. 그는 무심코 라키친을 쳐다보았다. 그는 비록 눈은 내리깔고 있었지만 주의 깊게 귀를 기울이고 살펴보면서 자신의 문 옆 자리에 꼼짝도 않고 서 있었다. 하지만 그의 빰이 빨갛게 상기된 것으로 봐서 알료샤는 라키친도 자기 못지않게 흥분했음을 짐작할 수 있었다. 알료샤는 그가 무엇 때문에 흥분했는지도 알고 있었다.

"작은 일화 하나를 얘기하도록 해 주시지요, 여러분." 갑자기 어쩐지 유난히 더 폼을 잡으면서 의미심장한 표정으로 미우소프가 입을 열었다. "파리에서 이미 몇 년 전, 12월 쿠데타[44] 직후인 어느 날, 저는 친분이 있는, 그 당시로 지휘자급이었던 아

44) 1851년 12월 2일 루이 나폴레옹이 일으킨 쿠데타.

주, 아주 유력한 어떤 인물을 방문했다가 그분의 집에서 대단히 흥미진진한 한 신사를 만나게 됐습니다. 이 사람은 보통 탐정이 아니라 정치 탐정들 전체를 다루는 인물 같았는데, 나름대로 상당히 영향력 있는 요직에 있었지요. 저는 굉장한 호기심을 품고 기회를 포착하여 그와 대화를 나누게 됐습니다. 그는 친분이 있어서가 아니라 부하 관리로서 뭔가 보고할 일이 있어서 온 것이었기 때문에, 제가 자기 상관 집에 받아들여진 것을 보고는 그 나름대로 저에게 다소 소탈하게 대해 주었습니다. 뭐 물론, 어느 정도로만 그랬다는 것이고, 즉 소탈하다기보다는 정중했다는 것이고, 프랑스인들은 워낙에 정중한 편인데다가 제가 외국인이라서 더 그랬겠지요. 하지만 저는 그의 말을 아주 잘 이해했습니다. 화제는 마침 그 당시 추종받던 사회주의 혁명가들에 관한 것이었습니다. 대화의 주된 본질은 생략하고 이 신사의 입에서 갑자기 튀어나온 한 가지 아주 흥미로운 지적만을 인용하도록 하겠습니다. '우리는'이라면서 그가 말했습니다. '사실 이 모든 사회주의자들, 무정부주의자, 무신론자, 혁명가들은 그다지 두려워하지 않습니다. 그들을 예의 주시하고 있으며, 그들의 동태를 다 알고 있으니까요. 하지만 그들 중에는 비록 소수라고 해도 다소 특별한 사람들이 있습니다. 바로 신을 믿는 기독교인이면서 동시에 사회주의자인 자들입니다. 바로 이런 치들을 우리는 제일 두려워합니다, 이들은 끔찍한 족속입니다! 기독교도이면서 사회주의자인 자는 무신론자이면서 사회주의자인 자보다 더 끔찍합니다.' 이 말은 그 당시에도 제게 충격적이었지만, 지금 이 자리에 있자니,

여러분, 어쩐지 그들이 갑자기 떠오르는군요……."

"즉, 당신은 그들을 우리와 결부시키고 우리를 사회주의자로 보시는 겁니까?" 말을 조금도 돌리지 않고 단도직입적으로 파이시 신부가 물었다. 하지만 표트르 알렉산드로비치가 무슨 대답을 생각해 내기도 전에 문이 열렸고 약속 시간보다 상당히 늦게 드미트리 표도로비치가 들어왔다. 사실 다들 더 이상 그를 기다리지 않은 거나 다름없었기 때문에, 그의 갑작스러운 출현은 처음엔 다소나마 놀라움마저 불러일으켰다.

6 저런 인간은 도대체 왜 살까!

드미트리 표도로비치는 중키에 호감이 가는 얼굴을 지닌 스물여덟 살의 젊은이였지만, 자기 나이보다 훨씬 더 늙어 보였다. 그는 근육질의 사나이로서 척 봐도 힘이 상당히 셀 것 같았지만, 그럼에도 그 얼굴에는 뭔가 병적인 기색이 감돌았다. 그의 얼굴은 여윈 편이고 뺨은 푹 꺼졌으며 그 색은 또 어쩐지 건강과는 거리가 먼 누르스름한 색이었다. 짙은 색의 상당히 큰 퉁방울눈은 대단히 집요한 시선으로 앞을 응시했지만 어쩐지 애매모호해 보였다. 심지어 그가 흥분하여 짜증스럽게 말을 할 때도 그의 시선은 그의 내적인 정조에 복종하지 않는 듯했고 이따금씩은 현재의 순간에 전혀 부합하지 않는 뭔가 다른 것을 표현하곤 했다. 그와 대화를 나눴던 사람들은 이따금씩 "저 사람은 무슨 생각을 하는지 좀처럼 알 수가 없단 말이야."라고 평하곤 했다. 어떤 사람들은 그의 눈에서 뭔가 골똘히 생각하는 듯한 음울한 표정을 본 찰나 그가 느닷없이 웃음을 터뜨리는 바람에 갑자기 충격을 받기도 했는데, 그건 음울한 시선으로 상대방을 바라보던 바로 그 순간에 그의 내부엔 명랑하고 익살스러운 생각이 들어 있었음을 증명해 주는 것이 아니겠는가. 하지만 이 순간, 그의 얼굴에 다소 병적인 기색이 엿보인 것은 이해할 만한 일이었다. 다들 바로 최근 들어 그가 우리 도시에서 굉장히 불안한 '놀자판' 생활에 젖어 있다는 것을 알고 있었거나 들었으며, 그가 아버지와 예의 그 돈 문제로 다투다가 급기야 예사롭지 않을 정도로 신경이 곤두서 있다는 것도 역시 누구나 다 아는 사실이었다. 이미 도시 곳곳에 이런 일화 몇 개가 떠돌고 있었다. 사실 그는 타고나길 짜증을 잘 내는 편인 데다가, 어느 모임에서 우리 지역 재판관 세묜 이바노비치 카찰니코프가 그를 두고 제대로 표현했듯, '정신세계가 돌출적이고 고르지 못한 자'였다. 그는 나무랄 데 없이 멋지게 차려입고서 프록코트의 단추를 채우고 검은 장갑을 낀 손에는 실크해트를 든 채로 들어왔다. 갓 퇴역한 군인 티라도 내듯, 콧수염만 남겨 둔 채 턱수염도 지금은 밀어 버린 상태였다. 그의 짙은 아마빛 머리카락은 짧게 정돈되어 있었고 관자놀이 주위의 머리칼은 앞쪽으로 빗은 상태였다. 그는 군대식으로 큰 보폭을 자랑하며 단호하게 성큼성큼 걸어왔다. 한순간 문지방에서 걸음을 멈추고 모든 이들을 한번 둘러본 뒤, 장로가 곧 주인이라는 것을 알아채곤 곧장 그에게로 향했다. 그는 몸을 깊이 숙여 인사를 하면서 축복을 구했다. 장로는 자리에서 일어나 그를 축복했다. 드미트리 표도로비치는 그의 손에 공손하게 입을 맞춘 뒤 이례적으로 흥분하여 거의 짜증까지 내면서 말했다.

"이렇게 오래 기다리시게 하다니, 부디 너그럽게 용서해 주십시오. 하지만 아버지가 보낸 하인 스메르쟈코프에게 약속 시간을 따져 물었더니 두 번씩이나 아주 단호한 어조로 1시라고 대답했지 뭡니까. 이제 와서 갑자기 알고 보니……."

"마음 쓰지 마십시오." 장로가 말을 가로막았다. "괜찮습니다, 좀 늦긴 했지만 큰 문제는 아니지요……."

"정말 고맙습니다, 워낙 선량하신 분이시니 이러실 줄 알았습니다." 이렇게 잘라 말한 뒤 드미트리 표도로비치는 한 번 더 몸을 숙였으며, 이어 갑자기 자기 '아버지' 쪽으로 몸을 돌려 마찬가지로 몸을 깊이 숙여 공손하게 인사를 했다. 보나마나, 그는 미리부터 이렇게 인사를 하겠노라고 곰곰 생각하고 진정으로 고민한 것 같았고, 이로써 자신의 공손함과 선량한 의도를 표현하는 것을 의무라고 생각한 모양이었다. 표도르 파블로비치는 불의에 습격을 당해 어안이 벙벙했지만 곧바로 자기 나름대로 제 위치를 찾았다. 즉, 드미트리 표도로비치의 인사에 대한 답례로 의자에서 벌떡 일어나 역시 똑같이 몸을 잔뜩 숙여 아들에게 인사를 했던 것이다. 그의 얼굴은 갑자기 엄중하고 의미심장해졌는데, 하지만 이 때문에 그의 표정은 결정적으로 표독스러운 모습을 띠게 됐다. 드미트리 표도로비치는 예의 그 보폭이 큰, 단호한 성큼 걸음으로 창문 쪽으로 다가가, 파이시 신부로부터 멀리 떨어지지 않은 곳에 유일하게 남아 있던 의자에 자리를 잡았으며, 의자에서 온몸을 앞으로 구부리곤 이제라도 자기 때문에 중단된 대화의 속편을 듣겠다는 자세를 취했다.

드미트리 표도로비치의 등장으로 인해 소요된 시간은 고작해야 이 분도 되지 않았기 때문에 대화는 물론 쉽게 재개될 수 있었다. 하지만 이번에는 표트르 알렉산드로비치가 파이시 신부의 거의 짜증스러울 만큼 집요한 질문에 대답할 필요성을 느끼지 않았다.

"그 주제는 좀 제쳐 놓도록 합시다." 그는 사교계 모임에서 흔히 보이는 다소 무관심한 어조로 말했다. "그 주제는 워낙 오묘한 것이니까요. 자, 여기 이반 카라마조프도 우리를 보고 웃고 있군요. 필경, 이분은 그 문제에 대해서도 뭔가 흥미진진한 생각이 있나 봅니다. 자, 이분에게 물어보시지요."

"특별한 건 없고 그저 짧게 한마디 하자면요."라고 이반 표도로비치가 곧장 대답했다. "대체로 유럽의 자유주의, 심지어 우리 러시아의 자유주의적 딜레탕티슴마저도 이미 오래전부터 사회주의의 최종적인 결과와 기독교의 그것을 혼동하는 일이 종종 있습니다. 이 기이한 결론은 물론, 눈에 띄는 특성이 있습니다. 하지만, 사회주의와 기독교를 혼동하는 것은 알고 보면 자유주의자와 딜레탕트뿐만 아니고, 많은 경우 헌병들, 즉 물론 외국의 헌병들도 마찬가지입니다. 당신의 파리 일화는 상당히 특이한 구석이 있습니다, 표트르 알렉산드로비치."

"대체로 이 주제는 이제 그만 다뤘으면 합니다." 표트르 알렉산드로비치가 반복했다. "그 대신 다른 일화를, 여러분, 다를 아닌 이반 표도로비치에 대한 아주 흥미진진하고 아주 특이한 일화를 이야기할까 합니다. 기껏해야 닷새쯤 전에 주로 부인들이 오는 이곳의 어느 모임에서 그는 논쟁 중에 전 세상을 통틀어 사람에게 자기와 비슷한 자들을 사랑하도록 강요할 수 있는 것은 단연코 아무것도 없다고 의기양양하게 선언했습니다. 사람에게 인류를 사랑하도록 할 수 있게 하는 자연의 법칙 같은 것, 그런 것은 전혀 존재하지 않으며, 만약 지상에 사랑이 존재하고 지금까지 존재해 왔다면 그것은 자연의 법칙 때문이 아니라 오로지 사람들이 자신의 불멸을 믿었기 때문이라는 거죠. 그러고서 이반 표도로비치는 마치 괄호를 치듯, 바로 여기에 자연법칙의 핵심이 들어 있으므로 인류에게서 불멸에 대한 믿음을 없애 버린다면 그 즉시 사랑뿐만 아니라 세상의 삶을 지속시키기 위한 온갖 생명력이 고갈될 것이라고 덧붙였습니다. 그뿐입니까. 그렇게 되면 이미 부도덕적인 것이란 개념 자체가 없어져서 모든 것이, 심지어 식인마저도 허용될 거랍니다. 하지만 이것으로도 부족하여 그는 결론 삼아 주장하길 각각의 개인, 예를 들어 우리처럼 신도, 자신의 불멸도 믿지 않는 인물들에게 있어서 자연의 도덕법칙은 예전의 종교적인 것과는 완전히 반대되는 것으로 즉각 바뀌어야 하며, 악행에 가까운 이기주의조차도 인간에게 허용되어야 할 뿐만 아니라 심지어 그런 상태에서는 가장 이성적이고 불가피하면서도 거의 가장 고귀한 귀결로 인정되어야 한다는 겁니다. 이런 역설을 보면, 우리의 친애하는 기인이자 역설가인 이반 표도로비치가 그 밖에 어떤 것을 주장할 것이며 또 그럴

의향인지를 여러분은 단언할 수 있을 겁니다."

"죄송합니다만." 하고 뜻밖에도 드미트리 표도로비치가 갑자기 소리쳤다. "혹시 잘못 들은 게 아닌가 싶어서요. '악행은 허용되어야만 할 뿐만 아니라 심지어, 온갖 무신론자의 처지에서 본다면 가장 불가피하고 현명한 출구로 인정되어야 한다!' 그렇다는 겁니까, 예?"

"바로 그렇습니다." 파이시 신부가 말했다.

"명심하겠습니다."

이 말을 하고 나자, 드미트리 표도로비치는 느닷없이 대화에 뛰어들었던 것처럼 역시나 또 느닷없이 입을 다물었다. 다들 호기심을 갖고 그를 바라보았다.

"정말로 당신은 사람들에게서 그들 자신의 영혼의 불멸에 대한 믿음이 고갈된다면 그런 결과가 생기리라고 확신하십니까?" 갑자기 장로가 이반 표도로비치에게 물었다.

"예, 저는 그렇게 주장했습니다. 불멸이 없다면 선행도 없습니다."

"그렇게 믿으신다면, 당신은 축복받은 사람이거나 아니면 이미 몹시 불행한 사람입니다!"

"왜 불행한 겁니까?" 이반 표도로비치가 미소를 지었다.

"왜냐면 여러모로 보아 당신은 자신의 영혼의 불멸을 믿지 않을 테니까요, 심지어 당신이 교회와 교회 문제에 대해 쓴 것조차도."

"장로님 말씀이 옳을지도 모르겠습니다……! 하지만 제 말이 완전히 농담이었던 건 아닙니다……." 이반 표도로비치는 갑자기 이런 이상한 고백을 했는데, 그나저나 얼굴이 급속도로 새빨개졌다.

"완전히 농담이었던 건 아니라니, 그건 진실이겠지요. 이 사상은 아직 당신의 마음속에서 해결되지 못했기 때문에 당신을 괴롭히는 겁니다. 하지만 수난자도 이따금씩 자신의 절망을 놀이 삼아 즐기는 걸 좋아하는데 그 역시도 절망의 소산이지요. 지금은 당신도 잡지에 논문을 싣기도 하고 사교계 모임에서 논쟁을 벌이기도 하면서 절망을 놀이 삼아 즐기고 있지만, 자신의 논리를 스스로도 믿지 않으니 마음속에 고통을 안은 채 속으로는 그것을 비웃고 있는 것이겠지요……. 당신의 내부에서 이 문제가 해결되지 못했다는 것, 바로 이것이 당신의 크나큰 비애의 원인인데, 왜냐면 그것은 집요하게 해결을 요구할 테니까요……."

"그럼, 그 문제가 저의 내부에서 해결될 수 있겠습니까? 그것도 긍정적인 쪽으로요?" 이반 표도로비치는 줄곧 어떤 설명할 수 없는 미소를 지으며 장로를 바라보면서, 이상한 질문을 계속했다.

"긍정적인 쪽으로 해결될 수 없다면, 부정적인 쪽으로도 절대로 해결되지 않을 겁니다, 당신의 마음이 이런 속성을 지녔다는 건 당신 자신이 잘 아실 테지요. 그리고 바로 여기에 당신의 고뇌의 핵심이 있습니다. 하지만, 당신에게 그런 고뇌로 괴로워할 능력을 갖춘 고귀한 마음을 선사하신 것에 대해 조물주께 감사드리십시오. '높은 곳에 뜻을 두고 높은 것을 구하라, 이는 우리의 살 곳이 하늘에 있음이니라.' 하느님께서 당신이 지상에 있는 동안 당신의 마음이 해결책을 찾도록 해 주시길, 그리고 하느님께서 당신의 길을 축복해 주시길!”

장로는 한 손을 들어 올려 그 자리에서 이반 표도로비치에게 성호를 그어 주려고 했다. 하지만 상대방은 갑자기 의자에서 벌떡 일어나 그에게로 다가가선 그의 축복을 받고 그의 손에 입을 맞춘 뒤 말없이 자기 자리로 돌아왔다. 그의 표정은 단호하고 진지했다. 이 행동, 나아가, 앞서 이반 표도로비치에게서 좀처럼 예상할 수 없었던 장로와의 대화는 워낙에 수수께끼 같고 심지어 어떤 웅장함까지 가미되었기 때문에 모두들 어쩐지 충격을 받아서 잠시 할 말을 잃은 듯했으며 알료샤의 얼굴에는 거의 경악마저 나타났다. 하지만 미우소프는 갑자기 어깨를 으쓱했고, 바로 그 순간 표도르 파블로비치가 자리에서 벌떡 일어났다.

“하느님과 다름없이 성스러우신 장로님!” 그는 이반 표도로비치를 가리키며 소리쳤다. “이 녀석이 제 아들입니다, 제 육신에서 나온 육신, 사랑스럽기 그지없는 제 혈육입니다! 이 녀석은 존경받아야 마땅한 나의, 말하자면, 카를 모어이며, 바로 여기 지금 들어온 이 아들 녀석, 제가 장로님께 녀석을 혼내 줄 방법을 구하도록 만든 장본인인 드미트리 표도로비치, 이 녀석은 그러니까 존경받지 말아야 마땅한 프란츠 모어입니다. 둘 다 실러의 『군도』에서 가져왔는데, 저로 말씀드릴 것 같으면 이 경우엔 영주인 폰 모어 백작이 되겠군요![45] 잘 헤아려

---

45) 모두 실러의 희곡 『군도』(1781)에 나오는 인물들이다.

구원해 주십시오! 우리에겐 장로님의 기도뿐만 아니라 장로님의 예언까지도 필요하거든요."

"어리석은 말씀은 그만두시고 집안사람을 욕보이는 일도 하지 마십시오." 장로가 기진맥진하여 희미한 목소리로 대답했다. 그는 피곤한 기색이 역력했고, 가면 갈수록 더 눈에 뜨이게 기력이 쇠진해 갔다.

"아무짝에도 쓸모없는 희극입니다, 여기 오면서부터 예감했었어요!" 드미트리 표도로비치는 분노에 차서 이렇게 소리치더니 심지어 자리에서 벌떡 일어나기까지 했다. "죄송합니다, 신부님." 그는 장로에게로 향했다. "저는 교육을 못 받은 사람인지라 신부님을 어떻게 불러야 할지도 모르겠지만, 신부님께서는 속으셨습니다, 우리를 이렇게 신부님의 암자에 모이도록 허락해 주시다니 신부님께서 너무 선량하셨던 겁니다. 아버지에게 필요한 건 오직 스캔들뿐인데, 도대체 무엇을 위한 스캔들이냐, 바로 여기엔 아버지만의 꿍꿍이속이 있는 겁니다. 아버지에게는 늘 자기만의 꿍꿍이속이 있거든요. 하지만 저도 이제야 무엇을 위해서인지 알 것 같습니다……."

"다들 나를 모함하고 있어, 저들 모두!" 표도르 파블로비치도 자기 나름대로 소리쳤다. "자, 여기 표트르 알렉산드로비치도 모함하고 있지요. 모함하다마다요, 표트르 알렉산드로비치, 모함했단 말이오!" 그는 갑자기 미우소프 쪽으로 몸을 돌렸는데, 사실 상대방은 그의 말을 가로막을 생각조차도 하지 않고 있었다. "다들 내가 아이들의 돈을 장화 뒤로 빼돌려 한 푼의 에누리도 없이 가로챘다고 모함하고 있어요. 하지만 죄송합니다만, 아니, 재판이란 건 존재하지도 않습니까? 거기서 다 따져 줄 거요, 드미트리 표도로비치,[46] 다름 아닌 자네의 영수증, 편지, 계약서 등을 토대로 자네에게 얼마가 있었고 자네가 얼마를 탕진했으며 지금 자네에게 얼마가 남아 있는지! 표트르 알렉산드로비치는 무엇 때문에 의견 발설을 회피하는 거요? 그건 드미트리 표도로비치가 자기에게 그냥 남이 아니기 때문이지. 그래서 다들 나를 못 잡아먹어 안달인데, 결과적으로 드미트리 표도로비치는 아직도 나한테 빚이 있고 그것도 얼마 나부랭이가 아니라 몇 천이나 됩니다, 이 모든 서류가 다 내 손에 있다고요! 정말로 이 녀석이 놀자판을 벌여 온 도시가 들썩대고 들끓고 있습니다! 저기, 그러니까 이전에 복무했던 곳에서도 양갓집 규수들을 유혹하느라 1000씩, 2000씩 쓰곤 했다지요. 이런 거라면, 드미트리 표도로비치, 우리는 가장 비밀스러운 속내 얘기들까지 다 알고 있소, 내 증명해 보이리라……. 성스러우신 신부님, 정말입니다. 재산도 적잖이 있는 훌륭한 집안의 귀한 처자를, 즉 공훈을 많이 세워 목에 안나 훈장을 달고 있던 용맹스러운 대령이자 자신의 이전 상관의 딸을 멋지게 후려서 청혼을 함으로써 아가씨의 명예를 욕되게 했고 지금 그 처자, 즉 그의 신붓감이 고아나 다름없는 처지가 되어 여기 와 있는데도 이 녀석은 그 아가씨의 눈앞에서 이곳의 어느 요부 집엘 다니고 있습니다. 하지만 이 요부는

46) 러시아어에서 이름과 부칭을 함께 부르는 것은 공손 혹은 거리감의 표현이다.

비록 어느 명예로운 사람과 말하자면 사실혼 관계에 있었지만, 그럼에도 자립심이 강한 성격에 아무도 범접할 수 없는 요새, 여하튼 합법적인 아내나 다름없는 여자지요, 정숙하거든요, 암, 그렇고말고요! 성스러우신 신부님들, 그녀는 정숙합니다! 그런데도 드미트리 표도로비치는 이 요새를 황금 열쇠로 열고 싶은 마음에 지금 나한테 호통을 쳐서 돈을 뜯어 가려고 하지만, 지금까지 이 요녀에게 쏟아부은 돈만 해도 수천은 족히 된답니다. 이 때문에 끊임없이 돈을 꿔다 쓰는데, 그나저나, 여러분 생각에 누구한테서 꾸겠습니까? 말을 할까, 말까, 미챠?"

"잠자코 계세요!" 드미트리 표도로비치가 소리쳤다. "내가 나갈 때까지는 기다리세요, 그리고 내 앞에서 감히 그 고귀한 아가씨를 욕하지도 마시고……. 아버지가 그녀에 대해 입을 뻥긋한다는 사실만으로도 이미 그녀에겐 치욕입니다……. 가만두지 않겠어요!"

그는 숨을 헐떡였다.

"미챠! 미챠!" 표도르 카라마조프는 억지로 눈물을 쥐어짜내면서 가냘프게 소리쳤다. "아비의 축복이란 뭘 위해서더냐? 그래, 내가 저주를 한다면, 그땐 어떻게 되겠니?"

"철면피, 위선자 같은 인간!" 드미트리 표도로비치가 광폭하게 고래고래 소리를 질렀다.

"이놈이 아비를, 아비를! 이러니 다른 사람들에게는 어떻겠습니까? 여러분, 한번 생각해 보십시오. 이곳에 가난하지만 존경할 만한 어느 퇴역 대위가 있습니다. 불행한 일 때문에 퇴직을 당했지만 재판에 회부되어 공개적으로 잘린 것도 아니라서 자신의 명예는 고스란히 간직할 수 있었는데, 많은 가족들의 생계가 그의 목에 달려 있지요. 그런데 삼 주 전에 우리의 드미트리 표도로비치가 선술집에서 그의 턱수염을 거머쥔 뒤 그를 길거리로 끌어내어 길거리의 온 사람들이 보는 데서 죽도록 팼으니, 이게 다, 상대방이 어떤 작은 일로 비밀리에 내 대리인 노릇을 했기 때문입니다."

"죄다 거짓말입니다! 겉은 사실이지만 속은 거짓말입니다!" 드미트리 표도로비치는 격노한 나머지 온몸을 부르르 떨었다. "아버지! 저도 잘한 건 없어요. 그래요, 사람들이 다 보는 데서 그랬어요, 인정합니다. 나는 그 대위를 짐승처럼 다루었어요, 그렇게 짐승같이 분노하다니 지금은 유감스럽고 또 저 자신이 혐오스럽지만, 아버지의 그 대위, 즉 아버지의 위임자는 바로 그 부인에게, 아버지의 표현대로 그 요부한테 가서는, 만일 내가 재산 문제로 아버지한테 자꾸 귀찮게 들러붙으면, 아버지가 갖고 있는 내 어음들을 챙겨서 그걸 근거로 나를 감옥에 집어넣을 수 있도록 제출해 달라고 아버지의 이름으로 그 여자한테 제안했잖아요. 아버지는 지금 내가 이 여성한테 약점이 있다고 비난하지만, 그건 아버지가 직접 그녀한테 나를 유혹하라고 사주했기 때문이잖아요! 그 여자가 내 눈에 대고 단도직입적으로 이야기하더군요, 제 입으로 내게 말했다고요, 아버지를 비웃으면서! 아버지가 나를 감옥에 가두려는 건 오직 그 여자와의 관계에서 나를 질투하기 때문이고 바로 아버지가 그 여자한테 빠져서 접근하기 시작했기 때문이죠. 이번에도 내 눈엔 이 모든 것이 훤히 다 보여요. 그 여자는 이번에도 비웃었다고요 — 듣고 계세요 — 아버지를 비웃으면서 거듭 얘기했단 말입니다. 자, 성스러우신 분들, 방탕한 아들을 비난하는 아버지란 사람이 바로 이런 작자입니다! 증인 여러분, 저의 분노를 용서하십시오, 하지만 저는 이 교활한 노인이 여러분을 모두 이리로 불러 모은 건 스캔들을 만들기 위해서구나 하는 예감이 들었습니다. 저는 아버지가 저를 용서하고 또 저에게 용서를 구하기 위해서 한 손을 내민다면, 정말로 용서해 주려고 온 것입니다! 하지만 아버지가 이 순간 저뿐만 아니라, 제가 감히 함부로 입에 담지도 못할 만큼 경애하는 고귀한 아가씨를 모욕했기 때문에 아버지의 온갖 농간을 만천하에 폭로하기로 결심한 것입니다, 비록 이 사람이 제 아버지일지라도……!"

그는 더 이상 계속할 수가 없었다. 두 눈은 번득였으며 숨도 가쁘게 내쉬었다. 그뿐만 아니라 암자 안의 사람들이 모두 흥분해 있었다. 장로를 제외하고 모든 사람들이 불안해하면서 자기 자리에서 일어났다. 수도사제 신부들은 준엄한 시선으로 지켜보고 있었지만, 그래도 장로의 뜻을 기다렸다. 장로는 이미 완전히 창백해진 채로 앉아 있었는데, 흥분해서가 아니라 병으로 인해 몸에 힘이 너무 빠진 탓이었다. 애원이 담긴 미소가 그의 입술에서 빛났다. 그는 간혹 미쳐 날뛰는 자들을 저지하려는 듯 한 손을 들어 올리기도 했는데, 물론, 이 소동을 가라앉히려면 그의 몸짓 하나만으로도 충분했을 터이다. 하지만 장로는 아직도 뭔가를 더 이해하고 싶다는 듯, 아직도 뭔가를 채 다 납득하지 못한 듯, 뭔가를 더 기다리는 듯한 태도로 좌중을 유심히 살펴보고 있었다. 마침내 표트르 알렉산드로비치 미우소프는 자신이 모욕적이고 치욕적인 입장에 처했음을 결정적으로 느꼈다.

"지금 일어난 스캔들은 우리 모두의 잘못입니다!" 그가 열렬하게 말했다. "하지만 저는 여기 오면서도 이럴 줄은 몰랐습니다, 비록 상대방이 어떤 인간인지는 알았지만……. 이건 지금 당장 끝을 봐야 합니다! 장로님, 믿어 주십시오, 저는 여기서 폭로된 세부 사항들을 정확히는 몰랐으며 또 믿고 싶지도 않았고, 그저 지금에야 처음으로 알게 된 겁니다……. 아버지가 행실이 고약한 여자로 인해 아들을 질투하고, 그 자신이 바로 이런 잡년과 작당을 하여 아들을 감옥에 넣을 음모를 꾸미고……. 자, 바로 이런 패거리 속에 저를 개입시키다니요……. 저는 속았습니다, 여러분 모두에게 선언하는바, 다른 사람들 못지않게 속은 겁니다……."

"드미트리 표도로비치!" 표도르 파블로비치가 갑자기 어쩐지 자신의 목소리 같지 않은 소리로 울부짖었다. "자네가 내 아들이 아니라면, 나는 당장 자네에게 결투를 신청했을 거요……. 권총, 겨우 세 걸음 떨어진 거리…… 손수건을 던지고! 손수건을!" 두 발을 구르면서 그는 말을 끝냈다.

일평생을 배우처럼 연기하며 살아온 늙은 거짓말쟁이들도 연기에 너무 몰두하다 보면 흥분한 나머지 진정으로 몸을 부르르 떨며 우는 순간들이 있으니, 비록 바로 이 순간에도(아니면 기껏 일 초 뒤에라도) 스스로에게 "넌 지금 거짓말을 하고 있는 거야, 늙어 빠진 철면피, '성스러운' 분노를 느끼며 이 분노 때문에 '성스러운' 순간을 맛보고 있다고 할지라도 넌 지금도 정말 한낱 배우에 불과해."라고 속삭일 법할지라도 말이다.

드미트리 표도로비치는 무섭게 인상을 쓰면서 이루 말로 표현할 수 없는 경멸감이 깃든 시선으로 아버지를 바라보았다.

"저는…… 그러니까 저는" 하고 어쩐지 자제력을 갖고 그가 조용하게 말했다. "내 영혼의 천사, 나의 약혼녀와 함께 고향으로 가서 아버지의 노년을 위로해 주려고 생각했지만, 정작 와서 보니 그저 방탕한 호색한에 저열하기 이를 데 없는 희극 배우에 지나지 않더군요!"

"결투다!" 숨을 헐떡이며, 말을 할 때마다 침을 튀기면서 다시금 늙은이가 울부짖었다. "그런데 당신은, 표트르 알렉산드로비치, 어쩌면 당신 가문을 죄다 뒤져 봐도 지금 당신이 감히 이 잡년이라고 명명한 이 여성보다 더 고귀하고 더 정숙한 여성은—듣고 있소, 더 정숙하단 말이오—없었고 또 없다는 걸 알아 두시오! 그리고, 드미트리 표도로비치, 바로 이 '잡년'을 자네의 약혼녀와 맞바꾼 걸 보면, 자네 스스로 자네의 약혼녀도 이 여자의 구두 밑창만도 못하다고 판단했던 거니까 자, 이 잡년이 이렇게 대단하다는 소리지!"

"수치스럽군!" 갑자기 이오시프 신부의 입에서 이런 말이 튀어나왔다.

"수치스럽고 치욕스러워!" 줄곧 입을 다물고 있던 칼가노프가 얼굴을 새빨갛게 붉히며 흥분한 나머지 소년처럼 파르르 떨리는 목소리로 갑자기 소리쳤다.

"저런 인간은 도대체 왜 살까!" 드미트리 표도로비치는 이미 거의 미칠 듯이 화가 나서 밑도 끝도 없이 으르렁거렸는데, 어째 어깨를 지나치게 추켜올린 나머지 곱사등처럼 보였다. "아니, 말씀해 주십시오, 아직도 저 사람이 대지를 더럽히게 내버려 둘 수 있단 말입니까." 그는 한 손으로 노인을 가리키면서 좌중을 둘러보았다. 말투는 느리고 찬찬했다.

"들리십니까, 예, 수도사님들, 들리시냐고요, 제 아비를 죽일 놈의 말을." 표도르 파블로비치는 이오시프 신부에게로 달려들었다. "자, 바로 이것이 신부님의 '수치스럽군.'에 대한 답입니다! 뭐가 수치스럽단 말입니까? 이 '잡년', '행실이 고약한 여자'는 어쩌면 당신들보다 훨씬 더 성스럽습니다, 도를 닦고 있는 수도사 여러분! 어쩌면 어린 시절엔 환경에 짓눌려 타락했을 수도 있지만 '사랑을 많이' 했고, 사랑을 많이 한 자는 그리스도도 용서했습니다……."

"그리스도께서 용서해 주신 건 그런 사랑 때문이 아닙니다……." 온화한 이오시프 신부도 더 이상 참질 못하고 이런 말을 내뱉었다.

"아니올시다, 수도사님들, 바로 그런 사랑 때문에 용서한 겁니다! 수도사님들은 여기서 양배추나 먹으며 도를 닦는 주제에 의인들이라고 생각하시죠! 꼬치고기[47]를, 매일 꼬치고기를 한 마리씩 드시면서 그 꼬치고기로 하느님을 살 수 있다고 생각들 하시죠!"

---

47) 바닷물고기의 일종.

“있을 수 없는 일이야, 있을 수 없어!” 암자의 여기저기서 이런 소리가 들려왔다.

하지만 추태에까지 이른 이 장면은 가장 예기치 못한 방식으로 중단되었다. 갑자기 장로가 자리에서 일어난 것이다. 장로와 다른 모든 이들이 걱정되어 완전히 정신이 나갈 지경이 되었지만 알료샤는 그래도 제때에 그의 팔을 부축할 수 있었다. 장로는 드미트리 표도로비치 쪽으로 성큼성큼 걸어가 완전히 그의 앞에 다다르자 그 앞에 무릎을 꿇었다. 알료샤는 잠시, 그가 힘이 빠져 쓰러진 것이라 생각했지만, 전혀 그런 것이 아니었다. 장로는 무릎을 꿇더니 드미트리 표도로비치의 발을 향해, 심지어 이마가 땅에 닿을 정도로 완전히, 또렷하고도 의식적으로 절을 한 것이었다. 알료샤는 너무 놀란 나머지, 장로가 몸을 일으키기 시작했을 때 미처 그를 부축할 정신도 없었다. 희미한 미소가 그의 입술 주위로 아주 약간 빛나고 있었다.

“용서하십시오! 다들 용서하십시오!” 그는 자신의 손님들 모두에게 절을 하면서 말했다.

드미트리 표도로비치는 몇 분간 충격을 받은 채로 서 있었다. 그의 발을 향해 절을 하다니, 이게 대체 무슨 일인가? 마침내 그는 갑자기 “오 맙소사!”라고 소리를 지르며 두 손으로 얼굴을 가린 채 방에서 멀리 뛰어나가 버렸다. 다른 손님들도 너무 당혹스러운 나머지 주인에게 작별 인사도, 절도 하지 않은 채 모두 그의 뒤를 따라 우르르 나가 버렸다. 오직 수도사제들만이 다시 축복을 받기 위해 장로에게로 다가갔다.

"장로님께서 발을 향해 그런 짓을 한 것 말이오, 이건 무슨 상징 같은 건가?" 어쩐지 갑자기 잠잠해졌던 표도르 파블로비치가 다시금 대화를 시작하려고 시도했지만, 누구를 딱 꼬집어서 개인적으로 물어볼 엄두는 내지 못했다. 그 순간 그들은 모두 암자의 텃밭에서 나가던 중이었다.

"나는 정신병원과 정신병자들에 대해선 책임지지 않소." 미우소프가 즉각 잔뜩 골이 난 말투로 대답했다. "하지만 대신 나 자신을 당신 패거리로부터 구할 거요, 표도르 파블로비치, 그것도 정말 앞으로 영원히. 아까 그 수도사는 어디 있소?"

하지만 '그 수도사', 즉 아까 그들을 수도원장의 점심 식사에 초대했던 그 수도사는 사람들을 기다리게 하지 않았다. 그는 그들이 장로의 암자 현관을 내려오기가 무섭게, 마치 줄곧 그들을 기다리고 있었던 양 곧 손님들을 맞이했다.

"부탁입니다, 존경하는 신부님, 수도원장 신부님에 대한 저의 한결같이 깊은 존경의 뜻을 잘 전해 주시고, 저의 참으로 진실된 소망에도 불구하고 별안간 예기치 못한 상황이 발생한 탓에 그분의 오찬에 참석하는 영광을 도저히 누릴 수 없게 되었으니, 이 미우소프를 대신하여 원장님께 사과의 말을 전해주십시오." 표트르 알렉산드로비치가 신경질적인 어조로 말했다.

"예기치 못한 상황이란, 바로 나를 두고 하는 말입니다!" 곧바로 표도르 파블로비치가 말을 받았다. "듣고 계십니까, 신부님, 이건 표트르 알렉산드로비치가 저와 함께 남아 있기 싫어서 그러는 겁니다, 제가 아니라면 당장 갈 테지요. 자, 가시지요, 표트르 알렉산드로비치, 수도원장 신부님한테 가서 실컷 잘 드시오! 당신이 아니라 바로 내가 사양한다는 걸 잘 알아 두시오. 자 그럼, 이 몸은 집으로, 집으로 갑니다, 집에 가서 노래나 부르렵니다, 여기서는 영 못하겠군요, 표트르 알렉산드로비치, 나의 상냥한 친척 양반."

"나는 당신의 친척도 아니고 그랬던 적도 없소, 저열한 인간 같으니!"

"당신이 친척 관계를 자꾸 부인하니까 나도 당신이 열 받는 꼴을 좀 보려고 일부러 이렇게 말한 거요, 하지만 당신이 아무리 아닌 척해 봤자 친척은 친척이니 교회력으로 증명해 보이리다. 이반 표도로비치, 자네를 위해선 때가 되면 마차를 보내도록 하지, 원한다면 자네도 남게나. 그리고, 표트르 알렉산드로비치, 당신은 예의상으로라도 지금 수도원장 신부 앞에 나가서 우리가 저기서 소동을 부린 걸 사과해야지요……."

"아니, 정말로 가는 거요? 거짓말은 아니겠죠?"

"표트르 알렉산드로비치, 그런 일이 있었건만 내가 감히 무슨 낯으로! 너무 도취되는 바람에, 죄송합니다, 여러분, 아주 흠뻑 도취되었지요! 그뿐인가, 너무나 감동을 받았거든요! 부끄러운 일이지요. 여러분, 누구에겐 마케도니아의 알렉산드로스 같은 심장이, 또 다른 누구에겐 강아지 피젤카[48] 같은 심장이 있는 법이라오. 내 심장은 강아지 피젤카 심장이다, 이 말이죠. 겁을 먹었다는 소리죠! 그렇게 어처구니없는 소동을 벌여 놓고 거기다가 점심 식사까지, 수도원의 소스까지 축내다

48) 고골의 단편 소설 「광인 일기」에 나오는 강아지 이름.

니요? 부끄럽습니다, 그럴 순 없지요, 그럼, 이만 실례!"

'빌어먹을, 알게 뭐람, 저 거짓말 솜씨하곤!' 미우소프는 멀어져 가는 광대를 반신반의하는 시선으로 지켜보며 곰곰 생각에 잠겼다. 표도르 파블로비치는 몸을 돌렸다가, 표트르 알렉산드로비치가 자신을 지켜본다는 걸 알아채고는 한 손으로 그에게 키스를 보냈다.

"당신도 수도원장에게 가십니까?" 미우소프가 이반 표도로비치에게 퉁명스럽게 물었다.

"왜 안 됩니까? 더욱이 저는 특별히 어제 벌써 수도원장의 초대를 받았는데요."

"다행스럽게도, 저는 정말로 이 빌어먹을 점심 식사에 꼭 가야 된다는 느낌이 듭니다." 미우소프는 옆에서 수도사가 듣고 있다는 사실에는 조금도 아랑곳하지 않고 예의 그 씁쓸하고 짜증스러운 어조로 말을 이어 갔다. "거기 가서 우리가 여기서 저지른 짓을 사과하고 우리가 한 짓이 아니라고 해명해야죠……. 어떻게 생각하십니까?"

"그렇습니다, 우리가 한 짓이 아니라고 해명해야죠. 더욱이 아버지는 안 가실 테니까요." 이반 표도로비치가 한마디 했다.

"저런, 당신의 아버지와 함께라면! 빌어먹을 점심이 되겠군요!"

그나저나 모두들 걷고 있었다. 수도사는 말없이 듣고만 있었다. 작은 숲을 가로질러 가는 도중에 단 한 번, 수도원장 신부가 오래전부터 그들을 기다리고 있으며 반시간 정도 늦었다고 지적했을 뿐이다. 하지만 그에게 대답을 하는 사람은 아무도 없었다. 미우소프는 이반 표도로비치를 증오스럽다는 듯 쳐다보았다.

'아무 일도 없었다는 듯 천연덕스럽게 점심을 먹으러 가는 군!'이라고 그는 잠시 생각했다. '낯가죽은 뭣처럼 두껍고 양심은 영락없이 카라마조프답다니까.'

7 신학도-출세주의자

알료샤는 장로를 침실까지 데려가서 침대에 앉혔다. 그곳은 극히 필요한 가구만을 갖춘 아주 작은 방이었다. 좁은 철제 침대가 있었고, 그 위에는 이부자리 대신에 두꺼운 펠트만 한 장 깔려 있었다. 구석의 성상 곁에는 독경대가 서 있었고, 거기에는 십자가와 복음서가 놓여 있었다. 장로는 힘없이 침대에 쓰러졌다. 그의 눈은 빛났고 숨결은 거칠었다. 자리에 앉은 뒤 그는 꼭 뭔가를 곰곰 생각하는 듯 알료샤를 유심히 바라보았다.

"이보거라, 얘야, 어서, 나는 포르피리면 충분하다, 너는 서둘러 가 보렴. 저곳에는 네가 필요하단다, 어서 수도원장에게 가 봐라, 식사 시중도 들고."

"제발 여기 있게 해 주십시오." 간청하는 목소리로 알료샤가 말했다.

"너는 저곳에 더 필요하단다. 저기에는 평화가 없거든. 시중을 들다 보면 도움이 될 거야. 소란이 일어나거든, 기도문을 읊조리렴. 그리고 아들아(장로는 그를 이렇게 부르길 좋아했다.) 앞으로 너의 자리는 이곳이 아니란다. 이 점을 명심해야 한다, 아이야. 내가 하느님의 부르심을 받으면 곧바로 수도원을 떠나거라. 아주 가는 거다."

알료샤는 몸을 부르르 떨었다.

"왜 그러느냐? 지금은 이곳이 너의 자리가 아니라니까. 속세에서 위대한 수행을 할 수 있도록 너를 축복하노라. 너는 아직도 많이 방황해야 된단다. 그리고 결혼도 해야지, 꼭 해야 되고말고. 다시 돌아올 때까지 모든 걸 참아야 된단다. 일이 아주 많을 것이야. 하지만 나는 너를 의심하지 않는단다, 그렇기에 너를 보내는 거야. 그리스도께서 너와 함께하신다. 그리스도를 지켜 드려라, 그러면 그리스도께서도 너를 지켜 주실 게다. 크나큰 고뇌를 보게 될 것이며 그 고뇌 속에서 행복해질 것이다. 바로 이것이 내가 너에게 주는 유언이니라. 고뇌 속에서 행복을 구하도록 해라. 일을 해라, 끊임없이 일을 해야 한다. 지금부터 내 말을 명심하도록 해라, 너와 앞으로도 얘기를 나눌 것이지만 내 수명은 며칠은커녕 몇 시간도 남지 않았으니."

알료샤의 얼굴에서는 다시금 강한 동요가 일었다. 그의 입술 끝이 파르르 떨렸다.

"아니, 또 왜 이러느냐?" 장로가 조용히 미소를 지었다. "속세 사람들이야 눈물을 흘리면서 자신의 고인들을 배웅한다고 해도, 여기 우리는 떠나가는 신부를 기쁜 마음으로 보낸단다. 기뻐하면서 그를 위해 기도를 드리지. 이제 그만 가 봐라. 나는 기도를 해야겠구나. 어서 가 봐라, 서둘러서. 형님들 곁에 머물러라. 그것도 한 형님이 아니라 두 형님 모두의 곁에."

장로는 축복을 하기 위해서 한 손을 들어 올렸다. 알료샤는 너무나 남아 있고 싶었지만 거역할 수가 없었다. 묻고 싶은 것도 있었지만, 심지어 '이마가 땅에 닿도록 드미트리 형에게 절을 하신 것은 무슨 뜻에서였습니까?'라는 질문이 혀끝에서 튀어나올 지경이었지만 감히 물어볼 엄두를 내지 못했다. 할 수만 있었다면 자기가 묻기도 전에 장로가 몸소 해명해 주었으리라는 것을 그는 알고 있었던 것이다. 하지만 그러지 않았으니, 다시 말해 장로는 그럴 뜻이 없었던 것이다. 그런데 이 큰 절은 알료샤에게 무서울 정도로 충격을 안겨 주었다. 그는 거기에 신비스러운 의미가 들어 있노라고 맹목적으로 믿었다. 신비스럽고, 어쩌면 끔찍한 의미가. 수도원에서 있을 수도원장의 점심 식사에 늦지 않기 위해(물론 오직 식사 시중을 들기 위해서였지만) 암자의 텃밭을 넘었을 때, 갑자기 그는 심장이 고통스러울 정도로 조여들어서 그 자리에 멈춰 섰다. 그의 앞에는 다시금, 임박한 자신의 종말을 예언하는 장로의 말이 울리는 것 같았다. 장로님이 예언했으니, 그것도 그렇게 정확하게 예언했으니, 틀림없이 그렇게 되고야 말 것이다, 하고 알료샤는 성스러운 마음으로 믿었다. 하지만 장로님 없이 어떻게 살 것인가, 그 얼굴을 보지도 못하고 그 목소리를 듣지 못할 텐데? 그리고 그는 어디로 갈 것인가? 울지도 말고 수도원에서 나가라고 명하시다니, 맙소사! 오래전부터 알료샤는 이런 비애를 느껴 본 적이 없었다. 그는 암자와 수도원 사이를 가로지르는 숲을 따라 서둘러 걷기 시작했는데, 이런저런 생각이 그를 너무나 짓눌러서 참을 수가 없었기 때문에 숲길의 양쪽으로 자라난 수백 년 묵은 소나무를 쳐다보기 시작했다. 이 통로는 그다지 길지 않아서 겨우 500보 정도면 되었다. 그런데 이 시간에는 보통 누구와 마주치는 일도 없는데, 갑자기 길의 첫 모퉁이에서 라키친이 보였다. 그는 누군가를 기다리고 있었다.

"나를 기다리는 건가?" 그와 나란히 서게 되자 알료샤가 물었다.

"맞아, 너를 기다렸어." 라키친이 웃었다. "너는 서둘러 수도원장 신부님께 가는 길이겠지. 알고 있어, 그분 암자에서 오찬이 있을 거라는 걸. 대주교와 파하토프 장군을 함께 맞이한 이래, 이런 오찬은 아직 없었던 걸로 기억되는군. 나는 안 가겠지만, 너는 가서 소스라도 날라야지. 나한테는, 알렉세이, 한 가지만 말해 줘. 이 꿈이 도대체 무슨 뜻이지? 바로 이걸 물어보고 싶었던 거야."

"꿈이라니?"

"그러니까 너의 형 드미트리 표도로비치에게 머리가 땅에 닿도록 절을 한 것 말이야. 뭐 거의 이마를 마룻바닥에 쾅 찧었잖아!"

"조시마 신부님 말이야?"

"그래, 조시마 신부님 말이야."

"이마를 찧었다고?"

"아, 표현이 좀 불경스러웠군! 뭐 좀 불경스러우면 어때. 그래, 이 꿈은 도대체 무슨 뜻이야?"

"몰라, 미샤,[49] 무슨 뜻인지."

"내 이럴 줄 알았어, 자네한테 설명을 해 줬을 리가 없지. 물론, 이런 일엔 오묘한 거라곤 전혀 없고, 늘 그렇듯 겉으론 뭔가 있는 체하면서 실은 바보짓을 하는 거니까. 하지만 이런 요술 같은 짓은 일부러 꾸민 걸 거야. 이제 곧 도시와 현의 온갖 위선자들이 '이 꿈엔 도대체 무슨 뜻이 담겨 있지?'라며 떠들어 댈 테지. 내 생각으로 노인은 정말로 형안이 있어. 범죄의 냄새를 맡았거든. 너희 집안은 아무래도 썩는 냄새가 난단 말이야."

"범죄라니?"

라키틴은 보아하니 뭔가를 말하고 싶은 눈치였다.

"너희 집안에서 그게, 그러니까 범죄가 일어날 거야. 너의 형들과 너의 돈 많은 아버지 사이에서 그런 일이 일어날 거라고. 바로 그래서 조시마 신부가 앞으로 일어날 모든 경우에 대비하여 이마를 땅에 쾅 찧은 거야. 나중에 정말로 무슨 일이 일어나면 '아, 과연 성스러우신 장로님께서 예언하신 그대로야, 그건 예언이었어.'라고 할 테지만, 하지만 신부가 이마를 찧은 것에 무슨 예언 나부랭이가 있겠어? 그런데도, 이건 상징이었어, 알레고리였어, 하며 떠들어 댈 테지, 빌어먹을! 명성을 떠받들어 길이길이 기억할 테고. 범죄가 일어날 것을 미리 알아맞히셨다, 범인을 점찍기도 하셨다, 하고 말이야. 유로지브이들은 늘 이 모양이거든. 술집에 대고 성호를 긋고 사원에는

49) 라키친의 이름인 미하일의 애칭.

돌을 던진다니까. 너의 장로가 바로 이래. 의인에게는 지팡이를 휘두르고, 살인자의 발을 향해 절을 하니 말이야."

"범죄라니? 살인자라니? 무슨 소리를 하는 거야?" 알료샤는 그 자리에 못 박힌 듯 섰고, 라키친도 걸음을 멈추었다.

"살인자라니 누굴 말하느냐고? 지금 모르는 척하는 거야? 장담하건대, 이 생각은 네가 먼저 하고 있었을걸. 그나저나 이건 아주 흥미로운 일이야. 들어 봐, 알료샤, 너는 언제나 양다리를 걸치고 있는 족속이긴 하지만 그래도 언제나 바른말만 하잖니. 그런 생각을 했어, 안 했어, 대답해 봐?"

"생각해 봤어." 알료샤가 조용히 대답했다. 이 말에 라키친도 당황하고 말았다.

"너 뭐야? 아니 정말로 너도 그런 생각을 했단 말이야?" 그가 소리쳤다.

"나는…… 그런 생각을 했다는 것이 아니라"라고 알료샤가 중얼거렸다. "지금 네가 그런 이상한 말을 꺼내니까, 꼭 나 자신도 그런 생각을 했던 것처럼 여겨졌을 뿐이야."

"거봐(너 말 한번 분명히 잘했다.) 그렇지? 오늘 아버지와 형 미첸카[50]를 보면서 범죄 생각을 해 봤지? 그러니까 내가 잘못 짚은 건 아닌 거지?"

"잠깐만, 잠깐만." 알료샤가 불안스럽게 말을 끊었다. "넌 무슨 근거로 그렇게 생각하는 거야……? 아니, 우선은 말이야, 네가 왜 이 일에 그토록 관심을 갖는 거야?"

---

50) 드미트리의 애칭 혹은 비칭.

"두 가지 질문은 별개지만 자연스럽게 따라 나올 수 있긴 하지. 그 질문들에 대해 따로따로 대답을 해 주지. 무슨 근거로 그렇게 생각하느냐고? 오늘 갑자기 너의 형 드미트리 표도로비치의 본색을 낱낱이 파악하지 못했다면 나는 아무런 생각도 못 했을 텐데, 갑자기 단번에 그의 본색을 파악해 버렸어. 어떤 한 가지 특성을 근거로 그의 본색을 단번에 알아봤다, 이 말씀이야. 몹시 정직하긴 하지만 색을 밝히는 이런 부류의 사람들에겐 도저히 넘어서는 안 되는 한계선이 있어. 그가 제 아비를 칼로 푹 찔러 버릴 거란 소리는 아니야, 절대 그런 건 아니야. 하지만 아비란 작자도 술주정뱅이에 도무지 말릴 수 없는 방탕자라서 무슨 일에서건 한계라는 건 모르기 때문에 둘 다 그만 참지 못하고 도랑물에 풍덩 빠져 버리는 거지……."

"아니야, 미샤, 아니라고, 겨우 그런 것 때문이라면 너는 차라리 나에게 용기를 준 셈이야. 거기까지 가진 않을 거야."

"그런데 왜 온몸을 부들부들 떠는 거냐? 그가 정직한 사람이라고 치자, 미첸카 말이야.(멍청하긴 하지만 정직한 사람이지.) 하지만 그는 호색한이거든. 그를 정의하고 그의 내적인 본질을 요약하면 바로 이렇다는 거야. 이건 아버지가 그에게 자신의 저열한 욕정을 물려주었기 때문이지. 정말이지 나는 너를 보면, 알료샤, 놀라울 따름이야. 아니, 어떻게 네가 숫총각일 수 있지? 너도 카라마조프가 아니냔 말이다! 정말이지 너희 집안의 정욕은 곪아 터질 지경에 이르렀거든. 자 그러니까, 이 세 명의 호색한이 이제 서로 서로를 지켜보고 있는 거야……

장화 속에 칼을 감춘 채로. 세 놈의 이마빡이 서로 맞부딪쳤고, 어쩌면 네가 네 번째가 될지도 모르지."

"그 여자에 관해서라면 너는 잘못 알고 있어. 드미트리는 그녀를…… 경멸하고 있어." 어쩐지 몸을 부르르 떨면서 알료샤가 말했다.

"그루셴카 말이야? 천만에, 형제, 경멸은 무슨 경멸. 자기 약혼녀를 진짜로 그녀와 바꿔치기했다면, 경멸하지 않는다는 거야. 여기엔…… 여기엔, 이봐, 네가 지금은 이해할 수 없는 뭔가가 있어. 사람이 무슨 아름다움에, 여자의 몸이나 혹은 심지어 그저 여자의 몸의 한 부분에라도 반해 버리면(이 점을 호색한은 이해할 수 있지.) 그녀를 위해서 자기 자식까지도 내놓고, 아버지와 어머니도, 러시아도, 조국도 파는 법이야. 정직한 사람인데도 가서 도둑질을 할 거고, 온순한 사람인데도 사람을 베어 죽이고, 충직한 사람인데도 배반을 하게 되지. 여자의 다리를 노래한 시인 푸시킨 말이야, 자기 시에서 여성의 다리를 찬미했더랬지.[51] 다른 어떤 이들은 찬미는 못할지언정 그래도 다리를 바라볼 때마다 경련이라도 난 듯 부들부들 떤다니까. 사실 비단 다리뿐만이 아니지……. 이 경우에는, 보라고, 경멸을 해 봤자 소용이 없어, 설사 그가 그루셴카를 경멸한다고 치더라도 말이야. 경멸하면서도 떨어질 순 없는 거야."

"그건 그럴 테지." 알료샤가 갑자기 이렇게 내뱉었다.

"그래? 첫마디부터 그럴 거라고 내뱉은 걸 보면, 정말로 그

51) 푸시킨의 시 「화려한 도시」(1828)의 일절을 말한다.

런 걸 안다는 소리네." 악의에 찬 기쁨을 내보이며 라키친이 말했다. "너는 무심코 그런 말을 내뱉은 거야, 어쩌다가 툭 튀어나온 소리지. 바로 그렇기 때문에 그 고백은 더 귀중한 거야. 즉, 너한테 익숙한 주제라는 소리고, 이것에 대해, 성욕에 대해 이미 생각해 봤다는 소리지. 어라, 이 숫총각 녀석이 말이야! 알료쉬카, 네가 얌전하고 거의 성인이나 다름없다는 건 나도 인정하지만, 워낙 얌전한 놈이다 보니 빌어먹을, 무슨 생각인들 안 해 봤겠어, 빌어먹을, 뭔들 모르겠냐고! 숫총각 주제에 벌써 그런 깊은 데까지 들어갔군그래. 나는 너를 오랫동안 관찰하고 있거든. 너도 카라마조프야, 그것도 완전히 카라마조프지, 고로 어떻든 간에 피는 못 속인다는 거야. 아버지를 닮아 호색한이고 어머니를 닮아 유로지브이지. 왜 부들부들 떠는 거야? 내가 너무 정곡을 찔러 버렸나? 그나저나 말이야, 그루셴카가 나한테 부탁하더군. '걔를(그러니까 너를) 데려와 봐, 내가 걔의 수도복을 벗겨 버릴 테니까.' 아주 신신당부를 했어, 데려와, 데려오라고! 잠시 생각을 했더랬지. 무엇 때문에 그녀가 너한테 그렇게 관심을 보일까? 이봐, 그녀도 예사롭지 않은 여자야, 역시나!"

"안부나 전해 줘, 그리고 가지 않겠다고 말해 주고." 알료샤가 삐뚜름하게 웃었다. "하던 말이나 마저 하지, 미하일, 네 생각 말이야, 내 생각은 그다음에 얘기할게."

"할 말이 뭐가 더 있겠어, 모두 다 빤한걸. 이 모든 것이, 친구야, 닳고 닳은 얘기잖아. 너도 속을 자세히 들여다보면 호색한 기질이 있을 텐데, 그럼 너랑 한배에서 나온 네 형 이반은 어떻겠어? 그자도 카라마조프잖아. 바로 여기에 너희 카라마조프 집안의 문제의 핵심이 들어 있는 거야. 호색한들, 강탈자들, 그리고 유로지브이들! 너의 형 이반은 자기도 무신론자이면서 일단은 장난삼아 뭔지 알 수 없지만 극히 멍청한 속셈으로 신학 논문 나부랭이나 발표하고, 이게 저열하다는 건 자기 자신이 인정하고 있는데, 너희 형 이반은 이런 작자란 말이지. 그것 말고도 미챠 형에게서 약혼녀를 가로채고 있는 중인데, 뭐 이 목적이라면 달성하고야 말겠지. 그것도 어떤 식인가 하면, 당사자인 미챠가 동의를 했는데, 그저 어서 빨리 그녀와 손을 끊고 그루셴카에게 갈 마음으로 자기가 나서서 약혼녀를 양보한 상황이거든. 이 모든 걸 온갖 고상을 다 떨며 사리사욕 없이 한 거라니, 이 점을 유념해 둬. 바로 이런 사람들이 가장 치명적인 자들이란 말이야! 이런 상황이니, 누가 너희 집 사람들을 헤아릴 수 있겠느냔 말이야. 자신이 저열하다는 걸 인정하면서도 제가 나서서 저열한 짓을 한다니까! 더 들어 봐. 지금 미첸카의 길을 가로막는 건 영감쟁이 아버지야. 이 양반은 그루셴카 때문에 갑자기 정신이 나가서는 그 여자를 바라보기만 해도 침을 질질 흘릴 정도야. 사실 지금 장로의 방에서도 그녀 하나 때문에, 그러니까 미우소프가 감히 그녀를 방탕한 잡년이라고 불렀다는 이유만으로 그런 스캔들을 일으킨 거잖아. 발정 난 암고양이보다 더 고약하게 빠져 버렸다니까. 이전에 그녀는 그저 무슨 수상쩍은 일, 그러니까 술집과 관련된 일로 급료를 받으며 영감쟁이를 거들어 주는 정도였는데, 이제 와서 갑자기 그가 그녀의 진면목을 알아채곤 유심히 뜯어본 뒤 완전히 정신이 나가서 온갖 제안을 하기 시작하는 거야, 물론 점잖은 제안일 리 없지만. 자, 그러니 이 길에서 그자들, 즉 아비와 아들놈이 충돌하지 않을 수가 없는 거지. 그루셴카는 이놈, 저놈 그 누구에게도 이렇다 할 답을 주지 않고 있어. 일단은 괜히 말을 빙빙 돌리고 두 놈 모두에게 살살 약이나 올리면서 어느 쪽이 더 유리할까 살피고 있는 건데, 아비 쪽이라면 돈은 많이 뜯어낼 수 있지만 그 대신 결혼을 해 주진 않을 것이고 아마 결국에 가서는 더 노랑이가 돼서 지갑을 닫아 버리고 말 테니까. 이 경우엔 미첸카 쪽이 그 나름의 가치가 있는 거야. 즉, 돈은 없지만 결혼할 능력이 있으니까. 그렇지, 결혼할 능력이 있단 말이지! 어디에 비할 데 없는 아름다운 약혼녀를, 그러니까 돈도 많고 귀족 출신에 대령의 딸인 카체리나 이바노브나를 버리고서 그루셴카와, 즉 늙어 빠진 상인이자 방탕한 무식쟁이이자 도시의 우두머리인 삼소노프의 정부였던 그루셴카와 결혼을 한다는 거야. 이 모든 것을 보면 정말로 형사상의 충돌도 일어날 수 있는 거지. 너의 형 이반은 이걸 기다리고 있어, 그야말로 일거양득이거든. 자기의 애간장을 녹이는 카체리나 이바노브나도 손에 넣고, 6만 루블이라는 그녀의 지참금도 먹어 치우는 거지. 이반처럼 알거지나 다름없는 변변찮은 인간에겐 이 정도면 시작치고는 아주 구미가 당길걸. 거기다 유념해 둘 게 있는데, 그러면 미챠에게 모욕을 주기는커녕 오히려 죽을 때까지 크나큰 은혜를 베풀어 주는 셈이 된다는 거야. 사실 이건 나도 대략 정확히 알고 있는데, 미첸카가 벌써 지난주에 술집에서 집시 여자들과 술에 취해선 자기는 카첸카[52]를 신부로 맞을 자격이 없지만 동생 이반, 이반이야말로 그럴 자격이 있다고 자기 입으로 떠들썩하게 외쳤다더군. 카체리나 이바노브나도 물론, 이반 표도로비치처럼 매력적인 남자를 끝내는 거절할 수 없을 테지. 아닌 게 아니라 그녀는 지금도 이들 두 사람 사이에서 갈팡질팡하고 있어. 그런데 도대체 이 이반은 무슨 수로 너희들 모두를 그렇게 사로잡아 버린 거냐, 너희들 모두 그 작자 앞에만 서면 경건해질 정도로 말이야? 정작 그는 너희들 모두를 비웃고 있는 판에 말이지. 네놈들은 굿이나 해라, 나는 네놈들 덕에 가만히 앉아서 떡이나 먹겠다, 하는 식이잖아."

"너는 어떻게 이 모든 걸 알고 있지? 무슨 근거로 그렇게 자신 있게 말하는 거야?" 인상을 팍 쓰면서 알료샤가 갑자기 날카롭게 물었다.

"그럼 너는 지금 나한테 그런 걸 물어 놓고서 왜 미리부터 내 대답을 무서워하는 거야? 그건 너 자신이 내 말이 사실이라는 것을 인정한다는 소리야."

"이반을 좋아하지 않는군. 이반은 돈에 혹할 사람이 아니야."

"과연 그럴까? 그럼, 카체리나 이바노브나의 미모는? 비록 6만 루블이라는 것이 구미가 당기긴 하지만 여기엔 돈 문제만 개입된 건 아니니까."

"이반은 더 높은 곳을 바라보고 있어. 이반은 억만금에도 혹하지 않을 거야, 이반이 추구하는 것은 돈이나 안녕 따위가

---

52) 카체리나의 애칭 혹은 비칭.

아니야. 이반은 아마 고뇌를 추구하는지도 몰라."

"그건 또 무슨 꿈같은 소리냐? 젠장, 너희들…… 귀족 나리들이란!"

"이봐, 미샤, 그의 영혼은 폭풍우 같아. 그의 머리는 뭔가에 사로잡혀 있어. 그 속에는 아직은 해결되지 못한 위대한 사상이 들어 있어. 그는 100만 루블이 아니라 사상의 해결을 필요로 하는 사람들 중 하나야."

"표절이야, 알료쉬카. 너는 장로의 말을 슬쩍 바꿔 말했을 뿐이잖아. 에잇, 정말이지 이반이 너희들에게 수수께끼 하나를 던져 주셨군, 그래!" 노골적으로 악의를 드러내면서 라키친이 소리쳤다. 그는 심지어 안색마저 변했고 입술도 씰룩거렸다. "그나마 그 수수께끼라는 것도 바보 같은 것이어서 풀고 자시고 할 것도 없어. 머리를 조금만 굴려 봐도 곧 이해될걸. 그의 논문은 우스꽝스럽고 터무니없어. 아까 나도 그의 어리석은 이론을 들었잖아. '영혼의 불멸은 없다, 그렇다면 선행도 없고, 따라서 모든 것이 허용된다.'(그나저나 형이라는 작자인 미첸카가 어떻게 외쳤는지 기억나지, '명심하겠습니다!'라니.) 매력적인 이론이긴 해, 야비한 놈들에게는……. 나도 참 이렇게 욕설이나 퍼붓다니, 이것도 멍청한 일이야……. 그러니까 야비한 놈들이 아니라 '해결할 길 없는 심오한 사상들'을 가진 풋내기 허풍쟁이들한테는 그렇다는 소리지. 어지간히 뻥을 쳐 대지만, 그 본질이란 결국 '한편으론 자백하지 않을 수 없지만, 다른 한편으론 역시나 자인하지 않을 수 없다!'라는 식이야. 그러니 그의 이론 자체가 죄야, 야비한 짓거리라고! 인류는 영혼의 불멸을 믿지 않더라도 선행을 위해 살 수 있는 힘을 스스로 내부에서 찾아낼 거야! 자유, 평등, 박애를 향한 사랑 속에서 찾아낼 거라고…….”

라키친은 너무 열을 올렸기 때문에 거의 스스로를 억제할 수 없을 지경이었다. 하지만 갑자기 뭔가를 기억해 낸 듯 여기서 멈추었다.

“뭐, 그 정도로 해 두자.” 그는 아까보다 더 삐뚜름하게 웃었다. “아니, 왜 웃는 거지? 내가 속물이라고 생각하는 거야?”

“아니, 네가 속물이라니, 그런 건 아예 생각도 하지 못했어. 너는 똑똑해, 하지만……. 그만두자, 난 그냥 무심코 웃었을 뿐이야. 네가 열을 올릴 수 있는 상황이라는 건 나도 알겠어, 미샤. 네가 이렇게 열광하는 걸 보니 내 짐작이 맞는 것 같은데, 너 자신이 카체리나 이바노브나에게 마음이 있는 거야. 이봐, 나는 오래전부터 이런 생각을 해 왔어, 네가 이반 형을 좋아하지 않는 것도 바로 이 때문이라고. 우리 형을 질투하고 있지?”

“그리고 그녀의 돈도 질투한다? 이렇게 한번 덧붙여 보지 그래?”

“아니, 돈에 대해서라면 나는 덧붙일 것이 전혀 없어, 너를 모욕하지는 않겠어.”

“네가 그렇게 말하니까 그런 줄 알겠지만, 어쨌든 너도, 너의 형 이반도 재수 없어! 너희들 중 누구도 이해하지 못할걸, 비단 카체리나 이바노브나가 아니더라도 그는 미움을 받기에 꼭 알맞다는 걸. 또 내가 왜 그를 좋아해야 되지, 빌어먹을! 정말이지 그가 먼저 나를 욕하고 있어. 그런데 왜 나라고 그를 욕할 권리가 없다는 거야?"

"나는 형이 너에 대해 좋은 소리든 나쁜 소리든 무슨 말을 하는 걸 들은 적이 전혀 없어. 형은 너에 대해선 아예 말을 하지 않아."

"하지만 내가 들은 바론, 그가 그저께 카체리나 이바노브나 집에서 나에 대해 있는 욕 없는 욕을 마구잡이로 퍼부었다는데, 바로 이 정도로까지 너희들의 이 고분고분한 하인에게 관심을 보였다는 말씀이지. 자, 이 정도면, 친구, 누가 누구를 질투하고 있는지 나도 모르겠군! 너의 형이 피력한 생각에 따르면, 극히 가까운 장래에 대수도원장이 되려는 출세의 꿈을 접고 수도사의 길을 버린다면 나는 반드시 페테르부르크로 가서 두툼한 잡지 발행에 합류할 텐데, 그것도 반드시 비평 분과로 들어가 한 십 년간 기사를 쓴 다음 결국에 가서는 그 잡지를 내 것으로 만들 거라는군. 그다음에도 그것을 발행하긴 하되 반드시 자유주의적이고 무신론적인 성향에 사회주의적인 색채도 가미될 것, 말하자면 사회주의로 래커 칠을 하게 될 것이며, 그러면서도 귀를 바싹 곤두세우고, 즉 본질적으로는 우리 편과 반대편을 모두 손아귀에 쥔 채 바보들의 눈을 딴 데로 돌리게 할 거라고 말이야. 너의 형의 해석에 따르면 내 출세 가도의 끝은 다음과 같은데 말이지. 사회주의의 색채를 가미했다고 해도 나는 잡지의 예약금들을 주저 없이 현금 계좌에 입금할 뿐만 아니라 경우에 따라선 유대인 따위에게 자문까지 구해 가면서 그것을 마음대로 사용할 것이며, 결국엔 페테르부르크에 거대한 건물을 세워서 편집국도 거기로 옮기고 나머지 층들은 거주자들에게 세를 놓을 거라는군. 심지어 건물의 위치까지도 정해 주었다지. 페테르부르크에 설계 중이라는, 네바강을 가로지르는 노브이 카멘느이 다리 옆 말이야, 리체이나야 거리와 브이보르그스카야 거리를 이어 주는……."

"아, 미샤, 그건 정말이지 토씨 하나 안 빼고 전부 다 그대로 실현될 거야!" 알료샤가 그만 억누르지 못하고 즐겁게 웃으면서 갑자기 소리쳤다.

"당신도 빈정거리시나 본데요, 알렉세이 표도로비치."

"아니, 아냐, 농담이야, 미안해. 나는 전혀 다른 생각을 하고 있었어. 어떻든 미안해. 그런데, 누가 너한테 그런 것들까지 시시콜콜하게 알려 줬을까, 누구를 통해 그런 얘기를 들을 수 있었던 걸까. 이반이 너에 대해 말했을 때 네가 카체리나 이바노브나 집에 있었던 건 아닐 거 아냐?"

"나는 없었지만 대신 드미트리 표도로비치가 있었고, 나는 그 얘기를 드미트리 표도로비치로부터 내 귀로 똑똑히 들었는데, 다시 말해서 그가 나에게 말한 것은 아니고 내가 엿들은 것이고, 물론 어쩌다가 그렇게 된 거야, 그루셴카의 침실에 앉아 있었는데 드미트리 표도로비치가 바로 옆방에 죽치고 있는 동안엔 밖으로 나갈 수가 없었거든."

"아, 그래, 깜박했군, 그루셴카가 너의 친척이지……."

"친척이라고? 그루셴카가 내 친척이라고?" 라키친이 얼굴을 온통 붉히면서 갑자기 소리쳤다. "아니, 너 미친 거 아냐? 머리가 제대로 안 굴러가나 본데."

"그럼, 아니야? 친척이 아니란 말이지? 나는 그렇게 들었는데……."

"어디서 그 따위 소리를 들은 거야? 절대 아니야, 너희 카라마조프 집안 양반들은 무슨 위대하고 유서 깊은 귀족인 양 폼을 잡아 대지만, 사실 네 아버지는 어릿광대짓을 일삼으며 남의 밥상을 전전하고 그것도 모자라 남한테 살살 빌어서 부엌 신세를 지곤 했지. 나는 고작해야 평신부의 아들이라서 당신들 같은 귀족들 눈엔 버러지쯤으로 보이겠지만, 그렇다 쳐도 그렇게 아무 생각 없이 즐겁게 나를 모욕하지 말아 주시오. 나에게도 명예라는 것이 있다 이 말씀이오, 알렉세이 표도로비치. 내가 그 창녀 그루셴카의 친척이 될 수는 없는 노릇이지, 제발 정신 좀 차리셔!"

라키친은 단단히 골이 났다.

"정말 미안해, 이럴 줄은 정말 몰랐어, 게다가 창녀라니? 정말로…… 그런 여자인 거야?" 알료샤는 갑자기 얼굴을 붉혔다. "한 번 더 말하지만, 나는 그냥 친척이라는 얘기를 들었을 뿐이야. 너도 그녀 집에 자주 가고 네 입으로 나한테 연애 관계는 아니라고 말했잖아……. 그래서 나는, 네가 그녀를 그토록 경멸한다는 생각은 아예 하지도 못했어! 아니 정말로 그런 여자야?"

"내가 그녀의 집을 방문한다면, 그건 나름대로의 이유가 있어서이긴 하지만, 이 얘긴 이 정도로 해 두지. 친척 관계로 치자면, 네 형이나 심지어 네 아버지가 나서서, 내가 아닌 너를 그녀와 친척으로 엮어 줄걸. 자, 드디어 다 왔군. 너는 차라리 부엌에나 가 보는 게 낫겠다. 아니! 저건 뭐야, 뭐지? 우리가 늦은 건가? 아니, 저렇게 빨리 식사를 끝마쳤을 리는 없는데? 아니면 저기서도 카라마조프 놈들이 다시 무슨 난리를 부린 건가? 그런 게 분명해. 저기 네 아버지인데, 이반 표도로비치도 그 뒤를 따라 나오는걸. 저들은 수도원장한테서 빠져나온 거야. 저기 이시도르 신부가 현관 층계참에서 저들 등 뒤에 대고 뭐라고 소리치는군. 우아, 저기 미우소프도 마차를 타고 떠났어, 가고 있는 거 보이잖아. 어라, 지주 막시모프도 뛰고 있네. 그래, 저기서 스캔들이 일어난 거야. 다시 말해, 식사는 아예 하지도 않은 거야! 저들이 수도원장을 쥐어팬 건 아닐까? 아니면, 어쩌면, 저들이 얻어맞은 걸까? 그래도 싸다니까……!"

라키친이 연신 소리를 친 것도 무리가 아니었다. 정말로 스캔들이, 여태껏 들어 보지도 못한 뜻밖의 스캔들이 일어났던 것이다. 그것도 모든 것이 '영감에 사로잡힌 나머지' 일어난 것이었다.

8 스캔들

미우소프와 이반 표도로비치가 이미 수도원장의 암자로 들어가고 있을 때, 진정으로 점잖고 예민한 사람인 표트르 알렉산드로비치는 나름대로 미묘한 어떤 내적 변화를 급속히 겪었으니, 화를 낸 것이 부끄러워졌던 것이다. 걸레나 다름없는 표도르 파블로비치 따위는 애초에 깡그리 무시해 버렸어야지, 장로의 암자에서 그랬던 것처럼 자기 스스로도 냉정을 잃고 정신없이 굴지는 말았어야 했다는 느낌이 들었던 것이다. '적어도 수도사들은 이 일에 아무 잘못도 없어.' 그는 수도원장의 암자 현관에서 갑자기 이런 결론을 내렸다. '만약 여기 사람들도 점잖다면(수도원장인 이 니콜라이 신부도 귀족 출신인 것 같으니), 구태여 그들을 정겹고 친절하고 정중하게 대하지 않을 이유가 없지 않은가……? 논쟁 따위는 하지 않고 그저 맞장구나 쳐 주면서 친절하게 굴어 호감을 사도록 하고…… 그리고…… 끝으로, 내가 이 이솝, 이 광대, 이 피에로와 한통속이 아니라 어쩌다가 다른 모든 사람들처럼 어처구니없이 곤경에 처한 것뿐이었음을 증명해 보일 테다…….'

논쟁거리인 벌목권과 어로권이라면(이 모든 것이 어디에 있는지는 그 자신도 몰랐지만), 이 모든 것이 가뜩이나 별로 값이 나가지 않는 것이니만큼 오늘 당장 완전히, 그것도 단번에 영원히 그들에게 양보하고 수도원을 상대로 한 모든 소송도 그만두기로 결심했다.

이 모든 훌륭한 의도가, 그들이 수도원장 신부의 식당으로 들어섰을 때는 더욱더 확고해졌다. 그런데 수도원장의 암자는 장로의 암자보다 훨씬 더 넓고 편리하긴 했지만 실제로 거처를 통틀어 방이 두 개밖에 없었기 때문에 식당이 따로 없는 셈이었다. 방의 가재도구도 그다지 안락해 보이지는 않았다. 가구는 마호가니에 가죽을 씌운, 20년대 풍의 구식이었고, 마룻바닥에는 칠도 되어 있지 않았다. 그 대신 모든 것이 윤이

날 정도로 깨끗했고, 창턱에는 귀한 꽃들도 많이 있었다. 하지만 이 순간 무엇보다 화려했던 것은 당연히, 비록 이것도 상대적으로 그렇다는 것이지만, 화려하게 차려진 식탁이었다. 식탁보는 깨끗했으며 식기에서는 윤이 났다. 훌륭하게 구워 낸 빵 세 종류, 포도주 두 병, 수도원에서 직접 만든 멋진 꿀 두 병과 이 근방에서 명성이 자자한 수도원의 크바스[53]가 담긴 커다란 유리 주전자 등. 하지만 보드카는 전혀 없었다. 라키친이 나중에 이야기한 바에 따르면, 이번 오찬을 위해 요리를 다섯 종류 준비했다고 한다. 우선, 철갑상어 수프와 생선 만두 튀김이 있었다. 그다음에는 어떤 특별한 조리법으로 뛰어나게 만든 생선찜, 그다음에는 붉은 생선 커틀릿, 아이스크림과 과일 설탕 절임, 끝으로 블랑망제와 비슷한 젤리였다. 라키친은 조바심을 내다가 결국 이전부터 연줄이 있었던, 수도원장의 부엌을 일부러 엿본 뒤 이 모든 것을 알아낸 것이었다. 그는 어디에나 연줄이 있어서 어디서나 정보를 얻어 냈다. 심성을 봐도 극히 불안정하고 질투심이 많았다. 자기에게 상당한 재능이 있다는 것을 그는 내심 충분히 인식하고 있었는데, 자만심에 빠진 나머지 그것을 신경질적으로 과장하곤 했다. 그는 자기가 나름대로 훌륭한 활동가가 될 것이라고 거의 믿고 있었지만 그에게 몹시 애착이 있는 알료샤는, 자기 친구 라키친이 파렴치할뿐더러 스스로 그것을 전혀 의식하지도 못하고 오히려 식탁 위의 돈을 훔치지는 않는다는 사실만으로 자기가 대

53) 보리나 호밀로 만든 음료의 일종.

단히 정직한 사람인 양 철석같이 믿고 있다는 점 때문에 마음이 아팠다. 하지만 이 점에 관해서라면 알료샤뿐만 아니라 다른 그 누구도 속수무책일 수밖에 없었다.

라키친은 지위가 보잘것없어서 오찬에 초대받을 수 없었지만 대신 이오시프 신부와 파이시 신부, 또 어느 수도사제가 초대를 받았다. 표트르 알렉산드로비치, 칼가노프, 이반 표도로비치가 안으로 들어섰을 때, 그들은 이미 식당에서 수도원장을 기다리고 있었다. 지주 막시모프도 한쪽에서 기다리는 중이었다. 수도원장 신부는 손님들을 맞이하기 위해 방 한가운데로, 앞으로 나왔다. 그는 키가 컸으며 여위긴 했지만 어떻든 아직은 정정한 노인으로서 검은 머리카락은 희끗희끗 셌고 얼굴은 길고 금욕적이며 근엄해 보였다. 그는 손님들에게 말없이 절을 했는데, 이번에는 손님들이 축복을 받으러 그에게 다가섰다. 미우소프는 심지어 손에 입을 맞추려고 덤벼들기까지 했지만 수도원장이 때마침 요령껏 손을 빼는 바람에 입맞춤은 이루어지지 못했다. 그 대신, 이반 표도로비치와 칼가노프는 이번에는 제대로 축복을 받았으니, 즉 아주 수수한 민중들이 하는 방식으로 손에 입을 쪽 맞추었던 것이다.

"깊은 사과의 말씀을 드리지 않을 수가 없군요, 원장님." 표트르 알렉산드로비치는 이가 다 드러날 정도로 친절하게 굴었지만, 그 어조는 근엄하면서도 정중했다. "원장님께서 초대하신, 우리의 일행이었던 표도르 파블로비치를 빼고 우리만 왔으니 말입니다. 그는 원장님의 오찬을 사양할 수밖에 없었는데, 이건 다 이유가 있지요. 조시마 신부님의 암자에서 아들과의 불행한 가족적 불화에 너무 열중한 나머지 때와 장소에 전혀 맞지 않는 몇 마디 말을…… 한마디로 말해서, 전혀 점잖지 못한 말을 입 밖으로 내뱉고야 말았거든요……. 무슨 얘기인지(그는 수도사제들을 바라보았다.) 원장님께서도 벌써 알고 계시겠지요. 그리하여 그 자신이 자신의 잘못을 인정하고 진정으로 뉘우쳤으며 수치심에 사로잡혀 그것을 차마 극복하지 못한 나머지, 진심에서 우러나온 유감과 후회와 참회의 뜻을 원장님께 표명해 달라고 우리, 즉 저와 자기 아들인 이반 표도로비치에게 부탁했습니다……. 한마디로 말해서, 그는 이 모든 것을 나중에 보상할 생각이며 그러길 희망하고 있지만, 지금은 신부님의 축복을 갈구하며 아까 있었던 일에 대해서는 잊어 주십사 부탁한 것입니다……."

미우소프는 입을 다물었다. 일장 연설이 끝났을 즈음엔 자기 자신에게 완전히 만족했기 때문에 아까의 짜증스러움은 그의 마음속에서 흔적도 없이 사라져 버렸다. 그는 전적으로, 진정으로, 다시금 인류를 사랑하고 있었던 것이다. 수도원장은 근엄하게 그의 말을 들은 뒤 고개를 가볍게 숙이며 대답 삼아 다음과 같이 말했다.

"참석하지 못하신 분에 대해선 진심으로 유감스러울 따름입니다. 만찬을 들다 보면, 우리가 그분을 사랑하는 것과 꼭 마찬가지로 그분도 우리를 사랑하게 됐을 텐데 말입니다. 자, 여러분, 어서 드시지요."

그는 성상 앞에 서서 큰 소리로 기도를 하기 시작했다. 다들 공손하게 고개를 숙였고, 특히 지주 막시모프는 유달리 경건함을 느꼈는지 양 손바닥을 앞으로 모아 쥔 채 몸을 앞으로 쑥 빼기까지 했다.

자, 그런데 바로 이 순간 표도르 파블로비치가 최후의 활약을 펼친 것이다. 여기서 지적해 둘 것이 있는데, 그는 정말로 떠날 생각이었고 장로의 암자에서 그렇게 치욕적인 짓을 하고 나서 아무 일도 없었던 양 수도원장의 오찬 모임에 가는 것은 정말로 불가능하다고 느꼈다. 자기 자신이 너무 부끄러워서 스스로를 탓했기 때문은 절대로 아니었다. 어쩌면 심지어 정반대였는지도 모른다. 그래도 어쨌거나 거기서 밥까지 먹는다는 것은 점잖지 못하다는 느낌이 들었다. 하지만 덜커덩거리는 그의 마차를 여관의 현관 앞에 대령하기가 무섭게, 그는 이미 마차에 오르고 있었건만 갑자기 걸음을 멈추었다. 장로의 암자에서 자기가 했던 말이 생각났던 것이다. "저는 어딜 가든, 제가 다른 모든 사람들보다 더 야비하고 다들 저를 광대로 취급한다는 생각이 들곤 하는데, 그러다 보면, 그래, 내 정말로 어릿광대 노릇을 해 주지, 왜냐면 네놈들은 하나에서 열까지 죄다 나보다 더 멍청하고 더 저열하니까, 이런 식이 되죠." 그는 자신이 저지른 추잡한 짓들에 대해 모든 사람들에게 복수를 하고 싶어졌다. 그러자 지금 때마침, 언젠가 아주 옛날에 한번은 "무엇 때문에 당신은 그자를 그토록 증오하는 것이오?"라는 질문을 받았던 일이 불현듯 생각났다. 그때 그가 예의 그 어릿광대다운 파렴치한 감정이 발작 수준에 이르게 되어 내놓은 대답은 이랬다. "바로 이래서지요. 사실, 그는 나에게 아무 짓도 하지 않았지만 대신 내가 그에게 정말 파렴치하고 추잡한 짓을 하나 저질렀고, 그렇게 되자마자 곧바로 바로 이 때문에 그가 증오스러워지더군요." 지금 이것이 기억나자, 그는 한순간 생각에 잠겨 조용히 악의에 찬 미소를 머금었다. 그의 눈은 번득였고, 입술마저 부르르 떨렸다. '그래, 시작을 했으면, 끝장을 봐야지.'라고 그는 갑자기 결심했다. 이 순간 그가 겪은 아주 은밀한 느낌은 다음과 같은 말로 표현할 수 있으리라. '이제 와서 명예를 회복하긴 글렀으니 그래, 저놈들에게 파렴치할 정도로 침이나 뱉어 주자. 네놈들 따윈 부끄럽지도 않아, 그뿐이야!' 그는 마부에게 좀 기다리라고 해 놓고선 빠른 걸음으로 수도원으로 돌아간 뒤 곧장 수도원장의 암자로 갔다. 아직도 자기 자신이 무슨 짓을 할지는 잘 몰랐지만, 더 이상 스스로를 제어하지 못할 것이며 이젠 누가 한번 톡 치기만 해도 대번에 어떤 추잡한 짓이든 간에 그 극단까지 가고야 말 거라는 점은 알고 있었는데, 그럼에도 그저 추잡한 짓일 뿐, 법적으로 처벌받을 만한 무슨 범죄라든가 그런 사고일 리는 절대 없었다. 최악의 경우가 되면 그는 언제나 자제력을 발휘할 줄 알았으며, 어떤 경우에는 그 스스로도 이런 자신이 놀라웠다. 그가 수도원장의 식당에 모습을 드러낸 것은 정확히, 기도가 끝나고 다들 식탁 쪽으로 향하던 순간이었다. 문지방에 멈추어 서서 일동을 둘러본 뒤 그는 모든 이들의 눈을 용감무쌍하게 쳐다보면서 오랫동안 뻔뻔스럽고 심술궂게 웃기 시작했다.

"저들은 내가 떠난 줄 알았겠지만, 자, 바로 내가 문제의 그 놈이올시다!" 그는 온 방 안이 떠나갈세라 외쳤다.

한순간 다들 그를 뚫어지게 바라보느라 말을 잃었지만 다들 이제 뭐든 혐오스럽고 터무니없는 일이, 틀림없이 스캔들이 일어나리라고 갑자기 직감했다. 표트르 알렉산드로비치는 아주 훌륭한 기분 상태에서 즉각 가장 흉포한 기분 상태로 옮겨 갔다. 그의 마음속에서 꺼져 버린 것이나 다름없이 잠잠해졌던 모든 것이 일순간에 부활하여 고개를 쳐들었다.

"아니, 이건 정말 참을 수 없군요!" 그가 소리쳤다. "도무지 참을 수가 없어…… 절대로!"

그의 머리로 피가 솟구쳤다. 그는 말을 더듬기까지 했지만 이미 말에 신경을 쓸 겨를도 없이 자신의 모자를 거머쥐었다.

"아니, 저 사람은 뭘 그리 참을 수 없다는 거죠?" 표도르 파블로비치가 소리쳤다. "'절대로, 어떤 일이 있어도 참을 수 없다.'라니요? 원장님, 제가 들어가도 될까요, 아니면 말까요? 오찬에 초대받은 이 몸을 받아들이시겠습니까?"

"진심으로 환영하는 바입니다." 수도원장이 대답했다. "여러분! 송구스럽지만"이라며 그가 갑자기 덧붙였다. "우리의 이 소박한 오찬을 드시는 동안엔 여러분, 일시적인 불화를 제쳐 두시고 주님께 기도드리며 사랑과 가족적인 화합 속에서 하나가 되어 주십사 진심으로 부탁드립니다……."

"아니, 안 됩니다, 절대 안 됩니다." 표트르 알렉산드로비치가 마치 제정신이 아닌 양 소리쳤다.

"표트르 알렉산드로비치께서 안 된다면, 저도 안 됩니다, 저도 남아 있지 않겠습니다. 제가 온 건 이 때문이니까요. 저는 지금 어딜 가든 표트르 알렉산드로비치와 함께하겠습니다. 당신이 떠난다면, 표트르 알렉산드로비치, 나도 갈 테요, 당신이 남는다면, 나도 남겠소. 가족적인 화합이라는 말씀을 하시다니 수도원장 신부님, 이 사람의 아픈 곳을 아주 콕 찌르셨습니다. 이 사람은 자기를 제 친척으로 인정하지 않거든요! 안 그런가, 폰 존? 바로 여기 폰 존도 서 있군. 안녕하신가, 폰 존."

"저어기…… 저한테 하시는 말씀입니까?" 깜짝 놀란 지주 막시모프가 웅얼거렸다.

"물론, 자네한테 하는 말이지." 표도르 파블로비치가 소리쳤다. "안 그러면 또 누가 있나? 수도원장 신부님이 폰 존일 리는 없지 않은가!"

"아니, 저도 폰 존은 아닙니다, 저는 막시모프예요."

"아니야, 자네는 폰 존이야. 원장님, 폰 존이 뭐 하는 사람인지 알고 계십니까? 그런 형사 소송이 있었답니다. 타락의 소굴에서, 신부님들 사이에서는 그런 곳들을 이렇게 부르는 모양이더군요, 그가 살해됐는데, 살해된 뒤 금품도 뺏겼는데, 나이가 지긋이 들었음에도 상자 속에 집어넣어져 밀봉된 뒤 번호표가 붙여진 채로 페테르부르크에서 모스크바까지 가는 화물차로 운송됐다지요. 그런데 상자를 덮고 못을 박을 때 방탕한 무녀들이 노래를 부르고 구슬리[54]를 연주, 그러니까 줄을 튕겼답니다. 그러니까 여기 이 사람이 바로 그 폰 존이올시다. 죽은 자들 사이에서 부활한 거죠, 안 그런가, 폰 존?"

"도대체 이게 무슨 소리입니까? 어떻게 이럴 수가?" 수도사

54) 현악기의 일종.

제들 사이에서는 이런 목소리들이 들려왔다.

"갑시다!" 표트르 알렉산드로비치가 칼가노프를 향해 소리쳤다.

"안 됩니다, 잠깐만요!" 표도르 파블로비치가 찢어지는 듯한 목소리로 상대방의 말을 가로채곤 방 안으로 큰 걸음을 성큼 내딛었다. "마저 끝내게 해 주십시오! 저기 암자에서 제 처신이 점잖지 못했다고 고약한 소문을 퍼뜨렸지만 그건 바로 제가 꼬치고기에 대해 외쳤기 때문입니다. 저의 친척인 표트르 알렉산드로비치 미우소프는 자기 말이 진실하기보다는 고상하길(plus de noblesse que de sincérité) 원하지만, 저는 반대로, 제 말이 고상하기보다는 진실하길(plus de sincérité que de noblesse) 원하는데, 고상함(noblesse) 따위엔 침이나 뱉어라! 안 그런가, 폰 존? 죄송합니다만, 수도원장 신부님, 저는 어릿광대고 어릿광대인 양 굴고 있지만, 그래도 명예를 소중히 여기는 기사로서 한마디 하고 싶습니다. 바로 그렇습니다, 저는 명예를 소중히 여기는 기사이지만, 표트르 알렉산드로비치의 내부엔 상처 입은 자존심만 있을 뿐, 더 이상 아무것도 없습니다. 제가 여기 온 것도 어쩌면 한번 살펴보고 한마디 하기 위해서인지도 모릅니다. 제 아들 알렉세이가 이곳에서 구도 생활을 하고 있거든요. 아비로서 저는 아들의 운명이 걱정되기도 하고, 아니 응당 걱정이 되지 않겠습니까. 모든 것을 들었고 더욱이 어릿광대 놀음을 해 보이면서도 몰래 조용히 살펴보았는데, 이제는 신부님께 공연의 마지막 막을 선사하고 싶군요. 도대체 지금 우리네 세상이 어떻습니까? 우리네 세상에서는 쓰러지기 시작한 것은 그렇게 드러눕게 마련입니다. 우리네 세상에서는 일단 쓰러졌다 하면, 영원토록 그렇게 드러누워 버려라 하는 식이죠. 달리 수가 있습니까요! 저는 일어나고 싶습니다. 성스러우신 신부님들, 저는 여러분으로 인해 혼란스러워졌습니다. 고백이란 위대하고도 비밀스러운 의식으로 저는 경건함을 느끼고 그 앞에 엎드릴 각오도 되어 있지만, 저기 암자에서는 다들 갑자기 무릎을 꿇은 채로 큰 소리로 고해성사를 하더군요. 아니, 고해성사를 큰 소리로 하는 것이 허용되는 일입니까? 고해성사는 귓속말로 하라고 성스러운 신부님들이 정해 놓았으며, 오직 그래야만 여러분의 고해성사는 성스러운 의식이 될 것이고, 또 태곳적부터 그랬던 게 아닙니까. 그런데 어떻게 모든 사람들이 다 있는 데서 나는 예컨대, 이렇고 저런 짓을 했으니 어쩌니…… 뭐 그러니까 아시겠지만, 이런 걸 털어놓을 수 있겠습니까? 이따금씩은 입에 담기도 뭣한 말도 있잖습니까. 이건 정말이지 스캔들입니다! 천만에요, 신부님들, 신부님들과 여기 함께 있다 보면 편신교도(鞭身教徒)[55]가 될 거라니까요……. 저는 기회가 되는 대로 곧 종무원(宗務院)에 서신을 띄우고, 제 아들 알렉세이는 집으로 데려가겠습니다……."

여기서 지적해 둘 것이 있다. 표도르 파블로비치는 교회 종이 울리는 곳엔 귀를 열어 놓고 있었다. 언젠가 악성 유언비어

---

55) 17세기에 발생한 러시아 기독교의 한 종파로서 정교회의 의식을 거부하고, 자기 몸을 채찍질함으로써 '부정한 힘'으로부터 인간의 육체를 정화하고자 했다.

가 퍼져서 대주교의 귀에까지 흘러 들어갔는데(비단 우리 수도원뿐만 아니라 장로제가 확립됐던 다른 수도원에서도) 장로가 너무 지나친 존경을 받는 나머지 수도원장의 위상마저 해칠 정도이고 겸사겸사 장로들이 고해성사의 신성함을 악용하는 듯하다는 등등의 말이었다. 이런 비난은 워낙에 터무니없는 것이어서 때가 되자 우리 도시는 물론이고 다른 모든 곳에서도 저절로 사라져 버렸다. 하지만 표도르 파블로비치를 낚아채 그의 신경을 자극하면서 치욕의 심연 어디론가 멀리, 점점 더 멀리 싣고 가는 멍청한 악마가 그에게 이런 옛 시절의 비난을 슬쩍 일러 주었는데, 정작 표도르 파블로비치 자신은 그 첫마디도 통 이해하지 못하고 있었다. 더욱이 그 비난을 똑바로 표현할 줄도 몰랐고, 그뿐인가, 이번 장로의 방에서는 그 누구도 무릎을 꿇지 않았고 소리 내어 고해성사를 하지도 않았으니 표도르 파블로비치가 그런 것을 제 눈으로 봤을 리 만무했기 때문에, 그는 그저 어떻게 기억해 낸 케케묵은 소문과 유언비어대로 지껄인 것에 불과했다. 그럼에도, 허튼소리를 지껄이고 난 후엔 자기가 터무니없는 헛소리를 늬까렸음을 직감했으므로 갑자기 자기가 말한 것이 절대 헛소리가 아니라는 것을 청자들에게, 무엇보다도 자기 자신에게 그 즉시 증명하고 싶어졌다. 비록 앞으로 한마디를 지껄일 때마다 기왕지사 나온 헛소리에 그것과 똑같은 헛소리를 더 많이, 더 터무니없게 덧붙이게 될 것임을 아주 잘 알고 있었음에도, 그럼에도 그는 스스로를 자제할 수 없었으니 산비탈의 내리막길로 뛰어든 셈이었다.

“정말 야비하군!” 표트르 알렉산드로비치가 소리쳤다.

“죄송합니다만.” 하고 수도원장이 갑자기 말했다. “태곳적 말씀에 ‘사람이 나에게 온갖 말을 다 하고 나중에는 더러운 악담까지 늘어놓도다. 나는 그 말을 전부 듣나니, 이는 곧 예수님의 채찍으로 나의 허영심 많은 영혼을 고치기 위해 보내주신 것이기 때문이도다.’라고 했습니다. 그렇기 때문에 저희들은 당신께 정중한 감사의 뜻을 표하는 바입니다, 고귀하신 손님이여!”

그러고서 그는 표도르 파블로비치에게 허리를 굽혀 절했다.

“칫, 칫, 칫! 위선을 떨면서 케케묵은 미사여구는 잘도 늘어놓는군! 케케묵은 미사여구에 케케묵은 제스처라니! 케케묵은 거짓말에 이마가 땅에 닿는 형식적인 절이나 하고! 이 절이라면 우리도 알고 있습니다! 실러의 『군도』에서처럼 ‘입술에는 키스를, 가슴에는 비수를’ 이런 식이죠. 신부님들, 가짜는 싫습니다, 진리를 원합니다! 하지만 꼬치고기에는 진리가 없으니, 내 이 점은 공언한 바입니다! 신부님들, 수도사님들, 뭐 하러 금욕 수행을 하십니까? 뭐 하러 그 대가로 천상의 보상을 기대하시는 겁니까? 정말로 그런 보상 때문이라면 나도 금욕하러 가겠네! 천만의 말씀, 성스러운 수도사 양반, 살아 있을 때 착한 일 하고 사회에 이익을 줄 일이지, 남이 만든 빵을 먹으며 수도원에 처박혀 있지도 말고 저기 위의 보상을 기대하지도 말란 말이야, 하긴 이 편이 좀 더 어려울걸. 정말이지 나도 수도원장 신부님, 말이라면 유창하게 잘한단 말씀. 자, 여기 저들이 무엇을 잔뜩 차려 놓았나?” 그는 식탁 쪽으로 다가갔다. "오래 묵은 포트와인 팍토리[56]와 옐리세예프 형제[57]의 풍요로운 벌꿀이라니, 어렵쇼, 신부님들! 꼬치고기와는 생판 다른걸. 아니, 신부님들이 술병도 차려 놨군, 헤헤헤! 그런데 도대체 누가 이 모든 걸 여기로 가져다줬을까나? 바로 러시아 농부, 그 일꾼이 굳은살 배긴 손으로 죽도록 일해서 한 푼 두 푼 모은 돈을, 가족들의 생활비와 나라에 세금 낼 돈에서 떼 내어 여기로 가져오는 것이 아닌가 말이야! 정말이지, 성스러운 신부님들, 당신들은 민초의 피를 빨아먹고 있는 거야!"

"이건 너무 지나치군요." 이오시프 신부가 말했다. 파이시 신부는 집요하게 침묵을 고수했다. 미우소프는 방을 뛰쳐나갔고, 칼가노프도 그의 뒤를 따랐다.

"뭐, 신부님들, 나도 표트르 알렉산드로비치의 뒤를 따르겠소! 더 이상은 신부님들을 찾지 않겠소, 무릎 꿇고 사정을 한다고 해도 찾지 않겠소. 1000루블을 보내 놨더니 이번에도 아주 눈에 불을 켜더군, 헤헤헤! 천만에, 더 이상 보태진 않겠어. 나의 지나가 버린 청춘과 나의 모든 굴욕에 대해 복수할 테다!" 그는 억지로 꾸며 낸 감정을 발작으로 토로하면서 주먹으로 탁자를 치기 시작했다. "이 수도원 나부랭이는 내 인생에서 아주 많은 의미를 지녔지! 이놈 때문에 쓰라린 눈물을 얼마나 많이 흘렸던가! 나의 마누라, 저 클리쿠샤가 나한테 반항한 것도 당신들 때문이야! 일곱 개의 성당에서 나를 저주했고 이 근

56) 포트와인의 상표 중 하나.

57) 당시 러시아에서 제일가던 포도주 판매업자.

방에 소문을 쫙 퍼뜨렸지! 됐네요, 신부님들, 지금은 자유주의의 시대, 증기선과 철로의 시대올시다. 나한테선 1000루블, 아니 100루블은커녕 100코페이카도 못 받을 줄 아시오!"

다시금 지적해 둘 것이 있다. 우리의 수도원은 그의 인생에서 어떤 특별한 의미도 지니지 않았으며, 그로 인해 어떤 쓰라린 눈물을 흘린 적도 없었다. 하지만 그는 억지로 꾸며 낸 자신의 눈물에 너무 열광한 나머지, 한순간에 그 자신도 자기 말을 믿어 버릴 지경이 되었다. 심지어 너무 감동한 나머지 울음까지 터뜨릴 뻔했다. 하지만 바로 그 순간, 바퀴를 되돌려 놓을 때가 왔음을 직감했다. 수도원장은 그의 악의적인 거짓에 고개를 숙였고 다시금 엄중한 훈계조의 말을 내뱉었다.

"또한 이런 말씀도 있습니다. '너에게 가해지는 모욕을 기쁜 마음으로 참아 내고, 너희를 모욕하는 자를 증오하지 말며, 분노에 사로잡히지 말지어다.' 바로 그렇게 우리는 행동하겠습니다."

"쳇, 쳇, 쳇, 그놈의 생각들 하곤! 기타 등등 허튼소리들! 생각들 실컷 하시오, 신부님들, 나는 갑니다요. 내 아들 알렉세이는 아버지의 권한으로 지금 영원히 내가 데려갑니다. 이반 표도로비치, 존경해 마지않는 내 아들아, 자네에게도 나를 따르라고 명령하는 바올시다! 폰 존, 자네라고 여기 남을 이유가 어디 있나! 지금 당장 시내의 내 집으로 와. 내 집은 즐겁거든. 겨우 몇 베르스타만 가면, 금욕 수행용 버터 대신에 카샤[58]를

58) 곡물을 넣어 끓인 죽 같은 음식.

곁들인 새끼 돼지 고기를 내놓을 테니. 식사나 하자고. 코냑도 나오고, 그다음엔 리큐어도 나오고 딸기술도 있다네……. 에이, 폰 존, 행운을 놓치지 말라고!"

그는 소리를 지르고 온갖 제스처를 연출하며 나갔다. 바로 이 순간 라키친이 밖으로 나가는 그를 보곤 알료샤에게 가리켰던 것이다.

"알렉세이!" 아버지가 멀리서 그를 발견하고는 소리쳤다. "오늘 당장 이 아비의 집으로 아주 옮겨 와라, 베개와 요도 끌고 와, 이곳에는 네 냄새도 나지 않도록."

알료샤는 말없이 주의 깊은 시선으로 이 장면을 관찰하면서 그 자리에 못 박힌 듯 멈춰 섰다. 그러는 사이에 표도르 파블로비치는 마차에 올랐고, 이반 표도로비치는 알료샤에게 몸을 돌려 작별 인사도 하지 않은 채 말없이 무뚝뚝한 얼굴로 아버지의 뒤를 따라 마차에 오르려고 했다. 하지만 바로 이때 우스꽝스럽다 못해 거의 믿을 수 없는 장면이 하나 더 연출되었으니, 이 에피소드를 멋지게 완성해 준 셈이었다. 마차의 발판 옆으로 갑자기 지주 막시모프가 나타났다. 늦지 않으려고 숨을 헐떡이면서 뛰어왔던 것이다. 라키친과 알료샤는 그가 뛰어가는 것을 보고 있었다. 그는 너무 서둘렀기 때문에 초조한 마음에, 아직 이반 표도로비치의 왼발이 얹혀 있는 발판 계단 위에 자신의 한쪽 발을 올려놓고서 마차의 몸체를 붙잡은 채 마차 위로 뛰어오르려고 했다.

"저도, 저도 여러분과 함께 갑니다!" 마차로 뛰어오르면서 그는 이렇게 소리쳤는데, 만면에 희색이 가득하고 즐겁게 히죽

히죽 웃고 있는 모양새가 꼭 뭐라도 할 각오가 되어 있다는 표정이었다. "저도 데려가 주십시오!"

"거봐, 내가 말하지 않았던가."라고 표도르 파블로비치가 환희에 들떠 외쳤다. "이건 폰 존이라니까! 이놈은 죽은 자들 사이에서 부활한 폰 존이야! 아니, 자네는 어떻게 이리로 빠져나온 건가? 저기서 폰 존다운 짓을 얼마나 했으면, 어떻게 자네마저도 식사를 내팽개치고 도망칠 수 있었던 거냐고? 정말이지 낯가죽은 일단 두껍고 봐야 된다니까! 내 낯가죽도 한 두꺼움 하시지만, 형제, 자네가 그저 놀라울 따름일세! 뛰어올라, 어서 뛰어오르라고! 바냐,[59] 이 사람을 들여보내 주렴, 즐거울 거다. 여기 발치에라도 어떻게 좀 쭈그러져 있으면 되잖니. 쭈그러져 있어도 되겠지, 폰 존? 안 그러면 마부와 함께 마부석에 앉겠나……? 옳거니, 마부석으로 뛰어오르게, 폰 존……!"

하지만 이미 자리를 잡고 앉아 있던 이반 표도로비치가 갑자기 말없이 막시모프의 가슴팍을 있는 힘껏 떠밀었고, 상대방은 1사젠[60]이나 나가떨어졌다. 나자빠지지 않았다면, 그건 아무래도 우연에 불과했다.

"자, 가자!" 이반 카라마조프가 잔뜩 골이 난 목소리로 마부에게 소리쳤다.

"아니, 얘야, 너 왜 이러니? 도대체 무슨 일이냐? 뭐 하러

59) 이반의 애칭.
60) 1사젠은 약 1.134미터.

저 사람한테 그런 짓을 한 게야?" 표도르 파블로비치가 소리쳤지만 마차는 이미 출발했다. 이반 표도로비치는 묵묵부답이었다.

"어렵쇼, 이 녀석 좀 보게!" 이 분 정도 입을 다물고 있다가 표도르 파블로비치는 다시금 아들 녀석에게 눈을 흘기면서 말했다. "아니, 네놈이 나서서 이 수도원 모임을 꾸몄고 얼씨구나 다른 사람들을 꼬드겨 그러자고 해 놓고선, 이제 와서 왜 성질을 내고 그러냐?"

"아버지, 헛소리는 그만 좀 지껄이시고 지금이라도 좀 쉬세요." 이반 표도로비치가 준엄하게 딱 잘라 말했다.

표도르 파블로비치는 다시금 이 분 정도 말이 없었다.

"지금 같은 때는 코냑이 딱 좋지." 그는 무슨 잠언이라도 읊조리듯 한마디 했다. 그래도 이반은 묵묵부답이었다.

"집에 가면 너도 한잔하렴."

이반 표도로비치는 줄곧 침묵을 고수했다.

표도르 파블로비치는 이 분 정도를 더 기다렸다.

"그나저나 알료쉬카는 어떻든 수도원에서 데려올까 하는데, 당신에게는 몹시 불쾌한 일이 되겠지만 말이오, 존경해 마지않는 카를 폰 모어."

이반 표도로비치는 경멸스럽다는 듯 어깨를 으쓱 추켜올렸다가 몸을 돌려서 길을 바라보기 시작했다. 그 후, 집에 도착할 때까지 그들은 아무 말도 하지 않았다.

3장

호색한들

1 행랑채에서

표도르 파블로비치 카라마조프의 집은 시내의 중심지에 위치한 건 아니었지만 그렇다고 아주 변두리도 아니었다. 상당히 낡은 집이었지만 외관은 나쁘지 않았다. 다락방이 딸린 단층 건물은 회색 칠이 돼 있었고, 붉은 양철 지붕이 얹혀 있었다. 그나저나 아직은 한참 더 버틸 수 있었고 넓고 아늑한 집이었다. 집 안에는 다양한 헛간들과 다양한 비밀 창고들이 많았고 여기저기 뜻밖에 작은 계단들도 많았다. 여기에는 생쥐도 들끓었지만 표도르 파블로비치는 '어떻든 저녁에 혼자 있게 되면 별로 심심하진 않거든.'이라면서 그다지 화를 내지도 않았다. 그런데 정말로 그는 통상 밤이 오면 하인들을 곁채로 내보내고 밤새도록 자기 혼자 집 안에 틀어박혀 있곤 했다. 이 곁채는 마당에 있었는데, 널찍하고 견고했다. 표도르 파블로비치는, 집 안에도 부엌이 있었지만, 곁채 안에도 부엌을 만들도록 했다. 음식 냄새를 좋아하지 않아서, 먹을 것은 겨울이건 여름이건 뜰에서 날라 왔던 것이다. 이 집은 대체로 대가족용으로 지어진 것이어서, 주인들도, 하인들도 다섯 배는 더 수용할 수 있을 법했다. 하지만 우리의 이야기가 진행 중인 순간, 이 집에는 오직 표도르 파블로비치와 이반 표도로비치만이, 행랑채에는 고작해야 세 명의 하인, 즉 그리고리 노인, 그의 아내 마르파 노파, 그리고 아직 젊은 사람인 하인 스메르쟈코프만이 살고 있었다. 이 세 명의 하인에 대해서는 좀 더 자세하게 이야기를 해야겠다. 그리고리 바실리예비치 쿠투조프 노인에 대해서라면 그래도 이미 충분히 얘기했다. 그는 고집이 센 완고한 사람으로서 만약 어떤 점이 이러저러한(종종 놀라울 정도로 비논리적인) 이유로 자기 자신에게 확고부동한 진리가 되었다면 바로 이 점을 향해 융통성도 없이 집요하게 돌진하는 유형이었다. 대체적으로 말해, 그는 돈으로 매수당할 리 없는 정직한 사람이었던 것이다. 그의 아내 마르파 이그나치예브나는 남편의 뜻이라면 평생 동안 군말 없이 따랐는데, 예를 들자면 농노 해방 직후에 그녀가 표도르 파블로비치 집을 떠나 모스크바로 가서 거기서 뭐든 장사를 시작해 보자고(그들에게 어떻게 돈이 좀 생겼던 것이다.) 남편을 아주 못살게 졸랐던 적이 있었다. 하지만 그리고리는 곧바로 '모든 여편네는 정직하지 못한 족속'이라더니 이 여편네가 헛소리를 한다, 옛 주인이 어떤 사람이든 그 주인을 버리는 것은 옳지 못하다, '이것이 지금 자기들의 의무'이기 때문이다, 하고 못 박아 버렸다.

"의무라는 것이 무엇인지 알기나 해?" 그가 마르파 이그나치예브나에게 물었다.

"의무라면 나도 알지만요, 그리고리 바실리예비치, 그래도 우리가 여기 남아야 될 의무는 또 어디 있어요, 이걸 나는 통 모르겠어요." 마르파 이그나치예브나가 확고한 어조로 대답했다.

"그럼 그냥 모르고 있어, 어쨌거나 그렇게 될 테니까. 앞으로는 입 다물고 있고."

결국 정말 그렇게 되었다. 그들은 떠나지 않았고, 표도르 파블로비치는 그들에게 크지는 않지만 봉급을 정해서 꼬박꼬박 지불해 주었다. 그리고리는 게다가 자기가 주인 나리에게 이론의 여지가 없을 만큼 대단한 영향력을 지니고 있음을 알고 있었다. 그에겐 그런 느낌이 있었고, 그것은 옳았다. 교활하고 고집 센 광대 표도르 파블로비치는 그 자신의 표현대로 '인생사의 어떤 것들에 있어서는' 아주 확고한 성격이었지만, '인생사의' 다른 어떤 '것들'에 있어서는 자기 자신도 놀랄 만큼 강단이 부족했다. 게다가 그것들이 어떤 것인지를 그 자신이 잘 알았고, 또 잘 알았기 때문에 많은 것을 두려워했다. 인생사의 어떤 것들에 있어서는 귀를 바싹 곤두세워야 하기 때문에 이 경우에는 충성스러운 사람이 없다면 힘겨웠을 텐데, 마침 그리고리는 충직하기 이를 데 없는 사람이었던 것이다. 표도르 파블로비치는 예의 그 출세 가도를 달리는 동안에 수차례에 걸쳐 얻어맞을 뻔하기도 하고 심지어 호되게 얻어맞은 적도 있었지만 늘 그리고리가 구해 주었고, 그러면서도 그런 일을 당한 뒤엔 매번 주인에게 일장 훈계를 늘어놓곤 했다. 그런데 그렇게 좀 얻어맞는 것만으로 표도르 파블로비치가 겁을 집어먹진 않았을 것이다. 오히려 더 높은, 심지어 아주 섬세하고 복잡하기까지 한 경우들이 있었으니, 그럴 때면 표도르 파블로비치는 그 자신도 뭐라고 딱히 규정지을 수는 없어도 갑자기 순간적으로 자기 옆에 충직하고 가까운 사람을 두고 싶다는 이례적일 만큼 강렬한 욕구를 내심 강렬하게 느끼는 일이 더러 있었다. 이것은 거의 병적인 경우에 해당하는 얘기이다. 방탕하기 그지없고 음탕함에 있어서라면 종종 사악한 벌레처럼 잔혹하기도 한 표도르 파블로비치도 술에 취한 순간이면 갑자기 정신적 공포와 도덕적 전율을 느끼는 때가 이따금씩 있었으니, 그 전율은 그의 영혼 속에서 말하자면 거의 생리적인 울림을 내는 것이었다. "이럴 때면 내 영혼이 목구멍에서 파르르 떠는 것만 같아." 그는 이따금씩 이렇게 말하곤 했다. 바로 이런 순간이면 그는 비록 이 방 안은 아니고 곁채이긴 하지만 어쨌든 자기 곁 가까이에 충직하고 확고한 사람이, 그와는 전혀 달리 방탕하지 않은 사람이 있다는 것이 좋았으니, 이 사람은 비록 이 모든 방탕 행각을 보았고 모든 비밀을 알고 있음에도 한결같이 충성을 지키고 모든 것을 눈감아 줄 뿐만 아니라 대들지도 않고, 무엇보다도 이 세기는 물론이거니와 앞으로도 자기를 나무라지도, 자기에게 무슨 협박을 가하지도 않을 것이었다. 오히려 필요할 경우엔 그를 보호해 주기도 할 텐데, 과연 누구로부터 보호해 준단 말인가? 누구인지 알 수는 없지만 아무튼 끔찍하고 위험한 사람으로부터일 것이다. 문제는 바로 반드시 자기 이외의 다른 사람이, 그것도 오래도록 친하게 지내 온 사람이 있어야 된다는 것, 아픈 순간에는 그를 불러들여 그냥 얼굴이라도 한번 바라보고 심지어 전혀 상관없는 말을 주고받기 위해서라도 그래야 된다는 것이었는데, 만약 그가 아무렇지도 않게 생각하여 화를 내지 않는다면 어쩐지 마음이 편해질 것이고, 만약 화를 낸다면 뭐 그땐 좀 더 슬퍼질 것이다. 그런데 (굉장히 드물긴 했지만) 표도르 파블로비치가 직접 심지어 밤중에 곁채로 와서 그리고리를 깨워 잠깐 자기 방으로 오라고 한 일도 있었다. 정작 그리고리가 오면 표도르 파블로비치는 완전히 쓸데없는 소리를 늘어놓기 시작하다가 어떤 때는 조롱 조로 농담 나부랭이까지 곁들인 뒤 곧 내보내곤 침을 탁 뱉고서 잠자리에 들었고 이젠 의로운 사람이라도 된 양 깊은 잠에 빠져 들었다. 알료샤가 온 이후에도 표도르 파블로비치에게는 이와 비슷한 일이 일어났다. 알료샤는 '같이 살면서 모든 걸 다 보고서도 아무것도 비난하지 않음'으로써 '그의 폐부를 찔렀던' 것이다. 더욱이 알료샤는 그가 지금껏 겪어 본 적이 없는 것을 가져왔다. 즉, 다 늙은 그를 전혀 경멸하지 않았을뿐더러, 오히려 그럴 자격이라곤 전혀 없는 그에게 언제나 상냥하고 무척 자연스럽고 솔직 담백한 애정을 주었던 것이다. 이 모든 것이 늙은 바람둥이이자 독신이나 다름없는 자로서 지금까지 오로지 '추악한 것'만을 좋아해 온 그에게는 전혀 예기치 못한, 완전히 놀라운 선물이었다. 알료샤가 떠난 이후 그는 자기가 지금까지 이해하고 싶지 않았던 뭔가를 이해했음을 스스로 인정했다.

내가 내 이야기의 초두에서 이미 언급했듯, 그리고리는 표도르 파블로비치의 첫 부인이자 그의 장남 드미트리 표도로비치의 어머니인 아젤라이다 이바노브나는 싫어한 반면, 그의 둘째 부인인 클리쿠샤 소피야 이바노브나는 자기 주인에게 대들면서까지, 또 그녀에 대한 고약하거나 경솔한 말을 떠들어 댈 생각을 품은 모든 사람들에게 대들면서까지도 옹호했다. 이 불행한 여인에 대한 호감은 그의 내부에서 뭔가 신성한 것으로 바뀌었으며, 따라서 이십여 년이 지난 뒤에도 누가 그녀에 대해 모욕적인 고약한 암시라도 할라치면 상대를 막론하고 참지 못하고 당장에 대거리를 했을 것이다. 외모를 봐도 그리고리는 냉정하고 엄중하고 과묵한 사람으로서 늘 사려 깊고 무게 있는 말만을 내뱉곤 했다. 그래서 그를 보고서 첫눈에 그가 말대꾸라곤 통 없는 온순한 아내를 사랑하는지 어떤지를 알아내기란 불가능했지만, 사실 그는 아내를 정말로 사랑했으며 그녀는 물론 이것을 알고 있었다. 이 마르파 이그나치예브나는 어리석지 않은 건 물론이고 어쩌면 남편보다 더 똑똑했고 최소한 생활의 잡사에 있어서 그보다 더 분별력이 있었지만, 그래도 결혼 생활이 시작될 때부터 그에게 불평 한마디, 말대꾸 한번 하지 않고 복종해 왔으며 남편의 정신적인 우월함을 무조건 존경했다. 여기서 주목할 점은 이들 두 사람이 평생 동안 아주 불가피한 일상사를 제외하면 서로 말을 주고받는 일이 굉장히 드물었다는 것이다. 엄중하고 위엄 있는 그리고리는 자신의 모든 일과 근심거리들을 언제나 혼자 곰곰 생각했으므로, 마르파 이그나치예브나는 이미 오래전부터 남편이 자기의 충고를 전혀 필요로 하지 않는다는 것을 잘 알고 있었다. 또한, 남편이 그녀의 침묵을 높이 평가하여 이런 그녀를 현명한 여자로 생각해 준다고 느끼고 있었다. 그가 그녀에게 손찌검을 한 적은 결코 없었으며, 꼭 한 번 있긴 했어도 그나마도 아주 가벼운 정도였다. 아젤라이다 이바노브나와 표도르 파블로비치가 결혼한 첫해, 한번은 시골에서 그 당시엔 농노였던 시골 처자들과 아낙네들이 주인 나리의 뜰에 모여 노래를 부르고 춤을 춘 일이 있었다. 「풀밭에서」라는 춤이 시작되자 그 당시로선 아직 젊은 여자였던 마르파 이그나치예브나가 갑자기 합창단 앞으로 뛰어나와 유별난 방식으로 '루스카야' 춤을 추었는데, 이건 시골의 여느 아낙네들이 추는 방식과는 다른 것으로서, 그녀는 가정용 극장이 딸린 부유한 미우소프 집안의 하녀로 있던 시절, 모스크바에서 초빙된 무용 전문가가 극장의 배우들에게 가르쳐 준 춤을 따라 하던 그때처럼 추었던 것이다. 그리고리는 자기 아내가 춤추는 것을 보다가, 한 시간 뒤 자기 오두막으로 와서는 그녀에게 훈계를 늘어놓고 머리채를 조금 잡아당겼다. 하지만 손찌검도 이것으로 단번에 영영 끝나 버려 이후 평생 동안 두 번 다시 반복되지 않았으며, 마르파 이그나치예브나도 그 이후론 춤추는 것을 단념해 버렸다.

그들은 하느님으로부터 아이들은 선사받지 못했는데, 아이가 하나 생기긴 했지만 그나마도 죽어 버렸다. 그리고리는 아이들을 좋아하는 것 같았고 그것을 숨기지도 않았으니 다시 말해, 그런 내색을 하는 걸 부끄러워하지 않았던 것이다. 아젤라이다 이바노브나가 도망쳤을 때 그는 드미트리 표도로비치를 자기 손으로 거두어 이 세 살배기 사내아이를 거의 일 년간 돌봐 주면서 자기가 직접 빗으로 아이의 머리를 빗겨 주고 심지어 아이를 손수 목욕시키기도 했다. 나중에는 이반 표도로비치와 알료샤도 돌봐 주었건만, 그 대가로 받은 것이라곤 따귀뿐이었다. 하지만 이 얘기는 내가 이미 앞에서 다 한 것이다. 자기 자신의 아이가 그저 희망 하나만으로도 그에게 기쁨을 준 것은 마르파 이그나치예브나가 임신을 했을 때였다. 그런데 정작 아이가 태어나자, 그의 마음은 슬픔과 공포로 만신창이가 돼 버렸다. 문제는 갓 태어난 이 사내아이가 육손이였다는 데 있었다. 이것을 보고서 그리고리는 죽도록 절망하여 세례를 받는 날 직전까지도 침묵했을 뿐만 아니라 침묵을 고수하기 위해서 일부러 정원으로 나가 있기도 했다. 봄이었고, 그는 사흘 내내 정원의 텃밭을 갈았다. 태어난 지 사흘째 되는 날 갓난애가 세례를 받게 되었다. 그리고리는 이때 이미 뭔가 생각해 둔 게 있었다. 교회 사람들이 모여들고 손님들도 와 있고 끝으로 대부 자격으로 표도르 파블로비치도 몸소 참석해 있던 오두막에 들어서자마자, 그는 갑자기 이 아이는 "아예 세례를 받을 필요도 없다."라고 단언했는데, 사실 큰 소리로 단언한 것도, 무슨 말을 장황하게 늘어놓은 것도 아니고, 말 한마디 한마디를 간신히 내뱉고는 그냥 둔한 시선으로 뚫어져라 성직자를 바라볼 뿐이었다.

"아니, 왜 그러시나?" 성직자는 놀라워하면서도 재미있다는 듯 물었다.

"왜냐하면 이놈은…… 용(龍)이니까요……." 그리고리가 중얼거렸다.

"용, 아니 용이라니?"

그리고리는 얼마 동안 입을 다물고 있었다.

"천지신명님께서 착오가 있었던 거요……." 그는 극히 불분명하긴 했지만 아주 확고한 어조로 중얼거렸는데, 더 이상은 장황하게 늘어놓고 싶지 않은 눈치였다.

다들 좀 웃긴 했지만, 가련한 갓난아이의 세례는 물론 그대로 진행됐다. 그리고리는 성수반(聖水盤) 곁에서 열심히 기도를 하긴 했지만, 갓난아이에 대한 자신의 견해를 바꾸지는 않았다. 그렇다고 해서 무슨 방해를 하는 것도 아니었지만, 다만 이 기형의 사내아이가 살아 있던 이 주 내내 아이에게 눈길 한번 주는 일 없었을뿐더러 숫제 아이가 있다는 것을 인지하는 것마저도 싫어서 대개 오두막 밖으로 나가 있었다. 하지만 이 주 뒤 사내아이가 아구창(牙口瘡)으로 죽자 자신이 몸소 아이를 관에 뉘고 깊은 비애에 잠겨 아이를 바라보았으며, 아이의 깊지 않은 작은 무덤을 흙으로 덮을 때는 무덤 앞에서 무릎을 꿇고 이마가 땅에 닿도록 절을 했다. 그때 이후로 수많은 세월 동안 그는 자기 아이 얘기라면 입도 뻥긋하지 않았고 마르파 이그나치예브나도 남편이 있는 데서는 아이 얘기를 꺼내지 않았는데, 더욱이 행여 누군가와 이 '갓난애' 얘기를 할 일이 있으면 그 자리에 그리고리 바실리예비치가 없어도 속닥속닥 귓속말을 하다시피 했다. 마르파 이그나치예브나의 지적에 따르면, 그는 이 무덤에서 돌아온 직후부터 주로 '성스러운 것'에 몰두하기 시작하여, 매번 자신의 커다랗고 둥근 은테 안경을 끼고 대부분 말없이 혼자서 순교자전을 읽곤 했다. 대제 기간이 아니라면 큰 소리로 읽는 일은 드물었다. 그는 욥기를 좋아했고 '신을 잉태하신 우리 신부님 이삭 시린'의 말씀과 설교 목록을 어디선가 구해 와서 집요하게 수년간 읽었는데, 거기서 거의 아무것도 이해하지 못했지만 어쩌면 바로 이 때문에 이 책을 가장 높이 평가했고 또 좋아했는지도 모르겠다. 아주 최근에는 우연한 기회에 이웃을 통해 알게 된 편신교(鞭身教)에 귀를 기울이고 빠져들어서는 분명히 감동을 받은 듯했지만 새로운 신앙으로 개종하는 건 옳지 않다고 생각했다. '성스러운 것'을 탐독하다 보니 그의 용모는 당연히 더욱더 근엄한 모습을 띠게 됐다.

어쩌면 그는 신비주의적인 성향이 있었는지도 모르겠다. 그런데 꼭 우연의 장난인 양, 그의 육손이 갓난애가 세상에 나왔다가 죽은 사건이 있고 나서 때마침 또 다른 극히 이상하고 독특한 뜻밖의 사건이 일어났으니, 그것은 이후에 어느 날 그 자신이 표현한 대로 그의 영혼에 '낙인'을 찍어 놓고 말았던 것이다. 핏덩어리 육손이를 땅에 묻은 바로 그날, 마르파 이그나치예브나는 밤에 자다가 깨서는 꼭 갓난애의 울음소리 같은 것을 들었다. 그녀는 깜짝 놀라 남편을 깨웠다. 남편은 귀를 기울인 뒤, 이것은 필경 누군가의 신음 소리이며 아무래도 "여자인 것 같다."라고 말했다. 그는 자리에서 일어나 옷을 입었다. 제법 따뜻한 5월의 밤이었다. 현관의 층계참으로 나와 귀를 기울여 보니 신음 소리는 분명히 정원에서 들려오고 있었다. 하지만 밤 동안에 정원의 문은 뜰 안쪽에서 자물쇠로 잠가 두었고, 정원 주위로 튼튼하고 높은 담장이 세워져 있기 때문에 그 입구가 아니라면 정원으로 들어올 수도 없었다. 집으로 돌아와 그리고리는 환등을 밝히고 정원 열쇠를 쥔 뒤, 줄곧 어린아이의 울음소리가 들린다, 이건 필경 내 아이가 울면서 나를 부르는 것이라고 주장하는 부인의 히스테릭한 공포에는 아랑곳하지 않고 말없이 정원으로 갔다. 그러고서 그는 신음 소리는 정원의 쪽문에서 비교적 가까운 그들의 목욕탕에서 나오는 것이며 신음하는 것은 정말로 여자임을 알게 되었다. 목욕탕 문을 연 뒤 그는 넋이 나갈 만한 광경을 목격하고 말았다. 온 거리를 돌아다니기 때문에 도시 사람들이 전부 다 아는 리자베타 스메르쟈쉬야[61]라는 별명을 가진 이 도시의 유로지브이가 그들의 목욕탕으로 기어 들어와 이제 막 아이를 낳은 것이었다. 갓난아이는 그녀 곁에 누워 있었고, 또 그녀는 그 곁에서 죽어 가고 있었다. 말이라곤 전혀 하질 않았는데, 그것은 오직 그녀가 숫제 말을 할 줄 모른다는 한 가지 이유 때문이었다. 하지만 이 모든 것에 대해선 특별히 설명이 필요할 듯하다.

61) '악취를 풍기는 리자베타'라는 뜻이다.

2 리자베타 스메르자쉬야

여기에는 한 가지 특수한 정황이 개입되어 있었는데, 그것은 그리고리의 내부에 깃든 한 가지 불쾌하고도 혐오스러운 예전의 의심을 결정적으로 확인시켜 줌으로써 그에게 심한 충격을 안겨 주었다. 리자베타 스메르자쉬야는 아주 키가 작은, 그녀가 죽은 뒤 우리 도시의 경건한 노파들 대다수가 감동적인 어조로 회상하곤 한 대로 '2아르신[62] 남짓한' 처녀였다. 스무 살 난 그녀의 얼굴, 건강하고 넓적하고 발그스레한 얼굴은 완전히 백치 그 자체였다. 두 눈의 시선은 유순하긴 했지만 움직임이 없어 불쾌감을 주었다. 그녀는 평생 동안 여름에도 겨울에도 삼베 윗도리 하나만 달랑 걸치고 맨발로 다녔다. 거의 검은색에 가까운 그녀의 머리칼은 숱도 굉장히 많고 숫양의 털처럼 곱슬곱슬했기 때문에, 그녀의 머리 위에 꼭 무슨 거대한 모자라도 씌워 놓은 듯했다. 그것 말고도 머리칼은 언제나 흙과 진탕으로 더럽혀져 있고 거기에는 또 나뭇잎, 나무 부스러기, 대팻밥이 마구 들러붙어 있었으니, 이는 그녀가 언제나 땅바닥이나 진흙탕에서 잠을 자기 때문이었다. 그녀의 아버지인 일리야라는 소시민은 집도 절도 없이 쫄딱 망해 버린 데다가 아파서 골골대고 있었는데, 이미 수년 동안 역시나 우리 도시의 소시민이긴 해도 돈이 많은 주인들 집을 전전하면서 품팔이꾼 비슷하게 기식하고 있었다. 리자베타의 어머니

62) 1아르신은 약 71.12센티미터.

는 오래전에 죽었다. 만년 환자나 다름없어 늘 악에 받쳐 있는 일리야는 리자베타가 집에 올 때면 그녀를 비인간적일 만큼 무자비하게 때렸다. 그래 봤자, 그녀는 하느님의 사람인 유로지브이처럼 온 도시를 돌면서 살았기 때문에 아예 집에 가는 일도 드물었다. 그런데 일리야의 주인들이나 일리야 자신은 물론이거니와 심지어 도시의 동정심 많은 사람들 대부분, 즉 주로 상인과 여자 상인 대다수도 수차례에 걸쳐 삼베 윗도리 한 장만 걸치고 다니는 리자베타에게 좀 더 점잖은 옷을 입혀 보려고 시도했고 겨울이 다가오면 언제나 털외투도 입히고 발에는 장화도 신기곤 했다. 하지만, 그녀는 통상 자기에게 옷을 입혀 줄 때는 언제나 가만히 있었어도 자리를 뜬 다음에는 주로 성당의 현관 같은 곳에서 자기에게 희사한 모든 것을 숄이든, 치마든, 털외투든, 장화든 죄다 벗어 그 자리에 남겨 둔 채 이전과 마찬가지로 삼베 윗도리 하나만 달랑 걸치고 맨발로 떠나 버리곤 했다. 한번은 우리 현의 신임 현지사가 우리 도시를 시찰하던 중 리자베타를 보고서 예의 그 고상한 감정에 심한 손상을 입었으며, 비록 보고를 통해 그녀가 '유로지브이'라는 것은 알고 있었지만 그럼에도 젊은 처녀가 삼베 윗도리 하나만 달랑 걸친 채로 돌아다니는 것은 미풍양속을 해치는 것이므로 앞으로는 이런 일이 없도록 하라고 훈시했다. 하지만 현지사가 떠나자 리자베타는 원래대로 방치되었다. 마침내 그의 아버지가 죽었고, 이렇게 고아가 됨으로써 그녀는 도시의 신앙심 깊은 모든 인물들에게 더욱더 귀여움을 받는 존재가 되었다. 정말로 그녀는 모든 사람의 사랑을 받다시피 했으며 원래 심술궂은 짓을 좋아하는 족속인 사내아이들, 특히 초등학생들조차도 그녀를 골려 주거나 해코지하는 법이 없었다. 그녀가 모르는 사람들의 집에 들어가도 누구 하나 그녀를 내쫓기는커녕 오히려 다들 귀여워하며 어루만지고 동전을 쥐여 주곤 했다. 동전을 받으면 그녀는 그것을 곧장 들고 가서 아무 데나, 그러니까 교회나 감옥의 모금함 같은 데 집어넣곤 했다. 시장에서 도넛이나 둥근 빵을 받더라도 반드시 길을 가다가 맨 처음 마주치는 어린아이에게 그 도넛이나 둥근 빵을 내주었으며, 그렇지 않으면 우리 도시에서 가장 부유한 마나님들을 아무나 불러 세워 내주곤 했다. 마나님들도 기꺼이 그것을 받곤 했다. 그런데 정작 그녀는 흑빵[63]과 물만 먹고 살았다. 그녀가 부유한 상점에 들어와 앉아 있는 일이 있어도 또 그곳에 값비싼 상품들이며 돈이 놓여 있어도, 주인들은 결코 그녀를 경계하지 않았으니, 그녀 앞에다 깜박 잊고 수천 루블을 놓아둔다고 해도 그녀가 거기서 단 1코페이카라도 가져가는 일은 없을 것임을 알고 있었기 때문이다. 교회에 가는 일은 드물었고, 잠은 교회의 현관이나 아무 울타리나 넘어가서 (우리 마을에는 오늘날까지도 담장 대신에 울타리를 쳐 두는 경우가 많았다.) 어디 텃밭 같은 곳에서 자곤 했다. 그녀가 집, 그러니까 자신의 돌아가신 아버지가 살던 그 주인들의 집에 나타나는 것은 대략 일주일에 한 번 정도였으며, 겨울에는 매일 오긴 했지만 그건 오로지 밤을 보내기 위해서였고 또 잠을 자

63) 시큼한 맛이 나는 검은색 빵으로, 위에서 언급된 빵보다 싼 편에 속한다.

는 곳도 현관이나 외양간이었다. 그녀가 이런 삶을 용케 유지하는 것에 다들 놀라곤 했지만, 그녀는 이미 그것에 익숙해져 있었다. 키는 비록 작았지만 체격은 이례적일 정도로 튼튼했다. 우리 마을의 어떤 신사들은 그녀가 저렇게 사는 건 오만하기 때문이라고 주장하기도 했지만, 이것은 어쩐지 영 아귀가 맞질 않는 소리였다. 그녀는 말이라곤 단 한마디도 할 줄 몰랐고 그저 드물게나마 그저 뭐라고 혀를 움직이면서 소처럼 음매 할 뿐이었으니, 여기에 오만하고 자시고 할 것이 어디 있는가. 자, 그러던 어느 날(이건 꽤 오래전의 일이었다.) 보름달이 휘영청 밝은 어느 따뜻한 9월의 밤, 우리의 통념으론 이미 극히 늦은 시각에 술에 취해 흥청망청 놀던 우리네 신사 양반들 무리가, 이 대여섯 명의 대단한 똘마니들이 클럽에서 나와 '뒷골목'을 통해 각자 집으로 돌아가던 참이었다. 골목의 양쪽으로 울타리가 쳐져 있었고 그 뒤로는 인접한 집들의 텃밭이 이어지고 있었다. 골목은 듣기 좋으라고 가끔은 시냇물이라고 부르기도 하는 우리 도시의 악취 나는 긴 웅덩이를 가로지르는 다리 쪽으로 나 있었다. 우리 일당은 울타리 곁, 쐐기풀과 우엉 속에서 리자베타가 잠을 자고 있는 것을 발견했다. 술이 거나하게 취한 양반들은 그녀를 내다보며 그 자리에 멈춰 서서는 껄껄 웃으며 차마 입에 담기도 뭣한 온갖 음담패설을 지껄여 대기 시작했다. 그러다 갑자기 어느 양반 도련님의 머릿속에서 도저히 불가능할 것 같은 해괴망측한 질문이 떠올랐다. '누구라도 좋으니 이런 짐승을 여자로 다룰 사람이 어디 없나, 자, 지금 당장이라도 말이다.' 등등. 다들 오만을 떨며 혐오스럽다는 듯, 그럴 수 없을 것이라는 결론을 내렸다. 그런데 이 무리 속에 표도르 파블로비치가 끼여 있었으니, 그는 한순간에 앞으로 튀어나와 여자로 다룰 수 있다, 그럴 수 있다뿐인가, 심지어 특별한 종류의 짜릿한 뭔가도 느낄 수 있다 등등의 결론을 내놓았다. 사실, 이 무렵 그는 우리 도시에서 너무 지나치다 싶을 만큼 과장되게 어릿광대 역할을 자청했고 불쑥 나서서 양반들의 기분을 즐겁게 해 주길 좋아했는데, 물론 겉으론 평등한 관계인 양 보였지만 실제로는 양반들 앞에서 완전히 쌍놈이나 다름없었다. 이것은 바로 그가 페테르부르크로부터 그의 첫 아내 아젤라이다 이바노브나의 사망 소식을 받았던 때의 일이었는데, 그는 모자에 상장(喪章)을 단 처지였음에도 코가 비뚤어지도록 마시고 워낙에 추태를 부려서 보통 사람들은 물론이고 도시에서 가장 방탕한 난봉꾼들조차도 그를 보곤 눈살을 찌푸릴 정도였다. 무리는 물론 이 뜻밖의 견해를 두고 웃음을 터뜨렸다. 일당 중 어떤 사람은 표도르 파블로비치를 살살 부추기기도 했지만, 나머지 사람들은 점점 더 굉장히 즐거워하긴 했어도 더욱더 요란하게 침을 뱉기 시작했고 결국에는 다들 제 갈 길로 갔다. 훗날 표도르 파블로비치는 맹세코 그때 자기도 모든 일행과 함께 떠났노라고 주장했는데, 어쩌면 정말로 그랬는지도 모를 일이다. 이것은 아무도 정확히 모르고 그 당시로서도 절대 정확히는 알 수 없는 일이었지만, 대여섯 달 뒤 도시의 모든 사람들이 진정으로 대단히 격분하면서 리자베타가 임신한 채로 돌아다닌다고 수군거리기 시작했으며 도대체 누가 이런 몹쓸 죄를 지은 것인가, 어떤 몹쓸 놈의 소행인가, 여기저기 수소문을 하여 찾아보기도 했다. 바로 이 순간 갑자기 전 도시에 이상한 소문이 퍼졌으니, 이 몹쓸 놈은 바로 이 표도르 파블로비치라는 것이었다. 어디서 이런 소문이 생겨난 것일까? 그때 함께 놀았던 양반 무리 중에서 그 무렵까지 우리 도시에 남아 있던 가담자는 고작 한 명뿐이었는데, 그는 성숙한 딸들을 둔 가장이자 연세가 지긋하고 존경할 만한 5등 문관[64]으로서 정말로 무슨 일이 있었다고 할지라도 절대로 허튼 소문을 퍼뜨릴 위인은 아니었다. 다섯 명쯤 되는 다른 가담자들은 그 무렵엔 뿔뿔이 흩어져 버린 상태였다. 그런데도 소문은 곧바로 표도르 파블로비치를 지목했으며 그 지목은 계속되었다. 물론 당사자는 이것에 가타부타 말도 하지 않았다. 무슨 장사꾼 아줌마나 소시민 따위에게 대꾸를 할 필요는 없다는 투였다. 그 무렵 그는 오만했기 때문에, 그가 크나큰 즐거움을 바치고 있는 관리와 귀족 무리가 아니면 이야기도 잘 하지 않았다. 그런데, 바로 그때 그리고리가 나서서 있는 힘껏 정력적으로 주인 나리를 편들었으니, 이 모든 비방에 맞서 그를 옹호했을 뿐만 아니라 그를 위해 욕설과 논쟁도 서슴지 않으면서 많은 이들의 확신을 바꾸어 놓기도 했다. 그는 "저 여자는 원래 천했어, 자기 잘못이야."라고 확고한 어조로 말하면서 그 몹쓸 놈은 다름 아닌 '나사못 카르

---

64) 러시아의 관등 체계(총 14관등)는 표트르 대제(표트르 1세)에 의해 1722년에 확립되어 이후 몇 차례 개정을 거치긴 했지만 큰 골격은 1917년 소비에트 혁명 이전까지 유지되었다. 5등 문관은 무관으로 치자면 대령에 해당하는 고위급이다.

프'(이건 당시 도시에 널리 알려져 있던 어느 무서운 죄수의 별명으로 그는 그 무렵 현립(縣立) 감옥에서 탈옥하여 우리 도시에서 몰래 살고 있었다.)라고 했다. 다들 카르프를 기억하고 있었기 때문에 이 추측은 그럴듯해 보였는데 다름 아니라, 바로 그 무렵 초가을의 밤이 깊어질 때 그가 도시를 배회하며 세 명을 상대로 강도를 저질렀던 것을 기억하고 있었던 것이다. 어쨌거나 이런 사건이 일어나고 온갖 소문이 돌았음에도 가엾은 유로지브이에 대한 동정은 식을 줄 몰랐을 뿐만 아니라 오히려 다들 그녀를 더욱더 보호하고 지켜 주게 되었다. 콘드라치예바라는 어느 부유한 상인의 미망인은 출산 때까지 리자베타가 밖에 나돌아 다니지 않도록 4월 말부터 리자베타를 자기 집에 데려다 놓는 조치를 취하기도 했다. 이렇게 다들 잠도 제대로 자지 않고 감시를 했건만, 이 모든 노력에도 불구하고 결국 리자베타는 출산 예정일 직전의 저녁에 갑자기 콘드라치예바의 집을 몰래 빠져나가 표도르 파블로비치의 정원에 나타났다. 그녀가 그와 같은 몸 상태로 어떻게 높고 견고한 정원의 담장을 넘을 수 있었는지는 일종의 수수께끼로 남게 되었다. 어떤 이들은 그녀를 '사람들이 옮겨 놓았다.'라고 주장하기도 하고 또 다른 이들은 '귀신이 옮겨 놓았다.'라고 하기도 했다. 무엇보다도 확실한 것은 이 모든 것이 기이하긴 하지만 그래도 자연스러운 방식으로 일어났으리라는 점인데, 리자베타는 밤을 보내기 위해 울타리를 넘어 남의 텃밭으로 기어 들어가는 법을 알고 있었던 터라 용케 표도르 파블로비치의 담장으로 기어 올라간 뒤, 자기 몸의 상태가 그 지경이어서 좀 해가 되더라도 담장에서 정원으로 껑충 뛰어내렸을 것이다. 그리고리는 마르파 이그나치예브나에게로 달려가서 리자베타를 도와주도록 그녀를 보내고서 그 자신은 마침 그다지 멀지 않은 곳에 살고 있던 소시민인 산파 할머니를 부르러 뛰어갔다. 아이의 목숨은 건졌지만 리자베타는 동이 틀 무렵에 죽었다. 그리고리는 갓난애를 받아 집으로 데려온 뒤 아내를 앉혀 놓고 아이를 그녀의 허벅지 위에, 바로 그녀의 가슴 가까이에 올려놓았다. "고아는 하느님의 아이라서 누구에게나 자식이 되는 법인데, 마침 당신과 나한테 주어진 거야. 우리의 죽은 아들 녀석이 이 아이를 보냈어, 그렇게 얘는 악마의 아들과 의로운 여자 사이에서 태어난 거야. 잘 키워 보도록 해, 앞으로는 울지도 말고." 그리하여 마르파 이그나치예브나는 아이를 맡아 길렀다. 세례도 받고 파벨이라는 이름도 생겼지만, 부칭에 관해서는 누가 뭐라고 한 것도 아닌데 다들 저절로 표도로비치라고 부르게 되었다. 표도르 파블로비치는 전혀 반대하지 않았을뿐더러 오히려 이 모든 것을 재미있어했는데, 그러면서도 계속하여 자기는 이 모든 것과 전혀 상관이 없다고 있는 힘껏 발뺌을 했다. 그가 업둥이를 거둔 것을 도시에서는 다들 좋아했다. 훗날 표도르 파블로비치는 아이의 어머니 리자베타 스메르자쉬아의 별명을 따서 그를 스메르자코프라고 불렀다. 바로 이 스메르자코프가 표도르 파블로비치의 두 번째 하인이 되었으며 우리 이야기가 시작될 무렵엔 그리고리 노인, 마르파 노파와 함께 곁채에 살고 있었던 것이다. 그는 요리 일을 맡고 있었다. 그에 대해서도 특별히 몇 마디를 꼭 해야겠지만 이토록 평범한 하인들을 갖고 내 독자의 주의를 오래 잡아 두는 것이 나로서는 부끄럽기 때문에, 스메르쟈코프에 관해서는 앞으로 이야기가 진행되는 동안에 어떻게든 자연스럽게 얘기할 기회가 생기길 바라면서 나의 이야기로 넘어가기로 한다.

3 열렬한 마음의 고백. 시의 형식으로

알료샤는 아버지가 수도원을 떠나면서 마차에서 자기에게 큰 소리로 외쳤던 명령을 듣고서 몹시 의아해하며 한동안 그 자리에 남아 있었다. 그렇다고 해서 무슨 기둥처럼 넋을 놓고 서 있었다는 건 아닌데, 그에게 그런 일은 일어난 적도 없었다. 오히려 그는 무척 불안했음에도 불구하고 바로 수도원장의 부엌으로 가서 그의 아버지가 위에서 무슨 짓을 저질렀는지를 알아보았다. 그러고는 어쨌든 시내로 가는 길에 그를 괴롭혀 온 문제가 어떻게든 풀리길 바라면서 어서 빨리 길을 나섰다. 여기서 미리 말해 둘 것이 있다. 아버지의 외침과 '베개와 요까지 챙겨서' 집으로 들어오라는 명령이 그는 조금도 두렵지 않았다. 그렇게 과시적인 외침을 곁들어 큰 소리로 집으로 들어오라고 명령한 것은 '열광의 도가니에 빠진 나머지', 말하자면 심지어 어떤 미적 효과를 위해서였음을 그는 너무도 잘 알고 있었는데, 이건 얼마 전 어느 소도시의 한 소시민이 자기 자신의 영명 축일 파티에서 술을 진탕 마신 나머지 손님들이 다 있는 자리에서 자기에게 보드카를 더 많이 주지 않는다고 화를 내면서 갑자기 자신의 식기를 깨고 자신과 부인의 옷을 찢고 자기 가구를 부수더니 마침내는 자기 집 유리창마저 깨부수기 시작한 것과 흡사했으니, 이 모든 것이 다시금 미적 효과를 위해서였던 것이다. 지금 아버지에게 일어난 것도 전부 바로 이런 종류의 현상이었던 것이다. 물론 술을 진탕 마셨던 소시민은 바로 다음 날 술에서 깨자 찻잔과 접시를 아까워했다. 알료샤는 노인도 내일이면 필경 그를 다시 수도원으로 보낼 것임을, 심지어 오늘이라도 보낼 수 있음을 알고 있었다. 더욱이 이 세상의 그 누구도 절대로 그 자신을 모욕하고 싶어 하지 않을 것이라는, 그런 걸 원하지도 않을 뿐만 아니라 그렇게 할 수도 없을 것이라는 확신이 있었다. 이것은 그에게 있어 논의의 여지도 없이 단번에 영원히 주어진 공리(公理)였으며, 이 점에 관한 한 그는 어떤 망설임도 없이 앞으로 나아갔다.

하지만 이 순간 그의 내부에서는 다소 다른, 아니 완전히 다른 종류의 병이, 뭐라고 딱히 규정지을 수 없기에 더욱더 고통스러운 병이 꿈틀거리고 있었으니, 이것은 아까 호흘라코바 부인을 통해 그에게 쪽지까지 보내서 무슨 일이 있으니 자기에게 꼭 와 달라고 그토록 집요하게 애원한 카체리나 이바노브나, 이 여인으로 인한 병이었다. 이러한 요구, 그리고 반드시 가 봐야 된다는 불가피성은 그 즉시 그의 마음속에 어떤 고통스러운 감정을 안겨 주었으며 그 뒤에 수도원에서, 지금은 수도원장의 암자에서 한판 소동과 엽기적 일들이 일어났음에도 불구하고, 이런 감정은 그의 내부에서 아침 내내 가면 갈수록 더욱더 심하고 더욱더 고통스러운 병으로 자라났다. 그는 그녀가 자기에게 무슨 얘기를 꺼낼지, 또 자기가 그녀에게 어떤 대답을 해야 할지 모른다는 것이 무섭지는 않았다. 그리고 대체로 상대가 여자라서 무서운 것도 아니었다. 그는 물론 여자를 잘 몰랐지만, 그래도 아주 어릴 때부터 수도원에 들어오기 직전까지 평생 동안 오직 여자들하고만 살아왔으니 말이다. 그가 무서워한 것은 바로 이 여자, 카체리나 이바노브나 자체였다. 그는 처음 본 바로 그때부터 그녀가 무서웠다. 그래 봤자 그가 그녀를 본 건 겨우 한두 번, 많아야 세 번 정도였고, 한 번은 우연히 그녀와 몇 마디 말을 주고받은 것이 고작이었다. 그녀의 형상은 그에게 아름답고 오만하고 강인한 아가씨로 각인되어 있었다. 하지만 그를 괴롭힌 것은 그녀의 아름다움이 아닌 뭔가 다른 것이었다. 바로 이 공포를 설명할 수 없다는 사실 자체가 지금 그의 내부에서 이 공포를 더욱더 강화시키고 있었다. 이 아가씨의 목적은 지극히 고매한 것이었으며, 이 점을 그는 잘 알고 있었다. 그녀는 이미 자기에게 잘못을 저지른 그의 형 드미트리를 구하기 위해 노력하고 있었으며, 이것은 오직 관대한 마음에서 나온 노력이었다. 자, 그런데도, 이 모든 아름답고 관대한 감정이 옳다는 것을 전적으로 인정하고 있음에도 불구하고 그녀의 집이 가까워질수록 점점 더 등골이 오싹해졌다.

그는 그녀와 많이 친한 사이인 작은형 이반 표도로비치가 그녀의 집에 있으리라곤 생각하지 않았다. 이반 형은 지금은 분명히 아버지와 함께 있을 것이다. 왠지 드미트리라면 거기 있을 가능성이 더더욱 희박하다는 예감이 들었다. 그렇다면, 그들의 대화는 단둘이 있는 상황에서 이루어질 것이다. 이 숙명적인 대화를 나누기 전에 그는 드미트리 형을 꼭 한번 보았으면, 그에게 달려갔다 왔으면 싶었다. 편지를 보여 주지 않고서도 형과 몇 마디 말을 주고받을 수는 있는 노릇이 아닌가. 하지만 드미트리 형이 사는 곳은 여기서 멀었고 지금은 역시나 분명히 집에 없을 터이다. 잠시 동안 그 자리에 서 있다가 그는 마침내 최종적으로 결심을 굳혔다. 서둘러 몸에 익은 성호를 긋고는 곧바로 무엇 때문인지 미소를 지은 뒤 예의 그 무서운 부인의 집으로 당당하게 걸음을 옮겼다.

그녀의 집을 그는 알고 있었다. 하지만 볼사야 거리로 나가서 그다음에 광장을 건너고 하면 상당히 먼 거리가 될 법했다. 우리의 크지 않은 도시에는 집들이 굉장히 산발적으로 흩어져 있어서 자칫하면 거리가 상당히 멀어질 수 있었다. 게다가 아버지도 그를 기다리고 있고 어쩌면 아직은 자기가 내린 명령을 아직 잊어 먹지 않아서 변덕을 부릴 수도 있는 노릇이었기 때문에 이곳저곳 다 시간을 맞추어 가기 위해서는 서둘러야 했다. 이런 모든 생각을 정리한 뒤 그는 뒷길로 질러감으로써 거리를 단축하기로 마음먹었는데, 도시의 이 모든 지름길들을 제 손바닥 들여다보듯 훤히 알고 있었다. 뒷길로 질러간다 함은 인기척이 없는 담장들을 따라 거의 길도 아닌 곳으로 가는 것이었기 때문에 이따금씩은 남의 집 울타리를 넘기도 하고 남의 집 뜰을 지나치기도 해야 했는데, 그래 봤자 그곳 사람들은 누구라도 그를 알고 있었고 인사를 나누는 사이였다. 이 방법으로 볼샤야 거리로 나가면 길이 절반이나 단축됐다. 그렇게 해서 그는 어느 한 지점에서 아버지의 집과 아주 가깝다 못해 바로 아버지의 집 정원과 맞붙은, 네 개의 창문이 난 낡고 기울어진 어느 작은 집의 정원 곁을 지나가게 되었다. 알료샤가 아는 바론, 이 집의 소유주는 도시의 소시민 출신인 다리를 못 쓰는 노파로서 그녀는 자기 딸과 함께 살았는데, 그 딸은 한때 수도(首都)에서 개화된 하녀 노릇을 좀 했고 최근까지도 줄곧 장군들의 저택을 떠돌며 살다가 지금으로부터 일 년쯤 전에 노파의 병 때문에 고향에 와서는 온갖 화려한 원피스를 입고 다니며 멋을 부렸다. 그런데 이 노파와 딸은 찢어지게 가난한 형편이 됐기 때문에 수프와 빵을 얻기 위해 하루가 멀다 하고 이웃집인 표도르 파블로비치의 부엌을 드나들었다. 마르파 이그나치예브나는 기꺼이 그들에게 이것저것을 퍼 주었다. 하지만 그 딸은 수프를 얻으러 다니는 주제에 자기 원피스는 단 한 벌도 팔지 않았고, 그런 것들 중에는 치맛자락이 꼬리처럼 치렁치렁 늘어진 것도 있었다. 이 마지막 얘기는 이 도시의 일이라면 미주알고주알 모르는 것이 없는 자신의 친구 라키친을 통해서 물론 극히 우연한 기회에 알게 됐는데, 알료샤는 그러고 나서도 응당 금방 잊어버렸다. 하지만, 지금 이웃집 정원 곁을 지나게 되자 갑자기 이 꼬리 같은 치맛자락 얘기가 떠올라서 생각에 잠겨 숙이고 있던 머리를 재빨리 들어 올렸는데, 바로 그때…… 갑자기 이런 데서 만날 거라곤 꿈에도 생각하지 못했던 사람과 맞부딪친 것이다.

울타리 너머 이웃 집 정원에서 뭔가에 발을 딛고서 가슴팍을 앞으로 쑥 내민 채로 서서 온갖 손짓에 온갖 시늉을 해 가면서 있는 힘껏 그를 부르고 있던 사람은 그의 형 드미트리 표도로비치였는데, 누가 들을까 봐서 소리를 지르는 건 물론이고 소리 내어 말하는 것 자체를 두려워하는 듯한 눈치였다. 알료샤는 당장 울타리 쪽으로 달려갔다.

"네가 먼저 주위를 둘러보았기에 망정이지, 하마터면 너한테 거의 소리를 지를 뻔했지 뭐냐." 드미트리 표도로비치는 반가워하면서 서둘러 그에게 속삭였다. "이리로 넘어와라! 어서! 아, 네가 오다니, 얼마나 멋진 일이냐. 막 네 생각을 했거든……."

기쁘기는 알료샤도 마찬가지였지만, 그저 울타리를 어떻게 넘어야 될지 몰라 망설이고 있었다. 하지만 '미챠'가 용사처럼 튼튼한 손으로 그의 팔꿈치를 받쳐 주면서 뛰어넘는 것을 도왔다. 알료샤는 수도복을 걷어 올린 뒤, 맨발로 도시를 뛰어다니는 꼬마들처럼 민첩하게 울타리를 뛰어넘었다.

"자 날렵하게 굴어야지, 가자꾸나!" 미챠의 입에서는 환희에 찬 속삭임이 터져 나왔다.

"어디로 가는 거야?" 사방을 둘러보고 자기가 그들 둘을 제외하면 아무도 없는 완전히 텅 빈 정원에 있다는 것을 알고 나서 알료샤가 속삭였다. 정원이 작긴 했지만 그래도 주인집은 그들로부터 줄잡아도 오십 보는 족히 될 법한 거리에 있었으니 말이다. "아니, 여기에는 아무도 없는데, 형은 왜 속닥대는 거야?"

"왜 속닥대느냐고? 아, 젠장." 드미트리 표도로비치가 갑자기 목청껏 소리쳤다. "그래, 내가 왜 속닥대는 거지? 뭐, 지금 네가 보다시피, 인간 본성이란 이렇게 갑자기 어처구니없는 짓을 할 때가 있단다. 나는 여기에 비밀리에 앉아서 비밀을 감시하고 있어. 설명은 좀 이따가 하겠지만, 여하튼 비밀에 너무 정신이 팔린 나머지 갑자기 비밀스럽게 말하게 되었고 그럴 필요가 없는데도 바보처럼 속닥대고 있는 거지 뭐냐. 가자! 바로 저기로 말이다! 그때까지는 아무 말 말아라. 너에게 입을 맞추고 싶구나!

이 세상의 드높은 존재에게 영광 있으라,
내 안의 드높은 존재에게 영광 있으라……![65]

네가 오기 직전까지도 나는 여기 앉아서 이렇게 계속 읊조리고 있었단다…….”

정원은 1제샤치나[66] 내지는 그보다 약간 컸지만, 오직 네 개의 담장을 따라 정원 가두리에만 사과나무, 단풍나무, 보리수나무, 자작나무 등이 심어져 있었다. 정원 한가운데는 텅 빈 풀밭이었는데, 여름이면 여기서 몇 푸드[67]의 건초를 거둬들이곤 했다. 봄이 되면 여주인은 몇 루블씩을 받고 정원을 임대하기도 했다. 딸기, 크리조브니크, 스모로지나[68]를 심은 이랑도 역시나 전부 담장 근처에 만들어져 있었다. 집 건물 바로 곁에 있는 채소 이랑은 최근에 만든 것이었다. 드미트리 표도로비

65) 루카복음 2: 14의 변용.
66) 1제샤치나는 10920제곱미터, 즉 1.092헥타르에 해당한다.
67) 1푸드는 약 16.38킬로그램.
68) 모두 알이 작은 열매의 일종.

치는 손님을 집 건물에서 가장 멀리 떨어진 정원의 모퉁이로 데려갔다. 거기서는 갑자기 울창한 보리수나무들과 오래 묵은 스모로지나, 돼지감자, 까마귀밥나무, 라일락 덤불숲 한가운데로 아주 오래된 초록색 정자 같은 것이 나타났는데, 색이 시커메지고 형체가 기울고 벽은 앙상한 골조만이 남아 있었지만 그래도 지붕이 달려 있어서 아직 비 정도는 피할 수 있었다. 정자가 언제 지어졌는지는 알 수 없지만, 전설에 따르면 오십 년쯤 전, 당시 이 집의 소유주였던 알렉산드르 카를로비치 폰 슈미트라는 퇴역 중령이 지었다고 한다. 하지만 이미 모든 것이 낡을 대로 낡아 버려서, 마룻바닥은 썩고 마루의 판자 쪽들도 전부 삐걱거리고 재목(材木)에서는 눅눅한 곰팡내가 났다. 정자 안에는 초록색 목조 식탁이 땅바닥에 고정되어 있었고 그 주위로는 아직은 사람이 앉을 수 있는, 마찬가지로 초록색인 의자들이 빙 놓여 있었다. 알료샤는 형이 환희에 들떠 있다는 것을 당장 알아차리긴 했지만, 정자 안으로 들어서 보니 탁자 위에 코냑 반병과 술잔도 놓여 있었다.

"이건 코냑이야!" 미챠가 껄껄 웃기 시작했다. "아니, 왜 그리 쳐다보냐, '또 술타령인가?' 싶겠지. 환영을 믿지 말지어다.

> 공소하고 거짓된 군중을 믿지 말지어다,
> 그대 자신의 의혹들을 망각할지어다…….[69]

69) 1846년에 발표된 네크라소프의 시의 일절.

술타령을 하는 게 아니라 네 친구인 그 돼지 새끼 라키친의 말대로 그저 '음미'하는 거란다, 그놈은 5등 문관이 되어도 이런 말을 쓰겠더라. 앉아라. 알료쉬카, 내 너를 붙잡고 너를 으스러질 때까지 이 가슴에 꽉 껴안고 싶구나, 왜냐면 세상을 통틀어서…… 정말로, 정—말—로…….(새겨들어라! 새겨들어!) 오직 너 하나만을 사랑하고 있기 때문이야!"

이 마지막 문장을 말할 때 그는 거의 미친 게 아닌가 싶을 만큼 흥분해 있었다.

"너 하나밖에, 아니, 하나가 더 있군, 난 저 '야비한 년'한테 완전히 반해서 그길로 쫄딱 망해 버렸거든. 하지만 반한다는 것이 사랑한다는 것을 의미하진 않아. 증오하면서도 반할 수는 있으니까. 기억해 둬! 지금, 즐거울 동안에 말하마! 자 여기 식탁 앞에 앉으렴, 나는 네 곁에 앉아서 너를 비스듬히 바라보며 모든 것을 이야기하마. 너는 계속 입을 다물고 있고, 나는 계속 말을 할 거야, 드디어 때가 됐거든. 그나저나 말이다, 나는 정말로 조용히 말해야 한다고 판단했어, 왜냐면 여기…… 여기는…… 전혀 예상치 못한 귀들이 숨어 있을 수도 있거든. 죄다 설명할 거다, 앞으로 속편을 기대하시라, 하는 말이 있잖니. 지금 왜 너를 붙들고 싶어 이렇게 안달이 났을까, 왜 요 며칠 내내, 그리고 지금 이렇게 너를 목 놓아 기다렸을까?(내가 여기에 닻을 내린 지 벌써 닷새째거든.) 요 며칠 내내 왜? 왜냐면 너 한 명한테만 모든 것을 이야기할 테니까, 왜냐면 그래야 하니까, 왜냐하면 네가 필요하니까, 왜냐면 내일이면 구름 밑으로 뛰어내릴 테니까, 왜냐하면 내

일이면 삶이 끝나고서 또 시작될 테니까. 너는 산꼭대기에서 구덩이로 추락하는 경험을 해 본 적이 있니, 꿈에서라도 그런 적이 있냐고? 그러니까 말이지, 나는 지금 꿈속에서 추락하는 게 아니야. 그래도 무섭지는 않다, 그러니 너도 무서워하지 말거라. 다시 말해서, 나는 무섭지만 그래도 달콤하단다. 다시 말해서, 달콤하다는 건 아니고, 황홀하다고나 할까……. 젠장, 뭐든 죄다 마찬가지야. 강한 정신이든 약한 정신이든 아줌마 정신이든 뭐든 간에 말이다! 자연을 찬양하자. 보렴, 햇빛은 저토록 찬연하고 하늘은 또 얼마나 청명하고 나뭇잎들은 모두 푸르니, 이젠 완연한 여름이구나, 오후 3시가 지난 지금, 이 한적함이란! 그런데 어딜 가던 참이냐?"

"아버지한테 가던 길인데, 우선은 카체리나 이바노브나한테 들를 참이었어."

"그 여자와 아버지라니! 우아! 일이 척척 들어맞는구나! 정말로 내 무엇을 위해 너를 불렀고 무엇을 위해 원했으며, 또 무엇을 위해 내 영혼의 구석구석, 심지어 갈빗대 하나하나까지 너를 애타게 갈망하고 기다렸던가? 바로 내 이름으로 너를 아버지한테, 그다음엔 그녀, 즉 카체리나 이바노브나한테 보내기 위해서, 이로써 그녀와도, 아버지와도 결판을 짓기 위해서였단다. 천사를 보내고 싶었던 거지. 누구든 보낼 수 있지만, 그래도 나로선 천사를 보내야만 했거든. 자, 이런 상황인데 네가 때마침 그녀와 아버지한테 가는 길이었단 말이지."

"정말로 형은 나를 보내고 싶었던 거야?" 알료샤의 얼굴에 병적인 표정이 어리면서 이런 말이 튀어나왔다.

"잠깐만, 너도 그걸 알고 있었구나. 모든 걸 즉시 알아차렸다는 게 보여. 하지만 아무 말 말아라, 지금은 아무 말도 하지 말아 줘. 상심하지도, 울지도 말아라!"

드미트리 표도로비치는 자리에서 일어나 생각에 잠긴 듯 손가락을 이마에 갖다 댔다.

"그녀가 너를 부른 거지, 너한테 편지라도 썼거나 아니면 네가 그녀한테 갈 만한 뭐 다른 거라도 있는 거냐, 그렇지 않고서야 네가 그녀에게 갈 리가 없잖니?"

"여기 쪽지가 있어." 그러면서 알료샤는 그것을 호주머니에서 꺼냈다. 미챠는 재빨리 쪽지를 훑어보았다.

"그러고서 너는 뒷길로 들어섰구나! 오 하느님! 고맙습니다, 이 녀석을 뒷길로 향하게 해 주시어 때마침 저와 마주치게 해 주시다니, 이건 꼭 늙은 바보 어부의 손에 황금 물고기가 걸려들었다는 전래 동화[70] 같구나. 알료샤, 들어 봐라, 동생아, 들어 보렴. 이제 나는 이미 모든 것을 말할 생각이다. 누구에게든 말을 해야만 하거든. 하늘의 천사에게라면 이미 말을 했다만, 지상의 천사에게도 말을 해야지. 너는 지상의 천사가 아니냐. 잘 듣고 판단해서 용서를 해 주는 거야……. 내게 필요한 건 누군가 드높은 존재로부터 용서를 받는 것이거든. 들어 보렴. 만약 두 존재가 갑자기 모든 지상적인 것과 관계를 끊고 예사롭지 않은 것 속으로 날아간다면, 아니면 최소한 그들 중 한 사람이 그렇게 되어 영영 날아가거나 파멸해 버리기 직

70) 푸시킨의 동화 「어부와 물고기 이야기」(1833)를 염두에 둔 것이다.

전에 다른 한 사람을 찾아와서 이것저것을, 임종 시가 아니면 그 누구에게도 결코 부탁하지 않을 법한 그런 것을 해 달라고 부탁한다면, 그러면 그 사람은 정말 그걸 들어주지 않을 수 있을까……. 친구라면, 형제라면 말이야?"

"나라면 들어줄 테지만, 일단은 뭔지 말해 봐, 어서." 알료샤가 말했다.

"어서라……. 음. 재촉하지 마라, 알료샤. 너는 재촉하는 걸 보니 불안한 모양이구나. 이젠 서두를 건 전혀 없어. 이제 세계는 새로운 거리로 들어섰거든. 에잇, 알료샤, 네가 황홀경에까진 생각으로도 다다르지 못했다니, 안됐구나! 그나저나 내가 지금 이 녀석한테 무슨 말을 하고 있는 거지? 그래, 네가 그런 것까지는 생각으로도 다다르지 못했다니! 나는 또 왜 얼간이처럼 이런 소리를 하는 걸까.

> 인간이여, 고결해질지어다![71]

그런데 이게 누구의 시더라?"

알료샤는 기다리기로 마음먹었다. 지금 자기가 해야 할 모든 일이 어쩌면 오직 이곳에 있을지도 모른다는 것을 깨달았던 것이다. 미챠는 팔꿈치를 세워 탁자에 올려놓고 손바닥으로 머리를 괸 채 잠깐 동안 생각에 잠겼다. 두 사람은 말이 없었다.

---

71) 괴테의 시 「신적인 것」(1783)의 러시아어 번역에서 인용한 것이다.

"료샤."[72] 하고 미챠가 말했다. "너 하나만은 비웃지 않을 거야! 난 말이다…… 나의 고백을…… 실러의 「환희의 찬가(An die Freude)」로 시작하고 싶어. 「환희의 찬가」 말이야! 그런데 나는 독어를 모르지만 안 디 프로이데라는 것만은 알고 있지. 내가 술주정을 하는 거라곤 생각하지 말아 줘. 전혀 취하지 않았거든. 코냑은 코냑이지만, 술에 취하려면 난 두 병은 마셔야 되거든.

> 붉은 낯짝의 실레노스[73]가
> 비틀비틀 넘어진 당나귀 위에 앉아 있지만[74]

이 몸은 반의반 병도 채 안 마셨건만 실레노스는 아니로다. 실레노스가 아니라 실론[75]이니, 이는 완전히 결의를 굳혔기 때문이노라. 얘야, 내가 실없이 말장난을 늘어놓아도 용서해 주렴, 넌 오늘 나의 말장난 말고도 많은 것을 용서해야 할 거야. 그래도 너무 걱정하지는 마, 헛소리는 그만하고 본론을 얘기할 테니, 그래, 이제 금방 본론으로 들어가자꾸나. 괜히 유대인처럼 굴진 않을 테니까. 잠깐만, 그러니까 그게……."

그는 고개를 들고 생각에 잠기더니 갑자기 환희에 들떠 읊

---

72) 알료샤의 애칭.

73) 그리스 신화 속 인물로 디오니소스를 키웠다고 전해지고 주로 술에 취한 노인의 모습으로 그려진다.

74) 마이코프의 시 「양각」(1842)의 일절.

75) '실론'은 '강하다'라는 뜻이 있다.

조리기 시작했다.

야생의 원시인이 벌거벗은 채 겁에 질려
절벽의 동굴 속에 몸을 숨기고 있고,
유목민은 들판을 따라 방랑하며
들판을 황폐하게 했네.
사냥꾼이 창과 화살을 들고
숲을 누비며 위협하네…….
삭막한 바닷가를 때리는 파도에
버림받은 이들은 슬프기만 하여라!

올림피아산 정상에서
어머니 케레스[76]가 납치당한
페르세포네[77]를 찾기 위해 내려오네.
그녀 앞에 펼쳐지는 세상은 낯설기만 할 뿐,
여신을 반가이 맞아 주는 곳도,
몸 둘 곳도 그 어디에도 없어라.
신들을 섬기는 사원 또한
그 어디서도 찾아볼 수 없더라.

들판의 열매와 달콤한 포도송이도

---

76) 곡물을 관장하는 로마의 여신. 그리스 신화의 데메테르에 해당한다.
77) 데메테르(로마 신화의 케레스)의 딸. 납치되어 하데스의 아내가 된다.

향연의 식탁을 빛내지 않으니,
피로 얼룩진 제단에서는
육신의 잔해들만이 연기를 내뿜는구나.
케레스의 슬픈 눈이
그곳 어디로 향하든—
그 어디에나 굴욕 속에
흠뻑 빠진 인간만이 보일 뿐![78]

갑자기 미챠의 가슴에서 흐느낌 소리가 터져 나왔다. 그는 알료샤의 손을 움켜쥐었다.

"벗이여, 벗이여, 굴욕 속에, 지금도 굴욕 속에 빠져 있노라. 인간은 이 지상에서 너무도 많은 것을 참아야 해, 너무도 많은 불행을! 내가 고작 코냑이나 마시고 방탕을 일삼는 장교 딱지를 단 쌍놈에 불과하다고는 생각지 말아 주렴. 동생아, 나는 거의 오직 이것만을, 이 굴욕에 젖은 사람만을 생각한단다, 다만 내가 지금 거짓말을 하는 게 아니라면 말이다. 제발 지금 내가 거짓말이나 자화자찬을 하는 것이 아니었으면 좋겠어. 이 인간을 생각하는 건 나 자신이 그런 사람이기 때문이야.

인간이 저열함으로부터 벗어나
영혼 깊숙이 일어설 수 있으려면,
고대의 어머니 대지와

78) 실러의 시 「엘레우시스 제전」(1798)의 일절.

영원히 결합할지어다.

하지만 바로 이게 문제야. 즉, 어떻게 내가 대지와 영원히 결합할 것인가? 나는 대지에 입을 맞추지도 않고 대지의 가슴을 열어젖히지도 않아. 아니, 내가 농사꾼이나 양치기가 될 순 없잖니? 이렇게 앞으로 걸어 나가면서도 내가 악취 나는 치욕 속에 빠진 것인지, 아니면 빛과 기쁨 속에 빠진 것인지를 모르겠어. 바로 이게 불행이라니까, 세상의 모든 것이 수수께끼거든! 방탕한 치욕의 심연 속으로 깊이 빠져들 때면(하긴 나한테는 꼭 이런 일만 있었지.) 나는 언제나 케레스와 인간을 노래한 이 시를 읽곤 했어. 그 덕택에 내가 개과천선했느냐? 절대 아니올시다! 왜냐면 나는 카라마조프니까. 왜냐면, 어차피 심연 속으로 떨어진다면 차라리 머리를 아래로 처박고 발뒤꿈치를 위로 쳐든 채 곤두박질치는 편이 낫고, 그야말로 이렇게 굴욕적인 자세로 추락하는 것이 만족스럽고, 또 나 같은 놈한테는 이것이 아름다운 일이라고 생각하기 때문이지. 그러니까 바로 이런 치욕 속에서 허덕이며 나는 갑자기 찬송가를 부르기 시작하는 거야. 내가 빌어먹을 놈이고 천한 놈, 야비한 놈이라고 해도, 설사 그렇다 쳐도 나의 하느님을 휘감고 있는 저 옷자락에 입을 맞추면 또 어떠냐. 그와 바로 동시에 악마의 뒤를 따라간다고 해도 어쨌거나 나는 하느님의 아들이니, 주여, 당신을 사랑하며 이 세상을 존재하게 하고 지탱하게 해 주는 기쁨을 느끼옵나이다.

영원한 기쁨이 하느님의
창조물의 영혼을 적셔 주고,
발효의 신비스러운 힘으로
생명의 잔을 불태우도다.
풀 한 포기마저 빛으로 인도하고,
혼돈을 태양들로 엮어
점성술사도 어찌할 수 없는 공간들 위에
흩뿌려 놓았도다.

자연의 복된 품속에서
숨 쉬는 모든 것이 기쁨을 마시노라.
모든 창조물들, 모든 민족들이
그것을 향해 이끌리도다.
불행에 빠진 우리에겐 벗들을,
포도즙을, 화관을 선사해 주시고,
벌레들에겐—정욕을……
하느님 앞에는 천사가 임할지어다.[79]

그나저나, 이제 시는 됐어! 내가 눈물을 다 흘렸군 그래, 좀 울게 해 주렴. 이게 모든 사람들의 웃음거리가 될 바보짓이라고 해도 너만은 비웃지 않겠지. 그러고 보니 네 눈도 불타고 있구나. 여하튼 시는 이제 됐어. 이제는 너에게 '벌레들' 이야

---

79) 앞서 언급된 실러의 시 「환희의 찬가」(1785)의 일절.

기를 하고 싶구나, 하느님에게서 정욕을 선사받은 저놈들에 대해서 말이다.

벌레들에겐—정욕을!

나야말로, 동생아, 바로 이 벌레란다, 이건 특별히 나를 두고서 나온 말이야. 그리고 우리 카라마조프는 전부 이런 놈들이지, 천사인 너의 안에도 이 벌레가 살고 있어서 너의 핏속에서 폭풍우를 낳는 거야. 이건 폭풍우야, 정욕은 폭풍우거든, 아니, 폭풍우 이상이지! 아름다움이란 말이다, 섬뜩하고도 끔찍한 것이야! 섬뜩하다 함은 뭐라고 정의 내릴 수 없기 때문이고, 뭐라고 딱히 정의 내릴 수 없다 함은 하느님이 오로지 수수께끼만을 내놨기 때문이지. 여기서 양극단들이 서로 만나고, 여기서 모든 모순들이 함께 살고 있는 거야. 나는, 동생아, 교양이라곤 통 없는 놈이지만 이 점은 많이 생각했어. 비밀이 정말 너무도 많아! 너무도 많은 수수께끼들이 지상의 사람을 짓누르고 있어. 네 깜냥대로 수수께끼를 풀어 보라니, 몸에 물을 적시지 않은 채로 물에 들어갔다 나와 보라는 것과 똑같아. 아름다움이란 정말! 덧붙여 내가 참을 수 없는 건 어떤 사람이, 그것도 고귀한 마음과 드높은 이성을 가진 사람이 마돈나의 이상에서 시작하여 소돔의 이상으로 끝을 맺는다는 거야. 더 끔찍한 것은 영혼 속에 이미 소돔의 이상을 품은 상태에서도 마돈나의 이상을 또한 부정하지 못하여, 그 때문에 죄악을 모르던 젊은 시절처럼 자신의 가슴을 진실로, 진실로 불태운다는 거지. 아니야, 인간이란 넓어, 너무도 넓어, 나는 차라리 축소시켰으면 싶어. 젠장, 도대체 뭐가 뭔지 알게 뭐람, 정말! 이성에는 치욕으로 여겨지는 것이 마음에는 완전히 아름다움이니 말이다. 소돔에도 아름다움이 있을까? 믿을 수 있겠니, 아주 많은 사람들에게 있어 아름다움이란 바로 소돔에 도사리고 있다는 것을, 이 비밀을 너는 알고 있었니? 정말 무서운 건 말이지, 아름다움이란 비단 섬뜩한 것일 뿐만 아니라 신비스러운 것이기도 하다는 사실이야. 그러니까 악마와 신이 싸우는데 그 전쟁터가 바로 사람들의 마음속인 거지. 그나저나, 어디가 아픈 사람은 꼭 그 얘기를 하게 마련인가 봐. 들어보렴, 이제 본론으로 들어가니까."

4 뜨거운 마음의 고백. 일화의 형식으로

"나는 거기서 좀 놀긴 놀았어. 아까 아버지는 내가 처녀들을 꼬드기기 위해 몇 천 루블을 썼다고 말했지. 하지만 이건 돼지 같은 망상이야, 그런 일은 절대로 없었어, 설사 뭔가가 있었다 할지라도 '그 짓' 때문에 돈이 필요했던 건 아니야. 나한테 돈이란 그저 액세서리고 영혼의 열기이고 소품일 뿐이거든. 바로 이 순간 나의 여자가 어떤 귀부인이라면, 내일은 거리의 여자가 그 자리를 차지하지. 이 여자든 저 여자든, 나는 한 옴큼씩 돈을 뿌리고 음악이며 집시들을 동원하여 거나하게 한판 벌이면서 즐겁게 해 주는 거야. 필요하다면 상대 여자에게 돈을 주기도 하는데, 그런 여자들은 돈을 받아, 받으면서 아주 환장을 하거든, 솔직히 말해 그들은 만족스러워하고 또 고마워하지. 귀족 아가씨들도 나를 좋아했는데, 다 그런 건 아니지만 그런 일이 일어나곤 했어. 하지만 나는 언제나 뒷골목이, 광장 뒤의 어둡고 인적이 드문 골목길이 좋더라. 그곳엔 모험이 있고 그곳엔 뜻밖의 사건이 있고 또 그곳엔 진흙 속에 묻힌 천연석이 있거든. 내 말은, 동생아, 일종의 알레고리 같은 거야. 그러니까 우리 소도시에는 물질적인 의미에서의 뒷골목들이 있다는 것이 아니라, 정신적인 의미에서의 뒷골목들이 있다는 소리야. 그런데 네가 나와 같은 놈이라면 이게 무슨 소리인지 이해할 텐데. 나는 방탕을 사랑했고 방탕의 치욕마저도 사랑했어. 잔혹한 짓도 사랑했지. 그런데도 내가 빈대가 아니란 말이냐, 못된 벌레가 아니란 말이냐? 어차피 카라마조프라니까! 한번은 전 도시에서 소풍을 떠났는데, 일곱 대의 트로이카가 나섰어. 겨울의 어둠이 깔린 썰매 위에서 나는 내 옆에 앉은 어느 처녀의 작은 손을 꽉 쥐기 시작했고, 관리의 딸인 이 소녀나 다름없는 처녀, 가엾고도 사랑스럽고 온순하고 말대꾸도 할 줄 모르는 처녀에게 입맞춤을 하게 됐지. 그녀는 허락했어, 어둠 속에서 많은 것을 허락했지. 가엾은 것, 내일이면 내가 자기한테 와서 청혼을 할 줄 알았던 거야.(무엇보다도, 나는 훌륭한 신랑감으로 정평이 나 있었거든.) 하지만 그 일이 있고 나서 나는 다섯 달 동안 그녀에게 말 한마디, 아니 반마디도 건네지 않았어. 무도회에서 춤을 출 때면(우리 도시에선 또 춤추는 게 본업이 아니냐.) 홀의 구석진 곳에서 그녀의 두 눈이 나를 좇는 것이 보였고 또 그 눈에서 불꽃이, 잔잔한 격노의 불꽃이 이글거리는 것이 보였지. 하지만 이런 장난도 그저, 내가 내 안에서 키우고 있는 벌레의 정욕을 즐겁게 해 줄 뿐이었어. 다섯 달 뒤에 그녀는 어느 관리와 결혼해서 떠났는데…… 화가 나 있으면서도 여전히 나를 사랑하고 있었을 거야. 지금 그들은 행복하게 잘 살고 있지. 하지만 꼭 명심해 둬라, 나는 아무한테도 이 얘기를 한적이 없고 또 허튼 소문을 퍼뜨려 그 처녀의 얼굴에 먹칠을 한 적도 없다는 걸. 내 비록 천한 욕망을 지녀서 천한 걸 좋아하긴 하지만 영 못 돼먹은 놈은 아니거든. 너 얼굴을 붉히는구나, 눈도 반짝였어. 이런 지저분한 이야기는 이제 너한테 그만 하마. 다만 이 모든 건 약과에 불과해서 폴 드 콕[80] 같은 놈의 이야기에 비하면 겨우 서론 격이랄까, 비록 잔혹한 벌레가 이미 자라났고 이미 영혼 속까지 퍼지긴 했지만. 그러니까 이렇게 추억들을 늘어놓자면, 얘야, 두툼한 앨범이 하나 나올 거다. 하느님, 사랑스러운 그녀들을 건강하게 살게 해 주시옵소서. 나는 헤어질 때 싸우는 걸 좋아하지 않았어. 그리고 아무한테도 비밀을 누설하지 않았고, 허튼 소문을 퍼뜨려 그 누구의 얼굴에 먹칠을 한 적도 절대 없었어. 어쨌거나 이젠 됐다. 설마 내가 그저 이 걸레 같은 얘기를 하려고 너를 여기로 불렀다고 생각하진 않겠지? 천만에, 너한테 좀 더 흥미진진한 걸 이야기해 주마. 하지만 내가 네 앞에서 수치스러워하기는커녕 오히려 기쁜 기색마저 보

80) 프랑스의 소설가.

인다고 해서 놀라지는 말아라."

"내가 얼굴을 붉혔기 때문에 형이 그런 말을 하는 거구나." 갑자기 알료샤가 한마디 했다. "내가 얼굴을 붉힌 건 형의 말 때문도, 형이 겪은 일 때문도 아니고 그저 나 자신도 형과 똑같기 때문이야."

"네가? 어라, 이건 좀 심한걸."

"아니, 그렇지 않아." 알료샤가 열렬한 어조로 말했다.(보아하니, 그는 이미 오래전부터 이런 생각을 품고 있었던 것 같았다.) "다들 똑같은 계단에 서 있는 거야. 다만, 나는 가장 낮은 곳에 있고 형은 저 위쪽, 열세 번째 계단쯤에 있을 뿐이지. 이 문제에 대한 내 관점은 이런데, 이 모든 것이 똑같은 것, 완전히 동일한 성질의 것이야. 아래쪽 계단에 발을 내디딘 사람은 어떻든 꼭 위쪽 계단까지 올라가게 될 테니까."

"그렇다면 아예 발을 내딛질 말아야겠네?"

"그럴 수 있는 사람이라면, 아예 내딛지 말아야지."

"그럼 너는, 너는 그럴 수 있어?"

"그럴 수 없을 것 같아."

"아무 말 말아라, 알료샤, 얘야, 아무 말도 하지 말거라, 나는 네 손에 입을 맞추고 싶구나, 이렇게, 너무 감동해서 말이야. 그 망할 년 그루셴카가 사람 보는 데는 도사인데, 한 날은 나한테 언젠가는 너를 먹어 버릴 거라고 말하더구나. 아무 말도, 아마 말도 하지 않으마! 추잡한 것들, 파리똥으로 더러워진 무대를 떠나 나의 비극으로 넘어가자, 그 무대도 파리똥, 다시 말해 온갖 저열한 것들로 더러워졌지만 말이다. 그러니까 문제는 말이야, 우리 영감은 내가 순결한 처자들을 꼬드겼느니 어쨌느니 거짓부렁을 늘어놓았지만 사실 나의 비극 속에 그런 일이 있긴 했어, 비록 딱 한 번뿐이었고 그나마도 제대로 되진 않았지만. 우리 영감은 밑도 끝도 없는 헛소리를 하며 나를 욕했지만 내가 이런 장난을 친 줄은 모르고 있어. 아무한테도 이야기한 적이 결코 없으니까 말이지, 지금 너한테 처음 이야기하는 거야, 물론 이반은 예외야, 이반은 모든 걸 다 알고 있어. 너보다도 먼저, 오래전부터 알고 있지. 하지만 이반은 무덤이잖니."

"이반이 무덤이라고?"

"그렇지."

알료샤는 굉장히 주의를 기울여 가며 들었다.

"나는 그쪽 부대 상비군에서 소위보(少尉補)로 복무하고 있었지만, 그래도 무슨 유형수처럼 감시를 받고 있는 거나 다름없었어. 그런데도 도시 사람들은 나를 너무도 잘 대해 주었지. 돈을 많이 뿌려 대니까 다들 내가 부자라고 믿었고 사실 나 자신도 그렇게 믿고 있었던 거야. 하지만 그 밖에도 내가 그들 마음에 든 또 다른 이유가 있었던 게 분명해. 고개를 설레설레 흔들면서도 나를 좋아한 건 맞거든. 그런데 이미 노인이나 다름없던 나의 중령이 느닷없이 나를 싫어하게 된 거야. 걸핏하면 나한테 트집을 잡았어. 하지만 나한테도 든든한 오른팔이 있었고 더욱이 도시 전체가 내 편이었기 때문에 제대로 트집을 잡을 수 있는 형편은 아니었어. 하긴 나도 일부러 응당 요구되는 존경을 표하지 않았으니 잘못하긴 했지. 오만하게 굴었으니까 말이야. 이 늙은 옹고집쟁이는 손님 접대를 좋아하는 아주 선량하고 썩 괜찮은 사람이었는데, 두 번이나 상처를 했지. 그중 첫 부인은 참 소박한 부류였는데 역시나 소박한 딸을 그에게 남겨 주었어. 내가 있었을 때 그녀는 벌써 스물네 살 정도의 처녀가 되어 아버지, 죽은 어머니의 여동생, 즉 이모와 함께 살고 있었지. 이모는 말이 없고 소박했지만 조카딸, 그러니까 중령의 큰딸은 활달하고 소박했어. 원래 나는 추억을 더듬으며 좋은 말을 하는 것을 좋아하는 편이야. 하지만 얘야, 아가피야라는 이름을 가진 이 아가씨보다 더 매력적인 성격을 지닌 여자를 결코 본 적이 없을 정도야, 아가피야 이바노브나였지, 그래. 게다가 꽤나 예쁜 편이었는데, 큰 키에 살집이 두툼하고 몸매도 풍만하고 아름다운 눈에 다소 거친 구석이 있는 얼굴이며 러시아적 미인이랄까. 두 번이나 중매가 들어왔지만 거절하고서 시집을 가지 않았는데, 그러고도 명랑함을 잃지 않았지. 나는 그녀와 어울리게 됐는데, 그러니까 그렇고 그런 의미가 아니라 그러니까 순수하고 말하자면 우정 어린 관계로 말이야. 나도 여자들과 완전히 순수하게, 친구처럼 어울린 적이 자주 있었거든. 그녀와 함께 아차! 싶을 만큼 노골적인 말들을 떠들어 대면 그녀는 그저 웃을 뿐이야. 유념해 둬라, 많은 여자들이 노골적인 얘기를 좋아하기도 하지만, 그녀는 덧붙여 나를 아주 즐겁게 해 주기까지 한 아가씨였지. 한 가지가 더 있는데, 그녀는 절대로 귀족 영양이라 부를 수 없을 법한 여자였어. 아버지 댁에서 이모와 함께 살면서도 어쩐지 자발적으로 스스로를 낮추고 사교계의 다른 모든 이들과 맞먹으려 하지 않았거든. 다들 그녀를 좋아했고 그녀를 필요로 했는데, 이건 대단히 솜씨 있는 재봉사였기 때문이야. 어지간한 솜씨가 아니었건만 그저 친절을 베푸는 차원에서 일을 했기 때문에 그 대가로 돈을 요구하는 일도 없었고, 그럼에도 상대방이 돈을 준다면 구태여 사양하지도 않았어. 하지만 중령은 말이야, 완전 딴판이었다니까! 중령은 우리 지역을 통틀어 제일가는 인물 중 하나였어. 발이 넓어서 도시 전체를 향해 문을 열어 놓았고 저녁 만찬이다, 무도회다, 정신이 없었지. 내가 도착하여 부대에 배속됐을 때는 조만간 수도에서 중령의 둘째 딸이 우리 도시로 올 거라는 소문이 온 도시에 자자했는데, 미인치고도 정말 빼어난 미인으로 지금 막 수도의 한 귀족 학교를 마쳤다더군. 이 둘째 딸이 바로 카체리나 이바노브나이고 중령의 둘째 아내 소생이지. 이미 고인이 된 이 둘째 아내는 명망 있는 어느 대단한 장군 집안 출신이었지만, 내가 알고 있는 믿을 만한 정보에 따르면 중령에게 지참금을 전혀 가져오지 않았다더군. 다시 말해, 집안이 좋아서 거기에 무슨 희망을 걸어 볼 순 있었지만, 사실 현금은 조금도 없었다는 거지. 그런데 여대생이 도착하자(아주 온 건 아니고 잠시 들른 거였는데) 우리 도시가 통째로 새로 태어난 듯했는데, 각하 부인 둘과 대령 부인 하나를 비롯한 가장 명망 있는 부인들, 그들을 따라 모든 사람들이 죄다 그 즉시 관심을 보이면서 그녀를 무도회와 피크닉의 소풍의 여왕처럼 떠받들고 즐겁게 해 주기 시작했고, 무슨 여성 가정교사들을 돕는답시고 활인화(活人畫) 전시회를 기획하기도 했지. 나는 말없이 방탕을 일삼고 있다가 바로 그때 온 도시가 들끓을 정도로 큰 장난을 쳤어. 부대의 대대장 집에서 있었던 일인데 그녀가 나를 눈으로 재듯 한번 쳐다보는 걸 봤음에도 그때 나는 그녀한테 접근하지 않았어. 너 같은 여자와 인사를 틀 필요가 어디 있나, 이런 식이었지. 내가 그녀에게 접근한 건 이미 얼마간의 시간이 지난 뒤였고 역시나 어떤 저녁 모임에서였는데, 내가 말을 걸자 그쪽에선 보는 둥 마는 둥 경멸스럽다는 듯 입술을 꼭 다물기에 내 생각했지, 두고 봐라, 복수를 하고야 말겠다! 그 당시 나는 대부분의 일에 있어서 아주 끔찍한 폭탄이나 다름없었고 나 자신이 그걸 절감하고 있었어. 무엇보다도 '카첸카'는 그냥 순결한 여대생이었던 것이 아니라 제법 성깔도 있고 오만한 인물이면서 동시에 정말로 선량하고 더군다나 지성과 교양까지 겸비했지만, 나는 이도 저도 없는 놈이라는 걸 절감했던 거야. 넌 내가 청혼을 하고 싶어 했다고 생각하니? 절대로 아니야, 그저 나같이 대단한 놈은 안중에도 없는 그녀에게 복수를 하고 싶었을 뿐이야. 그래도 일단은 그냥 방탕하고 떠들썩하게 살고 있었어. 마침내 중령은 나를 사흘간 영창에 처넣었지. 바로 이 무렵 아버지가 때마침 나한테 6000루블을 보내 주었는데, 내가 아버지에게 더 이상 아무것도 요구하지 않을 테니 '완전히 청산'하자며 모든 것에 대한 정식 포기 각서를 써 보낸 이후의 일이었어. 그때만 해도 난 아무것도 몰랐어. 여기 오기 직전까지, 요 며칠 전까지도, 아니, 심지어 오늘까지도, 동생아, 나는 아버지와 나 사이의 이 모든 돈 관련 문제에 대해 아무것도 모르고 있었지 뭐냐. 하지만 젠장, 이건 나중에 얘기하자꾸나. 여하튼 그 무렵 나는 이 6000을 받고 난 뒤, 우연찮게 갑자기 한 친구가 보내온 편지 속에서 내 구미를 아주 자극하는 얘기를 알게 되었는데 바로 우리 중령이 위쪽의 미움을 사서 부정 혐의를 받고 있다는 것, 한마디로 말해, 그의 적들이 그를 위해 기똥찬 군것질거리를 준비하고 있다는 거였어. 곧바로 사단장이 와서 호되게 질책했지. 그다음엔 얼마 지나지 않아 퇴역서를 제출하라는 명령이 떨어진 거야. 어쩌다 이렇게 됐는지 너한테 속속들이 얘기하지는 않겠지만, 다만 중령에게는 정말로 적이 있었던지 도시 사람들이 그와 그 가족 모두를 대하는 태도가 갑자기 싸늘해진 것이 꼭 썰물이 빠져나간 것 같았다니까. 바로 그때 내가 첫 번째 장난질을 친 거야. 언제나 우정을 유지해 온 아가피야 이바노브나를 만나서 말했지. '아니, 당신 아버님께는 공금 4500루블이 없잖습니까.' '무슨 소리예요, 왜 이런 말씀을 하시는 거죠? 얼마 전 아버지가 왔을 때만 해도 죄다 분명히 있었는걸요…….' '그때는 있었지만 지금은 없습니다.' 그녀는 끔찍할 정도로 경악하더군. '사람 놀래지 마세요, 누구한테 들었나요?' '염려 마십시오, 아무한테도 말하지 않을 테니까요, 부인께서도 아시지 않습니까, 이런 쪽으론 저는 무덤이죠, 그저 저는 이 문제에 대해 역시나 '만일의 경우'에 대비하여 한마디 덧붙이고 싶을 뿐입니다. 즉, 아버님께 4500을 내놓으라는 명령이 떨어졌을 때 그 돈이 없는 것이 밝혀지면, 바로 재판에 회부되고 그다음엔 늘그막에 일개 사병 노릇을 해야 될 텐데, 차라리 그럴 바엔 부인의 여대생을 저한테 몰래 보내시지요,

마침 저는 돈을 송금받았거든요, 그 여대생에게 4000루블을 거저 주되, 비밀은 맹세코 꼭 지키겠습니다.' '아이, 무슨 소리를 하는 거예요, 이 야비한 인간!(그녀는 정말 이렇게 말했어.) 정말 사악하고 야비한 인간이군요! 감히 어떻게 그런 소리를!' 그녀는 무서울 만큼 성이 난 상태로 나갔고, 나는 그녀의 뒤에다 비밀은 맹세코 꼭 지킬 거라고 다시 한번 외쳤어. 그나저나 미리 얘기하자면, 이 두 여자, 즉 아가피야와 그녀의 이모는 알고 보니 이 사건이 진행되는 내내 순결한 천사나 다름없었고 이 여동생, 즉 오만한 카챠[81]를 진실로 숭배하여 그녀 앞에서 스스로를 낮추면서 하녀 노릇을 해 왔거든……. 아가피야가 이 농담을, 즉 우리의 대화를 그녀에게 전하기만 하면 됐던 거야. 나는 이 모든 것을 나중에 내 손바닥 들여다보듯 훤히 알게 됐어. 아가피야는 그 얘기를 숨기지 않았고, 뭐 그거야말로 내가 노렸던 것이었지.

그런데 갑자기 신임 소령이 부대를 인수하러 온 거야. 인수인계가 진행됐지. 늙은 중령은 갑자기 병이 나서 운신도 못 하고 이틀 동안 꼬박 집에 틀어박혀서는 공금을 내놓지 않는 거야. 우리 의사 크라프첸코는 그가 정말 병을 앓고 있다고 주장했어. 하지만 오직 나만은 오래전부터 다음과 같은 비밀을 그야말로 낱낱이 알고 있었지. 즉, 상부에서 공금을 점검하고 나면 매번, 벌써 사 년째 연이어 그 돈이 얼마 동안 자취를 감추곤 했던 거야. 중령이 공금을 가장 믿을 만하다 싶은 어떤 사

81) 카체리나의 애칭.

람, 즉 우리 도시의 상인이자 늙은 홀아비인 금테 안경을 낀 텁석부리 트리포노프에게 빌려주었기 때문이지. 그 사람은 정기 시장으로 가서 자기한테 필요한 대로 돈을 굴린 다음에 그 즉시 중령에게 원래 돈을 고스란히 돌려주었는데, 그러면서 시장에서 자잘한 선물을, 그러니까 선물과 함께 이자를 갖다주었지. 그런데 이번만은(나는 그 당시 이 모든 것을 아주 우연한 기회에 트리포노프의 아들 녀석한테서 알게 됐는데, 아직 코흘리개나 다름없는 이 어린것은 그의 친아들이자 상속자였지만 세상에 둘도 없는 망나니였어.) 이번만은 트리포노프가 시장에서 돌아왔으면서도 아무것도 돌려주지 않았다는 거야. 중령은 그에게 달려들었지. 하지만 '나는 나리로부터 아무것도 받은 것이 없습니다, 더욱이 그런 걸 받을 수도 없잖습니까.'라는 게 그의 대답이었어. 뭐, 그래서 우리 중령은 집에 틀어박혀 머리에 수건을 칭칭 감고 관자놀이에 얼음 세 덩어리를 얹고 있을 수밖에 없었지. 그런데 갑자기 전령이 장부와 '두 시간 내로 즉각, 곧바로 공금을 반납할 것'이라는 명령을 들고 나타난 거야. 그는 서명했고, 나도 나중에 장부의 이 서명을 본 적이 있는데, 여하튼 그러고서 그는 자리에서 일어나 제복을 입으러 간다고 말하고는 자기 침실로 달려가 이연발(二連發) 엽총을 들어 군용 총알을 장전한 뒤 오른쪽 신발을 벗고 엽총을 가슴에 조준하고 오른발로 방아쇠를 더듬기 시작했어. 하지만 그때 내 말이 떠올랐던 아가피야가 뭔가 수상쩍다 싶어서 몰래 중령을 쫓아갔다가 적시에 이 장면을 보게 된 거지. 부리나케 달려들어 뒤에서 그를 덮쳐 껴안았기 때문에 엽총은 천장으로 향해 위로 발사됐어. 그래서 아무도 상처를 입지 않았지. 곧 나머지 사람들이 달려와서 그를 부여잡고 엽총을 빼앗고 팔을 부축하고……. 이 모든 것은 나도 나중에 낱낱이 알게 된 거야. 그때 난 집에 있었고, 황혼 녘이었는데, 막 외출을 하려던 참이어서 옷을 입고 머리를 빗고 손수건에 향수를 뿌리고 모자를 잡는 순간, 갑자기 문이 열리더니, 내 앞에, 내 집에 카체리나 이바노브나가 서 있었던 거야.

왜 더러 이상한 일들이 일어나곤 하잖니. 그때 그녀가 나한테 오는 걸 길거리의 그 누구도 알아채지 못했기 때문에 도시에서 이 일은 그렇게 없었던 것처럼 되었거든. 나는 관리의 부인이었던 두 명의 아주 늙은 노파들에게서 집을 빌려 쓰고 있었는데, 이 점잖은 여인네들은 내 시중을 들어 주면서 모든 일에서 나에게 복종해 온 터라 이 일에 대해서도 내 명령에 따라 나중에 둘 다 쇠몽둥이처럼 입을 다물어 주었지. 그나저나 물론, 나는 모든 것을 즉각 알아차렸어. 그녀는 방 안으로 들어와 나를 똑바로 쳐다보았는데, 짙은 눈은 단호하다 못해 대범함까지 내비쳤지만 입술과 입술 주변으로 주저하는 기색이 역력하더군.

'언니가 말하길, 당신이 저에게 4500루블을 줄 거라더군요, 제가 돈을 받으러…… 직접 당신을 찾아가면요. 이렇게 제가 왔으니…… 돈을 주세요……!' 그러곤 더 이상 견딜 수 없었는지 숨이 탁 끊길 만큼 겁을 집어먹고 말았는데, 목소리는 탁 끊겼고 입술 끝과 입술 언저리의 선들이 파르르 떨리기 시작하더군. 알료쉬카, 듣고 있는 거냐, 아니면 자는 거냐?"

"미챠, 나는 형이 모든 걸 사실대로 말해 줄 거라는 걸 알고 있어." 알료샤가 흥분해서 말했다.

"그래, 사실대로 이야기하마. 전부 사실대로라면 말이다, 어떤 일이 있었는지 에누리 없이 말해 주마. 처음 든 생각은 극히 카라마조프적인 것이었어. 한번은, 동생아, 거미한테 물려서 이 주 내내 그놈 때문에 열병에 걸린 양 누워 있었던 적이 있었어. 뭐 그러니까 그 순간도 갑자기 이 거미가, 그 못된 벌레가 내 심장을 무는 것 같은 소리가 들리더란 말이다, 알겠니? 나는 그녀를 싹 훑어보았지. 너도 그녀를 본 적이 있지? 정말로 미인이잖니. 하지만 그때 그녀가 아름다웠던 건 그 때문이 아니야. 그 순간 그녀가 아름다웠던 건 그녀는 고결한데 반해 나는 야비한 놈이고, 그녀는 너무도 너그러운 마음에서 아버지를 위해 희생을 하겠노라고 위풍당당하게 나타난 것인 데 반해 나는 빈대에 불과하다는 그것 때문이었지. 자, 그런데 이 빈대같이 야비한 놈인 나한테 그녀의 모든 것이 영혼이고 몸이고 할 것도 없이 송두리째 달려 있는 거야. 완전히 독 안에 든 쥐였지. 단도직입적으로 말하자면, 이 생각, 이 거미의 생각이 내 심장을 어찌나 거세게 거머쥐었던지 그저 그 괴로움 하나만으로도 심장이 녹아 버릴 것 같았어. 이 정도였으니, 이미 갈등하고 자시고 할 것도 없을 것 같았어. 즉, 일말의 동정도 없이 빈대처럼, 사악한 독거미처럼 일을 쳐 버리는 거지……. 나는 심지어 숨이 멎을 지경이었어. 들어 봐, 정말로 나는 물론 내일이라도 찾아가 청혼을 하고, 그런 식으로 모든 것을 말하자면 아주 점잖게 마무리 짓고, 고로 그 누구도 이 일을 알지 못하도록, 알 수도 없도록 할 참이었어. 내 비록 저열한 욕망을 가진 놈이긴 해도, 그래도 명예라는 걸 아는 놈이니까. 바로 그때 갑자기, 바로 그 순간에 누군가가 내 귀에다 대고 '내일 네가 청혼을 하러 찾아가면, 이 여자는 너를 맞으러 나오기는커녕 마당에서 바로 너를 쫓아내라고 마부에게 명령할걸. 온 도시에다 대고 떠들어라, 나는 네놈 따윈 무섭지 않아! 이런 식으로 말이야.'라고 속삭이는 거야. 그러고서 이 아가씨를 바라보니 내 목소리가 일러 준 말이 맞겠다 싶었어. 물론 정말로 그렇게 되고야 말겠지. 목덜미가 잡혀 끌려 나가리라는 건 그 순간, 그녀의 얼굴만 봐도 이미 판단할 수 있는 노릇이었지. 그러자, 내 안에서는 악의가 끓어오르기 시작했고 돼지 새끼 같은 장사치나 칠 법한 아주 야비한 장난질을 치고 싶어지더군. 즉, 비아냥거리면서 그녀를 한번 바라보면서 곧바로 면전에서 장사치들이나 쓰는 말투로 그녀의 뒤통수를 때리는 거지, 바로 이렇게 말이야.

'이보쇼, 이건 4000루블이라고요! 농담으로 해 본 소리인데, 아가씨는 도대체 이게 뭐 하는 짓이요? 이 아가씨 계산 한번 속 편하게 하셨네그려. 200루블 정도라면 내 기꺼이, 흔쾌히 내놓겠지만, 4000루블이란, 아가씨, 그렇게 경솔한 일에 쓰라고 있는 돈이 아니오. 괜히 힘든 걸음을 하셨군요.'

그러니까 이렇게 말했다면 나는 물론 모든 걸 잃어버렸을 테고 그녀는 달아나 버렸을 테지만, 대신에 악랄하게 복수를 한 결과가 되었을 테니까 나머지 모든 것을 희생할 가치가 있었을 법하지. 나중에 평생을 두고 대성통곡하며 후회할지언정 오로지 지금만은 이 장난질을 치고 싶다, 그랬단 말이야! 정말로 그 어떤 여자, 단 한 명의 여자와도 그 순간처럼 증오를 갖고 상대방을 바라본 그런 일은 없었어. 그리고 십자가에 맹세를 해도 좋지만, 나는 그때 끔찍한 증오를 갖고 삼 초, 아니면 오 초 정도 이 여자를 바라보았는데, 그 증오심에서 사랑까지는, 그것도 미칠 정도로 강렬한 사랑까지는 고작해야 한 끗 차이였다니까! 나는 창가로 다가가 얼어붙은 유리창에 이마를 갖다 댔는데, 유리창의 얼음이 불덩어리처럼 내 이마를 태우던 기억이 나는군. 그리 오랫동안 질질 끈 건 아니니까 걱정하지 마, 곧 몸을 돌려서 탁자로 다가가 서랍을 열고 (나의 프랑스어 사전 속에 들어 있던) 5퍼센트의 이자가 딸린 5000루블짜리 무기명 수표를 꺼냈지. 그다음은 말없이 그녀에게 그걸 보여 주고 접어서 내준 뒤 내 손으로 직접 그녀에게 현관으로 통하는 문을 열어 주었고, 한 걸음 뒤로 물러서서 그녀에게 허리를 숙여 아주 정중하고 감동 어린 인사를 했지, 정말이니 믿어 줘! 그녀는 온몸을 부르르 떨고 일 초간 유심히 쳐다보더니, 완전히, 그러니까 뭐 백지장처럼 새하얘져선 역시나 한마디 말도 하지 않은 채 갑자기, 무슨 격정에 사로잡혀서도 아니고 그저 부드럽고 조용하게 온몸을 깊이 숙여 바로 내 발밑에 절을 하는 거야, 그것도 여대생들이 하는 방식이 아니라 순수 러시아식으로 이마가 땅에 닿도록 말이야! 그러더니 벌떡 일어나서 뛰어나가더군. 그녀가 뛰어나갔을 때 나는 마침 장검을 차고 있었어. 나는 그 장검을 뽑아 들었고 바로 그 자리에서 나 자신을 찔러 버리고 싶었는데, 무엇 때문이었는지 모르겠어, 지독하게 바보짓이었지만 분명히 너무 황홀해서 그랬을 거야. 네가 이해할지 모르겠다마는, 어떤 때는 너무 황홀하기 때문에 자살을 할 수도 있거든. 하지만 나는 자살을 하진 않았고, 그저 장검에 입을 맞추고서 다시 칼집에 넣었지. 그나저나 이런 것까진 너한테 얘기하지 않을 수도 있었는데. 게다가 지금 이 모든 갈등을 이야기하는 와중에 스스로를 칭찬하기 위해 약간의 덧칠까지 한 것 같으니 말이다. 하지만 그런들 또 어떠냐, 인간의 마음속을 살피는 간첩들은 죄다 귀신들한테 잡혀가라지! 자, 바로 이게 나와 카체리나 이바노브나 사이에 있었던 '사건'의 전부야. 이제 이 일을 아는 사람은 동생 이반과 너, 단둘뿐이야!"

드미트리 표도로비치는 자리에서 일어나 흥분한 상태로 성큼성큼 걸으면서 손수건을 꺼내 이마의 땀을 닦고 나서 다시 자리에 앉았지만, 지금까지 앉아 있던 자리가 아니라 다른 자리, 즉 다른 쪽 담벼락 옆에 있는 맞은편 벤치에 앉았기 때문에 알료샤는 그를 향해 몸을 완전히 돌려야 했다.

5 뜨거운 마음의 고백. '곤두박질'

"이제야"라며 알료샤가 말했다. "이 일의 전반부를 알게 됐네."

"전반부는 너도 이해할 거다. 이건 드라마고, 저곳에서 일어났던 거야. 후반부는 비극이고, 이건 이곳에서 일어날 거다."

"후반부라면 나는 지금까지 아는 것이 아무것도 없어." 알료샤가 말했다.

"아니, 그럼 나는? 나라고 뭘 안다는 거냐?"

"잠깐만, 드미트리, 여기서 꼭 짚고 넘어갈 게 있어. 말해 줘, 형은 약혼했잖아, 지금도 약혼한 상태인 거 맞지?"

"약혼은 지금이 아니라 그 일이 있고 겨우 석 달이 지났을 때 했어. 그때 그 일이 있고 난 다음 날, 나는 나 자신에게 사건은 완전히 끝났으니 속편은 없을 거라고 말했지. 청혼을 하러 간다는 것은 저열한 일이라는 생각이 들었거든. 그녀 쪽에서도 이후 육 주를 우리 도시에서 살았지만 자기 입장에 대해선 가타부타 말이 없었어. 사실, 한 가지 사건이 있긴 있었어. 나를 방문했던 다음 날 그들의 하녀가 나를 몰래 찾아와선 단 한마디도 하지 않고 꾸러미 하나를 건네줬어. 그 꾸러미 위에는 누구에게 보낸다고 주소가 쓰여 있었어. 열어 보니 5000루블짜리 수표의 거스름돈이 들어 있더군. 필요한 금액은 4500이었지만 5000짜리 수표를 팔면 200루블 남짓 손해가 나게 돼 있었거든. 그래서 나에게 보내진 금액은 정확히는 기억이 안 나지만 다 해서 250루블이었던 것 같고, 그리고 오직 돈뿐이었어. 쪽지도, 한마디 말도, 해명도 없었어. 꾸러미 안에 연필로 무슨 표식이라도 써 놓지 않았을까 찾아봤지만, 아—아무것도 없더라고! 뭐 그래서 나는 남은 루블로 일단 좀 놀아났고 그래서 새로운 소령도 결국엔 나에게 질책을 하지 않으면 안 됐지. 자, 그리고 중령은 무사히 공금을 내놓았는데, 그의 수중에 돈이 고스란히 남아 있으리라곤 아무도 생각지 않았기 때문에 다들 놀라고 말았지. 돈을 내놓긴 했지만 곧바로 병이 나서 드러눕더니 삼 주쯤 앓다가 갑자기 뇌연

화증(腦軟化症)에 걸려 닷새 만에 사망했어. 퇴역 명령을 받을 틈도 없었던 터라, 장례식은 군장(軍葬)으로 치러졌어. 카체리나 이바노브나, 언니와 이모는 아버지의 장례를 치르자마자 열흘쯤 뒤에 모스크바로 떠났지. 떠나기 바로 직전, 그러니까 떠나는 당일(나는 그들을 보지도 못했고 배웅도 못 했어.) 아주 조그맣고 푸르스름한 꾸러미를 하나 받았는데, 레이스처럼 얇은 종이에는 연필로 '편지 보낼 테니, 기다려 주세요. K.'라는 단 한 줄의 말이 쓰여 있더군. 이게 다였어.

이제부터는 한두 마디로 설명해 줄게. 모스크바에서 그들의 사정은 번개 같은 속도로, 또 아라비아의 전래 동화처럼 뜻밖의 방식으로 바뀌어 버렸어. 그녀의 중요한 친척인 이 장군 부인이 갑자기 단번에 가장 가까운 두 상속녀, 즉 아주 가까운 질녀들을 잃게 된 거야. 둘 다 같은 주에 천연두에 걸려 죽었지. 충격을 받은 노파는 카챠가 마치 친딸이라도, 구원의 별이라도 되는 양 기뻐하면서 그녀에게 달려들어 당장 그녀를 위해 유서를 썼지만, 이건 미래의 일이고 당장 지금은 곧바로 카챠의 손에다가 8만을 쥐여 주면서, 자, 이건 너의 지참금이니 이 돈으로 뭐든 하고 싶은 건 다 해라 하는 식이었지. 내가 나중에 모스크바에서 관찰한 바론, 히스테릭한 여자였어. 여하튼 그렇게 해서 그때 나는 갑자기 4500루블을 송금받게 됐어. 당연히 무슨 일인가 의아스럽고 놀라서 할 말을 잃었지. 사흘이 지나서야 약속한 편지도 도착했어. 그것은 지금도 나한테 있는데, 언제나 나와 함께 있었고 죽을 때도 나와 함께 있을 거야, 보여 줄까? 꼭 읽어 봐. 약혼을 하자고 그녀가 먼저 제안하는데 '미칠 듯이 사랑해요, 설사 당신이 나를 사랑하지 않는다고 해도 상관없으니, 부디 제 남편이 되어 주세요. 놀라진 마세요, 어떤 일이 있어도 당신에게 부담이 되기는커녕 당신의 가구가 될 것이며 당신이 밟고 다닐 양탄자가 되겠어요……. 영원토록 당신을 사랑하고 싶고 당신을 당신 자신으로부터 구원하고 싶어요…….'라면서. 알료샤, 나는 이 문구들을 나의 야비한 말과 나의 비열한 어조로 일일이 말할 자격도 없는 놈이야, 정말이지 나의 이 한결같이 저열한 어조는 도무지 고칠 수가 없다니까! 이 편지는 오늘날까지도 나의 폐부를 찌르고 있으니, 내가 지금 마음이 편하겠어, 오늘날 내 마음이 편하겠냐고? 그때 나는 당장 답장을 썼어.(내가 직접 모스크바로 갈 순 도저히 없었거든.) 눈물을 흘리면서 썼는데, 딱 한 가지만은 영원히 부끄러워 죽겠어. 그녀는 이제 지참금을 가진 부자이지만 나는 그저 가난뱅이 난봉꾼에 지나지 않는다는 언급을 한 거야. 즉, 돈 얘기를 꺼냈단 말이다! 이건 제발 좀 참았어야 했는데, 펜을 놀리다 보니 그만 그렇게 튀어나와 버린 거야. 한편, 그와 동시에 당장 모스크바에 있는 이반에게도 편지를 써서 그에게 가능한 한 모든 것을 편지로 설명했는데, 여섯 장이나 되는 편지였지, 그리고 이반을 그녀에게 보냈어. 아니, 왜, 왜 나를 그렇게 쳐다보는 거냐? 뭐 그래, 이반은 그녀에게 반해 버렸어, 지금도 사랑에 빠져 있지, 나는 이 점을 잘 알고 있어, 너희들 세상 사람들의 잣대로 보면 내가 바보짓을 한 거야, 하지만 어쩌면 바로 이 바보짓 하나만이 우리 모두를 구할 수 있을 거야! 아! 아니, 너도 그녀가 그를 얼마나 높이 평가하고 또 얼마나 존경하는지 빤히 보이지 않니? 아니, 우리 두 사람을 비교해 보면 그녀가 어떻게 나 같은 놈을 사랑할 수 있겠어, 더욱이 여기서 그런 일이 일어난 마당에?"

"나는 그녀가 사랑하는 건 이반과 같은 사람이 아니라 형과 같은 사람이라고 확신해."

"그녀는 자신의 덕행을 사랑하는 거야, 내가 아니라." 드미트리 표도로비치의 입에서 갑자기 자기도 모르게, 하지만 거의 악의에 차서 이런 소리가 튀어나왔다. 그러고선 웃음을 터뜨렸지만, 일 초 뒤 그의 눈이 번득이고 얼굴이 붉게 상기되더니 그는 주먹으로 힘껏 탁자를 내리쳤다.

"맹세코, 알료샤."라며 그는 자기 자신에게 진정으로 무서운 분노를 퍼부으며 소리쳤다. "네가 믿든 안 믿든 성스러운 하느님 앞에, 우리 주 그리스도 앞에 맹세코 내 비록 지금 그녀의 드높은 감정을 비웃긴 했지만 내 영혼이 그녀의 그것보다 백만 배는 더 하찮은 것임을, 그녀의 이 훌륭한 감정이 하늘의 천사처럼 진실하다는 것을 알고 있다! 내가 이것을 잘 알고 있다는 데 바로 비극이 있는 거야. 사람이 조금쯤 연설조로 말한들 어떠냐? 지금 내 말투는 또 연설조가 아니고 뭐냐? 하지만 그렇더라도 나는 진심이야, 진심이고말고. 이반에 관한 한 나는 녀석이 지금 자연을 얼마나 저주스러운 눈으로 바라보고 있는지 충분히 이해해, 더욱이 좀 똑똑한 녀석이냐, 어디! 그런데 누가, 어떤 놈이 선택됐니? 바로 이 불한당, 이미 약혼을 한 상태이건만 여기서도 사람들이 다 보는 앞에서, 더욱이 약혼녀가, 약혼녀가 버젓이 버티고 있는 마당에 방탕을 일삼는 불한당이 선택됐다니! 자 봐, 나 같은 놈이 선택되고 이반은 거절당한 거야. 하지만 도대체 무엇을 위해서? 그건 이 처자가 고마운 마음에서 자신의 인생과 운명을 바치고 싶었기 때문이야! 얼토당토않은 짓이지! 이반한테는 이런 쪽으론 어떤 말도 한 적이 없고, 이반도 당연히 나한테 이것에 대해선 일언반구도, 무슨 암시도 한 적이 없어. 하지만 운명의 흐름에 따라 가치 있는 자는 그 자리에 올라설 테고, 가치 없는 자는 영원토록 뒷골목에, 자신이 몹시 좋아하는 정든 뒷골목, 자기의 더러운 뒷골목에 숨어들어 그곳의 진흙탕과 악취 속에서 희열을 느껴 가며 자발적으로 파멸하고 말 테지. 뭔가 허풍을 치기도 했고 닳고 닳은 말을 되는대로 마구 지껄인 꼴이 됐지만, 내가 단정 지은 대로 되고 말걸. 나는 뒷골목에 파묻힐 테고 그녀는 이반한테 시집을 갈 거야."

"형, 잠깐만." 하고 알료샤가 굉장히 흥분하면서 다시 말을 가로막았다. "어쨌거나 형은 한 가지 일만은 아직도 나한테 완전히 설명해 주지 않았어. 형은 어쨌거나 약혼한 거잖아? 그럼 어떻게 약혼녀인 그녀가 원하지 않는데 형이 일방적으로 파혼을 원할 수 있지?"

"그래, 나는 공식적으로 축복을 받으며 약혼을 했지, 내가 모스크바에 도착한 뒤 곧 성상 앞에서 화려한 들러리들을 동원하여 최상의 형태로 말이야. 장군 부인은 카챠를 축복해 주었을 뿐만 아니라, 믿어지니, 심지어 축하의 말까지 하더구나. 너는 훌륭한 선택을 한 거야, 나는 저 사람이 훤히 보이는구나, 하고. 믿기 힘들겠지만, 그녀가 이반은 좋아하질 않아서 인사

말도 건네지 않았어. 그런데 모스크바에서 나는 카챠와 많은 얘기를 나누면서 그녀에게 내 모습을 있는 그대로 전부 점잖고 정확하고 솔직하게 그려 주었어. 그녀는 잠자코 경청하더군.

사랑스러운 당혹스러움을 보였네,
부드러운 말들이 흘러 나왔네…….

사실, 말들은 오만하기도 했지. 그녀는 그때 나에게 품행을 고치겠다는 어마어마한 약속을 하도록 강요했거든. 나는 그러겠다고 약속했어. 그러고 나서 지금은…….”

“어떤데?”

“지금, 오늘, 오늘 날짜로—기억해 둬라!—나는 너를 불러서 이리로 끌고 왔으며 그것은 다시금 바로 오늘 너를 카체리나 이바노브나에게 보내기 위해서이며 그리고…….”

“또 뭐?”

“앞으로는 절대 그녀에게 가지 않을 테니까 머리를 숙여 인사를 전하더라고 해 주렴.”

“어떻게 그럴 수가 있어?”

“바로 그럴 수 없기 때문에 너를 대신 보내는 거야, 아니, 내가 어떻게 내 입으로 직접 그녀에게 이런 말을 하겠니?”

“그럼, 형은 어디 갈 건데?”

“뒷골목이지.”

“그건 그루셴카를 말하는 거구나!” 알료샤가 손뼉을 치면서 괴롭다는 듯 소리를 내질렀다. “그럼, 라키친의 말이 진짜로 사실이었네? 나는 형이 그냥 그녀의 집을 좀 드나들다가 그걸로 끝난 줄 알았어."

"약혼을 한 몸으로 좀 드나든다고? 아니, 그럴 수가 있겠어, 약혼녀가 버젓이 버티고 있고 사람들 눈이 있는데? 나도 나름대로 염치는 있는 놈이야. 그루셴카에게 가기 시작한 순간부터 나는 약혼자도, 염치가 있는 놈도 아닌 거야, 이 점은 나도 잘 알고 있어. 왜 그렇게 쳐다보는 거냐? 나는, 얘야, 처음엔 그저 그녀를 두들겨 패려고 간 거야. 내가 알아낸 바론, 이 그루셴카라는 여자가 아버지의 대리인인 그 2등 대위로부터 내 명의로 된 어음을 전해 받았고 그걸로 소송을 걸어선 나를 항복시켜 끝장낼 속셈이었던 건데, 지금은 이걸 정확히 알게 됐지. 그놈들은 나한테 겁을 주려고 했던 거야. 그래서 난 그루셴카를 두들겨 패려고 출동했지. 전에도 그녀를 언뜻 본 적은 있었어. 그다지 특별한 건 없었지. 그 늙은 상인에 대해서도 지금은 병이 난 데다가 노쇠해져서 누워 있지만 어쨌거나 그녀에게 한몫 단단히 남겨 줄 거라는 걸 알고 있었어. 또 이 여자가 돈이라면 사족을 못 쓸 정도로 좋아해서 악랄할 정도로 이자를 많이 붙여 돈을 긁어모으는 인정사정없는 사기꾼에 망할 년이라는 것도 알고 있었어. 그래서 그녀를 두들겨 패주러 갔던 건데, 그만 그녀 집에 눌러앉은 꼴이 됐지. 천둥 번개가 치면서 역병이 내렸고, 딱 감염되어 지금까지도 감염된 상태로 있는 거야, 이제 만사가 끝났으며 다른 길은 절대 없을 거라는 걸 알고 있어. 시간의 흐름이 끝나 버린 거지. 내 사정이 이랬단 말이다. 그런데 그 무렵, 거지나 다름없던 나의 호주머니에 갑자기 하필이면 3000루블이 들어 있었던 거야. 나는 그녀와 함께 여기서 집시들이며 샴페인을 구해 갖고 여기서 250베르스타 떨어진 모크로예로 가선 거기서 농부들, 아낙네들, 처녀들에게 샴페인을 퍼 먹이느라 수천 루블을 탕진했어. 사흘 뒤에는 빈털터리가 됐지만 그래도 매나 다름없었지. 그래, 넌 이 매가 뭐라도 얻었다고 생각하겠지? 심지어 먼발치에서도 보여 주지 않더라니까. 그러니까 곡선이라고 할까. 그루셴카, 이 망할 년의 몸엔 기막힌 곡선이 하나 있는데, 그건 그녀의 발 하나에도 나타나 있고 심지어 왼쪽 발의 새끼발가락에도 그 기운이 어려 있는 거지. 나는 그걸 보고서 입을 맞추었지만, 그뿐이야, 맹세코! 그루셴카는 '내가 당신한테 시집을 가 줬으면 싶은가 봐, 빈털터리 주제에. 나를 때리지도 않고 내가 원하는 건 뭐든 다 해 주겠다고 말해 봐, 그러면 시집을 가 줄지도 모르니까.'라고 말하더니 웃더라고. 지금도 웃고 있어!"

드미트리 표도로비치는 어쩐지 거의 분개하면서 자리에서 일어나더니 갑자기 술 취한 사람처럼 떡 버티고 섰다. 그의 눈엔 갑자기 핏발이 섰다.

"그럼, 형은 정말로 그녀와 결혼하고 싶은 거야?"

"그녀가 원한다면 당장 하고 원하지 않는다면 이렇게 있는 거지. 그녀의 집 마당에서 문지기 노릇을 할 테다. 너는…… 너는, 알료샤……." 그는 갑자기 알료샤 앞에 멈춰 서더니 그의 어깨를 거머쥐고 갑자기 힘껏 흔들기 시작했다. "순결한 소년인 네가 알 턱이 있겠냐마는 이 모든 것이 미망, 생각조차 할 수 없는 미망이야, 바로 여기에 비극이 있으니 말이다! 알렉세이, 알아 둬라, 나는 이미 볼 장 다 본 저열한 열정으로 괴로워하는 저열한 놈일 수는 있을지언정, 도둑놈은, 남의 호주머니나 남의 집 현관이나 터는 도둑놈은 또 절대 될 수 없는 것이 이 드미트리 카라마조프란다. 뭐 하지만 이젠 알아 둬라, 나는 도둑놈이야, 호주머니나 털고 현관이나 터는 도둑놈이라고! 그루셴카를 패 주러 가기 직전, 때마침 바로 그날 아침 카체리나 이바노브나가 당분간은 아무도 모르게 하려고(무엇 때문이었는지는 나도 모르지만 그녀로선 그래야 했나 봐.) 아주 비밀리에 나를 불러서는 현청 소재지에 가서 3000을 모스크바의 아가피야 이바노브나에게 송금해 달라고 나에게 부탁했어. 그 도시로 가라고 한 건 이곳 사람들이 모르도록 하기 위해서였어. 그때 바로 그 3000을 호주머니에 넣은 채 나는 그루셴카한테 갔고 그 돈으로 모크로예에 다녀온 거야. 그다음 나는 도시에 다녀온 척했지만 송금 영수증은 내놓지 않고, 돈을 부쳤으니 영수증을 가져오겠다고 말만 해 놓고서 지금까지도 안 갖다줬어, 잊어 먹은 거야. 그래서 어떻게 생각하니, 지금, 그러니까 오늘 네가 그녀에게 가서 '머리 숙여 인사를 전하라고 했습니다.'라고 말하면 그녀는 너한테 '돈은요?'라고 할 게 아니냐. 그러면 너는 이렇게 말하면 되는 거야. 즉 '형은 저열한 호색한에다가 감정을 제어할 줄 모르는 야비한 피조물입니다. 그때 당신의 돈을 부치지 않았고 죄다 써 버린 겁니다, 동물처럼 스스로를 억제할 줄 모르거든요.'라고. 하지만 어쨌거나 너는 이렇게 덧붙여도 돼. 즉 '대신 형은 도둑은 아니기 때문에,

자 여기 당신의 3000루블이 있습니다, 다시 돌려 드리는 겁니다, 당신이 직접 아가피야 이바노브나에게 부치시고, 형은 머리 숙여 인사를 전하라고 하더군요.'라고 말이다. 그러면 이제 그녀가 대뜸 '그래, 돈은 어디 있나요?'라고 할 테지."

"미챠, 형은 불행에 빠졌어, 정말로! 하지만, 모든 것이 형이 생각하는 그 정도는 아니니까 절망에 빠진 나머지 죽도록 자학하는 일은 하지 마, 그러지 말라고!"

"아니, 너는 내가 되갚을 3000루블을 구하지 못하면 권총 자살이라도 할 줄 아니? 문제는 자살 따윈 하지 않을 거라는 거야. 더욱이 지금은 그럴 힘도 없어, 나중이라면 모르겠지만, 지금은 그루셴카한테 가련다…… 내 팔자야 어찌 되든 말든!"

"그럼, 그녀 집에서는?"

"그녀의 남편이 될 거야, 부부의 연을 맺는 거지, 만약 정부가 오면 다른 방으로 비켜 주고. 그녀의 친구들이 있으면 지저분한 신발도 닦아 주고 사모바르도 끓여 주고 열심히 심부름도 해 주고……."

"카체리나 이바노브나는 모든 것을 이해할 거야." 알료샤가 갑자기 의기양양하게 말했다. "이 모든 슬픔을 속속들이 이해해 주고 양해해 줄 거야. 그녀는 대단히 현명하니까 형보다 더 불행할 수는 없다는 걸 그녀도 알게 될 거야."

"그녀라고 모든 걸 다 양해해 주진 않을 거야." 미챠가 이를 드러내 보이며 히죽거렸다. "이 일에는, 동생아, 어떤 여자라도 양해해 줄 수 없는 어떤 것이 있단다. 그래서 어떻게 하는 것이 제일 좋을지 알고 있니?"

"뭔데?"

"그녀한테 3000을 갖다주는 거야."

"하지만 도대체 어디서 구해? 들어 봐, 나한테 2000이 있고 이반도 1000을 주면, 자 이렇게 3000이 되니까, 이걸 갖다줘 버려."

"하지만 언제 그놈이, 너의 그 3000이 온다는 거냐? 너는 아직 미성년자인 데다가, 돈이 있든 없든 꼭, 꼭 오늘 그녀에게 머리 숙여 작별 인사를 전해야 된단 말이다, 더 이상 일을 끌 수가 없거든, 일이 이 지경에까지 이르렀단 말이다. 내일이면 이미 늦어, 늦는다고. 그래서 너를 아버지한테 보낼 거야."

"아버지한테?"

"그래, 그녀한테 가기 전에 아버지한테 가 봐. 아버지한테 3000루블을 부탁해 봐라."

"하지만, 미챠, 아버지는 주지 않으실 거야."

"줄 리가 있나, 주지 않으실 거라는 건 나도 알아. 알료샤, 너는 절망이라는 것이 뭔지 알고 있니?"

"알지."

"들어 보렴. 법률적으론 아버지는 나한테 빚진 게 전혀 없어. 내가 죄다, 죄다 갖다 썼으니까, 이건 나도 잘 알아. 하지만 도덕적으로라면 아버지는 나에게 빚이 있는 거야, 그러냐, 안 그러냐? 아버지는 어머니의 2만 8000으로 10만을 벌었지 않니. 아버지가 나한테 겨우 3000, 2만 8000 중에서 겨우 3000만이라도 준다면, 내 영혼을 지옥에서 꺼내 주는 거고 이로써 아버지의 수많은 죄도 사해지는 거라니까! 나는 이 3000으로 말이다, 자 너한테 진짜로 맹세한다, 손을 씻을 거고 아버지는 앞으로 더 이상 나에 대한 얘기를 듣지 않게 될 거야. 그러니까 그 양반에게 마지막으로 아버지 노릇을 할 수 있는 기회를 주는 거다. 아버지한테 가서 하느님께서 아버지한테 이런 기회를 주신 거라고 말하렴."

"미챠, 아버지는 어떤 일이 있어도 안 주실 거야."

"안 줄 거라는 건 알고 있어, 너무도 잘 알고 있다니까. 지금은 특별히 더 그럴 거다. 그뿐이냐, 나는 다른 것도 하나 더 알고 있단다. 이제야, 오직 최근에 와서야, 정말 최근에 와서야, 어쩌면 어제야 비로소 아버지는 처음으로 진지하게('진지하게'에 밑줄 쳐라.) 그루셴카가 농담이 아니라 진짜로 나한테 시집갈 마음이 생길 수 있다는 것을 알게 된 거야. 아버지는 이 여자, 이 고양이의 성격을 알고 있거든. 이런 판에, 누구 좋으라고 아버지가 얼씨구나 나한테 돈까지 얹어 주겠니, 아버지 자신이 그녀 때문에 정신이 완전히 나가 있는데 말이다. 하지만 이것도 전부가 아니야, 내 너한테 더 놀라운 걸 알려 주마. 나는 아버지가 벌써 닷새 전에 3000루블을 꺼내서 100루블짜리 지폐로 바꾼 뒤 커다란 봉투에 넣어 다섯 개나 봉인을 찍고 붉은 새끼줄을 써서 열십자 모양으로 묶어 놨다는 걸 알고 있어. 훤히 보이지, 내가 얼마나 상세하게 알고 있는지! 돈 봉투 위에는 '나의 천사 그루셴카에게, 나를 찾아올 마음이 생긴다면.'이라고 쓰여 있어. 이건 아버지가 직접 조용할 때 몰래 갈겨 놓은 건데, 아버지에게 돈이 있다는 건 하인 스메르쟈코프만 빼면 아무도 모르고 있어, 아버지는 이 녀석의 정직함을 자기 자신을 믿듯 굳게 믿고 있거든. 그렇게 아버지는 벌써 사흘 내지는 나흘째 그루셴카가 돈 봉투를 받으러 올 거라는 희망에 들떠 기다리고 있는 거야. 아버지가 봉투 얘기를 알려 주었더니 그녀 쪽에서도 '어쩌면 갈지도 몰라요.'라고 알려 왔거든. 이런 상황이니 만약 그녀가 정말로 영감한테 가면, 그땐 내가 그녀와 결혼할 수 있겠어? 이제는 알겠니, 그러니까 내가 지금 왜 여기 몰래 앉아 있는지, 정확히 뭘 감시하고 있는지 말이야?"

"그녀를?"

"그래, 그녀를 감시하는 거야. 그런데 포마가 저 갈보 같은 이곳 여주인들 집에서 작은 방 한 칸을 빌려 쓰고 있는데, 포마는 우리 고장 출신이야. 우리 부대에 졸병으로 있었거든. 그 녀석은 그들 집에서 시중을 들면서 밤에는 보초를 서고 낮에는 멧닭 사냥이나 하면서 그렇게 먹고살지. 나는 바로 그 녀석의 방에 숨어 있는 거야. 하지만 그 녀석도, 여주인들도 비밀은, 즉 내가 여기서 뭘 감시하고 있다는 건 몰라."

"스메르쟈코프 한 사람만 알고 있는 거네?"

"그래, 그 녀석뿐이지. 그 여자가 영감을 찾아오면 그 녀석이 나한테 알려 줄 거야."

"그럼 형에게 돈 봉투 얘기를 해 준 것도 그 녀석인가?"

"응, 그 녀석이야. 엄청난 비밀이지. 심지어 이반도 돈이나 다른 것에 대해선 전혀 몰라. 그런데 영감은 이삼 일 예정으로 이반을 체르마쉬냐에 보낼 거야. 8000루블에 숲의 벌목권을 사겠다는 사람이 나타났고 이 때문에 영감이 '아비를 돕는 셈 치고 이삼 일 정도 네가 직접 좀 다녀와라.'라고 이반을 설득하고 있는 상황이거든. 이건 이반이 없을 때 그루셴카가 왔으면 좋겠다 싶어서야."

"그러니까 아버지는 오늘도 그루셴카를 기다리는 거야?"

"아니, 오늘은 오지 않을 거야, 그럴 만한 징조가 있거든. 분명히 오지 않을 거야!" 미챠가 갑자기 소리쳤다. "스메르쟈코프도 이렇게 생각하더군. 아버지는 지금 이반과 함께 식탁에 앉아 술을 마시고 있어. 어서 가서, 알렉세이, 아버지한테 3000루블을 좀 부탁해 다오……."

"미챠, 형, 무슨 일이야!" 알료샤는 이렇게 소리치면서 자리에서 벌떡 일어나, 미친 듯 흥분해 있는 드미트리 표도로비치를 뚫어져라 바라보았다. 한순간 그는 형이 정신이 나갔다고 생각했다.

"왜 그러냐? 난 정신이 말짱해." 드미트리 표도로비치는 주의 깊은, 심지어 어쩐지 의기양양하기까지 한 시선으로 쳐다보면서 말했다. "아마도 너를 아버지한테 보내면서 내가 무슨 말을 하고 있는지 정도는 알고 있는지도 몰라. 그러니까 난 기적을 믿고 있는 거야."

"기적이라고?"

"하느님의 섭리의 기적이지. 하느님께선 내 마음을 알고 계셔, 하느님께서는 나의 절망을 전부 보고 계신다고. 그분께선 이 광경을 전부 보고 계셔. 그런데도 그분께서 끔찍한 일이 일어나도록 그냥 내버려 둘까? 알료샤, 나는 기적을 믿고 있단다, 가 봐!"

"그럼, 가겠어. 그런데 형은 여기서 기다릴 거야?"

"그럴 거다, 시간이 좀 걸릴 거라는 건 알고 있어, 가서 다짜고짜 그 말을 꺼낼 순 없잖니! 아버지는 지금 취해 있어. 세 시간이고 네 시간이고 다섯 시간이고 여섯 시간이고 일곱 시간이고 기다릴 테지만, 다만 알아 둬, 자정이 되더라도 '돈이 있든 없든' 너는 오늘 꼭 카체리나 이바노브나한테 가서 '고개 숙여 인사를 전하라고 했습니다.'라고 말하는 거야. 내가 원하는 건 바로 네가 '고개 숙여 인사를 전하라고 했습니다.'라는 이 시구를 말해 주는 거야."

"미챠! 그런데 그루셴카가 갑자기 오늘 오면……. 오늘이 아니라면 내일이나 모레라도?"

"그루셴카? 망을 보다가 몰래 잠입해서 훼방을 놓는 거지……."

"그런데 만약……."

"만약 무슨 일이 있으면, 그땐 죽이고 말 테다. 그런 걸 참을 리가 없잖니."

"누굴 죽인단 말이야?"

"누구긴, 영감이지. 그녀를 죽이진 않을 거야."

"형, 대체 무슨 말을 하는 거야!"

"모르겠어, 정말로 모르겠어……. 안 죽일지도 모르고, 죽일지도 몰라. 아버지의 얼굴이 바로 그 순간 갑자기 너무 미워지지나 않을까 무서워. 아버지의 목살, 아버지의 코, 아버지의 눈, 아버지의 파렴치한 냉소가 미워 죽겠어. 인간적으로 딱 혐오스러워. 바로 이게 무서운 거야. 그렇게 되면 나는 스스로를 억누르지 못하고……."

"그만 갈게, 미챠. 하느님께서 끔찍한 일이 일어나지 않도록 최대한 잘 보살펴 주리라고 믿어."

"그럼, 나는 앉아서 기적을 기다리마. 하지만 기적이 일어나지 않는다면, 그땐……."

알료샤는 생각에 잠긴 채 아버지 집으로 향했다.

6 스메르쟈코프

그가 가 보니 아버지는 정말로 아직 식탁 앞에 앉아 있었다. 집 안엔 제대로 된 식당도 있었건만, 식탁은 평소대로 홀에 차려져 있었다. 이 홀은 집에서 가장 큰 방으로 어쩐지 고풍스러운 냄새를 풍기게끔 꾸며져 있었다. 아주 오래된 하얀색 가구에는 반쯤 비단이 들어간 낡은 붉은색 덮개가 씌워져 있었다. 창문 사이의 벽에는 거울이 박혀 있었는데, 거울의 테두리는 역시나 하얀색에 금박이 박혀 있었고 고풍스러운 무늬가 도드라지게 새겨져 있었다. 이미 여기저기 벽지가 찢어져 버린 하얀 벽에는 커다란 초상화 두 점이 걸려 있었는데, 삼십 년쯤 전에 이 지역의 총독을 지낸 어느 공작의 초상화와 역시나 이미 오래전에 영면한 어느 대주교의 초상화였다. 현관 구석에는 성화 몇 점이 서 있었고 밤이면 그 앞에 램프를 밝히기도 했지만, 그건…… 경건함에서라기보다는 밤에 방을 밝히기 위해서였다. 표도르 파블로비치는 밤마다 아주 늦게, 새벽 3시나 4시쯤 잠자리에 들었고, 그때까지 방을 거닐거나 안락의자에 앉아서 생각에 잠기곤 했다. 이런 습관이 있었던 것이다. 하인들을 곁채로 보내고 완전히 그 혼자 밤을 보내는 일도 드물지 않게 있었지만, 대부분은 밤마다 하인 스메르쟈코프가 그와 함께 남아서 현관의 궤짝 위에서 자곤 했다. 알료샤가 방으로 들어왔을 땐, 식사는 이미 끝이 나고 잼과 커피를 내놓은 상태였다. 표도르 파블로비치는 식사 후에 코냑과 함께 단것을 먹는 걸 좋아했다. 이반 표도로비치는 그때 식탁 앞에 앉아 있었고 역시나 커피를 마시고 있었다. 하인들인 그리고리와 스메르쟈코프는 식탁 곁에 서 있었다. 주인들도, 하인들도 눈에 띌 만큼 유례없이 즐겁고 활기에 차 있었다. 표도르 파블로비치는 큰 소리로 껄껄 웃고 있었다. 알료샤는 현관에 있을 때부터 이전부터 그에게 낯익은 아버지의 째질 듯한 웃음을 듣고서, 웃음소리로 보건대 아버지가 술에 취하려면 아직 멀었고 지금은 그저 기분이 좀 들떠 있을 뿐이라고 이내 결론지었다.

"이런, 얘가 왔어, 얘가 왔구나!" 알료샤를 보자 갑자기 너무도 반가워하면서 표도르 파블로비치가 이렇게 외쳤다. "우리와 어울리자, 앉아서 커피를 마시렴, 커피라면 기름기 없는 재계용 음식이 아니냐, 더욱이 뜨겁고 맛있기까지 한 커피란다! 코냑은 권하지 않으마, 너는 도를 닦는 몸이 아니냐, 그래도 좀 마셔 보겠니, 마셔 볼래? 아니야, 차라리 내 너한테 리큐어를 주마, 멋진 놈으로 말이다! 스메르쟈코프, 찬장에 좀 갖다 와라, 두 번째 선반 오른쪽에 있다, 자 여기 열쇠, 냉큼 다녀와!"

알료샤는 리큐어는 거절할 참이었다.

"어쨌거나 내올 거다, 너를 위해서가 아니라 우리를 위해서 말이다." 표도르 파블로비치의 얼굴이 반짝반짝 빛났다. "그나저나, 너 식사는 했느냐?"

"했어요." 알료샤는 말은 이렇게 했지만, 실은 수도원장의 부엌에서 겨우 빵 한 조각을 먹고 크바스 한 잔을 마신 것이 전부였다. "여기 뜨거운 커피라면 기꺼이 마실게요."

"요 예쁜 것! 장하다! 얘가 커피를 마시겠다는구나. 좀 데워야 되지 않을까? 안 그래도 되겠구나, 지금도 끓고 있으니 말이다. 훌륭한 커피란다, 스메르자코프가 만들었거든. 커피와 만두라면 우리 스메르자코프가 예술가 수준이야, 생선 수프도 정말 일품이고. 언제 한번 생선 수프를 먹으러 와라, 미리 언질을 주고……. 그나저나 어디 보자, 조금 전에 내가 너한테 오늘 당장 요와 베개를 싸 갖고 집으로 오라고 분부하지 않았더냐? 요는 가져왔느냐? 헤헤헤……!"

"아니요, 안 가져 왔어요." 알료샤도 웃었다.

"그래도 깜짝 놀라긴 했을 테지, 조금 전엔 놀랐을 거야, 놀랐지? 아이고, 요 귀염둥이, 내가 어떻게 네 기분을 상하게 할 수 있겠니. 들어 봐라, 이반, 나는 얘가 이렇게 사람 눈을 바라보면서 웃으면 가만히 보고 있을 수가 없구나, 그럴 수가 없어. 얘를 보면 내 배 속에서부터 웃음이 나온다니까, 요 녀석이 너무 좋아서 말이다! 알료쉬카, 아비로서 너를 축복하게 해 다오."

알료샤는 일어섰지만, 표도르 파블로비치는 그사이에 생각을 고쳐먹었다.

"아니다, 아니야, 내 지금은 그저 너에게 성호를 그어 주마, 자,

이렇게, 이제 앉아라. 자, 이제 너는 신이 나겠구나, 바로 너의 단골 주제를 논할 참이거든. 실컷 웃겠구나. 우리의 발라암의 당나귀[82]가 입을 열었는데, 녀석 참, 어찌나 말을 잘하는지, 원!"

발라암의 당나귀는 하인 스메르쟈코프를 두고 한 말이었다. 아직 스물넷밖에 안 된 젊은이였지만 그는 끔찍할 정도로 사람을 싫어하고 말이 없었다. 미개인처럼 굴거나 뭘 부끄러워해서가 아니라, 절대 그런 것이 아니라, 정반대로 오만한 성격의 소유자여서 모든 사람을 경멸하는 듯했다. 어쨌든 이참에 바로 지금, 그에 대해 하다못해 한두 마디라도 하고 넘어가야겠다. 마르파 이그나치예브나와 그리고리 바실리예비치가 그를 키워 주었지만, 정작 소년은 야생의 짐승처럼 한구석에서 세상을 노려보며 그리고리의 표현대로 '은혜라곤 도통 모르는 놈'으로 자랐다. 어린 시절 그는 고양이를 목매달아 죽인 뒤 제법 의식을 갖추어 장례식 놀이를 하는 걸 아주 좋아했다. 그는 이것을 위해 수의 비슷한 구실을 해 주는 침대 시트를 몸에 두르고 죽은 고양이 위에서 향로를 대신할 뭔가를 흔들어 대며 노래를 부르곤 했다. 이 모든 짓을 몰래, 아주 비밀스럽게 했던 것이다. 어느 날 그리고리가 이런 짓거리를 하고 있는 소년을 붙잡아서 호되게 매질을 한 적이 있었다. 소년은 방구석에 처박혀 거기서 일주일가량이나 눈을 흘겼다. "이 불한당 같은 녀석은 당신과 나를 좋아하지 않아."라며 그리고리가 마르파 이그나치예브나에게 말했다. "아니, 녀석은 누구 하

82) 발라암의 불행을 인간의 말로 경고했다는 당나귀.(민수기 22: 21-31)

나 좋아하는 사람이 없어. 아니, 너도 도대체 사람이냐."라면서 갑자기 대뜸 스메르쟈코프에게 말을 걸었다. "너는 사람이 아니야, 목욕탕의 수증기에서 태어난 놈이거든, 이게 바로 너란 놈이다……." 스메르쟈코프는 훗날 밝혀진 것이지만, 이 말을 한 그리고리를 절대 용서할 수 없었다. 그리고리는 그에게 글자를 가르쳤으며, 열두 살쯤 됐을 땐 성경 공부를 시키기 시작했다. 하지만 이것은 당장 허사로 끝나고 말았다. 그러니까 어느 날, 고작 첫 수업인가 두 번째 수업에서였는데 소년이 갑자기 피식 웃는 것이었다.

"왜 그러냐?" 그리고리가 안경 너머로 위협하듯 그를 노려보면서 물었다.

"아무것도 아닙니다요. 주 하느님이 빛을 창조한 건 첫째 날이고 태양과 달과 별은 넷째 날에 창조했다면서요.[83] 그럼, 첫째 날엔 어디서 빛이 비쳤던 거죠?"

그리고리는 어안이 벙벙해졌다. 소년은 비아냥거리면서 스승을 쳐다보았다. 그의 시선에서는 뭔가 오만불손한 기색마저 엿보였다. 그리고리는 참을 수가 없었다. "바로 여기서다!" 그는 이렇게 고함을 지르면서 미친 듯 제자의 뺨을 때렸다. 소년은 한마디 대거리도 하지 않고 따귀를 감수했지만, 다시금 며칠 동안 방구석에 틀어박혀 있었다. 그러고 나서 바로 일주일 뒤에 그에게 난생처음으로 간질 발작이 일어났으니, 그것은 이후 평생 동안 그를 떠나지 않았다. 이 사실을 알고 난 뒤 표도

83) 창세기 1: 3-5, 14-19.

르 파블로비치는 갑자기 소년에 대한 자신의 시각을 바꾼 듯 싶었다. 전에는, 비록 욕을 하는 일도 절대 없었고 만나면 늘 코페이카 하나를 쥐여 주기도 했지만, 어쩐지 무관심한 눈으로 그를 바라보곤 했다. 기분이 좋을 때면 이따금씩 식탁에서 단것들을 집어 소년에게 보내기도 했다. 하지만 병이 있다는 걸 알게 되자 결정적으로 그에게 신경을 쓰기 시작했고 의사를 초대하여 치료도 받게 했지만 불치병으로 판명되었다. 발작은 평균 한 달에 한 번 정도 일어났지만 그 시기는 다양했다. 표도르 파블로비치는 그리고리에게 소년에게 체벌을 가하는 걸 아주 엄격히 금지시켰고 그를 위층 자기 방에 드나들도록 했다. 뭘 가르치는 일도 일단 금지시켰다. 하지만 소년이 벌써 열다섯 살쯤 되었던 어느 날, 표도르 파블로비치는 소년이 책장 주위를 배회하며 유리 너머로 책의 제목들을 읽는 것을 목격했다. 표도르 파블로비치의 서재에는 책이 상당량 쌓여 수백 권쯤 되었지만, 그 누구도 그가 책을 읽는 꼴을 본 적은 없었다. 그는 당장 책장 열쇠를 스메르쟈코프에게 건네주었다. "그래, 책을 읽어라, 그래서 사서가 되는 거야, 마당에서 빈둥거리느니 앉아서 책이나 읽으렴. 자, 이놈을 한번 읽어 봐라." 그러면서 표도프 파블로비치는 그에게 『지칸카 근촌의 야화』[84]를 꺼내 주었다.

이 꼬마 녀석은 다 읽긴 했지만 뭐가 못마땅한지 한번 웃지

84) 고골의 첫 작품집(1831~1832)으로 그의 고향인 우크라이나 지방의 전설, 민담 등을 토대로 하고 있다.

도 않았고 오히려 인상을 쓰다가 책을 덮었다.

"왜 그러느냐? 안 웃기냐?" 표도르 파블로비치가 물었다.

스메르쟈코프는 말이 없었다.

"대답해 봐, 이 바보 녀석."

"전부 거짓말만 쓰여 있는걸요." 실실 웃으면서 스메르쟈코프가 우물거렸다.

"젠장, 귀신이 물어 갈 놈 같으니, 네놈은 머슴 근성을 타고난 거다. 잠깐만, 그렇다면 요 녀석, 스마라그도프의 『세계사』[85]를 읽어 봐라. 여기엔 전부 사실만 있으니, 어디 한번 읽어 봐."

하지만 스메르쟈코프는 스마라그도프를 열 쪽도 채 읽지 않았건만 지루한 기색이 역력했다. 그리하여 책장 문은 다시금 닫히고 말았다. 곧이어, 마르파와 그리고리는 표도르 파블로비치에게 스메르쟈코프에게 시나브로 끔찍한 결벽증 같은 것이 갑자기 나타났다고 아뢰었다. 수프를 앞에 두고 앉아 숟가락을 들고서 수프 안에서 뭘 찾고 또 찾다가 몸을 숙이고 자세히 들여다보고는 한술 떠서 빛 쪽으로 가져간다는 것이었다.

"바퀴벌레라도 빠졌을까 봐?" 그리고리가 묻곤 했다.

"파리겠지요." 마르파가 한마디 했다.

결벽증이 있는 청년은 절대 대답을 하는 일이 없었지만, 빵이든 고기든 모든 음식에 대해서 똑같은 짓을 했다. 음식 조각을 포크로 찍어 빛 쪽으로 가져간 뒤 꼭 현미경을 관찰하듯 자세히 살펴보며 오랫동안 주저하다가 마침내 무슨 용단이

85) 당시 학생들을 위한 역사 교과서.

라도 내린 듯 입에 집어넣는 것이었다. "어렵쇼, 웬 양반 도련님 하나 나셨네." 그를 보면서 그리고리가 이렇게 중얼거렸다. 표도르 파블로비치는 스메르쟈코프의 새로운 자질에 대해서 듣고는 그 즉시 이놈은 요리사가 되겠다 싶어서 모스크바로 유학을 보냈다. 몇 년 동안 공부를 하고 돌아왔을 때, 그의 얼굴은 완전 딴판이 되어 있었다. 어쩐지 갑자기 비정상적으로 늙어 버렸고 심지어 전혀 나이에 맞지 않게 주름투성이가 되고 얼굴이 싯누레진 것이 영락없이 거세 종파[86] 몰골이었다. 정신적인 면에서 보자면, 모스크바로 떠날 때나 돌아왔을 때나 달라진 것이 거의 없었다. 여전히 사람을 싫어해서 상대가 누구든 간에 사람을 사귈 필요성 따윈 전혀 느끼지 않았던 것이다. 나중에 사람이 전한 바론, 그는 모스크바에서도 여전히 말이 없었다고 한다. 모스크바 자체에도 어쩐지 거의 흥미를 갖지 않았기 때문에 거기 있으면서 알게 된 것도 별로 없었으며 나머지 것들에 대해서도 전혀 주의를 기울이지 않았다. 심지어 한번은 극장에도 갔지만, 못마땅한 표정으로 말없이 돌아왔다. 그 대신, 모스크바에서 우리 도시로 왔을 때 그는 훌륭한 옷에 말끔한 프록코트와 와이셔츠를 입고 있었는데, 어김없이 하루에 두 번씩 아주 꼼꼼하게 몸소 자신의 옷을 솔로 손질하곤 했고, 멋들어진 송아지 가죽 구두를 특수한 영국제 왁스로 거울처럼 광이 나도록 닦는 것을 끔찍할 정도로 좋아했다. 요리사로서는 아주 훌륭했다. 표도르 파블로비치는 그에

86) 예카체리나 여제 시절에서 생겨난 종파.

게 일정한 급료를 주었는데, 이 급료를 스메르자코프는 거의 전부 옷과 포마드와 향수 등을 사는 데 썼다. 그런데도 여성에 관해서라면 남성만큼이나 경멸하는 것 같았으며, 여자들과 있을 때면 거의 자기에게 접근을 못 하도록 깐깐하게 굴었다. 표도르 파블로비치는 다소 다른 시각에서 그를 바라보기 시작했다. 문제는 그의 간질병 발작이 더 심해졌으며 그런 날이면 요리는 이미 마르파 이그나치예브나가 맡았는데 이것을 표도르 파블로비치는 도저히 참을 수가 없었다는 데 있었다.

"무엇 때문에 네 발작이 더 잦아지는 거냐?" 그는 이 새 요리사의 얼굴을 들여다보며 이따금씩 눈을 힐끔 흘기곤 했다. "행여 장가를 가면 어떻겠느냐, 색시를 얻어 주련……?"

하지만 스메르자코프는 이 말에 너무 신경질이 나서 얼굴만 새하얗게 질릴 뿐, 아무런 대답도 하지 않았다. 표도르 파블로비치는 한 손을 내저으면서 물러났다. 그런데 중요한 것은 그의 정직함에 대해선 뭘 가져가거나 훔치는 일은 없을 것이라고 누가 뭐래도 철석같이 믿었다는 점이다. 한번은 표도르 파블로비치가 술에 취한 상태에서 그때 막 받은 무지개 지폐 석 장을 자기 집 마당의 진흙탕에 떨어뜨렸다가 다음 날이 되어서야 알아챈 일이 있었다. 아차 싶어 호주머니를 뒤지기 시작했는데, 느닷없이 그의 탁자 위에 지폐 석 장이 이미 고스란히 놓여 있는 것이 아닌가. 어떻게 이런 일이? 바로 스메르자코프가 어제 주워서 진작 갖다 놓은 것이었다. "그래, 얘야, 내 너 같은 놈은 보질 못했어." 표도르 파블로비치는 그때 이렇게 단언하면서 그에게 10루블을 선물로 주었다. 여기서 덧붙여야 될 것은 그가 이 젊은 녀석의 정직함을 굳게 믿었을 뿐만 아니라 어쩐지 녀석을 좋아하기까지 했다는 점인데, 정작 상대방은 그를 대할 때도 다른 사람들에게 하듯 곁눈질로 흘겨보았으며 말도 없었다. 먼저 말을 꺼내는 일도 드물었다. 만약 이런 때에 누가 이 청년을 바라보면서 그가 무엇에 흥미를 느끼고 그의 머릿속에 가장 자주 떠오르는 생각이 무엇인지를 물어보고 싶어졌다면, 정말로, 그를 바라보면서는 답을 얻을 수 없었을 터이다. 그런데 이따금씩 집 안에서도, 심지어 마당이나 거리에서도 걸음을 멈추고 서서 생각에 잠긴 채 약 십 분씩이나 그렇게 서 있는 일이 있곤 했다. 관상학자라면 그의 얼굴을 들여다본 뒤 여기에는 어떤 상념도, 어떤 생각도 없으며 그저 어떤 관조만이 있을 뿐이라고 말했을 법하다. 화가 크람스코이[87]의 그림 중에 「관조자」라는 제목의 훌륭한 그림이 한 점 있다. 겨울의 숲이 묘사되어 있고, 숲속 길에 다 해진 카프탄[88]을 입고 짚신을 신은 한 농부가 길을 잃은 채 아주 깊은 고독에 잠겨 홀로 서 있는데, 꼭 뭔가를 골똘히 생각하는 듯하지만 실은 생각을 하는 것이 아니라 뭔가를 '관조'하고 있는 것이다. 만약 누가 그를 툭 친다면, 그는 꼭 잠에서 깬 양 몸을 부르르 떨면서 상대방을 바라보겠지만, 무슨 영문인지 통 모를 것이다. 사실, 그 즉시 정신을 차리긴 해도 그에게 이렇게 서서 무슨 생각을 하고 있는지 물어본다면 분명히 아무것도 기억

---

87) 러시아의 화가, 미술 이론가로서 사실주의적 색채의 초상화를 많이 그렸다.

88) 러시아에서 입는 옷자락이 긴 상의.

하지 못할 것이며 하지만 그 대신, 분명히 관조하는 동안 받은 인상은 자기의 내부에 감춰 둘 것이다. 그에게 소중한 것은 바로 이 인상들이어서, 분명히 의식도 하지 못하면서 살금살금 인상들을 축적하고 있는 것인데 무엇을 위해서, 왜 그러는지도 물론 알지 못하면서 말이다. 어쩌면 수많은 세월 동안 인상들을 축적한 뒤 갑자기 모든 것을 내던지고서 편력 생활과 수도 생활을 위해 예루살렘으로 떠날 수도 있을 것이고, 또 어쩌면 갑자기 고향 마을에 불을 질러 버릴 수도 있을 것이고, 또 어쩌면 이 모든 것이 동시에 일어날 수도 있는 것이다. 민중들 사이에는 이렇게 관조하는 자들이 상당수 있다. 분명히 바로 이런 관조자들 중 하나가 바로 스메르쟈코프이고, 또 분명히 그 역시 거의 목적도 아직 모르면서 자신의 인상들을 탐욕스럽게 축적하고 있는 것이리라.

7 논쟁

그런데 이 발라암의 당나귀가 갑자기 입을 연 것이다. 그 화제도 이상한 것이었다. 그리고리가 아침 녘에 상인 루키야노프의 상점에서 물건을 챙기다가 그에게서 어떤 러시아 병사 얘기를 들었는데, 그 사람은 어딘가 멀리 외국에서 아시아인들의 손아귀에 포로로 잡혀, 고통스럽고도 끈질긴 죽음의 공포와 더불어 기독교를 버리고 이슬람교로 개종하라는 강요를 받았으나 끝내 자신의 종교를 배반하지 않고 고통을 감내했을뿐더러 그리스도를 찬양하고 칭송하면서 자신의 살가죽이 벗겨지는 가운데 죽었다는 것이었고—이 대단한 위업에 관한 뉴스는 바로 그날 받은 신문에 마침 실려 있었다. 그리고 바로 이 일에 대해 지금 그리고리가 식탁에서 말을 꺼냈던 것이다. 표도르 파블로비치는 전에도 식사가 끝나면 매번 디저트를 들면서, 설사 그리고리만 있어도, 웃고 떠들기를 좋아했다. 그런데 이번엔 기분마저도 가뿐하고 유쾌하게 들떠 있었던 것이다. 코냑을 홀짝홀짝 마시며 뉴스를 전해 듣자, 그는 그런 병사라면 지금이라도 당장 성인의 반열에 올려야 하고 그의 살가죽은 어디 수도원에 보내야 한다면서 "그러면 사람들이 개떼처럼 몰려들 테고, 돈깨나 들어올 거다."라고 말했다. 그리고리는 표도르 파블로비치가 조금이라도 감동하기는커녕 예의 그 습성대로 신성 모독적인 말을 내뱉기 시작하자 인상을 썼다. 그때 갑자기 문 곁에 서 있던 스메르자코프가 피식 웃는 것이었다. 스메르자코프는 전에도 몹시 자주 식탁 곁에 서 있는 것이 허용되곤 했는데, 그러니까 식사가 끝날 무렵에 말이다. 그런데 이반 표도로비치가 우리 도시에 온 이후론 식사 때마다 거의 매번 모습을 보이기 시작했다.

"아니, 왜 그러느냐?" 순식간에 피식 웃는 것을 보고 이것이 물론 그리고리를 겨냥한 것임을 알아챈 뒤 표도르 파블로비치가 물었다.

"지금 그 일 말입죠."라고 스메르자코프가 갑자기 큰 소리로 느닷없이 말을 꺼냈다. "설령 이 칭송할 만한 병사의 위업이 아주 위대하다고 할지라도, 제 소견으론, 이런 경우 대략 그리스도의 이름과 자신의 세례를 거부했다고 해도 죄가 될 건 없을 듯한데요, 그렇게 자기 목숨을 구함으로써 앞으로 살아가면서 좋은 일을 많이 하여 자신의 비겁함을 보상하면 되니까요."

"그게 어떻게 죄가 될 건 없단 말이냐? 말도 안 되는 소리다, 그러다가 네놈은 곧장 지옥으로 끌려가 거기 불가마에서 양고기처럼 구워질걸." 표도르 파블로비치가 말을 받았다.

바로 이 순간, 알료샤가 들어왔던 것이다. 표도르 파블로비치는 우리가 보았듯 알료샤를 보고 너무도 반가워했다.

"네 주제로구나, 너의 단골 주제!" 그는 알료샤도 동참할 수 있게끔 자리에 앉히면서 기쁘게 키득거렸다.

"양고기라뇨, 그럴 리도 없지요, 그런 소리를 해도 그곳에선 아무 일도 없을 것이고, 정말 공정하게 생각해 봐도 그런 일이 있을 턱도 없습니다." 스메르쟈코프가 위풍당당하게 지적했다.

"정말 공정하다는 건 또 뭐냐." 표도르 파블로비치는 알료샤의 무릎을 쿡쿡 찌르면서 더욱더 즐거워하며 소리쳤다.

"야비한 놈, 원래 저런 놈이라니까요!" 갑자기 그리고리의 입에서 이런 말이 튀어나왔다. 그는 분을 감추지 못하고 스메르쟈코프의 눈을 똑바로 쳐다보았다.

"야비한 놈 얘기는 잠깐 미뤄 두십죠, 그리고리 바실리예비치." 스메르쟈코프가 차분하고 신중하게 말을 받아 냈다. "차라리 생각을 좀 해 보는 편이 낫죠, 가령 제가 기독교 박해자 같은 자들에게 포로로 붙잡혀서 하느님의 이름을 저주하고 자신의 성스러운 세례를 거부하라는 요구를 받는다면, 저는 제 자신의 이성적 판단에 있어 전적인 권리를 갖고 있는 것이며, 이런 일은 전혀 죄가 될 리 없습니다."

"아니, 그 얘기는 벌써 하질 않았느냐, 쓸데없는 말 길게 하지 말고 증명을 해 보란 말이다!" 표도르 파블로비치가 소리쳤다.

"부엌데기 주제에!" 그리고리가 경멸스럽다는 듯 속삭였다.

"부엌데기 얘기도 잠깐 미뤄 두십죠, 욕은 그만하고 직접 생각을 좀 해 보세요, 그리고리 바실리예비치. 제가 박해자들에게 '아니다, 나는 기독교인이 아니다, 나의 참된 하느님을 저주한다.'라고 말하면, 그 즉시 저는 하느님의 가장 높은 심판에 의해 즉각적이고 특수하게 파문의 저주를 받게 되어 완전히 이교도로서 성스러운 교회로부터 파문당하게 되는 것이니, 그러니까 바로 그 순간, 즉 말을 내뱉은 순간도 아니고 말을 내뱉기로 생각한 그 순간, 4분의 1초도 채 지나지 않아서 파문당하는 것이란 말입니다. 그렇지 않습니까, 그리고리 바실리예비치?"

그는 눈에 띌 정도로 만족해하면서 그리고리를 불렀는데, 본질적으로 그저 표도르 파블로비치의 질문에 대답하는 것이며 그렇다는 걸 아주 잘 알고 있었음에도 꼭 일부러 그리고리가 이 모든 질문을 던진 것처럼 굴었다.

"이반!" 갑자기 표도르 파블로비치가 소리쳤다. "나한테 귀 좀 살짝 빌려 주렴. 그러니까 이놈은 너를 위해서 저렇게 구는 거야, 네 칭찬을 받고 싶은 게지. 그러니 칭찬 좀 해 주거라."

이반 표도로비치는 진짜로 완전히 환희에 젖은 아버지의

말을 귀담아들었다.

"잠깐만, 스메르쟈코프, 잠깐만 입을 다물고 있어라." 표도르 파블로비치가 다시 소리쳤다. "이반, 다시 귀 좀 빌리자꾸나."

이반 표도로비치는 다시금 아주 진지한 표정을 지으면서 몸을 숙였다.

"이 아비는 너도, 알료쉬카도 똑같이 좋아한단다. 내가 너를 좋아하지 않는다고 생각지는 말아라. 코냑을 들겠니?"

"주세요." 이반 표도로비치는 '그나저나 이 양반, 어지간히 취했군.'이라고 생각하며 아버지를 유심히 바라보았다. 스메르쟈코프라면 그는 굉장한 호기심을 갖고 관찰하고 있는 중이었다.

"네놈은 지금도 파문의 저주를 받은 자야." 그리고리가 갑자기 폭발해 버렸다. "그런 네놈이 감히 어떻게 이러쿵저러쿵 떠들어 댈 수 있느냔 말이다, 만약……."

"나무라지 말게나, 그리고리, 나무라지 마!" 표도르 파블로비치가 말을 끊었다.

"좀 기다려 보시죠, 그리고리 바실리예비치, 아주 잠깐이라도 말입죠, 제 말이 아직 다 안 끝났으니 마저 들어 보시라고요. 제가 하느님에게 즉각적으로 저주를 받게 되는 순간, 바로 그 드높은 순간에 저는 이미 이교도나 다름없이 되고 저의 세례는 저로부터 지워지므로 그 어떤 의무도 지지 않게 되는 것입죠. 이것만은 사실이 아닙니까요?"

"이봐, 어서 빨리 결론을 내, 결론을." 표도르 파블로비치는 이렇게 좀 재촉한 뒤 술잔을 들이켜며 음미했다.

"제가 이미 기독교인이 아니라면, 그들한테 '네놈은 기독교인이냐, 아니냐.'라는 질문을 받았을 때 박해자들에게 거짓말을 한 것도 아닙죠, 왜냐면 이런 생각을 했다는 것만으로도, 심지어 제가 박해자들에게 무슨 말을 내뱉기 이전에 이미 저는 바로 하느님에 의해서 기독교에서 내쳐졌으니까요. 만약 제가 이미 기독교인 자격을 박탈당했다면, 제가 그리스도를 부정했다고 해서 무슨 수로, 무슨 근거로 저세상에서 저를 기독교인 대하듯 문책할 겁니까, 거부하기 이전에 이미 생각만으로도 저의 세례에서 벗어났는데요? 제가 기독교인이 아니라면, 다시 말해, 저는 부정할 것이 아무것도 없는 처지이니, 그리스도를 부정할 수도 없습죠. 제아무리 하늘나라라도 누가 저주받은 타타르인을 두고 기독교인으로 태어나지 않았다는 이유로 문책을 하겠습니까, 그리고리 바실리예비치, 황소 한 마리에게서 두 장의 가죽을 얻을 수는 없다는 것을 잘 알면서 누가 그런 걸로 그를 벌하겠습니까? 더욱이 만물의 지배자인 하느님이 그 타타르인이 죽었을 때 그에게 문책을 한다 할지라도, 제 생각으론 어떻든 그가 저주받은 부모로부터 저주받은 채 세상에 태어난 것은 무죄라고 판단하여 가장 하찮은 벌을(벌을 전혀 안 내릴 수는 없을 테니까) 내릴 듯하군요. 주 하느님이 강제로 타타르인을 붙들고서 그에게 한때 기독교인이었다고 말할 수는 없잖습니까? 만일 그렇게 한다면, 만물의 지배자인 주님이 순전히 거짓말을 하는 꼴이 되는 것입죠. 아니, 하늘과 땅, 만물의 지배자인 주님이 한마디라도 어디 거짓말을 할 수 있습니까요?"

그리고리는 어안이 벙벙해져서는 눈을 부릅뜨고 연사를 쳐다보았다. 그는 비록 여기서 오가는 얘기를 제대로 이해하지는 못했지만, 이 모든 잠꼬대 같은 말들 중에 갑자기 뭔가 깨달은 바가 있어서 갑자기 이마를 벽에 부딪친 사람 같은 표정을 지으며 멈칫했던 것이다. 표도르 파블로비치는 술잔을 마저 비우고 날카로운 웃음소리를 내면서 자지러졌다.

"알료쉬카, 알료쉬카, 어떠냐! 아휴, 이 궤변가 녀석! 이놈은 분명히 어디 예수회[89] 놈들과 어울렸던 게야, 이반. 아이고, 요놈, 구린내 나는 예수회 놈 같으니, 그래, 누가 네놈을 가르쳤더냐? 어쨌거나 너는 거짓부렁을 하고 있는 게야, 거짓부렁에 또 거짓부렁, 거짓부렁투성이다. 울지 마라, 그리고리, 우리가 지금 당장 이놈을 싹 갈아서 연기와 먼지로 만들어 버릴 테니. 네놈은 나한테 어디 이것 좀 얘기해 봐라, 이런 당나귀 같은 녀석아. 네가 박해자들 앞에서는 정당하다고 해도, 네놈 자신이 마음 깊숙이 자기 믿음을 부정했고 바로 그 순간에 저주스럽게 파문당했다고 말하고 있지 않느냐, 일단 파문을 당했다면, 지옥에서 파문당해 기특하다고 네 머리를 쓰다듬어 주는 일은 없을 거다. 이 점에 대해서는 어떻게 생각하시는지, 나의 멋진 예수회 교도 양반?"

"제가 마음 깊숙이 부정한 건 틀림없지만, 어떻든 그렇다고 해서 딱히 무슨 죄를 지은 건 아니고, 설령 죄가 있을지라도 그건 가장, 극히 평범한 것입지요."

---

89) 1534년 이그나티우스 로욜라가 조직하여 1540년 교황 바오로 3세의 승인을 받은 가톨릭 수도회.

"아니, 극히 평범하다니!"

"거짓부렁이야, 저어—주받은 놈!" 그리고리가 씩씩거렸다.

"찬찬히 생각을 해 보시죠, 그리고리 바실리예비치." 자기가 이겼다는 걸 의식하긴 했지만 그래도 참패한 적을 관대하게 다루면서 차근차근 논리 정연하게 스메르쟈코프가 계속했다. "찬찬히 생각을 해 보시라고요, 그리고리 바실리예비치. 성경에도 쓰여 있지 않습니까, 사람이 아주 작은 깨알만 한 믿음이라도 갖고 있다면, 그래서 이 산을 향해 바다로 가라고 말한다면, 명령이 떨어지자마자 조금도 지체하지 않고 그렇게 갈 거라고. 자, 그리고리 바실리예비치, 저는 믿음이 없는 자이고 당신은 쉴 새 없이 저를 욕할 만큼 신앙이 깊으니, 어디 한번 직접 저 산을 향해 바다는 고사하고라도(여기서 바다까지는 머니까요.) 저기 우리 동네의 악취 나는 개천에라도, 바로 저기 우리 집 정원 뒤로 흐르는 개천에라도 한번 가 보라고 말씀해 보시죠, 바로 그 순간, 당신이 아무리 소리를 질러도, 아무것도 움직이지 않고 여전히 제자리에 얌전히, 고스란히 있는 걸 보실 테죠. 하지만 이거야말로, 그리고리 바실리예비치, 당신도 참된 믿음을 갖고 있지 않으면서 믿음을 건수로 그저 다른 사람들에게 욕을 해 댄다는 뜻이 아니겠습니까요. 다시금, 우리 시대에는 당신뿐만 아니라 단연코 그 누구도, 가장 지체 높은 인물에서 가장 보잘것없는 농사꾼에 이르기까지 그 누구도 산을 바다로 내려놓을 수 없다면, 전 지구상에 누구 한 명쯤, 많아야 두 명쯤 그런 사람이 있다고 해도 그런 사람들은 저기 이집트 사막 어디에서 도를 닦는 중이라 도통 찾아낼 수가 없다면—그렇다면, 나머지 모든 사람들은 믿음이 없는 자들이라는 결론이 나오고, 그렇다면 정말로 그토록 유명한 자비심을 가진 주님이 저 두 명의 은자들을 제외한 이 나머지 사람들을 전부, 즉 전 지구상의 거주민들을 저주하면서 그들 중 그 누구에게도 용서를 베풀지 않을 거란 말입니까요? 그러니까 저는 한번 의심을 품었다가 나중에 참회의 눈물을 흘릴 때 용서를 받을 것이라 믿는 것입니다요."

"잠깐만!" 표도르 파블로비치는 황홀의 절정에 올라 꽥꽥 소리를 질러 댔다. "그럼, 너는 산을 움직일 수 있는 자가 두 명 정도는 있다고 생각하는 게지, 그런 게지? 이반, 밑줄 치고 적어 둬라. 이거야말로 러시아인의 진면목이다!"

"아버지의 지적이 정확히 맞아요, 이거야말로 믿음에 관한 한 민족적 속성이죠."

"동의하는 거로구나! 네가 동의한다면, 정말로 그런 거지. 알료쉬카, 이게 사실이더냐? 러시아적인 믿음이 정말로 그렇더냐?"

"아니요, 스메르쟈코프의 믿음에 대한 생각은 전혀 러시아적인 게 아니에요." 알료샤가 진지하고 확고하게 말했다.

"나는 그의 믿음에 대해 말하는 것이 아니라 이 속성에 대해, 이 두 명의 은자에 대해, 오직 이 속성에 대해서만 말하는 거야. 이건 정말로 러시아적이지 않니, 러시아적인 것 말이다?"

"예, 그 속성은 전적으로 러시아적인 것입니다." 알료샤가 미소를 지었다.

"네놈 말은 금화 한 닢을 받을 가치가 있구나, 당나귀 같은 놈, 내 오늘 당장 보내 주마, 하지만 어쨌거나 네 말은 다 거짓부렁에 또 거짓부렁, 죄다 거짓부렁이다. 바보야, 잘 알아 둬, 여기서 우리 모두는 너무 경솔하기 때문에 신앙이 없는 것뿐이야, 우리는 통 시간이 없거든. 첫째, 일들에 치여 죽을 지경이고, 둘째, 하느님이 시간을 너무 적게 주었으니, 고작해야 하루에 이십사 시간을 점지해 주었으니, 참회는커녕 잠을 푹 잘 시간도 없는 거야. 그런데도 네놈은 네놈의 믿음이건 뭐건 더 이상 생각하고 자시고 할 것도 없이 그냥 자신의 믿음을 보여 주기만 하면 될 때에 박해자들 앞에서 믿음을 부정하지 않았느냐! 그러니까 이것도 일리가 있다고 생각하는데, 어때?"

"일리는 있다면 있는 것이지만, 그리고리 바실리예비치, 잘 좀 생각해 보시죠, 그게 일리가 있다면 더욱더 위안이 되는 겁니다. 만약 그때 제가 진정으로 진리를 믿었다면, 그러면서도 그 믿음에 따르는 고통을 감수하지 않고 더러운 마호메트의 믿음으로 전향했다면, 그건 정말로 죄가 되었을 것입니다요. 하지만, 그런 경우라면 아예 고통을 받을 턱도 없었을 텐데, 왜냐면 바로 그 순간 제가 저 산을 향해, 자 움직여서 박해자를 눌러 버려라 하고 한마디만 했더라도, 산이 저절로 움직여 바로 그 순간에 박해자를 바퀴벌레처럼 눌러 버렸을 테고, 저는 아무 일도 없었던 양 하느님을 노래하고 찬양하면서 제 갈 길을 갔을 테니까요. 하지만, 바로 그 순간에 제가 이 모든 것을 다 시험해 보고 이젠 일부러 저 산을 향해, 이 박해자들을 눌러 죽여라 하고 소리쳤는데도 정작 그 산이 꿈쩍도 하지 않았다면, 말씀해 보시죠, 그런 상황에서 제가 도대체 어떻게 의심을 하지 않을 수 있겠습니까요, 그것도 죽음과 같이 거대한 공포가 밀어닥친 그 끔찍한 시간에? 이것이 아니더라도, 제가 하늘의 왕국에 완전히 도달하진 못하리라는 건(제 말에 따라 산이 움직이지 않았다면, 저세상에선 제 믿음을 그다지 믿어 주지 않을 테니까 저세상에서 저를 기다리고 있는 보상도 미미한 것이 아니겠습니까.) 잘 알고 있는데, 도대체 무엇을 위해서, 하물며 더 이상 어떤 이득도 없이 제 살가죽을 벗기도록 내버려 두겠습니까요? 심지어 이미 제 등가죽이 절반이나 벗겨졌다고 하더라도, 그런데도 제 말이나 외침에 따라 저 산이 움직일 리는 만무하잖습니까. 그렇습니다, 이런 순간엔 의심을 하게 되는 건 물론이고 심지어 너무 무서운 나머지 판단력을 잃어버려 제대로 분별 있는 결단을 내릴 수도 없을 테죠. 아니, 이승에서나 저승에서나 어떤 이득도, 보상도 안 보이는 판에 최소한 제 살가죽만이라도 소중히 간직해 두려고 하는데, 이것이 무슨 특별한 죄란 말입니까요? 따라서, 저는 주님의 자비를 전적으로 믿으면서 완전히 용서받으리라는 희망을 키우는 것입죠……."

8 코냑을 마시면서

논쟁은 끝났지만 이상스럽게도, 그토록 즐거워하던 표도르 파블로비치가 끝에 가서는 갑자기 얼굴을 찌푸렸다. 얼굴을 찌푸리면서 코냑을 홀짝거렸는데, 이 잔은 이미 취할 수준이었다.

"썩 꺼져들 버려, 예수회 놈들 같으니, 썩." 그가 하인들에게 소리쳤다. "스메르쟈코프, 저리로 꺼져. 오늘 약속한 금화 한 닢은 보내 줄 테지만, 썩 꺼져 버려. 그리고리, 자네는 울지 말고, 마르파에게 가 보게, 마르파가 위로도 해 주고 잠자리도 봐 줄 거야. 간사한 놈들 같으니, 식후에 좀 조용히 있게 해 주질 않는다니까." 그의 명령이 떨어지기가 무섭게 하인들이 다 물러나자, 그는 짜증스럽다는 듯 정색을 하며 말했다. "스메르쟈코프가 요즘 식사 때마다 여기에 오는 건 바로 너한테 대단한 흥미가 있기 때문인데, 너는 대체 뭐로 저놈을 저렇게 살살 녹인 거냐?" 그가 이반 표도로비치에게 덧붙였다.

"아무것도 한 게 없는걸요." 상대방이 말했다. "나를 존경하고 싶어졌나 보죠. 저놈은 머슴에다가 쌍놈입니다. 하지만 때가 되면, 선두 주자가 되겠죠."

"선두 주자라니?"

"좀 더 훌륭한 다른 놈들도 있겠지만, 저런 놈들도 있겠죠. 우선은 저런 놈들이 나올 것이고, 그 뒤를 이어 좀 더 훌륭한 놈들이 나오겠죠."

"그래, 그때가 언제쯤 올까?"

"봉화가 타오를 때겠지만, 그것도 제대로 타지 못할 수도 있어요. 민중들은 지금으로선 저런 부엌데기 같은 놈들의 말을 그다지 귀담아듣고 싶어 하지 않으니까요."

"그건 정말 그런데, 얘야, 이 발라암의 당나귀 녀석이 열심히 생각에만 잠겨 있는데 저러다가 나중에 무슨 생각에 도달하게 될지 통 알 수가 없구나."

"생각들을 축적하겠지요." 이반이 피식 웃었다.

"이봐, 나는 저놈이 다른 사람들도 마찬가지지만 나도 참을 수 없어한다는 걸 알고 있어, 비록 네가 보기엔 저놈이 너를 '존경하고 싶어진 모양'이겠지만 너한테도 마찬가지야. 알료쉬카라면 오래전부터 그래, 저놈은 알료쉬카를 경멸하고 있어. 그래도 뭘 훔치지도 않고 함부로 입을 놀리지도 않아, 오히려 입이 무거워서 집안의 온갖 쓰레기를 바깥에서 떠벌리지도 않을 거고 만두도 멋들어지게 구울 줄 알지, 아니, 그건 그렇다 치고, 젠장, 사실 저놈을 두고 이러쿵저러쿵 말할 가치가 있는 걸까?"

"물론 없죠."

"하지만 나중에 가서 저놈이 혼자 무슨 꿍꿍이속을 보이면, 이런 러시아 농사꾼은 흔히 말하는 대로 두들겨 패야 돼. 나는 항상 이렇게 주장해 왔단다. 우리 나라 농사꾼은 사기꾼이라서 동정할 가치도 없어, 지금도 농사꾼을 두들겨 패는 일이 더러 있으니 아직은 좋은 거지. 러시아 땅은 자작나무 덕분에 튼튼한 거야. 숲을 베어 버리면 러시아 땅도 무너져 버릴걸. 나는 현명한 사람들 편이다. 우리는 대단히 머리를 써서 농사꾼들을 두들겨 패지 못하도록 했지만, 그자들 자신은 여전히 스스로를 두들겨 패고 있어. 아주 잘하는 일이지. 눈에는 눈, 이에는 이와 같은 식으로 앙갚음을 받는다고 해야 하나, 아니면 뭐라고 해야 하나……. 한마디로 말해서, 앙갚음을 받을 거란 거야. 그나저나 러시아는 돼지우리야. 얘야, 내가 러시아를…… 다시 말해 러시아가 아니라 이 모든 죄악들을…… 뭐 그러니까 러시아를 얼마나 증오하는지 네가 알기만 한다면. 이건 온통 돼지우리야.(Tout c'est de la cochonnerie.) 그런데 내가 좋아하는 게 뭔지 아느냐? 나는 기똥찬 재담을 좋아한단다."

"또 한 잔 드셨군요. 이제 그만 됐어요, 아버지."

"조금만 더 기다려 봐라, 내 한 잔, 딱 한 잔만 더 하고 그러고 끝내마. 잠깐만, 네가 내 말을 끊었구나. 내가 모크로예를 지나가는 길에 그곳 노인에게 물어봤더니, 그 노인 말이 '우리는 우리 마을의 결정에 따라 처녀들을 두들겨 패는 걸 무엇보다도 더 좋아해서, 늘 청년들에게 두들겨 패는 일을 맡긴답니다. 오늘 얻어맞은 처녀를 내일이면 그 청년이 신붓감으로 데려가는지라, 우리 처녀들도 이걸 즐기는 형편이죠.'라더구나. 완전히 사드 후작[90] 빰칠 일이지, 엉? 그래, 어떠냐, 기똥차지 않니. 어디 한번 슬쩍 가서 구경이나 할까, 엉? 알료쉬카, 너 새빨개진 게냐? 수줍어하지 말아라, 아가야. 이거 섭섭해서 어쩌나, 아까 수도원장의 암자에서 점심도 못 먹고 수도사들에게 모크로예 처녀들 얘기도 하지 못했으니 말이다. 알료쉬카, 아까 내가 너의 수도원장을 골나게 했다고 화내지 말거라. 난 말이다, 얘야, 악이 받쳐서 그런 거란다. 하느님이 있다면, 존재한다면 뭐, 물론 그때는 내가 죽일 놈이니 책임지면 되고, 만약 하느님이라는 것이 전혀 없다면, 그놈들, 너의 그 신부 놈들이 무슨 소용이 있는 거냐? 그때는 그놈들의 목을 치는 것

90) 프랑스의 소설가로서 성도착적인 내용을 담은 작품을 많이 썼다.

만으로도 부족하지, 그놈들이 발전을 저해하고 있으니 말이다. 믿어지냐, 이반, 이것 때문에 내가 심적으로 얼마나 괴로워하고 있는지 말이다. 아니, 넌 믿고 있지 않고 있구나, 네 눈을 보면 알 수 있어. 너는 내가 기껏 어릿광대에 불과하다고 떠드는 사람들의 말을 믿는 게야. 알료샤, 너는 내가 기껏 어릿광대에 불과한 그런 인간은 아니라는 걸 믿는 게지?"

"그럼요, 그렇게 믿고 있어요."

"그래, 나도 네가 그렇게 믿고 있으며 네 말이 진심이라는 걸 믿고 있단다. 너의 시선도, 너의 말도 모두 진심에서 우러나오는 거야. 하지만 이반은 아니다. 이반은 오만한 녀석이야……. 어떻든, 너의 그 수도원을 아주 끝장냈으면 싶다. 이 신비주의를 통째로 잡아다가 전 러시아 땅에서 단칼에 없애 버렸으면 싶어, 이 모든 바보들이 정신이 똑똑히 들도록 말이다. 그러면 얼마나 많은 금은이 조폐 공사로 들어갈까!"

"아니 뭣 하러 없애 버려야 하죠?" 이반이 말했다.

"진리가 어서 빨리 빛을 발하도록 하기 위해서, 바로 이 때문이지."

"아니, 이 진리가 빛을 발하게 되면, 우선 아버지를 제일 먼저 알거지로 만들고, 그다음에…… 없애든 말든 하겠죠."

"어라! 아닌 게 아니라 네 말이 옳은 것 같구나. 아이고, 내가 바로 당나귀였구나." 표도르 파블로비치가 갑자기 자기 이마를 툭 치면서 소리쳤다. "뭐 그렇다면, 알료쉬카, 너의 수도원은 그냥 내버려 두도록 하자. 그리고 우리 현명한 사람들은 따뜻한 곳에 앉아 코냑이나 즐기자꾸나. 그런데 이반, 이건 바로 하느님이 틀림없이 일부러 이렇게 만들어 놓은 것일 테지? 이반, 말해 봐라. 하느님은 있느냐, 없느냐? 잠깐만. 확실하게 말해 봐라, 진지하게 말해! 아니, 왜 또 웃는 거냐?"

"내가 웃는 건, 산을 움직일 수 있는 장로들이 두 명은 존재한다는 스메르쟈코프의 믿음을 두고 아까 아버지가 재치 있게 응수했기 때문이에요."

"지금 내 말도 그와 비슷하다는 거냐?"

"아주 비슷해요."

"뭐 그렇다면, 다시 말해 나도 러시아 사람이니 내게도 러시아적 속성이 있는 거고, 너 같은 철학자도 이와 비슷한 너 나름의 속성에 따라 파악할 수 있을 테지. 원한다면, 파악해 주마. 내기를 해도 좋아, 바로 내일 파악해 주지. 하지만 어쨌거나 말해 봐라. 신은 있느냐 없느냐? 단, 진지해야 된다! 지금 나한테 필요한 건 진지함이야."

"아니요, 신은 없습니다."

"알료쉬카, 신은 있느냐?"

"신은 있습니다."

"이반, 그렇다면, 불멸은 어떠냐, 저기 뭐든, 뭐 하다 못해 조그만 거, 코딱지만 한 거라도 말이다?"

"불멸도 없어요."

"아예?"

"아예 없어요."

"그렇다면 완전히 제로거나 무(無)인 게냐? 설마, 뭔가는 있겠지? 어쩜, 아무것도 없을 수야 있나!"

"완전히 제로예요."

"알료쉬카, 불멸은 있느냐?"

"있어요."

"그러니까 신도, 불멸도?"

"신도, 불멸도요. 신 속에 불멸이 있습니다."

"음. 아무래도 이반 쪽이 더 맞는 것 같아. 맙소사, 인간이 얼마나 많은 믿음을 바쳐 왔고 또 얼마나 많은 힘을 죄다 쓸데없이 이 몽상에 쏟아부었는지, 이게 벌써 수천 년이 아닌가 말이다, 생각만 해도 끔찍하군! 도대체 누가 감히 이렇게 인간을 놀려 대는 걸까? 이반? 마지막으로 똑바로 말해 다오. 신은 있는 거냐, 없는 거냐? 정말 마지막이다!"

"나도 마지막이에요, 없다니까요."

"그럼, 누가 도대체 인간들을 갖고 노는 거냐, 이반?"

"악마겠지요." 이반 표도로비치가 씩 웃었다.

"그럼, 악마는 있는 거냐?"

"아니요, 악마도 없어요."

"그거 참 섭섭하군. 이러니 신을 처음으로 고안해 낸 놈을 어떻게 해야 속이 시원할까, 젠장! 그런 놈은 사시나무에 목을 매달아 죽여도 시원치 않겠군."

"신을 고안해 내지 않았다면, 그러면 문명도 전혀 없었을 거예요."

"문명도 없었을 거라고? 신이 없다면?"

"예. 코냑 따위도 없었을 거예요. 그나저나 아버지의 코냑을 그만 치워야겠어요."

“잠깐, 잠깐만, 잠깐만, 얘야, 한 잔만 더 하자꾸나. 내가 알료샤를 모욕했어. 화가 난 건 아닐 테지, 알렉세이? 내 귀여운 알렉세이치크,[91] 요 녀석 알렉세이치크!”

“화 안 났어요. 나는 아버지의 생각을 잘 알아요. 아버지는 머리보다 마음이 더 좋으세요.”

“내가 머리보다 마음이 더 좋다고? 이런, 네가 아니면 누가 이런 말을 해 주겠니? 이반, 너는 알료쉬카가 좋으냐?”

“좋아요.”

“그래, 좋아해야지. (표도르 파블로비치는 몹시 취해 있었다.) 들어 봐라, 알료샤, 아까 내가 너의 장로에게 좀 거칠게 굴었구나. 하지만 너무 흥분해서 그랬던 거야. 그나저나, 사실 이 장로에겐 기똥찬 구석이 있어, 이반, 네 생각은 어떠냐?”

“있다면 있겠죠.”

“있어, 있다니까, 피롱[92] 냄새가 난다니까.(il y a du Piron là-dedans.) 이 사람은 예수회야, 그러니까 러시아 예수회 말이다. 고상한 창조물이 다 그렇지만 그 작자도 연기를 해야 한다는 것…… 그러니까 억지로 성자 시늉을 해야 한다는 것 때문에 속으론 남모를 분노를 삭이고 있어.”

“하지만 장로님은 신을 믿고 있어요.”

“손톱만큼도 안 믿을걸. 아니, 너는 몰랐더냐? 그 작자는 자기가 나서서 모든 사람들에게 이 얘길 하고 있어, 그러니까 모

91) 알료샤의 애칭.

92) 프랑스의 시인, 극작가.

든 사람은 아니고 그를 찾아오는 현명한 모든 사람들한테. 현지사 슐츠에게도 믿긴 하지만(credo), 뭘 믿는 건지는 나도 잘 모르겠다, 하고 단도직입적으로 딱 잘라 말했다더군."

"정말로요?"

"정말로 그렇다니까. 하지만 나는 그를 존경해. 그에겐 뭐랄까, 메피스토펠레스[93]적인 것이랄까, 아니면 더 정확히 말해 『우리 시대의 영웅』[94]과 같은 점이랄까 하는 것이 있어…… 저기 아르베닌[95]이냐, 뭐냐…… 다시 말해서, 그러니까 그는 호색한이야. 어찌나 대단한 호색한인지 나는 지금도 내 딸이나 마누라가 그자한테 고해성사를 하러 간다면 겁부터 날 것 같아. 글쎄, 그 작자가 어떻게 이야기를 꺼내느냐 하면……. 재작년에 그가 차를, 그리고 리큐어를(부인네들이 그에게 리큐어를 보내 주곤 하거든.) 마시자며 우리를 자기 암자로 불렀는데, 그가 옛날 일을 묘사해 주기 시작하자 우리는 배꼽 잡고 웃었다니까……. 특히, 그가 어떤 병약한 여자를 고쳐 주었다고 했을 땐 배꼽이 빠질 정도였지. '내가 다리만 안 아팠어도, 부인을 위해 얼씨구나 춤이라도 한번 춰 주었을 텐데요.'라는 말을 하더라니까. 그래, 어떠냐? '나도 소싯적엔 제법 놀았거든요.'라는 말도 했다니까. 그 작자는 상인 제미도프에게서 6만 루블을 슬쩍하기도 했어."

93) 괴테의 『파우스트』에 나오는 악마.

94) 레르몬토프의 연작 소설 형식의 장편 소설.

95) 아르베닌은 레르몬토프의 희곡 「가면무도회」의 주인공인데, 표도르는 이 인물을 『우리 시대의 영웅』의 주인공 페초린과 혼동하고 있다.

"아니, 훔친 건가요?"

"그 상인이 그를 좋은 사람으로 믿고 '내일 우리 집을 수색할 거요, 제발 좀 맡아 주오.'라면서 가져온 거야. 그래서 장로는 맡아 주었지. 그리고 나중에 가선 '자네는 이걸 교회에 헌금한 게 아니던가.'라고 했다는군. 나는 그자에게 너야말로 야비한 놈이라고 말했지, 암, 그렇게 말했지. 그놈은 아니다, 야비한 놈이 아니라 오히려 도량이 넓은 사람이다, 하고 말했는데……. 그나저나, 이건 그자가 아니라……. 이건 딴 사람이었구나. 내가 딴 사람과 헷갈렸나 보다…… 그러고서도 못 알아챘군. 자, 이제 한 잔만 더 하고 끝내마. 술병을 치워라, 이반. 내가 계속 거짓부렁을 늘어놓고 있는데도, 너는 왜 나를 말리지 않은 거냐, 이반…… 내 말이 죄다 거짓부렁이라고 말하지도 않고 말이다?"

"아버지가 알아서 그만둘 줄 알았으니까요."

"저 거짓부렁 좀 봐라, 네놈은 나 때문에 열을 받아서, 오로지 열을 받아서 그런 거야. 네놈은 나를 경멸하고 있어. 네놈은 나한테 와서 내 집 안에 살고 있으면서도 나를 경멸하고 있어."

"안 그래도 떠날 겁니다. 아버지는 코냑에 곯았어요."

"그리스도 하느님의 이름으로 너한테 하루나 이틀 정도 체르마쉬냐에 좀 갔다 오라고 부탁했는데…… 그런데도 너는 갈 생각도 안 하고 있으니."

"아버지가 정 그러시다면, 내일 가겠어요."

"가긴 뭘 가. 네놈은 여기서 나를 감시하고 싶은 게야, 바로 이게 네놈이 원하는 거지, 고약한 놈 같으니, 아니, 왜 안 가는 거냐?"

노인은 진정할 생각을 안 했다. 그는 너무 술에 취해서, 지금까지 얌전히 술을 마시고 있던 사람들조차도 꼭 갑자기 성질을 부리고 자기를 과시하고 싶어 못 견디는 그런 지점에 도달했던 것이다.

"왜 나를 쳐다보는 게냐? 네놈의 그 눈초리는 또 뭐냐? 네놈의 눈은 나를 보면서 '술에 전 낯짝 같으니.'라고 말하고 있어. 네놈의 눈엔 의심이, 경멸이 가득해……. 네놈은 나름대로 속셈이 있어서 온 게야. 자 여기 알료쉬카도 우릴 보고 있지만 요 녀석 눈은 아주 초롱초롱하구나. 알료샤는 나를 경멸하지 않아. 알렉세이, 이반을 좋아하지 말아라……."

"형한테 화내지 마세요! 형을 그만 좀 모욕하세요." 갑자기 알료샤가 고집스럽게 말했다.

"뭐 그래, 나는, 그래. 아이고, 골이 쑤신다. 코냑을 치워라, 이반, 세 번째로 말하는 거다." 그는 생각에 잠겼다가 갑자기 천천히, 간특한 미소를 지었다. "이 늙은 쭈그렁바가지한테, 이반, 화를 내선 안 된다. 네가 나를 좋아하지 않는다는 걸 나도 알고 있지만, 그래도 화만은 내지 말아 다오. 하긴 나란 인간이 뭐 좋아할 건더기가 있나. 체르마쉬냐에 좀 가 주렴, 내 직접 너한테 선물을 가지고 가마. 내 거기서 너한테 계집애 하나를 보여 주마, 거기서 오랫동안 점찍어 뒀거든. 아직은 맨발로 뛰어다니는 애야. 하지만 맨발의 계집애들을 겁낼 필요도, 경멸할 필요도 없어, 완전 진주거든……!"

그러면서 그는 자기의 손에 입을 쪽 맞추었다.

"나는 말이다." 자기가 좋아하는 주제가 나오자마자, 그는 술이 대번에 확 달아난 것처럼 갑자기 온몸에 활기를 되찾았다. "나한테는 말이지……. 에라, 요 녀석들아! 요 꼬마 녀석들, 요놈들, 돼지 새끼들아, 나한테는…… 아주 평생 동안 못생긴 여자란 없었단다, 바로 이게 나의 원칙이야! 네놈들이 이걸 이해할 수 있을까? 하긴 네놈들이 이걸 어떻게 이해하겠어. 대가리에 피도 안 마르고, 아직도 몸에는 피 대신 젖이 흐르는 놈들이! 나의 원칙에 따르면, 그 어떤 여자에게서나 다른 여자에게선 찾을 수 없는 굉장히, 젠장, 흥미진진한 구석을 찾을 수 있다는 거다. 단, 찾을 수 있는 능력이 있어야 되는데, 바로 이게 핵심이야! 요는 재주가 있어야 된다는 거야! 나한테는 못생긴 여자란 아예 없었어. 여자라는 것 하나만으로, 이거 하나만으로도 절반은 된 거야…… 하긴 네놈들이 이걸 어떻게 이해하겠어! 심지어 노처녀들도, 그런 년들한테서도 사내들이 얼마나 멍청하면 저런 년들을 어떻게 지금까지 몰라보고 저렇게 늙도록 내버려 뒀을까 싶을 만큼 멋진 것을 찾아낼 수 있다니까! 맨발 계집애나 못생긴 계집애는 처음부터 깜짝 놀라게 해 줘야 되는데, 바로 이게 이런 년들을 요리하는 방법이지. 너는 몰랐지? 자기같이 미천한 계집에게 저런 양반 나리가 반할 수 있다니 하고 열광하고 감동받고 부끄러움을 느낄 정도로까지 그녀를 깜짝 놀라게 해 줘야 돼. 참으로 멋지지 않니, 세상엔 언제나 상놈과 양반이 있을 테고, 마찬가지로 언제나 이렇게 마루나 닦는 계집이 있으면 또 언제나 그런 계집의 주인도 있는 법, 인생의 행복을 위해서는 바로 이것이 필요하다니까! 잠깐만…… 들어 보렴, 알료쉬카, 나는 네 죽은 어미를 언제나 깜짝 놀라게 해 주었단다, 그저 방식이 좀 다르긴 했다만. 절대 애무를 해 주지 않다가 어느 순간이 오면 갑자기, 그야말로 갑자기 네 어미 앞에서 무릎을 꿇고 온몸으로 살살 기면서 발에다 입을 맞추어서 언제나, 언제나 네 어미를 웃게 만들었는데—바로 지금도 기억이 나는군—크지도 않고 가느다란 소리로 과자처럼 바삭거리고 방울처럼 찰랑찰랑 초조하게 울리는 것이 참으로 독특한 웃음이었지. 네 어미는 늘 그렇게만 웃었단다. 그래, 늘 그런 식으로 네 어미에겐 병이 시작되어 다음 날이면 클리쿠샤처럼 소리를 지르기 시작했으니, 지금 이렇게 가느다란 소리로 웃는 것이 결코 무슨 황홀의 의미는 아니라는 걸 나도 알고 있었지, 뭐 기만인 셈이었지만 그래도 황홀하긴 했을걸. 바로 이게, 무엇을 갖다주건 그 고유의 특성을 발견할 수 있는 능력이 뭔지를 말해 주는 거야! 한번은 벨랴프스키라고 잘생긴 부자 양반 하나가 네 어미의 꽁무니를 쫓아다니느라 우리 집을 들락날락하게 됐는데, 갑자기 우리 집에 와서는 내 따귀를 철썩 갈기는 거야, 그것도 네 어머니가 있는 앞에서 말이다. 그러자, 내 생각으론 완전 순둥이 양이었던 네 어미가 내가 따귀를 맞았다고 나를 때릴 기세로 덤벼드는 거야. '당신은 지금 얻어맞았죠, 얻어맞은 거죠, 저런 사람한테서 따귀나 얻어맞다니! 당신은 나를 그에게 팔아먹은 거나 마찬가지예요……. 아니, 저 사람은 어떻게 감히 내 앞에서 당신을 때릴 엄두를 낸 거죠! 감히 내 곁엔 얼씬도, 아주 얼씬도 하지 마세요! 지금 당장 달려가서 저 사람에게 결투를 신청해요…….' 그래서 나는 그때 네 어미를 진정시키려고 수도원에 데려갔고 성스러운 신부들이 네 어미의 정신을 되찾아 주었지. 하지만, 맹세코, 알료샤, 내가 나의 클리쿠샤를 모욕한 적은 결코 없었다! 오직 단 한 번, 그것도 첫해를 빼면 말이다. 그때 네 어미는 기도에 아주 열심이었는데, 특히 성모 축일 같은 걸 쇨 때는 나를 자기 방에서 서재로 쫓아내곤 했지. 내 이 여자의 이놈의 미신 짓거리를 분쇄하겠다! 하는 생각이 들었어. '보여, 보이냐고, 내가 당신의 성상을, 자, 여기 이놈을, 여기 이놈을 끄집어 내겠어. 잘 봐, 당신은 이놈이 기적을 만든다고 생각하고 있겠지만, 나는 바로 지금 당신 앞에서 이놈에게 침을 뱉을 거야, 그래 봤자 나한테는 아무 일도 없을걸……!' 네 어미가 이 광경을 보자, 맙소사, 나는 네 어미가 지금 바로 나를 죽일 거라고 생각했는데, 그저 벌떡 일어나서 손뼉을 탁 치더니, 그다음엔 갑자기 두 손으로 얼굴을 가리고 온몸을 부르르 떨면서 마룻바닥으로 쓰러졌고…… 그대로 뻗어 버린 거지……. 알료샤, 알료샤! 얘야, 왜, 왜 그러냐!"

노인은 깜짝 놀라 벌떡 일어났다. 알료샤는 자기 어머니 얘기가 나왔을 때부터 조금씩 안색이 변하기 시작했다. 그의 얼굴이 발개지고 눈은 불타오르고 입술은 부르르 떨렸던 것이다……. 술에 취한 노인은 입에 침을 튀기면서도 바로 직전까지도 아무것도 알아채지 못했는데, 다름 아니라 알료샤에겐 갑자기 뭔가 아주 이상한 일이 일어났고, 즉 지금 막 그가 '클리쿠샤'에 대해 얘기한 것과 정말로 똑같은 일이 반복됐다. 알료샤는 갑자기 탁자에서 벌떡 일어나 이야기 속의 자기 어머니와 정말로 똑같이 손뼉을 탁 치더니, 두 손으로 얼굴을 가린 채 낫질을 당한 벼처럼 의자 위로 쓰러졌고, 그렇게 갑자기 히스테리 발작이라도 난 듯 느닷없이 경련이 섞인 눈물을 소리 없이 흘리면서 온몸을 부르르 떨기 시작했다. 어머니와 하는 짓이 너무도 닮았기 때문에, 노인은 특히 더 충격을 받고 말았다.

"이반, 이반! 얘에게 어서 빨리 물을! 네 어미와 똑같구나, 어쩜, 그 무렵의 제 어미와 똑같아! 입으로 얘에게 물을 뿜어 줘라, 나도 얘 어미에게 그렇게 해 주었단다. 얘는 그만 제 어미, 제 어미 때문에……." 그가 이반에게 중얼거렸다.

"그나저나, 내 생각에 얘의 어머니는 내 어머니기도 했는데요, 아버지?" 이반이 분노와 경멸을 억누르지 못해 갑자기 이렇게 내뱉었다. 노인은 그의 번득이는 눈초리를 보고 몸을 부르르 떨었다. 하지만 바로 이 순간, 비록 그야말로 찰나이긴 했지만, 아주 이상한 일이 일어났다. 알료샤의 어머니가 이반의 어머니기도 했다는 생각이 정말로 노인의 머릿속 바깥으로 튕겨 나간 모양이었던 것이다…….

"아니, 너의 어머니라니?" 무슨 말인지 몰라 그가 중얼거렸다. "지금 왜 그런 소리가 나오는 게냐? 어떤 어머니 말이냐……? 아니, 정말로 그 여자가……. 아이고, 젠장! 그래, 아닌 게 아니라 그 여자는 네 어미이기도 하구나! 이런, 젠장! 뭐 이건, 얘야, 정신이 이렇게 흐리멍덩해진 적은 없었는데, 미안하다, 내 생각은 그저, 이반……. 헤헤헤!" 그는 말을 멈추었다. 술에 취한 반쯤 무의미한 긴 웃음 때문에 그의 얼굴이 양옆으로 확장되었다. 그때, 바로 그 순간 갑자기 현관에서 끔찍한 소란이 일고 우레 같은 소리가 울려 퍼지고 광폭한 고함 소리가 들려오더니, 문이 확 열리면서 홀 안으로 드미트리 표도로비치가 날 듯이 뛰어 들어왔다. 노인은 경악하면서 이반에게로 달려들었다.

"날 죽일 거다, 죽일 거야! 날 내주지 마라, 내주지 마!" 이반 표도로비치의 프록코트 자락에 꼭 매달린 채 그가 소리쳤다.

9 호색한들

곧이어 드미트리 표도로비치의 뒤를 이어 홀 안으로 그리고리와 스메르자코프가 뛰어 들어왔다. 그들은 (벌써 며칠 전에 내려진 표도르 파블로비치의 지시에 따라) 그를 들여보내지 않으려고 현관에서 싸움까지 벌였던 것이다. 드미트리 표도로비치가 홀 안으로 잠입해 주위를 둘러보느라 한순간 멈추어 선 것을 이용하여, 그리고리는 식탁을 한 바퀴 돌아 안쪽 방들로 통하는 홀의 입구 맞은편 문 두 쪽을 걸어 잠그고는, 말하자면 마지막 피 한 방울을 흘릴 때까지 입구를 사수하겠다는 각오로 잠긴 문 앞에서 두 팔을 십자가 모양으로 벌리고 섰다. 이것을 보자 드미트리는 소리를 지르는 것이 아니라 째질 듯한 소리로 울부짖으면서 그리고리에게로 달려들었다.

"그러니까 그년이 저기에 있다는 소리지! 그년을 저기다가 숨겨 놓은 거야! 썩 꺼져, 이 야비한 놈!" 그는 그리고리를 떨쳐 내려고 했지만, 상대방이 그를 밀쳐 냈다. 너무 격분한 나머지 제정신이 아니었던 드미트리는 손을 번쩍 들었다가 온 힘을 다해 그리고리를 내리쳤다. 노인은 낫질을 당한 벼처럼 맥없이 쓰러졌고, 드미트리는 그를 뛰어넘어 문을 부수다시피 해서 안으로 들어갔다. 스메르쟈코프는 새하얗게 질려 벌벌 떨면서 표도르 파블로비치 곁에 바싹 붙은 채로 홀의 다른 쪽 끝에 남아 있었다.

"그년이 여기 있어." 드미트리 표도로비치가 소리쳤다. "그년이 집 쪽으로 돌아선 걸 지금 내 눈으로 보았어, 그저 따라잡지 못했을 뿐이야. 그년은 어디 있어? 어디 있냐고?"

"그년이 여기 있어!"라는 외침은 표도르 파블로비치에게 불가사의할 정도로 강렬한 인상을 불러일으켰다. 조금 전의 경악이 송두리째 달아나 버렸다.

"잡아라, 저놈 잡아라!" 그는 고함을 지르면서 드미트리 표도로비치의 뒤를 쫓아 돌진했다. 그러는 사이에 그리고리는 마룻바닥에서 일어났지만 아직도 제정신이 아닌 것 같았다. 이반 표도로비치와 알료샤가 아버지의 뒤를 쫓아 달리기 시작했다. 세 번째 방에서 갑자기 뭔가가 바닥으로 툭 떨어져 깨지면서 쨍그랑거리는 소리가 들려왔다. 그것은 대리석 받침대 위에 있던 커다란 유리 꽃병(비싼 축에 들진 않는)이었는데, 드미트리 표도로비치가 그 옆을 지나면서 건드렸던 것이다.

"저놈 잡아라!" 노인이 울부짖기 시작했다. "거기, 누구 없느냐!"

이반 표도로비치와 알료샤는 간신히 노인을 따라잡아서 완력을 써 가며 홀로 데려왔다.

"어쩌자고 형을 쫓아가는 거예요! 형이 저기서 아버지를 곧장 죽일 텐데!" 이반 표도로비치는 아버지에게 엄청나게 화를 내며 소리쳤다.

"바네치카, 료셰치카,[96] 그러니까 그 여자가 여기 와 있는 거야, 그루셴카가 여기에 있어, 이리로 달려가는 걸 저놈이 제 눈으로 봤다고 하잖니……."

그는 숨이 차서 말도 제대로 잇지 못했다. 이번엔 그루셴카가 오리라곤 기대도 안 했기 때문에, 그녀가 여기 있다는 느닷없는 소식을 듣자 단번에 정신이 나갔던 것이다. 온몸을 덜덜 떠는 것이 꼭 미치기라도 한 것 같았다.

"아니, 그녀가 오지 않았다는 건 아버지도 봐서 알잖아요!" 이반이 소리쳤다.

"저쪽 입구로 왔을 수도 있잖느냐?"

"저쪽, 저쪽 입구는 잠겨 있고, 열쇠는 아버지한테 있잖아요……."

드미트리가 다시 홀에 나타났다. 그는 저쪽 입구가 잠겨 있음을 물론 확인했고, 잠긴 입구의 열쇠는 정말로 표도르 파블로비치의 호주머니 안에 있었다. 모든 방들의 창문들 또한 전부 잠겨 있었다. 고로, 그루셴카는 어떻게 어디서 들어올 수도, 또 뛰어넘어 올 수도 없는 노릇이었다.

---

96) 각각 이반과 알료샤의 애칭.

"저놈 잡아라!" 다시 드미트리를 보자마자 표도르 파블로비치가 빽빽 소리를 질러 댔다. "저놈은 저기 내 침실에서 돈을 훔쳤어!" 그러면서 그는 이반한테서 빠져나와 다시 드미트리에게로 달려들었다. 하지만 상대방은 두 손을 들어 올려 갑자기 노인의 관자놀이에 간신히 붙어 있는 머리카락 끄트머리 두 뭉치를 움켜쥐고 잡아당겨서는 쿵 소리가 날 정도로 세게 그를 마룻바닥으로 내동댕이쳤다. 그러고 나서도 쓰러진 자의 얼굴을 구둣발로 두세 번 더 짓밟아 주었다. 노인은 귀가 떨어져 나갈 듯 날카로운 신음 소리를 내기 시작했다. 이반 표도로비치는 비록 형 드미트리처럼 힘이 세지는 않았지만 그래도 두 손으로 형을 붙잡아서 있는 힘껏 노인으로부터 떼 놓았다. 알료샤도 있는 힘껏 앞쪽에서 큰형을 붙잡아 줌으로써 작은 형을 도왔다.

"미쳤어, 형, 진짜 아버지를 죽일 참이야!" 이반이 소리쳤다.

"아버지는 그래도 싸!" 숨을 헐떡이면서 드미트리가 소리쳤다. "지금 죽이지 못했으니, 나중에 죽이러 오겠어. 말려들 봤자 소용없을걸!"

"드미트리! 지금 당장 여기서 나가!" 알료샤가 고압적으로 소리쳤다.

"알렉세이! 너만이라도 나에게 말해 다오, 네 말만은 믿을 테니. 지금 그 여자가 여기에 왔었냐, 안 왔었냐? 내 눈으로 봤단 말이다, 지금 막 그녀가 골목길에서 울타리를 지나 이쪽으로 빠져나가는 걸 말이다. 내가 소리를 쳤지만 그녀는 달아났어……."

"맹세코, 형, 여기엔 오지도 않았고, 그 누구도 그녀가 오길 기다리지도 않았어!"

"하지만 나는 그녀를 봤단 말이야……. 그러면, 그녀는……. 내 지금 바로 그녀가 어디에 있는지를 알아내겠어……. 잘 있어라, 알렉세이! 지금은 이솝[97]에게 돈 얘기는 아예 꺼내지 마라, 하지만 카체리나 이바노브나한테는 반드시 지금 당장 가서 전해라. '머리 숙여 인사를 전하라고 했습니다, 머리 숙여 인사를, 머리 숙여 인사를 전하라고! 정확히 머리를 숙여 간곡히 작별 인사를 전하라고 말입니다!' 그녀에게 이 소동도 묘사해 줘라."

그때 이반과 그리고리는 노인을 일으켜 세워 안락의자에 앉혔다. 그는 얼굴은 피투성이였지만 정신만은 또렷하여 드미트리의 외침 소리에 게걸스럽게 귀를 기울이고 있었다. 그는 여전히 그루셴카가 정말로 집 안 어디에 있는 것처럼 여겨졌다. 드미트리 표도로비치는 방을 나가면서 증오스럽다는 듯 그를 돌아보았다.

"영감쟁이가 피를 좀 흘렸다고 해서 내가 무슨 반성이라도 할 줄 알아!" 그가 소리쳤다. "몸조심 잘하고, 영감, 꿈도 잘 간수하시길, 꿈은 나한테도 있으니까! 난 영감을 저주하고, 부자의 연을 완전히 끊어 버리겠어……."

그는 방에서 뛰어나갔다.

"그녀는 여기 있어, 여기 있는 게 분명해! 스메르자코프, 스

97) 표도르를 가리킨다.

메르쟈코프." 노인은 손가락으로 스메르쟈코프를 부르면서 들릴 듯 말 듯 한 소리로 씩씩거렸다.

"여기 없다니까, 완전히 정신이 나간 영감이야." 이반이 그를 향해 표독스럽게 소리쳤다. "어라, 기절하셨군! 물, 수건! 얼른 가져와, 스메르쟈코프!"

스메르쟈코프는 물을 가지러 달려갔다. 마침내 노인의 옷을 벗기고 침실로 옮겨서 침대에 눕혔다. 그의 머리는 젖은 수건으로 둘러 싸맸다. 코냑에 취한 데다 심하게 흥분하고 얻어맞기까지 해서 기진맥진한 터라 노인은 머리가 베개에 닿자마자 금세 눈을 감고 인사불성이 되었다. 이반 표도로비치와 알료샤는 홀로 돌아왔다. 스메르쟈코프는 깨진 꽃병 조각들을 치웠고 그리고리는 침울한 표정으로 시선을 내리깐 채 식탁 곁에 서 있었다.

"자네도 머리에 물수건을 얹어야 하지 않겠나, 침대에 누워 간호도 받고." 알료샤가 그리고리에게 말했다. "아버지는 우리가 여기서 돌볼 테니. 형이 자네의⋯⋯ 머리를 정말 호되게 때렸는데."

"도련님이 나한테 이런 짓을 하다니!" 그리고리는 말 한마디, 한마디를 침울하게 또박또박 내뱉었다.

"형은 아버지한테도 '이런 짓'을 한 위인이야, 자네뿐만 아니라!" 입을 일그러뜨리며 이반 표도로비치가 한 소리했다.

"어릴 때 내 손으로 목욕까지 시켜 드렸는데⋯⋯. 도련님이 나한테 이런 짓을!" 그리고리가 되풀이했다.

"제기랄, 내가 형을 떼 놓지 않았더라면, 진짜 죽여 버렸을 거야. 이솝 같은 노인 하나 해치우는 게 뭐 많이 힘들겠어, 어디?" 이반 표도로비치가 알료샤에게 속삭였다.

"하느님 맙소사!" 알료샤가 소리쳤다.

"아니, 뭐가 '맙소사'냐?" 얼굴을 표독스럽게 일그러뜨리면서 여전히 그렇게 속삭이듯 이반이 말을 계속했다. "한 마리의 독사가 다른 한 마리의 독사를 잡아먹을 거야, 두 놈 다 그 길밖에 없어!"

알료샤는 흠칫, 몸을 부르르 떨었다.

"물론 나는 살인이 일어나도록 내버려 두진 않겠어, 지금도 그랬지만. 여기 있어라, 알료샤, 나는 나가서 뜰을 좀 거닐어야겠다. 머리가 지끈대기 시작했거든."

알료샤는 아버지의 침실로 가서 병풍 뒤, 아버지의 머리맡에 한 시간 정도 앉아 있었다. 갑자기 노인이 눈을 뜨더니 오랫동안 말없이 알료샤를 쳐다보았는데, 보아하니 차근차근 기억을 더듬고 생각을 정리하는 모양이었다. 갑자기 예사롭지 않은 흥분의 빛이 그의 얼굴에 감돌았다.

"알료샤." 하고 그가 걱정스러운 듯 속삭였다. "이반은 어디 있느냐?"

"머리가 지끈거린다고 뜰에 나가 있어요. 형이 우리를 지켜 주고 있어요."

"거울을 가져와 봐, 저기 있지, 이리 다오!"

알료샤는 그에게 장롱에 있던 작고 둥근, 접을 수 있게 된 거울을 갖다주었다. 노인은 거울에 비친 자신의 모습을 들여다봤다. 코가 꽤나 심하게 부어올랐고 왼쪽 눈썹 위 이마에는 상당히 시퍼런 멍이 들어 있었다.

"이반은 뭐라고 하던? 알료샤, 요 귀여운 것, 나의 유일한 아들아, 나는 이반이 무섭구나. 나는 저놈보다 이반이 더 무서워. 오직 너 한 명만 무섭지 않아……."

"이반도 무서워하지 마세요, 이반은 화를 내긴 하지만 아버지를 보호해 줄 거예요."

"알료샤, 그놈은? 그루셴카한테 달려갔겠지! 귀여운 천사야, 진실을 말해 다오. 그루셴카가 왔었냐, 아니냐?"

"아무도 그녀를 못 봤어요. 설마 무슨 착각이었겠죠, 정말 안 왔다니까요!"

"정말로 미치카[98]는 그녀와 결혼할 생각이야, 결혼!"

"그녀가 형한테는 시집을 안 갈 거예요."

"안 갈 거야, 안 갈 거야, 안 갈 거야, 안 갈 거야, 어떤 일이 있어도 안 갈 거야……!" 꼭 이 순간에 이보다 더 행복한 말은 그에게 들려줄 수 없는 양, 노인은 몹시 기뻐하며 온몸을 들썩거렸다. 그는 환희에 차서 알료샤의 손을 잡아 자기 가슴에 꼭 갖다 붙였다. 그의 눈에서는 심지어 눈물마저 반짝이기 시작했다. "성상 말이다, 내가 아까 얘기했던 성모 마리아의 성상은 네가 가져라, 가져가거라. 그리고 수도원으로 돌아가는 것도 허락하마……. 아까는 농담을 한 거야, 화내지 마라. 머리가 아프구나, 알료샤……. 료샤, 내 마음을 달래 다오, 천사처럼 진실을 말해 다오!"

---

98) 드미트리의 애칭 혹은 비칭.

"아버지는 또 그 얘기인가요, 그녀가 왔었냐, 안 왔었냐?" 알료샤가 괴로워하면서 말했다.

"아니, 아니, 아니, 나는 너를 믿는다, 내 말은 그러니까 이거야. 네가 직접 그루셴카한테 가든지 아니면 어떻게든 그녀를 만나서 빨리, 가능한 한 빨리 그녀한테 물어보고 네 눈으로 직접 알아봐라. 그녀가 누구한테 가길 원하는지, 나인지 저놈인지? 어떠냐? 응? 할 수 있겠느냐, 못 하겠느냐?"

"그녀를 보게 된다면, 물어볼게요." 알료샤가 곤혹스러워하면서 웅얼거렸다.

"아냐, 그녀는 너한테 말하지 않을 거야." 노인이 말을 가로막았다. "그녀는 변덕쟁이야. 너한테 입을 맞추기 시작하면서 너한테 가고 싶다고 말할걸. 그녀는 거짓말쟁이에 부끄러움이라곤 모르는 여자야, 안 돼, 네가 그녀한테 가선 안 돼, 안 되고말고!"

"게다가 그건 안 좋은 일이에요, 아버지, 정말 안 좋은 일이 될 거예요."

"그나저나 아까 저놈이 나가면서 '가 봐라.'라고 소리친 거 말이다, 너를 어디로 보낸 거냐?"

"카체리나 이바노브나한테요."

"돈 때문에? 돈을 부탁하는 것이냐?"

"아니요, 돈 때문은 아니에요."

"저놈에겐 돈이 없어, 한 푼도 없지. 들어 봐라, 알료샤, 내 밤에 좀 누워서 곰곰 생각을 해 볼 테니, 너는 일단 가 봐라. 어쩌면 그녀를 만날지도 모르지……. 단, 너는 내일 아침 녘에 꼭 나한테 들러야 한다, 꼭. 내 내일 너한테 할 말이 하나 있어. 들러 줄 거지?"

"그럴게요."

"올 때는 네가 알아서 온 것처럼, 병문안을 온 것처럼 굴어라. 내가 불렀다는 건 누구에게도 말하지 말고. 이반에게는 한마디도 하지 마라."

"알았어요."

"잘 가거라, 천사야, 아까 네가 내 편을 들어 준 건 영원토록 잊지 않으마. 내 내일 너한테 해 줄 얘기가 하나 있는데……. 다만, 아직은 생각을 좀 더 해야겠구나……."

"지금 상태는 어떠세요?"

"내일, 내일이면 일어나서 걸을 수 있을 거야, 완전히 건강, 완전히 건강, 완전히 건강해진 몸으로 말이다……!"

마당을 지나가면서 알료샤는 대문 옆 벤치에 앉아 있는 이반 형을 보았다. 그는 앉아서 연필로 뭔가를 자기의 노트에 쓰고 있었다. 알료샤는 형에게 노인이 잠에서 깼고 정신도 말짱하며 밤엔 수도원으로 돌아가도록 허락해 주었다고 전했다.

"알료샤, 내일 아침 녘에 너를 만날 수 있다면 참 좋겠다." 이반은 상냥하게 말하면서 자리에서 일어났는데, 그의 이런 상냥함이 알료샤에겐 너무도 뜻밖이었다.

"나는 내일 호흘라코바 부인 댁에 갈 건데." 알료샤가 대답했다. "카체리나 이바노브나도 지금 못 만나면 아마 내일 갈 거야……."

"그럼, 지금은 어쨌거나 카체리나 이바노브나한테 가는 거로구나! 그건 '머리 숙여 작별 인사를, 작별 인사를 전하기' 위해서냐?" 갑자기 이반이 미소를 지었다. 알료샤는 당혹스러웠다.

"아까 형이 고함을 친 이유를, 그리고 옛날 일 중에서 뭔가를 이해했어. 드미트리는 분명히 너에게 그녀한테 가서, 그러니까 형이…… 뭐…… 뭐, 한마디로 말해서 '작별 인사를 하라' 그거지?"

"형! 아버지와 드미트리 사이의 이 끔찍한 일이 어떻게 끝날까?" 알료샤가 소리쳤다.

"정확히 예측할 수는 없지. 어쩌면 아무 일도 없을지도 몰라. 그냥 그렇게 흐지부지되는 거지. 이 여자는 짐승이야. 어떻든, 영감은 집에 붙들어 둬야 되고 드미트리는 집 안에 들이지 말아야 해."

"형, 하나만 물어보자. 정말로 어떤 사람이 나머지 사람들을 보면서 누구누구는 살 가치가 있고 누구누구는 그럴 가치가 더 없다고 결정할 권리가 있는 걸까?"

"여기에 그런 가치 결정을 개입시킬 이유가 어디 있냐? 이 문제는 절대 가치에 근거해서가 아니라, 대개는 사람들의 마음속에서 훨씬 더 자연스러운 다른 이유에 따라 결정되는 법이야. 하지만 권리에 관해서라면, 누구든 기대의 권리는 가지고 있는 거 아닐까?"

"설마, 다른 사람의 죽음에 대해선 아닐 테지?"

"뭐, 죽음이라면 또 어떠냐? 모든 사람들이 다 그렇게 살고 있고 그렇게 하지 않으면 제대로 살 수도 없는데, 구태여 자기 자신에게 거짓말을 할 필요는 없지. 네가 그런 말을 하는 건 아까 내가 '한 마리의 독사가 다른 한 마리의 독사를 잡아먹을 거야.'라고 말했기 때문이냐? 그렇다면, 내가 너한테 뭐 하나 물어보자. 그럼 너는 나도 드미트리와 마찬가지로 이솝의 피를 흘리게 할 수 있는, 그러니까 뭐 죽일 수 있는 능력이 있다고 생각하는 거냐, 응?"

"이반, 무슨 소리야! 그런 생각은 꿈에도 해 본 적이 없어. 게다가 드미트리도 그런 거라곤 생각 안 해……."

"그것만으로도 고맙군." 이반이 씩 웃었다. "내가 언제나 아버지를 보호할 거라는 걸 알아 둬라. 하지만 내 희망에 관해서라면, 그 경우엔 완전한 공간을 남겨 둘 거야. 내일 보자꾸나. 나를 나쁜 놈이라고 욕하지도 말고 그렇게 바라보지도 말아라." 그는 미소를 지으면서 덧붙였다.

그들은 서로의 손을 꽉 쥐었는데, 이건 전에는 결코 없었던 일이었다. 알료샤는 형이 먼저 그에게로 성큼 다가섰음을, 형이 이렇게 한 것엔 틀림없이 뭔가 목적이, 어떤 의도가 있음을 느꼈다.

10 두 여인이 한자리에

알료샤는 아까 아버지의 집에 들어갈 때보다 훨씬 더 망가지고 참담한 심정으로 그 집을 나왔다. 그의 이성도 역시 구멍이 뚫려 산산이 흩어졌지만, 반면 이와 더불어 흩어진 것들을 결합시켜 이 하루 동안에 겪은 모든 고통스러운 모순들로부터 공통된 생각을 꺼내는 것을 자신이 두려워하고 있음을 느꼈다. 뭔가가 거의 절망과 닿아 있었는데, 이건 알료샤의 마음속에서 결코 없었던 일이다. 모든 것 앞에 해결할 수 없는 중요하고 치명적인 물음이 거대한 산처럼 버티고 있었다. 이 무서운 여자를 둘러싼 아버지와 드미트리 형의 일이 어떻게 끝날까? 이제는 그 자신이 증인이었다. 그 자신도 거기에 있었고 그들이 마주한 것을 보았다. 하지만 결국에 가서 불행한 사람, 그것도 정말 끔찍할 정도로 불행한 사람은 오직 드미트리 형이 될 수도 있었다. 즉, 의심의 여지가 없는 불행이 큰형을 노려보고 있었던 것이다. 그리고 다른 사람들도 알료샤가 전에 생각했던 것보다도 아마 훨씬 더 많이 이 모든 것과 관련되어 있었다. 심지어 어떤 것은 수수께끼 같기도 했다. 작은형 이반은 알료샤가 오랫동안 바랐던 대로 그를 향해 한 발짝 다가섰지만, 이제 와서는 무엇 때문인지 그 한 발짝이 그를 경악하게 했다는 느낌이 든다. 그럼, 저 여인들은? 이상하게도, 아까 카체리나 이바노브나의 집을 향해 갈 때는 굉장히 혼란스러운 상태였지만 지금은 아무런 느낌도 들지 않았다. 오히려, 꼭 그녀에게서 어떤 지시라도 구하길 바라는 양, 그 스스로 그녀의 집을 향해 걸음을 재촉했다. 하지만 형에게 부탁받은 말을 그녀에게 전하는 일은 아까보다 지금 더 힘들 것 같아 보였다. 3000루블 건이 완전히 결판이 났기 때문에 드미트리 형은 이제 자기가 부정직한 놈이라고 절감하고 더 이상 어떤 희망도 없이, 물론 온갖 타락을 자초할 것이다. 그뿐인가, 카체리나 이바노브나에게 지금 막 아버지의 집에서 일어난 소동을 전해 주라는 명령까지 하지 않았던가.

알료샤가 카체리나 이바노브나 집에 도착했을 때는 이미 7시여서 날이 어둑어둑했는데, 그녀는 볼사야 거리의 아주 넓고 살기 좋은 집 한 채를 빌려 쓰고 있었다. 알료샤는 그녀가 이모 두 명과 살고 있음을 알고 있었다. 그런데 그들 중 하나는 그녀의 언니인 아가피야 이바노브나의 이모에 지나지 않았다. 이 사람이 바로 그녀가 대학을 마치고 아버지의 집으로 갔을 때 거기서 언니와 함께 그녀를 돌봐 주었던 말수 적은 부인이었던 것이다. 다른 이모는 가난한 편이긴 하지만 거드름을 피우고 무게를 잡는 모스크바 부인이었다. 들리는 말로는, 이 두 여인은 모든 일에서 카체리나 이바노브나의 말에 복종했으며 마냥 예의를 갖추는 차원에서 그녀 옆에 있다는 것이었다. 카체리나 이바노브나는 병 때문에 모스크바에 남아 있는 자신의 은인인 장군 부인의 말에만 복종했으며, 그 부인에게 매주 두 통씩 편지를 보내 자신의 근황을 상세하게 전해야만 했다.

알료샤가 현관으로 들어서서 문을 열어 준 하녀에게 자기가 온 것을 알려 달라고 부탁했을 때, 홀 안에서는 분명히 그가 왔음을 이미 알고 있었을 수도 있지만(어쩌면 창문에서 그를 봤을 수도 있다.) 어쨌거나 갑자기 어떤 소란이 일었고 누구인지 여하튼 여자들이 뛰어다니는 발소리와 원피스가 부스럭거리는 소리가 들려왔다. 어쩌면 여자들 두셋이 방에서 뛰어나가는 듯도 싶었다. 알료샤는 자기가 왔다고 이렇게 동요가 일다니, 이상하다는 생각이 들었다. 그나저나, 그는 곧 홀로 안

내되었다. 그곳은 시골 냄새가 전혀 풍기지 않는, 우아한 가구들로 가득 찬 커다란 방이었다. 소파, 침대 의자, 작은 소파, 또 크고 작은 탁자들이 많았다. 벽에는 그림이 몇 점 걸려 있었고, 탁자 위에는 꽃병과 램프가 여러 개 놓여 있고 꽃도 많았으며, 창 곁에는 심지어 수족관도 있었다. 땅거미가 지고 있기 때문에 방 안은 다소 어둠침침했다. 알료샤는 분명히 지금까지 사람들이 앉아 있었던 듯한 소파 위에 실크 망토가 내던져져 있고 소파 앞 탁자 위에 마시다 만 초콜릿 두 잔, 비스킷, 푸른 건포도가 담긴 크리스털 접시, 사탕이 담긴 또 다른 접시가 놓여 있는 것을 알아보았다. 누군가를 접대하고 있었던 것이다. 알료샤는 자기가 하필 손님들이 있을 때 온 것임을 깨닫고 얼굴을 약간 찌푸렸다. 하지만 바로 그 순간, 커튼이 올라가더니 다급하고 빠른 걸음걸이로 카체리나 이바노브나가 들어와서, 환희에 찬 기쁜 미소를 지으며 알료샤에게 두 손을 내밀었다. 바로 그 순간, 하녀가 불이 밝혀진 양초 두 개를 들고 와서 탁자 위에 올려놓았다.

"어쩜, 드디어 당신도 와 주셨군요! 나는 하루 종일 오직 당신 한 사람만을 위해 하느님께 기도했어요! 앉으세요."

카체리나 이바노브나의 아름다움은 예전에도 알료샤에게 충격을 안겨 주었는데, 삼 주쯤 전에 그녀 자신이 굉장히 원해서 드미트리 형이 그를 그녀에게 데려가 소개도 해 주고 인사도 시켰던 것이다. 하지만 그때는 대화를 나누진 않았다. 알료샤가 몹시 당혹스러워하고 있다고 생각한 카체리나 이바노브나는 그때 그를 배려해 주듯 줄곧 드미트리 표도로비치와

만 얘기를 나누었다. 알료샤는 말없이 있었지만 많은 것을 아주 잘 살펴볼 수 있었다. 그에게 충격을 안겨 준 것은 이 도도한 아가씨의 고압적인 태도와 오만함이 넘치는 거리낌 없는 태도, 자신감이었다. 그리고 이 모든 것이 의심의 여지도 없이 분명했다. 알료샤는 자기 말이 과장이 아니라는 것을 절감하고 있었다. 그는 불타오르는 듯한 커다란 검은 눈이 무척 아름답다고, 특히 그녀의 창백한, 아니 창백하다 못해 다소간 노르스름하기까지 한 갸름한 얼굴에 잘 어울린다고 생각하게 됐다. 하지만 이 눈에는 매혹적인 입술 선과 마찬가지로, 그의 형이 물론 홀딱 반할 수는 있었겠지만 그 사랑을 오래도록 유지할 수는 없게 만드는 뭔가가 있었다. 드미트리의 약혼녀 집을 방문한 뒤 그가 그녀를 보고 받은 인상을 제발 숨기지 말고 얘기해 달라고 채근했을 때, 알료샤는 거의 직설적으로 그에게 자신의 생각을 말했다.

"형은 그녀와 함께라면 행복할 테지만, 어쩌면…… 그건 불안한 행복일 거예요."

"바로 그거란다, 얘야, 저런 여자들은 언제나 저 모습으로 있을 거다, 운명 앞에서 순응하려 들지 않거든. 그러니까, 너는 내가 그녀를 영원히 사랑하지는 않을 거라고 생각하는 거지?"

"아니, 형은 아마 그녀를 영원히 사랑할 거예요, 하지만 그녀와 있으면 아마 늘 행복하지만은 않을 거예요……."

알료샤는 그때 자신의 소견을 말하면서 얼굴을 붉혔고 형의 부탁에 못 이겨 이토록 '멍청한' 생각을 입 밖으로 꺼냈다는 것 때문에 스스로에게 짜증이 났다. 소견을 입 밖으로 꺼내자마자 그것이 그 자신에게도 끔찍할 정도로 바보같이 여겨졌기 때문이다. 그것도 여자에 대해 그렇게 주제넘게 자기 소견을 발설한 것이 부끄럽기도 했다. 그런데 지금 그를 맞으러 달려 나온 카체리나 이바노브나를 딱 보자마자 그의 놀라움은 더 커졌으니, 어쩌면 지난번엔 그가 대단히 잘못 생각했을 수도 있다는 느낌이 들었던 것이다. 이번에 그녀의 얼굴은 꾸밈없고 순진무구한 선량함과 솔직하고 열렬한 진실함으로 빛나고 있었다. 그때 알료샤에게 그토록 충격을 안겨 준 이전의 '오만함과 도도함'은 온데간데없고, 지금은 그저 대담하고 고결한 에너지와 어떤 분명하고도 강력한 자신감 하나만이 눈에 띄었다. 알료샤는 그녀를 보자마자, 또 그녀에게서 첫마디를 듣자마자, 그토록 사랑하는 사람과 관련해 자기가 놓인 비참한 처지를 그녀가 알고 있음을, 어쩌면 그것도 모든 것을, 맹세코 모든 것을 알고 있을 수도 있음을 깨달았다. 또한 비록 그녀의 얼굴이 그야말로 빛으로, 미래에 대한 믿음으로 가득했음에도 불구하고, 알료샤는 갑자기 자기가 그녀에게 고의로 큰 죄를 지은 양 느껴졌다. 그는 순식간에 압도되고 매혹되어 버린 것이다. 이 모든 것 외에도 그는 그녀에게서 첫 몇 마디를 듣자마자, 그녀가 무엇 때문인지 대단히 흥분했음을, 그것도 그녀로선 좀처럼 가능하지 않을 법하게, 거의 황홀해하듯이 흥분했음을 알아챘다.

"제가 당신을 이토록 기다린 건 당신이라면 지금 모든 진실을 말해 줄 수 있기 때문입니다, 정말로 당신밖에 없어요!"

"제가 온 건……" 하고 알료샤가 곤혹스러워하면서 중얼거렸다. "저는…… 형이 저를 보내서……."

"아, 그이가 당신을 보냈군요, 그럴 거라는 예감이 들었어요. 이젠 전부 다 알겠어요, 전부 다!" 카체리나 이바노브나가 갑자기 눈을 반짝이며 외쳤다. "잠깐만요, 알렉세이 표도로비치, 제가 왜 당신을 그토록 기다려 왔는지 미리 말씀드리겠어요. 보세요, 어쩌면 저는 당신보다 더 많은 것을 알고 있는지도 몰라요. 당신이 가져온 소식도 필요 없고요. 제가 당신에게 필요한 건 이런 거랍니다. 즉, 저는 당신이 최근에 받은 개인적인 인상을 알아야겠고, 또 당신이 가장 직설적이고 무례하다 싶을 만큼(오, 얼마든지 무례해도 괜찮아요.) 꾸밈없는 모습으로 저한테 이야기를 해 주었으면 해요. 오늘 그이를 만나 보고 나니 그래, 어떠세요, 지금 그이의 모습과 처지가 어떻던가요? 그이가 더 이상 저를 찾아오길 원하지 않는 상황이니만큼, 제가 나서서 그이에게서 개인적으로 해명을 듣는 것보다는 이게 나을 거예요. 제가 당신에게서 뭘 원하는지 아시겠죠? 자, 이제 그이가 무슨 일로 당신을 저에게로 보냈는지(나는 그가 당신을 보낼 줄 알았어요!) 토씨 하나 빼지 말고 허심탄회하게 말씀해 주세요……!"

"형은 그러니까 당신에게…… 머리 숙여 인사를 전하라고 했고, 앞으로 더 이상 오지 않을 것이며…… 당신에게 머리 숙여 인사를 전하라고 했습니다."

"머리 숙여 인사를 전하라고요? 그이가 정확히 그렇게 말했나요, 꼭 그런 표현을 썼나요?"

"예."

"설마 지나가는 말로 무심코 말실수를 한 건 아닐까요, 적절한 말을 못 찾아서요?"

"아니요, 형은 틀림없이 이 말을, '머리 숙여 인사를 전한다.' 라고 말해 달라고 부탁했어요. 잊지 말고 제대로 전하라고 족히 세 번은 부탁했는걸요."

카체리나 이바노브나는 발끈했다.

"이제 저를 도와주세요, 알렉세이 표도로비치, 지금 저는 당신의 도움이 필요해요. 당신에게 제 생각을 말씀드릴 테니, 제 생각이 맞는지 아닌지만 말씀해 주세요. 들어 보세요, 그이가 저에게 지나가는 말로 인사를 전하라고 했다면, 즉 어떤 단어를 사용할지를 놓고 별다른 고집을 부리지 않고 단어를 딱히 강조하지도 않았다면, 그건 전부 다……. 그렇다면 바로 끝장이었을 거예요! 하지만 그이가 특별히 이 단어를 고집했다면, 특히 당신에게 꼭 잊지 말고 이 머리 숙여 인사하라는 말을 전하라고 당부했다면, 그건 다시 말해 그이가 너무 흥분한 나머지 제정신이 아니었다는 소리겠지요? 결단은 내렸지만, 자신의 결단에 경악하고 만 거예요! 자기 발로 확고하게 걸어서 제 곁을 떠난 것이 아니라 산에서 굴러떨어져 버린 거예요. 이 단어를 강조했다니, 허세를 부리는 것일 수도 있어요……."

"그래요, 바로 그래요!" 알료샤가 열렬하게 맞장구를 쳤다. "저도 지금은 바로 그렇게 생각됩니다."

"그렇다면, 그이는 아직 끝장나지 않은 거예요! 그저 절망에 빠져 있을 따름이지만, 저는 아직은 그이를 구할 수 있어요. 잠깐만요, 그이가 당신에게 돈에 대해, 3000루블에 대해 무슨 얘기를 하던가요?"

"말을 한 정도가 아니라, 아마 무엇보다도 그것 때문에 형이 죽도록 괴로워하는 것 같아요. 형은 이젠 체면도 뭣도 없다, 이젠 더 이상 아무래도 상관없다, 하고 말했거든요." 알료샤가 열을 올리며 대답했는데, 자기 마음속에서 희망이 샘솟는 느낌이, 정말로 형을 구할 수 있는 방법이 있을 것이라는 느낌이 온 마음으로 들었던 것이다. "그러니까…… 이 돈에 대해서 알고 계신 거죠?" 이렇게 덧붙인 뒤 그는 갑자기 말을 중단했다.

"오래전부터 알고 있고, 더군다나 아주 잘 알고 있어요. 모스크바에 전보를 쳐서 물어봤기 때문에 그쪽에서 돈을 받지 못했다는 건 오래전부터 알고 있었어요. 그이가 돈을 부치지 않았지만, 저는 잠자코 있었어요. 지난 한 주 동안 저는 그이에게 돈이 얼마나 필요했는지를 알게 됐어요……. 그래서 저는 이 모든 일에 관해서 오직 한 가지 목표를 세웠어요. 즉, 누구에게로 돌아갈 것인가, 자신의 가장 충실한 벗이 누구인가를 그이가 깨닫도록 해 주는 것이죠. 하지만 그이는 제가 그의 가장 충실한 벗이라는 것을 믿고 싶어 하지도 않고, 저를 제대로 알길 원하지도 않았으며, 저를 그저 여자로만 보고 있어요. 한 주 내내 저는 너무 걱정이 돼서 애를 태웠어요. 즉, 그이가 이 3000을 다 써 버린 것을 두고 어떻게 하면 내 앞에서 수치심을 느끼지 않도록 할 것인가? 다시 말해, 모든 사람들과 자기 자신에 대해 수치심을 느낀다고 하더라도, 나에 대해서만은 수치심을 느끼지 않도록 하자. 하느님 앞에서라면 그이는 조금도 부끄러워하지 않으면서 모든 걸 말할 거잖아요. 도대체 왜 그이는 지금까지도 제가 그이를 위해 얼마나 많은 것을 참을 수 있는지를 모르는 걸까요? 왜, 왜 저를 몰라주는 걸까요, 이런 일이 생긴 마당에 왜 그이는 감히 저를 제대로 알려고 하지 않는 걸까요? 저는 그이를 영원토록 구해 주고 싶어요. 그이가 자신의 약혼녀로서의 저를 잊어버려도 좋아요! 이런데도, 그이는 지금 제 앞에서 자신의 체면만을 두려워하고 있으니! 정말이지, 알렉세이 표도로비치, 당신에게라면 뭘 털어놓는 걸 두려워하지 않았잖아요? 도대체 왜 저는 지금까지도 그 대접을 못 받는 거죠?"

마지막 말을 할 때 그녀는 눈물을 글썽였다. 그녀의 눈에서는 곧 눈물이 흘러내렸다.

"전해 드려야 할 것이 있는데요." 하고 알료샤도 떨리는 목소리로 말을 꺼냈다. "지금 형과 아버지 사이에 있었던 일입니다." 그러고서 그는 좀 전의 소동을 전부 이야기해 주었는데, 형이 돈 문제로 자기를 아버지한테 보냈다, 그런데 형이 거기로 쳐들어와서 아버지를 때렸다, 그러고 나선 특별히 더 고집스럽게 자기에게, 즉 알료샤에게 '머리 숙여 인사를 전하러'가 달라고 다시 한번 다짐을 받았다…… 등의 이야기였던 것이다. "형은 그 여자분한테 갔어요……." 알료샤가 조용히 덧붙였다.

"당신은 제가 그 여자분을 참지 못할 거라고 생각하세요? 그는 제가 참지 못할 거라고 생각하고 있나요? 어쨌거나 그이는 그분과 결혼하지 않아요." 갑자기 그녀가 신경질적으로 웃음을 터뜨렸다. "아니, 카라마조프 집안사람이 그런 열정을 영원히 불태울 수 있을까요? 이건 열정이에요, 사랑이 아니라. 그이는 결혼하지 않아요, 왜냐면 그분이 그이한테 시집가는 일이 없을 테니까요……." 다시금 카체리나 이바노브나는 갑자기 이상야릇한 미소를 지었다.

"형은 결혼할지도 몰라요." 알료샤가 눈을 내리깔고 슬프게 말했다.

"그는 결혼하지 않을 거예요, 분명히! 이 아가씨, 이분은 천사예요, 당신은 이걸 알고 계세요? 이걸 알고 계시냐고요!" 갑자기 예사롭지 않은 열의를 보이면서 카체리나 이바노브나가 소리쳤다. "이분은 환상적인 창조물들 중에서도 가장 환상적인 창조물이에요! 저는 이분이 얼마나 매력적인지를 알고 있지만, 또한 이분이 얼마나 선량하고 의지가 굳고 고결한지도 알고 있어요. 왜 저를 그렇게 보는 거죠, 알렉세이 표도로비치? 어쩌면, 제 말이 놀라운가요, 믿기지 않나요? 아그라페나 알렉산드로브나,[99] 나의 천사 아가씨!" 그녀가 갑자기 다른 방을 바라보면서 누군가에게 소리쳤다. "우리 방으로 오세요, 이분은 사랑스러운 분이세요, 이분이 알료샤예요, 이분은 우리 일에 대해서 전부 알고 계시니 이리로 나오세요!"

"나는 커튼 뒤에서 당신이 불러 주기만을 기다렸어요." 부드럽다 못해 다소 감미롭기까지 한 여성의 목소리가 말했다.

---

99) 그루셴카의 이름과 부칭.

커튼이 들렸고, 그리고…… 다름 아닌 그루셴카가 기쁘게 웃으면서 탁자로 다가왔다. 알료샤는 자기의 내부에서 뭔가가 뒤틀리는 것만 같았다. 그의 시선은 곧 그녀에게 꽂혀서, 눈을 떼려야 뗄 수가 없었다. 자, 여기 그녀가, 반시간 전에 이반 형이 불쑥 '짐승'이라고 내뱉은 그 끔찍한 여자가 있다. 하지만 정작 그의 앞에 서 있는 것은 언뜻 보기에는 가장 평범하고 단순한 존재인 것 같았으며 선량하고 사랑스러운 여자, 그래 아름답다고 치더라도 다른 모든 아름다운 여자, 아름답지만 '평범한' 여자들과 하등 다를 바 없는 여자였던 것이다! 사실, 그녀는 몹시, 정말로 몹시 예뻤고, 그것은 많은 이들에게 열정을 불러일으킬 만한 러시아적인 아름다움이었다. 키는 상당히 큰 편이었지만 그래도 카체리나 이바노브나보다는 작았고(이 여자는 키가 아주 컸다.) 몸은 풍만했으며 그 몸놀림은 소리가 들리지 않을 만큼 나긋한 것이 그녀의 목소리와 마찬가지로 유달리 감미로운 무슨 젤리처럼 몰랑몰랑해 보였다. 그녀는 힘차고 원기왕성한 걷는 카체리나 이바노브나와 달리 소리 없이 사뿐사뿐 다가왔다. 발이 마룻바닥에 닿아도 아무 소리도 들리지 않았다. 그녀는 나긋하게 쓰러지듯 안락의자에 앉은 뒤, 검은색의 화려한 실크 원피스를 부드럽게 사각거리면서 물거품처럼 하얀 풍만한 목과 넓은 어깨를 값비싼 검은 모직 숄로 나긋하게 감쌌다. 그녀는 스물두 살이었는데, 그녀의 얼굴에는 이 나이가 여실히 드러나 있었다. 얼굴은 몹시 하얗고 뺨에는 창백하면서도 발그스레한 홍조가 살포시 감돌았다. 그녀의 얼굴 윤곽은 너무 넓은 감이 있었고, 아래턱은 앞으로 살짝 튀어나와 있었다. 윗입술은 가늘었고, 아랫입술은 다소 돌출된 데다가 두 배는 더 두꺼워서 어쩐지 살짝 부었다는 느낌을 주었다. 하지만 아주 경이롭고 아주 풍성한 짙은 아마빛 머리카락, 담비 털처럼 짙은 눈썹, 매력적인 푸른 회색빛의 눈과 긴 속눈썹을 보면, 어디 미어터질 것 같은 군중들 틈을 걷고 있는 가장 무관심하고 멍한 사람조차도 갑자기 걸음을 멈추고 오랫동안 이 얼굴을 기억에 아로새길 법했다. 이 얼굴을 보고 알료샤가 충격을 받은 것은 무엇보다도 그 어린애처럼 티 없이 맑은 표정 때문이었다. 그녀는 꼭 어린아이처럼 세상을 바라보고 무엇 때문인지 어린아이처럼 기뻐했는데, 바로 이렇게 '기쁨에 찬 얼굴로' 지금 꼭 무슨 일이 일어나리라고 쉽게 믿어 버리곤 아주 어린애처럼 참을성 없는 호기심과 기대를 내보이며 탁자 쪽으로 다가왔던 것이다. 그녀의 시선은 보는 사람의 영혼을 즐겁게 해 주었다. 이런 것을 알료샤는 느꼈던 것이다. 그녀에게는 또한 그가 뭐라고 딱히 설명할 수도 없고 그럴 재간도 없으나 무의식적으로 표출되는 뭔가가 있었으니, 다름 아니라 예의 그 나긋나긋하고 부드러운 몸놀림, 고양이처럼 소리도 들리지 않는 그 몸놀림이었다. 그래도, 그것은 힘 있고 풍만한 몸이었다. 숄 밑으로는 넓고 풍만한 어깨가 드러나고 아직 완전히 앳된 가슴이 봉긋 솟아 있었다. 이 몸은 조만간 밀로의 비너스의 몸매를 닮아 갈 성싶었는데, 하긴 지금도 분명히 몸의 비율이 다소 크긴 하지만 그런 예감이 들게끔 했다. 러시아 여성의 아름다움에 정통한 자라면, 그루셴카를 보면서 아직은 앳된 이 싱싱한 아름다움이 서른 살쯤이면 조화를 잃고 펑퍼짐해지고 얼굴도 살이 쪄 축 처지고 눈과 이마 주위로 굉장히 빠른 속도로 잔주름이 나타나고 얼굴빛은 윤기를 잃고 불그죽죽해질 것임을 정확하게 예언할 수 있을 것이니, 한마디로 말해서, 이것은 찰나의 아름다움, 바로 러시아 여성에게서 그토록 자주 볼 수 있는 잠시 스쳐 가는 아름다움인 것이다. 알료샤는 물론 이런 생각은 하지 않았지만, 그녀에게 매혹된 상태에서도 어떤 불쾌한 느낌이 들어 마치 유감스러워하듯 다음과 같이 자문해 보게 됐다. 즉, 이 여자는 도대체 왜 말을 이렇게 질질 끄는 걸까, 좀 자연스럽게 말할 수는 없는 걸까? 그녀의 말투는 실제로도 이랬는데, 분명히 말을 이렇게 질질 끌면서 각각의 음절과 음운에 심할 정도로 감미로운 강세를 찍는 것이 아름답다고 생각하는 듯했다. 이것은 물론 그저 방정하지 못한 품행이 낳은 나쁜 습관에 불과한 것으로서 낮은 교육 수준, 거기다 어릴 때부터 속물적으로 습득된 예절 관념을 증명해 주는 것이었다. 어쨌거나, 이런 말투와 억양이 어린애처럼 티 없이 맑고 기쁨에 찬 이 얼굴 표정, 그리고 갓난애처럼 조용하고 행복하게 반짝이는 눈과 공존한다는 것이 알료샤에겐 거의 불가능한 어떤 모순처럼 여겨졌던 것이다! 카체리나 이바노브나는 금세 그녀를 알료샤 맞은편 안락의자에 앉혔으며 웃음 가득한 그녀의 입술에 몇 번이나 환희의 입맞춤을 퍼부었다. 꼭 그녀에게 반하기라도 한 것만 같았다.

"우리는 지금 처음 만나는 거랍니다, 알렉세이 표도로비치." 그녀가 기뻐 날뛰면서 말했다. "저는 이분이 어떤 사람인지 알고 싶었고 보고 싶어서 이분의 집을 찾아가려고 했지만, 제가 뜻을 비치자 이분이 먼저 이렇게 와 주신 거예요. 저는 이렇게 우리 둘이서 모든 걸 해결할 줄 알았어요, 모든 걸 말이죠! 마음속에서 그런 예감이 들더라고요……. 주위에서는 다들 이 일을 그만두라고 말렸지만, 저는 좋은 결과가 있을 거라 예감했고, 결국 제 생각이 옳았던 거예요. 그루셴카가 저에게 모든 것을, 자신의 계획까지도 전부 밝혀 주었어요. 이분은 착한 천사처럼 이리로 날아와서 평안과 기쁨을 가져다준 거예요……."

"저 같은 계집을 더럽게 여기지도 않으셨죠, 사랑스럽고 훌륭한 아가씨세요." 그루셴카가 예의 그 사랑스럽고 기쁨에 찬 미소를 지으면서 노래를 부르듯 말을 질질 끌었다.

"저에게 그런 말은 하지도 마세요, 요정처럼 매혹적인 당신을 어떻게 감히! 당신을 더럽게 여기다니요? 자, 당신의 아랫입술에 한 번 더 입을 맞추겠어요. 이곳은 꼭 살짝 부어오른 것 같으니, 자, 좀 더 많이 부어오르도록 한 번, 한 번만 더……. 저분이 웃는 걸 한번 보세요, 알렉세이 표도로비치, 이 천사를 보고 있으면 마음이 즐거워져요……." 알료샤는 얼굴을 붉힌 채 눈에 뜨이지 않을 만큼 파르르 몸을 떨었다.

"사랑스러운 아가씨, 저를 너무 귀여워해 주시는데, 사실 저는 아가씨의 귀여움을 받을 자격이 전혀 없는지도 몰라요."

"자격이 없다니요! 이분이 그럴 자격이 없다니요!" 카체리나 이바노브나가 예의 그 열을 올리며 다시 소리쳤다. "사실, 알렉세이 표도로비치, 이분은 환상적인 두뇌의 소유자이며, 이분은 비록 자유분방하긴 하지만 자긍심, 대단히 자긍심 높은 마음의 소유자랍니다! 이분은 고결하고, 알렉세이 표도로비치, 이분은 너그러우세요, 아시겠죠? 이분은 그저 불행했을 뿐이에요. 이분은 보잘것없고 경박한 사람을 위해 너무도 빨리 모든 희생을 바칠 각오를 했던 거예요. 한 사람이, 역시나 장교였던 한 사람이 있었고, 이분은 그를 사랑하게 되어 그에게 모든 것을 갖다 바쳤는데, 이건 오래전, 그러니까 오 년 전의 일인데, 그는 이분을 잊고 결혼을 해 버린 거예요. 하지만 이제 그가 상처를 하여 편지를 썼어요, 이리로 온다고요. 그러니까 이분은 그 사람만을, 평생 오직 그 한 사람만을 사랑해 왔고 지금까지도 사랑하고 있는 거예요! 그 사람이 오면 그루셴카는 다시금 행복해질 거예요, 이분은 요 오 년 내내 불행했거든요. 하지만, 도대체 누가 이분을 나무랄 수 있겠어요, 누가 이분의 관대한 마음씨를 칭찬할 수 있겠어요! 오직 다리를 못 쓰는 그 늙은 상인뿐이겠지만, 하지만 그는 차라리 이분의 아버지이자 이분의 친구였으며 보호자였을 따름입니다. 그는 그때 이분이 그토록 사랑했던 사람으로부터 버림받아 절망과 고뇌에 빠져 있을 때 이분을 발견한 거예요……. 그래서 이분은 물에 빠져 죽고 싶은 심정이었지만 그 노인이 이분을 구했던 거예요, 구했다고요!"

"저를 두둔해 주시느라 아주 정신이 없으시네요, 사랑스러운 아가씨, 그러면서도 매사에 너무 서두르시네요." 그루셴카가 다시금 말을 질질 끌었다.

"두둔한다고요? 아니, 두둔이라니요, 감히 제가 두둔할 입장이라도 되나요, 어디? 그루셴카, 천사여, 제게 당신의 손을 주세요, 이 통통하고 작고 매혹적인 손을 보세요, 알렉세이 표도로비치. 이 손이 보이시죠, 이것이 저에게 행복을 가져다 주었고 저를 부활시켰으니, 저는 지금 이 손에 입을 맞출 거예요, 이 손등에 그리고 이 손바닥에, 자, 자, 자!" 그러면서 그녀는 너무 기뻐서 미치겠다는 듯, 살이 너무도 포동포동 오른 듯도 싶은 정말로 매혹적인 그루셴카의 손에 세 번이나 입을 맞추었다. 상대방은 이 한 손을 내맡긴 채 초조하게 낭랑하고도 매혹적인 웃음을 흘리면서 '사랑스러운 아가씨'를 지켜보았는데, 보아하니 자기 손에 이렇게 입을 맞추어 주는 것이 싫지는 않은 듯했다. '아무리 황홀하다고 해도, 도가 지나친 것 같은데.' 이런 생각이 알료샤의 머릿속을 스쳐 지나갔다. 그는 얼굴을 붉혔다. 마음이 어쩐지 줄곧, 유난히 불편했던 것이다.

"알렉세이 표도로비치 앞에서 이렇게 제 손에 이렇게 입을 맞추셨으니, 사랑스러운 아가씨, 영 창피스러워지는걸요."

"아니, 제가 당신에게 창피를 주려고 이런 줄 아세요?" 다소 놀라워하면서 카체리나 이바노브나가 말했다. "아이, 당신도 참, 어쩜 이리도 제 마음을 몰라주는 거죠!"

"뭐, 아가씨도 제 마음을 썩 잘 알아준 것 같지는 않은걸요, 사랑스러운 아가씨, 저는 아가씨가 생각하는 것보다 훨씬 더 고약한 년일 수도 있어요. 저는 마음씨도 고약하고 제멋대로거든요. 드미트리 표도로비치, 이 불쌍한 양반만 해도 그때 그냥 심술이 나서 꼬여 본 거예요."

"하지만 지금은 그이를 구할 거잖아요. 약속까지 해 놓고선.

그이의 정신을 차리게 해 준다면서요, 당신이 사랑하고 있는 사람은 다른 사람이라고 털어놓는다면서요, 오래전부터 사랑해 왔고 지금 그 사람의 청혼을 받은 상태라고……."

"아이, 천만의 말씀, 나는 아가씨한테 그런 말 한 적 없어요. 그건 죄다 아가씨가 나한테 얘기해 준 거지, 내가 한 말이 아니잖아요."

"그렇다면 내가 잘못 이해했다는 건가요?"라고 조용하게 말하는 카체리나 이바노브나의 얼굴은 아주 약간 창백해졌다. "약속해 놓고선……."

"아이, 천만의 말씀, 이봐요, 천사 같은 아가씨, 나는 아가씨한테 아무런 약속도 안 했어요." 예의 그 명랑하고 순진한 표정을 지으면서 그루셴카는 조용하고 거침없이 상대방의 말을 가로챘다. "자, 이제는 보이나요, 훌륭한 아가씨, 아가씨 앞에 앉아 있는 내가 얼마나 추잡스럽고 제멋대로인 여자인지. 나는 내키는 대로 그렇게 행동할 거예요. 아까는 아가씨한테 무슨 약속을 했을 수도 있지만, 자, 지금은 다시 갑자기 그 사람이, 그러니까 미챠가 다시금 내 마음에 들면 어쩌나 하는 생각이 드네요. 아닌 게 아니라 그이가 아주 내 마음에 들었던 적이 한 번 있었어요, 심지어 거의 한 시간 내내 마음에 들었거든요. 그렇게 되면, 나는 지금 당장 그이에게 가서 오늘부터 우리 집에 아주 눌러앉으라고 말할지도 모르죠……. 보세요, 난 원래 이런 변덕쟁이예요……."

"아까 한 말과는…… 전혀 달라요……." 카체리나 이바노브나는 말을 잇지도 못했다.

"아이, 그놈의 아까는 정말! 난 마음이 물러 터진, 멍청한 여자란 말이에요. 그 사람이 나 때문에 마음고생이 얼마나 심한지 생각만 해도! 지금 집에 갔는데 갑자기 그이가 불쌍해지면 그땐 어떡하라고요?"

"이럴 줄은 몰랐어요……."

"에잇, 아가씨, 나에 비하면 아가씨는 어찌나 선량하고 고상한지요. 자 이젠 아가씨도 바보 같은 나의 본색을 봤으니, 싫증이 났겠죠. 그 사랑스러운 손을 좀 줘 보세요, 천사 같은 아가씨." 그녀는 상냥하게 부탁한 뒤, 마치 축복을 해 줄 기세로 카체리나 이바노브나의 손을 잡았다. "이제 내가, 사랑스러운 아가씨, 당신의 손을 잡고 당신이 해 준 것처럼 입을 맞추겠어요. 당신은 내 손에 입을 세 번 맞추었지만, 셈을 제대로 하려면 나는 당신의 손에 삼백 번은 입을 맞추어야 될 테죠. 뭐, 이건 당연한 일이고, 그다음엔 하느님의 뜻대로 될 테죠. 어쩌면 나는 완전히 당신의 노예가 되어 만사에 노예처럼 당신의 비위를 맞추려고 안달일지도 몰라요. 하느님의 뜻대로, 우리 서로 간의 어떤 협정이나 약속도 없이 그리될 테죠. 손도, 어쩌면, 당신은 손도 너무 예쁘네요, 손도! 사랑스러운 아가씨, 세상에 둘도 없는 절세미인!"

그녀는 이 손을 조용히 자기 입술로 가져갔는데, 정말로 입맞춤으로 '제대로 셈을 치른다.'라는 이상한 목적에서였다. 카체리나 이바노브나는 손을 치우지 않았다. 비록 표현 방식이 아주 이상하긴 했지만 '노예처럼' 그녀의 비위를 맞추겠노라는 그루셴카의 약속, 이 마지막 말을 아슬아슬한 희망을 갖고 경청했던 것이다. 그녀는 긴장된 표정으로 상대의 눈을 바라보았다. 그 눈 속에서는 한결같이 그 티 없이 맑고 사람을 쉽게 믿는 표정이, 한결같이 해맑은 명랑함이 깃들어 있었다……. '이 여자는 너무 순진한 것인지도 몰라!' 카체리나 이바노브나의 마음속에는 이런 희망이 번득였다. 그루셴카는 그러는 사이에, 이 '사랑스러운 손'에 완전히 반하기로 한 듯 그것을 천천히 자기 입술로 가져갔다. 하지만 바로 입술 근처에서 그녀는 갑자기 무슨 생각에 잠긴 듯 이삼 초간 손을 그냥 붙잡고만 있었다.

"그런데 말이죠, 천사 같은 아가씨." 갑자기 그녀가 어느덧 아주 부드럽고 아주 감미로운 목소리로 말을 질질 끌었다. "그러니까 말이죠, 나는 당신의 손을 잡긴 했지만, 입은 맞추지 않겠어요." 그러면서 그녀는 즐거워 죽겠다는 듯 키득키득 웃기 시작했다.

"좋으실 대로 하시죠……. 아니, 왜 그러세요?" 카체리나 이바노브나가 갑자기 몸을 부르르 떨었다.

"그러니까 당신은 내 손에 입을 맞추었지만, 나는 그러지 않았다는 걸 똑똑히 기억해 두시란 말이죠." 갑자기 그녀의 눈 속에서 뭔가가 번득였다. 그녀는 카체리나 이바노브나의 얼굴을 그야말로 뚫어져라 노려보았다.

"이 뻔뻔한 년!" 갑자기 카체리나 이바노브나가 이렇게 말했는데, 갑자기 뭔가를 깨달은 양 온몸을 부르르 떨면서 자리에서 벌떡 일어났다. 그루셴카도 느긋하게 일어났다.

"미챠한테도 당장 그렇게 전할 거예요, 당신은 내 손에 입을 맞추었지만 나는 전혀 그러지 않았노라고. 그러면 그 양반이 얼마나 웃어 댈까!"

"추잡한 년, 썩 꺼져!"

"아이, 얼마나 부끄러우실까, 아가씨, 아이, 부끄러워 죽고 싶은 심정이시겠지, 당신 같은 아가씨가 그렇게 어울리지 않게 쌍스러운 말을 쓰시다니, 사랑스러운 아가씨."

"썩 꺼지라니까, 갈보 년 같으니!" 카체리나 이바노브나가 울부짖었다. 그녀의 얼굴은 속속들이 일그러질 대로 일그러져서 파르르 떨리고 있었다.

"뭐, 갈보 년이라고 하죠. 그러는 당신은 처녀의 몸으로 날이 어두울 때 젊은 남정네들한테 돈을 긁어내러 다니지 않았나요, 그 예쁜 얼굴을 팔러 간 거잖아요, 나도 알고 있어요."

카체리나 이바노브나는 고함을 지르면서 그녀에게 달려들려고 했지만, 알료샤가 있는 힘을 다해 그녀를 말렸다.

"한 발짝도 움직이지 말고 한마디도 하지 마세요! 아무 말도 마시고 아무 대답도 하지 마세요, 저분은 지금 갈 거예요, 지금!"

그 순간, 고함 소리를 듣고서 방 안으로 카체리나 이바노브나의 두 친척이 뛰어 들어왔으며 하녀도 뛰어왔다. 다들 그녀에게로 달려들었다.

"그렇다면 가죠." 그루셴카가 소파에서 망토를 들어 올리면서 말했다. "알료샤, 이봐요, 나를 좀 바래다줘요!"

"가세요, 어서 좀 가세요!" 알료샤는 간청하면서 그녀 앞에 두 손을 모았다.

"사랑스러운 알료셴카,[100] 좀 바래다 달라니까! 가는 길에 당신한테 재미나는, 아주 재미나는 말을 하나 들려줄게요! 이건 말이죠, 알료셴카, 당신을 위해 일부러 이런 장면을 연출해 본 거야. 바래다줘요, 응, 나중에 가선 잘했다 싶을 거야."

알료샤는 손을 비비면서 몸을 돌렸다. 그루셴카는 낭랑하게 웃으면서 집에서 뛰어나갔다.

카체리나 이바노브나는 발작을 일으켰다. 그녀는 흐느껴 울었으며, 경련이 일어 숨이 탁탁 막혔다. 다들 그녀 주위에서 부산을 떨었다.

"그러게 내가 주의를 줬잖아요." 큰이모가 그녀에게 말했다. "이러지 말라고 그렇게 말렸건만……. 성질이 너무 급해서 탈이라니까요……. 아니, 이런 일을 할 용단을 내릴 수가 있어! 당신은 이런 년들을 잘 몰라요, 특히 이년은 그중에서도 악질이라고들 하던데……. 정말이지, 당신은 너무 제멋대로예요!"

"이건 호랑이에요!" 카체리나 이바노브나가 울부짖었다. "도대체 왜 나를 말리셨어요, 알렉세이 표도로비치, 나는 그년을 때려 줬을 거예요, 때려 줬을 거라고요!"

그녀는 알료샤 앞에서 스스로를 자제할 힘이 없었으며, 어쩌면, 자제하고 싶지 않았을 것이다.

"저년은 채찍으로 갈겨 줘야 돼, 교수대에 매달아 놓고 망나니를 시켜서, 사람들이 다 보는 데서……!"

알료샤는 문 쪽으로 뒷걸음쳤다.

---

100) 알료샤의 애칭.

"아니, 맙소사!" 갑자기 카체리나 이바노브나가 손뼉을 탁 치면서 소리쳤다. "그 사람은 또 뭐야! 어쩜 그렇게 점잖지 못하고 비정할 수 있담! 그때, 그 운명적이고 영원히 저주받고 또 저주받은 그날 있었던 일을 저년한테 이야기했다는 거잖아요! '그 예쁜 얼굴을 팔러 갔잖아요, 사랑스러운 아가씨!'라잖아요. 저년은 알고 있어요! 당신 형은 야비한 놈이에요, 알렉세이 표도로비치!"

알료샤는 무슨 말을 하고 싶었지만, 한마디도 찾을 수가 없었다. 그의 가슴이 고통으로 죄어들었다.

"가 주세요, 알렉세이 표도로비치! 부끄러워요, 미칠 것 같아요! 내일…… 무릎 꿇고 간청하는 거예요, 내일 와 주세요. 절 비난하지 마시고 용서해 주세요, 저도 어떻게 해야 될지 모르겠군요!"

알료샤는 비틀거리듯 거리로 나왔다. 그도 그녀처럼 울고 싶었다. 갑자기 하녀가 그의 뒤를 쫓아왔다.

"아가씨가 도련님께 호흘라코바 부인의 이 편지를 전하는 걸 깜박하셨어요, 식사 시간 전부터 놓여 있었는데."

알료샤는 작은 장밋빛 봉투를 기계적으로 받아 거의 무의식적으로 호주머니에게 쑤셔 넣었다.

11 또 하나의 훼손된 명예

도시에서 수도원까지는 1베르스타도 되지 않았다. 알료샤는 이 시간이면 인적이 없는 길을 따라 걸음을 재촉했다. 이미 밤이나 다름없어서 삼십 보 앞의 물건도 알아보기가 힘들었다. 길을 절반쯤 가자, 교차로가 나왔다. 교차로에 홀로 덩그러니 서 있는 버드나무 밑으로 어떤 형체가 보이기 시작했다. 알료샤가 교차로로 들어서자마자, 그 형체는 그 자리에서 튀어나와 그에게로 달려들더니 광폭한 목소리로 외쳤다.

"목숨이 아깝거든 지갑을 내놔라!"

"아니, 형이잖아, 미챠!" 그러면서도 알료샤는 너무 놀라서 몸을 부르르 떨었다.

"하—하—하! 놀랐지? 어디서 너를 기다리면 좋을까 생각하고 있었어. 그녀의 집 근처는 어떨까? 하지만 거기서 길이 세 갈래로 갈라지니까, 넋 놓고 있다가 너를 놓칠 수도 있잖니. 그래서 결국 여기서 기다리기로 한 거야, 어쨌거나 수도원으로 통하는 다른 길은 없으니까 요 녀석이 이 길은 반드시 지나갈 거다, 싶어서. 자, 이제 사실대로 말해 다오, 나를 바퀴벌레처럼 눌러 버려도 좋아……. 아니, 너, 왜 그러냐?"

"아니, 형…… 그냥 너무 놀라서. 아이, 드미트리! 아까 아버지가 그렇게 피를……." 알료샤는 울기 시작했는데, 그는 오래전부터 울음을 터뜨리고 싶었던 차에 지금 갑자기 그의 영혼 속에서 뭔가 울컥 터져 나온 듯싶었다. "형은 하마터면 아버지를 죽일 뻔했는데…… 아버지를 저주했고…… 그런데 이제는…… 지금은…… 장난이나 치고…… '목숨이 아깝거든 지갑을 내놔라!'라니!"

"아니, 그래서? 숙연하지 못하다는 거냐, 엉? 상황에 맞지 않는다고?"

"그게 아니라…… 나는 그냥……."

"잠깐만. 밤을 좀 보렴. 보이느냐, 얼마나 어두운 밤이냐, 구름은 또 어떠며 바람까지 이는구나! 여기 버드나무 아래에 숨어서 너를 기다리다가 갑자기 이런 생각이 들었단다.(정말로 그랬어!) 즉, 더 이상 뭣 하러 애면글면할 것이며 또 뭘 기다릴 것인가? 자, 여기 버드나무도 있고, 손수건도, 와이셔츠도 있으니 밧줄은 지금이라도 꼬아 만들 수 있고, 가죽 멜빵까지 덤으로 있으니, 더 이상 구차하게 목숨을 연장해서 이 땅의 짐이 될 필요도, 이 땅을 능욕할 것도 없다! 바로 이때 네가 오는 소리를 들었는데, 맙소사, 꼭 뭔가가 갑자기 내 위로 날아든 것만 같았어. 그러니까 내가 사랑하는 사람이 있다, 바로 저 녀석, 바로 저 사람, 바로 내가 이 세상에서 그 누구보다도 더 많이 사랑하는, 내가 유일하게 사랑하는 나의 사랑스러운 동생이 있단 말이지! 그러자, 그 순간 네가 너무 좋아졌고 또 너무 좋아서, 지금 당장 저 녀석한테 달려들어 목을 껴안아 버리자 하는 생각이 들었던 거야! 그러곤 '그래, 저놈을 즐겁게 해 줘야지, 깜짝 놀래 줘야지.'라는 바보 같은 생각도 들었지. 그래서 나는 바보처럼 '지갑을 내놔라!'라고 소리를 쳤던 거란다. 바보짓을 해서 미안해. 하지만 이건 어디까지나 장난이었고 내 마음 깊은 곳은…… 역시나 숙연한 데가……. 에이 젠장, 어떻든 말을 해 보렴, 거기는 어땠어? 그녀는 무슨 말을 하더냐? 나를 눌러 버리고 때려 부숴도 좋아, 인정사정 볼 것 없어! 미친 듯 흥분을 하더냐?"

"아니, 그런 건 아니었어……. 거기선 전혀 다른 일이 있었어, 미챠. 거기서……. 나는 지금 저기서 그분들 둘을 다 보고 왔어."

"둘이라니?"

"카체리나 이바노브나 집에서 그루셴카를 봤어."

드미트리 표도로비치는 어안이 벙벙해졌다.

"그럴 리가 있나!" 그가 소리쳤다. "무슨 잠꼬대를 하는 거냐! 그루셴카가 그녀 집에 있더라고?"

알료샤는 카체리나 이바노브나 집에 발을 들여놓은 그 순간부터 자기에게 일어난 일을 모두 이야기했다. 그의 이야기는 십 분 정도 지속됐는데, 말이 유창하고 논리 정연할 수는 없었지만 가장 중요한 말들, 가장 중요한 동작들을 짚어 가면서, 또 종종 자신의 감정도 일목요연하고 생생하게 섞어 가면서 내용을 똑똑히 전해 주었다. 드미트리 형은 그야말로 꼼짝도 하지 않고 알료샤를 뚫어져라 응시하며 말없이 듣고 있었지만, 알료샤는 형이 이미 모든 것을 이해했으며 사건의 의미를 전부 파악했음을 분명히 알 수 있었다. 하지만 그의 얼굴은 이야기가 진행되면 될수록, 음울하다 못해 준엄해졌다. 그는 양미간을 찌푸리고 이를 갈았으며, 꼼짝달싹하지 않는 그의 시선은 점점 더 확고부동해지고 집요해지고 또 무서워졌다……. 그러더니, 너무도 뜻밖에도, 지금까지 분노에 차 있던 광포한 그의 얼굴이 갑자기 놀라운 속도로 싹 돌변하고 닫혔던 입술이 활짝 열리면서 드미트리 표도로비치가 갑자기 참으로 억누를 수 없어 가장 자연스러운 웃음을 터뜨리며 자지러졌던 것이다. 그는 문자 그대로 웃느라 자지러졌는데, 너무 웃어 대느라고 오랫동안 말도 제대로 할 수 없을 지경이었다.

"그러니까 손에 입을 맞추지 않았단 말이지! 입을 맞추지 않고 그렇게 달아났단 말이지!" 그는 어떤 병적인 황홀감에 젖어 소리를 질러 댔는데, 만약 이 황홀감이 이토록 자연스럽지 않았더라면 뻔뻔스러운 황홀감이라고 부를 수도 있었을 것이다. "그러니까 그 여자가 저년은 호랑이라고 외쳤단 말이지! 그래, 호랑이가 맞아! 그래서 그녀를 교수대에 매달아야 된다고? 그렇지, 그래, 그렇고말고, 암 그래야지, 나도 오래전부터 그래야 한다고 생각하고 있었지! 봐라, 얘야, 교수대도 좋지만, 우선은 건강부터 챙겨야 한단다. 그 뻔뻔스러움의 여왕은 나도 충분히 이해하는데, 그녀의 정체는 모두 바로 그것이, 즉 그 손이 입증해 주는 거지, 악녀라니까! 이 여자는 이 세상에서 상상할 수 있는 모든 악녀들 중에서도 여왕 급에 해당하는 악녀라니까! 그것도 나름대로 황홀할걸! 그렇게 집으로 달려갔다고? 그럼 나도…… 에잇, 지금 당장…… 그녀한테 달려가야겠어! 알료쉬카, 나를 욕하지 마라, 어떻든 그 여자는 목을 졸라 버려도 시원치 않다는 데 나도 동감이거든……."

"그럼 카체리나 이바노브나는!" 알료샤가 슬프게 소리쳤다.

"그 여자도 보여, 아주 훤히 보인다, 어느 때보다도 더 잘 보이는구나! 이제 이 세상의 대륙 네 개가 전부, 아니 다섯 개가 전부 발견된 거야! 실로, 놀라운 발견이다! 이게 바로 그 카첸카거든, 아버지를 구하겠다는 관대한 이념에서 무서운 모욕의 위험까지 무릅쓰고서 겁도 없이 졸렬하고 거친 장교를 찾아왔던 여학생이라고! 하지만 그건 그 여자의 오만함, 모험에 대한 욕구, 운명에 대한 도전, 무한한 것에 대한 도전 때문이기도 하지! 너는 그 이모가 그녀를 말렸다고 말했지? 이 이모야말로 원래 전제 군주나 다름없었는데, 모스크바의 저 장군 부인의 친동생으로 자기 언니보다 콧대가 더 높았지만 남편이 공금 횡령으로 걸려들어 영지며 뭐며 할 것 없이 모든 것을 다 뺏긴 뒤에 이 오만한 부인의 목소리가 갑자기 낮아지더니 그때 이후 완전히 풀 죽은 채로 살고 있지. 그러니까, 그 이모가 말렸어도 카챠가 듣지 않았단 말이지. '나는 모든 걸 정복할 수 있다, 모든 건 내 발밑에 복종하게 마련이니까, 내가 원한다면 그루셴카쯤은 충분히 꼼짝 못 하게 할 수 있다.'라는 식인데, 그녀 자신도 자기 자신을 완전히 믿어 버린 나머지 스스로에게 마법을 걸었으니, 과연 누구를 탓하겠니? 너는 그녀가 일부러 자기가 먼저 나서서 그루셴카의 손에 입을 맞추었다고, 무슨 교활한 속셈이 있어서 그랬다고 생각하니? 천만에, 그녀는 정말로, 정말로 그루셴카에게 반한 것, 그러니까, 그루셴카가 아니라 자기 자신의 몽상에, 자신의 미망에 반한 거야. 왜냐면 그거야말로 나의 몽상이고 나의 미망이기 때문이지! 얘야, 알료샤, 그런데 너는 어떻게 이들, 그러니까 이 살벌한 여자들로부터 구출된 거냐? 줄행랑을 쳤겠지, 수도복 자락을 치켜들고서? 하─하─하!"

"형, 형은 형이 그루셴카한테 그날 얘기를 해서 그녀가 지금 곧장 카체리나의 눈에다 대고 '제 발로 젊은 남정네들한테 몰래 그 예쁜 얼굴을 팔러 다녔잖아요!'라고 쏘아붙였고 그

때문에 카체리나 이바노브나가 얼마나 심한 모욕감을 느꼈는지, 아예 신경을 쓰지도 않네. 형, 이보다 더 큰 모욕이 어디 있겠어?" 알료샤는, 물론 이건 도저히 있을 수 없는 일이지만, 형이 카체리나 이바노브나가 처했던 굴욕을 꼭 기뻐하는 것 같은 생각이 들어서 무엇보다도 괴로웠다.

"아차!" 드미트리 표도로비치는 갑자기 얼굴을 심하게 찌푸리더니, 손바닥으로 자기 이마를 탁 쳤다. 그는, 비록 알료샤가 조금 전에 모든 것을 한꺼번에 다 이야기해 주었음에도, 이제야 비로소 카체리나 이바노브나가 모욕을 받았고 "당신의 형은 야비한 사람이에요!"라고 외쳤다는 사실에 주의를 기울이게 된 것이다. "그래, 카챠 말대로, 정말로 내가 그루셴카한테 그 '운명적인 날' 얘기를 했는지도 몰라. 그래, 맞아, 이야기했어, 기억난다! 이건 그때 모크로예에서의 일이야, 나는 취해 있었고, 집시들이 노래를 불렀지……. 하지만 나는 정말로 흐느껴 울었어, 나 자신이 흐느껴 울며 무릎을 꿇은 채 카챠를 위해 기도했고, 그루셴카는 내 마음을 이해해 주었어. 그때 그녀는 모든 것을 이해해 주었지, 기억난다, 그녀 자신도 울었다니까……. 에잇, 빌어먹을! 그러고선 이제 와서 어떻게 그렇게 영 딴판일 수가 있지? 그때는 울더니만, 이제 와선……. 이제 와선 '가슴에 비수를'! 여자들은 원래 이렇다니까."

그는 눈을 내리깔더니 생각에 잠겼다.

"그래, 난 야비한 놈이야! 틀림없이 야비한 놈이지." 갑자기 그가 음울한 목소리로 말했다. "울었건 말았건, 어쨌거나 야비한 놈, 야비한 놈이라고! 거기 가서 전해 주렴, 그 명칭을 받아들이노라고, 그렇게 해서 화가 풀린다면 말이다. 그나저나 됐다, 잘 가라, 수다를 떨면 뭘 하냐! 즐거운 것도 없는걸. 너는 네 갈 길로, 나는 내 갈 길로 가는 거다. 언제든 가장 마지막 순간이 닥쳐오기 전까지는 더 이상 보고 싶지도 않다. 잘 가거라, 알렉세이!" 그는 알료샤의 손을 꼭 쥔 뒤, 줄곧 눈을 내리깔고 고개를 숙인 채, 꼭 자리에서 튕겨 나가듯 그렇게 다급하게 시내 쪽을 향해 성큼 걸어갔다. 알료샤는 형이 저렇게 갑자기 떠나다니, 믿지 못하겠다는 듯 형의 뒷모습을 바라보았다.

"잠깐만, 알렉세이, 한 가지 고백할 게 더 있단다, 너 하나에게만 하는 거야!" 갑자기 드미트리 표도로비치가 다시 되돌아왔다. "나를 봐라, 잘 보렴. 보이냐, 바로 여기, 바로 여기에 아주 무서운 치욕이 도사리고 있단다.('바로 여기'라고 말할 때 드미트리 표도로비치가 주먹으로 자신의 가슴을 치면서 너무도 이상한 표정을 지었기 때문에 꼭 치욕이 바로 저기 그의 가슴속에, 그러니까, 호주머니와 같은 어떤 장소에 놓여 보관되고 있거나 아니면 목에 꿰맨 채로 매달려 있기라도 한 성싶었다.) 너는 이미 나를 잘 알고 있어. 난 야비한 놈, 자타가 공인한 야비한 놈이지! 하지만, 알아 둬라, 내가 이전에 무슨 짓을 했고 지금이나 앞으로 무슨 짓을 하건, 야비함에 있어서 어떤 것도, 그 어떤 것도 바로 지금, 바로 이 순간에 바로 여기 내 가슴에 담고 있는 이 치욕과는 비교될 수 없으며, 바로 여기, 여기서 치욕이 진행되고 완성되고 있지만 그걸 완전히 중단시키거나 아니면 반대로 완성시키는 것도 오로지 나 자신에게 달려 있다는 걸 명심해 둬! 뭐, 그리고 내가 그것을 중단시키지 않고 오히려 완성시키리라는 것도 알아 두렴. 내가 조금 전에 너한테 모든 것을 이야기했으면서도 이것만은 이야기해 주지 않은 건, 내가 아무리 뻔뻔한 철면피라도 이런 걸 털어놓을 정도는 못 되기 때문이었어! 나는 지금도 멈출 수가 있어. 그렇게 멈추면 내일 당장이라도 훼손된 명예의 절반을 오롯이 되돌려 놓을 수가 있지만, 나는 멈추지 않고 야비한 계획을 기필코 완성하고야 말테지, 앞으로 네가 증인이 되어 주렴, 내가 미리 잘 알고서 이얘기를 하고 있으니! 파멸에 암흑이로다! 해명할 것이 아무것도 없어, 때가 되면 알게 될 테지. 악취 풍기는 뒷골목과 악녀! 잘 가거라. 나를 위해 기도 따위를 할 필요도 없어, 그럴 자격도 없는 놈이니까 그딴 건 전혀 필요 없지, 전혀 필요 없어……. 조금도 필요치 않아! 가 봐……!"

그러고서 그는 갑자기 자리를 떴는데, 이번에는 완전히 사라져 버렸다. 알료샤는 수도원으로 향했다. '아니 어떻게, 어떻게 형을 절대로 못 볼 거라는 거지, 형의 말은 도대체 무슨 소리야?' 그는 괴상망측한 생각이 들었다. '그래, 내일은 꼭 형을 봐야겠어, 찾아내겠어, 일부러라도 찾아내겠어, 도대체 형의 말은 무슨 소리야……!'

그는 수도원을 빙 둘러, 솔밭을 지나 곧장 암자로 갔다. 이 시간이면 이미 아무도 그곳으로 들여보내지 않았지만, 그에게는 문을 열어 주었다. 장로의 방으로 들어서자, 그는 가슴이 떨렸다. '도대체 왜, 왜 여기서 나갔던 것일까, 도대체 왜 장로님은 나를 속세로 내보내신 걸까? 이곳은 고요하고 성스럽기만 한데 저곳에서는 혼돈스럽고 칠흑처럼 캄캄해서 곧바로 길을 잃고 헤매게 될 텐데…….'

방에는 견습 수도사 포르피리, 수도사제 파이시 신부가 하루 종일 매 시각 조시마 신부의 건강 상태를 알아보러 드나들던 차에 마침 와 있었는데, 알료샤는 그의 상태가 점점 더 나빠지고 있다는 것을 알고서 가슴이 철렁 내려앉았다. 심지어 형제들과 통상적으로 가져 온 저녁 담화도 이날에는 열릴 수 없었다. 보통 미사가 끝나는 저녁이면 매일 잠자리에 들기 전, 수도원의 형제들이 장로의 방으로 모여들어 각자 큰 소리로 그에게 오늘 자신이 범한 죄, 죄스러운 몽상들, 생각들, 유혹들, 심지어 자기들끼리 말다툼을 벌였다면 그런 것들까지도 고백하곤 했다. 어떤 이들은 고백을 하면서 무릎을 꿇기도 했다. 장로는 그것을 해결해 주고 화해시키고 가르침을 주고 회개를 받아들여 축복한 뒤 내보내 주었다. 장로제 반대자들이 반박한 것은 바로 이 형제들의 '고해'였는데, 설사 이건 전혀 다른 것이었음에도 그들은 이것이 비밀스러운 의식으로서의 고해성사를 속화시키는 성물 모독이나 다름없다고 말했다. 심지어 이런 고해성사는 좋은 목적에 도달하지도 못할 뿐만 아니라 정말 고의로 죄와 유혹을 부추긴다고 교구청에 아뢰기까지 했다. 형제들 중 많은 이들은 부담을 느끼면서도 다들 가기 때문에 어쩔 수 없이, 오만하고 생각이 방종한 자로 오해받을까 봐 장로에게 간다는 것이었다. 어떤 이들은 저녁 고해성사에 가면서 미리 자기들끼리 입을 맞춘다는 이야기도 했다.

즉, '내가 아침에 너한테 화를 냈다고 말할 테니까, 너는 그렇다고 맞장구를 쳐 줘.'와 같은 식이라는 것인데 이는 뭐든 이야깃거리를 찾아서 그저 시간을 빨리 때우기 위해서라는 것이었다. 알료샤는 이런 일이 이따금씩 정말로 일어난다는 걸 알고 있었다. 그는 또한, 형제들 중에는 암자의 수도사들에게 오는 친척들의 편지를 일단은 장로가 받아서 수신자들보다 먼저 뜯어 보도록 하는 관례에 심히 격노하는 자들이 있음도 알고 있었다. 이 모든 일은, 응당, 마음 깊은 곳에서 우러나와 자유롭게 성심성의껏, 즉 자발적인 복종과 구도 생활의 가르침이라는 명목 하에 이루어져야 된다는 것이 전제되어 있었지만, 실제로 밝혀진 바에 의하면 이따금씩 성심성의는커녕 오히려 억지로, 가짜로 이루어지고 있었던 것이다. 하지만 형제들 중 나이가 제법 들고 경험이 많은 이들은 '진실로 구원을 받기 위해 이 벽 안으로 들어선 자들, 그들에게 이 모든 복종과 위업은 틀림없이 구원의 지름길이 되어 그들에게 크나큰 이익을 가져다줄 것이다. 하지만 반대로 부담스러워하고 불평하는 자, 그는 어떻든 수도사가 아닌 것이나 다름없고 그저 하릴없이 수도원에 온 것이니, 그런 자의 자리는 속세에 있는 것이도다. 속세는 물론이고 사원 안에서도 죄도, 악마도 피할 수 없으니, 고로, 죄를 묵인해 줄 까닭이 전혀 없도다.'라고 판단하면서 자신의 입장을 고수했다.

"쇠약해지셔서 혼수상태에 빠지신 거야." 파이시 신부가 알료샤를 축복한 뒤 그에게 이렇게 속삭였다. "깨우는 것도 힘들어. 하긴 깨울 필요도 없지만. 오 분 정도 깨어나셨다가 형제들에게 당신의 축복을 전해 달라고, 형제들은 당신을 위해 야간 기도를 해 달라고 부탁하셨어. 네 말씀도 하셨단다, 알렉세이, 네가 나갔냐고 물으시기에 시내에 있다고 대답했다. '그래서 내 그를 축복했노라. 그곳이 그의 자리야, 당분간은 여기가 아니라.' 바로 이런 말씀을 너에 대해 하시더군. 사랑을 담아, 몹시 신경을 쓰시며 네 이름을 되뇌셨지, 네가 얼마나 큰 영광을 누리고 있는지 알겠느냐? 다만 장로님께서는 도대체 왜 너에게 당분간 속세에 머물라고 하신 걸까? 다시 말해, 너의 운명에서 뭔가를 미리 보고 계신 거야! 그러니 명심해 둬라, 알렉세이, 속세로 돌아간다고 하더라도, 그건 번잡한 경박함과 속세의 즐거움이 아니라 장로님께서 너에게 부과하신 복종의 의무로 돌아가는 것임을……."

파이시 신부가 나갔다. 장로님이 아직 하루 이틀 정도는 더 산다 할지라도 어쨌거나 곧 세상을 떠날 거라는 점은 알료샤로서도 의심의 여지가 없었다. 알료샤는 아버지, 호흘라코바 부인 가족, 형, 카체리나 이바노브나 등과 만나기로 약속했지만 그럼에도 불구하고 내일은 아예 수도원 밖을 나가지 않을 것이며 장로님이 영면하기 직전까지 곁에 남아 있겠노라며 열렬하고 굳은 결심을 다졌다. 그의 가슴은 사랑으로 불타올랐으며 한순간이나마 저곳 시내에 있으면서 자신이 이 세상에서 그 누구보다도 높이 존경하는 분을, 그것도 수도원의 죽음의 침상에 남겨진 분을 잊을 수 있었다니, 스스로를 씁쓸하게 책망했다. 그는 장로의 침실로 들어가 무릎을 꿇은 채 주무시는 분을 향해 머리가 땅에 닿도록 절을 했다. 상대방은 거의 눈에 뜨이지 않을 만큼 간단간단 고른 숨을 내쉬면서 조용하게, 미동도 없이 자고 있었다. 그의 얼굴은 평온했다.

다른 방으로, 그러니까 장로님이 아침 녘에 손님을 맞이한 바로 그 방으로 돌아와서 알료샤는 옷도 거의 벗지 않고 장화만 벗은 뒤 이미 오래전부터 매일 밤 늘 베개만 들고 와 잠을 자곤 했던 좁고 딱딱한 가죽 소파에 누웠다. 아까 아버지가 소리쳐 대던 요라면, 그는 그걸 깐다는 것 자체도 이미 오래전에 잊어버렸다. 그는 그저 수도복을 벗어 담요 대신 몸을 감쌌다. 하지만 잠을 자기 전에, 그는 무릎을 꿇고 오랫동안 기도했다. 그 열렬한 기도 속에서 그는 하느님에게 자신의 혼란스러움을 해소해 달라고 부탁하지는 않고 그저 기쁨 가득한 감동만을, 하느님을 찬미하고 칭송하고 나면 언제나 그의 영혼을 찾아들던 옛날의 그 감동만을 갈망했으니, 잠들기 전 그의 기도는 보통 이런 것으로만 이루어져 있었다. 그를 찾아들던 그 기쁨은 가뿐하고 평온한 잠을 가져다주곤 했다. 지금도 그렇게 기도를 하는데, 갑자기 또 무심코 호주머니에서 카체리나 이바노브나의 하녀가 그의 뒤를 쫓아와 길에서 전해 준 작은 장밋빛 봉투가 만져졌다. 그는 혼란스러웠지만 기도를 끝냈다. 그다음엔, 다소 망설이다가 봉투를 열어 보았다. 거기에는 리즈라고 서명된, 그에게 보내는 편지가 들어 있었는데 리즈는 아침에 장로가 있는 데서 그를 그토록 놀려 댄, 다름 아닌 호흘라코바 부인의 어린 딸이었다.

그녀의 편지는 다음과 같았다.

"알렉세이 표도로비치, 아무도 모르게, 엄마도 모르게 당신에게 이 편지를 씁니다, 이게 얼마나 나쁜 일인지는 잘 알고 있어요. 하지만 내 마음속에 생겨난 것을 당신에게 말하지 않고는 더 이상 못 살 것만 같고, 이건 때가 될 때까진 우리 둘을 제외하면 그 누구에게도 비밀이에요. 하지만 내가 당신한테 말하고 싶어 죽겠는 것을 도대체 어떻게 말해야 한다죠? 종이는 새빨개지지 않는다고들 하지만, 정말로, 이건 거짓말이에요, 종이도 이 순간의 나처럼 완전히 새빨개지고 있어요. 사랑스러운 알료샤, 나는 당신을 사랑해요, 어릴 때부터, 모스크바에 있을 때부터, 당신이 지금과는 전혀 달랐던 그때부터 평생 동안 사랑합니다. 저는 당신과 결합하기 위해서, 그리고 늘그막에는 우리의 삶을 함께 끝내기 위해서 내 마음에 따라 당신을 골랐답니다. 물론, 당신이 수도원에서 나온다는 조건으로요. 우리의 나이에 관한 한, 법률이 정하는 나이가 될 때까지 조금만 더 기다려요. 그때가 되면 나는 꼭 건강해져서 걸어 다닐 수도, 춤도 출 수 있을 거예요. 이건 두말하면 잔소리죠.

내가 모든 것을 얼마나 곰곰 생각해 봤는지 아시겠지만, 그래도 난 꼭 한 가지만은 아무래도 짐작이 가지 않아요. 즉, 이 편지를 읽으실 때 즈음 당신은 나에 대해 무슨 생각을 하실까? 아까 내가 줄곧 웃으면서 장난을 쳐서 당신을 화나게 했지만, 정말 맹세코, 지금 펜을 들기 직전, 성모 마리아 상 앞에서 기도했어요, 지금도 기도를 하면서 거의 울먹이고 있답니다.

저의 비밀은 당신의 손에 달려 있어요. 내일 당신이 오시면 어떻게 당신을 봐야 할지 모르겠어요. 아, 알렉세이 표도로비치, 내가 그때도 바보처럼 자제를 못 하고 아까처럼 당신을 보면서 웃어 대면 어쩌죠? 그러면 당신은 나를 비웃기나 좋아하는 추악한 여자로 생각하고 내 편지의 내용을 믿지 않으실 테죠. 그렇기 때문에 부탁드리는 거예요, 사랑스러운 이여, 당신이 나를 안쓰럽게 여기신다면, 내일 방으로 들어오실 때 내 눈을 너무 똑바로 바라보지는 말아 주세요, 당신의 눈과 마주치면 난 반드시 갑자기 웃음을 터뜨릴 테니까요, 게다가 당신은 그 기다란 옷을 입고 계실 테고……. 지금도 이 생각을 하면 온몸에 오싹 소름이 돋아요, 그러니까 방에 들어오실 때 얼마간은 아예 나를 보지 마시고, 엄마나 창문을 봐 주세요…….

이렇게 나는 당신에게 연애편지를 쓰고야 말았군요, 맙소사, 이게 무슨 짓인지! 알료샤, 나를 경멸하지 말아 주세요, 내가 뭔가 아주 고약한 짓을 해서 당신을 슬프게 했다면, 나를 용서해 주세요. 이제 나의 명예는 어쩌면 영원토록 훼손되었을지도 모르지만, 그 비밀은 당신의 손에 간직되어 있답니다.

나는 오늘 반드시 울 거예요. 다시 만날 때까지, 그 끔찍한 만남의 순간까지 안녕히. 리즈.

추신. 알료샤, 다만, 꼭 오셔야 해요, 꼭, 꼭! 리즈."

알료샤는 편지를 다 읽고서 놀라워했지만, 두 번을 더 읽은 뒤에는 잠시 생각에 잠겼다가 갑자기 조용하고 달콤한 웃음을 터뜨렸다. 그러다가 흠칫 몸을 떨었는데, 이 웃음이 그에겐 죄스럽게 여겨졌던 것이다. 하지만 한순간이 지나자, 다시 그렇게 조용하고 행복한 웃음이 나왔다. 그는 천천히 편지를 봉투에 접어 넣고 성호를 그은 뒤 자리에 누웠다. 영혼의 혼란이 갑자기 사라졌다. "주여, 조금 전의 그들 모두를 어여삐 여기시어, 그들을 보호해 주시고, 평정을 잃어 불행한 이들을 올바른 길로 인도해 주시옵소서. 주님께 길이 있나니, 그들을 주님의 길로 인도하여 구원해 주시옵소서. 주님은 사랑이시니, 모든 이들에게 기쁨을 보내 주시옵소서!" 알료샤는 이렇게 중얼거리며 성호를 긋고 포근히 잠들기 시작했다.

2부

4장

파열들

1 페라폰트 신부

이른 아침, 날이 밝기도 전에 알료샤는 잠에서 깼다. 장로가 눈을 떴으며, 몸이 극히 허약해졌다는 것을 느끼면서도 침대에서 일어나 안락의자에 앉기를 바랐던 것이다. 그의 의식은 아직 또렷했다. 얼굴은 비록 극도의 피로에 절어 있긴 했지만 그래도 맑고 거의 기쁨에 차 있었으며, 시선은 즐겁고 상냥하고 호의적이었다. "오늘 하루를 못 넘길 것 같구나." 그가 알료샤에게 말했다. 그러고 나선 즉시 고해성사를 하고 성찬을 받고 싶어 했다. 장로의 고해 신부는 언제나 파이시 신부였다. 두 개의 의식이 끝나자, 도유식(塗油式)이 시작되었다. 수도사제들이 모여들었고, 방은 조금씩 수도사들로 가득 차게 되었다. 그러는 사이에 날이 밝았다. 수도원의 다른 곳에서도 사람들이 찾아오기 시작했다. 미사가 끝나자, 장로는 모든 이들과 작별 인사를 하고 싶다면서 모두에게 입을 맞추었다. 방이 비좁았기 때문에 먼저 들어온 사람들이 밖으로 나감으로써 다른 사람들에게 자리를 양보했다. 알료샤는 다시 안락의자에 앉은 장로 곁에 서 있었다. 그는 힘닿는 데까지 설교를 계속했는데, 그의 목소리는 힘이 없긴 했어도 아직은 상당히 또렷했다. "얼마나 오랜 세월 동안 여러분을 가르쳐 왔는지, 고로, 얼마나 오랜 세월 동안 큰 소리로 말을 했는지, 말하는 것이, 이렇게 말을 하면서 여러분을 가르치는 것이 마치 습관처럼 되어, 말하는 것보다도 침묵하는 것이 더 힘들 지경입니다. 신부님들, 그리고 친애하는 형제님들, 심지어 내 몸이 지금 이렇게까지 약해졌는데도 말입니다." 그는 자기 주위에 몰려든 이들을 감동에 찬 시선으로 둘러보며 농담을 했다. 그때 그가 말한 것 중 어떤 것은 훗날 알료샤의 기억 속에 남아 있었다. 하지만 발음도 분명하고 또 목소리도 상당히 또렷했지만, 그럼에도 그의 말은 상당히 두서가 없었다. 그는 많은 얘기를 했는데, 죽음의 순간에 앞서 생전에 못다 한 말들을 전부 얘기하고 전부 다시 한번 내보이고 싶었던 모양이니, 그것도 그저 가르침을 위해서가 아니라 자신의 기쁨과 황홀을 모든 이들, 모든 것들과 나누면서 살아생전에 다시 한번 자신의 마음을 토로하고 싶었던 것이리라…….

"서로서로를 사랑하십시오, 신부님들." 장로의 설교가(훗날 알료샤의 기억 속에 남아 있는 한) 이어졌다. "하느님의 자식인 민중을 사랑하십시오. 우리가 여기로 와서 이 벽 안에 틀어박혔다고 해서 속세 사람들보다 더 성스러운 것이 아닙니다. 반대로 여기 온 자는 누구든 여기에 왔다는 것만으로 이미 스스로에 대해 자신이 속세의 어떤 사람들, 지상의 어떤 사람들, 어떤 것들보다 더 못하다는 것을 깨닫게 된 겁니다……. 그리고 이 벽 속에 머무는 시간이 길어질수록, 수도사는 이 점을 더 뼈저리게 의식하게 마련입니다. 만약 그리되지 못할 바엔, 이리로 올 까닭이 전혀 없었던 것이지요. 그가 다른 속세 사람들보다 못할 뿐만 아니라 모든 사람들 앞에서 모든 이들과 모든 것들에 대해 사람들의 죄, 세계적인 죄, 각 개인의 개별적인 죄 등 모든 죄에 대해 책임이 있음을 인식한다면, 그때에야 비로소 우리의 하나 됨이라는 목적은 달성될 것입니다. 왜냐면, 알아 두십시오, 친애하는 이들이여, 우리 개개인이 모두 지상의 모든 사람들과 모든 것들에 대해 틀림없이 유죄이며, 그것도 보편적이고 세계적인 차원의 죄에서뿐만 아니라, 이 땅의 모든 사람들, 각각의 사람에 대해 개별적으로도 유죄이기 때문입니다. 이러한 의식이야말로 수도사의 길은 물론이고 지상의 온갖 사람의 길이 도달해야 할 월계관인 것입니다. 왜냐면 수도사는 뭔가 다른 사람이 아니라, 그저 속세의 모든 사람들이 응당 되어야 할 그런 사람에 불과하기 때문입니다. 그때야 비로소 우리의 마음은 포화를 모르는 무한한 우주적인 사랑에 취하게 될 겁니다. 그러면 여러분 각각이 사랑으로써 온 세상을 얻을 수 있고 여러분 자신의 눈물로 세상의 죄를 씻어 버릴 수 있는 힘을 갖게 될 겁니다……. 다들 자신의 마음 주위를 빙빙 돌면서 자기 자신에게 끊임없이 고해하십시오. 자신의 죄를 두려워 말 것이며, 죄를 의식한 순간 곧 참회할 것이지만, 그렇다고 해서 하느님 앞에 어떤 조건을 내달지는 마십시오. 다시 말하건대, 오만하게 굴지 마십시오. 약한 자 앞에서 오만하게 굴지 말 것이며, 위대한 자들 앞에서도 오만하게 굴지 마십시오. 여러분을 배척하는 자들, 여러분을 욕되게 하는 자들, 여러분을 비방하는 자들, 여러분을 중상모략하는 자들도 증오하지 마십시오. 무신론자들, 악의 교사자들, 유물론자들, 그들 중 선량한 자들은 물론이고 악한 자들도 증오하지 말지어니, 왜냐면 그들 중에도 선량한 자들이 많기 때문이며 우리 시대에는 더더욱 그러하기 때문입니다. 그런 이들을 위해서는 다음과 같이 기도하십시오. 아무도 기도해 주지 않는 모든 사람들을 구원해 주시옵소서, 주님, 주님께 기도하길 원하지 않는 사람들도 구원해 주시옵소서. 그리고 곧바로 덧붙이십시오. 이렇게 기도드리는 것은, 주님, 나 자신의 오만함 때문이 아니니, 왜냐면, 저 자신이 그 어떤 사람들, 그 어떤 것들보다 더 추잡하기 때문입니다……. 하느님의 자식인 민중을 사랑하시고 침입자들이 양 떼들을 빼앗도록 내버려 두지 말 것이니, 왜냐면 여러분이 게으름을 부리고 까다로운 오만에, 무엇보다도, 사리사욕 속에 빠져 잠들어 버리면, 사방팔방에서 사람들이 몰려와 여러분의 양 떼를 빼앗아 갈 것이기 때문입니다. 민중에게 끊임없이 복음을 전파해 주십시오……. 민중을 착취하지 마십시오……. 금은보화는 탐하지도, 갖고 있지도 마십시오……. 믿음을 키우면서 깃발을 쥐십시오. 그것을 높이 들어 올리십시오……."

그런데 장로의 말은 여기에 쓴 것보다, 또 나중에 알료샤가 기록한 것보다도 더 단절적이었다. 이따금씩 그는 힘을 모으는 듯 아예 말을 중단하고 가쁘게 숨을 몰아쉬곤 했지만, 그래도 환희에 젖어 있는 듯했다. 다들 그의 말을 감동 깊게 듣고 있었지만, 그중 많은 이들이 그의 말 속에서 어두운 기운을 느끼곤 놀라워하기도 했다……. 그러다 나중에 가서는 이 말들을 회상하게 되었다. 알료샤가 잠깐 방 밖으로 나올 일이 있었을 때, 그는 방과 방 주위에 무리 지어 있는 형제들이 다들 흥분과 기대에 휩싸여 있는 것을 보고 충격을 받았다. 그 기대는 어떤 이들에게는 거의 불안스러운 것이었으며 또 어떤 이들에겐 숭고한 것이었다. 다들 장로가 서거하면 그 즉시 뭔가 대단한 일이 일어나 주리라 기대하고 있었던 것이다. 이러한 기대는 어떤 점에서 보자면 거의 경박한 것이었지만 가장 엄격한 장로들조차도 거기에 경도되어 있었다. 그 누구보다도 엄격한 얼굴을 하고 있었던 사람은 수도사제인 파이시 장로였다. 알료샤가 잠시 방을 비웠던 것은 그저 시내를 다녀온 라키친이 어느 수도사를 통해서 그를 몰래 불러냈기 때문인데, 라키친은 호홀라코바 부인이 알료샤 앞으로 보낸 이상한 편지를 갖고 왔다. 부인은 지금 상황에 참으로 잘 맞는 흥미진진한 소식 하나를 알료샤에게 알려 주었다. 그러니까 어제 장로에게 인사를 드리고 축복을 받으러 왔던 평민 여신도들 중에 시내에서 온 한 노파, 즉 하사관 미망인 프로호로브나가 있었다. 그녀는 장로에게 아들 녀석 바센카가 업무차 멀리 시베리아, 이르쿠츠크로 떠난 뒤 이미 일 년째 감감무소식인데 아들을 아예 고인으로 간주하여 교회에서 명복을 빌어도 되겠느냐, 하고 물어보았다. 이에 대해 장로는 그녀에게 그런 종류의 명복은 푸닥거리나 다름없는 것이라고 금지시키며 엄격한 대답을 주었다. 하지만 그러고 나선 그녀가 잘 몰라서 그런 것이니 용서를 베풀고 '마치 미래의 책이라도 들여다보는 양'(자신의 편지에서 호흘라코바 부인은 이런 표현을 썼다.) '그녀의 아들 바샤는 틀림없이 살아 있으니 곧 그녀를 보러 오거나, 아니면 지금 그녀가 집으로 돌아가면, 아들이 자기를 기다리고 있으라는 편지를 보내 올 것이다.'라는 위안을 덧붙였다. "그래서 어떻게 되었겠어요?"라며 호흘라코바 부인은 환희에 들떠 덧붙였다. "예언이 토씨 하나 안 틀리고 그대로 실현되었답니다, 심지어 그 이상이었어요." 노파가 집에 돌아가 보니, 시베리아에서 온 편지가 진작부터 그녀를 기다리고 있다는 것이었다. 하지만 그뿐이 아니었다. 바샤는 이 편지를 여행 중에 예카체린부르크에서 쓴 것인데, 자기가 지금 어느 관리와 함께 어머니가 있는 러시아로 가고 있으니 어머니가 이 편지를 받고 삼 주쯤 지나면 "어머니를 얼싸안을 수 있을 거예요."라고 알려 온 것이었다. 호흘라코바 부인은 새로 실현된 이 '예언의 기적'을 즉각 수도원장과 모든 형제들에게 알려 달라며 알료샤에게 열렬하고 집요하게 간청하고 있었다. "이건 모두, 모두가 다 알아야 해요!" 그녀는 자신의 편지를 끝맺으면서 이렇게 외치고 있었다. 그녀의 편지는 다급하게 서둘러 쓰였으며, 편지를 쓴 사람의 흥분이 각 행마다 녹녹히 배어 있었다. 하지만 알료샤가 형제들에게 알리고 자시고 할 것도 전혀 없었으니, 이미 다들 모든 걸 알고 있었던 것이다. 라키친은 알료샤를 불러오라며 수도사를 보냈지만 그에게 그것 말고 다른 심부름도 시켰으니, 다름 아니라 '파이시 신부님께, 그, 즉 라키친이 용무가 좀 있다고 공손하게 아뢰어라, 그 용무가 너무 중요한 것이므로 단 일 분도 지체하지 말고 알려야 된다, 이런 무례한 청에 대해서는 깊이 고개 숙여 용서를 구하는 바이다.'라고 전하라는 것이었다. 그런데 수도사가 알료샤보다는 파이시 신부에게 먼저 라키친의 말을 전했기 때문에, 다시 자기 자리로 돌아온 알료샤가 할 일은 그저 편지를 다 읽고 파이시 신부에게 곧장 그 내용을 서류 형식으로 보고하는 것뿐이었다. 그러자, 파이시 신부는 남의 말을 좀처럼 믿지 않고 준엄하기로 유명한 사람이었건만, 얼굴을 찌푸리고 '기적' 소식을 읽으면서 어떤 내적인 감정의 동요가 이는 것을 완전히 억누르진 못했다. 그의 눈은 번득였으며, 입가에는 갑자기 진중하고도 감격스러운 미소가 일었다.

"우리가 볼 것이 어디 이뿐이겠습니까?" 그의 입에서 이런 말이 불쑥 튀어나왔다.

"이보다 더한 것을, 훨씬 더한 것을 보게 되겠지요!" 주위의 수도사들이 이렇게 말을 받았지만, 파이시 신부는 다시금 얼굴을 찌푸리더니 '좀 더 확실해질 때까지' 얼마 동안만이라도 이 일은 누구한테 큰 소리로 알리지 말라고 모든 사람들에게 부탁하면서 '이는 속세의 일에는 경박한 것이 많은 데다가 이 사건은 그저 자연스럽게 일어난 것일 수도 있기 때문'이라고 조심스럽게 덧붙였는데 이건 마치 양심을 정화하기 위해서인 듯했고 정작 그 자신도 자신의 변명을 거의 믿지 않는 눈치였으며 그의 말을 듣고 있던 사람들도 이 점을 분명히 간파할 수 있었다. 물론 '기적'은 바로 이 시간에 수도원 전체로 퍼졌고 수도원의 의식에 참석하러 온 많은 속세 사람들에게도 알려지게 되었다. 기적이 실현되자 그 누구보다도 충격을 받은 사람은 '성 실베스트르'의 명을 받고 어제 먼 북쪽의 어느 작은 오브도르스크의 수도원에서 온 수도사인 것 같았다. 그는 어제 호흘라코바 부인 곁에서 장로에게 절을 하면서 이 부인의 '치료받은 딸'을 가리키면서 준엄하게 꾸지람을 하듯 "어떻게 감히 이런 일을 하십니까?"라고 묻지 않았던가.

그러니까 그는 지금 진작부터 다소 의혹스러운 상태에 빠져 무엇을 믿어야 할지 거의 몰랐던 것이다. 어제 저녁 무렵 그는 양봉장 뒤의 수도원의 별채에 사는 페라폰트 신부를 방문했는데, 이 만남은 그에게 굉장히 무섭다는 느낌을 안겨 주면서 큰 충격이 되었다. 이 장로, 그러니까 페라폰트 신부는 대단히 늙은 수도사이자 대단한 금욕주의자에 묵언 수행자로서, 앞서 이미 언급했듯, 조시마 장로를 적대시했으며 무엇보다도 장로제 자체를 유해하고 경박한 혁신 제도로 여겨서 적대시했다. 이 적대자는 비록 묵언 수행자로서 거의 그 누구와도 말 한마디 주고받는 법이 없었지만, 그래도 굉장히 위험했다. 그가 위험인물인 것은, 무엇보다도 다수의 형제들이 그에게 전적인 공감을 표시했을뿐더러 수도원을 드나드는 속세 사람들 중에서도 아주 많은 이들이 그를 틀림없는 유로지브이라고 생각하면서 동시에 위대한 의인이자 고행자로서 존경했기 때문이었다. 사실, 유로지브이라는 것 자체가 마력을 발휘했던 것이다. 이 페라폰트 신부가 조시마 장로를 찾아오는 일은 결코 없었다. 그리고 암자에 살고 있긴 했지만, 어떻든 영락없는 유로지브이처럼 굴었기 때문에 암자의 규칙을 지키도록 강요받는 일은 별로 없었다. 그는 아무리 많아야 일흔다섯 살 정도의 나이로 암자의 양봉장 뒤, 벽의 구석진 곳에 있는 거의 폐가가 된 낡은 목조 수도실에서 살고 있었는데, 이 암자는 까마득한 옛날, 그러니까 지난 세기에 역시나 아주 위대한 어느 금욕주의자이자 묵언 수행자로서 백다섯 살까지 장수한 이오나 신부를 위해 지은 것이었으며, 그 위업을 두고 지금까지도 수도원과 근방에서 많은 아주 흥미진진한 이야기들이 전해지고 있다. 페라폰트 신부는 오랜 노력 끝에 기어코 칠 년 전쯤엔 가장 외진 이 방에 기거할 수 있게 되었는데, 승방은 그냥 오두막에 지나지 않았지만 희사받은 성상들이 굉장히 많았으며, 그 앞에 언제나 램프 불을 밝혀 놓았기 때문에 예배당과 아주 유사한 모습이었고 꼭 이 램프들을 간수하며 불을 밝히도록 페라폰트 신부를 붙여 놓은 것 같았다. 사람들 말에 따르면(사실이 그렇기도 했지만) 그는 사흘 동안 아무리 많아야 기껏 빵 2푼트[101]만을 먹는다고 했다. 바로 그곳, 즉 양봉장에 사는 벌치기가 사흘에 한 번씩 그에게 빵을 갖다주었지만, 페라폰트 신부는 자기 시중을 드는 벌치기와도 역시 말을 하는 일이 드물었다. 이 4푼트의 빵이 일요일 저녁 미사 후

101) 1푼트는 0.41킬로그램.

수도원장이 이 성자에게 꼬박꼬박 보내오는 성병(聖餠)과 더불어 그의 일주일 식량의 전부였던 것이다. 큰 잔에 담긴 그의 물은 매일 갈아 주었다. 미사를 할 때 그가 나타나는 일은 드물었다. 그를 찾아오는 숭배자들은 그가 때때로 무릎을 꿇은 채 일어나지도, 주위를 둘러보지도 않고 하루 종일 기도에 열중하는 모습을 보곤 했다. 어쩌다 그들과 담소를 나누는 일이라도 있다면, 그때는 말도 짧고 말투도 탁탁 끊어지고 태도도 이상하다 못해 언제나 거의 무례하기까지 했다. 그래도, 그가 방문객들과 대화를 나누는 아주 드문 일도 간혹 있긴 했는데, 그래 봤자 대부분의 경우에는 그저 방문객에겐 늘 커다란 수수께끼나 다름없는 무슨 이상한 말을 한마디 툭 던져 놓고서 아무리 부탁을 해도 통 설명도 해 주지 않았다. 그나저나 그는 성직자로서의 직위는 갖고 있지 않은, 그저 평범한 수도사에 지나지 않았다. 아주 무지몽매한 사람들 사이에서는 페라폰트 신부가 하늘의 정령들과 서로 교통하여 오직 그들과만 담소를 나누고 바로 그렇기 때문에 사람들과는 얘기를 하지 않는다는 아주 이상한 소문이 떠돌았다. 오브도르스크의 수도사는 양봉장에 도착한 뒤 역시나 극히 말이 없고 무뚝뚝한 벌치기 수도사에게 길을 물어 페라폰트 신부의 방이 있는 구석진 곳으로 갔다. "외지에서 오신 분이시니 무슨 말을 하실 수도 있지만, 아무것도 얻어 내지 못하실 수도 있습니다." 벌치기는 미리 이렇게 일러 주었다. 훗날 그가 직접 전한 바에 따르면, 이 수도사는 그 방 쪽으로 가면서 겁을 잔뜩 집어먹고 있었다고 한다. 이미 상당히 늦은 시간이었다. 페라폰트 신부는 그때 방문 곁에 있는 나지막한 벤치에 앉아 있었다. 그 위로 오래 묵은 거대한 느릅나무가 살며시 흔들렸다. 선선한 저녁 기운이 감돌았다. 오브도르스크의 수도사는 성자 앞에 넙죽 엎드려 절을 하고 축복을 해 주십사 부탁했다.

"수도사여, 나도 자네 앞에 그렇게 엎드리길 바라는가?" 페라폰트 신부가 말했다. "일어나게!"

수도사는 자리에서 일어났다.

"자네를 축복하고 나도 또 축복받았으니, 곁에 와서 앉게. 그래, 어디서 왔는고?"

가련한 수도사가 무엇보다도 충격을 받은 것은, 페라폰트 신부가 틀림없이 대단한 금욕 생활을 해 오고 있으며 무척 연로한 나이임에도 불구하고 겉보기엔 건장한 노인으로 보였기 때문, 그러니까 키도 크고 등도 굽지 않고 몸의 자세도 올곧고 얼굴도 비록 여위긴 했어도 싱싱하고 건강했기 때문이었다. 틀림없이 힘도 여전히 상당히 셀 듯싶었다. 골격은 운동선수 수준이었다. 그토록 연로한 나이임에도 불구하고 완전히 백발이 되지도 않았을뿐더러, 머리와 턱에는 아직도 아주 풍성하고 무엇보다도 아주 새까만 머리카락과 수염이 나 있었다. 회색의 커다란 눈은 빛을 발하고 있었고, 또 충격적일 정도로 굉장히 툭 튀어나와 있었다. 말을 할 때는 모음 'O'를 강하게 발음했다. 옷은 옛날에 죄수복 옷감으로 불린 거친 나사지로 된, 불그죽죽하고 긴 외투 같은 것을 입고 있었고, 허리에는 두꺼운 밧줄을 매고 있었다. 목과 가슴팍은 드러나 있었다. 외투 밑으로 몇 달씩 벗지 않아 거의 완전히 새까매진 아주 두툼한 삼베 속옷이 살짝 보였다. 그가 외투 밑에 30푼트나 되는 쇠사슬을 달고 다닌다는 말도 있었다. 신발이라면, 양말도 신지 않은 맨발에 낡을 대로 낡아 거의 다 해진 신발을 신고 있었다.

"오브도르스크의 조그만 수도원에서 성 셀리베스트르[102]의 명을 받아 왔습니다." 외지에서 온 수도사는 겸손하게 대답하면서, 약간 겁을 집어먹은 듯하지만 호기심 어린 시선을 재빨리 돌려 가며 은자를 관찰했다.

"자네의 셀리베스트르 수도원에 간 적이 있었지. 살기도 했었으니까. 셀리베스트르는 잘 있나?"

수도사는 머뭇거렸다.

"무식한 놈들 같으니! 재계(齋戒)는 어떻게들 지키고 있냐고?"

"저희의 식사는 암자의 유고한 관례에 따라 다음과 같이 이루어집니다. 사순절(四旬節)[103]에는 월요일, 수요일, 금요일에 식사를 전혀 하지 않습니다. 화요일과 목요일에는 형제들에게 흰 빵, 꿀이 들어간 과일 조림, 산딸기나 소금에 절인 양배추, 귀리죽이 나옵니다. 토요일에는 맑은 양배춧국, 콩이 든 국수, 건더기는 전혀 없는 죽이 나오는데, 어디에나 버터가 첨가되어 있습니다. 주일에는 양배춧국에 말린 생선과 죽이 나옵니다. 수난 주간[104]에는 월요일부터 심지어 토요일 저녁까지 엿

102) 앞서 언급됐던 실베스트르를 말한다.

103) 재의 수요일부터 부활절 전야까지의 40일.

104) 사순절의 다섯 번째 주.

새 동안 그야말로 물과 빵, 익히지 않은 채소만을 먹는데, 그나마도 제약이 따릅니다. 즉, 앞서 첫 주일에 말씀드린 대로 매일 먹을 수는 없는 것이지요. 성 금요일[105]에는 아무것도 먹지 않으며 성 토요일에도 2시까지 금식하는데 그때는 약간의 빵과 물을 맛보고 포도주를 딱 한 잔씩 마십니다. 성 목요일[106]에는 이 조식(粗食)에 버터가 들어가지 않은 잼을 먹고 포도주를 곁들어 마십니다. 왜냐면 라오디키아의 성당에서 위대한 목요일에 관해 '사순절의 마지막 목요일을 지키지 않으면, 사순절 재계 자체를 전혀 지키지 않은 것과 같으니라.'라고 말씀하셨기 때문입니다. 자, 저희 수도원은 이와 같습니다. 하지만, 위대한 아버지, 신부님과 비교할 바는 아니지요." 기운이 좀 난 수도사가 이렇게 덧붙였다. "왜냐면 신부님께서는 일 년 내내, 심지어 성스러운 부활절에도 그저 빵과 물만 드시며, 우리가 이틀분으로 받는 빵으로 신부님께서는 꼬박 칠 일을 사시니까요. 신부님의 이 위대한 절제 생활은 실로 경이로울 따름입니다."

"그럼, 그루지[107]는?" 페라폰트 신부는 '그'를 거의 '흐'에 가까운 기음(氣音)으로 발음하면서 갑자기 물었다.

"그루지라고요?" 놀란 수도사가 다시 물었다.

"그래, 그래. 나는 이놈들의 빵 따윈 전혀 필요 없으니까 다 버리고 떠날 거야, 설령 숲에 들어가 거기서 버섯이나 딸기로

---

105) 예수 수난일.(부활절 전(前)의 금요일.)

106) 세족(洗足) 목요일.(부활절 직전의 목요일.)

107) '버섯'이라는 뜻이 있다.

연명할지언정 말이지, 하지만 여기 이놈들은 자기 빵을 버리고 떠나지 못할 테고, 그러니까 악마한테 묶여 있는 셈이야. 요즘 더러운 이교도 놈들은 그렇게까지 재계할 필요는 없다는 말까지 하더군. 그놈들의 이런 생각이야말로 오만방자하고 더러운 거야."

"아, 옳으신 말씀입니다." 수도사가 한숨을 내쉬었다.

"저놈들한테서 악마들을 보았느냐?" 페라폰트 신부가 물었다.

"누구를 말씀하시는 건지요?" 수도사가 조심스럽게 물었다.

"작년 성스러운 금요일에 수도원장한테 갔다가 그 이후론 안 갔어. 어떤 놈의 가슴팍에 눌러앉아 수도복 밑에 숨어 있는데 낯짝이 보이더군. 어떤 놈의 호주머니에도 들어앉아 바깥을 빠끔히 내다보는데, 눈이 재빨리 움직이는 것이 나를 두려워하는 눈치였어. 어떤 놈한테는 배에, 그놈의 가장 부정한 배 속에 들러붙어 있었고, 또 어떤 놈한테는 목에 매달려 꼭 들러붙어 있던데, 그렇게 달고 다니면서도 정작 본인은 그놈을 못 보는 거야."

"신부님께서는…… 보이십니까?" 수도사가 물었다.

"보인다고 하지 않나, 훤히 보인다네. 수도원장의 암자에서 나와서 보니 한 놈이 나를 피해 얼른 문 뒤로 숨는데 키가 1.5아르신은 족히 넘는 데다가 덩치는 어찌나 큰지, 꼬리는 밤색에다가 뚱뚱하고 기다랬는데 어쩌다 그만 꼬리 끝이 삐죽 나와 있는 거야, 나도 영 바보는 아니라서 갑자기 문을 쾅 닫아서 그놈의 꼬리를 문틈에 끼게 만들었지. 째질 듯 비명을 지르면서 몸부림을 치기 시작하기에, 내 그놈에게 십자가 표식을 세 번이나 해 주고 또 성호를 그어 주었지. 그러자 곧바로 짓눌린 거미처럼 뒈져 버렸어. 지금쯤 분명히 구석에서 썩어 악취가 진동을 하겠지만 그놈들은 보지도, 냄새를 맡지도 못해. 나는 일 년째 집 밖을 안 나가고 있어. 외지에서 온 사람이라 자네한테만 털어놓는 거야."

"무서운 말씀이십니다! 그런데, 위대하시고 성스러우신 신부님." 수도사가 점점 더 대담해졌다. "신부님에 관해서 신부님께서 성령과 끊임없이 교통한다는 위대한 명성이 저 먼 땅에도 자자한데, 사실인지요?"

"날아온다네. 이따금씩 말이지."

"어떻게 날아옵니까? 어떤 모습으로요?"

"새의 모습이야."

"비둘기 모습을 한 성령입니까?"

"그런 성령도 오고 신령도 온다네. 신령은 다른 것이라서, 또 다른 새의 모습으로 내려올 수 있지. 때로는 제비처럼, 때로는 방울새처럼, 때로는 박새처럼 내려와."

"그럼, 박새를 보고 어떻게 성령인 줄 아십니까?"

"말을 하거든."

"어떻게 말을 합니까, 어떤 언어로요?"

"사람의 언어지."

"그럼, 신부님께 무슨 얘기를 합니까?"

"오늘은 어떤 바보가 찾아와 쓸데없는 질문을 할 거라고 알려 주더군. 수도사여, 자네는 너무 많은 것을 알고자 하는구나."

"끔찍한 말씀이십니다, 성스럽기 그지없는 신성하기 그지없는 신부님." 수도사는 고개를 끄덕였다. 그의 두 눈을 보면 겁을 집어먹었다는 것이 분명했지만, 그럼에도 미심쩍다는 느낌이 배어 나왔다.

"저 나무가 보이는가?" 페라폰트 신부가 잠시 침묵했다가 물었다.

"보입니다, 복되신 신부님."

"자네 눈엔 느릅나무겠지만, 내 눈에는 완전히 다른 것으로 보여."

"어떤 것입니까?" 부질없는 기대에 마음을 졸이며 수도사는 입을 다물었다.

"밤이면 보이곤 해. 저기 큰 나뭇가지 두 개가 보이느냐? 밤이면 그리스도께서 나를 향해 저 손을 내밀어 그 손으로 나를 찾는 것이 똑똑히 보여서 몸이 부들부들 떨려. 두렵도다, 오 두렵도다!"

"진짜 그리스도라면 뭐가 두렵습니까?"

"붙잡아서 데리고 올라가실 거라니까."

"산 채로 말입니까?"

"엘리야의 정신과 영광을 지니고,[108] 이런 말, 들어 보지 못했나? 껴안아 데려가실 거야……."

오브도르스크의 수도사는 이런 대화를 나눈 뒤에 자기에게 지정해 준, 어느 형제의 방으로 돌아왔는데, 상당히 심한 의혹에 빠져 있었지만, 그래도 심적으론 틀림없이 조시마 신부

108) 루카복음 1:17.

보다는 페라폰트 신부 쪽으로 더 끌렸다. 오브도르스크의 수도사는 무엇보다도 재계를 옹호하는 입장이었기 때문에, 페라폰트 신부처럼 위대한 금욕 수행자가 '기적을 보는 것'은 전혀 이상한 일이 아니었던 것이다. 물론 그의 말이 터무니없게 여겨지기도 했지만, 어쨌거나 주님은 그 속에, 즉 그 말들 속에 무엇이 들어 있는지를 알고 있으며, 또 그리스도에게 몸 바친 유로지브이라면 누구나 그보다 더 어눌한 말이나 행동도 서슴지 않는 법이다. 문에 끼인 악마의 꼬리에 대해서라면, 그는 우의적인 의미가 아니라 직설적인 의미 그대로, 진심으로 기꺼이 믿을 준비가 되어 있었다. 이뿐만 아니라 예전에도, 즉 수도원으로 오기 전부터도 그는 장로제에 대해서 대단히 부정적인 편견이 있었는데, 지금까지 그저 말로만 들었으면서도 많은 다른 사람들의 생각을 좇아 그것을 단연코 해로운 혁신 제도로 간주했던 것이다. 수도원에서 밤을 보내면서 그사이에 이미 그는 장로제를 못마땅해하는 몇몇 경박한 형제들의 은밀한 불평도 인지했다. 그런 데다가 원래 그는 타고나길 모든 일에 호기심이 엄청 많은지라, 호들갑을 떨며 이곳저곳 들쑤시고 다녔다. 바로 이 때문에, 조시마 장로가 새로운 '기적'을 행했다는 어마어마한 소식을 듣자, 굉장한 의혹에 빠졌던 것이다. 알료샤는 훗날, 호기심 많은 오브도르스크의 손님이 장로와 그의 방 주위로 몰려든 수도사들 무리 속에 수도 없이 출몰하여 호들갑스럽게 여기저기 헤집고 다니면서 모든 것을 엿듣고 모든 사람들에게 이것저것 꼬치꼬치 캐묻던 것이 기억났다. 하지만 그 당시는 이 수도사 따위에게 그다지 주의를 기울이지 않았기 때문에 나중에 가서야 모든 것이 기억난 것이었다……. 사실, 주의를 기울일 겨를도 없었다. 조시마 장로가 또 피로를 느껴 다시 자리에 누웠다가 이미 눈을 감으려는 상태에서 갑자기 알료샤 생각이 났는지 그를 불러 달라고 했던 것이다. 알료샤는 그 즉시 뛰어왔다. 그때 장로 곁에 있던 사람들은 파이시 신부, 수도사제인 이오시프 신부, 견습 수도사인 포르피리뿐이었다. 장로는 피로에 전 눈을 뜨고 알료샤를 가만히 바라보다가 갑자기 그에게 물었다.

"네 가족들이 너를 기다리고 있지 않느냐, 아들아?"

알료샤는 머뭇거렸다.

"다들 네가 필요한 건 아니더냐? 누구에게는 오늘 가겠다고 어제 약속을 했을 테지?"

"약속했습니다…… 아버지한테…… 형들한테…… 또 다른 사람들한테도……."

"거 봐라. 얼른 가 보렴. 슬퍼할 거 없다. 그리고 알아 두렴, 내 네가 있는 자리에서 이 지상에서의 마지막 말을 하지 않고는 죽지 않을 테니까. 그 말을 너에게 해 주마, 아들아, 너에게 해 줄 유언 말이다. 다름 아닌 너에게 말이다, 사랑하는 아들아, 네가 나를 이리도 사랑해 주니까. 자 이제 일단은 약속한 그들에게 가 봐라."

알료샤는 그 즉시 장로의 말에 복종했지만, 떠나는 것이 너무 괴로웠다. 그래도 지상에서의 그의 마지막 말, 그것도 자기 자신, 즉 알료샤에게 남길 유언을 들려주겠다는 약속이 그의 영혼을 황홀하게 전율시켰다. 그는 어서 빨리 시내의 일을 다

보고 돌아오려고 서두르기 시작했다. 때마침 파이시 신부도 그에게 작별의 말을 해 주었는데, 그 말이 그에게 뜻하지 않은 아주 강한 인상을 남겼다. 그것은 두 사람이 벌써 장로의 방에서 나온 뒤의 일이었다.

"끊임없이 명심해야 할 것이 있단다, 어린아이야." 파이시 신부가 어떤 서문도 없이 다짜고짜 말을 꺼냈다. "세속의 학문은 큰 세력으로 결합되었고 특히나 현 세기에 이르러서는 성스러운 책들이 우리에게 물려준 모든 천상의 것들을 분석해 냈는데, 그 무자비한 분석 이후 이 세계의 학자들에겐 예전의 성스러운 것 중 그 어떤 것도 전혀 남아 있지 않게 됐단다. 하지만, 그들은 부분적으로만 분석했을 뿐, 전체를 아우르지는 못했으니, 그 분석이 얼마나 맹목적이었는지 실로 놀라울 정도다. 그래도 그들의 눈앞에 전체가 예전처럼 버젓이 버티고 서 있는 이상, 지옥의 문도 그것을 물리치진 못하는 거란다. 아니, 그 전체가 이 19세기를 살아오지 못한 것 같으냐, 지금도 개별적인 영혼들의 움직임과 민족 대중의 움직임 속에 살아 있지 않은 것 같으냐? 그것은 모든 것을 파괴한 무신론자들, 바로 그들의 영혼의 움직임 속에서도 예전처럼 버젓이 살아 있단 말이다! 왜냐하면 기독교를 부정하고 그것에 반기를 드는 자들이야말로 본질적으로 그리스도의 얼굴의 형상을 있는 그대로 보존하고 있는 것이기 때문이며, 또 그들이 아무리 현명하고 마음의 열의가 대단할지라도 지금까지도 오래전 그리스도가 제시한 그 형상에 비할 만한 훌륭한 형상을 인간과 그 가치에 맞게 창조해 낼 수 없었기 때문이란다. 그와 같은 시도들도 있었지만, 하나같이 기형적인 모양이 되고 말았지. 이 점을 특히 명심해야 한다, 어린아이야, 왜냐면 세상을 떠나실 너의 장로님께서 속세로 나가라고 명하셨으니 말이다. 이 위대한 날을 상기할 때면 아마, 진정 어린 마음으로 너를 보내 너에게 해준 나의 이 말들도 잊지 않고 기억할 테지, 왜냐면 너는 아직 어린데 속세의 유혹은 힘겨운 것이니 네 힘으로 그걸 감당하려면 벅찰 테니까. 자, 이제 가 보거라, 고아야."

이 말을 하면서 파이시 신부는 그를 축복해 주었다. 수도원에서 나와 이 모든 느닷없는 말을 곰곰 되씹으면서 알료샤는 지금까지 자기에게 엄격하고 준엄했던 이 수도사가 이제는 뜻하지 않은 새로운 친구가 됐음을, 자기를 열렬하게 사랑해 주는 새로운 인도자가 됐음을 불현듯 깨달았으니, 꼭 조시마 장로가 죽어 가면서 그에게 파이시 신부를 남겨 준 것만 같았다. '두 분들 사이에 정말로 그런 일이 있었는지도 모르지.' 알료샤는 갑자기 이런 생각이 들었다. 방금 그에게 뜻하지 않게 자신의 학문적인 견해를 들려주었다는 것, 이것이야말로 파이시 신부가 그에게 갖고 있는 열렬한 마음을 증명해 주는 것에 다름 아니었다. 그는 이 어린 지성이 유혹들과 투쟁할 수 있도록 가능한 한 빨리 무장시키고 자기에게 맡겨진 이 어린 영혼을 위해 그 자신도 상상할 수 없을 만큼 튼튼한 담장을 세워 주려고 벌써부터 서두르고 있었던 것이다.

2 아버지의 집에서

맨 먼저 알료샤는 아버지 집으로 갔다. 집 근처까지 왔을 때 그는 아버지가 전날 밤에 어떻게든 이반 형 몰래 들어오라고 신신당부한 것이 생각났다. '도대체 왜 그러셨을까?' 지금 갑자기 알료샤는 이런 생각이 들었다. '아버지가 나한테 따로 하실 말씀이 있다고 하더라도, 몰래 들어갈 이유는 없지 않은가? 분명히, 아버지는 어제 흥분한 김에 무슨 말을 더 하시고 싶었지만, 미처 다 못 하신 거야.' 그는 이렇게 단정 지었다. 그럼에도 불구하고, 마르파 이그나치예브나가(그리고리는 병이 나서 곁채에 누워 있었다.) 그에게 쪽문을 열어 주면서 그의 물음에 대해 이반 표도로비치는 벌써 두 시간 전에 나갔다고 알려 주자 몹시 기뻤던 것이다.

"그럼, 아버지는?"

"일어나셔서 커피를 들고 계십니다요." 마르파 이그나치예브나가 어쩐지 건조하게 대답했다.

알료샤는 안으로 들어갔다. 노인은 슬리퍼를 신고 낡은 외투를 걸친 채 식탁 앞에 혼자 앉아서 별다른 주의도 기울이지 않고 그저 심심풀이로 무슨 장부를 들여다보고 있었다. 집 안에는 완전히 그 혼자밖에 없었다.(스메르쟈코프도 점심 식사에 쓸 식료품을 사러 나가 버렸다.) 그런데 장부도 영 재미가 없었다. 아침 일찍 침대에서 일어나 원기를 회복하고 있었지만, 그래도 피곤하고 허약한 기색이 역력했다. 간밤에 커다랗고 시퍼런 멍이 생겨 버린 그의 이마는 붉은 수건으로 싸매져 있었다. 코도 역시 하룻밤 동안에 심하게 부어올라, 거기에도 역시 그다지 심각하진 않지만 그래도 점처럼 피멍 몇 개가 들어 있었는데, 그 덕분에 그의 얼굴 전체가 진짜로 어쩐지 유달리 표독스럽고 짜증스러워 보였다. 이것을 노인이 더 잘 알고 있었던 터라, 방 안으로 들어오는 알료샤를 쳐다보는 시선은 떨떠름하기만 했다.

"커피가 식었어." 그가 퉁명스럽게 소리쳤다. "권하지 않으마. 나는 오늘, 얘야, 이렇게 재계용 생선 수프만 들고 앉아 있어서 아무한테도 청하지 않는 거다. 그런데 왜 왔느냐?"

"아버지의 몸이 좀 어떤지 알아보려고요." 알료샤가 말했다.

"그래. 그것 말고도 내가 내 입으로 어제 너한테 좀 와 달라고 했지. 죄다 헛소리였는데. 공연히 힘든 걸음을 했구나. 하긴 나도 알고 있었어, 네가 이제 곧 나타나겠구나 싶었지……."

그는 이 말을 하면서 죄다 마음에 안 들어 죽겠다는 표정이었다. 그러는 동안 자리에서 일어나더니 자신의 코를 근심스럽게 쳐다보았다.(아침부터 마흔 번은 족히 됐을 것이다.) 이마에 두른 붉은 수건도 좀 더 예쁘게 바로잡기 시작했다.

"그래도 붉은색이 낫다, 흰색은 병원 냄새가 나거든." 그가 무슨 격언이라도 읊조리듯 말했다. "그래 저기 너의 수도원은 어떠냐? 너의 그 장로는?"

"장로님이 아주 안 좋으세요, 아마 오늘을 못 넘기실 거예요." 알료샤는 이렇게 대답을 했지만, 아버지는 숫제 대답을 듣지도 않았고 자기가 던진 질문마저도 곧장 잊어버렸다.

"이반은 나갔다." 그가 갑자기 말했다. "그는 미치카의 신붓감을 빼앗으려고 아주 용을 쓰고 있어, 여기 사는 것도 그 때문이지." 그는 표독스럽게 덧붙인 뒤 입을 씰룩거리면서 알료샤를 쳐다보았다.

"형이 직접 아버지한테 그렇게 말했어요?" 알료샤가 물었다.

"그래, 그것도 오래전에 말했지. 네 생각이 어떻든, 그렇게 말한 지 삼 주는 족히 되었다. 저놈도 나를 몰래 찔러 죽이려고 여기 온 건 아닐 거 아니냐? 여기 온 데는 뭐든 목적이 있을 거 아니냐?"

"아버지! 무슨 말씀을 그렇게 하세요?" 알료샤가 너무 당혹스러워 어쩔 줄을 몰라 했다.

"사실, 돈을 달라고 하지도 않아, 어떻든 나한테는 땡전 한 푼 못 받을 테니까. 나로 말할 것 같으면, 친애해 마지않는 알렉세이 표도로비치, 가능한 한 이 세상에서 오래 살 작정인데, 자네가 이 점을 알아 두었으면 하네만, 그렇기 때문에 나는 동전 한 닢이라도 더 필요한 게야, 오래 살면 살수록 동전은 더 필요해지는 법이거든." 그는 노란 여름용 삼베로 된, 때 묻은 헐렁한 외투의 호주머니에 두 손을 찔러 넣은 채 방의 이 구석 저 구석을 오가면서 말을 계속했다. "지금 나는 고작해야 쉰다섯 살이니까 아직은 어떻든 사내로는 손색이 없지만, 아직 이십 년은 더 사내 노릇을 하고 싶은데, 그러다 폭삭 늙어 버리면 영 추잡해질 테고, 그때면 저년들이 제 발로 나한테 오지는 않을 테니까. 자, 바로 그때 내겐 돈이 필요할 거 아니냐. 바로 그렇기 때문에 지금 되도록이면 많이, 좀 더 많이 돈을 모아 두는 건데, 이건 오로지 나 하나만을 위해서니까, 친애하는 내 아들 알렉세이 표도로비치, 자네도 이 점은 잘 알아 두시길, 왜냐하면 나는 끝까지 이 추잡함 속에 허덕이며 살고 싶거든, 그러니까 자네가 이 점을 잘 알아 두었으면 해. 추악함 속에 허덕이는 것이 더 감미로운 법이거든. 다들 욕을 하면서도 그 속에서 허덕이고 있는데, 다만 다들 몰래 그 짓을 하지만 나는 탁 터놓고 한다는 말이지. 내 이렇게 하늘을 우러러 한 점 부끄럼이 없건만 이런 나를 온갖 추잡한 놈들이 못 잡아먹어 안달이라니까. 그나저나, 알렉세이 표도로비치, 자네의 그 천국이라면 나는 들어갈 마음이 없어, 자네가 이 점을 또 알아 두었으면 해, 정신이 똑바로 박힌 사람이라면 군의 그 천국 따위에 들어간다는 건 점잖지 못한 일이야, 설사 천국이라는 것이 저 세상에 진짜로 있다고 하더라도 말이야. 아무래도 내 생각엔 잠이 들면 깨어나지도 않고 뭐 그걸로 그냥 아무것도 없는 거야, 자네가 원한다면 내 명복을 빌어 줘도 좋지만, 그것도 싫다면 젠장, 그만두시길. 자, 바로 이게 나의 철학이올시다. 어제 이반은 여기서 말 한번 그럴듯하게 잘하더구나, 우리 모두 취해 있긴 했지만. 이반은 허풍쟁이야, 그 놈한테 무슨 대단한 학식이 있는 것도 아니고…… 게다가 무슨 특별한 교양이 있는 것도 아니야, 그저 잠자코 있다가 그렇게 잠자코 사람의 얼굴을 보곤 피식 웃어 주는 거지, 그놈의 수법이란 이런 거야."

알료샤는 그의 말을 잠자코 듣고만 있었다.

"왜 그 녀석은 나하곤 말을 하지 않는 거냐? 말을 해도 괜히 비꼬기만 한다니까. 너의 형 이반은 야비한 놈이야! 지금 나는 마음만 내키면 당장 그루셴카와 결혼한다. 돈만 있다면야, 알렉세이 표도로비치, 원하는 건 다 되는 법이라오. 그러니까 바로 이걸 이반은 두려워해서 내가 결혼하지 못하도록 나를 감시하는 것이고, 또 그걸 위해서 미치카에게 그루셴카와 결혼하도록 부추기는 거야. 이런 식으로 해서 그루쉬카[109]가 나한테 오는 것도 막고(내가 그루쉬카와 결혼하지 않는다고 해서 그놈한테 땡전 한 푼 남겨 줄 줄 알고!) 다른 한편으론, 미치카가 그루쉬카와 결혼하면 이반은 제 형의 돈 많은 신붓감을 싹 차지하는 거지, 바로 이게 이반의 속셈이야! 너의 형 이반은 야비한 놈이야!"

"아버지는 지금 신경이 너무 날카로우세요. 어제부터 그러셨어요. 가서 좀 누우시는 것이 좋겠어요." 알료샤가 말했다.

"드디어 네가 그 말을 하는구나." 이것이 이제야 처음으로 그의 머릿속에 떠오른 양 노인이 갑자기 한마디 했다. "네가 말하면 화가 나지 않는데, 똑같은 말을 만약 이반이 했더라면 그놈한테는 화를 냈을 거다. 너랑 있을 때만은 나도 더러 착해진다니까, 사실 난 정말로 못된 놈이 아니냐."

"아버지는 사람이 못된 것이 아니라, 그저 좀 비뚤어졌을 뿐이에요." 알료샤가 미소를 지었다.

"들어 봐라, 그 날강도 미치카를 오늘 당장 감옥에 처넣고 싶은 마음이 굴뚝같지만, 어떻게 결정을 내려야 할지를 통 모르겠구나. 물론, 요즘 세상에는 아비 어미를 무슨 편견 덩어리

---

109) 그루셴카의 애칭.

로 여기는 것이 유행처럼 통하지만, 아니 제아무리 현대라고 해도 늙은 아비의 머리채를 끌고 다니고 그것도 모자라 다름 아닌 아비의 집 마룻바닥에서 제 아비의 낯짝을 구두 굽으로 짓밟으라는 법은 어디에도 없는 것 같은데, 이놈은 사람들이 다 보는 앞에서 다시 와서 아주 숨통을 끊어 버리겠다고 엄포를 놓고 있으니. 내 지금이라도 당장 마음만 내키면, 이놈을 탁 낚아서 어제 일을 건수로 감옥에 처넣을 수도 있어."

"그러니까 고소하실 생각은 아닌 거죠, 그렇죠?"

"이반이 말리더라. 이반 요 녀석의 말은 퉤퉤, 침이나 뱉어 주면 그만이지만, 실은 나한테도 그 나름의 계산이 있거든……."

그러면서 그는 알료샤에게 몸을 굽히고서 비밀이라도 털어놓을 듯 친밀하게 귓속말로 계속했다.

"내가 저놈, 저 야비한 놈을 감옥에 처넣으면, 그 계집은 내가 저놈을 처넣었다는 소리를 듣자마자 당장 그리로 달려갈 거야. 그런데 만약 오늘, 저놈이 나를, 이 허약한 노인을 반쯤 죽도록 때렸다는 소리를 들으면, 그놈을 버리고 곧장 나한테 병문안을 올 거야……. 성격이 그렇게 돼먹어서 청개구리처럼 뭐든 반대로만 하려고 든다니까. 내 그 계집을 훤히 알고 있지! 그나저나, 코냑 좀 마시겠느냐? 식은 커피라도 좀 마셔라, 내 너한테 코냑을 4분의 1 정도 따라 줄 테니까, 이러면 맛이 제법 좋아진단다, 얘야."

"아니요, 고맙지만 됐어요. 정 주신다면, 여기 이 빵을 가져갈게요." 알료샤는 이렇게 말한 뒤 3루블짜리 프랑스빵을 집어 수도복의 호주머니 안에 넣었다. "그리고 코냑은 아버지도 이제 그만 마셨으면 싶은데요." 그가 노인의 얼굴을 들여다보면서 걱정스러운 듯 충고했다.

"이 말이 맞아, 짜증만 더 나고 도대체 마음이 편해지질 않는구나. 그래도 딱 한 잔만 더 했으면 싶은데……. 지금 저어기 찬장에서……."

그는 열쇠로 '저어기 찬장'을 열고 코냑을 한 잔 따라 마신 뒤 찬장을 잠그고 열쇠는 다시 호주머니 안에 집어넣었다.

"이제 됐어, 이거 한 잔 마셨다고 뒈지진 않겠지."

"보세요, 이제는 조금 더 착해지셨잖아요." 알료샤가 미소를 지었다.

"음! 나는 너라면 코냑을 안 마셨어도 좋아하지만, 야비한 놈들을 상대할 땐 나도 야비한 놈이 되지. 반카[110]는 체르마쉬냐에 안 간단다, 왜? 행여 그루셴카가 오면 내가 그 계집한테 돈을 잔뜩 주지 않을까, 감시를 해야 되거든. 죄다 야비한 놈들투성이야! 나는 이반이라는 놈을 전혀 인정하지 않아. 어디서 저런 놈이 나온 걸까? 우리와는 영혼 자체가 영 다른 놈이야. 그런데도 내가 그놈에게 뭘 남겨 줄 줄 알고? 유산이라면 아예 안 줄 거다, 너희들도 이건 알아 둬야 될 거다. 미치카 녀석이라면 내 바퀴벌레처럼 콱 눌러 버릴 거야. 안 그래도 밤마다 검은 바퀴벌레들을 슬리퍼로 눌러 죽이곤 해. 눈앞에 나타나기만 하면 탁 튕겨 나가는 거야. 너의 형 미치카도 튕겨 나

110) 이반의 애칭 혹은 비칭.

갈 거야. 너의 형 미치카라고 한 건 네가 그놈을 좋아하기 때문이야. 그래, 넌 그놈을 좋아하지만, 네가 그놈을 좋아한다고 해도 난 무섭지 않다. 이반이 그놈을 좋아한다면, 나는 내 신변이 염려스러워서, 이반이 그놈을 좋아하는 걸 무서워했을 거야. 하지만 이반은 아무도 좋아하지 않아, 이반은 우리와는 전혀 다른 사람이야, 이반 같은 놈들은, 얘야, 우리와는 전혀 다른 사람들이란 말이다. 이 녀석은 뽀얗게 일어나는 먼지 같아……. 어제 너한테 오늘 오라고 했을 땐 내 머릿속에 멍청한 생각이 떠올랐었어. 즉, 너를 통해서 미치카에 대해 알고 싶었던 건데, 내가 그놈한테 지금 당장 1000, 아니 뭐 2000 정도를 던져 주면, 추잡한 비렁뱅이 같은 그놈이 얼씨구나 하면서 한 오 년, 아니 삼십오 년 정도 여기서 완전히 꺼져 줄까, 물론 그루쉬카는 그냥 두고, 그러니까 그루쉬카는 완전히 포기하고서 말이야, 엉?"

"나는…… 내가 형한테 물어볼게요……." 알료샤가 더듬거렸다. "3000이라면 어쩌면 형도……."

"집어치워라! 이제 물어보고 자시고 할 것도 없어, 아무것도 필요 없어! 생각이 바뀌었거든. 어제는 내 머리가 아주 돌대가리가 됐는지, 그런 멍청한 생각이 떠올랐을 뿐이야. 아무것도 안 주련다, 국물도 없어, 내 돈은 바로 나한테 필요한 거니까." 노인은 손을 내저었다. "구태여 그게 아니더라도 나는 그놈을 바퀴벌레처럼 눌러 버릴 거다. 그놈한테는 아무 말도 하지 마라, 무슨 말을 했다간 괜히 김칫국부터 마실 테니까. 그리고 너도 여기선 할 일이 전혀 없으니, 어서 가 봐. 그나저나, 그 신붓감 말이다, 그놈은 줄곧 나한테 안 보여 주고 꽉꽉 감춰 두기만 하는데, 그 카체리나 이바노브나라는 여자는 그 놈한테 시집을 가는 거냐, 아닌 거냐? 네가 어제 그 여자 집에 갔다 온 것 같은데?"

"그녀는 어떤 일이 있어도 형을 포기하지 않을 거예요."

"거봐, 원래 이런 얌전한 귀족 아가씨들이 그런 놈들을, 방탕하고 야비한 놈들을 좋아하거든! 하지만, 내 너한테 분명히 말해 두지만, 이런 창백한 귀족 아가씨들이야말로 걸레야. 암 그렇고말고……. 뭐, 어떻든! 내가 그놈만큼 젊었다면, 그 나이 때의 내 얼굴만 갖고 있다면(스물여덟 살 때 나는 그놈보다 훨씬 잘생겼지.) 그렇다면 그놈 못지않게 계집들을 후리고 다녔을 텐데. 망할 자식 같으니! 하지만 그래 봤자 그루센카는 손에 넣지 못할 거야, 넣지 못하고말고……. 진흙탕에다 처넣어 버릴 테다!"

마지막 말을 하면서 그는 다시 미쳐 날뛰었다.

"너도 어서 가 봐, 오늘 너는 여기서 할 일이 아무것도 없다." 그가 퉁명스럽게 딱 잘라 말했다.

알료샤는 작별 인사를 하려고 그에게로 다가서더니, 그의 어깨에 입을 맞추었다.

"이건 또 뭐냐?" 노인은 다소 놀라워했다. "앞으로 또 볼 거잖니. 아니면, 다시 못 볼 거라고 생각해서 이러는 거냐?"

"전혀 아니에요, 그냥 무심코 그런 거예요."

"그래 됐다, 나도, 나도 그냥……." 노인은 그를 바라보았다. "애야, 들리니?"라며 그가 알료샤의 뒤에다 소리쳤다. "언제든 오거라, 어서 빨리, 생선 수프를 먹으러, 오늘 같은 놈이 아니라 특별한 놈으로 끓여 주마, 꼭 와야 한다! 그래, 내일 오거라, 듣고 있느냐, 내일 오라고!"

그러고는 알료샤가 문밖을 나가자마자, 다시 찬장으로 다가가서 반 잔을 홀짝 더 마셨다.

"이게 마지막이다!" 이렇게 중얼거리며 꺽 트림을 한 뒤 다시 찬장 문을 잠그고 열쇠는 다시 호주머니 안에 집어넣었으며, 그러고 나서는 침실로 가서 맥없이 침대에 누웠는데 그러고 한순간에 잠들어 버렸다.

3 초등학생들과 어울리다

'아버지가 나한테 그루셴카 얘기를 안 물어보시다니, 천만다행이다.' 아버지 집에서 나와 호흘라코바 부인의 집으로 가면서 알료샤는 자기 입장에서 이렇게 생각했다. '만약 물어보셨다면, 어제 그루셴카와 만났던 얘기를 하지 않을 수 없었을 텐데.' 알료샤는 하룻밤이 지나는 동안 투사들이 새롭게 원기를 충전했건만 그 마음들은 날이 밝자 다시 돌처럼 굳어 버린 것이 참으로 마음 아프게 느껴졌다. '아버지는 신경이 곤두서고 심술이 나서 뭔가를 생각해 내곤 그걸 고집하고 있다. 그럼 드미트리는? 형도 하룻밤 사이에 원기를 회복하여 분명히 역시나 신경이 곤두서고 심술이 나 있을 거고, 역시나 물론 이런 저런 생각을 하느라 정신이 없겠지……. 아, 오늘 어떻게 해서

든 꼭 형을 찾아야 해……'

하지만 알료샤는 이 생각에 오래 매달려 있을 틈도 없었다. 길을 가는 도중에 갑자기 한 가지 사건이 일어났던 것인데, 겉보기에는 그다지 대수롭지 않은 것이었지만 그에게 심한 충격을 안겨 주었다. 광장을 지나서 미하일로프스키 거리로, 그리고 그 거리와 그저 개천 하나를 사이에 두고(우리 도시에는 곳곳에 개천이 흐르고 있다.) 나란히 이어지는 볼샤야 거리로 나가기 위해 골목길을 돌자마자, 그는 아래쪽 다리 앞에서 초등학생들의 작은 무리를, 나이가 아무리 많아야 아홉 살부터 열두 살 정도 되는 한결같이 어린 아이들 무리를 보았다. 그들은 학교를 파하고 학교에서 집으로 돌아가는 길이었는데, 어깨에 책가방을 멘 아이들이 있는가 하면 가죽 보따리를 끈으로 싸서 어깨에 둘러멘 아이들도 있었고, 잠바를 입은 아이들이 있는가 하면 코트를 입은 아이들도 있었고, 더러 어떤 아이들은 유복한 부모 밑에서 호강하며 사는 까닭에 무릎까지 오는 주름진 롱부츠를 신고 유난히 멋을 부렸다. 이 한 무리의 아이들은 무슨 중요한 회의를 하는지 뭔가를 놓고 열심히 의논을 하고 있었다. 알료샤는 모스크바에 있을 때도 그랬지만 아이들을 보면 절대 무심하게 지나칠 수가 없었는데, 세 살쯤 되는 아이들이 제일 좋긴 했지만 열 살, 열한 살쯤 되는 초등학생들도 무척 좋아했다. 지금도 걱정거리가 태산같이 쌓여 있었지만 그래도 갑자기 방향을 틀어 그들의 대화에 끼어들고 싶어졌다. 그런데 소년들에게 가까이 다가가며 그들의 발그스레하고 활기에 찬 얼굴들을 들여다보다가 갑자기 모든 소년들의 손에 돌멩이가 한 개씩, 어떤 애들에겐 두 개씩 들려 있는 것을 발견했다. 개천 건너편에는 이 무리로부터 대략 삼십 보쯤 떨어진 곳, 담장 곁에 소년 한 명이 더 서 있었는데 마찬가지로 초등학생에 마찬가지로 책 보따리를 비스듬히 둘러메고 있었고 키로 보아 열 살이 될까 말까 싶었으며 파리하고 병적인 기색이 완연한 얼굴에 검은 눈을 번득이고 있었다. 그 아이는 뭔가를 살피듯 주의 깊게 여섯 명의 학생들을 관찰하고 있었는데, 그 무리는 필경 그의 친구들일 것이며 그와 함께 지금 학교에서 나왔을 것이지만 그와 사이가 좋지 않은 것이 보였다. 알료샤는 검은 잠바를 입은, 볼이 발그스레한 금발의 곱슬머리 소년에게로 다가가 그를 유심히 바라보고서 말을 걸었다.

"내가 여러분처럼 이런 책 보따리를 메고 다닐 때, 오른손으로 책을 이내 꺼낼 수 있게 하려고 왼쪽으로 멨답니다. 그런데 여러분은 오른쪽으로 메고 있어서 책을 꺼내기가 불편할걸요."

알료샤는 미리 무슨 잔재주를 부리지도 않고 다짜고짜 이렇게 실무적인 일에 참견을 하면서 운을 뗐는데, 사실 어른이 곧바로 아이, 특히 무리를 이룬 아이들 일동의 신뢰를 얻으려면 이 방법 말고는 다른 것이 없었다. 완전히 동등한 위치에 서려면 바로 이렇게 진지하고 실무적으로 시작해야 하는 것이다. 이 점을 알료샤는 본능으로 알고 있었던 것이다.

"얘는 왼손잡이예요." 당장 다른 소년이, 덩치가 좋고 건강한 열한 살쯤 되어 보이는 소년이 대답했다. 나머지 다섯 명의 소년은 모두 알료샤를 뚫어져라 바라보았다.

"얘는 돌멩이도 왼손으로 던져요." 세 번째 소년이 한마디

했다. 바로 그 순간 때마침 이 무리를 향해 돌멩이가 날아왔는데, 저쪽에서 요령껏 힘 있게 던지긴 했지만 왼손잡이 소년을 살짝 스치고 옆으로 빗나가 버렸다. 그것은 개천 건너편의 소년이 그를 겨냥해 던진 것이었다.

"저놈 혼쭐을 내 줘라, 한 대 맞혀라, 스무로프!" 다들 소리쳤다. 하지만 스무로프(그 왼손잡이 말이다.)는 안 그래도 기다리고 자시고 할 것도 없이 대번에 앙갚음을 해 버렸다. 개천 건너편의 소년을 향해 돌멩이를 던진 것인데, 헛방이었다. 돌이 땅바닥으로 떨어진 것이다. 개천 건너편의 소년은 당장 이 무리를 향해 돌멩이를 던졌는데, 이번에는 곧장 알료샤에게 명중하여 그의 어깨를 상당히 아프게 때렸다. 개천 건너편 소년의 호주머니에는 전부 미리 준비해 둔 돌멩이들이 가득했다. 그의 외투 호주머니가 얼마나 불룩 튀어나와 있었으면, 삼십 보쯤 떨어진 거리에서도 다 보였다.

"이건 재가 아저씨를 겨눈 거예요, 그것도 일부러 아저씨를 겨눈 거라고요. 아저씨, 카라마조프, 카라마조프 집 사람 맞죠?" 소년들이 깔깔 웃으면서 소리쳤다. "자, 저놈을 향해 일제 사격이다, 던져!"

그러자 여섯 개의 돌멩이가 한꺼번에 아이들 무리로부터 날아갔다. 그중 한 개가 소년의 머리를 명중시켰기 때문에 소년은 넘어졌지만 금방 벌떡 일어나서, 저 무리에 맞서 맹렬하게 돌멩이 세례를 퍼붓기 시작했다. 양쪽에서 쉴 새 없이 돌멩이 사격전이 시작됐는데, 이쪽 무리 중에서도 많은 아이들이 마찬가지로 호주머니에 돌멩이들을 미리 준비해 둔 것이었다.

“이게 무슨 짓들입니까! 부끄럽지도 않나요, 여러분! 여섯 명이 한 명을 공격하다니, 여러분은 재를 죽일 작정이군요!” 알료샤가 고함을 쳤다.

그는 벌떡 뛰어나가 날아오는 돌멩이들을 향해 막아섰는데, 개천 건너편 소년을 자기 몸으로 보호해 주기 위해서였다. 서너 명의 아이들이 잠시 잠잠해졌다.

“재가 먼저 시작했어요!” 빨간 남방을 입은 소년이 어린애다운 짜증 난 목소리로 소리쳤다. “재는 야비한 놈이에요, 재는 아까 교실에서 크라소트킨을 펜나이프로 찔러서 피가 나게 했어요. 크라소트킨은 고자질하지 않고 그냥 넘어갔지만, 어쨌거나 재는 두들겨 패야 돼요…….”

“아니, 무슨 일로? 분명히 여러분이 먼저 재를 놀린 거 아닌가요?”

“거봐요, 재가 다시 아저씨 등에다 돌멩이를 던졌잖아요. 재는 아저씨를 알아요.” 아이들이 소리쳤다. “지금 재는 우리가 아니라 아저씨에게 던지는 거예요. 자, 다들 다시 한번 저놈을 향해 던진다, 스무로프, 헛방 날리지 마!”

그러고는 다시금 돌멩이 사격전이 시작됐는데, 이번에는 아주 고약했다. 개천 건너편의 소년이 가슴팍에 돌을 맞은 것이었다. 그는 소리를 지르며 울기 시작하더니 위쪽 언덕, 미하일로프스키 거리로 내달렸다. 이쪽 무리는 “어렵쇼, 겁먹은 모양인데, 도망치잖아, 수세미 같은 놈!”이라면서 웅성거리기 시작했다.

“카라마조프 아저씨, 아저씨는 저놈이 얼마나 야비한지 아직 몰라서 그래요, 저놈은 아예 죽여 버려도 시원치 않다니까요." 다른 애들보다 나이가 많아 보이는 잠바를 입은 소년이 눈을 이글거리면서 반복했다.

"어떤 애인데요?" 알료샤가 물었다. "고자질이라도 한 건가요, 응?"

소년들은 꼭 비웃기라도 하듯 서로 눈짓을 주고받았다.

"아저씨 저쪽, 미하일로프스키 거리로 가시는 거죠?" 바로 그 소년이 계속했다. "그러면 지금 저놈을 좇아가서……. 저어기 보이죠, 저놈이 다시 걸음을 멈췄네요. 아저씨를 쳐다보면서 기다리는 거예요."

"그러니까 저놈한테 물어보세요, 저놈이 너덜너덜해진 목욕탕 수세미를 좋아하는지 어떤지. 듣고 계세요, 그렇게 물어보라고요."

다들 깔깔대고 웃는 소리가 울려 퍼졌다. 알료샤는 그들을, 그들은 알료샤를 쳐다보았다.

"아저씨, 가지 마세요, 저놈한테 흠씬 얻어맞을걸요." 스무로프가 경고 삼아 소리쳤다.

"여러분, 난 쟤에게 수세미 얘기는 물어보지 않겠는데, 여러분이 그걸로 어떻게든 쟤를 놀리고 있는 게 분명하니까, 그 대신 저 애한테 여러분이 무엇 때문에 쟤를 미워하는지 알아봐야겠군요……."

"알아보세요, 알아보라고요." 소년들이 웃기 시작했다.

알료샤는 다리를 건너서 담장 곁 언덕을 따라 곧장, 따돌림을 당해 외톨이가 된 소년에게로 갔다.

"두고 보라죠." 그의 등 뒤에서 아이들의 경고 소리가 들렸다. "저놈은 아저씨를 무서워하기는커녕 갑자기 몰래 찌를걸요……. 크라소트킨에게 한 것처럼요."

소년은 자기 자리에서 꼼짝도 하지 않고 그를 기다렸다. 알료샤가 아주 가까이 다가가서 보니, 아직 아홉 살도 되지 않은 키도 작고 허약한, 파리하고 여윈 갸름한 얼굴을 지닌 어린아이였는데, 그를 쳐다보는 짙고 커다란 두 눈에는 적개심이 이글거렸다. 아이가 입고 있는 외투는 상당히 낡고 오래된 것으로 그에게는 너무 커서 꼭 병신같이 보였다. 헐벗은 팔이 외투의 소맷자락 바깥으로 튀어나와 있었다. 바지의 오른쪽 정강이 부분에는 덧감이 커다랗게 대져 있었고, 오른쪽 장화는 엄지발가락이 닿는 장화 코 부분에 커다란 구멍이 뚫려 있어서 잉크로 심하게 칠을 해 놓은 것이 보였다. 불룩한 외투 호주머니에는 돌멩이가 가득 들어 있었다. 알료샤는 두 발짝 정도 떨어져 그의 앞에서 걸음을 멈춘 뒤, 의문스럽다는 듯 그를 쳐다보았다. 소년은 알료샤의 눈을 보고 그가 자기를 때릴 생각은 없다는 걸 당장 알아채자, 역시나 기세를 꺾고 자기가 먼저 말을 걸어왔다.

"나는 혼자고, 재들은 여섯이지만……. 나 혼자서 저놈들을 모두 때려눕히고 말 거예요." 그는 갑자기 이렇게 말하면서 눈을 번득였다.

"돌멩이 하나에 아주 호되게 맞은 것 같던데." 알료샤가 지적했다.

"하지만 난 스무로프의 머리를 명중시켰어요!" 소년이 소리쳤다.

"저기 아이들이 말로는 군이 나를 알고 있고 무슨 까닭이 있어서 나한테 돌멩이를 던졌다던데?" 알료샤가 물었다.

소년은 음울하게 그를 쳐다보았다.

"나는 군이 누구인지 몰라요. 하지만 군은 나를 아는 건가요?" 알료샤가 자꾸 캐물었다.

"자꾸 귀찮게 하지 마세요!" 소년은 갑자기 짜증을 내며 버럭 소리를 질렀는데, 그러면서도 제자리에서 꼼짝도 않고 꼭 줄곧 뭔가를 기다리는 듯 다시금 적개심에 찬 눈초리를 번득였다.

"좋아요, 그럼 나는 그냥 가도록 하죠." 알료샤가 말했다. "단, 나는 군이 누군지도 모르고, 군을 놀리는 것도 아닙니다. 저 아이들은 군을 놀려 준다고 했지만, 나는 군을 놀릴 마음은 전혀 없습니다, 그럼, 잘 가길!"

"수도사가 양복바지를 입고 다닌다!" 소년은 여전히 예의 그 적개심에 찬 도전적인 눈초리로 알료샤의 동태를 지켜보면서 이렇게 소리치고선, 이제야말로 알료샤가 기필코 자기에게 덤벼들 거라고 짐작하고 싸울 태세를 취했지만, 알료샤는 몸을 돌려 그를 한번 바라보고는 제 갈 길을 갔다. 하지만 세 걸음도 채 못 가서, 소년의 호주머니에 있던 자갈돌 중 제일 큰 놈이 날아와 그의 등을 때렸다.

"아니, 지금 뒤에서 던진 겁니까? 그러니까 저 애들이 말한 게 사실이었군요, 군을 두고 몰래 덮치는 버릇이 있다고 하던데?" 알료샤는 다시 몸을 돌렸지만, 이제 소년은 숫제 악에 받쳐서 다시 알료샤에게 돌멩이를, 그것도 곧장 얼굴을 겨냥해서 던졌는데, 마침 알료샤가 제때 몸을 피했기 때문에 돌멩이는 그의 팔꿈치에 맞았다.

"정말 창피하지도 않습니까! 내가 군에게 무슨 짓을 했다는 거예요?" 그가 소리쳤다.

소년은 정말 이번에야말로 알료샤가 틀림없이 자기에게 덤벼들 거라고 생각하곤 잠자코 오직 그것만을 기다리며 전투태세를 취했다. 하지만 상대방이 이번에도 덤벼들지 않은 것을 보자, 완전히 새끼 들짐승처럼 열을 받아 버렸다. 자기가 먼저 제자리를 박차고 알료샤에게 덤벼들었는데, 악에 받친 소년은 상대방이 미처 옴짝달싹하기도 전에 머리를 숙여 두 손으로 상대방의 왼손을 거머쥔 뒤 중지를 으스러지게 꽉 깨물었다. 그렇게 이로 중지를 깨문 채 십 초 정도를 놓아주지 않고 있었다. 알료샤는 손가락을 빼내려고 안간힘을 쓰면서 너무 아파 비명을 질렀다. 소년은 드디어 손가락을 놓아주곤 원래 있던 자리로 폴짝 물러났다. 손가락은 바로 손톱 밑으로 뼛속까지 아프도록 심하게 깨물렸다. 피가 줄줄 흐르기 시작했다. 알료샤는 손수건을 꺼내 상처 난 손을 싸맸다. 싸매는 데 거의 꼬박 일 분이나 소요됐다. 그러는 동안 소년은 내내 서서 기다렸다. 마침내 알료샤가 그를 향해 조용히 시선을 들어 올렸다.

"자, 좋습니다." 그가 말했다. "나를 얼마나 아프게 깨물었는지 보이죠, 자 그럼 됐죠, 그렇죠? 이제 내가 군에게 무슨 짓을 했는지 말해 줄래요?"

소년은 놀라면서 그를 쳐다보았다.

"나는 군이 누구인지 전혀 몰라요, 아예 처음 보는 거니까." 여전히 예의 그 조용한 목소리로 알료샤가 말을 계속했다. "하지만 내가 군에게 아무 짓도 안 했을 리는 없는 것 같군요. 군이 나를 괜히 괴롭힌 건 아닐 테니까. 그러니까 내가 군한테 도대체 무슨 짓을 했고 무슨 잘못을 했는지 이제 말해 줄래요?"

소년은 대답 대신에, 갑자기 큰 소리로 엉엉 울음을 터뜨렸고, 그러면서 갑자기 알료샤한테서 달아나기 시작했다. 알료샤는 조용히 그의 뒤를 따라 미하일로프스키 거리 쪽으로 걸음을 옮겼는데, 멀리서 소년이 걸음을 늦추지도, 사방을 둘러보지도 않고 필경 여전히 엉엉 목 놓아 울면서 뛰어가는 것이 오랫동안 보였다. 그는 시간이 되는 대로 꼭 저 아이를 찾아내어, 굉장한 충격을 안겨 준 이 수수께끼를 해명해야겠다고 마음먹었다. 하지만 지금은 그럴 겨를이 없었다.

4 호흘라코바 부인의 집에서

곧 그는 호흘라코바 부인의 집에 다다랐는데, 부인 소유의 이 집은 우리 도시에서 가장 훌륭한 축에 들어가는 아름다운 2층짜리 석조 건물이었다. 호흘라코바 부인은 주로 다른 현에 있는 자기 영지나 모스크바에 있는 자기 소유의 집에서 살았지만, 우리 도시에도 선조들로부터 물려받은 자기 집이 있었다. 더욱이 우리 군에 있는 그녀의 이 영지는 그녀의 세 소유지 중 가장 큰 것이었지만, 그런데도 그녀가 우리 현을 찾아오는 일은 지금까지 극히 드물었다. 그녀는 알료샤를 맞이하기 위해 현관까지 뛰어나왔다.

"편지 받으셨죠, 새로운 기적 얘기를 쓴 편지 말이에요?" 그녀는 호들갑을 떨며 빠른 속도로 말을 시작했다.

"예, 받았습니다."

"모두에게 알리셨나요, 보여 주셨어요? 그분께서 아들이 어머니에게 돌아가도록 해 주셨어요!"

"그분께서는 오늘 중으로 돌아가실 겁니다." 알료샤가 말했다.

"들어서 알고 있답니다, 아, 당신과 얘기를 하고 싶어 미칠 지경이에요! 당신이 아니라면 누구라도 붙잡고 이 일을 전부 얘기하고 싶어요. 아니에요, 당신, 당신이어야 해요! 어찌해도 그분을 만날 수가 없으니까, 섭섭해 죽겠어요! 도시 전체가 흥분에 들떠 있고 다들 기대에 부풀어 있어요. 그런데 지금…… 카체리나 이바노브나가 지금 우리 집에 와 있는 거 알고 계세요?"

"아, 정말 다행이군요!" 알료샤가 소리쳤다. "지금 여기 부인 댁에서 그분을 만나게 되다니, 어제 그분이 제게 오늘 꼭 와 달라고 했거든요."

"다 알고 있어요, 전부 다 알고 있다고요. 어제 그 집에서 있었던 일은 죄다 상세하게 들었고…… 그…… 잡년하고 있었던 끔찍한 일도 전부 다 들었거든요. 얼마나 비극이에요.(C'est tragique.) 내가 그녀였다면, 정말 내가 그녀였다면 무슨 일을 저질렀을지 모르겠어요! 하지만 당신 형도, 드미트리 표도로비치도 어쩜—아, 맙소사! 알렉세이 표도로비치, 내가 또 정신이 없네요, 한번 생각해 보세요. 그러니까 지금 저기 당신 형이, 그러니까 그 사람, 어제의 그 끔찍한 사람이 아니라 다른 형인 이반 표도로비치가 와 있어요, 앉아서 그녀와 얘기를 나누고 있어요. 자못 웅장한 대화가 오가는데……. 지금 그들 사이에서 어떤 일이 일어나고 있는지 당신이 믿을 수만 있다면—이건 끔찍한 일이에요, 이건 말이죠, 그야말로 파열이라니까요, 이건 어떤 일이 있어서도 믿어서는 안 될 끔찍한 동화예요. 둘 다 무엇 때문인지도 모르면서 자기 자신들을 망치고 있어요, 자신들이 이걸 알면서도 스스로 즐기고 있다니까요. 저는 당신을 기다렸어요! 당신을 기다렸다고요! 저는, 무엇보다도, 이걸 참을 수가 없어요. 지금 당신에게 모든 걸 이야기할게요, 하지만 지금은 다른 거, 그러니까 가장 중요한 것부터—아이, 이런, 가장 중요한 게 뭐였는지 잊어버렸지 뭐예요. 그러니까 말해 주세요, 리즈가 왜 히스테리를 부리는 거죠? 당신이 왔다는 말을 듣자마자 얘가 당장 히스테리를 부리기 시작했다니까요!"

"엄마(Maman), 지금 히스테리를 부리는 건 내가 아니라 엄마예요." 갑자기 옆방으로 통하는 문 틈에서 리즈의 재잘거리는 목소리가 들려왔다. 문틈은 아주 좁았고, 그 목소리는 꼭 웃고 싶어 죽겠지만 힘을 다해 억지로 웃음을 참고 있을 때처럼 터질 듯 말 듯 발작적이었다. 알료샤는 곧바로 이 문틈이 어디 있는지는 알아챘는데, 리즈는 분명히 자기의 안락의자에 앉은 채 거기로 그를 내다보고 있겠지만 이것은 눈으론 확인할 수 없었다.

"아주 당연한 일 아니니, 리즈, 당연하고말고…… 네가 어찌나 변덕을 부리는지 이 엄마도 히스테리 발작이 안 일어나고 되겠냐마는, 그나저나 얘가 아프지 뭐예요, 알렉세이 표도로비치, 얼마나 아픈지 밤새도록 열이 펄펄 나고 끙끙 신음을 하지 않겠어요! 간신히 아침까지 기다렸다가 게르첸슈투베를 불렀죠. 그는 무슨 영문인지 통 모르겠으니, 마냥 기다려야 된다고 말했어요. 이 게르첸슈투베는 올 때마다 무슨 영문인지 통 모르겠다고 말한다니까요. 당신이 집에 다다르자마자 얘는 소리를 지르며 아주 발작을 하면서 자기를 여기, 그러니까 옛날 자기 방으로 좀 옮겨 달라고 명령하는 거예요……."

"엄마, 나는 그가 왔다는 건 전혀 몰랐어요, 내가 이 방으로 옮겨 오고 싶어 한 건 절대로 그 사람 때문이 아니에요."

"그건 거짓말이야, 리즈, 율리야가 뛰어가서 너한테 알렉세이 표도로비치가 온다고 말했잖니, 걔가 네 옆에서 늘 망을 봐 줬잖아."

"사랑하는 예쁜 엄마, 어쩜 이렇게 재치가 없으세요. 만약 개과천선해서 뭐든 똑똑한 얘기를 하고 싶다면, 예쁜 엄마, 지금 들어오신 친애하는 저 알렉세이 표도로비치께 어제의 일이 있고 나서 모든 사람의 웃음거리가 됐는데도 오늘 우리 집을 방문해 주시다니 이것만 봐도 정말 눈치가 없는 사람이라는 걸 알겠군요, 하고 말하세요."

"리즈, 넌 정말 버르장머리가 없구나, 분명히 말해 두지만 자꾸 그러면 결국엔 혼쭐을 낼 수밖에 없어. 도대체 누가 이분을 비웃는다는 거니, 나는 이분이 와서 기쁘기만 한데, 이분은 내게 필요해, 정말로 없으면 안 된다고. 아이, 알렉세이 표도로비치, 저는 너무나 불행해요!"

"아니, 왜 그래요, 엄마?"

"아, 너의 이 변덕을 좀 보렴, 리즈, 툭하면 이랬다저랬다 하지, 병이 나서 열이 펄펄 나질 않나, 간밤엔 얼마나 끔찍했는지, 게르첸슈투베는 또 얼마나 한결같이 끔찍한 사람인지, 중요한 건 한결같이, 한결같고 또 한결같이 그 모양이라는 거야! 그러다 급기야 모두, 모두 다……. 그래, 급기야 기적마저 일어났으니! 오, 이 기적이 저에게 얼마나 큰 충격과 감동을 안겨 주었는지, 친애하는 알렉세이 표도로비치! 게다가 저기 거실에서는 저 비극이 벌어지고 있으니, 전 참을 수가 없어요, 참을 수가, 미리 말씀드리지만, 참을 수가 없다고요. 어쩌면 이건 비극이 아니라 희극인지도 몰라요. 그나저나 말씀해 주세요, 조시마 장로님께선 내일까지 사실 수 있을까요, 사실 수 있을까요? 오 맙소사! 어쩜, 내 인생은 왜 이런 걸까, 매 시각 눈만 감으면 모든 것이 헛소리, 정말 헛소리인 것 같다니까요."

"저어기, 부탁이 좀 있는데요."라고 알료샤가 갑자기 상대방의 말을 가로챘다. "손가락을 싸맬 깨끗한 헝겊 조각을 아무거나 좀 주십시오. 손가락을 좀 심하게 다쳤는데, 이제는 정말 너무 아프군요."

알료샤는 깨물린 손가락을 펴 보여 주었다. 손수건은 피에 흠뻑 젖어 엉망이 되어 있었다. 호흘라코바 부인은 소리를 지르면서 눈살을 찌푸리며 실눈을 떴다.

"맙소사, 무슨 상처예요, 끔찍해라!"

하지만 리즈는 구멍으로 알료샤의 손가락을 보자마자 당장 문을 활짝 열어젖혔다.

"들어오세요, 여기 나한테로 오세요." 그녀는 고집스럽게 명령조로 소리쳤다. "이제 바보짓은 하지 말아요! 아이, 정말 왜 아무 말도 없이 그냥 그렇게 오랫동안 서 있었던 거예요? 피를 다 쏟아 버릴 수도 있었잖아요, 엄마! 엄마 어디 있어요, 도대체 어디 있냐고요? 무엇보다 먼저 물, 물요! 상처도 씻고 통증이 가시도록 그냥 차가운 물에 손가락을 담그고 그대로, 계속 그대로 있어야 돼요……. 얼른, 엄마, 얼른 물 가져와요, 양치질할 때 쓰는 컵에 담아서요. 얼른 가져오라니까요." 그녀가 신경질적으로 말을 끝맺었다. 알료샤의 상처가 그녀에게 얼마나 큰 충격을 주었으면 완전히 겁에 질려 버렸던 것이다.

"게르첸슈투베를 불러야 되지 않을까요?" 호흘라코바 부인이 소리쳤다.

"엄마, 나를 아주 죽이는군요. 엄마의 그 게르첸슈투베는 와 봤자 통 영문을 모르겠다고 말할 거잖아요! 물, 물요! 엄마, 제발, 직접 내려가서 빨리 율리야를 불러오세요, 걔는 늘 저기 어딘가에 붙들려 있어서 절대로 빨리 올 수가 없다니까요! 자, 어서요, 엄마, 안 그러면 난 죽어요……."

"이건 정말 별거 아닙니다!" 알료샤는 그들이 겁에 질린 것에 오히려 질려서 이렇게 소리쳤다.

율리야가 물을 들고 뛰어왔다. 알료샤는 물에 손가락을 담갔다.

"엄마, 제발 가제 수건 좀 갖다줘요. 가제 수건이랑 상처 난

데 쓰는 그 독한 희뿌연 물약, 아이, 뭐라더라, 정말! 우리 집에 있는데, 분명히 있어요, 있는데……. 엄마, 그 약병이 어디 있는지 아시잖아요, 엄마의 침실 오른쪽 찬장, 거기에 커다란 유리병과 가제 수건이 있는데……."

"지금 모두 가져오마, 리즈, 다만 소리는 좀 지르지 말아 다오, 걱정도 붙들어 매고 말이다. 봐라, 저런 불행을 겪고도 알렉세이 표도로비치가 얼마나 늠름하게 잘 참고 있는지 말이다. 그런데 어디서 이렇게 심하게 다치셨대요, 알렉세이 표도로비치?"

호흘라코바 부인은 서둘러 나갔다. 리즈는 오로지 이 순간이 오기만을 기다렸던 것이다.

"우선 다음 질문에 대답해 주세요." 그녀가 알료샤에게 재빨리 말을 꺼냈다. "어디서 이렇게 다치셨어요? 그걸 듣고 나면 당신과 완전히 다른 얘기를 할 거예요. 자, 어서!"

알료샤는 엄마가 돌아오기 전까지의 이 시간이 그녀에게 얼마나 소중한지를 본능적으로 느꼈기에, 많은 것을 생략하고 축소하고서 그래도 어쨌거나 정확하고 분명하게 학생들과 만나 겪은 수수께끼 일을 그녀에게 서둘러 전했다. 그의 얘기를 경청한 뒤 리즈는 손뼉을 탁 쳤다.

"아니, 어떻게 그럴 수가 있어요, 그런 옷을 입고서 꼬맹이들과 어울리다니요!" 그녀는 흡사 그에게 어떤 권리라도 있는 양 화를 버럭 내며 소리쳤다. "그런 짓을 하는 걸 보니 당신이야말로 꼬마, 그것도 세상에서 제일 어린 꼬마로군요! 그나저나 그 괘씸한 꼬마 녀석에 대해선 어떻게든 꼭 알아내서 나한테 모든 걸 얘기해 주셔야 해요, 거기엔 어떤 비밀이 있을 테니까요. 자 이제, 두 번째 얘기인데요, 일단은 질문부터 하죠. 알렉세이 표도로비치, 통증이 아무리 심해도 아주 하찮은 얘기를, 그것도 논리 정연하게 할 수 있겠죠?"

"물론이죠, 게다가 통증은 이제 그다지 심하지도 않아요."

"그건 손가락을 물에 담그고 있어서 그래요. 지금 당장 물을 갈아야 해요, 물은 금방 미지근해지니까요. 율리야, 창고에 가서 얼른 얼음 조각을 가져와, 물도 새 잔에 담아 오고. 자, 이제 걔도 갔으니, 본론으로 들어가죠. 친애하는 알렉세이 표도로비치, 내가 어제 당신에게 보냈던 편지를 어서 냉큼 내놓으세요, 정말로 냉큼 내놔요, 지금 엄마가 올 수도 있으니까요, 그건 싫어요……."

"지금 나한테는 없는데요, 편지가."

"거짓말, 지금 당신한테 있어요. 그렇게 대답할 줄 알았다고요. 편지는 당신의 그 호주머니 안에 들어 있어요. 나는 밤새도록 내가 왜 그런 바보짓을 했을까, 줄곧 후회했단 말이에요. 지금 당장 편지를 돌려주세요, 내놓으라고요!"

"그곳에 두고 왔는걸요."

"하지만 그렇게 바보 같은 소리가 적힌 편지를 받고 나서 당신이 나를 계집아이로, 그것도 아주 어린 철부지 계집아이로 생각해선 안 된단 말이에요! 정말 부탁이니까, 바보 같은 짓거리는 용서해 주시되, 편지는 꼭 갖다주세요, 만약 당신이 지금 정말로 그 편지를 안 갖고 있다면 오늘 당장 갖다주세요, 반드시, 반드시요!"

"오늘은 절대 안 되겠는데요, 수도원에 들어가면 이틀, 사흘, 어쩌면 나흘 정도는 당신한테 올 수 없을 테니까요, 왜냐면 조시마 장로님께서……."

"나흘이라니, 말도 안 되는 소리야! 들어 보세요, 당신은 나를 두고 무척 비웃었죠?"

"조금도 비웃지 않았는걸요."

"왜요?"

"모든 걸 전적으로 믿었으니까요."

"나를 모욕하시는군요!"

"전혀 아닙니다. 편지를 읽자마자 곧 모든 것이 이렇게 될 거라고 생각했어요, 왜냐면 조시마 장로님께서 돌아가시면 지금 곧 수도원을 떠나야 될 테니까. 그다음엔 공부를 계속해서 시험을 치를 거고, 법적으로 허용된 나이가 되면 그때 우리는 결혼하는 겁니다. 나는 당신을 사랑할 겁니다. 비록 아직은 이런 생각을 할 겨를이 없지만, 당신보다 더 훌륭한 아내는 찾지 못할 거라는 생각이 들었어요, 장로님께서도 나더러 결혼하라는 말씀을……."

"하지만 난 불구의 몸이잖아요, 의자에 실려서 끌려 다니는 신세라고요!" 리자는 빰을 홍당무처럼 붉히면서 웃기 시작했다.

"그럼, 내 손으로 직접 당신을 의자에 앉혀 끌고 다닐 테지만, 그때까지는 완전히 건강해질 거라고 확신해요."

"하지만 당신은 미쳤군요." 리자가 신경질적으로 말했다. "그런 바보 같은 농담을 좀 들었다고 갑자기 이런 헛소리를 하시다니……! 아이, 저기 엄마가 왔어요, 어쩌면 시간도 아주 딱 맞춰서 말이죠. 엄마, 왜 항상 이렇게 늑장을 부리는 거예요, 어쩜 그렇게 늑장을 부릴 여유도 많을까! 저기 율리야가 벌써 얼음을 갖고 오는데 말이죠!"

"아이, 리즈, 소리 좀 지르지 마라, 제발 좀 소리는 지르지 말아 다오. 그놈의 소리 때문에 내 정말이지……. 그리고 나보고 어쩌란 말이니, 네가 직접 가제 수건을 엉뚱한 곳에 처박아 둔걸……. 찾고 또 찾았는데……. 네가 일부러 그런 게 아닌가, 의심마저 들더구나."

"아니, 내가 이분이 손가락이 깨물려서 올 거라는 걸 알았을 리가 없잖아요, 미리 알았다면 정말 일부러 그랬을 수 있겠지만. 천사 같은 엄마, 하여간 엄마의 재치 있는 말들은 알아줘야 돼."

"재치고 뭐고 간에, 네 느낌은 어떠니, 리즈, 알렉세이 표도로비치의 손가락이나 그 밖의 모든 것에 대해서 말이다! 오, 알렉세이 표도로비치, 나를 죽도록 괴롭히는 건 게르첸슈투베 나부랭이와 같은 하나하나의 사실들이 아니에요, 모든 것이 다 함께, 한데 합쳐져서 그런 거예요, 바로 이걸 참을 수가 없다니까요."

"됐어요, 엄마, 게르첸슈투베 얘긴 이세 됐다고요." 리자가 즐겁게 웃었다. "어서 빨리 가제 수건과 물이나 줘요, 엄마. 이건 그냥 찜질용 초산연수(醋酸鉛水)예요, 알렉세이 표도로비치, 이제야 이름이 생각났네요, 어떻든 이건 멋진 찜질약이에요. 엄마, 한번 생각해 보세요, 이분은 이리로 오는 길에 거리에서 꼬맹이들과 싸움질을 했는데, 한 꼬맹이가 이분을 깨물었대요, 자, 이러니 이분이 어린애, 바로 어린애가 아니고 뭐겠어요, 엄마, 이러고서도 이분이 결혼을 할 수 있을까요, 왜냐면 말이죠, 이분은, 한번 생각해 보세요, 결혼을 하고 싶대요, 엄마. 이분이 결혼한 모습을 상상해 봐요, 웃기지 않아요, 끔찍하지 않아요?"

그러면서 리즈는 간특한 시선으로 알료샤를 바라보면서 예의 그 자지러질 듯 호들갑스러운 웃음을 쏟아 냈다.

"아니 결혼이라니, 리즈, 무슨 근거로 이런 말을 하는 거니, 영 얼토당토않구나……. 하여간 그 꼬마가 공수병에 걸렸을 수도 있겠구나."

"아이, 엄마! 아니, 공수병에 걸린 아이들이 어디 있어요?"

"아니 왜 없다는 거니, 리즈, 내 말을 우습게 아는구나. 그 꼬마가 공수병에 걸린 미친개한테 물렸고 그래서 그 꼬마는 공수병에 걸렸는데, 이번엔 자기 쪽에서 자기 주위에 있는 사람을 아무나 물어 버린 거야. 어쩜 얘가 아주 멋지게 싸매 주었네요, 알렉세이 표도로비치, 나라면 절대 저렇게 못했을 거예요. 지금도 아프세요?"

"지금은 아주 약간만 아픕니다."

"그나저나, 혹시 물이 무섭진 않으세요?" 리즈가 물었다.

"자, 됐다, 리즈, 내 그만 엉겁결에 공수병 걸린 소년 얘기를 꺼냈더니, 너는 그 새 결론을 끄집어냈구나. 카체리나 이바노브나가 당신이 왔다는 얘기를 듣자마자, 알렉세이 표도로비치, 나한테 달려들었어요, 지금 당신을 애타게 기다리고 있어요, 애타게."

"아이, 엄마! 저기는 혼자 가세요, 이분은 지금 갈 수 없다고요, 너무 아프잖아요."

"전혀 안 아픕니다, 충분히 갈 수 있는데……." 알료샤가 말했다.

"어쩜! 가신다고요? 그냥 이렇게요? 그냥 이렇게 말이죠?"

"그게 어때서요? 저기서 일을 다 보고 나서 다시 올게요, 그러면 우리는 당신이 원하는 대로 실컷 얼마든지 얘기를 나눌 수 있어요. 어쨌거나 어서 빨리 카체리나 이바노브나를 만났으면 해요, 어떤 일이 있어도 오늘 중으로 가능한 한 빨리 수도원에 돌아가고 싶으니까요."

"엄마, 이 사람을 잡아서 어서 빨리 데려가요. 알렉세이 표도로비치, 카체리나 이바노브나를 만난 뒤에 굳이 저한테 오시는 수고를 할 필요는 없겠어요, 곧장 당신의 그 수도원으로 가세요, 그게 당신의 길이니까요! 나는 자고 싶어요, 밤새도록 못 잤거든요."

"아이, 리즈, 넌 입만 열면 농담이구나, 어떻든 네가 정말로 잠을 좀 푹 자면 좋으련만!" 호흘라코바 부인이 소리쳤다.

"어떻게 해야 할지 잘 모르겠군요……. 그럼 한 삼 분 정도, 원하신다면 오 분 정도라도 더 있도록 하죠." 알료샤가 중얼거렸다.

"오 분 정도라도! 어서 빨리 이분을 데려가라니까요, 엄마, 이분은 괴물이에요!"

"리즈, 정신이 나갔구나. 갑시다, 알렉세이 표도로비치, 얘가 오늘은 변덕을 너무 심하게 부리네요, 얘 신경을 건드릴까 봐 겁이 나요. 오, 신경질적인 여자애와 사는 건 너무 괴로운 일이에요, 알렉세이 표도로비치! 하지만 얘가 당신과 함께 있으면서 정말로 졸음을 느꼈는지도 모르겠군요. 아니, 어떻게 그렇게 빨리 애를 졸리게 만든 거예요, 여하간 천만다행이야!"

"아이, 엄마, 말 한번 사랑스럽게 하네요, 엄마, 그럼, 뽀뽀."

"나도, 리즈, 뽀뽀. 들어 보세요, 알렉세이 표도로비치." 알료샤와 함께 나오면서 호흘라코바 부인은 은밀하고도 준엄하게 재빨리 속삭였다. "저는 당신에게 미리 뭘 암시하고 싶지도, 저 장막을 들어 올려 주고 싶지도 않지만, 저기 들어가서 무슨 일이 일어나고 있는지 직접 한번 보세요, 이건 끔찍해요, 이건 가장 환상적인 희극이라니까요. 그녀는 당신의 작은형 이반 표도로비치를 사랑하고 있으면서도 자신이 사랑하는 건 당신의 큰형 드미트리 표도로비치라고 열심히 스스로에게 우겨 대고 있어요. 이건 끔찍해요! 저는 당신과 함께 안으로 들어가서 쫓아내지만 않는다면 끝까지 남아 있겠어요."

5 거실에서의 파열

하지만 거실의 대화는 벌써 끝나 가고 있었다. 카체리나 이바노브나는 단호한 표정을 짓고 있었지만 그래도 대단히 흥분해 있었다. 알료샤와 호흘라코바 부인이 안으로 들어간 그 순간, 이반 표도로비치는 마침 자리를 뜨려고 일어서던 참이었다. 그의 얼굴이 다소 창백했기 때문에 알료샤는 불안한 눈으로 그를 바라보았다. 그러니까 지금 그의 의혹 하나가, 얼마 전부터 그를 괴롭혀 온 불안한 수수께끼 하나가 풀리는 중이었다. 한 달쯤 전부터 벌써 몇 번씩이나 사방에서 그에게 이반 형은 카체리나 이바노브나를 사랑하고 있고, 무엇보다도 정말로 그녀를 미챠에게서 '가로챌' 작정이라고 주입시켜 왔던 것이다. 가장 최근까지도 그에게 이건 기형적으로만 여겨졌지만, 그래도 알료샤는 이 때문에 몹시 불안스러웠다. 그는 두 형을 모두 사랑하고 있었기 때문에 그들 사이에 이런 경쟁이 생길까 무서웠던 것이다. 그러던 차에 드미트리 표도로비치가 어제 갑자기, 그것도 단도직입적으로 그에게 이반 형이 연적이 되어 준 것이 기쁘기까지 하다, 그 덕분에 그, 즉 드미트리는 많은 도움을 받게 될 것이다, 하고 그에게 알려 주었으니 말이다. 도대체 무슨 도움이 된단 말인가? 그가 그루센카와 결혼하는 데에? 하지만 이런 종류의 일을 알료샤는 절망에서 나온 최후의 발악 정도로 생각했다. 그뿐만 아니라 바로 어제 저녁까지만 해도 알료샤는 카체리나 이바노브나 쪽에서 자신의 큰형 드미트리를 열정적이고 집요하게 사랑하고 있다고 굳게 믿고 있었는데, 하긴 이것도 그야말로 어제 저녁까지만 그랬던 것이긴 하다. 어쨌거나, 그것 말고도 왠지 그는 그녀가 이반과 같은 사람을 사랑할 리 없다, 그녀는 큰형 드미트리를 사랑한다, 그것도 이 사랑이 아무리 기형적으로 보일지라도 지금 있는 모습 그대로의 드미트리를 사랑한다, 하는 생각이 줄곧 들었다. 하지만 어제 그루센카와 벌인 한판 소동을 보면서 갑자기 다른 생각이 들었던 것이다. 호흘라코바 부인의 입에서 '파열'이란 말이 튀어나오는 것을 듣고서 그가 거의 전율했던 것은, 바로 간밤에, 그러니까 동틀 녘에 그가 반쯤 잠에서 깨어 필경 자신의 꿈에 대답이라도 하듯 갑자기 "파열이야, 파열!"이라고 말했기 때문이었다. 밤새도록 그는 꿈속에서는 어제 카체리나 이바노브나 집에서 있었던 소동을 보았던 것이다. 그러던 차, 지금 갑자기 호흘라코바 부인이 카체리나 이바노브나는 사실 이반 형을 사랑하면서 그냥 일부러 어떤 유희 심리에서 나온 발작적인 '파열' 때문에 스스로를 기만하고 있으며 은혜를 갚아야겠다 싶은 마음에서 드미트리를 사랑하는 양 가장하면서 스스로를 괴롭히고 있다면서 직설적이고 집요하게 주장하자 알료샤는 그만 충격을 받은 것이다. '그래, 어쩌면 정말로 이 말 속에 그야말로 진실이 들어 있는지도 몰라!' 하지만 이런 경우라면 이반 형의 처지는 어떻게 되는 걸까? 알료샤는, 카체리나 이바노브나 같은 성격을 지닌 사람은 원래 다른 사람 위에 군림해야만 되는데 그녀가 군림할 수 있는 상대란 오직 드미트리 같은 사람이지 절대로 이반과 같은 사람이 아니다, 하는 본능적인 느낌 같은 것이 들었다. 왜냐면 드미트리 같으면(비록 시간이야 오래 걸린다고 해도) 결국에 가서는 '스스로 행복감을 느끼면서' 그녀 앞에 굴복할 수 있는 반면(알료샤는 정말로 이랬으면 싶은 마음도 있었다.) 이반은 절대로 그녀 앞에 굴복할 수 없으며, 설사 굴복할 수 있다고 해도 그로 인해 행복을 느낄 수는 없을 것이기 때문이다. 알료샤는 왠지 이반에 대해서 자기도 모르게 이런 생각을 품고 있었다. 자, 그런데 그가 지금 거실로 발을 들여놓은 순간, 이 모든 동요와 상념들이 떠오르면서 그의 뇌리를 스치고 지나갔다. 그러고도 갑자기 한 가지 생각이 더 집요하게 떠올랐다. '아니, 그녀가 아무도 사랑하지 않는다면, 이쪽도 저쪽도 다 사랑하지 않는다면?' 그런데 여기서 지적해 둬야 할 것이, 최근 한 달간 이런 생각들이 들 때마다 알료샤는 이런 생각을 하는 자신을 창피스러워하면서 책망하곤 했다는 점이다. '나 같은 것이 사랑이나 여자에 대해 뭘 안다고 이런저런 결론을 내리고 한단 말인가.' 그는 저런 생각이나 추측이 들 때마다 스스로를 책망하면서 이렇게 생각했다.

하지만 아무리 그래도 생각을 하지 않을 수는 또 없었다. 그는, 예를 들면, 이제 그의 두 형들의 운명에서 이 경쟁이 너무도 중대한 문제가 되었기 때문에 많은 것이 이 문제에 달려 있다는 것을 본능적으로 이해했다. 어제 이반 형도 아버지와 드미트리 형 얘기를 하면서 "한 마리의 독사가 다른 한 마리의 독사를 잡아먹을 거야."라고 짜증스럽게 내뱉지 않았는가. 그러니까 이반 형의 눈에는 드미트리 형이 독사로 보인단 말인가, 그것도 어쩌면 이미 오래전부터? 혹시 이반 형이 카체리나 이바노브나를 알게 된 그때부터는 아닐까? 물론 이 말들은 어제 이반 형이 무심결에 내뱉은 것이었지만 무심결에 나온 말이기에 더욱더 중요한 것이다. 정말 그렇다면, 여기에 무슨 평화가 깃들 수가 있겠는가? 오히려, 그들의 집안에 증오와 반목을 낳을 새로운 빌미가 생긴 것이 아니겠는가? 무엇보다도 그, 즉 알료샤는 누구를 동정해야 된단 말인가? 그리고 각각의 형들에게 무엇을 기원해 주어야 한단 말인가? 그는 두 형들을 다 좋아하지만, 이래도 저래도 무서운 모순뿐인데 각각의 형들에게 정말 무엇을 기원해 주어야 한단 말인가? 이렇게 뒤죽박죽이 되어선 아예 이성을 잃을 수도 있는 노릇이었건만, 알료샤의 마음은 이런 식의 애매모호함을 참을 수 없었으니, 왜냐면 그의 사랑은 언제나 활동적인 성격을 지녔기 때문이다. 수동적인 사랑이라면 그는 아예 할 수가 없었다. 일단 누구를 사랑하게 되면, 그 즉시 도움의 손길을 내밀었던 것이다. 그러기 위해서는 목표를 세워야 하고 그들 각각에게 무엇이 좋고 필요한지를 확실히 알아야 하며 이 목표가 옳은 것이라는 확신이 선 다음에는, 응당, 그들 각각을 도와야 했다. 하지만 지금은 모든 것이 확고한 목표는커녕 그저 뒤죽박죽되어 불분명할 뿐이었다. 그래, 지금 '파열'이라 말했겠다! 하지만 당장 이 파열이라는 말만 해도 도대체 뭘 이해할 수 있단 말인가? 온통 이렇게 뒤죽박죽된 상황에서도 그는 첫 번째 말조차 이해하지 못하고 있는 게 아닌가!

알료샤를 보자 카체리나 이바노브나는 자리를 뜨려고 이미 일어난 이반 표도로비치에게 재빨리 반가운 어조로 말했다.

"잠깐만요! 잠깐만 더 계세요. 제가 진심으로 신뢰하는 바로 이분의 견해를 듣고 싶군요. 카체리나 오시포브나, 부인도 가지 마시고요." 호흘라코바 부인을 향해 덧붙였다. 그녀는 알료샤를 자기 곁에, 호흘라코바를 맞은편, 이반 표도로비치와 나란히 앉혔다.

"여기에 나의 모든 벗들이, 이 세상의 내 모든 사랑스러운 벗들이 다 모였군요." 그녀는 열렬하게 운을 뗐는데, 그녀의 목소리에 진정으로 고통스러운 눈물의 떨림이 배어 나왔기 때문에 알료샤의 마음은 다시금 일시에 그녀에게로 돌아섰다. "알렉세이 표도로비치, 당신은 어제 그…… 끔찍한 사건의 증인으로서 제가 어떤 상태였는지를 보셨지요. 이반 표도로비치, 당신은 그것을 못 보셨지만, 이분은 보셨어요. 이분이 어제 저에 대해서 무슨 생각을 했는지는 모르지만, 똑같은 일이 오늘, 지금 당장 반복된다고 하더라도 저는 어제와 똑같은 감정을 표출하리라는 것만은 알고 있어요 — 그러니까 똑같은 감정에 똑같은 말에 똑같은 행동을. 제 행동이 어땠는지 기억하시죠, 알렉세이 표도로비치, 한번은 직접 저를 말리기도 하셨잖아요……(이 말을 하면서 그녀는 얼굴을 붉혔고, 그녀의 눈은 빛나기 시작했다.) 단언하건대, 알렉세이 표도로비치, 저는 그 어떤 것과도 화해할 수 없어요. 들어 보세요, 알렉세이 표도로비치, 저는 심지어 제가 지금 그이를 사랑하는지 어떤지도 잘 모르겠어요. 저는 그저 그이가 불쌍해지기 시작했어요, 이건 사랑의 증거로는 나쁜 것이죠. 만약 제가 그를 사랑한다면, 계속해서 사랑한다면, 저는 어쩌면 지금 그를 불쌍히 여길 것이 아니라 반대로 증오해야 할 텐데……."

그녀의 목소리는 떨렸고, 그녀의 속눈썹에서는 눈물이 반짝였다. 알료샤는 내심 전율을 금치 못했다. '이 아가씨는 의롭고 진실해.'라고 그는 생각했다. '그리고…… 그리고 더 이상 드미트리를 사랑하지 않는다!'

"그래요! 그렇고말고요!" 호흘라코바 부인이 소리쳤다.

"잠깐만 기다리세요, 친애하는 카체리나 오시포브나, 저는 아직 가장 중요한 것, 간밤에 최종적으로 결정한 것은 말하지 않았어요. 저는 제 결정이 어쩌면 저 자신에게 무서운 것일 수도 있는 느낌이 들지만, 이젠 어떤 일이 있어도, 그 어떤 일이 있어도 평생 동안 그 결정을 바꾸지 않을 것이며 꼭 그대로 될 것이라는 예감이 들어요. 사랑스럽고 선량하고 언제나 관대한 저의 조언자 이반 표도로비치, 사람의 마음을 읽는 혜안을 가진, 이 지상에 저의 유일한 친구인 이분도 모든 점에서 저를 격려하고 저의 결정을 칭찬하고 있습니다……. 이분은 그것을 알고 있으니까요."

"그래요, 저는 격려해 주는 입장입니다." 이반 표도로비치는 조용하지만 확고한 목소리로 말했다.

"하지만 저는 알료샤도(저런, 알렉세이 표도로비치, 죄송합니다, 당신을 그냥 알료샤라고 불렀군요.) 그러니까 알렉세이 표도로비치도 저의 두 친구가 있는 이 자리에서 지금 당장 제가 옳은지 아닌지 말해 주셨으면 합니다. 저는, 알료샤, 당신이 저의 사랑스러운 동생이라는(당신은 저의 사랑스러운 동생인걸요!) 본능적인 예감이 들어요." 그녀는 자신의 뜨거운 손으로 그의 차가운 손을 잡고 다시 환희에 들뜬 어조로 말했다. "당신의 결정, 당신의 격려가 이 모든 고통에도 불구하고 저에게 평온을 주리라는 예감이 들어요, 당신의 말을 듣고 나면 제 마음은 가라앉아 잠잠해질 테니까요, 그런 예감이 들어요!"

"무엇에 대해 물어보는지 잘 모르겠어요." 알료샤는 홍당무처럼 얼굴을 붉히며 말했다. "제가 아는 건 제가 당신을 좋아하고 있으며 이 순간 당신이 저 자신보다도 더 많이 행복해지길 바란다는 것뿐입니다……! 하지만 이 일에 대해서라면 아는 것이 전혀 없기 때문에…….” 그는 갑자기 무엇 때문인지 서둘러서 이렇게 덧붙였다.

“이 일은 말이죠, 알렉세이 표도로비치, 이 일에서 지금 가장 중요한 것은 명예와 의무이며, 글쎄요, 어쩌면 뭔가 더 높은 것, 의무보다도 더 높은 것이 있는지도 모르겠군요. 제 마음속에서는 그 극복할 수 없는 감정이 생겨나서 극복할 수 없는 힘으로 저를 이끌어 가고 있어요. 됐어요, 어쨌거나, 두 마디로 말해서 저는 이미 마음을 굳혔어요. 그가 제가 결코, 결코 용서할 수 없는 그 여자, 그러니까 저…… 잡년과 결혼을 한다고 하더라도”라며 그녀가 웅장하게 말을 시작했다. “설사 그렇더라도 저는 그이를 버리지 않을 거예요! 그 순간부터 저는 절대, 절대로 그이를 버리지 않을 거예요!” 이렇게 말하면서 그녀는 흡사 무슨 발작이라도 난 듯 어쩐지 억지로 핏기 없는 황홀감을 쥐어 짜내고 있었다. “다시 말해서 그이의 뒤를 쫓아다니겠다는 것이 아니라, 그러니까 매 순간 그이의 눈앞에 나타나 그이를 괴롭히겠다는 것이 아니라—오 절대로, 아니에요, 저는 어디든 다른 도시로 떠나겠지만 평생, 평생 동안 쉴 새 없이 그이를 지켜보겠어요. 하지만 만약 그이가 저 여자와 있다가 불행해지면, 뭐 지금 당장 그렇게 되겠지만, 그러면 저한테 와도 좋아요, 그때 그이는 친구를, 여동생을 만나게 되겠죠……. 아니, 그저 여동생일 뿐, 물론, 영원히 여동생일 뿐이겠지만, 그래도 그이는 결국에 가서는 이 여동생이 정말로 자신을 사랑하고 자신을 위해 일평생을 희생한 자라는 것을 확신하게 될 거예요. 저는 결국에 가서는 그이가 제가 어떤 사람인지를 알게 되어 조금도 창피스러워하지 않으면서 저에게 모든 것을 말하도록 할 거예요, 이 결심을 꼭 관철시키고 말 거예요!" 그녀는 거의 미친 듯 흥분하여 소리쳤다. "저는 그이의 신이 될 것이고 그이는 제 앞에서 기도를 하게 될 것이며—그이는 최소한 자신의 배반에 대한 대가를, 그 배반으로 인해 내가 어제 감수한 수모의 대가를 치러야 해요. 그리고 그이는 자기 눈으로 보게 될 거예요, 그이 자신은 저에게 충실하지 못하고 배반을 했지만 저는 평생 동안 그이에게, 또 제가 그이에게 한번 약속한 그 말에 평생 동안 충실한 것을……. 저는 그저 그이의 행복을 위한 수단(달리 어떻게 말해야 될지 모르겠군요.), 도구가 되겠어요, 그것도 평생, 평생 동안 그이의 행복을 위한 기계가 되겠어요, 그이가 이것을 앞으로 평생 동안 보도록 할 거예요! 자, 이것이 바로 저의 결정이에요! 이반 표도로비치는 저의 이 결정에 지극히 큰 격려를 보내 주고 있어요."

그녀는 숨을 헐떡였다. 아마 자신의 생각을 훨씬 더 품위있고 능수능란하고 자연스럽게 표현하고 싶었겠지만, 실은 너무도 성급하고 너무도 노골적인 것이 되고 말았다. 젊은 아가씨답게 자신의 감정을 못 이긴 측면도 많았고, 또 많은 것들에 어제의 짜증과 그로 인한 자존심이라도 좀 지켜 보려는 욕구가 담겨 있었는데, 그녀 자신도 이것을 감지했던 것이다. 그녀의 얼굴은 어쩐지 갑자기 음울해졌으며, 눈의 표정도 고약해졌다. 알료샤는 당장 이 모든 것을 인지했고, 그러자 그의 마음속에서는 동정심이 꿈틀거렸다. 바로 이 순간 때마침 이반 형이 옆에서 추임새를 넣었다.

"저는 그저 제 생각을 피력했을 뿐입니다." 그가 말했다. "누구든 다른 여자의 경우라면 이 모든 것이 억지로 쥐어 짜낸 듯 부실한 것이 되고 말았을 테지만, 당신의 경우는 아닙니다. 다른 여자라면 틀렸겠지만, 당신은 옳아요. 이것을 어떻게 설명해야 할지 모르겠지만, 당신이 지극히 진실되다는 것, 그렇기 때문에 옳다는 것만은 알고 있습니다……."

"하지만 그저 이 순간만 그런 거잖습니까……. 그럼, 이 순간이란 또 어떤 건가요? 고작해야 어제 받은 모욕으로 점철되어 있을 뿐이죠—바로 이게 이 순간의 실체라고요!" 필경 끼어들고 싶지는 않았겠지만 호흘라코바 부인이 갑자기 자제력을 잃고서 이렇게 갑자기 매우 타당한 생각을 말했던 것이다.

"그렇습니다, 그렇고말고요." 사람들이 자기 말을 가로챈 것 때문에 성질이 났는지 이반이 갑자기 말을 가로챘다. "그렇지만, 다른 여자라면 그런 순간이 그저 어제의 사건이 남긴 잔영일 뿐, 그야말로 순간에 지나지 않을 뿐이지만, 카체리나 이바노브나와 같은 성격을 가진 여자에겐 그런 순간이 평생 동안 계속 가는 겁니다. 다른 이들에겐 그저 약속에 불과한 것이 그녀에게는 영원히 감당해야 하는 무겁고 음울하기까지 한, 그럼에도 끊임없는 의무라는 거죠. 그러면서 그녀는 그 의무를 다 감당해 냈다는 감정을 만끽할 겁니다. 이제 당신의 삶은, 카체리나 이바노브나, 자기 자신의 감정들, 자신의 위업들, 자신의 슬픔에 대한 고통스러운 관조의 연속일 테지만, 나중에 가서 이 고통이 가라앉으면 당신의 삶은 이미 영원히, 그리고 완전하게 달성된 그 확고하고 오만한 기획, 나름대로 정말로 오만하고 어떻든 절망적이지만 그럼에도 급기야 당신에 의해 정복된 그 기획을 달콤하게 관조하는 것으로 바뀔 것이며, 결국 이것을 십분 의식하며 가장 완벽한 만족감을 얻음으로써 나머지 모든 것과 화해할 테죠……."

그는 이 말을 하면서 진짜로 어떤 악의마저 내비쳤으며, 그것도 일부러 그런 것이 역력했으며, 자신의 이 의도를, 다시 말해 자신이 일부러 빈정거리면서 말하고 있다는 사실을 숨기려고도 하지 않았다.

"오 맙소사, 정말 이게 아니잖아요!" 호흘라코바 부인이 다시금 소리쳤다.

"알렉세이 표도로비치, 무슨 말이든 해 주세요! 당신이 무슨 말을 할지 죽어도 알아야겠어요!" 카체리나 이바노브나가 소리쳤으며 갑자기 눈물을 쏟아 냈다. 알료샤는 소파에서 일어났다.

"이건 아무것도 아니에요, 아무것도!" 눈물을 흘리면서 그녀가 계속했다. "이건 그저 간밤의 일 때문에 마음이 혼란스러워져서 그럴 뿐인걸요, 하지만 저에겐 당신과 당신의 형 같은 친구가 두 명이나 있으니 얼마나 든든한지 몰라요……. 왜냐면 저는…… 두 분 다 저를 절대로 버리지 않을 거라는 걸 알고 있거든요……."

"불행하게도, 저는 내일 모스크바로 떠나야겠으며 따라서 오랫동안 당신을 버려 둬야 할 것 같습니다……. 그리고 불행하게도, 이건 이미 변경할 수 없는 일이거든요……." 갑자기 이반 표도로비치가 말했다.

"내일, 모스크바로요!" 갑자기 카체리나 이바노브나의 얼굴 전체가 확 일그러졌다. "하지만…… 하지만, 맙소사, 얼마나 다행인지!" 이렇게 말하면서 그녀는 순식간에 목소리를 싹 바꾸어 버렸고 순식간에 예의 그 눈물도 다 쫓아 버려서, 숫제 울었다는 흔적마저 남아 있지 않았다. 그녀가 순식간에 이렇게 놀라운 변화를 보였기 때문에 알료샤는 굉장히 놀랐다. 바로 조금 전까지도 감정의 파열을 이기지 못해 울고 있던 모욕받은 가련한 아가씨 대신, 갑자기 스스로를 완전히 제어하고 심지어 갑자기 꼭 무슨 기쁜 일이라도 생긴 듯 굉장한 만족감에 들뜬 여자가 나타난 것이다.

"오, 당신이 저를 버려 두고 떠나서 다행이라는 것이 아니라, 물론, 그건 아니고요." 그녀는 갑자기 사교계 여성다운 사랑스러운 미소를 띠면서 말을 바로잡는 듯했다. "당신과 같은 친구가 그런 생각을 할 수도 없겠지요. 어쨌거나 저는 오히려, 당신을 이렇게 잃어버리다니, 너무나 불행해요.(그녀는 갑자기 저돌적으로 이반 표도로비치에게 달려들어 그의 두 손을 붙잡더니 열렬한 감정을 담아 그 손을 꽉 움켜쥐었다.) 제가 지금 다행이라고 한 건 이제 당신이 모스크바에 있는 저의 이모와 아가샤[111]에게 저의 처지를, 현재 제가 겪고 있는 끔찍한 일을 모두 직접 전달할 수 있을 테니까 그런 거였고요, 그러니까 아가샤에

111) 카체리나의 이복 언니 아가피야의 애칭.

게는 완전히 다 터놓고, 사랑하는 이모에겐 당신의 능력껏 적당히 상황을 봐 가면서 얘기를 전해 주세요. 어제 그리고 오늘 아침에 그들에게 이 끔찍한 편지를 어떻게 써야 할까 망설이느라 제가 얼마나 불행했는지 당신은 상상도 못 하실 거예요……. 아무래도 편지로 전할 수 있는 성질의 얘기가 아니니까……. 이제는 당신이 직접 그쪽으로 가셔서 모든 걸 해명해 주실 테니까 편지 쓰기가 한결 수월하겠네요. 아, 정말 기쁜 일이에요! 하지만 제가 기뻐하는 건 오직 이뿐이에요, 다시 한번 제 말을 믿어 주세요. 물론, 당신은 그 자체로 그 누구와도 바꿀 수 없는 분이지만……. 지금 당장 달려가서 편지를 쓰겠어요." 그녀가 갑자기 이렇게 결론을 내리고서 방에서 나가려고 이미 한 발짝을 성큼 내딛기까지 했다.

"그럼, 알료샤는요? 알렉세이 표도로비치의 견해를 꼭 들어야겠다고 했잖아요?" 호흘라코바 부인이 소리쳤다. 그녀의 말에는 분노에 찬 독살스러운 기운이 담겨 있었다.

"그것도 잊지 않았어요." 갑자기 카체리나 이바노브나가 잠깐 걸음을 멈추었다. "그나저나, 이 순간 저한테 왜 이리 적대적이시죠, 카체리나 오시포브나?" 그녀는 씁쓸하다는 듯 따끔한 힐난의 어조로 말했다. "저는 제 입으로 말한 건 실행에 옮겨요. 저는 이분의 견해를 꼭 들어야겠고, 그뿐인가요, 이분의 결정도 꼭 들어야겠어요! 이분이 무슨 말씀을 하시든 이분 말씀대로 될 거예요—자 이 정도로까지 저는 당신의 말씀을 갈망하고 있답니다, 알렉세이 표도로비치……. 아니, 왜 그러세요?"

“저는 정말 생각도 못 했습니다, 이건 상상도 할 수 없는 일입니다!” 알료샤가 갑자기 비통한 어조로 소리쳤다.

“아니, 왜, 왜요?”

“형이 모스크바로 간다니까 당신은 잘됐다고 외치셨지만, 그건 일부러 그러신 겁니다! 그러고선 곧장 당신이 잘됐다고 한 건 그런 뜻에서가 아니고, 오히려……. 친구를 잃게 되어 유감이라고 해명하시기 시작했지만 이것도 일부러 그렇게 연기를 하신 겁니다……. 마치 극장에서 희극을 연기하듯……!”

“극장이라고요? 아니, 왜요……? 도대체 그건 무슨 뜻이죠?” 카체리나 이바노브나는 너무도 놀라 미간을 잔뜩 찌푸리고 발끈하면서 소리쳤다.

“형한테는 형과 같은 친구를 잃게 되어 유감이라고 힘껏 주장하면서도, 그러면서도 형의 눈을 똑바로 쳐다보면서 형이 떠나서 다행이라고 고집을 부리고…….” 이렇게 말하면서 알료샤는 이제 아예 숨까지 헐떡였다. 식탁 앞에 선 채로 앉을 생각도 하지 않았다.

“무슨 말씀이신지 통 모르겠군요…….”

“저 자신도 잘 모르겠지만……. 그래도 갑자기 머릿속이 확 밝아진 것 같아요……. 제가 이런 말을 해서 좋을 게 없다는 건 알고 있지만 어쨌거나 모든 것을 말씀 드리겠습니다.” 알료샤가 예의 그 파르르 떨리는 목소리로 띄엄띄엄 말을 계속했다. “머릿속이 확 밝아졌다는 건 말입니다, 당신은 드미트리 형을 전혀 사랑하지 않는 것 같고…… 그것도 아주 처음부터…… 게다가 드미트리도 어쩌면 당신을 전혀 사랑하지 않고…… 역시나 이것도 아주 처음부터요…… 그냥 우러러볼 뿐이라는 겁니다……. 난 정말 이 모든 얘기를 감히 어떻게 말해야 될지 모르겠지만 누구든 하나는 진실을 말해야 하고…… 왜냐하면 여기선 아무도 진실을 말하려 들지 않으니까요…….”

“진실이라뇨?” 이렇게 소리치는 카체리나 이바노브나의 목소리에는 뭔가 히스테릭한 것이 울려 나왔다.

“그러니까 바로 이런 겁니다.” 알료샤가 흡사 지붕에서 떨어지는 듯한 심정으로 중얼거렸다. “지금 당장 드미트리를 부르십시오—제가 형을 찾아오겠습니다—큰형이 이리로 오면 당신의 손을 잡고 그다음엔 이반 형의 손을 잡아서 두 분의 손을 함께 결합시켜 주는 겁니다. 왜냐하면 당신은 이반을 괴롭히고 있으니까요, 그것도 그저 이반을 사랑하고 있기 때문에…… 그리고 그렇게 괴롭히는 것은 또한 무슨 발작이라도 난 듯 드미트리를 사랑하고 있기 때문에…… 하지만 이건 진짜 사랑이 아니고…… 그저 억지로 스스로를 그렇게 확신시켰기 때문에…….”

알료샤는 불쑥 말을 끊고 입을 다물었다.

“당신은…… 당신은…… 그야말로 철부지 유로지브이에 불과하군요, 정말 그런 사람이었군요!” 카체리나 이바노브나가 갑자기 이렇게 딱 잘라 말했는데, 분을 삭이지 못한 나머지 그녀의 얼굴은 이미 새하얗게 질렸고 입술은 실룩대고 있었다. 이반 표도로비치는 갑자기 웃음을 터뜨리면서 자리에서 일어났다. 그의 손에는 모자가 들려 있었다.

“우리 착한 알료샤가 오해를 했구나.” 이렇게 말하면서 그는 알료샤가 지금까지 결코 본 적이 없는 표정을 지었는데, 그것은 젊은이다운 어떤 솔직함과 억누를 수 없을 만큼 강렬하고도 노골적인 감정을 담고 있었다. “카체리나 이바노브나는 결코 나를 사랑한 적이 없어! 이분은 내가 자기를 사랑한다는 걸 항상 알고 있었으면서도, 비록 내 입으로 한마디 사랑 고백도 한 적은 없지만 그럼에도 그걸 알고 있었으면서도 나를 사랑해 주진 않았지. 역시나 내가 이분의 친구였던 적은 단 한 번도, 단 하루도 없었어. 오만한 여자한테 나의 우정 따윈 필요하지 않았거든. 그러고서도 나를 자기 곁에 붙잡아 두었던 건 끊임없이 복수를 하기 위해서였지. 이분은 처음 드미트리와 만났을 때부터 받은 모욕, 그리고 이 기간 내내 그로 인해 매 순간 지속적으로 감수해야 했던 그 모욕 때문에 나에게, 하필 나한테 복수를 했던 거야……. 이건 그들이 맨 처음 만났던 그 순간이 이분의 마음속에는 모욕으로 남아 있었기 때문이지. 참으로 대단한 마음의 소유자인 거지! 나는 줄곧 형을 향한 이분의 사랑 얘기를 들어 준 것 말곤 한 일이 없어. 자, 이제 떠납니다, 하지만 카체리나 이바노브나, 당신이 정말로 사랑하는 사람은 오직 형뿐이라는 것은 알아 두십시오. 모욕감이 클수록 형을 많이, 더욱더 많이 사랑하게 되실 테죠. 자, 바로 이것이 당신의 파열과 같은 사랑의 실체입니다. 당신은 형을 지금 있는 모습 그대로, 그러니까 당신을 모욕한 형의 모습을 사랑하고 있는 겁니다. 만약 형이 개과천선한다면, 당신은 당장 형을 내버릴 테고 사랑은 싹 식어 버릴 겁니다. 그러니까 당신에게 형이 필요한 건 당신이 얼마나 대단할 정도로 신실한지를 지켜보면서 동시에 형이 얼마나 신실하지 못한가를 꾸짖기 위해서죠. 이 모든 것이 당신의 오만함에서 비롯되는 겁니다……. 나는 너무나 젊었고 또 당신을 너무나 강렬하게 사랑했습니다. 이런 말 따위는 할 필요도 없고, 더군다나 내 입장에선 그냥 조용히 당신 곁을 떠나는 편이 더 품위 있을 거라는 것쯤은 나도 알고 있습니다. 이런다고 해서 당신에게 큰 모욕이 되지도 않을 테고요. 하지만 어쨌거나 나는 멀리 가서 절대 다시 오지 않을 겁니다. 아마 영원히 그럴지도……. 나는 더 이상 파열 곁에 머물러 있고 싶지 않아요……. 어떻든, 더 이상 어떻게 말을 해야 할지 모르겠군요, 죄다 말해 버리기도 했고……. 안녕히 계십시오, 카체리나 이바노브나, 나한테 화를 내서는 안 됩니다, 나는 당신보다 백배는 더 가혹한 벌을 받았거든요. 당신을 결코 다시는 볼 수 없다는 것만으로도 이미 가혹한 벌을 받은 거죠. 안녕히 계십시오. 나한테 손을 내밀어 줄 필요도 없습니다. 당신이 나를 너무도 의식적으로 괴롭혔기 때문에 이 순간엔 당신을 용서할 수 없군요. 용서는 나중에 하도록 하죠, 지금은 손을 내밀어 줄 필요도 없습니다.

> 부인이여, 감사 따위는 바라지 않노라.[112]
> (Den Dank, Dame, begehr ich nicht.)"

---

112) 실러의 발라드 「장갑」(1797)의 일절.

일그러진 미소를 지으면서 이렇게 덧붙임으로써 전혀 뜻밖에도 그도 실러를 암송할 정도의 수준은 된다는 것을 증명한 셈이 되었는데, 옛날 같으면 알료샤는 이런 일이 일어나리라곤 생각도 못 했을 것이다. 이반은 심지어 여주인인 호흘라코바 부인에게 작별 인사도 하지 않고 방에서 나갔다. 알료샤는 손뼉을 탁 쳤다.

"이반!" 하고 알료샤가 거의 넋이 나간 채로 그에게 소리쳤다. "이반, 돌아와! 안 돼, 안 돼, 형은 이제 어떤 일이 있어도 돌아오지 않을 거야!" 그는 다시금 뭔가를 깨달은 듯 괴로워하며 소리쳤다. "이건 나 때문입니다, 내 잘못입니다, 내가 화근이 된 겁니다! 이반은 표독스럽고 곱지 못한 말을 했어요. 부당하고 표독스러운 말을……." 알료샤는 반쯤 미친 사람처럼 소리쳤다.

"당신은 아무 잘못도 없어요, 오히려 정말 멋졌어요, 천사 같았다니까요." 괴로워하는 알료샤에게 호흘라코바 부인이 환희에 찬 어조로 재빨리 속삭였다. "난 이반 표도로비치가 떠나지 않도록 갖은 노력을 기울여 보겠어요."

그녀의 얼굴이 기쁨으로 반짝반짝 빛나는 것을 보자, 알료샤는 정말 너무나 슬펐다. 그런데 갑자기 카체리나 이바노브나가 돌아온 것이다. 그녀의 손에는 무지갯빛 수표 두 장이 들려 있었다.

"알렉세이 표도로비치, 좀 어려운 부탁이 하나 있습니다." 그녀는 정말이지 지금 아무 일도 일어나지 않은 것처럼 겉보기에는 침착하고 고른 목소리로 알료샤를 보면서 곧장 말을 시작했다. “일주일—그래요, 일주일 전인 것 같은데요—드미트리 표도로비치가 지나치게 흥분한 나머지 옳지 못한 아주 추한 일을 저질렀답니다. 이곳에는 좋지 못한 장소가, 그러니까 술집이 하나 있어요. 거기서 그이는 한 퇴역 장교를 만났는데, 그 장교는 당신의 아버님께서 어떤 일 때문에 고용했던 사람이죠. 한데, 드미트리 표도로비치가 무엇 때문인지 이 2등 대위에게 화가 난 나머지 사람들이 다 보는 데서 그의 턱수염을 움켜쥐고 길거리로 끌고 나가서는 길거리에서도 그런 굴욕적인 모습으로 한참을 질질 끌고 다녔고, 때마침 아직 어린애인 소년 하나가, 그러니까 이곳 학교에 다니는, 그 2등 대위의 아들이 그 광경을 목격하고서는 줄곧 그 옆을 뛰어다니며 엉엉 울면서 아버지를 용서해 달라고 빌고 다른 사람들에게 달려들어 아버지를 보호해 달라고 부탁했지만 다들 비웃었을 따름이랍니다. 죄송하지만, 알렉세이 표도로비치, 저는 그이의 이 치욕적인 행동을 생각할 때면 화가 치밀어 올라요……. 이건 드미트리 표도로비치가 아니면 감히 엄두도 못 낼 행동이라니까요, 자기 분을 삭이지 못한 나머지…… 그리고 자신의 욕망을 못 이겨서 말이죠! 이 얘기를 제대로 전할 수가 없군요, 그럴 수 있는 상태가 아닌가 봐요……. 말이 자꾸 꼬이네요. 이 수모를 겪은 사람에 대해 수소문을 해 보고서, 아주 가난한 사람이라는 걸 알게 됐어요. 그의 성은 스네기료프입니다. 어떻게 얘기를 전해야 할지 잘 모르겠는데, 여하튼 그는 군대에서 무슨 잘못을 저질러서 해임됐고, 지금은 병든 아이들과 정신이 좀 이상하다고 하는 아내, 그러니까 이렇게 불행한 가족을 거느린 채 끔찍할 정도의 빈곤에 허덕이고 있답니다. 이 도시에 산 지는 이미 오래되어서 무슨 일을 한다는데, 한때는 어디에 서기로 있었다가 지금은 갑자기 봉급이 끊겼다는군요. 제가 당신을 눈여겨본 것은…… 다시 말해 제가 당신 생각을 한 것은—저도 모르겠어요, 자꾸만 갈팡질팡하는군요—그러니까 부탁을 하고 싶어서였는데, 알렉세이 표도로비치, 선량하기 그지없는 알렉세이 표도로비치, 그 사람에게 가서, 그러니까 무슨 구실을 찾아 그의 집, 다시 말해 이 2등 대위의 집으로 가 주십사, 하는 건데—오 맙소사! 말이 왜 이리 꼬일까—아주 상냥하고 조심스럽게—이건 오직 당신 한 사람이 할 수 있는 일이니까요.(이 말에 알료샤는 갑자기 얼굴을 확 붉혔다.)—그에게 금전적인 도움을 전해 주시면 고맙겠고, 자, 여기 200루블이 있습니다. 아마 그는 받을 것이고…… 다시 말해 받도록 설득하는 거죠……. 안 받을까요, 어떻게 생각하세요? 그러니까 이건 그가 소송을 제기하지 못하도록(소송을 제기하고 싶어 하는 것 같더라고요.) 화해금 조로 내놓는 것이 아니라, 그저 안쓰러워서 도와주고 싶은 제 마음을 표시하는 것일 뿐이고, 그것도 드미트리 표도로비치가 자기 이름으로 내놓는 것도 아니고 제가 그이의 약혼녀 자격으로……. 한마디로 말해서, 당신이라면 잘 해내실 수 있을 거예요……. 제가 직접 가고 싶지만, 당신이 저보다 훨씬 더 잘하실 거예요. 그는 오제르나야 거리에 있는 칼므이코바라는 평민 여인의 집에 살고 있어요……. 부디, 알렉세이 표도로비치, 부디 저를 위해 한 번만 힘써 주세요, 하지만 지금은……

지금 저는 약간…… 피곤하군요. 안녕히 가세요……."

그러고서 그녀는 너무도 갑자기 몸을 획 돌려 다시금 커튼 뒤로 사라져 버렸고 이 때문에 알료샤는 하고 싶은 말이 있었는데도 미처 무슨 말을 할 겨를도 없었다. 사실 그는 스스로를 꾸짖고 용서를 빌고 싶었고, 가슴이 터질 듯 갑갑했기 때문에 무슨 말이든 하고 싶었고, 이대로 그냥 방을 나가기는 죽기보다 더 싫었다. 하지만 호흘라코바 부인이 그의 손을 붙잡고 문밖으로 그를 끌어냈다. 현관으로 나오자, 그녀는 다시금 아까처럼 그를 멈추어 세웠다.

"워낙 오만해서 스스로를 억누르고 있지만, 선량하고 매력적이고 관대한 여자예요!" 호흘라코바 부인이 반쯤 속삭이듯 소리쳤다. "아, 나는 그녀가 정말 좋아요, 특히 이따금씩은 말이죠, 그리고 지금은 기뻐 죽겠어요, 모든 것이 다시금 새롭게요! 친애하는 알렉세이 표도로비치, 당신은 모르셨겠지만, 정말이지 우리는 모두—그러니까 나와 그녀의 두 이모—심지어 리즈까지도 모두 벌써 꼬박 한 달 동안 오직 그녀가 드미트리 표도로비치와 헤어지고 이반 표도로비치한테 시집을 가길 바라고 또 기도하고 있는데요, 사실 당신은 드미트리 표도로비치를 무척이나 아끼지만 정작 당사자는 그녀의 마음을 알고 싶어 하지도, 또 숫제 사랑하지도 않는 데 반해서 이반 표도로비치는 그녀를 이 세상 그 무엇보다도 사랑하는 교양 있고 훌륭한 젊은이잖아요. 우리는 이 일을 성사시키려고 나름대로 음모를 꾸몄고, 내가 이곳을 떠나지 않는 것도 실은 오직 이 일 때문인지도 몰라요……."

“하지만 저분은 울었잖아요, 다시금 모욕감을 느끼고서!” 알료샤가 소리쳤다.

“여자의 눈물을 믿지 마세요, 알렉세이 표도로비치, 나는 이런 경우엔 늘 여자들의 적이 되고, 남자들 편을 들어요.”

“엄마, 그러다가 저분을 망가뜨리고 파멸시키겠어요.” 문 뒤에서 리즈의 가느다란 목소리가 들려왔다.

“아닙니다, 모든 것이 제 탓입니다, 끔찍한 잘못을 저질렀어요!” 알료샤는 자신의 행동이 너무 고통스러울 만큼 부끄러워서 아무리 해도 진정하지 못하고 폭발이라도 하듯 이렇게 되뇌었는데, 얼마나 부끄러웠으면 손으로 얼굴까지 가렸다.

“천만의 말씀, 당신 행동은 오히려 천사 같았어요, 천사요, 나는 이 말을 수천 번이고 반복할 준비가 되어 있어요.”

“엄마, 저분의 행동이 뭐가 천사 같았다는 거예요.” 다시금 리즈의 목소리가 들려왔다.

“그 모든 것을 보고 있자니, 갑자기 왠지 그런 생각이.”라고 알료샤는 리자의 말은 듣지도 않은 양 계속했다. “그러니까 그녀가 이반을 사랑하고 있다는 생각이 들었던 건데, 그만 그 멍청한 생각을 발설해 버렸으니…… 이제는 어떻게 될까요!”

“그래 누구, 누구 말이에요?” 리즈가 소리쳤다. “엄마, 엄마는 분명히 나를 죽일 생각인 거예요. 이렇게 물어봐도 대답도 안 하시잖아요.”

이 순간 하녀가 뛰어 들어왔다.

“카체리나 이바노브나가 몸이 안 좋으신가 봐요……. 우시고…… 히스테리 발작이 나서 몸부림치고 계십니다.”

"도대체 무슨 일이에요?"라고 리즈가 어느새 불안해진 목소리로 소리쳤다. "엄마, 히스테리 발작은 저 여자가 아니라 나한테 일어날 거라고요!"

"리즈, 제발 소리 좀 지르지 마라, 엄마 좀 못살게 굴지 마라. 너는 아직 나이가 안 돼서 어른들이 아는 것을 전부 다 알 필요는 없단다, 너한테 알려 줄 수 있는 건 달려가서 죄다 이야기해 주마. 오, 맙소사! 간다, 숫제 뛰어간다……. 히스테리라니 이건 좋은 징조예요, 알렉세이 표도로비치, 그녀에게 히스테리 발작이 일어났다니 멋져요. 꼭 이렇게 돼야만 하거든요. 나는 이런 경우에는 늘 여자들의 적이에요, 이 모든 히스테리들, 여자의 눈물들은 딱 질색이거든요. 율리야, 뛰어가서 내가 날아가고 있다고 말해라. 이반 표도로비치가 그렇게 나가 버린 건 그녀의 잘못이에요. 하지만 그는 떠나지 않을 거예요. 리즈, 제발 소리 좀 지르지 마라! 아, 그래, 소리는 네가 아니라 내가 질러 대고 있구나, 이 엄마를 용서해라, 하지만 나는 너무 기뻐서 미칠 지경이에요, 미칠 지경! 그런데 알렉세이 표도로비치, 이반 표도로비치가 방에서 나갈 때 얼마나 멋진 청년의 모습이었는지 보셨어요, 그렇게 모든 것을 말한 뒤 나가 버리는 그 모습이란! 나는 그를 그저 박사나 다름없는 훌륭한 학자로만 생각했는데, 갑자기 그토록 열렬하고도 열렬하고, 노골적이고 젊고, 미숙하고도 또 젊은 모습이라니, 이 모든 것이 멋져요, 너무 멋져요, 꼭 당신처럼요……. 그리고 그 독일 시구를 읊조리는 모습은 정말로 꼭 당신 같았어요! 그나저나 갑니다, 뛰어가요. 알렉세이 표도로비치, 부탁받은 일을 서둘러 처리하고 얼른 이리로 다시 오세요. 리즈, 너는 뭐 필요한 거 없니? 제발 단 일 분도 알렉세이 표도로비치를 붙들고 있지 마라, 이분은 지금 곧 너에게 다시 올 테니까……."

드디어, 호흘라코바 부인이 달려 나갔다. 알료샤는 떠나기 전에 리즈가 있는 방의 문을 열려고 했다.

"절대로 안 돼요!" 리즈가 소리쳤다. "이젠 절대로 안 돼요! 그냥 문틈에 대고 얘기하세요. 어쩌다가 천사가 된 거죠? 내가 알고 싶은 건 그뿐이에요."

"끔찍할 정도로 어리석은 짓을 했기 때문이죠, 리즈! 안녕히 계십시오."

"아니, 어떻게 그렇게 가 버릴 수가 있어요!" 리즈가 소리를 지르다시피 했다.

"리즈, 나는 지금 대단히 괴롭습니다! 곧 돌아오겠지만, 너무도, 너무도 괴롭군요!"

그러고서 그는 방에서 뛰어나갔다.

6 오두막에서의 파열

그는 정말로 지금까지 거의 느껴 본 적이 없는 대단한 괴로움에 빠져 있었다. 불쑥 나서서 '그렇게 어리석은 짓'을 저질렀고, 그것도 다름 아닌 사랑의 감정에 관한 문제가 아니었던가! '도대체 내가 이런 문제에 대해 아는 게 뭐가 있는가, 이런 일을 내가 어떻게 이해할 수 있단 말인가?' 그는 얼굴을 붉혀 가며 백번은 더 속으로 이런 말을 되뇌었다. '아, 부끄러운 건 아무렇지도 않아, 부끄러운 건 내가 응당 받아야 될 벌이니까, 문제는 이제부터 나 때문에 틀림없이 새로운 불행들이 생겨날 거라는 점이야……. 하지만 장로님께서 나를 보내신 건 사람들을 화해시키고 결합시키기 위해서가 아니었던가. 이래서 무슨 결합이 되겠는가?' 여기서 갑자기 그가 어떻게 '두 손을 결합시켰는지'가 떠오르자, 다시금 너무 부끄러워서 견딜 수가 없었다. '이 모든 일이 진실된 마음에서 한 것이긴 하지만, 앞으로는 좀 더 현명해져야겠어.' 그는 갑자기 이런 결론을 내렸고, 심지어 자신의 결론을 두고 미소를 짓지도 않았다.

카체리나 이바노브나에게서 부탁받은 일은 오제르나야 거리와 관련되어 있었고, 드미트리 형은 마침 그쪽으로 가는 길에, 오제르나야 거리에서 그다지 멀지 않은 골목에 살고 있었다. 알료샤는 2등 대위에게 가기 전에 어쨌거나 꼭 형에게 들르기로 마음먹었지만, 형이 집에 없을 것 같다는 예감이 들었다. 어쩌면 형이 지금쯤 일부러 자신을 피해 어디로 숨어 버리지나 않았을까 의구심마저 일었지만, 무슨 일이 있더라도 형을 찾아내야만 했다. 그나저나 시간은 자꾸만 가고 있었다. 그리고 임종을 앞둔 장로에 대한 생각은 수도원에서 나온 그 시각부터 일 분도, 아니 일 초도 그의 뇌리를 떠나지 않고 있었다.

카체리나 이바노브나의 부탁 속에는 한 가지 정황이 번득였는데, 그 역시 그의 흥미를 굉장히 자극하는 것이었다. 즉, 카체리나 이바노브나가 어린 소년, 그러니까 그 2등 대위의 아들인 초등학생이 아버지 주위에서 목청껏 울면서 뛰어다닌 얘기를 해 주었을 때부터 이미 갑자기, 알료샤는 이 소년이 분명히 알료샤가 아까 자기가 무슨 잘못을 했기에 이렇게 화가 났냐고 캐묻자 그의 손가락을 깨물었던 바로 그 소년일 거라는 생각이 들었던 것이다. 이제 알료샤는 왠지는 모르겠지만 여하튼 이 점을 거의 확신하게 됐다. 이런 식으로 딴생각에 몰두함으로써 기분을 풀었고, 자기가 저지른 '재앙'에 대해서 '생각'하고 후회하느라 괴로워하느니, 그 일은 어떻게든 될 테니까, 차라리 자기가 할 일을 하자고 결심했다. 이렇게 생각하자 그는 정말로 용기가 났다. 그나저나, 드미트리 형이 사는 골목길로 들어서자 허기가 느껴졌기 때문에 아버지 집에서 가져온 빵을 호주머니에서 꺼내 길을 가면서 다 먹었다. 그 덕분에 원기가 회복되었다.

역시 드미트리는 집에 없었다. 주인집 사람들, 즉 늙은 목수와 그의 늙은 아내, 그들의 아들은 알료샤를 미심쩍은 눈으로 쳐다보기까지 했다. 알료샤가 끈덕지게 질문을 퍼붓자 노인은 "집을 비우신 지 벌써 사흘째인데, 어디로 떠나신 모양입니다."라고 대답했다. 알료샤는 그가 모종의 지시를 받아 그대로 대답하고 있다는 것을 알아챘다. "그루셴카 집에 간 건 아닐까요, 포마 집에 다시 몸을 숨긴 건 아닐까요?"라는 그의 질문에 (알료샤는 일부러 이렇게 노골적으로 굴어 봤다.) 주인집 사람들은 전부 겁먹은 시선으로 그를 쳐다보았다. '형을 좋아하는 거야, 그러니까 이렇게 형의 편을 들어 주는 거야.'라고 알료샤는 생각했다. '이건 좋은 일이지.'

마침내 그는 오제르나야 거리에 있는 평민 여인 칼므이코바의 집을 찾아냈는데, 그것은 낡아 빠진 작은 집으로서 비스듬히 기울어졌고 거리로 난 창문은 고작해야 세 개밖에 안 됐으며 지저분한 마당 한가운데는 암소 한 마리가 쓸쓸히 서 있었다. 마당에서 현관 쪽으로 들어가는 입구가 있었다. 현관의 왼쪽에는 늙은 여주인이 늙은 딸과 함께 살고 있었는데, 둘 다 귀머거리인 것 같았다. 그가 2등 대위에 대해 몇 번씩 반복해서 묻자, 그들 중 한 여인이 마침내 자기 집의 거주자들을 찾는 것임을 이해하고는 현관 건너편의 문을 손가락으로 가리키면서 완전히 오두막이나 다름없는 저 집이라고 일러 주었다. 2등 대위의 집은 정말로, 소박한 오두막 한 채가 전부였다. 알료샤가 문을 열기 위해 손으로 철제 손잡이를 잡으려고 하는데, 문 안쪽이 예사롭지 않게 고요했기 때문에 그는 갑자기 충격을 받았다. 하지만 카체리나 이바노브나의 말을 통해 퇴역한 2등 대위가 가정을 거느린 사람이라는 걸 알고 있었으므로, 그는 '다들 자고 있거나 아니면 내가 오는 소리를 듣고서 문을 열기를 기다리는지도 몰라. 다시 한번 문을 두드리는 편이 낫겠다.'라고 생각하며 문을 두드렸다. 대답이 들려오긴 했지만, 당장이 아니라 한 십 초는 족히 지나고 나서였다.

"누구요?" 누군가가 몹시 화가 난 목소리로 버럭 고함을 질렀다.

그러자 알료샤는 문을 열고 문지방을 넘어섰다. 그가 들어선 오두막은 상당히 넓긴 하지만 사람들과 온갖 가재도구들로 꽉 차 있었다. 왼쪽에는 커다란 러시아식 벽난로가 있었다.

벽난로에서 방 전체를 가로질러 왼쪽 창문까지 빨랫줄이 이어져 있고, 거기에는 다양한 누더기들이 잔뜩 걸려 있었다. 오른쪽, 왼쪽 벽을 따라 털실로 직접 짠 담요가 덮인 침대들이 배치되어 있었다. 그중 한 침대, 그러니까 왼쪽 침대에는 사라사 천으로 된 베개 네 개가 작은 언덕처럼 솟아 있었는데, 크기가 다 달랐다. 다른 침대, 오른쪽 침대에는 그저 아주 작은 베개 하나만 보였다. 이어, 앞쪽 구석에는 방구석을 가로질러 이어지는 빨랫줄에 역시나 커튼이나 요를 걸어 칸막이를 해 놓은 것 같은 곳이 있었다. 이 커튼 뒤로 긴 의자와 작은 의자를 갖다 붙여 만든 침대가 비스듬히 눈에 뜨였다. 아무 장식도 없고 우악스러운 사각형의 목조 탁자는 앞쪽 구석에서 가운데 창문 쪽으로 옮겨져 있었다. 푸르스름한 곰팡이가 슨 작은 유리 넉 장이 끼워진 창문은 세 개 다 아주 흐릿한 데다가 그나마 굳게 잠겨 있었기 때문에, 방 안은 꽤 갑갑하고 별로 밝지도 않았다. 탁자에는 계란 프라이 찌꺼기가 담긴 프라이팬이며 윗부분을 좀 베 먹다 만 빵 조각이 놓여 있었고, 덧붙여 밑바닥에 지상의 행복[113]의 찌꺼기가 희미하게 남아 있는 보드카 병도 있었다. 왼쪽 침대 곁 의자에는 귀부인처럼 다듬은 여인이 사라사 천으로 된 원피스를 입고 앉아 있었다. 그녀의 얼굴은 몹시 여위고 누렇게 떠 있었다. 뺨이 심하게 푹 꺼진 것을 보면, 첫눈에 몸이 아픈 상태라는 것을 알 수 있었다. 하지만 알료샤에게 무엇보다도 충격을 안겨 준 것은 이 가엾은

113) 보드카 혹은 술 일반을 지칭하는 것으로 추정된다.

부인의 시선이었는데——그것은 굉장히 의문에 차 있으면서도 동시에 거만하기 짝이 없는 시선이었다. 일단은 부인이 먼저 말을 걸지도 않았고, 알료샤가 주인과 얘기를 하고 있는 동안에도 그녀는 줄곧 그렇게 거만하고도 의문에 가득 찬 커다란 갈색 눈을 돌리며, 상대방이 입을 열 때마다 이 사람 저 사람을 번갈아 쳐다보곤 했다. 이 부인 곁, 왼쪽 창문 곁에는 젊은 아가씨가 서 있었는데, 얼굴이 상당히 못생긴 데다가 머리카락이 성기고 불그죽죽하고 옷차림은 극히 단정하긴 하지만 초라했다. 그녀는 방으로 들어온 알료샤를 꺼림칙한 듯한 눈초리로 살펴보고 있었다. 오른쪽, 역시나 침대 곁에는 한 명의 여성이 더 앉아 있었다. 그녀는 아주 불쌍한 존재였는데, 역시나 스무 살 안팎의 젊은 처녀였지만, 나중에 알료샤가 들은 바에 의하면, 꼽추에다가 다리가 완전히 마비되어 앉은뱅이나 다름없었던 것이다. 그녀의 목발이 바로 곁, 침대와 벽 사이 구석진 곳에 서 있었다. 가엾은 아가씨의 몹시 아름답고 선량한 눈은 평온하고 온순하게 알료샤를 바라보고 있었다. 식탁 앞에선 마흔다섯 살쯤 된 신사가 계란 프라이를 마저 해치우고 있었는데, 그는 그다지 크지 않은 키에 바싹 여위고 체격도 부실하고 머리카락은 불그죽죽했고 역시나 불그죽죽하고 숱이 적은 턱수염은 다 해진 수세미와 너무나 비슷했다.(왠지 첫눈에 알료샤의 머릿속에는 이 비유, 특히 '수세미'라는 단어가 떠올랐고, 그는 훗날 이것을 상기했다.) 방 안에 다른 남자는 없었기 때문에 문 뒤에서 "누구요?"라고 소리를 친 사람은 분명히 이 신사였을 것이다. 그런데 알료샤가 방 안으로 들어오자, 식탁 앞에 앉아 있다가 자리에서 튕겨 나듯 벌떡 일어나 구멍 투성이 냅킨으로 황급히 입을 훔치면서 알료샤를 향해 달려갔다.

"수도사가 동냥하려 납셨는데, 번지수 한번 잘 찾았네!" 그러는 사이에, 왼쪽 구석에 서 있던 처자가 큰 소리로 말했다. 하지만, 알료샤 쪽으로 달려온 신사가 순식간에 그녀 쪽으로 획 몸을 돌려 불쑥 터져 나온 흥분된 목소리로 그녀에게 대답을 해 주었다.

"아니, 바르바라 니콜라예브나, 그게 아닙니다, 잘못 생각하셨네요! 제가 한번 여쭤봅죠." 그러면서 그는 갑자기 다시금 알료샤 쪽으로 몸을 돌렸다. "무슨 일로…… 이 누추한 곳을 찾아오셨는지요?"

알료샤는 그를 주의 깊게 바라보았는데, 이로써 처음으로 이 사람을 보게 된 것이었다. 그에게는 뭔가 모가 나고 신경질적으로 서두르는 면이 있었다. 지금 술을 마신 것은 분명했지만 그래도 취해 있진 않았다. 그의 얼굴에는 어떤지 극단적으로 뻔뻔하면서도 동시에—이것이 이상했다—눈에 띌 만큼 비굴한 기색이 어려 있었다. 오랫동안 남 앞에서 굽실거리며 수모를 참아 왔지만 갑자기 불쑥 나서서 자기 자신을 당당히 과시하고 싶어 하는 그런 사람처럼 말이다. 아니면, 차라리, 상대방을 때려 주고 싶은 마음이 굴뚝같지만 그러다가 도리어 자기가 얻어맞을까 봐 죽도록 무서워하는 사람 같기도 했다. 그의 말과 상당히 날카로운 억양에서는 어쩐지 유로지브이식의 유머가 느껴지기도 했는데, 그것은 표독스럽기도 하고 또 한편으론 겁을 집어먹은 듯도 싶게, 원래의 제 어조를 이겨 내지 못하고 불쑥 터져 나오곤 했다. '누추한 곳' 운운하면서 질문을 던질 때도 몸을 벌벌 떨고 눈을 부라리면서 알료샤에게 바짝 뛰어들었기 때문에 알료샤는 저도 모르게 뒤로 한 발짝 물러서고 말았다. 이 신사는 극히 질 나쁜, 여기저기 기운 자국이 있는 데다가 얼룩까지 묻어 있는 짙은 색 무명 외투를 입고 있었다. 그의 바지는 오래전부터 아무도 입지 않는 어쩐지 너무도 밝은 그런 색상에 체크무늬의 뭔가 아주 얇은 옷감으로 만든 것이었는데, 아랫단이 구겨져 위로 말려 올라가 있어서 꼭 어린애가 큰 옷을 입고 있는 것 같았다.

"저는…… 알렉세이 카라마조프라고 합니다……." 알료샤가 대답 삼아 이렇게 말했다.

"그건 잘 알고 있습니다요." 신사는 그 즉시, 그가 말하지 않아도 누구인지는 알고 있다는 사실을 알려 주듯 딱 잘라 말했다. "저로 말할 것 같으면 2등 대위 스네기료프입죠. 그나저나 무슨 일로 오셨는지는 여전히 알고 싶군요……."

"예, 그냥 들렀을 뿐입니다. 실은 한마디 드릴 말씀이 있어서……. 괜찮으실는지……."

"그렇다면, 여기 의자가 있으니 자리를 잡으시지요. 이건 고대 희극에서 하는 말이죠. '자리를 잡으시지요.'라는 말은……." 그러면서 2등 대위는 재빠른 몸짓으로 빈 의자(아무 장식도 없고 몰골도 사납고 아무것도 덧씌우지 않은 그 나무 의자 말이다.)를 집어 들더니 거의 방 한가운데에 턱 갖다 놨다. 그 다음에는 자기가 앉을 의자도 하나 집어 와서 알료샤 맞은편에 앉았는데, 조금 전처럼 알료샤에게 너무 바싹 붙어 앉아서 거의 그들의 무릎이 맞부딪칠 정도였다.

"니콜라이 일리치 스네기료프입니다요, 러시아 보병 2등 대위였습죠, 비록 죄를 저질러 명예에 먹칠을 했지만 그래도 여전히 2등 대위입죠. 2등 대위 스네기료프가 아니라 차라리 슬로보예르소프라고 말해야 할지도 모르겠군요, 왜냐면 인생의 후반기로 들어서면서 슬로보예르스[114]를 달아 말하기 시작했으니까요. 그러니까 슬로보예르스란 굴욕을 당하며 살다 보면 터득하게 되는 것이지요."

"예, 정말 그렇습니다." 알료샤가 웃었다. "다만, 저절로 그리되는 겁니까, 아니면 일부러 그러시는 겁니까?"

"하느님께 맹세코, 저절로 그리되는 거랍니다. 평생 동안 줄곧 슬로보예르스 없이 말을 해 왔는데 갑자기 넘어졌다가 일어나 보니 슬로보예르스를 쓰고 있습디다. 이건 뭔가 높은 힘의 관할 사항인 것이지요. 보아하니 현재의 이런저런 문제에 관심이 많으신 듯하군요. 그런데 무슨 일로 저 같은 사람한테 호기심을 갖게 되셨을까요, 손님 접대도 제대로 할 수 없는 형편인데."

"제가 온 것은…… 다름 아니라 그 일 때문에……."

"그 일이라니요?" 2등 대위가 초조하게 말을 끊었다.

---

114) 슬로보예르스(slovoers)는 말의 끝에 붙은 's'를 말하는데, 주로 아랫사람이 윗사람에게 말할 때나 겸손한(심지어 굴욕적인) 태도를 보일 때 사용한다. 이 책에서는 '-다' 어미 뒤에 '-요'를 붙여서 표현했다. 스네기료프뿐만 아니라 다른 인물들(특히 스메르쟈코프)도 슬로보예르스를 자주 쓴다.

"제 형 드미트리 표도로비치와 당신이 만났던 그 일 말입니다." 알료샤가 겸연쩍어하며 말했다.

"어떤 만남 말씀입죠? 혹시 그때 그 만남 말씀이십니까요? 그러니까 수세미, 그 목욕탕 수세미 사건 말씀입니까요?" 그러면서 그가 갑자기 몸을 너무 앞으로 뺐기 때문에 이번에는 진짜로 알료샤의 무릎과 맞부딪치고 말았다. 그의 두 입술은 묘한 모양새로 꽉 다물어져서 실오라기처럼 가늘어졌다.

"수세미라니요?" 알료샤가 중얼거렸다.

"저 사람은 아빠한테 내 일을 일러바치려고 온 거야, 아빠!" 이미 알료샤의 귀에 익숙한 아까 그 소년의 목소리가 한쪽 구석의 커튼 뒤에서 소리쳤다. "내가 아까 저 사람의 손가락을 깨물었거든요!"

커튼이 걷히자, 알료샤는 방구석의 성상 아래, 긴 의자에 작은 의자를 붙여 만든 침대에서 조금 전의 적을 보게 됐다. 소년은 예의 그 코트와 낡은 솜이불을 덮어 쓰고 누워 있었다. 몸이 안 좋다는 것이 빤히 보였고, 눈이 충혈된 것으로 보아 열병에라도 걸린 듯했다. 이제 소년은 아까와는 달리 무서워하는 기색도 없이 알료샤를 쳐다보았다. '이젠 우리 집에 있으니까 어쩔 수 없을걸.'이라는 듯이 말이다.

"손가락을 깨물었다고?" 2등 대위가 의자에서 엉거주춤 일어났다. "저 애가 당신의 손가락을 깨물었다는 겁니까요?"

"예, 그렇습니다. 아까 저 아이가 다른 아이들을 상대로 길거리에서 돌팔매질을 하고 있었습니다. 그 애들은 여섯 명이서 함께 저 애에게 돌을 던졌고, 저 애는 혼자였습니다. 제가 저 애한테 다가갔더니, 저 애는 저한테도 돌을 던졌고, 다음번엔 제 머리를 겨냥하더군요. 저는 제가 무슨 짓을 했기에 이러냐고 물었습니다. 그러자 저 애는 갑자기 달려들어 제 손가락을 아프게 깨물었는데, 통 영문을 모르겠습니다."

"지금 때려 주겠습니다요! 지금 당장 때려 주겠습니다요." 2등 대위는 이제는 완전히 의자에서 벌떡 일어났다.

"아니, 저는 일러바치려는 게 아니라 그저 이야기를 했을 뿐입니다……. 저 애가 매를 맞는 건 전혀 원하지 않습니다. 게다가 지금은 아픈 것 같군요……."

"아니, 그럼, 제가 정말로 저 애를 때릴 줄 알았습니까요? 제가 지금 당장 일류셰치카[115]를 잡아다가 당신 앞에서 당신을 완벽하게 만족시키기 위해서 흠씬 때려 준다? 지금 당장 그렇게 하란 말씀이십니까요?" 2등 대위는 이렇게 말하면서 갑자기 알료샤한테 달려들기라도 할 태세로 그쪽으로 몸을 돌렸다. "나리, 당신의 손가락은 안됐지만, 원하신다면, 일류셰치카를 패 주기 전에 지금 당장 당신이 보는 앞에서 당신의 정당한 만족을 위하여 제 손가락 네 개를 여기 이 칼로 잘라 버리도록 하죠. 복수심을 만족시키기 위해서라면 손가락 네 개면 충분할 것 같은데, 다섯 번째 손가락도 필요하신가요……?" 그는 갑자기 말을 멈추고서 거의 숨을 헐떡였다. 그의 얼굴의 모든 선들이 경련이라도 인 듯 떨렸고 알료샤를 바라보는 시선 속에는 도전의 빛이 아주 역력했다. 꼭 미친 것 같았다.

115) 일류샤의 애칭.

"이제야 모든 걸 알 것 같습니다." 알료샤가 여전히 자리에 앉은 채로 조용하고 슬프게 말했다. "그러니까 당신의 소년, 이 착한 소년은 아버지를 사랑하는 마음에서, 당신을 모욕한 사람의 동생인 제게 달려들었던 거로군요……. 이제는 알겠습니다." 그가 곰곰 생각에 잠기면서 이렇게 반복했다. "하지만 제 형 드미트리 표도로비치는 자신의 행동을 뉘우치고 있습니다, 저는 이 점을 알고 있습니다, 만약 형이 여기로 올 수 있도록 해 주신다면, 아니, 차라리 바로 그 장소에서 다시 당신을 만날 수 있게 된다면, 형은 모든 사람들이 있는 데서 당신에게 용서를 빌 겁니다…… 당신이 원하신다면 말이죠."

"다시 말해 사람의 턱수염을 잡고 질질 끌고 다녔다가 용서를 빌었다……. 그걸로 모든 것이 끝났으니 상대방의 마음도 풀어 줬다, 이런 말씀인가요?"

"오, 아닙니다, 오히려 형은 당신이 원하시는 건 뭐든 다 할 겁니다, 뭐든 다!"

"그렇다면 제가 만약 그 사람에게 바로 그 술집이나—이름이 '수도(首都)'입니다—아니면 광장에서 제 앞에 무릎을 꿇으라고 부탁한다면, 과연 그렇게 할까요?"

"예, 형은 무릎도 꿇을 겁니다."

"가슴을 아리게 하는 말씀이군요. 눈물이 날 정도로 가슴이 아려 옵니다. 그 마음은 십분 이해하겠습니다. 그나저나 제 가족 소개를 좀 합시다. 제 두 딸과 제 아들, 모두 한배에서 난 제 자식들이지요. 제가 죽으면 누가 저들을 사랑해 주겠습니까? 또, 제가 살아 있는 동안에 저들이 아니라면 누가 저같이 고약한 놈을 사랑해 주겠습니까? 저 같은 종류의 모든 사람들을 위해서 주님께서 이런 위대한 일을 해 놓으신 겁니다. 저 같은 사람도 누군가한테는 사랑을 받을 수 있어야 하지 않겠습니까…….”

“아, 정말 그렇고말고요!” 알료샤가 소리쳤다.

“어릿광대짓은 이젠 그만 좀 하세요. 무슨 바보라도 찾아올라치면, 창피스러운 짓만 한다니까요!” 창가에 서 있던 처녀가 꺼림칙하고 경멸스럽다는 표정으로 아버지를 바라보면서 버럭 소리를 질렀다.

“잠깐만요, 바르바라 니콜라예브나, 기왕지사 이렇게 시작을 했으니 끝까지 가야죠.” 아버지는 딸에게 이렇게 소리쳤는데, 명령조이긴 했지만 딸을 바라보는 시선 속에는 십분 수긍한다는 뜻이 들어 있었다. “우리 따님이 원래 성깔이 좀 있습니다.” 그는 다시금 알료샤 쪽으로 몸을 돌렸다.

“이 자연 속의 그 어떤 것도
그는 축복하려 들지 않았다네.[116]

그러니까, 여성형을 써야겠군요. 즉, 그녀는 축복하려 들지 않았다네, 하고요. 그나저나, 당신을 제 아내한테 좀 소개하겠습니다. 자, 이쪽은 아리나 페트로브나, 다리를 못 쓰는 부인으로서 마흔세 살쯤 됐고, 뭐 걷기는 걷지만 조금밖에 못 걷

---

116) 푸시킨의 시 「악마」(1823)의 일절.

지요. 평민 출신입죠. 아리나 페트로브나, 얼굴을 좀 펴 봐요. 자, 이쪽이 알렉세이 표도로비치 카라마조프라오. 일어나시지요, 알렉세이 표도로비치." 그는 알료샤의 손을 잡더니, 어디서 그런 힘이 솟아났는지 갑자기 놀랄 만큼 거세게 그를 일으켜 세웠다. "부인 앞에서 자기소개를 하시려면 일어나야 마땅하지요. 이분은 그 카라마조프, 그러니까…… 음, 뭐 나한테 그런 짓을 저지른 그 사람이 아니라, 여보, 그의 동생으로서 겸손한 덕행이 돋보이는 분이라오. 자, 아리나 페트로브나, 우선은, 여보, 당신 손에 입을 맞추도록 해 주구려."

그러면서 그는 공손하고 상냥하게 아내의 손에 입을 맞추었다. 창가의 처녀는 이 장면을 보고 너무 화가 나서 숫제 등을 돌려 버렸고, 줄곧 거만하게 의문에 차 있던 부인의 얼굴에는 갑자기 예사롭지 않을 정도로 다정스러운 빛이 감돌았다.

"안녕하세요, 앉으세요, 체르노마조프[117] 씨." 그녀가 말했다.

"카라마조프라니까요, 여보, 카라마조프라고.(우리가 원래 평민 출신이라서 이렇답니다.)" 그가 다시 알료샤에게 속삭였다.

"뭐 카라마조프든 뭐든, 나는 항상 체르노마조프라고 할 거예요……. 여하튼 앉으세요, 저이는 뭣 하러 당신을 일으켜 세웠답니까? 다리를 못 쓰는 부인이라고 하지만, 다리는 멀쩡히 있어요, 그저 양동이처럼 퉁퉁 부어올랐을 뿐이에요, 정작 내

---

117) '카라마조프'를 잘못 알아들은 것이지만, '체르노마조프'의 '체르노-'에는 '검다.'라는 뜻이 들어 있고 '카라마조프'의 '카라-'에도 역시 어원을 따지면 '검다.'라는 뜻이 있다.

몸은 이렇게 바싹 말랐는데 말이죠. 전에는 나도 제법 살이 있었는데, 지금은 보시다시피 꼭 바늘을 집어 삼킨 것처럼 말라 버렸어요……."

"평민 출신이라서 그래요, 평민 출신." 대위가 한 번 더 살짝 속삭였다.

"아빠, 아이, 아빤 정말!" 지금까지 자기 의자에서 말없이 있던 꼽추 아가씨가 갑자기 이렇게 말하면서 갑자기 손수건으로 눈을 가렸다.

"완전히 어릿광대야!" 창가의 처녀가 이렇게 내뱉었다.

"보세요, 우리 집에 어떤 새 소식이 있는지." 그러면서 엄마는 두 팔을 벌려 딸들을 가리켰다. "꼭 구름들이 움직이는 것 같아요. 한 떼의 구름이 지나가면 다시 우리 음악이 시작되곤 하지요. 예전에 저이가 군인이었을 때는 우리 집에 그런 손님들이 많이 찾아오곤 했어요. 그렇다고 나리, 지금 상황과 비교하려는 건 아니에요. 하지만 누군가가 나를 사랑해 주면, 나도 그 사람을 사랑하게 되잖아요. 그 시절, 보제(補祭) 부인이 찾아와서 '알렉산드르 알렉산드로비치는 너무나 멋진 영혼을 가진 사람이지만, 나스타시야 페트로브나, 이년은 악마 새끼야.'라고 말했어요. 그래서 '누가 누구를 숭배하느냐는 자기 마음이지만, 너는 냄새나고 보잘것없는 똥 덩어리에 불과해.'라고 응수했지요. 그랬더니 '너 같은 년은 감옥에 처넣어야 돼.'라고 말합디다. 그래서 난 '에잇, 속 시커먼 강철 같은 년, 네년이 주제에 지금 누굴 가르치러 온 거야?'라고 했지요. 그랬더니 '나는 깨끗한 공기를 마시지만, 네년은 더러운 공기를 마시고 있어.'라고 말하더군요. 그래서 '그럼, 어디 장교들에게 다 물어봐, 내 안의 공기가 더러운지 아니면 어떤지?'라고 내가 말해 줬지요. 그러곤 바로 그때부터 그 생각이 마음이 걸렸는데, 최근에 내가 지금처럼 여기 앉아 보니까 바로 그 장군님께서 들어오는 거예요, 부활절을 지내러 이곳에 왔다더군요. 그래, 내가 '각하, 이 어엿한 귀부인이 바깥 공기를 좀 마셔도 될는지요?'라고 물었지요. 그러자 '그럼요, 부인 댁에 통풍구를 만들든지 문을 열든지 해야겠군요, 댁의 공기가 영 신선하지 않으니 말입니다.'라고 대답하더군요. 보세요, 다들 이렇다니까요! 아니, 다들 왜 나의 공기에 정신이 나간 걸까요? 죽은 사람들한테서는 그보다 더 고약한 냄새가 날 텐데 말이죠. 그래서 난 '당신의 공기를 더럽히진 않을 거예요, 신발을 맞춰 신고 떠나겠어요.'라고 말했어요. 얘들아, 요 귀여운 것들아, 이 어미를 나무라지 말아 다오! 니콜라이 일리치, 여보, 당신은 내가 영 못마땅하겠지요, 하지만 나한텐 그저 일류셰치카밖에 없는 걸 어떡해요, 이 애는 학교에서 돌아오면 나를 사랑해 주니까요. 어제는 사과를 갖고 왔거든요. 얘들아, 부디 이 어미를 용서해 다오, 요 귀여운 것들아, 이 너무도 외로운 어미를 용서해 주렴, 아니 왜 다들 내 공기를 역겨워하게 된 걸까!"

그러고서 가련한 여인은 갑자기 엉엉 울부짖기 시작했고, 눈물이 시냇물처럼 쏟아졌다. 2등 대위는 냉큼 그녀에게로 달려갔다.

"엄마, 엄마, 여보 마누라, 됐어요, 됐어! 당신은 혼자가 아니야. 다들 당신을 사랑하고 다들 당신을 숭배하고 있어!" 그러면서 그는 다시 그녀의 두 손에 입을 맞추면서 자신의 손바닥으로 그녀의 얼굴을 부드럽게 쓰다듬기 시작했다. 그러곤 냅킨을 집어 갑자기 그녀의 눈물을 닦아 주기 시작했다. 알료샤가 보기엔 그의 눈에서도 눈물이 반짝이는 것 같았다. "자, 보셨지요? 들으셨지요?" 그는 어쩐지 갑자기 격분하여 한 손으로 정신이 박약한 저 가련한 여인을 가리키면서 알료샤에게로 몸을 돌렸다.

"보이고 들리는군요." 알료샤가 중얼거렸다.

"아빠, 아빠! 정말 어떻게 저 사람이랑……. 아빠, 저런 사람 따윈 던져 버려!" 갑자기 소년이 침대에서 몸을 일으키더니 이글거리는 눈초리로 아버지를 바라보며 소리쳤다.

"됐어요, 아버지, 이제 어릿광대짓은 그만하세요, 그렇게 멍청한 묘기를 보여 줘 봤자 아무 소용없다니까요……!" 이젠 화가 머리끝까지 치밀어 오른 바르바라 니콜라예브나가 예의 그 구석에서 이렇게 소리치면서 심지어 발까지 굴렀다.

"우리 따님이 이번에 이렇게까지 성질을 부리는 것도 무리는 아니지요, 바르바라 니콜라예브나, 그럼, 이 몸은 냉큼 우리 따님을 만족시켜 드리도록 하겠나이다. 모자를 쓰시죠, 알렉세이 표도로비치, 저도 이렇게 모자를 쓰고—자, 갑시다. 당신에게 진지하게 드릴 말씀이 있는데, 다만 이 안에서는 안 되겠군요. 참, 여기 앉아 있는 이 아가씨가 저의 딸 니나 니콜라예브나인데, 소개하는 걸 그만 깜박했군요—이 애는 하느님의 천사가 인간의 몸을 하고…… 우리 필멸의 존재들에게 내려왔다고나 할까요…… 제 말을 이해하실 수만 있다면……."

"온몸을 벌벌 떨고 있는 꼬락서니하곤, 영락없이 경련이라도 일어난 것 같다니까." 바르바라 니콜라예브나는 여전히 격분해서 이렇게 말했다.

"저 애는 방금 제가 미워 발을 구르면서 저더러 어릿광대라고 했지만, 실은 저 애도 인간의 몸을 한 하느님의 천사랍니다. 어떻든 저를 저렇게 부른 것도 무리는 아닙지요. 갑시다, 알렉세이 표도로비치, 끝을 내야 되지 않겠습니까요……."

그러고서 그는 알료샤의 손을 잡고서 방을 나가 그를 곧장 거리로 데려갔다.

7 그리하여 신선한 공기를 마시며

"공기가 신선하군요. 저의 누추한 집은 정말로 어떤 의미에서 보나 공기가 신선하지 못하지요. 나리, 이렇게 조금 거닐어 봅시다. 당신의 관심을 끌 만한 얘기를 하고 싶어 죽겠군요."

"저도 한 가지 중요한 용건이 있습니다만……." 알료샤가 말했다. "그저 어떻게 말을 꺼내야 할지 모르겠습니다."

"저한테 용건이 있다는 걸 모를 리가 있겠습니까요? 용건이 없다면, 절대 저를 찾아오지도 않았을 테고 숫제 기웃거리지도 않았겠지요. 아니면, 설마 정말로 우리 아이 일을 일러바치러 온 건가요? 하지만 이건 영 얼토당토않은 일이지요. 그건 그렇고, 우리 아이 얘기를 좀 합시다. 저기서는 모두 다 이야기해 드릴 수 없었지만, 지금 여기서는 그 소동이 어땠는지 묘사해 드리도록 합죠. 보이시죠, 일주일 전만 해도 수세미가 더 풍성했지요——그러니까 제 턱수염 말입니다. 제 턱수염을 두고 수세미라는 별명을 붙였는데, 특히나 초등학생들이 그렇게 부릅지요. 뭐, 그런데 그때 당신의 형 드미트리 표도로비치가 제 턱수염을 움켜쥔 채 저를 질질 끌고 다니다가 술집에서 광장으로 끌어냈는데, 때마침 그때 학생들이 학교를 나오는 길이었고 일류샤도 그들 틈에 끼어 있었던 겁니다. 제가 그런 꼴을 당하고 있는 것을 보자, 일류샤는 곧장 '아빠, 아빠!'라고 외치면서 제게로 달려들었습죠. 저를 붙들고 껴안고 저를 빼내려고 하면서 저를 모욕하는 그에게 소리치더군요. '놓아주세요, 제발 놓아주세요, 이분은 우리 아빠예요, 아빠를 용서해 주세요.' 그렇습니다, '용서해 주세요.'라고 소리쳤습니다요. 그 고사리손으로 그 사람을, 그것도 그의 손을 붙들고서 그의 손에 입을 맞추기도 했지요……. 저는 그 순간 그 애의 얼굴이 어땠는지 눈에 선합니다, 잊을 수가 없고, 또 잊지 못할 겁니다요……!"

"맹세코."라고 알료샤가 소리쳤다. "형은 정말로, 진정으로 뼈저리게 잘못을 뉘우칠 것이고, 심지어 바로 그 광장에서 무릎이라도 꿇을 겁니다……. 제가 형에게 그렇게 하라고 시키겠습니다, 만일 따르지 않는다면 그는 제 형도 아닙니다!"

"어라, 그러니까 그것은 아직 당신의 계획에 지나지 않는 거로군요. 즉, 그 사람 자체가 아니라 그저 당신의 그 열렬하고 고귀한 심성에서 우러나온 것이라는 얘기였군요. 진작 그렇게 말씀해 주시지 그러셨습니까. 아니, 그렇다면 저도 당신 형이 기사답고 또 장교다운 아주 드높은 고귀함을 지녔음을 증명했으면 싶군요, 사실 그 당시 그는 그것을 유감없이 발휘했으니까요. 그는 그 일 뒤, 그러니까 제 수세미를 실컷 끌고 다닌 뒤 저를 풀어 주면서 '네놈도 장교고 나도 장교다, 결투 입회인이 될 점잖은 사람을 찾으면, 사람을 보내라—비록 네놈은 추잡하기 짝이 없지만 실컷 만족시켜 주도록 하지!'라고 말하더군요. 바로 이렇게 말했다, 이겁니다. 이것이야말로 진정한 기사도 정신이 아닙니까! 저는 그때 일류샤를 데리고 그 자리를 떴지만, 족보에 길이길이 남을 그 광경은 영원토록 일류샤의 영혼의 기억 깊숙이 각인되었겠지요. 하지만 무슨 수로 저희가 귀족 노릇을 하겠습니까. 그래, 방금 몸소 저의 집에 가 보셨으니 직접 판단해 보십죠. 거기서 무엇을 보셨습니까요? 세 명의 여성이 앉아 있는데, 한쪽은 다리도 못 쓰는 데다가 정신도 박약하고, 다른 쪽은 다리도 못 쓰는 데다가 꼽추고, 또 다른 쪽은 두 다리도 멀쩡하고 너무나도 똑똑한 데다가 여대생인데 또다시 페테르부르크로 가겠다며 야단입니다, 그곳의 네바 강변에서 러시아 여성의 권리를 찾고 싶다더군요. 일류샤에 대해선 아예 말도 하지 않겠습니다요, 고작해야 아홉 살에 완전 외톨이니까요—이런데 만약 제가 죽어 버린다면 저의 이 모든 핏줄들은 어떻게 되겠습니까, 오직 이것 하나만 물어봐도 되겠습니까? 만약 이런 상황에서 제가 그에게 결투를 신청했다가 당장 그에게 죽임을 당한다면, 그때는 어떻게 되는 거죠? 그땐 저들, 저들 모두 어떻게 되겠습니까요? 더 고약한 건 아주 죽임을 당하는 것이 아니라 그냥 불구가 되는 겁니다. 일은 하지도 못하면서 어쨌거나 입은 살아 있다면, 도대체 누가 내 입에 풀칠을 하게 해 주고 또 도대체 누가 그들 전부의 입에 풀칠을 하게 해 주겠습니까요? 아니, 그럼, 일류샤를 매일 학교가 아니라 동냥을 하러 보내야겠습니까? 그에게 결투를 신청한다는 건 바로 이런 의미를 담고 있는 겁니다, 아주 어리석기 짝이 없는 말입죠."

"형은 당신에게 용서를 구할 겁니다, 형은 광장 한가운데서 당신의 발에 엎드릴 겁니다." 알료샤가 다시금 불타오르는 시선으로 소리쳤다.

"그를 재판소에 고소하고 싶었습니다." 2등 대위가 계속했다. "하지만 우리 법전을 펴 보십시오, 나를 개인적으로 모욕했다고 해서 그 사람으로부터 무슨 만족스러운 보답을 얻어낼 수 있습니까요, 어디? 그러던 차에 갑자기 아그라페나 알렉산드로브나가 저를 불러서는 '그런 생각은 아예 하질 마! 만약 그를 재판소에 고소한다면, 내가 가만히 있지 않겠어, 그러니까 당신이 사기를 쳤기 때문에 그가 당신을 때렸다는 것이 만천하에 공개적으로 폭로될 것이고, 그러면 바로 당신이야 말로 재판에 회부될 테니까.'라고 소리치더군요. 하지만 누구 때문에 이런 사기를 치게 됐고 누구의 명령으로 나 같은 잔챙이가 행동을 개시했는지는 주님 한 분만이 알고 계십죠—다름 아니라 바로 그녀와 표도르 파블로비치의 지시에 따른 것이 아니었겠습니까요? '그뿐인 줄 알아, 당신을 영원히 추방해 버릴 테고, 앞으로는 나한테서 단 한 푼도 벌어먹지 못할 줄 알아. 우리 상인한테도(그녀는 그 노인을 우리 상인이라고 부릅니다.) 그렇게 말할 거고, 그러면 우리 상인도 너를 쫓아낼걸.'이라고 덧붙이더군요. 자, 그래서 생각을 해 보니, 상인마저도 저를 쫓아낸다면, 그땐 누구 밑에 가서 돈을 벌겠습니까요? 저한테 남은 건 고작해야 이 두 사람뿐이거든요, 당신의 부친 표도르 파블로비치는 이 일과는 무관한 어떤 다른 이유로 저를 더 이상 신용하지 않게 됐을뿐더러, 오히려 제 서명이 담긴 영수증들을 손에 넣고서는 저를 고소하고 싶어 하거든요. 상황이 이렇다 보니 풀이 죽을 수밖에 없었고, 그리고 저희 집이 어떤 몰골인지 보셨잖습니까요. 이제 어디 한번 물어봅시다. 우리 애가 아까 당신의 손가락을 아프게 깨물었습니까, 일류샤 말입니다? 집에서는 녀석도 있고 해서 이렇게 자세한 얘기까지 물어볼 결심이 서지 않더군요."

"예, 아주 아프게 깨물더군요, 그 애도 몹시 예민한 상태였거든요. 그 아이는 제가 카라마조프라서 당신의 복수를 했던 겁니다, 이젠 분명히 알겠군요. 하지만 걔가 학교 친구들과 서로 돌팔매질하는 걸 보셨더라면 어땠겠습니까? 몹시 위험했습니다, 아이들은 걔를 죽일 수도 있어요, 아직 철없는 애들 아닙니까, 돌멩이가 머리를 깰 수도 있는 노릇이고."

"안 그래도 오늘 한 대 맞았습니다, 머리는 아니지만 심장 위쪽 가슴팍에 돌을 맞은 거죠. 멍이 들어 와서는 울면서 징징대다가 저렇게 앓아누웠답니다."

"그런데 말이죠, 그 애가 먼저 다른 애들을 공격했습니다, 당신 일로 열을 받았던 거죠, 애들 말로는 걔가 아까 크라소트킨이라는 소년의 옆구리를 펜나이프로 찔렀다더군요……."

"그 애기도 들었는데, 정말 위험한 일입니다. 이 크라소트킨이라는 사람은 이곳의 관리니까, 어쩌면 성가신 일이 생길지도 모르고……."

"충고를 좀 드렸으면 하는데요."라고 알료샤가 열심히 계속했다. "아이가 좀 진정할 때까지 한동안은 아예 아이를 학교에 보내지 않는 것이 좋을 듯합니다…… 그러니까 분노가 좀 사그라질 때까지는……."

"분노라굽쇼!" 2등 대위가 말을 받았다. "그렇습죠, 분노입니다요. 비록 어린것이지만 거대한 분노가 끓어오른 것이지요. 당신은 이 사건을 다는 모르고 계십니다요. 이 사연을 특별히 말씀드리고 싶군요. 그러니까 그 사건 이후 학교의 모든 학생들이 그 애를 수세미라고 놀리기 시작했어요. 학교의 아이들은 무자비한 족속입니다. 각각 떼 놓으면 하느님의 천사들이지만, 함께 있으면, 특히 학교에서는 극도로 무자비해지는 일이 자주 있지요. 그 아이들이 우리 아이를 놀려 대기 시작하자 일류샤의 내면에서 고귀한 정신이 고개를 쳐든 겁니다. 보통 소년들처럼 마음이 약한 아들이었다면 곧 풀이 죽어 자기 아버지를 창피스러워했을 테지만, 이 녀석은 아버지를 두둔하며 혼자서 모든 아이들을 상대로 일어선 겁니다. 아버지를 위해, 진리와 진실을 위해서 말입니다요. 사실 그때 그 아이가 당신 형의 손에 입을 맞추면서 '아빠를 용서해 주세요, 아빠를 용서해 주세요.'라고 소리치면서 얼마나 큰 수모를 견뎌 냈는지는 오직 하느님만이, 그리고 저만이 알 겁니다. 바로 이렇기 때문에 우리 아이들은—다시 말해 당신의 아이들이 아니라 우리 같은 사람의 아이들, 멸시당하고 살지만 정신은 고귀한 가난뱅이들의 아이들 말입니다요—아홉 살 나이에 이미 세상의 진실을 터득하게 되는 겁니다요. 부자들이라면 어림도 없습죠. 그들은 평생 동안 이런 깊은 곳을 연구할 리도 없지만, 나의 일류쉬카는 광장에서 그의 손에 입을 맞추던 그 순간, 바로 그 순간에 진리가 무엇인지를 깨달아 버린 것입니다. 이 진리가 그 아이의 내면으로 들어온 순간, 그 아이는 영원히 씻지 못할 상처를 입었던 것입지요." 2등 대위는 다시금 꼭 미친 사람처럼 흥분하여 열띤 어조로 이렇게 말했으며, 그러면서 '진리'가 자기 아들 일류샤에게 남긴 상처를 생생하게 표현하고 싶었는지 오른쪽 주먹으로 왼쪽 손바닥을 툭 쳤다. "바로 그날 제 아들 녀석은 신열에 들떠 밤새도록 헛소리를 했습죠. 하루 종일 저와 말도 거의 하지 않고 숫제 입을 완전히 봉해 버렸는데, 다만 이것만은 눈에 뜨이더군요. 즉, 방구석에서 저를 쳐다보고 또 쳐다보곤 하다가 점점 더 자주 창문 쪽으로 몸을 기대면서 공부하는 시늉을 하는데, 공부 생각은 통 없는 게 빤히 보입디다. 다음 날 저는 술을 마셨기 때문에 기억나는 것도 별로 없고, 워낙 괴로워서 마셨지만 저란 놈은 참으로 죄받을 인간입죠. 엄마도 울기 시작했지만—이 엄마를 저는 무척 사랑하지만—워낙 괴로워서 남은 돈을 탈탈 털어 또 한잔해 버렸습니다. 나리, 저를 경멸하지 마십시오. 우리 러시아에서는 술꾼들이야말로 가장 착한 사람들이거든요. 우리 나라에서 가장 착한 사람들은 바로 술꾼들이라고요. 그렇게 저는 그날 종일 누워 있었기 때문에 일류샤가 어땠는지 그다지 잘 기억나지도 않지만, 바로 그날 아이들이 학교에서 아침부터 녀석을 놀려 대기 시작했던 겁니다. 다들 '이봐, 수세미, 너의 아버지는 수염을 붙잡힌 채 술집에서 질질 끌려 나왔고 너는 그 옆을 뛰어다니며 용서해 달라고 빌었잖아.'라고 그 애에게 소리쳤던 것입죠. 셋째 날, 녀석이 다시 학교에서 돌아왔을 때 보니 얼굴이 영 말이 아니었습니다, 하얗게 질려 있더군요. 제가 물었습죠, 도대체 무슨 일이냐? 하고요. 말이 없습디다. 집 안에서는 대번에 마누라와 우리 처녀들이 끼어들 테니까 아무런 대화도 할 수가 없는 데다가, 이 처녀들은 아예 첫날부터 이미 모든 것을 다 알고 있었지요. 바르바라 니콜라예브나는 진작부터 '하나같이 어릿광대에 등신들이라니까요, 아니 왜 아버지 하는 일은 제대로 되는 게 없어요?'라고 투덜거리기 시작했습니다. 그래서 제가 '내 말이 그 말 아닙니까, 바르바라 니콜라예브나, 아니 왜 우리 집 사람들 하는 일은 제대로 되는 게 없을까요?'라고 말했습지요. 그때는 이렇게 일단락을 지었습니다. 저녁 무렵에 산책이나 하자고 아들 녀석을 데리고 나갔습니다. 그나저나 당신이 알아 두셨으면 하는 것이 있는데, 우리는 그 일이 있기 전에도 정확히 제가 지금 당신과 함께 걷고 있는 이 길을 따라 매일 저녁 산책을 나가곤 했답니다, 바로 우리 집 쪽문에서 저쪽 길 울타리 옆에 덩그러니 솟아 있는 저기 커다란 바윗돌까지 말이죠, 바로 저기서 도시의 목장이 시작됩니다. 한적하고 멋진 곳입지요. 일류샤와 함께 걸을 때면 보통 녀석의 손을 제 손에 잡고 있는데, 그 손은 정말 조막만 하고 손가락은 가늘고 차갑더군요. 녀석의 그 작은 가슴이 고통에 시달리고 있었으니까요. '아빠, 아빠!'라고 말하더군요. '응?'이라고 물었지요. 녀석의 작은 눈이 번득이는 게 보입디다. '아빠, 그 사람은 그때 아빠에게 어떻게 그런 짓을 할 수가 있어, 아빠!' '어쩌겠니, 일류샤.'라고 제가 말했지요. '그 사람과 화해하면 안 돼, 아빠, 절대 화해하지 마. 학교 애들은 그 일로 그 사람이 아빠한테 10루블을 줬다고 하던데.' 그래서 전 '아니란다, 일류샤, 이제는 어떤 일이 있어도 그 사람한테 돈은 받는 일은 없을 거야.'라고 말해 주었지요. 그러자 녀석은 온몸을 파르르 떨더니, 제 손을 자기 두 손에 꽉 쥔 채 다시금 입을 맞춥니다. '아빠, 아빠, 그 사람한테 결투를 신청해, 학교에선 아빠가 겁쟁이라서 결투를 신청하기는커녕 오히려 그 사람한테서 10루블을 받았다고 놀려 댄단 말이야.' '일류샤, 아빠는 그 사람한테 결투를 신청할 수가 없단다.' 이렇게 대답하면서 저는 녀석에게 그와 관련하여 지금 당신에게 설명한 것과 같은 내용을 간략하게 설명해 주었습니다. 녀석은 열심히 듣더군요. '아빠, 아빠, 어쨌거나 화해해선 안 돼. 어른이 되면 내가 직접 그 사람한테 결투를 신청해서 내 손으로 죽여 버릴 거야!' 어린 두 눈이 번득이며 이글이글 타오르더군요. 뭐, 사정이 어떻든 간에 어쨌거나 저는 아버지 된 입장에서 녀석에게 참된 말을 해야 했습죠. 그래서 '아무리 결투라고 해도 사람을 죽이는 건 죄받을 일이란다.'라고 말해 주었습니다. '아빠, 아빠, 그럼, 난 어른이 되자마자 그 사람을 때려눕힐 거야, 내 사벨로 그 사람의 사벨을 쳐서 떨어뜨리고 그 사람한테 달려들어 때려눕히고서는 그 사람의 머리 위에서 사벨을 한번 휘두른 뒤 이렇게 말하겠어. 지금 당장 네놈을 죽일 수도 있지만, 목숨만은 살려 준다, 고마운 줄 알아라!' 보십시오, 나리, 그 작은 머릿속에서 요 이틀간 무슨 일이 일어나고 있었는지, 녀석은 밤낮으로 이렇게 사벨로 복수할 생각에 사로잡혀서 밤마다 이것을 두고 헛소리를 했던 겁니다요. 다만, 녀석이 방과 후 호되게 얻어맞고 집에 온다는 건 그저께야 알게 됐으니, 나리가 옳습니다요. 더 이상 녀석을 학교에 보내지 않을 겁니다요. 녀석이 혼자 같은 반 아이들 모두와 맞서 녀석 스스로 모두에게 도전장을 던지고 저 스스로 너무 악에 받친 나머지 녀석의 심장에 불이 붙어 버렸다는 것을 알게 됐고, 그땐 녀석 때문에 저도 경악했습니다. 다시 우리는 산책 삼아 좀 걸어 봤습니다. '아빠, 아빠, 정말 부자들은 세상의 모든 사람들보다 힘이 센 거야?'라고 묻더군요. '그래, 일류샤, 세상에 부자보다 더 힘이 센 건 없단다.'라고 말했지요. 그러자 녀석은 '아빠, 내가 엄청나게 부자가 되고 또 장교가 되면 모든 놈들을 부숴 버릴 거야, 그럼, 황제님이 나한테 상을 내려 줄 테고, 그렇게 돌아오면, 그땐 아무도 감히…….'라고 말합디다. 그러곤 입을 좀 다물고 있다가 다시 입을 여는데 녀석의 작은 입술이 조금 전과 마찬가지로 줄곧 파르르 떨리더군요. '아빠, 우리 도시는 정말 너무 좋지 않아, 아빠!' '그래, 일류셰치카, 사실 우리 도시는 별로 좋은 곳은 아니지.'라고 말해 주었지요. '아빠, 다른 도시로 이사 가자, 아무도 우리를 모르는 다른 좋은 도시로.'라고 말합디다. '그래, 이사를 가자꾸나, 일류샤, 이사를—다만 돈을 좀 모아야 되지 않겠니.'라고 말해 주었습죠. 저는 녀석을 어두운 생각에서 떼 놓을 건수를 찾은 것이 기뻤고, 이제 저와 녀석은 우리의 말과 달구지를 사서 다른 도시로 이사 가는 꿈에 젖기 시작했습니다. 엄마와 누나들은 마차에 태워 덮개를 덮어 주고 우리는 그 옆에서 걸어가는 거야, 가끔씩 너도 태워 주겠지만 이 아빠는 그 옆에서 걸어갈 거란다, 왜냐면 말을 아껴야 되니까, 모두 다 타고 갈 수는 없지 않니, 그래, 이렇게 떠나자꾸나. 녀석은 이 생각에, 무엇보다도 우리의 말이 생겨서 그것을 직접 타고 간다는 생각에 너무 기뻐 어쩔 줄을 모르더군요. 러시아 소년이 이렇게 말과 함께 태어난다는 것은 유명한 얘기 아닙니까. 우리는 오랫동안 수다를 떨었고, 저는 이로써 녀석의 기분을 풀어 주고 달래 줄 수 있었기에 천만다행이라고 생각했지요. 이게 그저께 저녁의 일이었지만, 어제 저녁부터는 상황이 완전 달라져 버렸습니다. 아침이 되자 녀석은 다시금 그렇게 학교에 가더니, 돌아올 땐 음울한 모습이더군요, 아주 음울했어요. 저녁에 저는 녀석의 손을 잡고 산책을 나갔지만, 입을 다문 채 통 말을 안 하더군요. 그때는 산들바람도 불어오고 해도 기울고 가을이 완연한 가운데 날이 어둑해졌고, 그래서인지 그렇게 걷다 보니 우리 둘 다 서글퍼지더군요. 제가 '자, 얘야, 우리는 어떻게 길 떠날 채비를 해야 될까?'라고 말을 꺼냈는데, 이런 식으로 어제 대화를 다시 시작해 볼 생각이었지요. 하지만 말이 없더군요. 그저 녀석의 손가락이 제 손 안에서 부르르 떨리는 소리만 들리더군요. '어라, 안 좋아, 새로운 일이 터진 거야.'라는 생각이 들더군요. 그러는 동안 우리는 지금처럼 바로 이 바윗돌까지 왔고 저는 이 바윗돌 위에 앉았는데, 하늘 위로 온통 연을 띄워 놓아서 윙윙, 쉬쉬 소리를 내는 것이 서른 개는 족히 되어 보입디다. 아닌 게 아니라 지금은 연을 띄우는 철이 아닙니까요. '자, 일류샤, 이제 우리도 작년에 마련한 연을 띄울 때가 된 것 같구나. 아빠가 녀석을 좀 손봐 주마, 그런데 그 녀석이 어디에 숨어 있지?'라고 말했지요. 그래도 우리 아이는 아무런 말도 하지 않고 저한테서 반쯤 몸을 돌린 채 먼 산만 바라보고 서 있더군요. 바로 그때 갑자기 바람이 윙윙 소리를 내며 불더니 모래가 날렸고……. 녀석이 갑자기 온몸으로 제게 달려들어 그 고사리손으로 내 목을 휘감고 저를 꼭 껴안더군요. 아시겠지만, 말이 없고 자존심이 강한 아이들은 오랫동안 눈물을 꾹 참고 있지만, 커다란 괴로움이 밀려와 폭발을 하게 되면 그 눈물은 흘러내리는 정도가 아니라 꼭 시냇물처럼 콸콸 쏟아지는 법이지요. 이 따뜻한 눈물의 포말로 녀석은 갑자기 제 얼굴을 온통 적셔 버렸답니다. 경련이라도 난 듯 흐느껴 울면서 몸을 부르르 떨더니, 바윗돌 위에 앉아 저를 자기 품에 꼭 껴안더군요. 그러곤 '아빠, 사랑하는 아빠, 그 사람 때문에 아빠가 얼마나 큰 수모를 겪었는지!'라고 외쳤습니다. 그 순간 저도 울음을 터뜨렸고, 그렇게 앉은 채로 서로 부둥켜안고 몸을 부르르 떨면서. '아빠, 아빠!' '일류샤, 일류셰치카!' 그때 아무도 우리를 보지 못했지만, 하느님 한 분만은 보았고, 아마 저의 기록부에 기입했을 겁니다요. 당신의 형에게 감사의 말씀을 전해 주십시오, 알렉세이 표도로비치. 하지만 절대로 당신을 만족시키기 위해 제 아이를 때리는 일은 없을 겁니다요!"

그는 이번에도 아까처럼 심술궂은 유로지브이처럼 괴상하게 말을 끝맺었다. 그런데도 알료샤는 그가 자기를 신뢰하고 있음을, 만약 지금 자기 자리에 다른 사람이 있었더라면 그 다른 사람과는 이렇게 '대화를 나누지'도, 그가 오늘 자기에게 알려 준 것을 알려 주지도 않았을 것임을 느낄 수 있었다. 이 때문에 알료샤는 기운이 났고 눈물에 젖어 영혼이 파르르 떨려 왔다.

"아, 당신의 아이와 꼭 화해를 하고 싶군요!" 알료샤가 계속해서 소리쳤다. "당신이 다리를 놓아 주신다면……."

"예, 그래야 되겠지요." 2등 대위가 중얼거렸다.

"하지만 지금 중요한 건 그 문제가 아닙니다, 전혀 그 문제가 아니고요, 그러니까 들어 보십시오." 알료샤는 계속하여 외쳐 댔다. "들어 보십시오. 저는 당신과 관련하여 한 가지 부탁을 받았습니다. 저의 형, 그러니까 저 드미트리는 자기 약혼녀마저도, 아마 당신도 들으셨을 아주 고귀한 아가씨도 모욕했습니다. 저는 그분이 받은 모욕을 당신에게 털어놓을 권리를, 심지어 그래야 하는 의무를 갖고 있습니다, 왜냐면 그분은 당신이 받은 모욕에 대해 알게 되자, 당신이 처한 불행한 처지에 대해 전부 알게 되자 저에게 방금…… 아니, 조금 전에…… 당신에게 그분의 이름으로 이렇게 금전적인 도움을 주라고 부탁했습니다만……. 단, 그분을 버린 드미트리가 주는 것도 아니고, 절대로 그게 아니고, 그분이 주는 겁니다, 그의 동생인 제가 주는 것도, 다른 그 누구도 아닌 오직 그분 한 명이 주는 겁니다! 그분은 당신이 이 도움을 꼭 받아들여 주십사 애원하고 있습니다…… 두 분 모두 동일한 사람에게 모욕을 받았기 때문에……. 그에게서 당신과 같은(그러니까 모욕의 강도에 있어 말입니다.) 모욕을 받자, 그때 비로소 그분은 당신 생각을 했던 겁니다! 그러니까 이건 여동생이 오빠에게 도움을 주려는 것과 같습니다……. 그분이 여동생과 같은 심정으로 드리는 이 200루블을 꼭 받아 달라고, 그렇게 하도록 당신을 설득해 달라고 저에게 부탁했던 겁니다. 이 일은 아무도 모르니까 무슨 부당한 유언비어가 생겨날 리도 없고…… 그러니, 여기 이 200루블을 꼭 받으셔야 됩니다, 그러지 않으면…… 그러지 않으면, 세상의 모든 사람들이 분명히 서로서로 원수가 되고 말 겁니다! 하지만 이 세상엔 형제들도 있어야지요……. 당신은 고귀한 영혼을 가졌으니까…… 이 점을 이해하셔야 합니다, 그래야 합니다!"

그러면서 알료샤는 그에게 무지갯빛 100루블짜리 새 지폐 두 장을 내밀었다. 그때 그들은 둘 다 담장 곁, 바윗돌 옆에 서 있었고 주위에는 아무도 없었다. 수표를 보자 2등 대위는 어마어마한 충격을 받은 듯했다. 몸을 부르르 떨었는데, 이건 일단은 그저 너무 놀라서였으리라. 이런 건 전혀 생각도 못 했고 이런 결말은 아예 기대도 못 했던 것이다. 그러니까 누군가로부터의 도움을, 그것도 이렇게 상당한 액수를 받으리라곤 꿈에서도 생각지 못했던 것이다. 그는 지폐를 받아 쥔 상태에서 잠시 동안 거의 대답도 제대로 할 수 없었으며 완전히 새로운 뭔가가 그의 얼굴을 스치고 지나갔다.

"이걸 저한테, 저한테 주시는 거라니, 이렇게 많은 돈을, 200루블이나! 아니, 어떻게 이런 일이! 사 년 동안 이만한 돈은 구경도 못 했습니다, 맙소사! 그리고 여동생이…… 주는 거라고 하셨는데, 정말로, 정말로 그런 겁니까?"

"맹세코, 제가 말씀드린 건 전부 사실입니다!" 알료샤가 소리쳤다. 2등 대위는 얼굴이 발개졌다.

"들어 보십시오, 예, 좀 들어 보십시오, 만약 제가 이걸 받는다면 비열한 놈이 되는 건 아닐까요? 당신의 눈앞에서, 알렉세이 표도로비치, 정말로 비열한 놈이 되는 건 아닐까요? 제발, 알렉세이 표도로비치, 들어 보십시오, 좀 잘 들어 주시라굽쇼." 두 손으로 연신 알료샤를 건드리면서 그는 호들갑을 떨었다. "'여동생'이 보내는 것이니 받으라고 지금 저를 설득하고 있지만, 만약 제가 이걸 정말로 받는다면 내심 저한테 경멸감을 느끼진 않으실깝쇼, 예?"

"절대로 그렇지 않습니다, 절대로! 하늘에 맹세코, 절대로! 그리고 우리 말곤 아무도 절대 모를 겁니다. 저와 당신, 그분, 그리고 그분의 절친한 친구인 한 부인 말고는 아무도……."

"부인 따위가 문제가 아닙니다! 이보십시오, 알렉세이 표도로비치, 귀를 좀 기울여 주십시오, 이제는 정말로 제 말에 귀를 기울이실 순간이 됐습니다요, 왜냐면 이 200루블이 저에게 어떤 의미를 지닐 수 있는지 당신은 이해하지 못할 테니까요." 불행한 이는 점점 더 이성을 잃어 거의 기괴할 정도로 황홀해하면서 말을 이어 갔다. 그는 극도의 혼란에 빠진 듯했으며, 꼭 자기가 할 말을 다 못 하지는 않을까 싶어 두려운 양 굉장히 다급하게 서두르면서 말했다. "이것이 그토록 존경해 마지않는 신성한 '여동생'으로부터 명예롭게 얻은 돈이라는 점은 차치하고라도, 당장 이걸로 엄마와 니노치카 — 그러니까 저의 그 꼽추 천사, 제 딸아이를 치료해 줄 수 있다는 걸 알고 있습니까? 의사 게르첸슈투베가 친절하게도 저희 집에 왔던 적이 있는데, 꼬박 한 시간 동안 그 둘을 진찰하고서는 '통 영문을 모르겠군요.'라고 말하긴 했어도 이곳 약국에 파는 광천수라면 반드시 효과가 있을 거라고 말했고(처방전도 써 주었어요.) 다리 찜질용 약도 처방해 주었습니다. 광천수는 30코페이카인데, 아마 마흔 통은 족히 마셔야 될 겁니다. 그렇게 처방전을 받아서 성상 밑 선반 위에 놓아두었는데, 지금도 그대로 있지요. 니노치카에게는 무슨 약을 탄 뜨거운 물로 매일 아침저녁으로 목욕을 하라고 지시했지만, 우리 집 형편에 어디서 그런 치료를 할 수 있겠습니까, 시중들 사람도, 도와줄 사람도, 목욕통도, 물도 없는데? 그런데 니노치카는 지독한 류머티즘을 앓고 있답니다, 이건 아직 말씀을 안 드렸지만, 얘는 밤마다 오른쪽 반신(半身)이 너무 쑤셔서 고통스러워하면서도, 믿으시겠습니까, 하느님의 천사인지라 우리에게 폐를 끼치지 않으려고 안간힘을 쓰고 우리를 깨울까 봐 신음 소리도 내지 않는답니다. 먹는 건 말입죠, 우리는 닥치는 대로 게걸스럽게 먹어 대는데, 얘는 개한테나 던져 줄 법한 가장 보잘것없는 조각을 집는답니다. '나는 이 음식을 먹을 자격도 없는 몸이에요, 다른 식구들이 먹을 걸 빼앗기나 하고 또 남들에게 짐만

되고.' 얘의 이 천사 같은 눈에는 바로 이런 말이 담겨 있는 듯해요. 우리가 얘의 시중을 들어 주면, 부담스러운 거죠. '나는 이런 걸 받을 자격이 없어요, 정말 그럴 자격이 없어요, 나는 아무 쓸모도 없는 병신, 무용지물인걸요.' 아니, 자격이 없다니요, 얘는 우리 모두를 위해 예의 그 천사같이 온순한 마음으로 하느님께 기도를 해 주었고, 얘가 없다면, 얘의 조용한 말이 없다면 우리 집은 지옥이 됐을 것이고, 또 얘는 저 바랴의 마음까지도 누그러뜨렸는데요. 그나저나 바르바라 니콜라예브나도 욕하지는 말아 주십시오, 이 애도 역시나 천사지만, 역시나 마음이 상한 것입죠. 여름에 집에 왔는데, 얘에겐 과외를 해서 번 16루블이 있었고 그건 9월, 그러니까 지금 페테르부르크로 돌아갈 여비로 따로 떼 둔 돈이었지요. 하지만 우리가 얘의 돈을 살림에 다 써 버렸으니, 얘는 지금 돌아갈 차비가 전혀, 정말 전혀 없는 겁니다. 안 그래도 돌아갈 여건이 통 안 되는 것이 얘는 지금 우리를 위해 유형수처럼 일하고 있거든요—우리는 얘를, 그러니까 녹초가 된 말에 마구와 안장을 얹어 마구 부리는 셈인데, 집안 식구들의 시중을 들고 물건들을 고치고 마루를 쓸고 닦고 엄마를 침대에 뉘고 하지만, 이 엄마가 또 한 변덕에 한 눈물 하는 정신병자다, 이 말입죠……! 하지만 이제 이 200루블이면 하녀를 쓸 수도 있습니다요, 아시겠습니까요, 알렉세이 표도로비치, 내 사랑하는 식솔들에게 치료도 받게 할 수 있고, 우리 여대생을 페테르부르크로 보낼 수도 있고, 쇠고기를 사서 새로운 식탁을 차릴 수도 있습니다요. 맙소사, 이게 정말 꿈은 아니겠지요!"

알료샤는 자신이 남에게 이토록 많은 행복을 줄 수 있어서, 또 이 불행한 이가 그 행복을 받아들이기로 했기 때문에 기뻐서 어쩔 줄을 몰랐다.

"잠깐만, 알렉세이 표도로비치, 잠깐만요." 2등 대위는 갑자기 그의 머릿속에 떠오른 새로운 꿈에 다시금 사로잡혀 다시금 미친 듯 빠른 말투로 주절대기 시작했다. "그런데 말입니다, 저와 일류쉬카는 어쩌면 지금 당장 우리의 꿈을 실현시킬 수 있을지도 모릅니다. 말 한 필과 포장마차를 살 테고, 그런데 녀석이 신신당부했으니까 말은 꼭 검은색으로 살 테고, 그러고는 그저께 그려 본 대로 떠나는 겁니다. K 현에 제가 아는, 어릴 적 친구였던 변호사가 있는데, 제가 거기로 가면 녀석이 저에게 자기 사무소에 서기 자리를 줄 거라고 믿을 만한 사람을 통해 전해 왔고, 사람 속을 누가 알까마는 그래도 아마 써 줄 겁니다요……. 그러면 엄마를 태우고 니노치카도 태우고 일류셰치카는 마부석에 앉히고 저는 걸어서, 그러니까 걸어서 모든 식솔들을 데리고 가는 겁니다요……. 맙소사, 여기서 받지 못한 빚만 제대로 돌려받는다면, 이런 것쯤은 거뜬히 해결될 텐데!"

"아무렴, 그렇고말고요!" 알료샤가 소리쳤다. "카체리나 이바노브나는 얼마든지 당신이 원하시는 만큼 보내 줄 테고, 그리고 저에게도 돈이 있으니, 동생이라고, 친구라고 생각하시고 필요한 대로 가져가셨다가 나중에 돌려주시면 됩니다……. (당신은 부자가, 그것도 엄청난 부자가 되실 겁니다!) 그리고 이렇게 다른 현으로 이사를 가시겠다니, 이건 정말 더할 나위 없이 좋은 생각입니다! 이건 당신에겐 물론이고 무엇보다도 당신의 아이를 위해 정말 좋은 일이고, 그러니까 말이죠, 겨울이 오기 전에, 한파가 닥치기 전에 어서 빨리 떠나시는 것이 좋을 테고, 거기서 우리에게 편지를 써 주신다면 우리는 형제로 남을 수 있을 겁니다……. 그렇습니다, 이건 꿈이 아닙니다!"

알료샤는 그를 끌어안을 참이었는데, 그 정도로 만족에 젖어 있었던 것이다. 하지만 그의 얼굴을 바라본 순간, 갑자기 흠칫했다. 상대방은 목을 길게 뽑고 입술을 삐죽 내민 채 미친 사람처럼 새하얗게 질린 얼굴을 하고 서 있었는데, 꼭 무슨 말을 하고 싶은 양 뭐라고 입술을 달싹거렸다. 아무 소리도 내지 않으면서 연신 입술을 달싹거리는 것이 어쩐지 이상했다.

"아니, 왜 그러십니까!" 알료샤는 갑자기 무엇 때문인지 몸을 부르르 떨었다.

"알렉세이 표도로비치…… 저는…… 당신은……." 이렇게 중얼중얼 더듬더듬 무심코 말을 내뱉을 때 2등 대위는 산에서 떨어지기로 마음먹은 사람과 같은 표정으로 그를 이상하고도 기괴한 시선으로 뚫어져라 바라보았고 동시에 입술을 달싹거려 미소를 짓는 듯했다. "저는…… 당신은 말입니다……. 그나저나, 어떻습니까, 당신에게 지금 마술을 한 가지 보여 드립죠!" 그는 갑자기 빠르고도 확고한 어조로 속삭였는데, 더 이상 말을 더듬거나 중얼거리지 않았다.

"마술이라니요?"

"뭐, 마술이래야 하찮은 것이죠." 2등 대위는 여전히 속닥대고 있었다. 그는 입을 왼쪽으로 일그러뜨리고 왼쪽 눈을 찡긋

거리면서 꼭 알료샤에게 붙박인 양 눈을 뗄 생각도 않고 줄곧 그를 바라보았다.

"아니, 왜 이러십니까, 마술이라니요?" 그는 이제 완전히 경악해서 소리쳤다.

"자, 이런 겁니다, 한번 보시죠!" 2등 대위는 갑자기 째질 듯 소리를 질렀다.

그러고는, 지금까지 대화를 나누는 동안 줄곧 오른손의 엄지와 검지로 그 끄트머리를 쥐고 있던 두 장의 무지갯빛 지폐를 그에게 보여 준 뒤, 갑자기 무엇 때문인지 오른쪽 주먹으로 난폭하게 움켜쥐더니 마구 구기고 힘껏 뭉개 버렸다.

"보셨지요, 보셨냐굽쇼!" 그는 미친 사람처럼 새하얗게 질려서는 째질 듯한 목소리로 알료샤에게 소리쳤고, 갑자기 주먹을 위로 치켜들더니 있는 힘껏 구겨진 지폐 두 장을 모래 위로 던졌다. "보셨습니까요?" 그는 지폐를 손가락으로 가리키면서 다시 째질 듯한 목소리 외쳤다. "자, 바로 이것이올시다……!"

그러고서 그는 오른발을 들더니 갑자기 기이한 악의를 드러내며 그것을 뒤축으로 짓밟기 시작했는데, 발길질을 할 때마다 소리를 지르고 숨을 헐떡였다.

"자, 이게 당신네들의 돈입니다요! 당신네들의 돈! 당신네들의 돈이라고요! 당신네들의 돈!" 갑자기 그는 껑충 뒤로 물러서더니 몸을 펴고 알료샤 앞에 버티고 섰다. 그의 모습에서는 이루 말로 설명할 수 없는 오만함이 넘쳐 났다.

"당신을 보낸 사람들에게 아뢰십시오, 수세미는 자신의 명예는 팔지 않는다고요!" 허공을 향해 손을 뻗으며 그가 외쳤다. 그러고는 얼른 몸을 돌려서 달리기 시작했다. 하지만 그는 다섯 걸음도 채 가지 않아 다시 온몸을 돌리더니 갑자기 알료샤에게 손짓을 했다. 하지만 또다시 다섯 걸음도 채 가지 않고, 이제는 마지막으로 몸을 돌렸는데, 이번에는 얼굴이 일그러진 웃음 대신, 반대로 온통 눈물로 젖어 떨리고 있었다. 엉엉 울면서, 훌쩍거리면서 탁탁 끊기는 빠른 말투로 그는 소리쳤다.

"내가 받은 치욕의 대가로 당신네들한테 돈을 받는다면, 우리 아이한테 뭐라고 말하겠습니까?" 이렇게 말한 뒤 쏜살같이 달리기 시작했는데, 이번에는 더 이상 뒤를 돌아보는 일이 없었다. 알료샤는 이루 말로 표현할 수 없는 슬픔을 느끼면서 그의 뒷모습을 바라보았다. 오, 그는 알고 있었던 것이다, 마지막 순간까지도 저 사람은 자기가 수표를 짓뭉개서 집어 던질 줄은 몰랐으리라. 이미 달리기 시작한 사람은 한 번도 몸을 돌리지 않았고, 알료샤는 그가 다시는 몸을 돌리지 않을 것임을 알고 있었다. 그를 쫓아가 불러 세우고 싶지도 않았는데, 그 이유도 그는 잘 알고 있었다. 그가 시야에서 사라졌을 때, 알료샤는 지폐 두 장을 집어 들었다. 그것은 그저 좀 많이 구겨지고 침이 좀 묻은 채 모래 속에 묻혀 있었을 뿐, 아주 멀쩡했으며 알료샤가 그것을 펴서 매만졌을 때는 아예 빳빳한 새 돈처럼 바스락거리기도 했다. 그는 지폐를 매만진 뒤 접어서 호주머니에 쑤셔 넣고 카체리나 이바노브나가 부탁한 일의 경과를 보고하기 위해 그쪽으로 걸음을 옮겼다.

5장

Pro와 Contra[118)]

1 언약

이번에도 알료샤를 제일 먼저 맞아 준 건 호흘라코바 부인이었다. 그녀는 허둥대고 있었는데, 뭔가 중대한 일이 일어났던 것이다. 카체리나 이바노브나는 히스테리를 부리다가 결국 기절해 버렸고, 그다음에는 "끔찍하고 무서울 정도로 쇠약해져서 자리에 누운 뒤 눈을 감고 헛소리를 하기 시작했다."라는 것이다. "이제는 열까지 나서 게르첸슈투베를 데려오라고 사람을 보냈고 이모들도 불러왔어요. 이모들은 벌써 여기 와 있지만, 게르첸슈투베는 아직도 안 왔어요. 다들 그분의 방에

118) Pro et Contra, 찬반(贊反). 여기서 도스토옙스키는 접속사만 러시아어로 쓰고 있다.

470

앉아서 기다리고 있어요. 꼭 무슨 일이 있어날 것만 같은데, 그분은 아직도 의식 불명 상태랍니다. 아니, 그래, 만약 열병이라면 어떡하죠!"

이렇게 외치면서 호흘라코바 부인은 정말로 겁에 질린 표정을 지었다. 그녀는 말끝마다 "정말 큰일 났어요, 큰일!"이라고 덧붙였는데, 꼭 이전에 그녀에게 일어났던 일은 전부 다 큰일이 아니었다는 투였다. 알료샤는 그녀의 말을 듣는 것이 큰 고역이었다. 그녀에게 자기가 겪은 이 모든 일들을 얘기하려고 했지만, 그녀는 첫마디부터 그를 가로막았다. 말을 들어 줄 겨를이 없다면서 리즈 방에 가서 거기서 자기를 기다려 달라고 부탁했다.

"리즈가 말이죠, 친애하는 알렉세이 표도로비치."라고 그녀는 거의 귀엣말로 그에게 속삭였다. "리즈가 방금 나를 이상하게 놀랬지만 한편으론 감동도 주었기 때문에 나는 내심 애의 모든 잘못을 용서할 참이랍니다. 한번 생각해 보세요, 당신이 떠나자마자 애는 어제 그리고 오늘 당신을 놀려 준 것을 진정으로 뉘우치기 시작했어요. 사실 놀려 준 것이 아니라 장난을 좀 쳤을 뿐이잖아요. 그런데도 거의 눈물을 흘릴 정도로 진지하게 뉘우쳐서, 나도 놀랐지 뭐예요. 나를 그렇게 놀렸을 땐 전에도 그렇게까지 심각하게 뉘우친 적이 없었어요, 줄곧 장난스럽게 얼버무렸다니까요. 그나저나, 애는 시시각각 나를 놀려 댄답니다. 하지만 보세요, 이젠 애가 진지하게 나오죠, 이젠 모든 것이 진지해졌어요. 애는 당신의 견해를 굉장히 존중한답니다, 알렉세이 표도로비치, 그러니 되도록이면 애에게 화도 내지 마시고 불만도 갖지 말아 주세요. 나도 얘를 그저 곱게 봐 주고 있답니다, 워낙 똑똑한 애니까요—안 그런가요? 얘는 방금 당신이 소꿉친구, 그것도 '나의 가장 진정한 소꿉친구'라고 말했는데—한번 생각해 보세요, 당신은 가장 진정한 친구인데 그럼 나는 뭔가? 이 점에 관해서라면 얘는 굉장히 진지한 감정들, 심지어 추억들을 갖고 있고, 무엇보다도, 이 어구들과 단어들인데, 가장 예기치 못한 이 단어들은 도무지 예측할 수 없는 순간에 갑자기 튀어나오는 거랍니다. 그래서 예를 들면 얼마 전엔 소나무 얘기를 하더라고요. 얘가 아주 어렸을 때 우리 집 정원에는 소나무가 한 그루 있었는데, 아니, 지금도 있을 테니까 구태여 과거형을 쓸 필요가 없겠군요. 소나무는 사람이 아니라서 오랫동안 변하지 않잖아요, 알렉세이 표도로비치. '엄마, 나는 이 소나무를 꿈에서 본 것처럼 기억해요.'라고 말했는데, 그러니까 '소나무를 꿈에서 본 것처럼'[119]이라고 했는데—아니, 얘는 어떻게 좀 다르게, 그러니까 복잡한 표현을 썼던 것 같아요, '소나무'는 바보 같은 단어지만 그래도 얘가 이 단어와 관련해서 뭔가 너무도 기발한 말을 했기 때문에 나로선 도무지 그대로 옮길 수가 없군요. 이런, 죄다 잊어 먹었어요. 어떻든, 그만 실례하겠어요, 나는 너무 충격을 받아서 미치기 일보 직전이에요. 아, 알렉세이 표도로비치, 나는 평생 동안 두 번이나 미친 적이 있어서 치료를

119) '소나무(sosna)'와 '꿈에서' 혹은 '잠결에(so sna)'를 갖고 언어유희를 한 것이다.

받았답니다. 어서 리즈에게 가 보세요, 그 애에게 원기를 주세요, 그런 일이라면 당신은 언제든지 멋지게 해내실 수 있잖아요. 리즈," 그녀가 리즈의 방문 쪽으로 다가가면서 소리쳤다. "네가 그토록 모욕한 알렉세이 표도로비치를 모셔 왔다, 이분은 조금이라도 화를 내기는커녕 오히려 너의 대견스러운 생각에 놀라워하는구나!"

"고마워요, 엄마.(Merci, maman.) 들어오세요, 알렉세이 표도로비치."

알료샤는 안으로 들어갔다. 리즈는 웬지 당혹스러운 표정으로 그를 쳐다보다가 갑자기 얼굴을 확 붉혔다. 뭔가 부끄러워하는 눈치였고, 이럴 때면 늘 그렇듯 아주 빨리 전혀 상관없는 딴 얘기를 꺼냈는데, 꼭 이 순간 그녀의 유일한 관심사는 이 딴 일이라는 투였다.

"엄마가 방금 느닷없이 나한테 얘기를 전해 주었어요, 알렉세이 표도로비치, 그 200루블과 당신이 들어주기로 했던 그 부탁…… 그러니까 그 가난한 장교에게 가 달라는 부탁과…… 그리고 그가 얼마나 큰 모욕을 당했는지에 대한 그 무서운 일도 전부 이야기해 주었고, 비록 우리 엄마는 이야기를 하는 솜씨가 아주 서툴러서…… 정신없이 이 얘기, 저 얘기 마구 건너뛰긴 하지만…… 그래도 나는 얘기를 들으면서 울었어요. 그나저나, 그래, 그 돈은 전해 주셨나요, 그리고 그 불행한 사람은 지금 어떤가요?"

"그러니까 그게 말입니다, 전해 주지 못했습니다, 이것도 얘기하자면 길어요." 알료샤는 알료샤대로 돈을 전해 주지 못한 것이 그 무엇보다도 마음에 걸린다는 듯이 대답했지만, 리즈는 그가 자꾸 엉뚱한 쪽을 쳐다보는 것을 보고 아무래도 그 역시 딴 얘기를 하려고 애쓰고 있다는 것을 금세 알아챌 수 있었다. 하지만 알료샤는 탁자에 살짝 걸터앉아 이야기를 하기 시작했는데, 일단 말을 꺼내자 당혹스러운 기색은 완전히 사라지고 오히려 리즈의 주의를 집중시켰다. 말을 할 때 그에게는 조금 전의 일이 남긴 강렬한 감정과 굉장한 인상의 영향이 여전히 남아 있었기 때문에 훌륭하고 조리 있게 이야기할 수 있었다. 그는 옛날 모스크바에 있을 때, 그러니까 리즈가 아직 어렸을 때도 그녀를 찾아와 지금 자기에게 일어난 일이나 자기가 읽은 것이나 자기가 겪은 어린 시절의 추억 등을 즐겨 이야기해 주곤 했다. 때론 둘이 함께 몽상의 나래를 펼치며 이런저런 이야기를 지어 보기도 했는데, 대부분이 다 즐겁고 웃긴 것들이었다. 지금 그들은 둘 다 갑자기 이 년쯤 전의 모스크바 시절로 옮겨 간 듯했다. 리즈는 그의 이야기에 굉장히 감동했다. 알료샤가 열렬한 감정을 실어 그녀 앞에 '일류셰치카'의 형상을 생생하게 그려 주었기 때문이었다. 이 불행한 사람이 돈을 짓밟은 장면을 아주 자세히 다 얘기해 주자, 리즈는 감정을 억누르지 못하고 두 손을 탁 치면서 소리쳤다.

"그러니까 결국 돈을 전해 주지 못했고, 그러니까 그냥 달려가게 내버려 뒀군요! 맙소사, 직접 뒤쫓아 가서 붙잡지 그랬어요……."

"아니요, 리즈, 차라리 쫓아가지 않길 잘했습니다." 알료샤는 이렇게 말하고서 의자에서 일어나 마음에 걸리는 것이 있는 듯 방을 이리저리 걸었다.

"아니, 잘했다니, 뭘 잘했다는 거예요? 이제 그 집 사람들은 빵이 없어서 굶어 죽을 거예요!"

"그런 일은 없을 겁니다, 이 200루블은 어차피 그들 손에 들어갈 테니까요. 어쨌거나 그는 내일 이 돈을 받을 테니까요. 내일은 분명히 받을 겁니다." 알료샤는 생각에 잠겨 한 걸음, 두 걸음 옮기면서 말했다. "보세요, 리즈." 하고 갑자기 그녀 앞에서 걸음을 멈추고 말을 이어 갔다. "내가 아까 한 가지 실수를 했는데, 하지만 이 실수 때문에 일이 더 좋은 쪽으로 풀리게 됐습니다."

"무슨 실수요, 그리고 왜 더 좋은 쪽으로 풀리게 됐다는 거죠?"

"왜냐면 말이죠, 이 사람은 겁이 많고 나약한 성격의 소유자입니다. 산전수전을 다 겪었지만 마음씨도 아주 착하지요. 나는 지금도 그 사람이 무엇 때문에 갑자기 화를 내며 돈을 짓밟았을까, 계속 생각하고 있는데, 분명히 바로 마지막 순간까지도 자신이 돈을 짓밟을 줄 몰랐기 때문에 그랬던 것 같아요. 그러니까 내 생각으론 그때 그는 여러 가지로 화가 났던 것 같고…… 하긴 그런 처지라면 그럴 수밖에 없었을 테죠……. 첫째, 그는 내가 있는 데서 돈을 보고 너무 기뻐 날뛰었고 나한테 그것을 숨기지도 않았다는 것에 화가 났던 겁니다. 설사 좀 기뻤더라도 뭐 그냥 적당한 선에서 그치고 그것을 내비치지 않은 채로 다른 사람들처럼 돈을 받으면서 인상을 팍 쓰고 점잔을 뺐더라면, 그냥 꾹 참고서 받을 수 있었겠지만, 그는 진심으로 너무 기뻐했고, 바로 이 때문에 그렇게 화가 났던 겁니다. 아, 리즈, 그는 올바르고 착한 사람인데, 이런 일에서는 바로 이것이 모든 불행의 원인이 되는 겁니다! 아까 나한테 말을 할 때 그의 목소리는 줄곧 약해질 대로 약해져 있었고, 허겁지겁 서둘러 말했고, 줄곧 자그맣게 키득거리는가 하면 이내 울기도 하고…… 맞아요, 너무 기쁜 나머지 울음을 터뜨렸고…… 자기 딸들 얘기를 했고…… 다른 도시에 가면 자기에게 일자리를 줄 거라는 얘기도 했어요……. 이렇게 자기 속내를 모두 털어놓자마자, 갑자기 나한테 자신의 속내를 죄다 보여 줬다는 것 때문에 부끄러워진 겁니다. 바로 그래서 이제는 나를 증오하게 된 것이고요. 그런데 그는 가뜩이나 부끄러움을 몹시 잘 타는 가난한 사람에 속합니다. 무엇보다도 너무도 빨리 나를 자기 친구로 생각하여 너무도 빨리 내게 항복했다는 것 때문에 화가 난 겁니다. 나한테 달려들어 겁을 주었다가, 돈을 보자마자 곧장 갑자기 나를 껴안게 된 거니까요. 나를 껴안았기 때문에, 줄곧 두 손으로 나를 건드렸기 때문에 그런 겁니다. 바로 자신의 이런 모습에서 정말로 굴욕감을 느꼈을 것이 틀림없고, 나는 바로 그때 때마침 그 실수를, 아주 중대한 실수를 저질렀어요. 내가 그만 느닷없이, 다른 도시로 이사 가는 데 돈이 부족하면 더 대 줄 테고 심지어 필요한 만큼을 내 돈에서 내줄 수 있다고 말해 버렸거든요. 바로 이 말이 느닷없이 그에게 충격을 안겨 줬던 겁니다. 아니, 너까지 나를 돕겠다고 난리야? 하는 식이죠. 그러니까, 리즈, 모욕을 받은 사람은, 모든 사람들이 은인인 양 굴면서 자기를 쳐다보기 시작하면, 그보다 더 괴로운 건 없는 법인데……. 그런 얘기를 들은 적이 있어요, 장로님께서 말씀해 주셨죠. 어떻게 표현해야 될지 모르겠지만, 나 자신도 자주 그런 걸 본 적이 있어요. 또 나 자신도 꼭 그런 느낌을 받을 때가 있고요. 어쨌거나 중요한 것은 비록 그가 가장 마지막 순간까지 수표를 짓밟을 줄 몰랐다고 하더라도 그런 예감은 있었다는 점입니다, 반드시 그랬을 테죠. 그랬기 때문에 황홀해할 정도로 기뻐했고 또 그 때문에 그런 예감이 들었던 것일 테죠……. 자, 그래서 이 모든 것이 정말 고약하게 됐지만, 어쨌거나 일은 잘 풀릴 겁니다. 심지어 나는 일이 아주 잘 풀릴 거라고, 이보다 더 좋을 순 없을 거라는 생각마저 듭니다……."

"왜, 왜 이보다 더 좋을 순 없었다는 건가요?" 깜짝 놀라 알료샤를 쳐다보면서 리즈가 소리쳤다.

"왜냐하면, 리즈, 만약 그가 이 돈을 짓밟지 않고 그냥 챙겼더라면, 집에 돌아가서 한 시간도 지나기 전에 자신이 굴욕적인 짓을 저질렀다며 울음을 터뜨렸을 테니까요, 반드시 그렇게 됐을 테니까요. 그렇게 울고 나서는 아마 내일 날이 밝기가 무섭게 나한테 와서 나를 향해 수표를 집어 던지고 아까처럼 짓밟았을 테죠. 하지만 지금 그는 '굴러온 호박을 제 발로 찼다.'라는 걸 알면서도 너무도 자랑스럽고 의기양양하게 떠났잖습니까. 그러니까 이제는 당장 내일이라도 그가 이 200루블을 받게 하는 것쯤은 식은 죽 먹기인 셈이죠, 왜냐면 돈을 내동댕이치고 짓밟음으로써 이미 자신의 명예는 충분히 입증한 것이니까요……. 그렇게 돈을 짓밟을 땐 내가 내일 그 돈을 다시 자기한테 가져오리라는 건 생각도 못 했을 겁니다. 그렇지만 그에겐 이 돈이 정말 죽도록 필요한 상황입니다. 비록 지금은 자랑스럽겠지만, 그럼에도 오늘이라도 당장 자기가 굴러온 호박을 걷어찼다는 생각을 할 겁니다. 밤에는 이 생각이 더 강렬해져서 꿈까지 꿀 것이고, 그러다 내일 아침이 되면 아마 나한테로 달려와 용서를 빌고 싶은 마음이 굴뚝같을 겁니다. 바로 그때 내가 나타나서 '당신은 자긍심이 강한 사람이며, 그것을 입증하셨으니, 자, 이젠 그만 받으시고 우리들을 용서해 주십시오.'라고 말하는 거죠. 그러면 바로 당장 받을 겁니다!"

알료샤는 어떤 희열마저 느끼면서 "그러면 바로 당장 받을 겁니다!"라고 말했다. 리즈는 손뼉을 탁 쳤다.

"아, 정말 그래요, 아, 나도 갑자기 완전히 이해가 됐어요! 어쩜, 알료샤, 어떻게 이 모든 걸 알고 계세요? 이렇게 젊은 사람이 사람 마음속을 이렇게 잘 알고 있으니……. 나라면 그런 건 절대 생각도 못 했을 텐데……."

"이제 중요한 것은 말이죠, 비록 그가 우리한테서 돈을 받는다고 해도 우리 모두와 대등한 지위에 있다는 것을 확신시키는 일입니다." 알료샤는 예의 그 환희에 들떠 계속했다. "대등할 뿐만 아니라 심지어 한층 더 높은 지위에 있다고 말이죠……."

"'한층 더 높은 지위'라니 멋져요, 알렉세이 표도로비치, 그나저나 계속, 어서 계속해 보세요!"

"그러니까 표현이 좀 잘못됐는데…… 한층 더 높은 지위라는 표현 말이죠…… 하지만 이건 아무것도 아닙니다, 왜냐면……."

"아이, 그럼요, 아무것도, 물론 아무것도 아니고말고요! 미안하지만, 알료샤, 그러니까……. 저어기, 나는 지금까지 당신을 거의 존경하지 않았는데…… 다시 말해서 존경은 했지만 그건 대등한 지위에서 그런 거였는데, 이제는 한층 더 높은 지위를 가진 사람으로서 당신을 존경할 거예요……. 그러니까 내가 '말장난'한다고 화를 내지는 말아요." 그녀가 곧, 강렬한 감정을 담아 말을 받았다. "나는 웃기고 어리지만, 당신은, 당신은……. 들어 보세요, 알렉세이 표도로비치, 우리의, 그러니까 당신의…… 아니, 우리라고 하는 게 더 맞겠어요, 그러니까 우리가 이런 판단을 내리는 와중에…… 그러는 와중에 은근히 그 사람, 그 불행한 사람을 경멸하고 있는 건 아닐지…… 마치 높은 곳에서 내려다보는 양 지금 이렇게 그의 영혼을 해부하고 있으니 말이죠, 예? 지금 그가 십중팔구 돈을 받을 거라고 단정 지었잖아요, 예?"

"천만에요, 리즈, 경멸이라뇨." 이미 이런 질문이 나올 것을 예상했다는 듯 알료샤가 확고한 어조로 대답했다. "여기로 오면서 이미 나는 그걸 생각했습니다. 우리 자신이 그와 똑같은데, 모든 사람들이 다 그와 똑같은데 경멸이라뇨, 생각을 좀 해 보십시오. 정말로 우리도 똑같거든요, 더 나을 게 없습니다. 더 나은 자들이라고 하더라도, 그의 처지라면 어쨌거나 다 똑같았을 테죠……. 리즈, 당신은 어떤지 잘 모르겠지만, 나는 나 자신이 많은 점에서 참 옹졸한 마음의 소유자라고 생각합니다. 하지만 그는 결코 옹졸하지도 않을뿐더러 오히려 아주 섬세한 마음의 소유자죠……. 그러니까 리즈, 여기에 그에 대한 경멸이 개입됐을 리는 절대로 없습니다! 리즈, 나의 장로님께서 한번은 이런 말씀을 하셨습니다. 사람들을 어린아이처럼 끊임없이 돌봐 주어야 하고, 또 어떤 사람들은 병원의 환자 돌보듯 그렇게 돌봐 주어야 된다고…….”

“아, 알렉세이 표도로비치, 어쩜, 정말 그래요, 우리 사람들을 환자 돌보듯 그렇게 돌봐 주도록 해요!”

“그럽시다, 리즈, 나는 그럴 준비가 됐지만, 다만, 미흡한 부분이 있어요. 이따금씩 너무 참을성이 없을 때도 있고, 또 이따금씩은 사리 판단이 흐려질 때가 있거든요. 하지만 당신은 전혀 다릅니다.”

“아이, 그럴 리가요! 알렉세이 표도로비치, 난 너무 행복해요!”

“당신이 그런 말을 하다니, 참 좋군요, 리즈.”

“알렉세이 표도로비치, 당신은 깜짝 놀랄 만큼 좋은 사람이지만, 가끔은 꼭 학자연하는 데가 있는 것 같기도 하지만…… 가만 보면 절대로 학자연하는 것도 아니에요. 저쪽 문 옆으로 가서 좀 봐 주세요, 문을 살짝 열고서 엄마가 엿듣지는 않는지 봐 달라고요.” 갑자기 리즈가 어쩐지 신경질적이고 다급하게 속삭였다.

알료샤는 가서 문을 살짝 열어 본 뒤 아무도 엿듣지 않는다고 전했다.

“이리로 가까이 오세요, 알렉세이 표도로비치.” 리즈가 점점 더 새빨개지면서 계속했다. “당신 손 좀 주세요, 예, 그렇게요. 들어 보세요, 나는 당신한테 커다란 고백을 해야겠어요. 어제 그 편지요, 장난이 아니라 진지하게 쓴 거였거든요…….”

그러면서 그녀는 한 손으로 자신의 눈을 가렸다. 이런 걸 고백하는 것이 그녀로서는 아주 부끄럽다는 것이 훤히 보였다. 갑자기 그녀는 그의 손을 잡더니 세 번에 걸쳐 저돌적으로 입을 맞추었다.

"아, 리즈, 거봐요, 정말 멋지군요." 알료샤가 기뻐하면서 소리쳤다. "아닌 게 아니라 나는 당신이 진지한 마음으로 그 편지를 썼다는 걸 정말로 확신하고 있었거든요."

"확신이라뇨, 어쩜, 정말!" 그녀는 갑자기 그의 손을 자기 손에서 떼 냈지만 그래도 완전히 놓지는 않은 채 얼굴을 홍당무처럼 붉히면서 행복하게 생글생글 웃고 있었다. "내가 손에 입을 맞추었더니, 그 사람 겨우 한다는 말이 '정말 멋지군요.'라니." 하지만 그녀가 알료샤를 책망한 건 온당치 못했다. 알료샤도 또한 대단히 당혹스러워했으니 말이다.

"나는 언제나 당신 마음에 들었으면 좋겠지만, 리즈, 어떻게 해야 할지 모르겠습니다." 그도 역시 얼굴을 붉히면서 간신히 이렇게 중얼거렸다.

"알료샤, 있잖아요, 당신은 냉정하고 뻔뻔스러운 데가 있어요. 그렇잖아요, 정말. 나를 떡하니 자기 신붓감으로 골라 놓고서 마음을 놓고 있으니 말이죠! 내가 진지한 마음으로 편지를 썼노라고 진작부터 확신하고 있었다니, 세상에! 정말 뻔뻔스러운 짓이 아닌가요, 정말로!"

"아니, 내가 확신하고 있었다는 것이 그렇게 나쁜 건가요?" 알료샤가 갑자기 웃음을 터뜨렸다.

"아이, 알료샤, 오히려 그건 너무나도 좋은 일이에요." 리즈는 행복에 겨운 부드러운 시선으로 그를 바라보았다. 알료샤는 줄곧 자신의 손을 그녀의 손에 내맡긴 채 서 있었다. 갑자기 그는 몸을 숙이고 곧장 그녀의 입술에 입을 맞추었다.

"이건 또 뭐예요? 왜 이래요?" 리즈가 소리쳤다. 알료샤는 완전히 이성을 잃어버렸다.

"저어기, 혹시 잘못했다면, 미안합니다……. 내가 정말 바보 같은 짓을 저질렀나 보군요……. 나더러 냉정하다고 말해서 손을 잡고 입맞춤을 한 건데……. 영 바보같이 되고 말았군요……."

리즈는 웃기 시작하더니 손으로 얼굴을 가렸다.

"게다가 그런 옷을 입고서!" 한참 웃던 그녀의 입에서 이런 소리가 튀어나왔지만, 갑자기 그녀는 웃음을 멈추고 자못 심각하다 못해 엄격해졌다.

"자, 알료샤, 우리 입맞춤이라면 좀 더 기다려요, 우리는 아직 둘 다 이런 건 할 줄 모르고 또 앞으로 아주 오랫동안 기다려야 되니까요." 그녀가 갑자기 이런 결론을 내렸다. "차라리 당신같이 똑똑하고 사려 깊고 형안이 있는 사람이 무엇 때문에 나 같은 바보를, 병든 멍청이를 선택한 건지나 말해 주세요. 아, 알료샤, 나 행복해 죽겠어요, 나는 당신에겐 정말 가치가 없는 존재거든요."

"잠깐만요, 리즈. 나는 조만간 수도원에서 아주 나올 겁니다. 속세로 나오면 결혼을 해야 합니다, 이건 나도 알고 있어요. 그분이 나에게 그렇게 명하셨거든요. 그런데 당신보다 더 좋은 사람을 어디서 구하겠으며……. 또 당신이 아니라면 누가 나를 데려가겠습니까? 나는 이미 이 점을 곰곰 생각해 봤습니다. 첫째, 당신은 나를 어린 시절부터 알고 있으며, 둘째, 당신에겐 내가 갖지 못한 능력들이 아주 많이 있습니다. 당신은 나보다 더 명랑한 영혼을 지녔습니다. 무엇보다도 중요한 건 당신이 나보다 더 순수하다는 것인데, 나는 많은 것, 아주 많은 것을 겪었거든요……. 아, 당신은 모르고 있어요, 어쨌거나 나도 카라마조프가 아닙니까! 당신이 곧잘 사람을 비웃고 놀리는 것이 뭐가 어때서요, 나에 대해서도 마찬가지고요. 아니, 오히려 비웃어 주세요, 나는 그쪽이 더 기쁩니다……. 그런데 당신은 어린 소녀처럼 웃고 있지만, 속으로는 순교자나 할 수 있을 법한 생각을 하고 있죠……."

"순교자라고요? 무슨 소리예요?"

"그래요, 리즈, 바로 조금 전에 당신은 이 불행한 사람의 영혼을 이렇게 분석하는 와중에 우리가 은근히 이 사람을 경멸하는 것은 아닐까 하고 물었죠. 이런 질문은 순교자나 던질 수 있는 것입니다……. 보시다시피, 이걸 어떻게 표현할 재간은 없지만, 이런 질문들을 던지는 사람은 그 자신이 이미 고통받을 능력이 있는 거죠. 그렇게 안락의자에 앉아 있으면서 필경, 당신은 지금도 많은 것에 대해 생각에 생각을 거듭했겠죠……."

"알료샤, 손을 좀 줘 봐요, 아니, 왜 손을 움츠리는 거예요?" 리즈는 너무 행복에 겨워 어쩐지 힘이 빠지고 기어 들어가는 듯한 목소리로 말했다. "있잖아요, 알료샤, 수도원에서 나오면 뭘, 어떤 옷을 입으실 거예요? 웃지도 말고 화내지도 말아요, 이건 나한테는 아주, 아주 중대한 문제니까요."

"옷에 대해서라면, 리즈, 아직 생각도 해 보지 않았지만, 당신이 원하는 것을 입도록 하죠."

"나는 당신이 짙은 푸른색의 벨벳 재킷에 하얀 피케 조끼를 입고 털이 많은 회색빛의 부드러운 모자를 썼으면 해요……. 그런데요, 아까 내가 어제의 편지는 장난이었다고, 당신을 사랑하지 않는다고 말했을 때, 당신은 정말 그렇게 믿으셨나요?"

"아니요, 그럴 리가요."

"오, 정말 참을 수 없는 사람, 구제 불능이야!"

"아시다시피, 나는 당신이 나를…… 그러니까 사랑한다는 걸 알고 있었지만, 나를 사랑하지 않는다는 당신의 말을 믿는 척했던 건데, 그래야 당신의 마음이…… 좀 더 편할 것 같아서요……."

"그건 더 나쁘잖아요! 그러니까, 제일 나쁘기도 하고 제일 좋기도 하네요. 알료샤, 나는 당신이 너무 좋아서 죽겠어요. 아까 당신이 왔을 때 나는 점을 치고 있었어요. 즉, 그 사람에게 어제의 편지를 내놓으라고 하자, 만약 그가 군말 없이 편지를 꺼내서 내준다면(언제든지 능히 이럴 수 있는 사람이니까.) 그는 나를 전혀 사랑하지 않을뿐더러 숫제 아무것도 느끼지 못하는, 그저 멍청하고 보잘것없는 사람이었던 것이고, 나는 망한 거나 다름없다는 거죠. 그런데 당신은 편지를 수도원에 두고 왔고, 이 때문에 나는 기분이 좋아졌어요. 사실, 내가 그 편지를 돌려 달라고 할 것 같은 예감이 들어서, 그러니까 편지를 내놓지 않기 위해서 일부러 두고 온 건 아니었나요? 그렇지 않나요? 정말로 그렇죠?"

"저런, 리즈, 절대 아닙니다, 편지는 지금도 나한테 있고, 아까부터 쭉 여기 호주머니 속에 들어 있었어요, 자, 여기요."

알료샤는 웃으면서 편지를 꺼내더니 멀리서 그녀에게 보여 주었다.

"단, 앞으로도 이건 당신한테 내주지 않을 겁니다, 이렇게 내 손에 들린 채로 보시죠."

"뭐라고요? 그럼 아까는 거짓말을 한 건가요, 수도사인 당신이 거짓말을 했다고요?"

"뭐, 거짓말을 한 셈이죠." 알료샤도 웃었다. "당신한테 편지를 내주기 싫어서 거짓말을 했습니다. 이건 내게 아주 소중한 거니까요." 그가 갑자기 강렬한 감정을 담아, 다시금 얼굴을 붉히면서 이렇게 덧붙였다. "영원토록 그럴 테니까, 나는 이걸 아무에게도 절대 내주지 않을 겁니다!"

리즈는 환희에 가득 차 그를 바라보았다.

"알료샤." 그녀가 다시금 속삭였다. "문 곁에서 좀 살펴보세요, 혹시 엄마가 엿듣고 있진 않나요?"

"알았어요, 리즈, 살펴보긴 하겠지만, 다만 보지 않는 게 낫지 않을까요, 예? 왜 당신의 어머니가 이런 저열한 짓을 할 거라고 의심해야 합니까?"

"저열한 짓이라뇨? 뭐가 저열하다는 거예요? 엄마가 문 뒤에서 엿듣는 건 말이죠, 그건 저열한 짓이 아니라 엄마의 권리예요." 리즈가 발끈했다. "분명히 알아 두세요, 알렉세이 표도로비치, 내가 엄마가 되고 나한테 나와 같은 딸이 생긴다면, 나는 반드시 딸의 말을 엿들을 거예요."

"정말로요, 리즈? 그건 좋지 않은 일인데요."

"아이, 맙소사, 아니 뭐가 저열하다는 거예요? 만약 내가 무슨 보통 세상 얘기를 엿듣는다면 그건 비열한 일이지만, 지금 친딸이 젊은 사람과 단둘이 방에 들어앉아 있는데……. 있잖아요, 알료샤, 결혼식을 올리기가 무섭게 나는 당신도 감시할 거라는 점 꼭 알아 두고, 당신의 편지를 전부 다 뜯어서 읽어 볼 거라는 것도 알아 둬요……. 이 점, 미리부터 단단히 알아 두세요……."

"예, 그렇다면 물론……"이라고 알료샤가 웅얼거렸다. "다만, 그건 좋지 않은 일인데……."

"아이, 그럼 경멸스럽단 말인가요! 알료샤, 이봐요, 우리 처음부터 싸우지는 말도록 해요. 차라리 당신한테 솔직하게 얘기하는 편이 낫잖아요. 물론 엿듣는 건 아주 고약한 일이지만, 그리고 물론 내가 틀렸고 당신이 옳지만, 단, 그럼에도 나는 엿들을 거예요."

"그럼, 그렇게 하시죠. 나한테 엿볼 거리라곤 전혀 없을 테지만." 알료샤가 웃기 시작했다.

"알료샤, 나한테 복종할 건가요? 이것도 미리 정해야 해요."

"아주 기꺼이, 리즈, 그리고 반드시 그렇게 하도록 하죠, 단, 가장 주된 일에 대해서는 그럴 수 없습니다. 만약 가장 주된 일로 당신과 의견이 일치하지 않을 때는, 어떻든 나는 의무가 명하는 대로 하겠습니다."

"그건 그래야죠. 그뿐인가요, 가장 주된 일에 있어서는 오히려 나도 당신에게 복종할 준비가 되어 있을 뿐만 아니라 모든 일에서 당신에게 양보할 테니까, 이 점에 대해서는 지금이라도 당신에게 맹세하겠어요—모든 일에 있어서, 평생 동안!"이라고 리즈가 열정적으로 소리쳤다. "그것도 행복을, 행복을 느끼면서 말이죠! 더욱이, 맹세코, 나는 절대로 당신의 말을 엿듣지 않을 것이고, 절대로 단 한 번도, 단 한 통도 당신의 편지를 몰래 읽지 않을 거예요, 당신은 옳고 나는 그렇지 못하니까요. 엿듣고 싶어 죽을 지경이 되더라도, 이건 안 봐도 뻔하지만, 그래도 나는 그러지 않겠어요, 당신이 이걸 점잖지 못한 일로 생각하시니까요. 이제 당신은 나의 하느님이니까요……. 들어 보세요, 알렉세이 표도로비치, 최근 내내 어제도, 오늘도 왜 이리 슬퍼하시는 거죠? 당신에게 이런저런 번잡하고 괴로운 일들이 있다는 건 알지만, 그것 말고도 특별히 무슨 슬픈 일이 있다는 게 훤히 보이는데, 아마 비밀스러운 일이겠지요, 예?"

"그래요, 리즈, 비밀스러운 겁니다." 알료샤가 슬프게 말했다. "그걸 알아챈 걸 보면 당신은 나를 사랑하는 겁니다."

"왜 그리 슬픈 거죠? 무슨 일이냐고요? 말해 줄 수 없나요?" 다소곳하게 애원하듯 리즈가 말했다.

"나중에 말해 드리죠, 리즈…… 나중에 말이죠……." 알료샤가 곤혹스러워했다. "지금은 이해가 안 될 겁니다. 아니, 내가, 그러니까 나 자신도 어떻게 말로 표현할 수가 없군요."

"알고 있어요, 그것 말고도 형들과 아버지로 인해 괴로운 거죠?"

"맞아요, 형들 일도 있죠." 마치 깊은 생각에 잠긴 양 알료샤가 말했다.

"난 당신의 형 이반 표도로비치가 마음에 안 들어요, 알료샤." 갑자기 리즈가 한마디 했다.

알료샤는 다소 놀라면서 이 말을 새겨들었지만, 그것을 문제 삼지는 않았다.

"형들은 스스로 파멸의 길을 걷고 있어요." 그가 말을 계속했다. "아버지도요. 자기 자신과 더불어 다른 사람들까지도 파멸의 길로 몰아넣고 있어요. 여기에는 얼마 전에 파이시 신부님이 표현하신 대로 '카라마조프적인 대지의 힘'—대지의 광폭하고 다듬어지지 않는 힘이 도사리고 있어요……. 이 힘 위에서 하느님의 정기조차도 위력을 발휘하고 있는지—그건 나도 모르겠군요. 내가 알고 있는 건 나 자신도 카라마조프라는 것뿐입니다……. 나는 수도사, 수도사인 거죠? 수도사가 맞는 거죠, 리즈? 당신이 방금 어쩌다 보니 내가 수도사라는 말을 했는데, 그렇죠?"

"예, 그런 말을 했어요."

"하지만 바로 그런 내가 하느님을 믿지 않는지도 모릅니다."

"믿지 않는다고요, 당신이요?" 리즈는 조용하고 조심스럽게 말했다. 하지만 알료샤는 이것에 대해 대답을 하지 않았다. 그러니까 너무도 느닷없던 그의 이 말 속에는 너무도 신비스럽고 너무도 주관적인 뭔가가 들어 있었으며, 그것은 어쩌면 그 자신도 분명히 알 수 없는 것이지만 틀림없이 이미 오래전부터 그를 괴롭혀 온 듯했다.

"게다가 이 모든 것을 차치하고라도, 바로 지금 나의 벗이 떠나가고 있습니다, 세상에서 제일가는 분이 이 땅을 버리려

하고 있어요. 내가 얼마나 그분에게 매여 있는지, 내가 그분과 정신적으로 얼마나 굳게 결합되어 있는지를 당신이, 당신이 알아준다면! 자, 이제 나는 혼자 남게 될 겁니다……. 당신을 찾아오겠습니다, 리즈……. 앞으로는 함께합시다…….”

“그래요, 함께, 함께요! 지금부터 평생 동안 언제나 함께하는 거예요. 있잖아요, 나한테 입을 맞춰 줘요, 허락하겠어요.”

알료샤는 그녀에게 입을 맞추었다.

“자, 이제 가 보세요, 그리스도가 당신과 함께하시길! (그러면서 그녀는 그에게 성호를 그어 주었다.) 아직 그분이 살아 계실 때, 어서 빨리 가 보세요. 보아하니 내가 당신을 잔혹할 정도로 오랫동안 잡아 뒀군요. 오늘 나는 그분과 당신을 위해서 기도하겠어요. 알료샤, 우리는 행복할 거예요! 행복할 테죠, 그렇죠?”

“그럴 테죠, 리즈.”

리즈의 방을 나서면서 알료샤는 호흘라코바 부인에겐 들르지 않는 편이 낫다고 생각하여, 작별 인사도 하지 않고 곧장 집에서 나갈 참이었다. 하지만 문을 열고 계단으로 나오자마자 어디서인지 호흘라코바 부인이 그 앞에 떡하니 나타났다. 그녀의 첫마디를 듣자 알료샤는 곧 그녀가 여기서 일부러 자기를 기다렸다는 것을 짐작할 수 있었다.

“알렉세이 표도로비치, 이건 끔찍한 일이에요. 이건 철부지 아이들의 말장난 같은 헛소리라고요. 당신이 무슨 허튼 꿈을 꾸지 말았으면 해요……. 어리석고도 허튼 꿈, 허튼 꿈이라고요!” 그녀가 그에게로 달려들었다.

“단, 그녀에겐 그런 말씀을 삼가 주십시오.” 알료샤가 말했다. "그런 말을 했다간 그녀는 몹시 흥분할 테고, 그러면 지금 그녀의 건강에도 해로울 테니까요."

"현명한 젊은이의 현명한 말로 듣겠어요. 당신이 지금 그 애의 말에 동의한 것은, 그 애가 아픈 몸이라는 것을 동정해서, 그러니까 구태여 반박을 했다가 그 애를 화나게 할까 봐 그랬던 거라고 생각해도 될까요?"

"오, 아닙니다, 절대로 아닙니다, 나는 전적으로 진지한 마음으로 그녀와 이야기한 겁니다." 알료샤가 확고한 어조로 단언했다.

"이 경우 진지함이란 가능하지도 않을뿐더러 생각조차 할 수 없는 일이며, 첫째, 나는 지금부터 당신을 절대 우리 집에 들이지 않을 것이고, 둘째, 나는 그 애를 데리고 떠날 것이니, 이 점 꼭 알아 두세요."

"아니, 도대체 무엇 때문에 그러시는 거죠."라고 알료샤가 말했다. "이건 아주 급한 일도 아니잖습니까, 일 년 반은 족히 기다려야 될 텐데요."

"아이, 알렉세이 표도로비치, 물론 그건 맞는 말씀이시고, 그 일 년 반 동안 당신은 그 애와 천 번은 더 싸우고 더 헤어지고 하겠죠. 하지만 나는 너무 불행해요, 너무 불행하다고요! 이 모든 것이 하찮은 일이라고 쳐도, 나는 한 방 먹어 버렸어요. 지금 나는 마지막 장의 파무소프이고 당신은 차츠키, 그 애는 소피야[120] 같아요, 한번 생각해 보세요, 나는 당신을

120) 그리보예도프의 희곡 「지혜의 슬픔」(1824)에 나오는 인물들.

만나기 위해서 일부러 여기 계단으로 달려왔어요, 한데 저 연극에서도 모든 숙명적인 일은 계단에서 일어나잖아요. 나는 모든 얘기를 들었고 제대로 서 있지도 못할 지경이었어요. 그러니까 간밤의 끔찍한 일들이며 최근의 갖은 히스테리의 원인이 바로 그거였다니! 딸내미가 사랑에 빠지면, 어미에겐 죽음이 찾아온다더니. 아주 관 속에 들어가야 될 상황이라니까요. 자, 이제 두 번째, 가장 중요한 것이 있어요. 그 애가 당신에게 쓴 편지란 도대체 뭐예요, 지금, 지금 당장 나한테 보여 주세요!"

"아니요, 안 됩니다. 카체리나 이바노브나의 건강 상태가 어떤지나 말씀해 주시지요, 꼭 알아야겠습니다."

"여전히 미망에 들떠 누워 있어요, 아직도 정신이 들지 않은 거죠. 그녀의 이모들은 여기 와서 그저 한숨만 내쉬며 내 앞에서 거들먹거리고 있고, 게르첸슈투베도 오긴 왔는데 워낙 경악을 하는 바람에 그를 어떻게 해야 할지, 어떻게 도와줘야 할지 통 알 수가 없어서 심지어 의사를 부르러 사람을 보낼까 싶었다니까요. 그러다가 그를 내 마차에 태워 돌려보냈어요. 이런 차에 갑자기 엎친 데 덮친 격으로 당신이 그 편지로 속을 썩이고 있으니. 사실, 이 모든 것은 아직 일 년 반 뒤의 일이긴 하죠. 그럼에도, 모든 위대하고 성스러운 것의 이름으로, 지금 세상을 떠나시려는 당신의 장로님의 이름으로 그 편지를 나한테 보여 주세요, 알렉세이 표도로비치, 나는 그 애의 어미잖아요! 원하신다면 편지를 손가락으로 잡고 계시고, 나는 그렇게 당신의 손에 들려 있는 편지를 읽겠어요."

"안 됩니다, 보여 드리지 않겠습니다, 카체리나 오시포브나,

설사 그녀가 허락한다고 해도 보여 주지 않겠어요. 저는 내일 오겠습니다, 원하신다면 그때 보다 더 많은 얘기를 하도록 하겠지만, 지금은 이만 실례하겠습니다!"

그러고서 알료샤는 계단을 내려가서 거리로 달려갔다.

2 기타를 든 스메르쟈코프

아닌 게 아니라, 그는 정말로 시간이 없었다. 리즈와 작별 인사를 나눌 때부터 그의 머릿속에서는 한 가지 생각이 번득였다. 그 생각이란 다름 아니라, 지금 그를 피하려고 드는 것이 분명한 드미트리 형을 어떻게 하면 가장 교묘하게 붙잡을 수 있을까? 하는 것이었다. 벌써 오후 2시가 넘었으니 이른 시각은 아니었다. 알료샤의 몸과 마음은 수도원의 사경을 헤매고 계신 '위대하신 분'에게로 달려가고 있었지만, 드미트리 형을 만나야겠다는 욕구가 모든 것을 압도해 버렸다. 알료샤의 머릿속에서는 끔찍한 파국이 기필코 일어나고야 말 것이라는 확신이 시시각각 커지고 있었던 것이다. 하지만 이 파국이란 정확히 무엇인가, 이 순간 그는 형에게 도대체 무슨 말을 하고 싶어 하는가는 그 자신도 분명히 규정지을 수 없을 터였다. '나의 은인이 나 없이 돌아가신다고 해도, 최소한 내가 구해 줄 수 있었음에도 구해 주지 않고 그냥 지나쳐 서둘러 자기 집으로 갔다는 것 때문에 평생 스스로를 책망하는 일은 없을 것이다. 이렇게 하는 것이 오히려 그분의 위대한 말씀을 따르

는 것이리라…….'

그의 계획은 드미트리 형을 불시에 붙잡는 것이었는데, 바로 이런 식으로였다. 즉, 어제처럼 그 울타리를 넘어서 정원으로 들어가서는 바로 그 정자에 앉아 있는 것이다. '만약 형이 거기 없다면' 하고서 알료샤는 생각했다. '포마에게도, 여주인들에게도 아무 말 하지 않고 저녁까지라도 정자에 몸을 숨긴 채 기다리는 것이다. 만약 그때처럼 그루셴카가 올까 싶어 망을 보고 있다면, 반드시 정자로 올 테니까…….' 알료샤는 계획의 세세한 부분에 대해서는 그다지 많은 생각을 해 놓지 못했지만, 오늘 중으로 수도원에 들어가지 못하게 될지라도 꼭 그렇게 하리라고 결심했던 것이다…….

모든 일이 무슨 훼방 없이 잘 되어 갔다. 어제와 거의 같은 장소에서 담장을 넘었고, 몰래 정자로 잠입했던 것이다. 그는 사람들에게 들키지 말았으면 싶었다. 여주인들도, 포마도(만약 그가 거기 있다면) 형의 편을 들어 그의 명령에 복종할 수 있는 노릇이니, 그렇다면, 알료샤를 정원 안으로 들여보내지 않거나, 형에게 그를 찾느라고 수소문을 하고 있다는 것을 적시에 알려 줄 수도 있으니 말이다. 정자에는 아무도 없었다. 알료샤는 어제 앉았던 자리에 앉아 기다리기 시작했다. 정자를 둘러보니, 어째 어제보다 더 많이 낡아 보이다 못해 이번에는 숫제 무슨 고물 같기만 했다. 하지만 날씨는 어제 못지않게 청명했다. 초록색 탁자에는 필경 어제 마신 코냑 잔 때문에 생긴 듯한 조그만 동그라미가 찍혀 있었다. 지루하게 사람을 기다릴 때면 늘 그렇듯 일에는 전혀 도움이 되지 않는 부질없는 생각들이 그의 머릿속에서 시나브로 떠올랐다. 예를 들면, 지금 이 곳으로 와서 왜 하필이면 어제 앉았던 바로 그 자리에 앉은 걸까, 왜 다른 곳에 앉지 않은 걸까? 하는 따위의 생각이었다. 그러다가 결국 그는 아주 슬퍼졌는데, 모든 것이 불투명하고 불안하다는 느낌 때문에 슬퍼진 것이다. 하지만 그가 그렇게 앉아 있은 지 십오 분도 채 지나지 않아서 갑자기 어딘가 아주 가까운 곳에서 기타를 치는 소리가 들려왔다. 그의 자리에서 기껏해야 스무 걸음쯤 떨어졌을 법한 곳 어디 덤불숲에 원래 사람들이 앉아 있었거나 지금 막 누군가가 와서 자리를 잡은 듯했다. 알료샤는 어제 형과 작별 인사를 나누면서 정자를 떠나갈 때 담장의 왼쪽 옆, 덤불숲 사이로 형 앞에 나지막한 초록색 낡은 벤치가 있는 것을 보았던 것이, 아니 그것이 언뜻 어른거렸던 것이 갑자기 기억났다. 그러니까 손님들은 지금 그곳에 자리를 잡은 거였다. 한데, 도대체 누구란 말인가? 남자 목소리 하나가 갑자기 기타로 반주를 넣으면서 달착지근한 가성으로 노래 한 소절을 부르기 시작했다.

억누를 길 없는 힘으로
이 몸은 사랑하는 임을 받드노라.
주님 부디 어여삐 여겨 주소서,
그녀와 나를!
그녀와 나를!
그녀와 나를!

목소리가 멋었다. 테너 소리도 가히 머슴다웠고, 노래의 기교를 부리는 꼴도 머슴다웠다. 그러자 이번엔 또 다른 목소리, 그것도 여성의 목소리가 갑자기 꽉 겁을 집어 먹은 듯하지만 그래도 어지간히 새침을 떨면서 부드럽게 말했다.

"왜 이리 오랫동안 우리 집에 발길이 뜸하신 거죠, 파벨 표도로비치, 우리를 업신여기시는 건가요?"

"전혀 아닙니다." 남자 목소리는 이렇게 대답했는데, 예의 바르긴 했지만 그 무엇보다도 집요하고 확고한 위엄을 과시하고 있었다. 보아하니 남자가 우위에 있고 여자가 비위를 맞추어 주는 듯했다. '저 남자는—저건, 스메르쟈코프인 것 같군.'이라고 알료샤는 생각했다. '최소한 목소리를 들어 보니 그렇고, 그리고 저 여자 쪽은—여기 이 집의 여주인의 딸이 분명해, 모스크바에서 왔다던, 긴 치맛자락을 질질 끌고 다니고 마르파 이그나치예브나를 찾아와 수프를 달라고 한다던……'

"난 시라면 뭐든 죽도록 좋아요, 제대로 지어진 것이라면요." 여자의 목소리가 말을 계속했다. "아니, 왜 계속하지 않는 거죠?"

목소리가 다시 노래를 부르기 시작했다.

황제의 왕관—
내 사랑하는 임이 건강하길.
주님 어여삐 여겨 주소서,
그녀와 나를!

그녀와 나를!
그녀와 나를!

"지난번 시가 훨씬 더 좋았어요." 여자의 목소리가 지적했다. "그땐 왕관 부분에서 '내 사랑하는 아가씨가 건강하길.'이라고 불렀잖아요."

"시라는 건 헛소리입니다." 스메르쟈코프가 딱 잘라 말했다.

"아이, 무슨 말씀이세요, 나는 시라면 죽도록 좋아요."

"시란 그냥 시일뿐이고, 그야말로 헛소리에 지나지 않습니다. 직접 생각을 좀 해 보시죠. 아니, 세상에 누가 운율을 넣어서 말합니까? 그리고 만약에 하다못해 당국의 명령이라도 있어서 우리가 모두 운율을 넣어 말하게 된다면, 우리가 뭘 제대로 말할 수 있겠습니까? 시라는 건 영 쓸모가 없는 겁니다, 마리야 콘드라치예브나."

"어쩌면 당신은 모든 것에 대해 이렇게 똑똑하실까, 어떻게 이렇게 만물박사가 되셨대요?" 여자 목소리는 점점 더 아양을 떨고 있었다.

"어렸을 때부터 내 팔자가 이렇지만 않았더라면, 이보다 더 한 것도 할 수 있었을 테고, 또 이보다 더한 것도 알았을 겁니다. 아비도 없이 스메르자쉬야의 몸에서 태어났다는 이유로 나를 야비한 놈이라고 말하는 작자에겐 당장 결투 신청을 해서 권총으로 쏘아 죽이고 싶은 마음이 굴뚝같은데, 모스크바에서도 내 눈에다 대고 버젓이 이런 소리를 하는 놈들이 있더군요, 그리고리 바실리예비치 덕분에 이곳 소문이 거기까지 퍼져 나간 탓이죠. 그리고리 바실리예비치는 내가 나 자신의 출생을 저주한다고 야단치면서 '네 놈은 네 어미의 자궁을 찢은 놈이야.'라고 합니다. 자궁이고 뭐고 간에, 나는 아예 이 세상에 태어나지 않도록 배 속에 있을 때부터 자살이라도 하고 싶은 심정이었습니다. 장터에서 쑥덕대는 건 물론이고 당신의 어머니도 나한테 달려와 참으로 주책없게도 그 여자는 머리에 새 둥지를 이고 다녔다느니, 키는 고작해야 2아르신 나암짓했다느니 주절대더군요. 아니, 그냥 남짓이라고 말할 수 있는 것을 왜 다들 나암짓이라고 하는 겁니까? 이런 말을 할 때는 눈물이 날 것만 같지만, 이거야말로 말하자면, 농사꾼의 눈물, 농사꾼의 감정이 아니겠습니까. 러시아의 농사꾼이 교육받은 양반네들한테 무슨 나쁜 감정을 품을 수나 있습니까? 일자무식인 놈은 무슨 감정도 품을 수 없는 거지요. 나는 아주 어릴 때부터 '나암짓'이라는 말을 들을 때다마 벽에다 내 몸을 내동댕이치고 싶었어요. 나는 러시아 전체를 증오합니다, 마리야 콘드라치예브나."

"당신이 군대에서 사관후보생이나 젊은 경기병이었다면, 그런 말을 하기는커녕 장검을 빼 들고 러시아 전체를 지키려 했을 거예요."

"나는 경기병이 될 마음이 전혀 없을 뿐만 아니라, 마리야 콘드라치예브나, 오히려 모든 병사들을 없애 버리고 싶군요."

"그럼 적이 쳐들어오면 도대체 누가 우리를 지켜 주죠?"

"지켜 주고 할 필요가 전혀 없다니까요. 12년, 현재 프랑스 황제의 아버지 되는 나폴레옹 1세가 대군을 이끌고 러시아로 쳐들어왔는데,[121] 그때 그 프랑스인들이 우리를 정복했더라면 좋았을 뻔했어요. 현명한 국가가 극히 멍청한 국가를 정복해서 자기 나라로 합병해 버렸어야 했단 말이죠. 그랬다면, 사정이 완전히 달라졌을 겁니다."

"아니, 그 나라 사람들은 우리 나라 사람들보다 더 낫단 말인가요? 나는 우리 멋쟁이를 영국 청년 세 명과도 절대 바꾸지 않을 거예요." 마리야 콘드라치예브나가 상냥하게 말했는데, 이 순간, 이런 말을 하면서 필경 피로에 겨운 듯 나른한 눈길을 하고 있었을 것이다.

"누가 누구를 숭배하느냐는 자기 마음이니까요."

"하지만 당신은 꼭 외국인, 그것도 가장 귀족적인 외국인 같아요, 난 부끄러움을 무릅쓰고 이 말을 당신한테 하는 거예요."

"정 그렇게 알고 싶으시다면, 방탕에 있어서는 그쪽 사람들이나 우리나 다 똑같습니다. 죄다 악당인 건 똑같은데, 그쪽 비열한은 윤이 나는 구두를 신고 다니지만, 우리 쪽 비열한은 워낙 빈곤에 전 나머지 악취를 풍기면서도 그걸 무슨 고약한 일이라곤 생각지 않아요. 어제 표도르 파블로비치가 말 한번 제대로 했듯, 러시아 놈들은 쥐어 패야 돼요, 비록 그 사람이나 그 자식들이나 죄다 미친 작자들이지만."

"이반 표도로비치라면 당신도 존경한다고 말할 땐 언제고."

"그분은 나를 두고 악취 나는 머슴이라고 했습니다. 그분은

---

121) 톨스토이의 『전쟁과 평화』의 배경이 된 1812년 나폴레옹 전쟁을 말하지만, 보나파르트 나폴레옹은 루이 나폴레옹(나폴레옹 3세)의 아버지가 아니라 숙부였다.

내가 무슨 반역이라도 서슴지 않을 인물이라고 생각하고 있는데, 이건 그분의 착각입니다. 내 호주머니 안에 그만한 돈이 있었더라면, 나는 오래전부터 여기 있지도 않았을 테니까요. 드미트리 표도로비치는 그 행실이나 머리, 또 그 빈털터리 신세로 보아 어느 머슴보다도 나을 게 없고 아무것도 할 줄 모르는 위인이지만 그래도 모든 사람에게서 존경을 받아요. 나야 뭐 한낱 부엌데기에 불과하지만, 그래도 운만 좀 따라 준다면 모스크바의 페트로프카 거리에다가 카페를 겸한 레스토랑을 열 수 있습니다. 왜냐하면 나는 전문적인 요리법을 알고 있는 데 반해, 모스크바에선 외국인을 제외하면 그 누구도 전문적인 요리를 내놓을 수 없거든요. 드미트리 표도로비치는 빈털터리 신세지만, 그가 어디 내로라하는 백작의 아들에게 결투라도 신청한다면 상대방은 당장 응해 줄 텐데, 도대체 그 양반이 나보다 나은 게 뭡니까? 사실, 나와는 비교도 할 수 없을 만큼 멍청한 양반이잖아요. 아무 쓸모도 없는 일을 하느라 얼마나 많은 돈을 날려 버렸는지, 원."

"내 생각에 결투라는 건 아주 좋을 것 같아요." 갑자기 마리야 콘드라치예브나가 한마디 했다.

"아니, 왜요?"

"너무 무서우면서도 용맹스럽잖아요, 특히 젊은 장교들이 어떤 여자 때문에 손에 권총을 들고 서로서로에게 겨누고 쏜다면 더더욱. 그야말로 장관이겠죠. 아, 여자들도 구경을 시켜 준다면 얼마나 좋을까, 정말 보고 싶어 미치겠어요."

"내가 총을 겨누고 있을 때야 좋지, 저쪽에서 내 낯짝을 겨누고 있다면 아주 더러운 기분일 테죠. 그때는 당장 그 자리에서 줄행랑을 치는 게 상책이죠, 마리야 콘드라치예브나."

"그럼, 당신은 정말로 줄행랑을 칠 건가요?"

하지만 스메르쟈코프는 숫제 대답도 하지 않았다. 잠시 침묵이 이어지더니 다시금 기타 소리가 들려왔고 가성으로 가득 찬 마지막 소절이 울려 퍼졌다.

아무리 안간힘을 써도
나는 결국 떠나게 되리라.
삶을 즈—으—을기면서
수도에서 살리라!
한탄하지 않으리라.
절대로 한탄하지 않으리라.
아예 한탄할 생각조차도 없노라!

바로 이때 예기치 못한 일이 일어났다. 알료샤가 갑자기 재채기를 한 것이다. 벤치는 금세 잠잠해졌다. 알료샤는 자리에서 일어나 그들 쪽으로 갔다. 과연 스메르쟈코프가 맞았는데, 옷을 잔뜩 빼입은 데다가 머리는 포마드를 너무 많이 발라 거의 떡이 되다시피 했고 구두는 윤이 반짝반짝 났다. 기타는 벤치 위에 놓여 있었다. 부인은 마리야 콘드라치예브나, 여주인의 딸이 맞았다. 그녀가 입은 원피스는 밝은 푸른색에, 치맛자락의 길이가 2아르신은 족히 될 성싶었다. 아직 젊고 예쁘장한 처녀였지만, 얼굴이 너무 둥그렇고 완전히 주근깨투성이였다.

"드미트리 형님이 곧 돌아오실까요?" 알료샤가 가능한 한 침착하게 말했다.

스메르쟈코프는 천천히 벤치에서 일어섰다. 마리야 콘드라치예브나도 일어섰다.

"제가 드미트리 표도로비치의 일을 어떻게 알겠습니까? 제가 그분을 지키는 사람이라도 된다면 또 모르겠지만요." 스메르쟈코프는 또박또박, 조용하면서도 퉁명스럽게 대답했다.

"나는 그냥 물어본 것뿐이에요. 알고는 있어요?" 알료샤가 변명했다.

"그분이 어디 있는지에 대해서는 전혀 아는 바가 없고, 또 알고 싶지도 않습니다요."

"그런데 형님은 집에서 일어나는 모든 일을 자기에게 알려 주는 사람이 당신이라고 나한테 말했어요. 아그라페나 알렉산드로브나가 오면 알려 주기로 약속도 했다던데."

스메르쟈코프는 태연스럽게 천천히 그에게로 시선을 던졌다.

"그나저나, 여기 대문에 걸쇠를 걸어 잠가 놓은 지 벌써 한 시간째인데 도련님은 지금 어떻게 들어오셨습니까?" 그가 알료샤를 뚫어져라 바라보면서 물었다.

"골목길에서 담장을 넘어 곧바로 정자로 왔어요. 이 점 용서해 줘요." 그가 마리야 콘드라치예브나를 보며 말했다. "어서 빨리 형님을 만나야 하거든요."

"아이, 어떻게 우리가 도련님께 화를 낼 수 있겠어요." 마리야 콘드라치예브나는 알료샤의 사과에 홀딱 반해선 말꼬리를 질질 끌며 말했다. "드미트리 표도로비치께서도 곧잘 그런 식으로 정자를 드나드시니까, 저희도 모르는 새에 정자에 와 계시기도 하지요."

"저는 지금 형님을 급하게 찾고 있어서요, 형님을 직접 만나거나 아니면 당신을 통해서 형님이 지금 어디 계신지를 알게 되면 좋겠습니다. 정말입니다, 형님에게 있어 아주 중요한 일이어서 이러는 겁니다."

"그분께서는 우리에게 무슨 말씀을 하시거나 하지 않으세요." 마리야 콘드라치예브나가 웅얼거리듯 말했다.

"저도 아는 사이라 이곳에 더러 오곤 하지만" 하고 스메르자코프가 다시 말을 이어 갔다. "그분은 여기서도 주인 나리에 대해 끊임없이 질문 공세를 퍼부으면서 저를 무자비하게 몰아세웠습니다. 그러니까 그쪽 사정은 어떠냐, 누가 왔다 갔느냐, 혹시 나한테 달리 알려 줄 건 없느냐? 하고요. 심지어 두 번이나 죽여 버리겠다고 협박까지 하셨습니다."

"뭐, 죽여 버리겠다고 했다고요?" 알료샤가 놀랐다.

"그분의 성격을 보면 그분께는 그런 것쯤은 아무것도 아닙죠, 도련님께서도 어제 보셨잖습니까요. 만약 아그라페나 알렉산드로브나를 집 안으로 들여보내 거기서 밤을 보내게 해준다면, 네놈이 제일 먼저 죽을 줄 알라고 하십디다. 저는 그분이 너무 무섭습니다요, 더 큰 봉변을 당하지 않으려면 시내의 관청에 그분을 고소하는 것이 마땅할 겁니다. 무슨 일을 하실지 하느님도 모른다니까요."

"얼마 전에는 '절구통에 넣어 갈아 버리겠다.'라고 말했답니다." 마리야 콘드라치예브나가 덧붙였다.

“절구통 어쩌고 한 건 그냥 말뿐일 테고……” 알료샤가 지적했다. “지금 형님을 만날 수 있다면, 형님에게 그 얘기도 해 볼 수 있을 텐데 말이죠…….”

“지금 제가 알려드릴 수 있는 유일한 것은 이런 겁니다.” 스메르쟈코프는 갑자기 무슨 생각이라도 굳힌 듯했다. “저는 이쪽과 잘 알고 지내는 이웃이라 이렇게 늘 이곳에 오곤 하는데, 사실 제가 못 올 이유는 없잖습니까요? 그건 그렇고, 이반 표도로비치께서 오늘 날이 새자마자 저를 오제르나야 거리에 있는 그분의 집으로 보내셨는데, 편지도 없이, 그저 드미트리 표도로비치께 함께 식사를 하고 싶으니 이곳 광장에 있는 술집으로 꼭 와 달라는 말을 전하라는 것이었습죠. 그래서 가긴 갔는데, 드미트리 표도로비치께서는 댁에 안 계셨고, 시간은 이미 8시였습니다. ‘계셨는데 막 나가셨습니다.’라고 하던데, 이건 그분의 주인들 말 그대로입니다. 아무래도 꼭 그들끼리 서로 어떻게 입을 맞춘 듯한 눈치더군요. 이반 표도로비치께서 식사하러 집에 오시지도 않았고 표도르 파블로비치께선 한 시간 전에 혼자 식사를 끝내고 지금은 잠자리에 드신 걸 보면, 어쩌면 그분은 지금 이 순간에 동생분인 이반 표도로비치와 함께 이 술집에 있는지도 모릅니다. 하지만, 제발 부탁이니, 그분께 저에 대해서는, 그러니까 제가 알려 줬다는 말은 절대로 하지 말아 주십시오, 안 그러면 인정사정 볼 것 없이 저를 죽여 버릴 테니까요.”

“그럼, 이반 형님이 오늘 드미트리 형님을 술집으로 불렀단 말이에요?” 알료샤가 재빨리 다시 물었다.

"바로 그렇습죠."

"광장에 있는 거라면 '수도' 말이에요?"

"그렇습니다요."

"정말 그렇겠군요!" 알료샤는 대단히 흥분하면서 소리쳤다. "고마워요, 스메르자코프, 중대한 소식이야, 지금 당장 그리로 가 봐야겠어요."

"제발 비밀은 지켜 주십시오." 스메르자코프가 그의 뒤에다 대고 말했다.

"여부가 있나, 우연히 술집에 나타난 것처럼 할 테니 안심해요."

"도련님, 어디로 가시나요, 제가 쪽문을 열어 드릴게요." 마리야 콘드라치예브나가 거의 소리를 지르다시피 말했다.

"됐습니다, 이쪽이 더 가까워요, 또다시 울타리를 넘도록 하죠."

이 소식은 알료샤를 무서울 정도로 동요시켰다. 그는 곧장 술집으로 내달렸다. 이런 옷차림으로 술집에 들어가는 건 점잖지 못하지만, 계단에서 물어본 뒤 그들을 불러내는 것쯤은 괜찮을 것 같았다. 하지만 그가 술집으로 다가가기가 무섭게 갑자기 창문이 하나 열리더니 다름 아닌 이반 형이 창문 쪽에서 아래를 내려다보며 그에게 소리쳤다.

"알료샤, 지금 여기 내가 있는 방으로 들어와 줄 수 없겠니, 응? 그래 주면 정말 고맙겠구나."

"물론 그러고 싶지만, 다만 이런 옷차림으로 어떻게 해야 할지를 모르겠어."

"마침 별실을 빌렸으니까, 현관으로 들어오면 내가 마중하러 뛰어 내려가마……."

일 분 뒤 알료샤는 형과 나란히 앉아 있었다. 이반은 혼자서 식사를 하고 있었던 것이다.

3 형제들, 가까워지다

하지만 이반이 있던 곳은 별실은 아니었다. 그곳은 창가의 자리를 병풍으로 막아 놓은 것에 지나지 않았지만, 그래도 다른 사람들에겐 병풍 뒤에 앉아 있는 손님들이 보이지 않았다. 이 방은 입구와 맞붙은 첫 번째 방으로 옆쪽 벽에 뷔페가 마련되어 있었다. 그곳을 급사들이 시시각각 왔다 갔다 하고 있었다. 하지만 손님이라곤 퇴역 군인인 노인 한 명뿐이었고, 그는 구석에서 차를 마시고 있었다. 대신 술집의 나머지 방들은 여느 음식점과 마찬가지로 대단히 소란스러웠으니, 사람을 부르는 소리, 맥주병 따는 소리, 당구 치는 소리, 오르간 소리 따위가 들려왔다. 알료샤는 이반이 이 술집에는 거의 오지 않는다는 걸, 아니, 술집이라는 것 자체를 대체로 좋아하지 않는다는 걸 알고 있었다. 그러니까 그가 여기에 있는 것은 오직 드미트리 형을 만나기로 약속했기 때문이 아닐까 하는 생각이 들었다. 하지만 드미트리는 있지도 않았다.

"너를 위해 생선 수프든 뭐든 좀 주문하마, 너라고 차만 마시고 살진 않을 테니까." 이반은 소리치듯 이렇게 말했는데, 알료샤를 우연찮게 붙잡은 것이 흐뭇해 죽겠다는 투였다. 하지만 정작 이반은 이미 식사를 끝내고 차를 마시는 중이었다.

"생선 수프 주고 그다음엔 차도 줘, 배가 고파 죽겠어." 알료샤가 즐겁게 말했다.

"버찌 잼은 어떠니? 이 집에 있단다. 폴레노프 집에 살 때 아직 꼬마였던 너는 버찌 잼을 참 좋아했지, 기억나?"

"형은 그런 것도 기억해? 버찌 잼도 줘, 지금도 좋아하거든."

이반은 벨을 눌러 급사를 부른 뒤 생선 수프, 차, 잼을 내오라고 했다.

"나는 전부 기억하고 있어, 알료샤, 네가 열한 살이 될 때까지는 기억하고 있지, 그때 나는 열다섯 살이었으니까. 열다섯 살과 열한 살이면 나이 차이가 너무 커서 그 무렵엔 형제끼리 친구가 되기는 힘들지. 내가 너를 좋아했는지 어땠는지도 잘 모르겠어. 모스크바로 떠나와서도 처음 몇 해 동안은 네 생각을 전혀 하지 않았거든. 그러고 나서 네가 모스크바에 왔을 때도 우리는 어디선가 딱 한 번 마주친 것이 전부인 것 같구나. 그리고 여기 산 지도 벌써 그럭저럭 넉 달째로 접어드는데, 지금까지 우리는 단 한마디도 주고받지 못했어. 내일이면 나는 떠나는데, 지금 여기 앉아서 어떻게 하면 이 녀석을 좀 만나 작별 인사를 할 수 있을까, 생각하고 있었는데, 마침 네가 이 곁으로 지나가는 거야."

"그럼 형은 나를 무척이나 만나고 싶었던 거구나?"

"그래, 무척이나 만나고 싶었어, 나는 이번에 마지막으로 너와 가까워지고 또 너에게 나란 인간을 소개하고 싶어. 바로 이렇게 작별 인사를 하는 거지. 내 생각에는 서로 가까워지는 데는 이별을 앞에 둔 시점이 제일 좋은 것 같아. 요 석 달 내내 나를 지켜보는 네 시선을 보니, 네 눈에는 뭔가 끊임없는 기대가 어려 있더구나, 바로 이걸 나는 참을 수가 없었고 이 때문에 너한테 다가가지 않았던 거야. 하지만 결국에는 너를 존경하는 법을 배웠지. 어린 녀석이 제법 확고하더라고. 내가 지금 웃고 있긴 하지만 내 말이 진지하다는 건 알아 둬라. 정말로 너는 확고한 부류에 들지 않니, 그렇지? 나는 이렇게 확고한 녀석들이 좋아, 비록 그 녀석들의 입장이 어떻든, 또 그 녀석들이 너 같은 철부지 애송이든 말이야. 기대 어린 너의 시선이 결국에 가서는 싫지 않게 되었어. 오히려 나는 결국엔 너의 기대 어린 시선을 좋아하게 된 거야……. 너도 왠지 나를 좋아하는 거 같은데, 알료샤?"

"좋아하고말고, 이반. 드미트리 형은 형에 대해, 이반이 무덤이라고 말하는 거야. 나는 형에 대해, 이반은 수수께끼라고 말하겠어. 나한테 형은 지금도 수수께끼지만 이미 형의 뭔가를 이해했어, 고작해야 오늘 아침부터이긴 하지만!"

"그게 뭐라는 거지?" 이반이 웃기 시작했다.

"화내지 않을 테지?" 알료샤도 웃기 시작했다.

"그래, 뭔데?"

"형도 스물세 살[122]짜리 다른 모든 젊은 녀석들과 조금도 다를 바 없는 그런 젊은 녀석이라는 거, 그렇게 젊다 못해 어

122) 앞에서는 스물네 살이라고 했다.

리고 풋풋하고 멋진 소년, 그러니까 뭐 주둥이가 샛노란 어린 애라는 거야! 어때, 형, 많이 삐친 건 아닐 테지?"

"전혀, 오히려 너무 잘 들어맞아서 충격인걸!" 이반이 즐겁고 열렬하게 소리쳤다. "실은 말이야, 아까 우리가 그녀의 집에서 만난 이후, 나는 나 자신에 대해 오직 이것만을, 그러니까 내가 주둥이가 샛노란 스물세 살짜리라는 생각만을 하고 있었는데, 지금 네가 갑자기 꼭 이걸 알아맞히기라도 한 듯 이 말을 꺼낸 거야. 내가 지금 여기 앉아서 스스로에게 무슨 말을 했는지 아니? 내가 삶을 믿지 않을지라도, 소중한 여인에게 환멸을 느끼고 또 사물의 질서에 대해서도 환멸을 느낄지라도, 심지어 반대로 모든 것이 무질서하고 저주받은, 어쩌면 악마의 혼돈이라는 확신이 생겨날지라도, 그리고 인류의 환멸이 제아무리 무섭게 나를 내리칠지라도—나는 어쨌거나 살고 싶고, 일단 이 잔에 입을 댄 이상, 그것을 완전히 물리치기 전까지는 절대로 입을 떼지 않을 거야! 그래 봤자, 서른 살쯤 되면 아마 다 마시지 않았더라도 잔을 내던지고 떠날 테지만…… 어디로 떠날지는 몰라도 말이야. 하지만 내 나이가 서른 살이 되기 전까지는, 이건 분명히 알고 있지만, 나의 젊음이 모든 것을—온갖 환멸과 삶에 대한 온갖 혐오를 압도해 버릴 거야. 나는 스스로에게 내부의 이 광적이고 어쩌면 점잖지 못한 삶의 욕망을 압도할 만큼 강한 절망이라는 것이 이 세상에 존재할까 하는 질문을 수도 없이 던져 보았지만, 그런 건 없는 것 같다는 결론을 내렸어. 물론 이번에도 서른 살 전까지에 국한된 얘기이긴 한데, 서른 살이 넘으면 나 스스로가 그러기 싫어질 것 같아. 이 삶의 욕망을 어떤 폐병쟁이 같은 코흘리개 도덕주의자들은 종종 비열한 것이라고 부르는데, 특히 시인들이 그렇지. 사실, 이건 부분적으로 카라마조프적인 특성이긴 하고, 이 삶의 욕망이라는 건 어쨌거나 너의 내부에도 틀림없이 도사리고 있는데, 하지만 이게 왜 비열하다는 거니? 우리의 행성에는 아직도 끔찍할 정도로 많은 구심력이 작용하고 있어, 알료샤. 살고 싶어, 난 논리를 거역해서라도 살고 싶어. 내가 비록 사물의 질서를 믿지 않는다고 하더라도, 봄이면 싹을 틔우는 끈적끈적한 이파리들이 내게는 소중하고, 푸른 하늘도 소중하고, 가끔씩은 별다른 이유도 없이 정이 가는 어떤 사람들도 소중하고, 오래전부터 더 이상 신뢰를 상실해 버렸지만 그럼에도 오래 묵은 기억 때문에 마음으론 존중하고 있는 인류의 어떤 위업도 소중해. 자, 생선 수프가 나왔구나, 맛있게 먹어라. 멋진 생선 수프야, 이 집이 요리를 꽤 잘하거든. 난 유럽에 다녀왔으면 싶어, 알료샤, 여기서 출발할 거야. 그래 봤자 내가 가는 곳이 묘지라는 건 알고 있지만, 그래도 가장, 가장 소중한 묘지다, 이 말씀이지! 그곳에는 소중한 고인들이 잠들어 있고, 그들 위에 서 있는 비석들은 모두가 그토록 열렬하게 지나간 삶을, 자신의 위업과 자신의 진리와 자신의 투쟁과 자신의 학문에 대한 그토록 열정적인 믿음을 말해 주고 있어, 미리부터 알 수 있는데, 나는 땅에 엎드려 이 비석들에 입을 맞추면서 울 것이며—그러면서도 동시에 이 모든 것은 진작부터 묘지에 불과할 뿐, 그 이상은 아무것도 아니라는 것을 내 온 마음으로 확신하고 있을 테지. 내가 우는 것도 절망했기 때문이 아니라 그저 눈물을 흘림으로써 행복감에 젖었기 때문일 거야. 자기 자신의 감동에 흠뻑 젖어드는 것이라고나 할까. 봄날의 끈적끈적한 잎사귀 그리고 파란 하늘이 나는 좋아, 정말로! 이건 머리나 논리의 문제가 아니야, 이건 마음속으로, 배 속으로 사랑하는 거야, 자신의 최초의 젊은 힘들을 사랑하는 거지……. 내가 이렇게 허튼소리를 잔뜩 늘어놓았는데, 그중 뭐라도 좀 이해하겠니, 알료쉬카?" 이반이 갑자기 웃기 시작했다.

"이해하다뿐이겠어, 이반. 마음속으로, 배 속으로 사랑하고 싶다니, 이건 정말 멋진 말이야, 형이 그토록 살고 싶어 하다니 나도 기뻐 죽겠는걸." 알료샤가 소리쳤다. "나는 이 세상의 모든 사람들이 무엇보다도 삶을 사랑해야 한다고 생각해."

"삶을 그것의 의미보다도 더 많이 사랑해야 된다?"

"반드시 그래, 형 말대로 논리에 앞서, 반드시 논리에 앞서 삶을 사랑해야 하고, 그때야 비로소 나는 삶의 의미도 이해하게 될 거야. 바로 이런 생각이 이미 오래전부터 내 머릿속에 떠오르곤 해. 형의 일도 이제 절반은 된 거야, 이반, 성취된 거라고. 살고 싶어 하니까 말이야. 이제 형은 형의 나머지 절반을 두고 노력하면 돼, 그러면 형은 구원받은 거야."

"그러니까 네가 나를 구원하겠다는 건데, 하지만 나는 아직 제대로 파멸하지 않았는지도 몰라! 그나저나, 그거, 너의 나머지 절반이라는 건 뭐지?"

"어쩌면 결코 죽은 적이 없을 수도 있는, 형의 그 고인들을 부활시키는 거지. 그나저나, 차를 좀 마시자. 우리가 이렇게 말을 주고받을 수 있다니 기쁜걸, 이반."

"보니까 너는 꼭 무슨 영감에라도 차 있는 것 같아. 난 이런 식의 신앙 고백(professions de foi)이라면 미칠 정도로 좋아, 그러니까 바로 이런……. 견습 수도사들의 신앙 고백 말이야. 너는 확고한 놈이야, 알렉세이. 수도원에서 나오고 싶다는 건 정말이니?"

"정말이야. 나의 장로님께서 나를 속세로 보내시는 거니까."

"그럼, 또 보게 되겠구나, 그러니까 속세에서 말이지, 내가 슬슬 잔에서 입을 떼기 시작할 서른 살 무렵, 그 전에 만나자꾸나. 아버지는 말이야, 일흔 살이 될 때까지도 자신의 잔에서 입을 떼고 싶어 하지 않고, 심지어 여든 살이 될 때까지도 그런 꿈을 갖고 있다고 자기 입으로 그렇게 말했다니까, 아버지가 비록 광대이긴 하지만 아버지에게 있어 이건 너무도 진지한 문제거든. 자신의 정욕이 무슨 반석이라도 되는 양 그 위에 떡 버티고 서 있는데…… 하긴 서른 살 이후에는 정말로 그런 것 말고는 발 딛고 서 있을 게 없을지도 모르지……. 아무리 그래도 일흔 살까지 그러는 건 비열하고, 차라리 서른 살까지가 나아. 스스로를 속여 가면서라도 '귀족스러움의 색채' 정도는 보존할 수 있으니까. 오늘 드미트리 못 봤니?"

"아니, 못 봤어, 하지만 스메르쟈코프는 봤어." 그러면서 알료샤는 형에게 재빨리, 그리고 상세하게 스메르쟈코프와 만났던 얘기를 해 주었다. 이반은 갑자기 아주 수심에 찬 듯한 표정으로 귀를 기울이기 시작했는데, 심지어 어떤 것에 대해선 다시 물어보기까지 했다.

"단, 그는 자기가 드미트리 형 얘기를 한 건 당사자에게 이야기하지 말라고 신신당부했어." 알료샤가 덧붙였다.

이반은 인상을 찌푸리면서 생각에 잠겼다.

"형, 스메르쟈코프 때문에 지금 인상을 쓰는 거야?" 알료샤가 물었다.

"그래, 그 녀석 때문이야. 빌어먹을 놈, 드미트리라면 정말로 보고 싶었지만, 이젠 됐어……." 이반은 내키지 않는다는 듯 말했다.

"정말로 이렇게 빨리 떠나는 거야, 형?"

"그래."

"그럼, 드미트리와 아버지는 어쩌라고? 두 사람 일은 결국 어떻게 끝날까?" 알료샤가 불안하다는 듯 말했다.

"너는 또 그 지긋지긋한 얘기냐? 그럼, 나는 여기서 또 뭐냐? 내가 드미트리 형을 지키는 사람이라도 된다는 거야, 뭐야?" 이반은 짜증스럽다는 듯 이렇게 딱 잘라 말했지만, 갑자기 어쩐지 씁쓸한 미소를 지었다. "하느님이 살해된 동생에 대해 묻자 카인이 내놓은 답이군,[123] 그렇지? 어쩌면 너도 이 순간에 이 생각을 하고 있었을 테지? 하지만, 제기랄, 내가 정말로 지금 그들 옆에서 문지기 노릇이나 하고 있을 수는 없잖니? 볼일을 다 봤으니 가는 거야. 내가 드미트리를 질투하고 있다느니, 요 석 달 내내 그에게서 그의 아리따운 카체리나 이바노브나를 가로채려 했다느니 하는 생각을 하는 건 아닐 테

123) 창세기 4: 9. 앞서 스메르쟈코프도 알료샤에게 비슷한 말을 한 바 있다.

지. 에이, 제기랄, 나한테는 나만의 볼일이 있었던 거야. 볼일을 다 봤으니 가는 거라고. 그 볼일은 아까 끝냈고, 네가 증인이었지."

"아까 카체리나 이바노브나와 있었던 일 말이야?"

"그래, 그녀와의 일 말이야, 단칼에 끝장을 봤지. 그래서 뭐가 어쨌다는 거니? 드미트리가 나와 무슨 상관이야? 드미트리는 이 일과는 아무런 상관이 없어. 나는 그저 카체리나 이바노브나에게 나만의 볼일이 있었던 것뿐이야. 드미트리가 꼭 나와 무슨 음모라도 꾸민 양 행동했다는 건 오히려 너도 알고 있잖니. 나는 그에게 뭘 부탁한 적도 전혀 없는데, 그가 나서서 나한테 웅장하게 그녀를 넘겨 주고 축복해 준 거야. 이건 죄다 웃긴 일이지. 천만에, 알료샤, 지금 내 마음이 얼마나 홀가분한지 네가 알기만 한다면! 사실 나는 지금 여기 앉아 밥을 먹으면서 내 자유의 첫 시간을 자축하기 위해서 샴페인이라도 주문할 참이었어. 쳇, 거의 반년이나 매달려 있다가 갑자기 한 방에, 모든 것을 한 방에 벗어던진 거야. 당장 마음만 먹으면 이건 끝내고 자시고 할 것도 없는 일이라는 걸 어제는 어디 생각이나 했겠어!"

"지금 형의 사랑 얘기를 하는 거야, 이반?"

"네가 원한다면 사랑이라고 해 두지, 그래 나는 이 아가씨한테, 이 여대생한테 정말로 홀딱 반해 버렸었어. 그녀와 더불어 괴로워했고, 그녀는 나를 괴롭혔지. 완전히 그녀에게 매달려 있다가…… 갑자기 모두 다 날아가 버린 거야. 아까 나는 영감에 가득 차서 말을 늘어놓았지만, 밖에 나간 뒤에는 껄껄 웃음을 터뜨렸어, 정말이라니까. 진짜 액면 그대로 말하는 거야."

"지금도 참 즐겁게 말하네." 알료샤는 정말로 갑자기 즐거워진 그의 얼굴을 들여다보면서 한마디 했다.

"아니, 내가 그녀를 전혀 사랑하지 않는다는 걸 왜 몰랐을까! 헤헤! 알고 보니 아니더라고. 하지만 그녀가 어쩌나 내 마음에 쏙 들었던지! 아까 내가 일장 연설을 늘어놓을 때도 그녀가 그렇게도 마음에 들었어! 그리고 말이야, 지금도 너무나도 마음에 들지만, 그녀 곁을 떠나는 것이 얼마나 홀가분한지 몰라, 너는 내가 허세를 부린다고 생각하니?"

"아니. 다만, 그건 사랑이 아니었는지도 몰라."

"알료쉬카." 이반이 웃기 시작했다. "사랑에 대해 이러쿵저러쿵 논의하려고 들지 마! 너한테는 점잖지 못한 일이야. 아까, 아까 네가 벌떡 들고 일어났지, 어라! 그 보답으로 너한테 입을 맞추는 것도 깜박했구나……. 그런데 그녀 때문에 얼마나 괴로웠는지 몰라! 진정으로 파열 옆에 앉아 있었던 거라고. 아, 그녀는 내가 자기를 사랑한다는 걸 알고 있었어! 그녀가 사랑한 사람도 드미트리가 아니라 나였지." 이반은 즐겁게 자기주장을 펴 나갔다. "드미트리는 그저 파열에 지나지 않았던 거야. 내가 아까 그녀에게 말한 건 전부 다 에누리 없는 사실이야. 하지만 가장 중요한 문제는, 자신이 드미트리를 전혀 사랑하지 않고 오직 자기가 괴롭히는 나만을 사랑하고 있다는 사실을 그녀가 깨닫기까지 십오 년, 아니면 이십 년은 걸릴지도 모른다는 점이지. 아니, 어쩌면 오늘 그렇게 톡톡히 혼이 나고서도 영원히 깨닫지 못할 수도 있어. 뭐 그렇다면 더 좋은 거지. 벌떡 일어나 그길로 영원히 떠나 버렸다는 식이니까. 그나저나, 지금 그녀는 어떠니? 내가 나온 뒤에 거기는 어떻게 됐어?"

알료샤는 그녀가 히스테리 발작을 일으켰으며 지금은 의식 불명 상태에서 헛소리를 하고 있을 거라는 이야기를 그에게 해 주었다.

"호흘라코바 부인이 거짓말을 하는 건 아닐까?"

"그런 것 같진 않아."

"좀 알아봐야겠군. 하지만 사람이 히스테리 따위로 죽는 일은 절대로 없었어. 아니, 또 히스테리라고 한들, 하느님이 사랑하는 마음에서 여자에게 히스테리를 보내 준걸. 그곳엔 절대 가지 않을 거다. 뭣 하러 또 기어갈 거냔 말이지."

"하지만 아까 형은 그녀에게 그녀가 절대로 형을 사랑하지 않았다고 말했잖아?"

"일부러 그런 거야. 알료쉬카, 샴페인을 시킬 테니, 나의 자유를 위해 한잔 들자. 정말 내가 얼마나 기쁜지 네가 알기만 한다면!"

"아니야, 형, 우리 술은 마시지 않는 편이 낫겠어." 알료샤가 갑자기 말했다. "게다가 어쩐지 난 슬픈걸."

"그래, 너는 오래전부터 슬퍼하고 있었고, 내 눈엔 그게 오래전부터 훤히 보였어."

"그러니까 기어코 내일 아침에 떠난단 말이지?"

"아침이라고? 아침이라곤 말하지 않았는데……. 하지만 그래, 아침일 수도 있겠군. 실은 말이야, 내가 오늘 여기서 식사를 한 것도 오로지 영감과 같이 밥을 먹기 싫어서였어, 그 정도로 영감이 역겨워졌어. 영감 하나 때문에라도 진작 떠났을 거야. 그런데 내가 떠난다고 왜 너까지 걱정을 하고 그러니. 떠나기 전까지 너와 나 사이에 얼마나 많은 시간이 있는지는 아무도 모를 일인데 말이야. 그야말로 영원한 시간, 불멸이!"

"내일 떠난다면서 영원은 무슨?"

"아니, 우리 사이에 그게 무슨 문제가 되겠어?" 이반은 웃기 시작했다. "어쨌거나 우리만의 이야기를 나눌 시간은 충분히 있어, 우리만의 얘기 말이다. 우리가 무엇을 위해서 여기에 온 거냐? 아니, 왜 그렇게 깜짝 놀란 눈빛을 하고 있니? 대답해 봐, 무엇을 위해서 우리가 여기 모인 거지? 카체리나 이바노브나에 대한 사랑 얘기나 영감과 드미트리 얘기를 하기 위해서? 외국 얘기를 하기 위해서? 러시아의 숙명적 상황 얘기를 하기 위해서? 나폴레옹 황제 얘기를 하기 위해서? 그런 거냐, 정말 그런 것 때문이냐?"

"아니, 그런 것 때문은 아니야."

"다시 말해, 너도 무엇을 위해서인지는 안다는 거야. 다른 사람들이야 그들 나름의 문제가 있는 것이고, 주둥이가 샛노란 우리에겐 다른 문제가 있는 것인데, 우리는 무엇보다도 영원의 물음들을 해결해야 돼, 이게 바로 우리가 고민해야 될 문제라고. 지금 러시아의 젊은 세대가 모두 오로지 영원의 물음에 대해서만 논하고 있어. 노인들이 전부 다 갑자기 실제적인 문제에 매달리기 시작한 바로 지금 말이야. 너는 무엇 때문에 석 달 내내 그렇게 기대에 찬 시선으로 나를 바라보았던 거니? 나에게 '어떤 믿음이 있느냐, 아니면 아예 믿지 않는 것이냐?'를 캐묻기 위해서가 아니었을까—자, 정말로 자네가 석 달 동안 나를 응시한 것은 결국 이 때문이었을 텐데, 알렉세이 표도로비치 선생, 안 그런가요?"

"그럴지도 모르지." 알료샤가 미소를 지었다. "지금 나를 비웃는 건 아니겠지, 형?"

"내가 너를 비웃는다고? 석 달 동안 그렇게 기대 어린 눈길로 나를 바라본 내 어린 동생을 실망시킬 리가 있나. 알료샤, 똑바로 바라보렴. 나란 놈도 너와 꼭 마찬가지로 어린애에 불과해, 그저 수도사가 아니라는 것뿐이지. 도대체 러시아의 아이들이 지금까지 어떤 활동을 해 왔을까? 그러니까 몇몇의 어떤 아이들 말이야? 자, 예를 들어, 여기 악취 나는 술집이 있고 그들은 여기 모여 저 구석에 자리를 잡고 앉았어. 그전에도 평생 동안 서로를 알지 못했고 또 이렇게 술집에서 나가기만 하면 다시금 사십 년은 서로를 알지 못하게 될 사이지만, 그러면 뭐 어때, 일단 이 술집에서 한순간을 포착한 이상, 그들은 무엇에 대해 논할까? 다름 아니라 세계적인 문제들을 논하는 거야. 신은 있는가, 불멸은 있는가? 이런 것들 말이야. 신을 믿지 않는 자들, 뭐 그런 자들은 사회주의니 무정부주의니 인류 전체를 새로운 체제에 따라 개조할 것이니 어쩌니 하는 말을 늘어놓겠지만, 그래 봤자 그놈이 그놈이고, 죄다 같은 문제들인데, 그저 다른 쪽에서 시작했을 뿐이지. 게다가 우리 러시아에선 가장 독창적인 아이들 중 다수가, 정말 다수가 지금은 오직 영원의 문제들을 이야기하는 데 혈안이 되어 있다니까.

그렇지 않니?"

"맞아, 진정한 러시아인들에게 있어 문제란 신은 있는가, 불멸은 있는가, 하는 물음들, 혹은 지금 형의 말대로 다른 쪽에서 시작됐으나 결국은 동일한 물음들인 거지——물론 첫 번째 질문들이 그 무엇보다 우선시되고, 또 그렇게 되어야 마땅하지만." 알료샤는 이렇게 말하면서, 계속 예의 그 조용하고 상대방을 살피는 듯한 미소를 띠며 형을 들여다보고 있었다.

"내 말이 그 말이야, 알료샤, 러시아 사람으로 산다는 것이 이따금씩은 절대로 똑똑한 일이 못 되긴 하지만, 어쨌거나 지금 러시아의 아이들이 골머리를 싸매고 있는 문제보다 더 어리석은 것은 아예 상상도 할 수 없을 지경이야. 하지만 나는 알료쉬카라는 단 한 명의 러시아 아이만은 미칠 정도로 좋아해."

"형, 이야기를 이끌어 가는 수법이 제법인걸." 알료샤가 갑자기 웃음을 터뜨렸다.

"자, 그럼 말해 봐, 어디서부터 시작할지 네가 직접 명령을 해 봐——신? 신은 존재하는가, 이런 것부터 시작할까?"

"형이 내키는 대로 시작해 봐, '다른 쪽'에서 시작해도 좋고. 어제 형은 아버지 집에서 신은 없다고 선언했잖아." 알료샤가 탐구를 하는 듯한 눈길로 형을 바라보았다.

"어제 아버지 집에서 식사할 땐 너를 놀려 주려고 일부러 그랬던 건데, 정말로 너의 두 눈이 이글이글 타오르는 것이 보이더군. 하지만 지금은 너랑 말싸움을 할 마음은 전혀 없어, 아주 진지하게 얘기하는 거야. 나는 너와 친해지고 싶어, 알료샤, 나한테는 친구가 없으니까 한번 시도해 보고 싶은 거야.

자, 한번 생각해 봐, 어쩌면 나도 신을 받아들이는지 모르잖아." 이반이 웃기 시작했다. "너한텐 너무 뜻밖의 말인가, 엉?"

"그야 물론이지, 단, 형이 지금 농담을 하는 게 아니라면."

"'농담'이라. 어제는 장로의 암자에서 나보고 농담을 한다고 말하더니만. 그나저나, 얘야, 18세기에 어느 늙은 죄인이 있었는데, 신이 없다면 그것을 발명해 내야 한다는 말, 그러니까 신이 존재하지 않는다면 그것을 발명해 내야 한다.(s'il n'existait pas Dieu il faudrait l'inventer.)[124]라는 말을 했다지. 그래서 인간은 정말로 신을 발명해 냈지. 그러니까 신이 정말로 존재한다는 건 이상할 것도, 놀라울 것도 없는 얘기이고, 오히려 정말 놀라운 것은 그런 생각이—그러니까 신이 반드시 필요하다는 생각이—인간과 같이 야만스럽고 사악한 동물의 머릿속에 떠오를 수 있었다는 사실인데, 이 생각은 그 정도로 성스럽고 그 정도로 감동적이고 그 정도로 현명하고 그 정도로 인간의 위신을 살려 준다는 거야. 나로 말할 것 같으면, 인간이 신을 창조했느냐, 아니면 신이 인간을 창조했느냐와 같은 문제는 이미 오래전부터 생각하지 않기로 했어. 물론, 나는 이와 관련하여 요즘 러시아의 아이들이 내놓은, 그나마 하나에서 열까지 다 유럽의 가설들로부터 이끌어 낸 온갖 공리들도 손대지 않겠어. 왜냐면 저쪽에선 가설에 불과한 것이 러시아의 아이에겐 곧장 공리가 되거든, 아니, 이건 비단 아이들뿐만 아니라 그들의 교수들한테도 적용되는 건데, 지금 우리 러시아

124) 앞서 표도르도 인용한 볼테르의 말.

에서는 교수들도 아이들과 다를 바 없을 때가 너무 많거든. 그렇기 때문에 모든 가설들은 다 피하려는 거야. 그렇다면, 지금 너와 나 사이에 놓인 과제는 뭐지? 그 과제란 가능한 한 빨리 너에게 나의 본질을, 다시 말해서 내가 어떤 사람이고 무엇을 믿고 무엇을 희망하는지를 설명하는 것이 아닐까, 그렇지 않니? 그렇기 때문에 나는 솔직 담백하게 신을 받아들이노라고 선언하는 거야. 하지만, 아무리 그래도 지적해 둬야 할 것은 있어. 즉, 신이 존재한다면, 그리고 정말로 신이 이 땅을 창조했다면, 우리가 완벽하게 알고 있듯 신은 그 땅을 유클리드 기하학에 따라 창조했을 것이며 또한 인간의 머리는 오직 3차원적 공간에 대한 개념만을 지닌 것으로 창조했겠지. 그런데 전 우주—혹은 더 광범위하게 말해서 모든 존재가 그저 유클리드 기하학에 따라 창조되었다는 걸 의심하면서 감히, 유클리드에 따르면 어떤 일이 있어도 이 땅에서는 만날 수 없는 두 개의 평행선이 무한대 어딘가에서 만날 수 있으리라는 몽상에 젖은 기하학자들과 철학자들이 있었고 심지어 지금도 있단 말이야, 그것도 가장 탁월한 자들 중에서도 말이야.[125] 얘야, 그래서 나는 심지어 이것조차도 이해할 수 없다면 도대체 어떻게 신에 대해 이해할 수 있겠는가 하는 결론을 내려 버렸

125) 유클리드에 의해 확립된 유클리드 기하학의 대표적인 공리 중 하나가 이반이 말하는 '평행선 공리'이다. 하지만 러시아의 수학자 로바쳅스키는 그 체계를 뒤집는 새로운 기하학을 창시했는데(이것이 널리 알려진 것은 그가 죽은 이후이다.) 도스토옙스키는 페테르부르크 공병 학교 재학 시절 그의 이론을 접했던 것으로 알려져 있다.

지. 나에게는 이런 문제를 풀 능력이 전혀 없음을, 나의 머리는 유클리드적인 것이요 지상의 것임을, 그렇기 때문에 이 세상의 것이 아닌 문제를 해결할 재간이 전혀 없음을 겸손하게 인정하는 거야. 그리고 너한테도 이런 것에 대해서는 아예 생각을 하지 말라고 충고하는 거야, 내 친구 같은 알료샤, 특히 신에 관해서는 더 그래. 신은 존재하는가, 하지 않는가? 이 모든 것은 그저 3차원에 관한 개념만을 갖도록 창조된 머리에는 전혀 맞지 않는 질문들이야. 그래서 나는 신을 기꺼이 받아들일 뿐만 아니라, 덧붙여 우리로서는 도저히 알 길 없는 신의 현명함과 신의 목적도 받아들이고, 우리 모두를 하나로 결합시켜 줄 영원한 조화를 믿고, 또한 우주의 지향점이자 그 자체로 '하느님과 함께 계시고'[126] 그 자체로 곧 하느님이신 말씀을 믿고, 뭐 등등, 겸사겸사 무한성도 믿는다. 이 점에 관해서라면 한도 끝도 없는 말들이 쏟아져 나왔더랬지. 어떻든 내가 길은 잘 들어선 것 같은데―엉? 자 그럼, 잘 생각해 보렴, 결과적으로 나는 신의 이 세계를 받아들이지 않는 것이며―비록 신이 존재하는 것을 알고 있다 하더라도 절대로 그것을 인정할 수 없어. 신을 받아들이지 않는다는 것이 아니라, 이 점을 잘 알아 둬, 그가 창조한 세계를, 신의 세계를 받아들이지 않는다는 것, 받아들이는 것에 동의할 수 없다는 거야. 여기서 토를 좀 달아 둘 것이 있어. 즉, 고통이란 것도 결국엔 아물어 사라지게 마련임을, 인간의 모순들이 빚어 내는 모욕

126) 요한복음 1: 1-2.

적인 희극도 전부 애처로운 신기루처럼, 또 원자와 같이 부실하고 미미한 인간의 유클리드적 머리가 만들어 내는 추악한 허상처럼 사라져 버릴 것임을, 끝으로, 이 세계의 피날레에 이르러 영원한 조화의 순간에 뭔가 너무도 귀중한 것이 문득 출현하여 모든 마음들이 그것으로 충만하고 모든 분노가 사그라지고 사람들의 모든 악행들과 그들이 흘린 모든 피가 그로써 충분히 보상될 것임을, 사람들이 겪었던 모든 일을 용서하는 것은 물론이고 그것을 정당화하는 것조차도 충분히 가능해질 것임을 나는 갓난애처럼 확신하고 있어——하지만, 정말로 모든 것이 이렇게 된다고 할지라도, 그래도 나는 이것을 받아들이지 않고, 받아들이고 싶지 않아! 심지어 평행선들이 서로 만나고 내 눈으로 그것을 보게 될지라도 말이야. 내 눈으로 그걸 보면서, 만났다고 말을 하게 될지언정 그래도 받아들이지는 않을 거야. 자, 바로 이게 나의 본질이야, 알료샤, 바로 이게 나의 테제란 말이다. 이건 내가 너한테 제법 진지한 마음으로 하는 말이야. 우리의 이 대화를 나는 일부러 더할 나위 없이 멍청하게 시작했지만, 결국 내가 고백을 하는 지경에까지 이르고 말았는데, 너한테 필요한 건 사실 오직 이것뿐이니까. 너한테 필요한 건 신에 관한 문제가 아니라, 오직 네가 사랑하는 형이 무엇으로 사는지를 알아내는 것이었을 테지. 그래서 나는 이런 말을 했던 거야."

이반은 자신의 기나긴 연설을 갑자기 어떤 특별하고 예기치 못한 감정을 담아 끝맺었다.

"그런데 무엇 때문에 '더할 나위 없이 멍청하게' 시작한 거지?" 알료샤가 생각에 잠긴 듯 그를 바라보며 물었다.

"그래, 첫째, 뭐 러시아식으로 하기 위해서랄까. 러시아인들은 이런 주제를 놓고 대화를 나누게 되면 더할 나위 없이 멍청한 방식을 취하거든. 둘째, 또, 멍청하면 멍청할수록 본론에는 더 가까워지는 법이야. 멍청하면 멍청할수록 더욱더 분명해지는 거고. 멍청함은 간결해서 교활하게 굴 줄 모르지만, 똑똑함은 잔머리를 굴려서 감쪽같이 숨어 버릴 궁리만 하거든. 똑똑함은 비열하기 십상이지만, 멍청함은 솔직 담백하고 정직하거든. 나는 사태를 내가 절망하는 것에까지 이르게 했고, 그 때문에 내가 그것을 멍청하게 제시하면 할수록 나에게는 그만큼 더 유리한 거야."

"무엇 때문에 '세계를 받아들이지 않는다.'라는 건지 설명해 줄래?" 알료샤가 말했다.

"물론, 설명해 주지, 그게 무슨 비밀도 아니고 결국 그 얘기를 하자는 거니까. 네가 내 동생인데, 너를 타락시키거나 너의 발판에서 끌어 내리고 싶은 마음이 있을 턱은 없고, 어쩌면 너를 통해서 나 자신을 치유하고 싶어 하는 건지도 모르겠어." 이반은 갑자기 아주 온순한 어린아이처럼 방긋 미소를 지었다. 알료샤는 지금까지 그가 이런 미소를 짓는 것을 결코 본 적이 없었다.

4 반역

"너한테 고백할 것이 하나 있는데" 하고 이반이 말을 시작했다. "어떻게 자기와 가까이 있는 사람들을 사랑할 수 있는지 나는 절대로 이해할 수가 없었어. 내 생각으론 멀리 있는 사람이라면 차라리 모를까, 이렇게 가까이 있는 사람들은 사랑할 수 없을 것 같아. 그러니까 어쩌다가 어디선가 '자비로운 요한'[127](어느 성자겠지.) 얘기를 읽은 적이 있는데, 얼어 죽을 지경이 된 굶주린 나그네가 그를 찾아와서 몸을 좀 덥히게 해 달라고 부탁하자 그와 함께 침대에 누워 그를 껴안고 무슨 끔찍한 병 때문에 썩어 문드러져 고약한 냄새가 나는 그의 입에 숨을 불어넣기 시작했다는 거야. 나는 그가 이런 일을 한 것이 발작적인 기만 때문이었다고, 사랑의 의무를 명령받고 또 스스로에게 고행의 징벌을 부과했기 때문이었다고 확신해. 사람을 사랑하기 위해서는 그 사람의 모습이 감추어져야 돼, 조금이라도 얼굴을 보이면 사랑은 사라져 버리거든."

"조시마 장로님도 그런 얘기를 몇 번이나 하셨어." 알료샤가 지적했다. "장로님도 인간의 얼굴이 사랑에 서툰 많은 이들에게 있어 사람을 사랑하는 데 방해가 되는 일이 자주 있다고 말씀하셨어. 하지만 인간들 사이에는 사랑이, 그것도 거의 그리스도의 사랑과 유사한 사랑이 많이 있고, 나 자신도 이걸

127) 16, 17세기의 성자. 이하, 이반의 얘기는 플로베르의 「구호 수도사 성(聖) 쥘리앵의 전설」(투르게네프에 의해 1877년 러시아어로 번역되었다.)에서 가져온 것이다.

알고 있어, 이반……."

"뭐 나는 아직 그런 건 잘 모르고 이해할 수도 없거니와, 무한한 다수의 사람들이 나와 똑같을걸. 문제는 사람들의 고약한 성질 때문에 이런 일이 일어나는가, 아니면 그들의 본성이 원래 그렇게 돼 먹었기 때문인가, 하는 것이지. 내 생각에 사람들에 대한 그리스도식 사랑은 이 지상에서는 불가능한 일종의 기적이야. 사실 그는 신이었잖니. 하지만 우리는 신이 아니라고. 가령, 내가 심하게 고통을 받을 수 있다고 치더라도, 타인은 절대로 내가 어느 정도로까지 고통받는지 알 수가 없는데, 왜냐면 그는 내가 아니라 타인인 데다가 더욱이 사람이라는 것은 타인을 기꺼이 고통받는 자로 인정하는 일이 극히 드물거든.(꼭 이게 무슨 큰 벼슬이라도 된다고 생각하나 봐.) 왜 기꺼이 인정하지 않는 것일까, 네 생각은 어때? 그 이유인즉, 예를 들자면, 나한테서 고약한 냄새가 난다거나 내 얼굴이 멍청하게 생겼다거나 내가 언젠가 그의 발을 밟은 적이 있다거나 하기 때문일 거야. 게다가 고통도 고통 나름이야. 내가 나를 비참하게 만드는 굴욕적인 고통, 가령, 배고픔과 같은 고통에 시달리고 있다면 나의 은인도 인정해 주겠지만, 좀 더 드높은 고통, 가령 이념으로 인한 고통이라면, 그래, 인정해 주는 일이 극히 드물 텐데, 왜냐면 그는 가령 나를 바라보다가 갑자기 내 얼굴이, 자신의 환상 속에서 그려 본, 가령 이러저러한 이념으로 고통스러워하는 사람의 얼굴과 전혀 다르다는 것을 깨닫게 될 것이기 때문이지. 자, 그러면 그는 바로 그 즉시 자기가 나한테 베풀었던 선행을 철회할 텐데, 이건 절대로 그가 나쁜 마음을 지니고 있어서가 아니야. 거지들, 특히 고상한 거지들은 절대로 사람들 앞에 그 모습을 드러내지 말 것이며, 구걸을 해도 신문을 통해서 해야 돼. 추상적으로라면, 그러니까 이따금씩 멀리 떨어져서라면 그래도 가까이 있는 사람을 사랑할 수 있지만, 가까이 있을 때는 절대로 불가능하지. 만약 모든 것이 거지들이 출연하긴 하되 비단 누더기를 걸치고 갈기갈기 찢어진 레이스를 두른 채 나타났다가 우아하게 춤을 추면서 구걸을 하는 발레 무대와 같다면, 그렇다면, 뭐 그들을 기꺼이 감상해 줄 수는 있을 거야. 기꺼이 감상은 할 수 있다 치더라도, 어쨌거나 사랑은 안 돼. 하지만 이런 얘긴 그만하자. 나한테 필요했던 건 그저 너에게 나의 관점을 제시하는 일이거든. 그러니까 나는 인류 전반의 고통에 대해 이야기하고 싶었지만, 차라리 어린아이들의 고통만을 다루는 편이 낫겠어. 이렇게 하면 내 논의의 규모가 열 배 정도는 줄어들겠지만, 그래도 아이들 하나에 대해서만 이야기하는 편이 낫겠다는 거야. 물론, 이러면 나한테는 좀 불리하긴 하지. 하지만 첫째, 아이들은 심지어 가까이에서도, 심지어 지저분한 아이들, 얼굴이 미운 아이들도(하지만 얼굴이 미운 아이란 절대로 있을 법하지 않구나.) 사랑할 수 있어. 둘째, 어른들에 관해서 얘기를 하지 않겠다는 건, 그들이 워낙 혐오스러워서 사랑을 받을 가치가 없거니와 천벌을 받고 있는 중이기 때문이야. 그들은 사과를 따 먹은 뒤 선과 악을 알게 되어 '하느님처럼' 되었지.[128] 지금도 계

128) 창세기 3: 5.

속 그것을 먹고 있어. 하지만 아이들은 아무것도 먹지 않아서 아직은 그 어떤 일에 있어서도 무죄야. 아이들을 좋아하니, 알료샤? 너도 좋아한다는 건 알고 있어, 그러니까 내가 지금 무엇 때문에 아이들 하나에 대해서만 이야기하려고 하는지 이해될 거야. 만약 그들마저도 이 지상에서 끔찍할 정도로 고통받고 있다면, 그건 물론, 그들의 아버지들, 선악과를 먹어 치운 그 아버지들 때문에 벌을 받고 있는 셈인데―하지만 이런 논의는 다른 세계에 속한 것이라 여기 이 지상의 인간의 마음으론 이해할 수 없는 것이지. 죄 없는 자가, 그것도 아이들처럼 그렇게 죄 없는 자가 다른 사람 때문에 고통받아서야 되겠어! 내 말에 놀랄지도 모르겠지만, 알료샤, 나도 아이들을 끔찍하게 좋아한단다. 그리고 명심해 둬, 잔인한 놈들, 열정적인 놈들, 육욕이 강한 놈들, 카라마조프 놈들이 아이들을 아주 좋아할 때가 더러 있다는 걸. 아이들은 아직 아이인 동안, 가령 일곱 살 전까지는 사람들로부터 무서울 정도로 동떨어져 있어. 꼭 전혀 다른 본성을 지닌, 전혀 다른 존재 같다니까. 나는 감방에 갇혀 있는 강도를 하나 알고 있었어. 그는 한창 잘나갈 때 밤마다 가정집에 잠입하여 강도질을 일삼고 일가족들을 몰살하고 아이들도 한꺼번에 몇 명씩이나 찔러 죽이기도 했지. 하지만 감방에 있으면서 그는 아이들을 이상할 정도로까지 좋아하게 됐어. 감방의 창문에 붙어서 하는 일이라곤 오직 감옥의 마당에서 노니는 아이들을 바라보는 것이었어. 그러다가 그는 어느 조그만 소년을 자기의 창문 아래로 오도록 만들었고, 아이는 그와 아주 친한 사이가 되었다지……. 내가 무엇 때문에 이런 얘기를 늘어놓는지 잘 모르겠지, 알료샤? 왠지 머리가 아프다, 울적하기도 하고."

"형, 말하는 표정도 이상해." 알료샤가 불안해하면서 한마디 했다. "꼭 정신이 나간 사람 같아."

"그러고 보니 얼마 전에 한 불가리아 사람이 모스크바에서 나에게 이런 이야기를 해 주었어." 이반 표도로비치는 동생의 말은 안중에도 없다는 듯 계속했다. "저기 자기 나라 불가리아에서는 터키인들과 체르케스인들이 슬라브인들의 집단 폭동이 무서워서 가는 곳마다 악행을 저지르고 다닌다더군 — 그러니까 불을 지르고 사람을 찔러 죽이고 여자들과 아이들을 폭행하고, 포로들의 귀를 울타리에 못 박아 놓고서 아침까지 그렇게 내버려 두었다가 아침이 되면 목매달아 죽이는 등 상상도 할 수 없는 일투성이라는 거야. 인간을 두고 '짐승같이' 잔혹하다는 표현을 쓰는 일이 더러 있지만, 짐승들 입장에서 보면 이건 너무나도 부당하고 모욕적인 소리야. 짐승은 절대로 인간처럼 그렇게, 그러니까 그렇게 기교를 부려서, 그렇게 예술적으로 잔혹하게 굴 수는 없거든. 호랑이가 할 수 있는 일이라곤 그저 물어뜯으면서 울부짖는 것뿐이야. 설사 호랑이도 사람들의 귀를 밤새도록 못 박아 놓을 수 있다 하더라도, 이런 생각 자체가 그놈의 머릿속엔 절대로 떠오르지 않을 거야. 하지만 이 터키인들은 음탕한 쾌감을 느끼면서 아이들을 괴롭혔다는데, 어머니의 배를 칼로 갈라 태아를 꺼내는가 하면 심지어 어머니의 눈앞에서 젖먹이를 위로 집어던진 뒤 총검으로 받아 내는 짓까지 한다는 거야. 어머니들의 눈앞에서 이런 짓을 한다는 데 쾌감의 핵심이 있는 거지. 그런데 나의 흥미를 아주 자극하는 명장면이 하나 있어. 한번 상상을 해 봐, 젖먹이가 부들부들 떨고 있는 어머니의 품에 안겨 있고, 그 주위를 여기로 들어온 터키인들이 에워싸고 있는 거야. 그 녀석들은 즐거운 장난거리 하나를 생각해 냈어. 그 녀석들은 갓난애를 웃기려고 얼러 보기도 하고 웃어 보기도 하는데, 결국 성공해서 갓난애가 깔깔 웃게 됐어. 이 순간, 터키 녀석 하나가 갓난애의 얼굴에서 불과 4베르쇼크[129] 정도 떨어진 거리에서 갓난애를 향해 권총을 겨누는 거야. 아이는 즐겁게 깔깔거리면서 권총을 잡기 위해 고사리손을 내뻗는데, 갑자기 이 예술가는 아이의 얼굴 정면에 대고 방아쇠를 당겨서 작은 머리를 박살 내는 거지……. 정말 예술적이라니까, 안 그러니? 곁들여 말해 두자면, 터키 녀석들은 단것을 그렇게 좋아한다더군."

"형, 뭣 하러 이런 얘기를 하는 거야?" 알료샤가 물었다.

"내 생각으론, 악마가 존재하지 않아서 인간이 악마를 창조해 냈다면, 인간은 그것을 자신의 형상과 모습에 따라 창조했을 거야."

"그렇다면, 신도 똑같은 방식으로 창조했겠군."

"말을 둘러치는 솜씨가 놀라울 정도로 일품인걸, 꼭 『햄릿』의 폴로니어스[130] 같아." 이반이 웃기 시작했다. "너한테 말꼬리를 잡히긴 했지만 그래도 기쁜걸. 인간이 자신의 형상과 모습

129) 1베르쇼크는 약 4.445센티미터.

130) 덴마크 궁정의 재상으로서 오필리아의 아버지.

에 따라 신을 창조했다면, 너의 신도 훌륭할 테니까. 너는 지금 내가 뭣 하러 이런 얘기를 하는지 물었다만, 실은 내가 몇몇 사실들을 수집하는 애호가여서 신문이건 소설이건 무슨 일화건 닥치는 대로 모아 그중에서 메모를 해 두는데, 나한테는 이미 멋진 컬렉션이 생겼지. 터키 녀석들도 물론 컬렉션에 들어가 있지만, 이건 어떻든 외국인 얘기잖아. 나한테는 국산 농담들도 있는데, 터키식 농담보다 훌륭하기까지 해. 사실, 우리 나라에서는 구타도 더 심하고 매질과 채찍질도 더 심한데, 이건 민족적인 특성이야. 어떻든 우리는 유럽인이기 때문에 귀를 못 박는 건 우리 나라에선 생각도 할 수 없지만, 매질과 채찍질이라면—이건 아예 우리 것이 돼서 우리 나라에서 근절될 수 없거든. 외국에서는 풍습이 정화됐기 때문이라든가, 아니면 인간이 인간을 때리는 일이 없도록 하는 법률이 이미 제정되었기 때문이라든가 해서 지금은 매질을 아예 안 한다지만, 대신 그들은 우리 나라와 마찬가지로 순수하게 민족적인 다른 방식으로 그 공백을 메우게 됐는데, 얼마나 민족적인지 우리 나라에서라면 불가능할 법한 다른 방식이지만, 우리 나라에서도 이런 것이 특히나 상류 사회에서 종교 운동이 시작된 시점부터 확산되고 있긴 하지. 얼마 전, 그러니까 고작해야 오 년쯤 전에 제네바에서 악당이자 살인자 한 명을 처형한 얘기를 담은, 불어에서 번역한 멋진 팸플릿이 나한테 하나 있는데, 스물세 살쯤 된 이 리샤르라는 젊은이는 단두대에 오르기 직전에 회개하여 기독교로 개종했대. 이 리샤르는 원래 누군가의 사생아였는데, 아이가 여섯 살쯤 됐을 때 부모들이 무슨 스위스 산의 양치기들에게 아이를 선사했고, 이들은 부려 먹으려고 아이를 키웠어. 아이는 양치기들의 손에서 들짐승처럼 자랐으니, 그들은 아이에게 뭘 가르치기는커녕 오히려 일곱 살쯤 되었을 때부터 양 치는 일을 시키고 비가 오나 눈이 오나 거의 옷도 입히지 않고 먹을 것도 거의 주지 않았지. 그러고서도 물론 그들 중 누구도 깊은 생각이나 반성을 하기는커녕 오히려 자기네들은 이럴 만한 충분한 권리를 갖고 있는 양 생각했는데, 왜냐면 리샤르는 어차피 그들에게 물건처럼 선사된 것이니까 심지어 아이에게 반드시 먹을 것을 줘야 된다는 필요성도 못 느꼈던 것이지. 리샤르 자신이 증언하길, 그 무렵 그는 복음서의 탕자처럼, 팔려고 키우는 돼지에게 주는 사료라도 좀 먹어 봤으면 죽어도 여한이 없겠다고 생각했지만 그나마도 주지 않았으며 그가 돼지 먹이를 훔쳤을 땐 매만 맞았고, 그런 식으로 그는 자신의 유년기와 청소년기를 보내고 어른이 되어 힘이 세지자 몸소 도둑질을 하러 나선 거야. 이 야만인은 제네바에서 날품팔이로 돈을 벌었고, 그렇게 번 돈으로 술을 퍼마시며 불한당처럼 살다가 결국엔 어떤 노인을 죽이고 강도 짓을 하고야 말았지. 그는 체포되어 재판에서 사형을 선고받았어. 그쪽 사람들은 감정에 휘둘리거나 하진 않으니까. 자, 그런데 감옥에 들어가자 그 즉시 목사들, 이런저런 기독교 승단의 회원들, 자선가를 자처한 귀부인들이 그를 에워싸는 거야. 그들은 감옥에서 그에게 읽고 쓰는 법을 가르치고 복음서를 해석해 주면서 훈계를 늘어놓고 설득을 시키고 우르르 몰려들어 잔소리를 늘어놓고 압력을 가한 결과, 결국엔 그가 거국적으로 자신의 범죄를 인정하기에 이르렀어. 그는 개종했고, 재판정 앞으로 자신은 불한당이었지만 결국엔 주님이 자기를 눈뜨게 해 주셨고 자신에게 은총을 보내 주셨다는 내용의 편지를 써 보냈지. 제네바는 완전히 흥분의 도가니에 빠졌어, 온통 자선적이고 경건한 제네바가 말이야. 제법 상류 사회, 제법 교양 있다는 족속들이 죄다 감옥에 있는 리샤르에게로 밀려와서는 '너는 우리의 형제야, 너는 은총을 받은 몸이야.'라며 그에게 입을 맞추고 포옹을 했지. 그러면 당사자인 리샤르는 감동에 겨워 눈물을 흘릴 뿐이었지. '그렇습니다, 저는 은총을 받았습니다! 예전엔, 그러니까 유년 시절, 청소년 시절에는 돼지 먹이만 있어도 기뻤지만 지금은 은총을 받았으니, 이렇게 주님의 품 안에서 죽어 갑니다!' '그래, 그래, 리샤르, 주님의 품 안에서 죽어라, 너는 남의 피를 흘리게 했으니 주님의 품 안에서 죽어 마땅하지. 설사 네가 돼지 먹이를 탐내고 그것을 훔친 죄로 매를 맞았을 때는(훔치는 것은 허락되지 않았으니 네가 한 짓은 아주 나쁜 일이었지.) 주님을 전혀 몰랐던 것이니 무고하다고 할 수 있지만—그래도 너는 남의 피를 흘리게 한 몸이니 죽어 마땅하다.' 자, 그렇게 마지막 날이 오는 거야. 기진맥진한 리샤르는 울면서 그저 '이건 내 인생 최고의 날이다, 나는 주님께로 간다!'를 시시각각 되풀이할 뿐이지. 그러자 목동들, 재판관들, 자선가 귀부인들은 '그렇고말고, 이건 너에게 있어 가장 행복한 날이다, 너는 주님께로 가는 거니까!'라고 소리치지. 이들은 마차를 탄 채, 그리고 걸어가면서 리샤르를 태운 죄수 마차가 단두대 앞에 이르기까지 그 뒤를 졸졸 따르면서 소리쳐 댔어. 마침내 단두대 앞에 이르렀어. '죽어라, 우리 형제여.'라면서 사람들은 리샤르에게 소리를 쳤어. '주님의 품 안에서 죽어라, 너는 은총을 받은 몸이니까!' 자, 그리하여 리샤르는 형제들의 키스 세례를 받으며 단두대로 끌려가 기요틴에 얹어졌고, 은총을 받았다는 그 이유로 참으로 형제답게 그의 목을 잘라 버린 거지. 정말이지, 이건 아주 특징적인 얘기야. 이 팸플릿은 상류층의 루터파 자선가들에 의해 러시아어로 번역돼서 러시아 민중을 계몽하기 위하여 신문이나 다른 출판물의 부록으로 공짜로 배포되었어. 이 농담 같은 리샤르 얘기가 훌륭한 건 여기에 민족적인 특성이 들어 있기 때문이야. 우리 나라에서는 한 사람이 우리의 형제가 됐고 그가 은총을 받았다는 그 이유 때문에 그의 목을 베는 것은 터무니없는 일이지만, 반복하건대 우리 나라에도 이보다 거의 더 나쁘지 않은 우리만의 것이 있어. 우리 나라에서는 역사적으로 채찍질의 고통을 아주 가까이서 직접적으로 즐겨 왔어. 네크라소프의 시[131] 중에는 농사꾼이 말의 눈을, '온순한 눈을' 채찍질하는 장면이 나오지. 누가 이런 걸 본 적이 없겠니, 이거야말로 러시아적인 것이라고 할 수 있는데. 그가 묘사해 놓은 걸 보면, 허약한 말이 짐을 얼마나 많이 실었는지 짐 더미에 깔려 이러지도 저러지도 못하고 아예 움직일 수도 없게 된 거야. 농사꾼은 광분해서 말을 사정없이 때리고 또 때리다가 마침내는 채찍질을 하는 데

131) 네크라소프의 「황혼이 지기 전까지」(1859)를 말한다.

취해서는 자신이 무슨 짓을 하는지도 모르고 수도 없이 호되게 채찍을 휘둘러 대는 거야. '아무리 힘에 부쳐도 끌고 가, 죽어도 좋으니까 끌고 가라니까!' 여윈 말이 몸부림을 치며 울면, 곧바로 의지할 데 없는 말의 눈, 그 '온순한 눈'에 채찍을 휘두르기 시작하는 거야. 말은 앞뒤를 가리지 못하고 몸부림을 친 뒤 짐을 끌며, 온몸을 부르르 떨고 숨도 제대로 쉬지 못하고 어떻게 몸을 비스듬히 기울이고 무슨 경련이라도 난 듯 펄쩍 뛰면서 왠지 부자연스럽고 치욕적인 모습으로 걸음을 떼놓는데—네크라소프의 시에서 이 장면은 정말 끔찍해. 하지만 어쨌거나 이건 고작해야 말 얘기이고, 말은 후려갈기라고 신이 선물로 준 것이지. 타타르인들은 우리에게 바로 이런 해석을 내놓았고 기념 삼아 우리에게 채찍을 선물해 주었어. 하지만 사람에게도 역시 매질을 할 수 있는 법이란다. 그러니까, 교육도 잘 받은 지식인 신사와 그의 부인이 친딸을, 그것도 일곱 살 난 어린 딸을 회초리로 때린 일이 있었는데—이 이야기는 나의 수첩에 자세히 쓰여 있어. 아빠란 작자는 회초리에 옹이가 박혀 있다고 기뻐하면서 '이쪽이 더 따끔하겠는걸.'이라고 말하더니, 그렇게 친딸을 '손봐 주기' 시작하는 거야. 내가 정확히 알고 있는 바에 의하면, 매를 내리칠 때마다 성적 쾌락을, 말 그대로 성적 쾌락을 느낄 정도로 흥분해서 매질이 거듭될수록 그 횟수는 더욱더 많아지고 가속도도 더 붙게 되는 사람들이 있어. 일 분을 때리다 보면 마침내는 오 분이 되고 또 십 분이 되고, 그럴수록 좀 더 오래, 좀 더 많이, 좀 더 자주, 좀 더 따끔해지는 거야. 아이는 소리를 지르고 지르다가 마침내는 소리조차 지를 수 없는 지경이 되어 숨 넘어가는 소리를 내면서 '아빠, 아빠, 아빠, 아빠!'라고 헐떡이는 거야. 이 일은 뭔가 악마적일 정도로 추잡한 사건이었기 때문에 재판으로까지 넘어가게 됐어. 변호사가 고용되지. 러시아 민중은 이미 오래전부터 우리 나라의 변호사를 '대변인—돈에 고용된 양심'[132]이라고 불러 왔지. 변호사는 자신의 의뢰인을 변호하느라 고함을 질러 댔어. '이 사건은 극히 단순하고 평범한 가정사에 지나지 않건만, 아버지가 딸을 때렸다고 재판으로까지 넘어왔으니, 이거야말로 우리 시대의 수치가 아니겠습니까!'라는 거야. 배심원들은 이 말에 설득당한 채로 물러났다가, 무죄를 선고했어. 청중은 가해자가 무죄를 선고받았다고 행복감에 젖어 울부짖었지. 에잇, 내가 그 자리에 없었기에 망정이지, 나라면 그 고문자의 이름을 기리는 차원에서 장학 재단이라도 설립하자고 제안했을 텐데……! 정말로 멋진 장면들이 아니냐. 하지만 아이들에 관해서라면 내 수첩에는 더 훌륭한 예도 있는데, 그러니까 러시아의 아이들에 관한 것들을 많이, 아주 많이 수집해 놨거든, 알료샤. 다섯 살 난 조그만 계집아이가 아버지와 어머니, 그것도 '존경할 만하고 관직도 꽤 괜찮은 사람들, 교육도 받고 교양도 있는 자들'인 부모의 증오를 받게 되었어. 있잖니, 한 번 더 강력하게 단언하건대, 인류의 많은 이들에겐 특이한 성질이 있는데—바로 그게 아이들,

---

132) 변호사(advokat)와 대변인(ablakat) 사이에 언어유희의 효과를 노린 듯하다.

오직 아이들만을 괴롭히는 것을 좋아한다는 거야. 이 고문자들은 다른 모든 인간 주체들에게는 교양 있고 인도적인 유럽인인 양 관용적이리만큼 온순한 태도를 취하지만, 그러면서도 아이들을 괴롭히는 것만은 너무 좋아하니까, 이런 의미에서는 아이들 자체를 좋아하는 셈이기도 하지. 이 가해자들을 유혹하는 것은 다름 아니라 이 어린 창조물들의 무방비 상태, 즉, 아이들이란 그 어디에도 몸을 숨길 수 없고 그 누구에게도 갈 수 없는 처지라서 흡사 천사처럼 사람을 쉽게 믿어 버린다는 점인데—바로 이것이 고문자들의 더러운 피를 끓어오르게 하는 거야. 어떤 사람에게나 물론 짐승이 숨어 있긴 한데, 그러니까 격노의 짐승, 고문받는 희생양의 비명을 들으며 음욕을 느낄 정도로 피가 끓어오르는 짐승, 쇠사슬에서 풀려나 멋대로 날뛰는 짐승, 끊임없는 방탕으로 인해 생긴 통풍(痛風)이나 간 질환 따위를 앓고 있는 짐승 등등 말이야. 이 가련한 다섯 살짜리 계집아이를 이 교양 있는 부모들이 온갖 방법으로 고문했던 거야. 무엇 때문에 그러는지 그들 자신도 모르면서 그저 때리고 매질하고 발로 걷어차서 아이의 온몸을 멍투성이로 만들었지. 그러다 급기야는 고도로 섬세한 지점에까지 이르게 됐지. 즉, 춥다 못해 혹한인 날씨에 아이를 밤새도록 뒷간에 가두어 뒀는데, 그 이유인즉 아이가 밤에 뒷간에 가고 싶다는 말을 하지 않았기 때문이라는 것이었고(마치 천사처럼 깊은 잠에 빠진 다섯 살 난 아이라면, 이런 나이라면 벌써 뒷간에 가고 싶다는 말 정도는 할 줄 알아야 된다는 양)—그 벌로 아이의 온 얼굴에 아이의 대변을 처바르고 아이에게 그 대변을 먹으라고 강요했어, 친어머니가, 친어머니가 그런 강요를 했다고! 그러고서도 이 어머니는 한밤중에 더러운 곳에 갇힌 가엾은 아이의 신음 소리가 들리는데도 잠을 잘 수 있었다는 거야! 너는 이게 이해가 되니, 아직 자기에게 무슨 일이 일어나고 있는지도 제대로 짐작할 수 없는 어린 존재가 어둡고 추운 더러운 곳에서 조막만 한 주먹으로 자신의 찢어진 가슴을 치면서 '하느님 아버지'를 향해 자기를 보호해 달라며 아무도 원망하지 않는 온순한 피눈물을 흘린다면—이 말도 안 되는 이야기를 너는 이해하겠니, 너는 내 벗이자 내 동생이고 신을 따르는 수도사이자 겸허한 자가 아니냐, 도대체 무엇을 위해서 이런 말도 안 되는 이야기가 이토록 이렇게 필요하고 또 이렇게 만들어졌는지를 이해하겠느냐는 말이다! 이것이 없다면 인간은 잠시도 이 세상에 머물 수 없다고 하더군, 왜냐면 선악을 몰랐을 테니까. 하지만 도대체 무엇을 위해서 이렇게 많은 희생을 치르면서까지 저 악마와 같은 선악을 인식해야 한단 말이야? 그렇다면 정말이지 인식의 세계를 통틀어 봐도 이 어린아이가 '하느님 아버지'를 향해 흘린 눈물만큼의 가치도 없다는 거 아니냐. 나는 어른들의 고통에 대해서는 아예 말도 하지 않겠어, 그들은 선악과를 먹었으니까 빌어먹을 악마가 그들을 죄다 잡아가든 말든 될 대로 되라지만, 하지만 아이들, 아이들은! 내가 너를 괴롭히고 있구나, 알료쉬카, 넌 제정신이 아닌 것 같아. 네가 내키지 않는다면, 나도 그만두마."

"아니, 괜찮아, 나도 고통 받고 싶어." 알료샤가 중얼거렸다.

"하나만, 풍경 하나만 더 보자, 이것도 그저 호기심에서이긴 하지만 아주 특징적인 얘기거든, 무엇보다도 우리의 고대 풍습 모음집 중 하나에서 막 읽었는데, 《고문서》던가 《고사집》[133]이던가, 알아봐야겠군, 어디서 읽었는지도 잊어 먹다니. 이것은 농노제가 맹위를 떨치던 음울한 시기인 19세기 초엽의 일인데, 정말이지 민중의 해방자[134] 만세라니까! 그 무렵, 즉 세기 초에 어느 장군이, 인맥도 튼튼하고 대단히 부유한 지주인 장군이 있었는데, 공직에서 은퇴하여 물러나는 순간 자기 하인들의 삶과 죽음에 대한 권리마저도 갖게 됐다고 확신하는 부류의 사람이었어.(사실 그때도 이미 이런 사람들이 아주 많지는 않았겠지만.) 그때도 이런 사람이 있긴 했지. 그러니까 장군은 농노가 2000명이나 되는 영지에서 떵떵거리고 살았기 때문에 주위의 소지주들은 자신의 식객이나 어릿광대인 양 취급했던 모양이야. 개집에는 사냥개가 수백 마리 있었고, 거의 백 명에 이르는 사냥개지기는 모두 제복을 입고 말을 타고 다녔어. 바로 그때 행랑채의 소년이, 고작해야 여덟 살 된 어린 소년이 돌을 갖고 놀다가 어쩌다가 그만 잘못 던져서 장군이 애지중지하는 사냥개의 다리에 상처를 냈어. '내가 애지중지하는 사냥개가 왜 다리를 절게 됐나?' 자, 그리하여, 이 소년이 개에게 돌을 던져서 다리에 상처를 냈노라고 그에게

133) 문학과 역사 월간지였던 《러시아의 고문서》(1863~1917), 《러시아의 고사집》(1870~1918)을 말한다.
134) 1861년 농노 해방을 선포한 알렉산드르 2세(1818~1881, 재위 1855~1881)를 말한다.

보고를 했지. '아, 바로 네놈 소행이로구나.'라면서 장군은 소년을 훑어보았어. '저놈을 잡아라!' 아이는 잡혔는데, 그러니까 어머니한테서 잡아 와서 아이를 밤새도록 유치장에 가둬 놓았고, 날이 밝자마자 장군은 사냥 나갈 채비를 완전히 갖추고 나와서 말에 올랐으며 그의 주위로 식객들, 개들, 사냥개지기들, 몰이꾼들이 모두 말을 타고 서 있었어. 따끔한 본보기를 보여 주기 위해 행랑채 사람들을 전부 모아 놓았고, 그 맨 앞에는 죄를 지은 소년의 어머니가 서 있었어. 소년이 유치장에서 끌려나왔어. 안개가 낀 을씨년스럽고 추운 가을날, 사냥을 하기엔 그야말로 안성맞춤인 날이었지. 장군이 소년의 옷을 벗기라고 명령하자, 소년은 완전히 벌거숭이가 되어 공포에 떨다가 거의 실성하다시피 됐기 때문에 찍소리도 못 내고 있었지……. '저놈을 내몰아라!' 장군이 명령해. '뛰어, 뛰어라!' 소년에게 사냥개지기들이 이렇게 소리치고, 소년은 뛰는 거야. 그러자 장군은 '달려들어!'라고 고함을 지르면서 소년을 향해 사냥개 무리를 전부 풀어 버렸어. 어머니의 눈앞에서 수캐들이 아이를 물어 죽인 거야, 아주 갈기갈기 찢어 버렸지……! 그 장군은 보호관찰 형을 받았다는 것 같더군. 자, 그래…… 이런 놈을 어떻게 해야 할까? 총살? 도덕적 감정을 만족시키기 위해서라도 총살시켜야 할까? 말해 봐, 알료쉬카!"

"총살시켜야 해!" 알료샤가 어쩐지 창백하게 일그러진 미소를 띠며 형을 향해 시선을 든 뒤 조용히 말했다.

"브라보!" 이반은 어쩐지 환희에 넘쳐 고함을 질렀다. "너 그런 말을 하다니, 다시 말해서……. 참 대단한 고행 수도사[135]일세! 자, 그러니까 네 마음속에 얼마나 대단한 악마 녀석이 들어앉아 있다는 소리지, 알료쉬카 카라마조프!"

"내가 그만 허튼소리를 해 버렸지만, 하지만……."

"그 하지만이 바로 문제인 거야……." 이반이 소리쳤다. "잘 알아 둬, 수도사 양반, 이 세상에서는 허튼소리들이 너무 많이 필요해. 세상은 바로 이 허튼소리들을 발판으로 해서 서 있고, 그것이 없다면 세상에는 아무 일도 일어나지 않을 거야. 우리는 우리가 알고 있는 것을 알 뿐이니까!"

"형이 알고 있는 건 뭔데?"

"내가 이해하는 건 아무것도 없어." 이반은 꼭 미망에 들뜬 듯 계속 말을 이어 갔다. "나는 지금 아무것도 이해하고 싶지 않아. 나는 사실에만 머물고 싶어. 나는 오래전에 이해하지 않기로 결심했어. 만약 내가 뭔가를 이해하고 싶어 하면, 그 즉시 사실을 배반하게 될 테니까, 나는 사실에만 머물기로 결심한 거야……."

"무엇 때문에 형은 나를 시험하는 거지?" 알료샤가 가슴이 미어터지는 양 슬퍼하며 외쳤다. "이젠 나한테 말해 줄 거지?"

"물론, 말해 주지, 그 말을 하기 위해서 여기까지 왔으니까. 넌 나한테 소중해, 나는 너를 놓치고 싶지 않아, 너의 조시마한테 양보하지도 않을 거야."

---

135) 원어 'skhimnik'은 'skhima', 즉 엄격한 규율을 이행한 뒤 높은 지위를 받은 수도사를 말하는데, 사실 알료샤는 아직 정식 수도사도 아니다.

이반은 잠깐 입을 다물었는데, 그의 얼굴이 갑자기 몹시 슬퍼졌다.

"내 말을 들어 봐. 나는 보다 더 명확한 결론을 끌어내기 위해서 어린아이들만을 예로 들었던 거야. 지표면부터 중심부까지 이 땅을 흠뻑 적시고 있는 인류의 나머지 눈물에 대해서는 한마디도 하지 않아, 일부러 내 주제를 축소한 거야. 나는 빈대에 불과한 놈이라서 이 모든 것이 무엇을 위해 이렇게 축조되었는가를 전혀 이해할 수 없다는 점을 거의 비굴하리만큼 겸손하게 인정해. 그러니까 죄가 있는 건 사람들 자신이라는 거지. 원래 그들에겐 천국이 주어졌지만, 그들은 자신들이 불행해질 것을 뻔히 알면서도 자유를 원했기 때문에 천상의 불을 훔쳤고, 따라서 그들을 동정하고 자시고 할 필요도 없는 거야. 오, 나의 이 애처로운 지상의 유클리드적 머리로 알 수 있는 것은 그저 고통은 있으되 죄인은 없다는 것, 또한 하나가 또 다른 하나를 직접적이고도 단순하게 낳아서 연신 흐르고 또 흘러 결국엔 평형을 유지한다는 것뿐이야—하지만 이건 그저 뭣도 모르고 지껄이는 유클리드적인 헛소리에 불과해, 이 점이라면 내가 더 잘 알고 있기 때문에 이따위 헛소리에 근거해서 살아가는 것엔 동의할 수 없는 거야! 죄인은 없는 것이고 내가 이 점을 알고 있다 한들 이게 나한테 무슨 소용이란 말이니—나한테 필요한 건 보복이야, 이게 안 된다면 나는 스스로를 박멸할 거야. 그리고 그 보복은 무한대 속의 언제, 어디서가 아니라 바로 여기서, 내 눈으로 그것을 직접 볼 수 있도록 바로 이 땅에서 이루어져야 해. 나는 이렇게 믿어 왔고 그걸 내 눈으로 직접 보고 싶어, 만약 그 무렵엔 내가 벌써 죽은 몸이라면 나를 부활이라도 시켜야 될걸, 왜냐면 내가 없는 상태에서 이 모든 일이 일어난다면 그건 너무도 모욕적일 테니까. 내가 고통을 받아 온 건 나 자신을, 그러니까 나 자신의 악행과 고통을 희생하여 누군가가 미래의 조화를 누릴 수 있도록 밑거름이 되어 주기 위해서가 아니야. 나는 사슴이 사자 곁에 눕는 것을, 죽임을 당한 자가 벌떡 일어나 자기를 찔러 죽인 자와 얼싸안는 것을 내 눈으로 보고 싶어. 무엇을 위해 모든 것이 이렇게 됐는지를 모두가 갑자기 알게 될 그때, 나는 그 현장에 있고 싶어. 지상의 모든 종교들은 바로 이 소망 위에 창조되는 것이고, 나는 믿음이 있어. 하지만, 그럼에도 그때도 아이들은 어쩌라고, 이들에 대해서는 무엇을 해야 되겠니? 이것이 내가 해결할 수 없는 문제야. 골백번이나 반복하건대—문제는 수도 없이 많지만, 내가 그저 아이들만을 예로 들었던 것은 이로써 내가 말해야 할 것이 반박할 수 없을 정도로 명확해지기 때문이지. 한번 들어 봐. 만약 고통이란 대가를 치르고서 영원한 조화를 얻기 위해 모든 사람들이 고통받아야 한다면, 여기에 아이들은 도대체 왜 필요한 거니, 한번 말해 보렴, 응? 도대체 이해가 안 돼, 무엇 때문에 이들마저도 고통받아야 했고 도대체 왜 이들마저도 고통이란 대가를 바쳐 조화를 얻어야 하는 거니? 무엇을 위해서 아이들마저도 재료로 전락해야 되는 것이며, 이로써 누군가가 누릴 미래의 조화를 위한 밑거름이 되어야 한단 말이니? 사람들 사이의 죄에 있어서의 연대 관계라면 나도 이해해, 복수에 있어서의 연대 관계도 이해하지만, 죄에 있어서 아이들이 무슨 연대 관계가 있다는 거냐, 만약 정말로 아이들도 자기 아버지의 온갖 악행에 있어서 그 아버지들과 연대했다면, 만약 그것이 진실이라면, 물론, 그 진실은 이 세상의 것이 아니니만큼 나란 놈이 이해할 도리는 없는 거야. 어떤 익살꾼은 어떻든 아이들도 자라나면 죄를 지을 거라고 말할 테지만, 어쨌거나 지금은 머리에 피도 마르지 않았는데 저 여덟 살짜리 애를 개를 풀어 물어 죽인 거야. 오, 알료샤, 나는 신을 모독하려는 게 아니야! 오히려 하늘과 땅의 모든 것이 하나의 찬미하는 목소리가 되고 살아 있는 모든 것과 살아 있던 모든 것이 '주님, 주님이 옳았습니다, 이는 주님의 길이 열렸기 때문입니다!'라고 외칠 때, 이 우주가 얼마나 전율할지를 알고 있어. 수캐들을 풀어 그녀 자신의 아들을 갈기갈기 찢어 놓은 가해자와 어머니가 얼싸안고 세 사람이 모두 함께 눈물을 흘리면서 '주님, 주님이 옳았습니다!'라며 소리 높여 외칠 때, 그때는 물론 인식의 월계관이 도래하여 모든 것이 해명될 거야. 하지만 바로 여기에 난관이 있는데 말이야, 바로 이 점을 나는 받아들일 수가 없거든. 나는 이 지상에 살아 있는 한, 서둘러 내 나름의 조치를 취할 거야. 이봐, 알료샤, 아니, 어쩌면 나는 오래오래 살아서 그 아이의 어머니가 자기 아이를 박해했던 자와 얼싸안는 그 순간을 정말로 보게 될지도, 어쩌면 그것을 보기 위해 부활할지도 모르지만, 그리고 모든 사람들과 함께 '주님, 주님이 옳았습니다!'라고 외칠 수도 있겠지만, 그때조차도 나는 그렇게 외치고 싶지 않아. 아직 시간이 있는 만큼 서둘러서 나 자신을 위한 방어벽을 만드는 것이고, 따라서 드높은 조화 따위는 완전히 거부한다. 그따위 조화라면, 악취 나는 변소에서 작은 주먹으로 자기 가슴을 치고 보상받을 길 없는 눈물을 흘리면서 '하느님 아버지'에게 기도했던 저 기진맥진한 아이 한 명의 눈물만 한 가치도 없어! 아이의 눈물이 보상받지 못한 채로 남게 됐기 때문에 그만한 가치가 없다는 거야. 그 눈물은 보상받아야 해, 그렇지 않다면 조화 따위는 있을 수도 없어. 하지만, 무엇, 무엇으로 너는 그 눈물을 보상해 줄 거니? 이게 가능하긴 한 거냐? 복수를 통해 그 눈물을 보상받게 한다고? 하지만 나한테 그런 복수가 무슨 소용이야, 가해자들에게 지옥을 선사한들 또 무슨 소용이냔 말이다, 저들이 이미 고통으로 녹초가 되었건만 이 상황에서 지옥이 있다 한들 뭐가 달라지겠어? 그리고 지옥이라는 것이 존재한다면, 도대체 조화는 또 무슨 놈의 조화냔 말이다. 나는 용서하고 싶고 부둥켜안고 싶어, 더 이상 사람들이 고통받는 건 원치 않아. 그리고 아이들의 고통이 진리를 구입하기 위해 꼭 필요했던 고통들의 총액을 메워 주는 데 쓰였다면, 미리 단언하건대, 진리라는 것 자체가 그만한 가치는 없는 거야. 궁극적으로 나는 어머니가 자기 아들을 수캐들을 풀어 갈기갈기 찢어 놓은 그 박해자와 얼싸안는 걸 원하지 않는다고! 그 어머니는 감히 그놈을 용서해서는 안 되는 거야! 원한다면, 자기 자신에 대한 것만을, 즉 그녀가 어머니로서 받았던 그 한없는 고통에 대해서만 박해자를 용서할 수 있는 거야. 하지만 아무리 그래도 갈기갈기 찢어진 아이의 고통에 대해서라면 그녀는 감히 용서를 할 권리가 없고, 설령 아이 자신이 그놈을 용서해 준다고 할지라도 그 어머니는 감히 그 박해자 놈을 용서해서는 안 돼! 만약 그렇다면, 만약 그들이 감히 용서해선 안 된다면, 그렇다면 도대체 어디에 조화란 놈이 있단 말이냐? 이 세계를 통틀어 용서할 수 있는 권리를 가질 수 있는 존재가 있기는 한 건가? 조화 따위는 원치 않아, 인류에 대한 사랑 때문에 원치 않는 거야. 나는 차라리 복수의 순간을 맛보지 못한 고통들과 함께 머물고 싶어. 비록 내가 틀렸다고 해도 차라리 나는 복수의 순간을 맛보지 못한 나의 고통을, 도저히 풀릴 길 없는 나의 분노를 간직할 거야. 그래, 조화의 값을 너무 높게 매겨 놓아서 우리의 주머니 사정으론 도대체 그 비싼 입장료를 감당할 수 없거든. 그렇기 때문에 나는 서둘러서 입장권을 반납하려는 거야. 더욱이 내가 정말로 정직한 사람이라면, 가능한 한 빨리 그것을 반납할 의무가 있는 거지. 그래서 정말로 실행에 옮기는 거야. 나는 신을 받아들이지 않는 것이 아니라, 알료샤, 난 그저 신에게 그 입장권을 극히 정중하게 반납하는 거야."

"그건 반역이야." 알료샤가 눈을 내리깔며 조용히 말했다.

"반역이라고? 너한테서 그런 말이 나오길 바란 건 아닌데." 이반은 진지한 감정을 담아 이렇게 말했다. "반역을 하면서 살 수는 없을 텐데, 난 살고 싶거든. 네가 직접 내게 단도직입적으로 말해 다오, 내 너를 호명하는 거니까——대답을 해 봐. 그러니까 만일 네가 결국에 가선 사람들을 행복하게 만들고 궁극적으론 그들에게 평화와 안정을 주기 위한 목적으로 네 손으로 직접 인류의 운명의 건물을 지어 올리는데, 하지만 이 일을 위해서 어쩔 수 없이 겨우 단 하나의 조막만 한 창조물을, 뭐, 예컨대 작은 주먹으로 자신의 가슴을 쳤던 그 어린애와 같은 창조물을 괴롭히지 않으면 안 되게 생겼고, 그 아이의 복수받지 못한 눈물 위에 그 건물을 지을 수밖에 없는 상황이라면, 너라면 이런 조건에서 건축가가 되는 것에 동의할 수 있을까, 거짓 없이 솔직하게 말해 봐!"

"아니, 동의하지 않을 거야." 알료샤가 조용히 말했다.

"그러면, 그 건물의 혜택을 입게 된 사람들이 직접, 고통받은 어린아이의 보상받지 못한 피를 대가로 해서 자기들의 행복을 받아들이겠다, 받아들이고서 영원토록 행복하겠다는 데 동의한다면, 너는 이런 생각을 용납할 수 있겠니?"

"아니, 용납할 수 없어. 그런데 형." 하고 눈을 반짝이면서 알료샤가 갑자기 말했다. "형은 지금, 이 세계를 통틀어서 용서할 수 있는 권리를 가진 존재가 과연 있는가 하고 말했지. 하지만 그런 존재는 있어, 그 존재는 모든 것을, 모든 사람과 모든 것을 더욱이 모든 일에 대해서 용서할 수 있어, 왜냐하면 그 존재 자체가 모든 사람과 모든 것을 위해서 자신의 무고한 피를 바쳤기 때문이야. 형은 그분을 잊었어, 바로 그분 위에 이 건물이 건설되는 것이고, 바로 그분을 향해 '주님, 주님은 옳았습니다, 이는 주님의 길이 열렸기 때문입니다.'라고 외치는 거야."

"아, 지금 '유일하게 죄 없는 분'과 그분의 피를 말하는 거로구나! 천만에, 그분을 잊은 건 아니야, 오히려, 네가 오랫동안 줄곧 그분 얘기를 꺼내지 않은 것이 의아스러웠어, 보통 너와 같은 부류의 사람들은 논쟁을 하면 우선적으로 그분을 내세우니까 말이야. 그런데 알료샤, 비웃지 말아 줘, 내가 언젠가 일 년쯤 전에 서사시를 한 편 지어 봤거든. 나를 위해 십 분 정도만 더 할애해 줄 수 있다면, 너한테 얘기해 주었으면 싶은데, 어때?"

"형이 서사시를 썼다고?"

"오, 아니야, 썼다는 건 아니고." 이반이 웃기 시작했다. "나는 평생 동안 시라곤 단 두 줄도 지어 본 적이 없는 몸이야. 하지만 이 서사시는 머릿속으로 구상해서 기억해 두고 있는 거야. 아주 열렬하게 구상에 몰두했지. 너는 나의 첫 번째 독자, 그러니까 청자가 되는 셈이야. 정말로 작가의 입장에선 단 한 명의 청자라도 놓칠 이유가 없거든." 이반이 웃었다. "이야기할까, 말까?"

"얼른 해 봐." 알료샤가 말했다.

"내 서사시의 제목은 '대심문관'이고, 어처구니없는 작품이긴 하지만 너한테 꼭 들려주고 싶어."

5 대심문관

"그런데 무릇 이런 경우에도 서문, 그러니까 문학적 서문이 없으면 안 된다니까, 쳇!" 이반이 웃었다. "내가 무슨 작가라도 된 것 같군! 그나저나, 내 서사시의 무대는 16세기인데, 그때는―하긴 너도 이런 건 학교에서 배워서 당연히 알고 있겠지만—여하튼 그때는 때마침 시적 작품 속에서 산상(山上)의 힘들을 지상으로 끌어 내리는 것이 유행이었지. 단테에 대해서라면 아예 말도 꺼내지 않으마. 프랑스에서는 재판장 서기들이나 수도원의 수도사들이나 연이어서 공연을 올리면서 마돈나와 천사들, 성자들, 그리스도를, 심지어 신마저도 무대 위로 끌고 나왔어. 그때는 이 모든 것이 아주 단순 소박했어. 빅토르 위고의 『파리의 노트르담』을 보면, 루이 11세 때 파리에서 프랑스 왕세자의 탄생을 기리기 위하여 시청 광장에서 극히 성스럽고 자비로운 동정녀 마리아의 자비로운 심판[136]이라는 이름의 교훈적인 연극을 민중 앞에 무료로 선보였는데, 여기서 마리아가 직접 개인적으로 자비로운 재판(le bon jugement)을 내리지. 우리 모스크바에서도 표트르 대제 이전의 옛 시대에는 이것과 거의 같은 연극들, 특히 구약 성경에서 취한 연극들이 때때로 공연되곤 했어. 하지만 연극 외에도 그 무렵엔 성자들, 천사들, 천상의 온갖 힘이 필요할 때마다 활약을 하는 많은 소설과 '시'가 온 세상을 떠돌아다녔지. 우리 나라의 수도원에서도 번역이나 필사 작업이 이루어졌고 심지어 이런 서사시들을 직접 짓기도 했는데—더욱이 타타르 통치 시대[137]부터 그랬다는군. 예를 들자면, 수도원에서 떠돌던 서사시 한 편이 있어.(물론 그리스어에서 번역된 것이지만.) 「성모 마리아의 지옥 순례」라는 것인데, 그 장면들이 어찌나 생생하고 대담한지,

136) 『파리의 노트르담』(1831)의 시작 부분.

137) 몽골-타타르 압제 시대(1237~1480)를 말한다.

단테의 서사시[138] 못지않을 정도야. 성모 마리아가 대천사 미카엘의 안내를 받으며 '지옥'을 방문하지. 그러곤 죄인들과 그들의 고통을 보는 거야. 그런데 그중에서 불타는 호수에 빠진 죄수들 무리의 얘기가 아주 재미있어. 그들 중에는 이 호수에 너무 깊이 빠진 나머지 더 이상 빠져나올 수 없는 자들이 있는데, '하느님도 그만 그자들을 잊어버렸다.'라는 거야—굉장한 깊이와 힘을 갖춘 표현이지. 자 그래서, 충격을 받아 울면서 성모 마리아는 하느님의 왕좌 앞에 엎드려, 자신이 그곳 지옥에서 본 모든 사람들에게 차별을 두지 말고 자비를 베풀어 달라고 부탁하지. 그녀와 하느님의 대화가 엄청나게 재미있어. 그녀가 애원하면서 떠날 생각을 하지 않자, 하느님은 그녀에게 그녀 아들의 못 박힌 손과 발을 가리키면서 이렇게 물어봐. 즉, 내가 어떻게 저 사람의 박해자들을 용서할 수 있겠는가 하고. 그러자 그녀는 모든 성자들, 모든 수난자들, 모든 천사들과 대천사들에게 그녀와 함께 엎드려 모든 이들에게 차별을 두지 않고 자비를 베풀어 달라고 기도하라고 명령해. 결국, 그녀는 하느님에게 애원하여 매년 성(聖) 금요일에서 성령 강림절까지 고통을 멈추도록 하고, 지옥에서 나온 죄인들은 곧바로 주님께 감사를 드리며 주님을 향해 '주여, 주님의 심판이 옳았나이다.'라고 울부짖지. 자, 그러니까 나의 서사시 나부랭이도, 그 시대에 나타났다면, 이런 종류였을 거라고 보면 돼. 나의 서사시에서 그가 무대에 등장하지. 사실 그는 서사시 안

138) 단테의 『신곡』(1307?~1321)을 말한다.

에서 아무 말도 없이 그저 나타났다가 그대로 지나가는 거야. 그가 자신의 왕국에 오겠다고 약속한 이후 벌써 15세기가 지났어. 그의 예언자가 '보라, 내가 곧 간다.'[139]라고 쓴 이후 그리고 아직 이 땅에 있을 때부터 그가 직접 '그 날과 그 시간은 아무도 모른다. 하늘의 천사들도 아들도 모르고 오로지 아버지만이 아신다.'[140]라고 말한 지 15세기나 지났다고. 하지만 인류는 예전의 믿음과 예전의 감동을 갖고 기다리고 있지. 오, 심지어 믿음은 더 커졌는데, 왜냐면 하늘에서 인간에게 준 담보물이 끊긴 이후 이미 15세기나 지났기 때문이지.

마음의 말을 믿을지어다,
하늘의 담보물은 없을지니.[141]

그러니 오직, 마음이 해 주는 말을 믿을 수밖에 없었던 거야! 사실, 그때는 기적도 많았지. 기적적인 치료를 행한 성자들도 있었어. 어떤 의인들의 경우에는, 그들의 전기에 의하면, 천상의 여왕이 친히 방문을 해 주었다더군. 하지만 악마도 졸고 있진 않았으니까, 인류에겐 벌써부터 이 기적의 진실에 대한 의심이 생겨나기 시작했어. 그 무렵, 때마침 북쪽 독일에서는 무서운 새로운 이단이 나타났어. '횃불(즉 교회)과 비슷한'

139) 요한묵시록 3: 11, 22: 7, 12, 20.
140) 마르코복음 13: 32, 마태오복음 24: 36.
141) 실러의 시 「소망」(1861)의 일절.

큰 별이 '물의 샘에 떨어졌고, 물의 맛이 써졌던'142) 거지. 이 이단들은 신성 모독적으로 기적을 부정하기 시작했어. 하지만 그럴수록 여전히 믿음을 간직한 자들은 더 열렬하게 믿는 거야. 인류의 눈물은 예전처럼 그에게로 올라가고, 그를 기다리고 그를 사랑하고 그를 희망하고, 예전처럼 그를 위해서 고통받으며 죽어 가길 갈망하는 거지……. 자 그러니까, 이 수많은 세기 동안 인류가 믿음과 불꽃을 갖고 '주여, 우리에게 임하옵소서.'라고 기도했고 또 수많은 세월 동안 그를 향해 목 놓아 호소했으므로, 마침내 그는 그지없는 연민을 느끼고서 기도하는 자들에게 내려가고 싶어졌던 거야. 그전에도 그는 이렇게 내려와서 아직 지상에 있던 다른 의인들이며 순교자들이며 성스러운 은둔자들을 방문하곤 했다더군, 그들의 『성자전』에 쓰인 바에 따르면 말이야. 자신의 말들의 진실을 마음속 깊이 믿었던 우리의 츄체프143)는 이렇게 노래한 바 있지.

> 십자가의 무거운 짐으로 괴로워하면서,
> 하느님의 황제가 노예의 모습을 하고,
> 어머니 대지여, 너를 축복하며
> 두루 돌아다니시노라.

정말로 이랬는데, 너한테 이 이야기를 해 주마. 그러니까 그

---

142) 요한묵시록 8: 10-11.

143) 러시아 낭만주의 시인으로서 철학적 경향의 시를 많이 썼다. 인용되는 부분은 그의 시 「이 가난한 마을들은」(1855)의 일절.

가 잠깐이라도 민중 앞에 — 괴로워하고 고통받으며 악취 나는 죄악에 허덕이면서도 어린애처럼 그를 사랑하는 이 민중 앞에 나타나고 싶어졌던 거야. 나의 서사시의 무대는 에스파냐의 세비야, 그것도 종교 재판이 가장 무섭게 진행되던 시기인데, 하느님의 영광을 위하여 나라 안에서는 하루가 멀다 하고 장작더미가 불타올랐고

웅장한 화형대 위에서는
사악한 이단들을 불태웠노라.

오, 물론 이건 그 자신이 약속했던 것처럼 이 시간들이 끝날 때 천상의 영광에 휩싸여 '동쪽에서 서쪽까지 번득이는 번개처럼' 나타난다거나 하는 강림은 아니었어. 그런 게 아니라, 잠깐이라도 자신의 아이들을 보고 싶어서, 다름 아닌 이곳, 즉 때마침 이단자들의 장작더미가 불타오르는 이곳을 방문하고 싶었던 거야. 그리하여 그는 무한한 자비를 베풀면서 다시 한번 사람들 사이를 지나가는데, 15세기 전 사람들 사이에서 삼 년간 돌아다닐 때와 똑같은 모습을 하고 있었지. 그렇게 그가 남방 도시의 '푹푹 찌는 광장'으로 내려왔는데, 마침 그날은 바로 이곳의 '웅장한 화형대'에서 거의 백 명에 육박하는 이단자들이 왕과 궁정 대신들, 기사들, 추기경들, 매혹적이기 그지없는 궁정의 부인들이 참석한 가운데, 또한 전 세비야의 수많은 주민들이 지켜보는 가운데, 대심문관인 추기경에 의해 주님의 크나큰 영광을 위하여(ad majorem gloriam Dei) 한꺼번

에 화형에 처해진 바로 다음 날이었던 거야. 그는 눈에 띄지 않게 조용히 나타났지만, 그런데도 모두—이게 이상한 노릇이야—그가 누구인지를 알아보는 거야. 여기가 이 서사시의 가장 훌륭한 부분 중 하나인데, 그러니까 즉, 사람들이 어떻게 그를 알아보는가 하는 부분 말이야. 민중은 억누를 수 없는 힘에 이끌려 그에게로 향해 가서 그를 에워싸고, 그의 주위로 몰려들어 그의 뒤를 따르지. 그는 무한한 연민이 담긴 조용한 미소를 지으면서 말없이 민중들 사이를 지나가. 사랑의 태양이 그의 마음속에서 불타오르고, 빛줄기와 계몽과 힘이 그의 눈에서 흘러나와 사람들 위로 넘쳐 나면서 그들에게 보답하는 사랑으로 그들의 마음을 전율케 하는 거야. 그는 그들을 향해 손을 뻗어 그들을 축복하는데, 그의 몸은 물론이고 심지어 그의 옷자락에 닿기만 해도 치유의 힘이 나오는 거야. 자, 그때 무리 중에서 어릴 때부터 장님이었던 한 노인이 '주님, 저를 치유해 주십시오, 그러면 제가 주님을 뵐 수 있겠나이다.'라고 외치자, 흡사 그의 눈에서 비늘이 떨어져 나간 듯 장님의 눈이 뜨여 그를 볼 수 있게 된 거야. 민중은 울면서 그가 지나가는 땅에 입을 맞추지. 아이들은 그의 앞으로 꽃을 던지고 노래를 부르고 그를 향해 '호산나!'라고 울부짖어.[144] '이건 그분이야, 그분이 틀림없어!'라고 다들 되뇌지. '틀림없이 그분이야, 정말로 그분이 틀림없다니까.' 그가 세비야의 성당의 입구

144) 이 부분은 복음서(마태오복음 21: 8-9, 마르코복음 11: 8-10, 요한복음 12: 12-13) 및 위경(僞經)을 참조한 것으로 알려져 있다.

에서 걸음을 멈추는데, 마침 그 순간에 뚜껑이 열린 어린아이용 하얀 관이 통곡 소리와 함께 사원 안으로 들어가고 있었어. 그 관에는 어느 명망 있는 시민의 외동딸인 일곱 살짜리 소녀가 누워 있지. 죽은 아이는 온통 꽃에 파묻혀 있는 거야. '저분이 당신의 아이를 부활시킬 겁니다.' 군중 속에서는 울고 있는 어머니에게 이렇게 외쳤어. 관을 맞으러 나온 성당의 신부는 미심쩍다는 듯 양미간을 찌푸리면서 바라만 보고 있지. 하지만 바로 그때 죽은 아이의 어머니가 울부짖는 소리가 울려 퍼져. 그녀는 그의 발치에 몸을 던지고서 그를 향해 두 팔을 뻗으면서 '만약 당신이 정말로 그분이시라면, 나의 아이를 부활시켜 주십시오!'라고 외치는 거야. 장례 행렬은 멈추어 서고, 사람들은 작은 관을 성당의 입구, 그의 발치 아래로 내려놓지. 그는 연민이 가득한 시선으로 바라보면서 조용히 입을 열어 다시 한번 '탈리타 쿰', 즉 '소녀야, 일어나라'[145]라고 말했어. 소녀가 관에서 몸을 일으켜 앉더니 깜짝 놀란 듯 눈을 휘둥그레 뜨고 미소를 지으면서 주위를 둘러보는 거야. 그녀의 손에는 관에 누워 있을 때 쥐어졌던 하얀 장미꽃 다발이 들려 있어. 민중 속에서는 일대 혼란이 일어나고 비명 소리, 흐느낌 소리가 끊이지 않는데, 갑자기 성당 옆 광장으로 다름 아닌, 대심문관인 추기경이 지나고 있었던 거야. 이 사람은 거의 아흔 살이나 되었지만 키가 크고 몸이 꼿꼿했으며, 바싹 여

145) 역시나 도스토옙스키가 좋아했던 복음서의 에피소드이다.(마르코복음 5: 40-42, 루카복음 8: 52-55, 마태오복음 9: 23-25.)

윈 얼굴에 눈은 움푹 파여 있었지만 그 눈에서는 아직도 불꽃과 같은 광채가 이글거리는 노인이었지. 오, 그는 어제 민중 앞에서 로마 신앙의 적들을 화형에 처할 때 화려하게 차려입었던 웅장한 추기경 복장을 하고 있지 않아—천만에, 이 순간 그는 그저 자신의 낡아 빠지고 허름한 수도복을 입고 있어. 그의 뒤를 따라 일정한 거리를 유지하면서 음울한 보좌관들, 그의 노예들, '신성한' 근위대가 따르고 있어. 그는 군중 앞에서 걸음을 멈추고 멀리서 관찰하지. 그는 모든 것을 보았어, 그의 발 곁에 관을 세우는 것도 보았고 소녀가 부활하는 것도 보았고, 그의 얼굴이 음울해졌지. 그는 자신의 짙은 회색 눈썹을 찌푸리고, 그의 시선은 불길한 불꽃을 내뿜으면서 번득이는 거야. 그는 자신의 손가락을 뻗어 근위대에 그를 체포하라고 명령해. 자, 그의 힘이 어느 정도냐 하면, 민중은 이미 그의 말이라면 벌벌 떨 정도로 길들여졌기 때문에 온순하고 순종적으로 즉각 근위병들 앞에서 길을 터 주고, 갑자기 무덤 같은 침묵이 밀어닥친 가운데 근위병들은 그를 붙잡아 끌고 가는 거야. 군중은 순간적으로 꼭 한 사람이 된 양 대심문관인 장로 앞에 머리가 땅에 닿도록 절을 하고, 대심문관은 말없이 민중을 축복하면서 그 곁을 지나가는 거지. 근위대는 죄수를 신성 재판소의 오래된 건물 안에 있는 비좁고 음울한 아치형 감옥으로 데려가서 거기다 가두었어. 날이 저물고, 어둡고 뜨겁고 '숨 막히는' 세비야의 밤이 찾아오지. 공기는 '월화수와 레몬 향기로 가득 차 있어'.[146] 짙은

146) 푸시킨의 소(小)비극 「석상 손님」(1826~1830)의 다소 변형된 인용.

암흑이 깔린 가운데 갑자기 감옥의 철문이 열리고, 연로한 대심문관이 몸소 손에 횃불을 들고서 감옥 안으로 천천히 들어오는 거야. 그는 혼자이고, 그가 안으로 들어서자마자 곧 문은 잠겨 버리지. 그는 입구 근처에서 걸음을 멈추고 오랫동안, 한 이 분 정도 그의 얼굴을 뚫어지게 들여다보는 거야. 그러곤 드디어 조용히 다가와서 횃불을 탁자 위에 올려놓고 그에게 말하지. '네가 그자냐? 정말로 그자인 것이냐?' 하지만 대답을 들으려고도 하지 않고 재빨리 덧붙이지. '대답하지 마, 입 다물고 있어. 그래, 네가 무슨 말을 할 수 있단 말이냐? 나는 네가 무슨 말을 할지 너무도 잘 알고 있다. 더욱이 너는 네가 이전에 이미 말한 것에 아무것도 덧붙일 권리가 없어. 도대체 뭣 하러 우리를 방해하러 온 거냐? 네가 우리를 방해하러 왔다는 건 너 자신이 알고 있을 거다. 하지만 내일 어떤 일이 있을지는 알고 있느냐? 나는 네가 누구인지도 모르고 알고 싶지도 않다. 네가 정말 그자이든, 아니면 그저 그자와 닮은 자이든, 여하튼 나는 내일 너를 단죄하여 가장 극악한 이단자로서 화형에 처할 것이며, 그러면 오늘 너의 발에 입을 맞추었던 바로 저 민중이 내일이면 내가 손만 까딱해도 너를 태울 장작불에 석탄을 집어넣으려고 앞을 다투어 달려들겠지, 너는 이걸 알고 있느냐? 그래, 너는 아마 이것을 알고 있을 거야.' 그는 자신의 죄수에게서 한순간도 눈을 떼지 않고 깊은 상념에 잠긴 채 이렇게 덧붙였어."

"뭐가 뭔지 통 모르겠는걸, 이반, 도대체 이게 무슨 소리야?" 줄곧 말없이 듣고만 있던 알료샤가 미소를 지었다. "이건 무슨 밑도 끝도 없는 노인의 망상인 거야, 아니면 무슨 오해나 도저히 불가능한 무슨 착각(qui pro quo)인 거야?"

"뭐, 맨 마지막 거라고 해 두렴." 이반이 웃음을 터뜨렸다. "네가 현대의 리얼리즘에 너무 물든 나머지, 환상적인 것이라면 그 어떤 것도 참을 수 없다면, 그래서 착각을 원한다면, 뭐 그렇다고 해 두지. 그것도 사실이니까." 그는 다시 웃음을 터뜨렸다. "노인은 아흔 살이야, 자기 이념에 몰두한 나머지 오래전에 정신이 나갔을 수도 있지. 또 죄수의 외모가 너무 출중해서 그가 충격을 받았을 수도 있지. 끝으로, 이건 그저 죽음을 앞둔 아흔 살 먹은 노인이 미망에 들떠 헛것을 봤을 수도 있는 건데, 더욱이 어제 백 명의 이단자들을 화형에 처한 뒤니까 아직 흥분이 채 다 가시지 않았을 수도 있잖아. 하지만 너나 나한테는 착각이든 밑도 끝도 없는 망상이든 마찬가지 아니니? 이 경우 문제는 오직 노인은 자기 속마음을 털어놓아야 한다는 것, 그리하여 마침내 구십 년 내내 속에 담아 두었던 것을 몽땅 털어놓고 큰 소리로 말한다는 것뿐이야."

"그럼, 죄수는 역시나 가만히 있는 거야? 그를 바라보면서 아무 말도 하지 않고?"

"그래, 어떤 경우에라도 그래야만 해." 이반은 다시 웃기 시작했다. "노인이 그는 이전에 자기가 말한 것에 아무것도 덧붙일 권리가 없다고 일침을 가했으니까. 원한다면, 바로 여기에 로마 가톨릭의 가장 기본적인 특성이 들어 있는데, 적어도 내 생각으론 그래. '모든 것이 너에 의해서 교황에게 전달되었고, 따라서 지금은 모든 것이 교황의 손에 달려 있으니, 너는 이제 아예 올 생각도 하지 말 것이며 최소한 특정한 시간이 될 때까지는 방해하지 말아 달라.'라는 거지. 그들은 이런 뜻을 말뿐만 아니라 글로 써서까지 밝히고 있는데, 최소한 예수회 교도들은 그렇지. 이런 얘기를 나는 그쪽 신학자들의 글에서 직접 읽기까지 했어. '도대체 너는 네가 있던 저 세계의 비밀 중 단 한 가지라도 우리에게 고할 권리가 있는 거냐?' 나의 노인은 그에게 이렇게 물은 뒤, 그를 대신하여 그에게 직접 대답을 해 주었어. '아니, 그럴 권리가 없어, 네가 이전에 이미 말한 것에 뭔가를 덧붙일 권리, 네가 지상에 있을 때 그토록 옹호했던 자유를 사람들로부터 빼앗을 권리는 없는 거다. 네가 새롭게 고할 모든 것은 기적처럼 나타날 것이므로 사람들의 믿음의 자유를 위협할 것인데, 그들의 믿음의 자유는 그때부터, 1500년 전부터 너에게 무엇보다도 더 소중한 것이었단 말이다. 그때 '너희들 모두를 자유롭게 해 주고 싶다.'라고 말한 건 네가 아니었던가. 하지만 바로 지금 네가 본 자들이 바로 이 '자유로운' 사람들이란 말이다.' 노인은 갑자기 생각에 잠긴 듯한 미소를 머금으면서 이렇게 덧붙여. '그래, 이 과업을 위해 우리는 비싼 대가를 지불했지.' 노인은 엄격한 눈으로 그를 쳐다보면서 말을 계속해. '하지만 우리는 너의 이름으로 마침내 이 과업을 완수했다. 15세기 동안 우리는 이 자유로 인해 괴로워했지만, 이제는 끝난 일, 완전히 끝난 일이란 말이다. 너는 완전히 끝났다고 해도 믿지 못하겠지? 너는 그렇게 유순한 표정으로 나를 바라보고 있는데, 나에 대해선 분노를 느낄 가치도 없다는 거냐? 하지만 알아 둬, 이제, 특히 지금 이 사람들은 자신들이 전적으로 자유롭다는 확신을 그 어느 때보다도 더 강하게 갖고 있다는 것을, 그런데 실은 그들이 직접 우리에게 자신들의 자유를 갖다 바쳤고 공손하게 우리의 발밑에 놓았다는 것을. 어쨌거나 우리는 이 일을 해냈고, 네가 원한 것도 이런 것, 바로 이런 자유가 아니었느냐?'"

"이번에도 뭐가 뭔지 통 모르겠는걸." 알료샤가 이반의 말을 가로챘다. "그는 지금 비꼬는 거야, 비웃는 거야?"

"절대 아니야. 그는 마침내 그들이 자유를 쟁취했으며 사람들을 행복하게 만들기 위해서 그렇게 했다는 것을 그야말로 그 자신과 동료들의 공적이라고 생각하는 거야. '왜냐면 이제야 비로소(그러니까 그는 물론 종교 재판 얘기를 하는 거야.) 처음으로 사람들의 행복에 대해서 생각해 볼 수 있게 됐기 때문이지. 인간은 반역자로 창조되었다. 아니, 반역자들이 과연 행복할 수 있을까? 너는 미리부터 경고를 받곤 했지.' 노인이 그에게 말해. '너는 충분한 경고와 지시를 받았음에도 불구하고 그 경고를 듣지 않았고 사람들을 행복하게 만들 수 있는 유일한 길을 거부했어, 하지만 다행스럽게도 이곳을 떠나가면서 너는 우리에게 너의 과업을 넘겨주었어. 너는 너 자신의 말로 약속했고 주장했으며, 또 너는 묶고 풀 수 있는 권리를 우리에게 주었어, 그러니 물론 이제 와서 우리에게서 이 권리를 빼앗을 생각은 하지 못할 테지. 그렇다면, 도대체 왜 우리를 방해하러 온 거냐?'라고."

"충분한 경고와 지시를 받았다는 건 무슨 뜻이야?" 알료샤가 물었다.

"바로 여기에 노인이 하고 싶은 말의 핵심이 들어 있어. '무섭고도 영리한 정신이, 자기 파괴와 무(無)의 정신이'라면서 노인은 말을 계속해. '위대한 정신이 광야에서 너와 얘기를 나눴고, 성경에 전해지는 바에 따르면 그가 너를 '시험'한 것으로 되어 있지.[147] 정말 그랬던 거냐? 그가 너에게 세 개의 물음을 통해 고한 것, 네가 거부했던 것, 성경에서 '유혹'이라 명명한 그것보다도 더 참된 말을 과연 찾을 수 있을까? 사실, 언젠가 이 지상에 진짜로 위대한 기적이 일어난 적이 있었다면, 그건 바로 그날, 저 세 가지 유혹의 날이었겠지. 바로 이 세 가지 물음이 나왔다는 것 자체에 기적이 들어 있었던 거야. 가령, 그저 시험 삼아, 그저 예를 들기 위해서 무서운 정신의 이 세 가지 물음이 흔적도 없이 성경 속에서 소실되어 그것들을 복원해야 하는, 다시 성경에 삽입하기 위해 새롭게 고안하고 지어내야 하는 상황을 생각해 볼 수 있을 거다. 그렇다면, 그것을 위해 지상의 모든 현자들을──통치자들, 최고 성직자들, 학자들, 철학자들, 시인들──불러 모아서 그들에게 과제를 내 줘야겠지. 자, 머리를 짜내어 세 가지 물음을 만들되, 사태의 규모에 상응해야 되는 건 물론이고 그저 세 개의 단어, 사람이 만들어 낸 세 개의 어구로 세계와 인류의 미래의 역사 전체를 표현할 만한 그런 물음이어야 된다 하고 말이야──자, 이렇게 지상의 지혜를 전부 한데 엮었다고 한들, 저 강력하고 영리한

147) 이하, 악마에 의한 그리스도의 유혹-시험은 마태오복음 4: 1-11, 루카복음 4: 1-13 등 복음서에 근거한다.

정신이 광야에서 그때 너에게 실제로 던졌던 그 물음들과 그 힘과 깊이에 있어 겨룰 만한 것을 짜낼 수 있을까? 정녕 이 물음들만 보더라도, 그저 이런 물음들이 나왔다는 그 기적만 보더라도, 문제는 유동하는 인간의 이성이 아니라 영구적이고 절대적인 이성과 관련되어 있다는 것을 이해할 수 있어. 왜냐면 이 세 가지 물음 속에는 이후 인류의 역사가 모조리 하나의 전체 속에서 결합되고 예언되어 있으며, 또 지상을 통틀어 인간 본성의 해결할 수 없는 모든 역사적 모순들을 집약해 놓은 세 가지 형상이 그 속에 나타나 있으니까. 미래는 미리 알 수 없는 법이니까, 그때만 해도 이것이 잘 보이지 않았겠지만, 하지만 15세기가 지난 지금에 와서 우리는 이 세 가지 질문 속에서 모든 것을 너무도 잘 짚어 내고 예언했으며 또 모든 것이 그대로 실현되었기 때문에 더 이상 여기에 첨가할 것이 아무것도 없다는 점을 잘 알고 있어.

자, 이제 네가 직접 누가 옳은지를 결정해 봐라. 너냐, 아니면, 그 당시 너에게 질문을 던진 그자냐? 첫 번째 질문을 상기해 봐라. 문자 그대로는 아니라도 그 의미는 이랬지. '너는 세상으로 나가고 싶어 하면서, 무슨 자유의 약속만을 든 채 빈손으로 나가려 한다, 하지만 그들은 너무 단순하고 타고나길 변변치 못한지라 그 약속을 이해하지 못하고 오히려 두려워하고 무서워한다—왜냐면 인간, 그리고 인간 사회에 있어 자유보다 더 견딜 수 없는 것은 결코 아무것도 없었으니까! 자, 활활 타오르는 저 메마른 벌거숭이 광야의 이 돌들이 보이느냐? 이것들을 빵으로 바꾸어라, 그러면 인류가 은혜를 아는 온순한 양 떼처럼 네 뒤를 따라 달려올 것이다, 비록 네가 손을 걷어 갈까 봐, 더 이상 그들에게 빵을 주지 않을까 봐 영원히 두려움에 떨겠지만.' 하지만, 너는 인간에게서 자유를 빼앗고 싶지 않았기 때문에 그 제안을 거부했는데, 복종이 빵으로 살 수 있는 것이라면 그게 도대체 무슨 자유인가? 하고 생각했던 거지. 너는 사람은 빵만으로 사는 것이 아니라고 반박했지만, 알고 있느냐, 바로 이 지상의 빵의 이름으로 지상의 정신이 너한테 반기를 들고 일어나서 너와 싸워 너를 이길 것이며, 모두들 '이 짐승과 비슷한 자, 이자야말로 우리에게 천상의 불을 가져다주었다!'라고 외치면서 그를 따를 것임을. 수세기가 지나면 인류는 지혜와 과학의 입을 빌려 범죄란 없고 고로 죄도 없으며 있는 것은 오직 배고픈 자들뿐이라고 공언하게 될 것임을 알고 있느냔 말이다. '일단은 먹여 살려라, 그런 다음에 그들로부터 선행을 요구하라!' 바로 이런 말이 쓰인 깃발을 들고 너에게 대항하여 너의 사원을 허물어뜨릴 것이다. 너의 사원이 있던 곳에는 새로운 건물이 세워질 것이고, 무서운 바벨탑이 새롭게 세워질 것이니, 비록 그것은 이전 것과 마찬가지로 완성되진 못하겠지만, 하지만 어쨌거나 너는 이 새로운 탑을 피하여 인간들의 고통을 천 년은 줄일 수 있었을 것이다. 왜냐면 그들은 천 년간 자신들의 탑을 세우느라 괴로워하다가 결국엔 우리에게로 올 테니까! 그들은 그러면 다시금 지하의 숨겨진 카타콤을 샅샅이 뒤져 우리를 찾아낼 테고(우리는 다시금 추방당하고 박해받을 테니까) 우리를 향해 울부짖겠지. '우리를 먹여 살려 주십시오, 우리에게 천상의 불을 약속했던 그들은 그것을 주지 않았습니다.'라고. 그때 우리는 비로소 그들의 탑을 완성시킬 것이다. 무릇 먹을 것을 주는 자가 탑을 완성하는 법인데, 오직 우리만이 너의 이름으로 먹을 것을 줄 테니까, 너의 이름이라는 건 물론 거짓말이지만. 오, 우리가 없다면 그들은 결코, 결코 스스로 먹을 것을 얻지 못할 것이다! 그들이 여전히 자유로운 채로 남아 있는 한, 어떤 학문도 그들에게 빵을 주지 못할 것이니, 그들은 결국에 가선 자신들의 자유를 우리의 발아래로 갖다 바치면서 우리에게 '차라리 우리를 노예로 삼아도 좋으니 먹여 살려 주십시오.'라고 말할 것이다. 마침내 그들은 자유라는 것과 누구에게나 넘쳐 날 만큼의 지상의 빵이란 서로 양립할 수 없다는 점을 스스로 깨닫게 될 것인데, 왜냐하면 자기네들끼리 그것을 분배할 능력이 없는 족속이니까! 또한, 결코 자유로워질 수 없다는 점도 확신하게 될 텐데, 왜냐하면 그들은 나약하고 악덕하고 하찮은 반역자들일 뿐이니까. 너는 그들에게 천상의 빵을 약속했지만, 다시금 반복하건대, 그것이 약하고 영원히 악덕하고 영원히 배은망덕한 인간 종족의 눈에 과연 지상의 빵에 비길 수 있을까? 그리고 만약 천상의 빵의 이름으로 수천, 수만 명의 인간들이 너의 뒤를 따른다고 해도, 천상의 빵을 위해 지상의 빵을 멸시할 만한 힘이 없는 수백만 명, 수억 명의 인간들은 어떻게 될까? 너에게는 고작해야 수만 명에 불과한 위대하고 강한 자들이 더 소중하고, 나머지 수백만 명, 약하지만 너를 사랑하는, 바다의 모래알 같은 수많은 인간들은 그저 위대하고 강한 사람들을 위한 재료가 되어야 한단 말이냐? 천만에, 우리에게는 약한 자들도 소중해. 그들은 악덕으로 똘똘 뭉친 반역자들이지만, 결국에 가서는 그들이야말로 고분고분한 자들이 될 것이다. 그들은 우리가 그들의 선두에 서서 그들의 자유를 대신 견뎌 줌으로써 그들 위에 군림하는 것에 동의했기 때문에 우리에게 경외심을 가질 것이며 우리를 신으로 간주할 것이니—그리하여 그들에게 있어 자유롭게 된다는 것은 결국에 가서는 끔찍한 일이 될 것이다! 하지만 우리는 너에게 복종하고 있으며 너의 이름으로 그들 위에 군림하노라고 말할 것이다. 이렇게 우리는 그들을 다시 기만하게 될 것인데, 네가 우리에게 오는 걸 더 이상 내버려 두지 않을 것이거든. 바로 이 기만 속에 우리의 고통이 도사리고 있을 것이니, 우리는 거짓말을 하지 않으면 안 되기 때문이다. 광야에서의 이 첫 번째 물음이란 바로 이런 의미를 지녔던 것이고, 네가 그 무엇보다도 높이 평가했던 자유의 이름으로 거부했던 것도 바로 이것이야. 그런데 이 질문 속에는 이 세계의 위대한 비밀이 도사리고 있었다. '빵'을 받아들였다면, 너는 개개의 인간뿐만 아니라 인류 전체의 총체적이고 영구적인 우수에 대한 해답을 함께 줄 수 있었을 것이니—그건 다름 아니라 '누구 앞에 경배할 것인가?'의 문제이다. 자유를 얻고 나면 인간에게는 한시라도 빨리 자신이 경배할 대상을 찾는 것보다 더 끊임없고 더 고통스러운 근심거리는 없는 법. 하지만 인간이 찾는 그 대상이란 이미 확실하기에, 너무도 확실하기 때문에 모든 사람이 일시에 만장일치로 그 앞에 함께 경배할 수 있어야만 되는 것이다. 이는 이 가련한 피조물들은 나나 다른 사람이 경배할 수 있는 대상을 찾을 뿐만 아니라, 모든 사람들이 그를 믿고 그 앞에 경배할 수 있는, 반드시 모든 사람이 함께 경배할 수 있는 그런 존재를 찾기 위해 노심초사하고 있기 때문이지. 자, 바로, 경배를 하긴 하되 공동으로 해야 한다는 요구야말로 인간 개개인이 개별적으로건 인류 전체로건 태초부터 골머리를 앓아 온 주된 문제인 것이다. 공통적으로 함께 경배하기 위해 그들은 서로서로를 검으로 박멸해 나갔지. 그들은 신들을 창조했고 서로서로에게 '너희의 신들을 버리고 와서 우리의 신들 앞에 경배하라, 그러지 않으면 너희와 너희 신들에게 죽음이!'라고 호소했지. 이건 세상이 끝날 때까지, 심지어 세상에서 신들마저도 사라져 버릴 그때까지 그렇게 될 것이다. 신이 있든 말든, 우상들 앞에 엎드릴 테니까. 너는 알고 있었어, 인간 본성의 이 근본적인 비밀을 네가 몰랐을 리도 없지만, 너는 모든 인간들이 확실히 네 앞에 경배할 수 있게 만들기 위해 너에게 제안된 유일하고 절대적인 깃발을—지상의 빵이라는 깃발을 거부했고, 그것도 자유와 천상의 빵이라는 이름으로 거부한 것이다. 자, 그럼, 네가 그다음에 무슨 짓을 저질렀는지를 살펴봐라. 이번에도 또 자유의 이름을 내걸었어! 분명히 말하건대, 인간이라는 이 불행한 존재에겐 태어나면서부터 받은 이 자유의 선물을 넘겨줄 대상을 한시라도 빨리 찾는 것보다 더 고통스러운 근심거리는 없다. 하지만 인간들의 자유를 지배하는 자는 오직, 그들의 양심을 편하게 해 줄 수 있는 자뿐이다. 빵과 함께 너에게는 확실한 깃발이 주어졌다. 빵보다 더 확실한 것은 아무것도 없으니까 빵을 주면 인간은 경배할 것이지만, 그러나 동시에 너 이외의 누군가가 그의 양심을 지배하게 된다면 — 오, 그러면 인간은 너의 빵마저도 버리고 자신의 양심을 사로잡는 그자를 따를 것이다. 이 점에서 너는 옳았어. 왜냐면 인간 존재의 비밀은 그저 사는 것이 아니라 무엇을 위해서 살 것인가에 있으니까. 자신이 무엇을 위해서 사는가에 대한 확고한 관념이 없다면 인간은, 설령 그의 주위가 온통 빵 천지라 할지라도, 사는 것에 동의하지 않을 것이며 지상에 남느니 차라리 스스로를 박멸할 것이다. 그래, 이건 그렇다고 쳐도, 실제로는 어떤 결과가 나왔느냔 말이다. 너는 인간들의 자유를 지배하기는커녕 오히려 그들에게 더 많은 자유를 주지 않았는가! 아니, 설마 너는 인간에게 있어 안정, 심지어 죽음이 선악의 인식에 있어서의 자유로운 선택보다 더 소중하다는 것을 잊었던 것이냐? 인간에게 양심의 자유보다 더 매혹적인 것은 아무것도 없지만, 하지만 이보다 더 고통스러운 것도 아무것도 없지. 자, 인간의 양심을 단번에 영원히 안정시킬 확고한 근거들 대신에 — 너는 전부 비상하고 아리송하고 애매모호한 모든 것을 선택, 즉 전부 인간들의 힘으론 감당할 수 없는 것을 선택했고, 결과적으로 마치 그들을 전혀 사랑하지 않는 꼴이 되어 버렸으니 — 더욱이 이렇게 한 자가 도대체 누구냔 말이다. 그들을 위해서 자기 목숨을 내놓으러 온 그자가 아니더냐! 인간의 자유를 지배하는 대신에 너는 그것을 증대해서 인간의 영혼의 왕국에 영원토록 고통의 짐을 지워 준 것이었다. 너는 인간이 너에게 매혹되고 사로잡힌 채 자유롭게 너를 따를 수 있도록 자유로운 사랑을 바랐다. 앞으로 인간은 확고한 고대의 법칙 대신, 그저 너의 형상만을 자기 앞의 길잡이로 삼은 채 무엇이 선이며 무엇이 악인가를 자유로운 마음으로 몸소 결정하지 않으면 안 됐다—하지만 너는 선택의 자유와 같은 무서운 짐이 인간을 짓누른다면 결국에 가서 그가 너의 형상과 너의 진리를 거부하고 논박을 하리라는 걸 정녕 생각하지 못했더냐? 그들은 결국에 가서는 진리는 네 안에 있는 것이 아니라고 소리칠 것인데, 왜냐면 그들에게 그토록 많은 근심거리와 해결할 수 없는 과제들을 남겨 줌으로써 너는 그들을 그 무엇보다도 큰 혼란과 고통 속에 방치한 셈이니까. 이런 식으로, 네가 직접 자신의 왕국을 파괴할 기초를 마련한 것이 됐으니, 이 점에서 그 누구도 더 이상 비난하지 마라. 실상, 네가 제안받았던 것이 바로 이것이 아니었더냐? 세 가지 힘이, 이 나약한 반역자들의 양심을 영원토록 정복하고 사로잡을 수 있는 힘, 그들의 행복을 위한 지상의 유일한 세 가지 힘이 있으니—이 힘이란 기적, 신비, 그리고 권위이다. 너는 이것도 저것도 세 번째 것도 거부했고, 몸소 그 모범을 보여 주었다. 무섭고도 현명한 정신이 너를 사원의 꼭대기에 세워 놓고 너에게 다음과 같이 말했지. '네가 하느님의 아들인지 아닌지를 알고 싶다면, 아래로 뛰어내려라, 왜냐하면 그자에 대해서는 천사들이 그를 받아 데려갈 것이므로 떨어지지도 않을 것이요 상처를 입지도 않을 것이라 쓰여 있으니까, 그렇다면 네가 하느님의 아들인지 아닌지를 알게 될 것이고 또 그렇다면 너의 아버지에 대한 너의 믿음이 어떤 것인지 증명될 것이다.' 하지만 너는 다 듣고서도 이 제안을 거절했으며, 굴복하여 아래로 뛰어내리는 일은 하지 않았다. 오, 물론, 너는 이때 신처럼 오만하고 훌륭하게 행동했지만, 그러나 사람들, 반역적인 이 허약한 종족—이자들이 어디 신이더냐? 오, 너는 그때 네가 한 발짝만 내딛었더라도, 아래로 몸을 던질 태세만 취했더라도 그 즉시 주님을 시험한 것이 되고 주님에 대한 믿음을 전부 잃은 것이 되므로, 네가 구원하려고 온 이 땅에 부딪쳐 산산조각이 났을 것이며 이로써 너를 유혹했던 영리한 정신은 기뻐서 펄펄 날뛸 것임을 이해했던 것이다. 하지만 반복하건대, 너와 같은 자들이 어디 많더냐? 또한 정녕 너는 인간들도 이와 유사한 유혹을 단 일 분이라도 견뎌 낼 힘이 있으리라는 생각을 허용할 수 있었던 것이냐? 인간의 본성이란 것이 인생의 무서운 순간에도 기적을 거부할 수 있도록, 가장 무섭고 근본적이고 고통스러운 자신의 영혼의 질문들이 던져진 순간에도 오직 마음의 자유로운 선택만을 가진 채로 남아 있을 수 있도록 창조되었단 말이냐? 오, 너는 너의 위업이 성경에 보존되어 시간의 심연과 이 땅의 마지막 극단들에까지 다다를 것을 알고 있었으며, 인간도 너를 따라서 기적 따위는 필요로 하지 않으면서 신과 함께 머물길 희망했다. 하지만 너는 인간이 기적을 거부하는 그 순간 곧바로 신을 거부하게 될 것이라는 걸 모르고 있었던 것이니, 인간은 신보다는 기적을 추구하는 법이거든. 인간이란 기적 없이 남아 있을 힘이 없기 때문에 스스로에게 새로운 기적을, 이제는 자기 자신의 기적들을 잔뜩 만들어 낼 것이며 백번이나 반역자에 이단에 무신론자였다고 할지라도 이제는 마법사의 기적, 아낙네들의 마법 앞에 고개를 숙일 것이다. 너는 사람들이 너를 조롱하고 약 올리면서 너에게 '십자가에서 내려와 봐라, 그러면 우리는 네가 정말 그자라는 것을 믿게 될 것이다.'라고 외쳤을 때도 십자가에서 내려오지 않았다. 네가 내려오지 않은 것은 이번에도, 인간을 기적의 노예로 만들고 싶지 않아서, 기적에 얽매이지 않는 자유로운 믿음을 갈망했기 때문이었다. 자유로운 사랑을 갈망했지, 인간이 단번에 영원토록 공포를 불러일으키는 위력 앞에서 불가항력적이고 노예적인 황홀에 빠지는 것을 갈망하지 않았던 것이다. 하지만 바로 여기서도 너는 인간들을 너무도 높이 평가했는데, 그들은 비록 반역자로 창조되긴 했지만 그럼에도 물론 노예들이거든. 주위를 둘러보고서 판단해 봐라, 이렇게 15세기가 지났으니 가서 그들을 한번 봐라. 네가 너 자신의 지위로까지 올려놓은 자가 과연 어떤 자들이냐? 맹세코, 인간은 네가 생각했던 것보다 약하고 저급하게 창조되었단 말이다! 인간이 네가 행한 것을 행할 수 있을까, 과연 그럴 수 있을까? 인간을 너무도 존경한 나머지 너는 마치 그를 더 이상 동정하지 않는 것처럼 행동한 꼴이 돼 버렸고, 이는 인간으로부터 너무도 많은 것을 요구했기 때문이다—그것도 인간을 자기 자신보다 더 많이 사랑했던 그자, 바로 그자가 말이다! 인간을 덜 존경했더라면, 그래서 인간에게서 더 적은 것을 요구했더라면, 이것이 더 사랑에 가까웠을 것인데, 인간의 짐이 더 가벼웠을 테니까 말이다. 인간은 약하고 비열하다. 인간이 지금 곳곳에서 우리의 권력에 대항하여 반란을 일으키고 그 자신이 반란을 일으키는 것을 자랑스러워한다고 한들 뭐가 어떻단 말이냐? 이것은 어린아이나 초등학생의 오만함에 지나지 않아. 이것은 교실에서 소란을 일으켜 선생님을 내쫓은 어린아이들의 짓이란 말이다. 하지만 어린아이들의 황홀도 끝날 것이고, 그들은 그 대가를 톡톡히 치를 것이다. 그들은 사원을 뒤엎고 땅을 피로 물들이겠지. 하지만 이 어리석은 아이들도 자신들이 반역자이긴 하되, 자신의 반역조차도 감당해 낼 힘이 없는 허약한 반역자에 불과하다는 걸 결국에 가선 깨닫게 될 것이다. 어리석은 눈물을 쏟아 내면서 그들은 마침내, 그들을 반역자로 창조한 자가 틀림없이 자신들을 조롱하고자 그랬던 것임을 깨닫게 되는 거야. 그들이 이런 말을 하는 것은 절망에 빠졌기 때문일 테지만, 일단 그들에 의해 말해진 것은 신성 모독이 될 것이며 이 때문에 그들은 더욱더 불행해질 것인데, 왜냐하면 인간의 본성이란 신성 모독을 참아 낼 재간도 없는 것인지라 궁극적으론 언제나 제 손으로 그것에 대한 복수를 하게 될 테니까. 그리하여 불안, 혼돈, 불행—바로 이것이 네가 인간들의 자유를 위해 그토록 많은 것을 감내한 이후 그들에게 주어진 지금의 운명이란 말이다! 너의 위대한 예언자는 환시(幻視)와 우의(寓意)로 말하길, 첫 번째 부활에 참여한 모든 자들을 보았으며 그들은 각 지파(支派)당 만 2000명에 이르렀다고 한다.[148] 하지만 그들이 그토록 많았다고 할지라도, 그들도 사람이 아니라 신과 같은 자들이었을 것이다. 그들

148) 요한묵시록 7: 4-8.

은 너의 십자가를 참아 냈고 메뚜기와 풀뿌리로 연명하면서 굶주리고 헐벗은 광야를 수십 년이나 참아 냈으니—물론 너는 이 자유의 아이들을, 너의 이름을 기치로 내걸고 이 자유로운 사랑과 자유롭고 훌륭한 희생을 보여 준 아이들을 자랑스럽게 가리킬 수 있겠지. 하지만 그들은 고작해야 몇 천 명에 불과했고 그나마도 신이었다는 점을 기억해라, 그렇다면 나머지들은? 나머지 약한 인간들, 강력한 자들이 참아 낸 것을 참아 낼 수 없었던 그자들은 무슨 죄가 있다는 것이냐? 그토록 무서운 선물들을 감당해 낼 힘이 없는 약한 영혼은 도대체 무슨 죄가 있다는 것이냐? 아니, 정말 그야말로 너는 그저 선택받은 자들에게로, 선택받은 자들을 위해서 온 것이었단 말이냐? 하지만 만약 그렇다면, 여기엔 신비가 도사리고 있는 것이니 우리가 이해할 바 아니지. 그런데 설령 신비라고 할지라도, 우리는 그 신비를 포교할 권리가, 중요한 것은 그들의 마음의 자유로운 결정이나 사랑이 아니라 신비이다, 이 신비에 그들은 맹목적으로 심지어 그들의 양심을 거역하고서라도 복종해야 한다, 하고 그들에게 가르칠 권리가 있는 것이다. 또한 실제로도 우리는 그렇게 했다. 우리는 너의 위업을 수정하여 그것을 기적, 신비, 권위의 근거로 삼았다. 그러자 인간들은 자기들을 다시금 양 떼처럼 이끌어 주고 자기들에게 그토록 끔찍한 고통을 갖다준 그토록 끔찍한 선물을 드디어 거두어 주었다고 기뻐했다. 우리가 이렇게 가르치고 이렇게 행한 것이 옳았던 것이냐, 말해 봐? 인간의 무력함을 그토록 겸손하게 인정하고 사랑으로 인간의 부담을 덜어 주고 인간의 허약한 천성을 감안하여 심지어 우리의 허락만 있으면 그 죄마저도 용서해 주었건만, 정녕 우리가 인류를 사랑하지 않았다는 것이냐? 도대체 이제 와서 뭣 하러 우리를 방해하러 온 거냐? 게다가 왜 그리 유순한 눈으로 말없이 나를 꿰뚫을 듯 바라보는 거냐? 화를 내 봐라, 나는 너의 사랑 따윈 원하지 않아, 나 역시 너를 사랑하지 않으니까. 너한테 숨길 것이 뭐가 있겠느냐? 아니면, 내가 지금 누굴 상대로 얘기하고 있는지를 모르는 줄 아느냐? 내가 너에게 얘기할 것을 너는 이미 모두 알고 있어, 그건 네 눈을 보면 충분히 읽을 수 있다. 이런데도 내가 너에게 우리의 비밀을 숨길 줄 아느냐? 어쩌면 너는 그것을 내 입으로 직접 듣고 싶겠지, 그렇다면 들어 봐라. 우리는 너의 편이 아니라 그의 편이다, 바로 이것이 우리의 비밀이란 말이다! 우리는 이미 오래전부터 이미 8세기 전부터 네가 아니라 그와 함께했다. 정확히 8세기 전에 우리는 네가 격노하면서 그에게서 거부했던 것, 그가 지상의 모든 왕국들을 너에게 보여 주면서 너에게 제안한 마지막 선물을 취했다. 그에게서 로마와 카이사르의 검을 취했고 오로지 우리만이 지상의 황제, 그것도 유일한 황제라고 선포했으니, 비록 지금까지도 우리의 과업을 미처 완수하지는 못했지만 말이다. 하지만 이게 누구의 죄란 말이냐? 오, 이 과업은 지금까지도 그저 시작 단계에 불과하지만, 어떻든 시작되긴 한 거다. 그것이 완수되려면 아직 오래 기다려야 되고 이 땅은 많은 고통을 감수해야겠지만, 하지만 우리는 거기에 도달하여 카이사르가 될 것이고, 그때는 이미 인간들의 전 세계적인 행복에 대해 생각하게 될 것이다. 그런데 너는 그때 이미 카이사르의 검을 거머쥘 수 있었어. 도대체 왜 너는 이 마지막 선물을 거부했느냐? 강력한 정신의 이 세 번째 충고를 받아들임으로써 너는 인간이 지상에서 찾고 있는 모든 것을 채워 줄 수 있었건만. 즉, 누구 앞에 경배할 것인가, 누구에게 양심을 맡길 것인가, 끝으로 어떤 식으로 모든 사람들을 확실한 공통의 조화로운 개미집 속에 결합시킬 것인가 하는 문제 말인데, 이는 전 세계적인 결합에의 요구야말로 사람들의 세 번째이자 마지막 고통이기 때문이지. 인류는 언제나 기필코 전 세계적인 총체를 이룩하고자 노력해 왔다. 위대한 역사를 지닌 위대한 민족들은 많았지만, 이 민족들은 높아지면 높아질수록 더욱더 불행해졌는데, 이는 다른 민족들보다 사람들의 전 세계적 결합에 대한 요구를 더 강하게 의식했기 때문이지. 위대한 정복자들, 저 티무르들과 칭기즈칸들[149]은 전 우주를 정복하기 위해 이 땅을 회오리처럼 휩쓸고 다녔지만, 그들마저도 비록 무의식적으로이긴 하지만 전 세계적이고 총체적인 통일을 향한 인류의 가장 위대한 요구를 표현했던 것이다. 카이사르의 세계와 왕의(王衣)를 받아들여야만, 전 세계적인 왕국을 건설하고 전 세계적인 안정을 줄 수 있는 법. 그러니까 인간들의 양심을 지배하고 그들의 빵을 손아귀에 거머쥔 자들이 아니라면, 누가 그들을 지배할 것인가 말이다. 우리는 카이사르의 검을 거머쥐었으며, 그것을 거머쥠

149) 티무르(1336~1405)는 중앙아시아 티무르 제국의 건국자, 칭기즈칸(1167?~1227)은 몽골 제국의 건국자이다.

으로써 물론 너를 거부하고 그의 뒤를 따라갔다. 오, 자유로운 지성이, 그것의 과학과 식인주의가 미쳐 날뛰는 세기들이 좀 더 지속될 것이니, 이는 우리를 빼놓고 자기들만의 바벨탑을 쌓아 올리기 시작한 만큼 결국엔 식인주의로 끝날 것이기 때문이다. 하지만 바로 그때 우리에게 짐승이 기어 와 우리의 발을 핥을 것이고, 자신의 눈에서 나오는 피눈물로 그것을 물들일 것이다.[150] 그러면 우리는 짐승 위에 올라타 금잔을 들어 올릴 것이니, 거기에는 '신비!'라고 쓰여 있을 것이다.[151] 하지만 오직 그때에야, 그때에야 인간들을 위한 평온과 행복의 왕국이 도래할 것이다. 너는 네가 선택한 자들을 자랑스러워하겠지만, 너에게는 오직 선택받은 자들뿐이고 우리는 모든 사람들에게 안정을 줄 것이다. 어디 이뿐이겠는가. 이 선택받은 자들, 선택받은 자가 될 수 있었던 강력한 자들 중 많은 이들이 너를 기다리다가 마침내는 지쳐서, 자기 정신의 힘과 자기 가슴의 열기를 다른 것으로 가져갔고 또 지금도 그리할 것이며, 결국에는 너에게 맞서 자기들만의 자유로운 깃발을 들어 올릴 것이다. 하긴 너 자신도 이 깃발을 들어 올렸던 적이 있었지. 하지만 우리 왕국에서는 모든 인간들이 행복해질 것이며, 너의 그 자유를 누렸을 때와는 달리, 그 어디서도 더 이상 반역을 일으키지도, 또 서로를 박멸하는 일도 없을 것이다. 오, 우리는 그들에게 그들이 우리를 위해서 자신의 자유를 거부

150) 요한묵시록 13, 17: 3-7.
151) 요한묵시록 17: 3-5.

하고 우리에게 복종할 그때에야 비로소 그들이 자유롭게 될 것임을 확신시킬 것이다. 그래, 어떤가, 우리말이 옳으냐, 아니면 거짓말이냐? 어쨌건 그들은 우리가 옳다는 것을 확신할 것인데, 이는 너의 자유가 그들을 얼마나 끔찍한 노예 상태와 혼돈으로 이끌었는지를 상기할 것이기 때문이다. 자유, 자유로운 정신, 과학은 그들을 험난한 협곡(峽谷)으로 끌고 가서 저 기적들과 저 해결할 수 없는 비밀들 앞에 세울 것이며, 그러면 그들 중 어떤 자들, 즉 반항적이고 사나운 자들은 스스로를 박멸할 것이고, 또 다른 자들, 즉 반항적이되 허약한 자들은 서로서로를 박멸할 것이며, 나머지들, 즉 허약하고 불행한 자들은 우리의 발아래로 기어와 우리를 향해 이렇게 울부짖을 것이다. '그렇습니다, 당신이 옳고 당신만이 그분의 신비를 지니고 있습니다, 그리하여 우리는 이렇게 당신에게 돌아왔으니, 우리를 우리 자신으로부터 구원해 주십시오.'라고. 그들은 우리에게서 빵을 받으면서 우리가 그들의 빵을, 그것도 바로 그들 자신의 손으로 획득한 빵을 그들에게 나눠 주기 위해서 무슨 기적 나부랭이도 행하지 않고 그들에게서 가져간다는 것을 분명히 보게 될 것이며, 우리가 돌덩어리를 빵으로 바꾼 것이 아님을 보게 될 것이지만, 그럼에도 그들은 빵 자체보다는 그 빵을 우리의 손에서 받고 있다는 그 사실에 기뻐 날뛸 것이다! 왜냐면 우리가 없었던 이전에는 그들이 획득한 빵이 그들의 손안에서 그저 돌덩어리로 바뀌었지만, 우리에게로 돌아온 이후에는 돌덩어리 자체가 그들의 손안에서 빵으로 바뀌었다는 사실을 너무도 잘 기억할 테니까. 단번에 영원히 복종한다는 것이 어떤 의미를 지니는지를 그들은 너무도, 너무도 뼈저리게 느낄 것이다! 그러니 이것을 이해하지 못하는 한, 인간들은 불행해질 것이다. 말해 봐라, 이런 몰이해를 제일 많이 조장한 자가 누구란 말이냐? 누가 양 떼를 분산시켜 미지의 길로 뿔뿔이 흩어 놓았단 말이냐? 그래 봤자, 양 떼는 새로이 모여 새로이 복종하게 될 것이며, 이제는 영원히 그럴 것이다. 그러면 우리는 그들에게 조용하고 겸손한 행복을, 원래 타고나길 허약한 존재들에게 알맞은 행복을 줄 것이다. 오, 우리는 그들을 설득하여 마침내 오만하게 굴지 못하도록 할 것이니, 이는 네가 그들을 잔뜩 치켜세워 오만하게 구는 법을 가르쳤기 때문이다. 우리는 그들이 허약한 자들, 그저 애처로운 어린애들에 불과하지만 어린아이의 행복이 그 어떤 것보다 더 달콤하다는 것을 그들에게 증명할 것이다. 그들은 잔뜩 겁을 집어먹고 우리를 우러러볼 것이며 두려움에 떨면서 마치 어미 닭의 품을 찾는 병아리 새끼들처럼 우리에게 바싹 달라붙을 것이다. 그들은 우리에게 놀라고 경외심을 가질 것이며, 우리가 이토록 강력하고 현명하여 폭풍우처럼 날뛰던 수십억의 양 떼를 길들일 수 있었다는 점을 자랑스러워할 것이다. 우리가 진노라도 할라치면 그들은 곧 힘을 잃고 벌벌 떨 것이며 그들의 머리는 겁을 먹고 그들의 눈은 어린아이나 여자처럼 걸핏하면 눈물에 젖겠지만, 우리가 손끝만 까딱해도 그들은 금세 너무도 쉽게 즐거워하면서 웃을 것이며 해맑게 기뻐하고 어린아이처럼 행복하게 노래를 부를 것이다. 물론, 우리는 그들에게 노동을 시키겠지만, 노동으로부터 자유로운 시간에는 그들을 위해 어린아이들의 노래와 합창, 순진무구한 춤으로 가득 찬, 어린아이들의 놀이와 같은 삶을 만들어 줄 것이다. 오, 우리는 그들의 죄도 용서해 줄 것이니, 그들은 약하고 힘없는 자들인지라 자신들이 죄를 짓는 것마저도 허락한다는 이유로 우리를 어린아이들처럼 사랑할 것이다. 우리는 그들에게 우리의 허락을 받고 행해진 것이라면 어떤 죄든 사하여질 것이라고 말할 것이다. 우리가 그들에게 죄 짓는 것을 허락하는 것은 그들을 사랑하기 때문이며 이 죄에 대한 벌은 응당 우리가 떠맡겠노라고. 그렇게 정말로 우리가 그것을 떠맡을 것이고, 그들은 우리를 하느님 앞에서 그들의 죄를 대신 짊어진 은인인 양 떠받들 것이다. 그래서 그들은 우리에게 어떤 비밀도 숨기지 않을 것이다. 우리는 그들이 아내나 정부와 함께 살지 말지를, 아이를 가질지 말지 등 모든 것을—그들의 복종의 여부에 따라서—허락하든지 금지하든지 할 것이며, 그들은 즐겁고 기쁜 마음으로 우리에게 복종할 것이다. 그들은 양심의 가장 고통스러운 비밀들을 전부, 그야말로 전부 우리에게 가져올 것이고, 우리는 모든 것을 해결해 줄 것이며, 그러면 그들은 우리의 결정을 기쁜 마음으로 믿을 것인데, 왜냐하면 그것이 개인적으로 자유롭게 모든 것을 결정해야 하는 지금의 끔찍한 고통과 거대한 근심으로부터 그들을 구원해 줄 것이기 때문이지. 따라서 그들을 통치하는 수십만 명의 사람을 제외하면 수백만의 모든 사람들이 행복해질 것이다. 그저 우리만이, 비밀을 간직한 우리만이, 오직 우리만이 불행해질 테지. 이렇게 수십억의 행복한 갓난애와 선악의 인식이라는 저주를 떠맡은 수십만 명의 수난자들이 있게 되겠지. 그들은 조용히 죽어 가고, 너의 이름으로 조용히 사라질 것이며 무덤 뒤에서 오직 죽음만을 발견하게 될 것이다. 하지만 우리는 비밀을 간직한 채 다름 아닌 그들의 행복을 위해서 천상의 영원한 보상을 미끼로 내걸고 그들을 유혹할 것이다. 왜냐면 설사 저세상에 뭔가가 있다고 할지라도, 그것은 물론 그들과 같은 자들을 위한 것은 아닐 테니까. 사람들의 말이나 예언에 따르면 네가 와서 다시 승리할 것이며 너의 선택받은 자들, 너의 오만하고 강력한 자들과 함께 올 것이라고 하지만,[152] 우리는 그들은 오직 자기 자신을 구원했을 뿐이지만 우리는 모든 사람들을 구원했노라고 말할 것이다. 또, 짐승 위에 올라타 신비를 손에 쥐고 있는 탕녀가 치욕을 당할 것이라고, 나약한 자들이 다시금 반역을 일으켜 그녀의 왕의(王衣)를 갈기갈기 찢고 그녀의 '더러운' 몸뚱어리를 발가벗겨 보일 것이라고 말하기도 한다.[153] 하지만 나는 그때 분연히 일어나서 너에게 죄라는 것을 몰랐던 수십억의 행복한 갓난애들을 가리켜 보일 테다. 그들의 행복을 위해 그들의 죄를 스스로 떠맡았던 우리들, 그 우리는 네 앞에 서서 말할 것이다. '할 수 있다면, 감히 그럴 용기가 있다면, 우리를 심판해 보라.'라고. 꼭 알아 둬, 나는 네가 두렵지 않아. 꼭 알아 두라고, 나도 한때 광야에 있었고 나도 메뚜기와 풀뿌리로 연명했으며, 나도 네가 사람들을 축

152) 마태복음서 24: 30, 요한묵시록 12: 7-11, 17: 14, 19: 19-21, 20: 1-3.
153) 요한묵시록 17: 15-16.

복해 주었던 그 자유를 나도 축복했고 '수를 채우고 싶은' 열망을 품고 너의 선택받은 자들, 강력하고 강한 자들의 대열에 합류할 준비가 되어 있었음을. 하지만 정신이 번쩍 들었고 그러자 이 광기에 봉사하는 것이 싫어졌어. 나는 돌아와서 너의 위업을 수정한 자들의 무리에 합류했다. 나는 오만한 자들을 떠나, 겸손한 자들의 행복을 위해 이 겸손한 자들에게로 돌아왔다. 내가 너에게 말하는 것은 실현될 것이며 우리의 왕국은 건설될 것이다. 너에게 반복하건대, 내일이면 너는, 내가 손끝을 까딱하기가 무섭게 네가 우리를 방해하러 왔다는 이유로 너를 태워 버릴 저 장작불에 뜨거운 석탄을 집어넣기 위해 달려들 저 온순한 양 떼를 보게 될 것이다. 누구보다도 먼저 우리의 장작불로 태워 버릴 사람이 있다면, 그건 바로 너니까. 내일 너를 화형에 처하겠다. 내 말은 끝났다.(Dixi.)'"

이반은 여기서 말을 멈추었다. 그는 말을 할 때는 열렬히 흥분한 나머지 열광적으로 말했지만, 말을 끝마치자 갑자기 미소를 지었다.

형의 말을 줄곧 말없이 듣고 있었지만 끝에 가서는 굉장히 흥분해서 형의 말을 수도 없이 가로막으려고 했지만 분명히 자제하고 있었던 알료샤가 갑자기 자리에서 툭 튕겨 나듯 말을 꺼냈다.

"하지만…… 이건 말도 안 돼!" 그는 빨갛게 상기된 얼굴을 하고 소리쳤다. "형의 서사시는 형이 원했던 것과는 달리…… 예수님에 대한 찬양이야, 비난이 아니라. 누가 형이 말하는 자유를 믿겠어? 자유를 정말 그렇게, 그렇게 이해해야 한단 말이야! 그게 정교의 해석이라니……. 아니, 이건 로마의 해석이야, 그래, 그나마 로마 전체의 해석도 아니야, 이건 거짓말이야—이건 가톨릭의 최고 악질들, 심문관들, 예수회 교도들의 해석이야……! 게다가 형의 심문관처럼 환상적인 인물은 아예 있을 수도 없어. 그가 스스로 떠맡은 사람들의 죄란 도대체 뭘 말하는 거야? 사람들의 행복을 위해서 어떤 저주를 스스로 떠맡은 이 비밀의 담지자들은 또 뭐냐고? 언제 그런 사람들이 있었어? 예수회 교도들이란 우리도 알고 있어, 그들에 대해서는 고약한 얘기들이 많지만, 그런데 형이 말하는 자들이 그들이야? 그들은 전혀 아니야, 절대로 그렇지 않아……. 그들은 그저, 로마의 황제와 최고 성직자를 선두에 내세운, 미래의 전 세계적인 지상의 왕국을 꿈꾸는 로마의 군대에 불과하고…… 바로 이게 그들의 이상이야, 하지만 어떤 비밀도, 고양된 비애도 없어……. 권력, 지상의 지저분한 안녕, 노예화를 향한 가장 단순한 욕망뿐이지…… 그러니까 자신들이 지주가 될 미래의 농노제와 같은 거…… 이게 그들의 전부야. 그들은 어쩌면 하느님을 믿지 않을지도 몰라. 형의 고뇌하는 심문관은 그저 환상일 뿐이야……."

"그래, 잠깐, 잠깐만." 이반이 웃었다. "녀석, 대단히 흥분했군. 환상이라고, 뭐 그럼 어때! 물론 환상이지. 하지만 말이다. 너는 정말로, 최근 몇 세기 동안 가톨릭의 이 모든 운동이 정말로, 그저 지저분한 행복을 얻으려는 권력욕에 불과하다고 생각하니? 너에게 그렇게 가르친 사람이 파이시 신부 아니냐?"

"아니야, 아니야, 파이시 신부는 오히려 형과 비슷한 말을 하신 적이 있어…… 하지만, 물론 달라, 전혀 다른 맥락이었어." 알료샤가 갑자기 엎치락뒤치락 말을 고쳤다.

"어쨌거나 '전혀 다른 맥락'이라는 너의 말에도 불구하고 귀중한 정보로군. 내가 너한테 정확히 묻고 싶은 건 너의 예수회 교도들과 심문관들이 왜 오로지 추악한 물질적 안녕 하나만을 위해서 뭉쳤냐는 거야. 왜 그들 중 단 한 명이라도 고뇌하는 자가, 위대한 비애로 괴로워하면서도 인류를 사랑하는 자가 있을 수 없다는 거냐? 자, 봐. 오로지 지저분한 물질적 안녕 하나만을 바라는 이 모든 자들 중에 한 사람이라도—비록 한 사람이라도 나의 늙은 심문관과 같은 사람이 있었다고 가정해 보렴. 그는 그 자신이 광야에서 풀뿌리로 연명하여 스스로를 자유롭고 완벽하게 만들기 위해 자신의 육체를 정복해 가면서 미친 듯 몸부림쳤지만, 그럼에도 평생 동안 인류를 사랑하는 마음만은 변함이 없다가 갑자기 눈을 떠서 의지의 완성에 도달하는 정신적인 지복(至福)은 위대한 것이 아니라는 걸 깨달았고, 그와 동시에 나머지 수백만 명의 신의 창조물들은 그저 조롱받기 위해서 창조되었음을, 그들은 자신의 자유를 어떻게 처리해야 할지 알 수도 없음을, 이런 애처로운 반역자들에게서는 절대로 탑을 완성시킬 거인이 나올 수 없음을, 이런 거위들을 위해 위대한 이상주의가 자신의 조화를 꿈꾸었던 건 아님을 확신하게 된 거야. 이 모든 것을 깨닫고서 그는 돌아와서…… 영리한 사람들 편에 합류했던 거지. 정말로 이런 일은 일어날 수 없는 것일까?"

"그가 합류한 영리한 사람들이란 도대체 뭐야?" 거의 열에 들떠 알료샤가 소리쳤다. "그들에겐 그런 지혜도, 그런 신비와 비밀도 전혀 없어……. 그저 무신(無神) 하나뿐이야, 바로 이게 그들의 비밀의 전부라고. 형의 대심문관은 신을 믿지 않아, 바로 이게 그의 비밀의 전부야!"

"설령 그렇더라도! 결국엔 너도 눈치챘구나. 정말로 그래, 정말로 오직 거기에 비밀이 전부 들어 있지, 하지만 이것은 그와 같은 사람, 즉 자신의 일평생을 광야의 위업을 위해 바쳐 놓고도 인류에 대한 사랑으로부터 완치되지 못한 이 사람에게 있어서는 정녕 고통이 아니었을까? 인생의 황혼 무렵에 그는 오직 위대하고 무서운 정신의 충고만이 나약한 반역자들을, 저 '조롱받기 위해 창조된 미완성의 시험용 존재들'을 그나마 그래도 얼마간이라도 참아 줄 만한 질서 속에서 살도록 해 줄 수 있다는 분명한 확신에 이른 거야. 자, 이런 확신을 갖게 되자, 그는 영리한 정신이자 죽음과 파괴의 무서운 정신의 지시에 따라 나가야 하며 이것을 위해서는 거짓과 기만을 받아들여야 하고 사람들을 이제는 의식적으로 죽음과 파멸로 이끌어야 한다는 것을, 더욱이 이 길을 가는 내내 그들이 어디로 인도되고 있는지를 알아채지 못하게 함으로써 그동안만이라도 이 애처로운 눈먼 자들이 스스로 행복하다고 생각하도록 하기 위해서 그들을 기만해야 한다는 것을 알게 되는 거야. 그리고 유념해 둬, 노인이 평생 동안 그토록 열렬하게 믿었던 이상, 그것의 이름으로 이 기만이 이루어진다는 것을! 아니, 이런데도 불행이 아니란 말이냐? 그리고 '오직 지저분한 안녕 하나만을 위해 권력을 갈망하는' 이 전 군대의 선두에 선 자들 중에서 이런 사람이 단 한 명이라도 있었다면, 이 한 사람만으로도 충분히 비극을 낳지 않았을까? 그뿐인가. 결국 로마 전체의 과업과 그 전 군대와 예수회 교도들을 이끄는 진정한 이념, 이 과업의 드높은 이념이 있기 위해서는 선두에 선 자들 중에 이런 사람이 한 명만 있어도 충분하단 말이야. 너한테 단도직입적으로 말해서, 나는 이 운동의 선두에 선 자들 사이에서 이 유일한 사람의 흐름이 끊겼던 적은 없었으리라고 굳게 믿고 있어. 누가 알 게 뭐냐, 어쩌면 로마의 최고 성직자들 중에도 이런 유일한 자들이 있었는지도 모르지. 누가 알 게 뭐냐, 어쩌면 그토록 고집스럽고 그토록 자기 나름대로 인류를 사랑하는 이 저주받은 노인이 지금도 이런 부류의 수많은 유일한 노인들끼리 완전한 무리를 이루어 존재할 수도 있고, 그것도 전혀 우연히 그렇게 된 것이 아니라 비밀을 지키기 위해, 즉 불행하고 나약한 사람들로부터 그 비밀을 지켜서 사람들을 행복하게 만들어 주기 위해 이미 오래전에 조직된 결사나 비밀 동맹으로서 존재하고 있는지도 모를 일이라고. 이런 자는 반드시 있어, 아니, 꼭 있어야만 해. 내 생각엔 프리메이슨[154]도 그 밑바닥엔 이런 비밀과 비슷한 뭔가가 있는 것 같고, 그래서 가톨릭교도들은 프리메이슨 회원들을 그렇게 증오하면서 그들을 경쟁자로, 이념의 단일성을 분쇄하는 자로 보는 거야, 양 떼는 하나여야 하고 목자도 하나여야 하는데 말이야…….

154) 18세기 영국에서 만들어져 이후 전 세계로 확산된, 비밀스러운 성향을 띤 자유석공조합.

그나저나, 이렇게 내 사상을 옹호하다니, 꼭 너의 비평을 참지 못한 저자인 양 굴고 있군. 이 얘긴 그만하자."

"어쩌면 형이 프리메이슨 회원일 수도 있구나!" 알료샤의 입에서 갑자기 이런 말이 튀어나왔다. "형은 신을 믿지 않아." 이렇게 덧붙이는 그는 이미 굉장히 슬퍼하고 있었다. 더욱이 형이 자신을 비아냥거리는 시선으로 바라보는 것만 같았다. "형의 서사시는 어떻게 끝나지?" 그가 갑자기 땅바닥을 보면서 물었다. "아니면 벌써 끝난 거야?"

"나는 그것을 이렇게 끝내고 싶었어. 대심문관은 입을 다물었을 때, 자신의 죄수가 그에게 무슨 대답을 해 주길 얼마 동안 기다리지. 그는 상대방의 침묵이 괴로웠어. 그는 수인(囚人)이 자신의 눈을 똑바로 바라보면서 줄곧 무슨 반박을 하고 싶은 마음도 전혀 없는 듯 그의 말을 조용히 꿰뚫을 듯 듣고 있는 것을 보았지. 노인은 상대방이 씁쓸하고 무서운 말이라도 좋으니 무슨 말이든 좀 해 주었으면 싶었어. 하지만 그는 갑자기 말없이 노인에게로 다가와, 아흔 살 먹은 그 핏기 없는 입술에 조용히 입을 맞추는 거야. 자, 바로 이게 대답의 전부야. 노인은 몸을 부르르 떨지. 그의 입술 양 끝이 어쩐지 파르르 떨렸어. 그는 문 쪽으로 걸어가 문을 열고 그에게 말해. '어서 가라, 그리고 다시는 오지 마라…… 두 번 다시 오지 말란 말이다…… 절대로, 절대로!'라고. 그러고는 그를 '도시의 어두운 광장'[155]으로 풀어 주는 거야. 죄수는 그렇게 떠나가."

155) 푸시킨의 시 「회상」(1828)의 부정확한 인용.

"그럼 노인은?"

"입맞춤은 노인의 가슴속에서 불타오르지만, 그래도 그는 여전히 예전의 이념을 고수하는 거지."

"그러니까 형은 그의 편이지, 형도 그런 거지?" 알료샤가 괴로워하며 소리쳤다. 이반은 웃기 시작했다.

"이건 헛소리야, 알료샤, 이건 정말이지, 시라고는 절대 단 두 줄도 써 본 적이 없는 철부지 대학생이 쓴 철부지 서사시에 불과한 거야. 너는 뭣 때문에 이렇게 진지하게 받아들이는 거니? 설마 내가 그의 위업을 수정하는 사람들의 무리에 서기 위해 지금 당장 그리로, 곧장 예수회 교도들에게로 가리라고 생각하는 건 아닐 테지? 맙소사, 그게 나랑 무슨 상관이람! 내가 너한테 말했잖니, 서른 살까지만 질질 끌다가 그때 가서는—술잔을 마룻바닥에 내동댕이칠 거라니까!"

"그럼, 끈적이는 이파리는, 소중한 무덤들은, 푸른 하늘은, 사랑하는 여인은 어떻게 되는 거야! 도대체 어떻게 살아갈 거야, 어떻게 이런 것들을 사랑할 거야?" 알료샤는 괴로워하며 소리쳤다. "가슴과 머릿속에 그런 지옥을 간직한 채 그게 가능하긴 한 거야? 아니, 형은 정확히 그들에게 합류하러 가고 있는 거야……. 그게 아니라면 형은 자살을 할 거야, 견뎌 내지 못할 거라고!"

"모든 것을 견뎌 낼 그런 힘이 있어!" 이반은 이미 차가운 냉소를 띠며 말했다.

"어떤 힘인데?"

"카라마조프의 힘…… 카라마조프적인 저열함의 힘이지."

"그건 방탕에 흠뻑 빠지는 것, 부패 속에서 영혼을 질식시키는 것이지, 그렇지, 그렇지?"

"뭐 그렇다고 치자, 그리고 그건…… 오직 서른 살까지는 피할 수도 있겠지만, 그다음엔……."

"어떻게 피한다는 거야? 무엇으로 피한다는 거지? 형과 같은 생각을 갖고 있으면 불가능한 일이야."

"이번에도 역시 카라마조프식으로 하는 거지."

"그게 '모든 것이 허용된다.' 이 말이지? 모든 것이 허용된다, 그렇지, 그런 거지?"

이반은 인상을 찌푸리더니 갑자기 어쩐지 이상하게 창백해졌다.

"아, 이건 어제의 말을 네가 받아친 거로군…… 미우소프를 그토록 언짢게 만들었고 드미트리 형도 그토록 순진하게 벌떡 일어나서 재탕했던 그 말이지?" 그가 일그러진 미소를 머금었다. "그래, 어쩌면 그럴지도 몰라. '모든 것이 허용된다.' 일단 말이 한번 내뱉어졌다면야. 부정하지는 않으마. 게다가 미첸카의 편집도 나쁘진 않았지."

알료샤는 말없이 그를 바라보았다.

"나는, 동생아, 떠나면서, 전 세계를 통틀어 나한테는 그래도 네가 있다고 생각했어." 이반은 갑자기 예기치 못한 감정을 담아 말했다. "하지만 지금 보니 네 마음속에는 나를 위한 자리는 없구나, 나의 귀여운 은자(隱者)야. '모든 것이 허용된다.'라는 공식은 부정하지 않겠어, 자, 어떠냐, 이걸 빌미로 네가 나를 부정하지는 않겠지, 그렇지, 그렇지 않니?"

알료샤는 자리에서 일어나 형에게로 다가가서는 말없이 조용하게 그의 입술에 입을 맞추었다.

"표절이로구나!" 이반은 이렇게 소리쳤는데, 갑자기 어떤 환희마저 내비쳤다. "넌 이걸 내 서사시에서 훔쳤어! 고맙다, 어쨌거나. 이젠 일어나, 알료샤, 그만 가자, 너도 나도 때가 됐잖니."

그들은 밖으로 나왔지만, 술집의 현관 곁에 멈추어 섰다.

"그러니까 말이야, 알료샤." 하고 이반이 확고한 목소리로 말했다. "내가 정말로 끈적이는 이파리들을 사랑할 가치가 있다면, 오직 너를 추억하면서만 그것들을 사랑하게 될 거야. 나한테는 네가 여기 어딘가에 있다는 것만으로도 충분하고, 삶에 싫증도 안 날 거야. 너한테는 이 정도면 됐지? 원한다면, 사랑 고백쯤으로 받아들이렴. 자, 이제 너는 오른쪽으로, 나는 왼쪽으로 가는 거야—됐어, 듣고 있니, 됐다고. 다시 말해서, 내일 내가 떠나지 않아서(아마 떠날 것 같긴 하다만) 우리가 어떻게든 다시 만난다고 하더라도, 그때는 이런 주제들에 대해선 나한테 더 이상 아무 말도 하지 말아 주렴. 간곡히 부탁하마. 그리고 드미트리 형에 대해서도 역시나 특별히 너한테 부탁하는데, 나한테는 더 이상 아무 말도 꺼내지 마라." 그는 갑자기 짜증스럽게 덧붙였다. "죄다 털어놨고 죄다 말했어, 그렇지 않니? 그 대가로 나도 나름대로 너한테 한 가지를 약속하마. 서른 살쯤 되어 내가 '술잔을 바닥에 내동댕이치고' 싶어질 때, 네가 어디에 있든 어쨌거나 나는 다시 한번 너와 이야기를 나누러 찾아가겠어…… 아메리카에서라도 달려갈 테니, 그리 알아 둬라. 일부러라도 찾아가마. 그 무렵의 너를 한번 보는 것도 아주 흥미로울 거야. 그때 너는 어떤 모습일까? 봐라, 제법 장엄한 약속이지. 정말로 이렇게 헤어지면, 우리는 아마 칠 년쯤, 십 년쯤 못 볼지도 몰라. 자, 이제 너의 세라피쿠스 신부(Pater Seraphicus)[156]에게 가 봐라, 그는 죽어 가고 있잖니. 너 없이 죽으면 아마 내가 너를 붙잡아 두었기 때문이라면서 나한테 화를 낼지도 모르지. 잘 가라, 나한테 한 번 더 입을 맞춰 주렴, 자 그렇게, 이제 가 봐……."

이반은 갑자기 몸을 돌려서 제 갈 길을 갔는데, 이제 뒤를 돌아보지도 않았다. 어제 드미트리 형이 알료샤에게서 떠나갈 때의 모습과 비슷했다, 비록 어제는 전혀 다른 종류이긴 했지만. 이 이상한 느낌은 이 순간 가뜩이나 슬펐던, 가뜩이나 슬프고 애잔했던 알료샤의 머릿속을 화살처럼 스치고 지나갔다. 그는 형의 뒷모습을 바라보면서 잠깐 기다렸다. 무엇 때문인지 갑자기, 이반 형이 어쩐지 비틀거리듯 걸어가고 있으며 그의 오른쪽 어깨가 뒤에서 보니 왼쪽보다 더 축 처져 있는 것이 눈에 띄었다. 전에는 한 번도 이런 것을 알아챈 적이 없었던 것이다. 하지만 갑자기 그도 몸을 돌려서 거의 뛰다시피 수도원으로 갔다. 이미 몹시 어두워졌으며, 그는 거의 무섭기까지 했다. 그가 대답할 수 없을 듯한 뭔가 새로운 것이 그의 내부에서 자라났던 것이다. 그가 암자의 작은 숲으로 들어섰을 때는 어제와 마찬가지로 다시 바람이 일었으며 한결같은 소나무들이 그의 주위로 음울하게 쉬쉬거렸다. 그는 거의 뛰어가

156) 괴테의 『파우스트』의 마지막 장면에서 가져온 것으로 추정된다.

고 있었다. "세라피쿠스 신부'라니, 형은 이 이름을 어디선가 가져온 거야—대체 어디서 가져온 걸까?' 알료샤의 머릿속에서는 이런 물음이 스치고 지나갔다. '이반, 가엾은 이반, 이제 언제쯤 형을 보게 될까……. 암자까지 다 왔군, 주여! 그래, 그래, 그분이야, 그분이 세라피쿠스 신부야, 그분이 나를 구원해 주실 거야…… 형에게서 영원히!'

그는 아침만 해도, 아니 고작 몇 시간 전만 해도 기필코 드미트리 형을 찾아야겠다고, 이날 밤에 수도원으로 돌아가지 못하는 한이 있더라도 그를 찾지 못하면 시내를 떠나지 않겠다고 결심했건만, 이반과 헤어진 이후엔 어떻게 그렇게 갑자기 드미트리 형을 깡그리 잊을 수 있었던가를 훗날 살아가면서 몇 번이나 회상하며 대단히 의아스러워하곤 했다.

6 아직은 몹시 막연한 우수

이반 표도로비치는 알료샤와 헤어진 후 집으로, 표도르 파블로비치의 집으로 갔다. 그런데 이상한 일이 일어났으니, 갑자기 그에게 참기 힘든 우수가 엄습했으며 무엇보다도, 걸음을 내디딜 때마다, 집이 가까워질수록 그것은 점점 더 커졌던 것이다. 이상한 건 우수 자체가 아니라, 이반 표도로비치가 어떻게 해도 그 우수의 정체가 무엇인지를 규정지을 수 없다는 점이었다. 우수를 느끼는 일은 이전에도 자주 있었으니까 이런 순간에 우수가 찾아왔다고 해서 놀랄 것은 없었는데, 그가 자신을 이리로 이끈 모든 것들과 갑자기 결별하고 내일 당장 새롭게 옆쪽으로 급회전을 하여 다시금 이전과 마찬가지로 완전히 혼자, 새로운, 완전한 미지의 길로 들어설 준비를 한 순간, 많은 희망을 품고 있으면서도 그 대상이 뭔지는 모르는 채 삶으로부터 많은 것, 너무도 많은 것을 기대하면서도 그 기대에서도, 심지어 자신의 소망에서도 그 어떤 것의 정체도 규정지을 수 없는 순간이니 말이다. 사실, 새로운 미지의 것을 향한 우수가 정말로 그의 영혼에 도사리고 있었지만, 이 순간 그를 괴롭힌 것은 전혀 다른 것이었다. '아버지의 집에 대한 혐오감 때문은 아닐까?' 그는 혼자 속으로 생각했다. '그 정도로 역겨워진 모양이군, 이 추악한 문지방을 넘는 것도 오늘로 마지막이지만, 어쨌거나 역겹군…….' 그렇지만, 아니다, 이건 아니다. 알료샤와 헤어졌기 때문은 아닐까, 그 녀석과 조금 전에 그런 대화를 나눴기 때문은 아닐까. '참으로 오랫동안 세상 전체를 상대로 입을 다문 채 말을 할 가치도 없다고 생각하고 있다가, 갑자기 그렇게 기나긴 장광설을 지껄여 댔으니까.' 정말로 이것은 젊은 미숙함과 젊은 허영심에서 나온 젊은 신경질일 수 있었으니, 즉 속내를 제대로 털어놓을 수 없었던 것, 더욱이 그가 틀림없이 내심 큰 기대를 품고 있던 알료샤와 같은 존재 앞에서도 그럴 수 없었다는 것에 신경질이 났던 것이다. 물론 이런 일도 있었고, 그러니까 이 때문에 신경질이 난 것도 틀림없지만, 그럼에도 이것도 아니었다, 절대 아니었다. '구토가 날 만큼 크나큰 우수인데, 내가 원하는 게 뭔지 규정지을 힘이 없군. 차라리 생각하지 않는 편이…….'

이반 표도로비치는 '생각하지 않으려고' 했지만, 이것도 소용이 없었다. 무엇보다도, 그것, 이 우수가 신경질 나고 짜증스러웠던 것은 그것이 우연스러우면서도 완전히 외적인 어떤 모양새를 지니고 있었기 때문이었다. 이 점은 분명히 느껴졌다. 어떤 존재나 물체가 어딘가에 툭 튀어나와 있는데, 이건 흡사 이따금씩 눈앞에 뭔가가 툭 튀어나와 있으되 무슨 일을 하거나 대화에 열중하고 있는 동안엔 특별히 주의를 두진 않아도 어쨌거나 역력하게 짜증이 나다 못해 거의 괴로워지기까지 하다가, 결국 저걸 치워 버려야겠다는 생각이 들어서 보면 전혀 쓸모없을뿐더러 대부분의 경우 아주 공소하고 우스꽝스러운 대상, 즉 마룻바닥에 떨어진 스카프나 책장에 갖다 놓지 않은 책 등과 같이 엉뚱한 자리에 뒀다가 그만 잊어버린 무슨 물건인 것과 같았다. 마침내 이반 표도로비치는 가장 추악하고 짜증스러운 기분 상태에서 아버지의 집에 다다랐는데, 쪽문으로부터 대략 열다섯 걸음쯤 떨어진 곳에서 대문 안을 힐끔 들여다보고서 갑자기 자신을 그토록 괴롭히고 불안하게 한 것이 무엇인지를 대번에 알아챘다.

대문 옆 벤치에는 머슴 스메르쟈코프가 신선한 저녁 공기를 쐬며 앉아 있었는데, 이반 표도로비치는 그를 딱 보자마자 자신의 영혼 속에도 머슴 스메르쟈코프가 앉아 있었으며 바로 저 인간을 자신의 영혼이 참아 낼 수 없음을 깨달았다. 모든 것이 갑자기 밝아졌으며 선명해졌다. 아까 알료샤가 스메르쟈코프를 만났다는 이야기를 할 때부터 갑자기 뭔가 음울하고 역겨운 것이 그의 심장을 푹 찌르면서 그 즉시 그의 내부에서 반사적인 악의를 불러일으켰다. 그다음, 대화를 나누는 동안 스메르쟈코프의 존재는 잠깐 잊혔지만, 그럼에도 그의 영혼 속에 도사리고 있다가, 이반 표도로비치가 알료샤와 헤어지고 혼자 집으로 향하자마자, 그 즉시 잊혔던 감각이 갑자기 빠른 속도로 다시금 수면 위로 고개를 쳐들기 시작했던 것이다. '아니, 저 걸레 같은 불한당이 이 정도로까지 내 신경을 긁어 놓을 수 있다니!' 참을 수 없는 악의를 느끼면서 그는 이렇게 생각했다.

문제는 이반 표도로비치가 최근 들어, 특히 바로 요 며칠 사이에 이 인간을 정말로 아주 싫어하게 됐다는 점이다. 그는 심지어 이 존재를 향한, 나날이 커져 버린 거의 증오에 가까운 감정을 몸소 인지하기 시작했다. 증오의 추이가 이렇게까지 날카로워진 까닭은 바로, 처음, 즉 이반 표도로비치가 우리 도시에 도착한 직후와는 완전히 다른 일이 일어났기 때문이리라. 그 당시, 이반 표도로비치는 갑자기 스메르쟈코프에게 어떤 특별한 관심을 보였으며, 심지어 그를 아주 독특한 인간으로 생각하기까지 했다. 그가 직접 나서서 스메르쟈코프로 하여금 자기와 말을 하도록 가르쳤는데, 그러면서도 언제나 그의 다소간의 영문 모를 태도, 아니, 더 정확히 말해서, 다소 불안한 그의 정신 상태가 의아스러웠으며, 도대체 무엇이 '이 관조자'를 이토록 지속적이고 집요하게 불안스럽게 만들 수 있는지 이해할 수 없었다. 그들은 철학적인 물음들에 대해서도 이야기를 나누었으며 심지어 태양, 달, 별들은 넷째 날에 가서야 만들어졌는데 첫째 날에는 도대체 어떻게 빛이 비쳤을까, 이것을 어떻게 이해해야 할까에 대해서도 이야기했다. 하지만 곧 이반 표도로비치는 문제가 태양, 달, 별 따위가 아님을, 태양, 달, 별도 물론 흥미진진한 대상이긴 하지만 스메르쟈코프에게 있어서는 부차적이다 못해 삼차적인 것임을, 그에게 필요한 것은 완전히 다른 어떤 것임을 확신하게 됐다. 이렇든 저렇든, 어떤 경우에나 무한한 자존심이, 더욱이 모욕받은 자존심이 슬슬 본색을 드러내며 나오기 시작했다. 이반 표도로비치는 이것이 영 마음에 들지 않았다. 그의 혐오감은 바로 여기서 시작됐던 것이다. 이어, 집안에 어수선한 내분이 시작되고 그루셴카가 나타나고 드미트리 형의 소동이 시작되어 야단법석이 일었을 때—그들은 이것에 대해서도 이야기를 나누었는데, 스메르쟈코프는 이런 대화를 나눌 때면 대단히 흥분하긴 했지만 이번에도 그가 여기서 정말 무엇을 원하는지는 어떻게 해도 알아낼 도리가 없었다. 심지어, 무심결에 언제나 하나같이 막연한 소망들을 겉으로 내비칠 때도, 너무 비논리적이고 무질서하여 놀라울 정도였다. 스메르쟈코프는 미리 곰곰 생각을 해 둔 것이 분명한 어떤 질문들을 넌지시 던지면서 시종일관 캐물었지만, 무엇을 위해서인지, 이 점은 설명해 주지 않았으며, 보통 자신의 심문이 한창 무르익어 갈 순간에 갑자기 입을 다물어 버리거나 완전히 다른 화제로 돌려 버리거나 했다. 하지만 이반 표도로비치의 신경을 마침내 결정적으로 자극하여 그에게 이와 같은 혐오감을 불러일으킨 가장 주된 것은—스메르쟈코프의 혐오스럽고도 어쩐지 특수한 허물없는 태도였는데, 그는 심하게 그런 태도를 보이기 시작하더니 그 정도가 날이 갈수록 더 심해졌다. 그가 무례하게 굴었다는 것은 아니고, 오히려 정반대로 언제나 굉장히 공손한 태도로 말했는데, 그럼에도 스메르쟈코프는 무엇 때문인지는 통 알 수 없지만 자기 자신이 마침내는 무슨 일에 있어서 이반 표도로비치와 어떤 연대 관계라도 있는 양 간주하는 기색이 역력했으며, 언제나 그들 두 사람 사이에 이미 뭔가 약속된 것이 있는 양, 언젠가 쌍방 사이에 함께 말이 있었으되, 오직 그들 두 사람만 알고 있고 그들 주위에 득실거리는 다른 필멸의 존재는 이해도 할 수 없는 뭔가 비밀스러운 것이 있는 듯한 어조로 말했다. 하지만 이반 표도로비치는 그러고서도 자꾸 커져만 가는 자신의 혐오감의 진짜 원인을 오랫동안 깨닫지 못하다가, 결국엔 아주 최근에 와서야 무엇이 문제인지를 알아채게 됐다. 꺼림칙하고 짜증스러운 느낌이 들어서 그는 지금 스메르쟈코프를 거들떠보지도 않고 말없이 쪽문으로 지나가려고 했지만, 스메르쟈코프가 벤치에서 일어나자 이미 이 몸짓 하나만으로도 이반 표도로비치는 저자가 자기와 특별히 하고 싶은 얘기가 있다는 것을 금방 알아챘다. 이반 표도로비치는 그를 바라보고는 걸음을 멈추었는데, 불과 일 분 전에 원했던 것과는 달리 그냥 지나치지 않고 그토록 갑자기 걸음을 멈추었다는 사실 때문에 치가 떨릴 정도로 열을 받았다. 분노와 혐오감을 느끼면서 그는 스메르쟈코프의 거세종파와 같이 바싹 여윈 얼굴을, 머리를 빗어 넘겨 드러난 관자놀이며 닭 볏처럼 돌돌 말린 머리카락을 바라보았다. 왼쪽 눈을 보일 듯 말 듯 가늘게 뜨면서 윙크를 하고 씩 웃는 그의 모양새가 꼭 '왜 그냥 지나가지 않고 오는 거야,

거봐, 우리 두 사람, 이 영리한 사람들끼리는 따로 할 말이 있는 거야.'라고 말하는 듯했다. 이반 표도로비치는 전율했다.

'썩 꺼져, 이 불한당 같은 놈, 내가 네놈이랑 어울릴 줄 알고, 바보 녀석!' 그의 혀끝에서 이런 소리가 튀어나올 것만 같았지만 정작 혀끝에서 튀어나온 말은 전혀 다른 것이어서, 그는 어마어마하게 놀랐다.

"그래, 아버지는 주무시나, 아니면 깨어나셨나?" 그는 스스로도 예기치 못하게 조용하고 겸손하게 말했으며, 갑자기, 역시나 전혀 예기치 못하게, 벤치에 앉았다. 순간 그는 거의 무서워지기까지 했으며, 이 일을 나중에 회상했다. 스메르자코프는 뒷짐을 진 채 그의 맞은편에 서서, 확신에 차서 거의 엄격한 시선으로 그를 바라보았다.

"아직 주무십니다요." 그는 서두르지 않고 말했다.('먼저 말을 건 건 네놈이야, 내가 아니라.'라고 하는 듯했다.) "도련님도 참 놀랍습니다." 그는 이렇게 덧붙인 뒤 잠시 말이 없다가 어쩐지 거들먹거리면서 눈을 내리깔고 오른쪽 발을 앞으로 내밀어 래커 칠을 한 구두의 코를 놀리며 발 장난을 쳤다.

"내가 어디가 놀랍다는 거냐?" 이반 표도로비치가 있는 힘껏 자제력을 발휘하여 탁탁 끊기는 말투로 준엄하게 말했는데, 갑자기 자신이 아주 강한 호기심에 사로잡혀 있어서 그것을 만족시키기 전에는 어떤 일이 있어도 떠나지 않을 것임을 깨닫고는 혐오감을 느꼈다.

"도련님, 체르마쉬냐에는 왜 안 가십니까요?" 스메르쟈코프가 갑자기 그를 훑어보면서 아주 허물없는 사이인 양 미소를 지었다. '영리한 사람이라면 내가 무엇 때문에 미소를 짓는지는 응당 이해해야지.' 윙크하듯 왼쪽 눈을 가늘게 뜨는 모양새가 꼭 이렇게 말하고 있는 듯했다.

"내가 체르마쉬냐에는 왜 간단 말이냐?" 이반 표도로비치는 놀랐다.

스메르쟈코프는 다시금 잠깐 입을 다물었다.

"심지어 표도르 파블로비치조차도 도련님에게 그렇게 간곡하게 부탁하셨는뎁쇼." 마침내 그는 마치 그 자신도 자신의 이 대답이 그다지 대수롭지 않다는 양 서두르는 기색도 없이 말했다. 그저 뭐든 말을 하긴 해야 하니까 부차적이다 못해 삼차적인 원인을 아무거나 꺼내 둘러대고 있다는 식이었다.

"에이, 빌어먹을, 좀 더 분명하게 말해 봐, 네놈한테 필요한 게 뭐야?" 이반 표도로비치는 여태껏 온순하게 굴다가 마침내 거칠어지면서 성질을 버럭 내며 소리쳤다.

스메르쟈코프는 오른쪽 발을 왼쪽 발 위에 살짝 걸친 뒤 더 곧게 뻗었지만, 여전히 예의 그 평온함과 예의 그 미소를 띠면서 계속하여 그를 바라보았다.

"특별한 건 없습니다요……. 그저 대화를 좀 나눴으면 싶어서……."

다시 침묵이 찾아왔다. 거의 일 분 정도는 둘 다 말이 없었다. 이반 표도로비치는 자기가 지금이라도 당장 벌떡 일어나서 화를 내야 된다는 것을 알고 있었고, 한편 스메르쟈코프는 그 앞에 서서 꼭 뭔가를 기다리는 듯한 눈치였다. '자, 어디 한번 두고 볼까, 네놈이 화를 낼지 안 낼지?'라는 식으로 말이다. 최소한 이반 표도로비치에게는 그렇게 생각되었다. 마침내 그는 일어나기 위해서 몸을 기울였다. 스메르쟈코프는 정확하게 그 순간을 포착했다.

"제 처지가 말이 아닙니다요, 이반 표도로비치, 제 몸 하나를 어떻게 구제해야 할지도 모르겠습니다." 갑자기 그가 확고한 어조로 또박또박 말했는데, 마지막 말을 할 때는 한숨을 내쉬었다. 이반 표도로비치는 그 즉시, 다시 자리에 앉았다.

"두 분이 다 어찌나 고집을 부리는지, 두 분 다 완전히 어린애가 된 것 같습니다요." 스메르쟈코프가 계속했다. "도련님의 아버님과 형님 드미트리 표도로비치 말씀입니다요. 이제 그분, 그러니까 표도르 파블로비치는 일어나시기만 하면, 곧장 '그래, 안 왔느냐? 아니, 왜 안 온 거냐?'라고 시시각각 캐물으면서 저를 닦아세우기 시작할 테고—이런 식으로 자정까지, 심지어 자정이 넘어서도 계속될 겁니다. 만약 아그라페나 알렉산드로브나가 안 오시면(아마 오실 마음이 조금도 없으신 듯하니까요.) 다시금 내일 아침부터 저에게 달려들어 '왜 안 왔느냐? 무슨 이유가 있어서 안 온 거냐, 언제 온다던?'이라고 물으실 테니, 꼭 이 일이 무슨 제 잘못이라도 되는 듯한 꼴이랍니다. 다른 한편으론, 상황이 어떤고 하니, 지금 당장 날이 어두워질라치면, 아니 미처 그러기도 전에, 도련님의 형님께서 손에 무기를 들고 이웃집에서 나타나실 겁니다. '잘 감시해라, 이 악랄한 놈, 부엌데기 같은 놈아. 그녀를 놓치고서 나한테 그녀가 왔다는 걸 알리지 않으면—제일 먼저 네놈의 숨통을 끊어 놓을 테다.' 밤이 새고 아침이 오면 그분도 '왜 안 왔느냐,

이제 곧 나타날까.'라면서 표도르 파블로비치 못지않게 저를 죽도록 괴롭히기 시작할 테고—이번에도 그분이 안 오시는 것이 꼭 제 잘못이라도 되는 듯한 꼴이랍니다. 날이 갈수록, 시간이 갈수록 두 분의 역정이 더 심해지는 바람에, 어떨 때는 너무 무서워서 콱 자살이라도 해 버릴까 하는 생각이 든다니까요. 도련님, 저는 그분들에게는 희망을 걸지 않습니다요."

"그럼, 왜 끼어들었느냐? 왜 드미트리 표도로비치에게 미주알고주알 일러바치기 시작했더냐?" 이반 표도로비치가 짜증스럽게 말했다.

"어떻게 끼어들지 않을 수 있겠습니까요? 아니, 내막을 정확히 알고 싶으시다면 말씀드리는데, 저는 아예 끼어들지도 않았습니다요. 저는 아주 처음부터 감히 반박할 엄두도 못 내서 줄곧 입을 다물고 있었고, 그분이 직접 저를 자신의 하인 리차르드[157] 노릇을 하도록 정하신 것입죠. 그때 이후로 그분이 할 줄 아는 한마디는 오직 '놓쳐 버리면, 이 악당 놈아, 네놈의 숨통을 끊어 놓을 테다!'뿐입죠. 도련님, 내일 저는 오랜 간질 발작을 일으킬 것 같습니다."

"오랜 간질 발작이라니?"

"오랫동안, 굉장히 오랫동안 발작을 하는 것입죠. 몇 시간, 어쩌면 하루나 이틀 동안이나 계속됩니다요. 한번은 사흘 정도나 계속됐는데, 그때는 다락방에서 떨어졌거든요. 발작은

157) 러시아의 전래 동화인 보브 코롤레비치 이야기에 나오는 그비돈 왕의 하인.

좀 멎었다 싶으면 또다시 시작되는 것입죠. 그렇게 저는 꼬박 사흘 동안 정신을 차릴 수 없었습니다. 그때 표도르 파블로비치가 이곳의 의사인 게르첸슈투베를 불러왔고, 그분은 정수리에 얼음을 얹어 주시고 그러고도 한 가지 처방을 더 해 주셨습죠……. 거의 죽을 뻔했습니다요."

"하지만 간질 발작이 몇 시에 일어날지는 미리 알 수 없다고 하던데. 너는 어떻게 내일 발작이 일어날 거라고 말하는 거지?" 특별하고도 짜증스러운 호기심을 보이며 이반 표도로비치가 물었다.

"미리 알 수 없다는 건 정확합니다요."

"게다가 그때 너는 다락방에서 떨어진 것이 아니냐."

"다락방에는 매일 올라가니까 내일도 다락방에서 떨어질 수 있습죠. 다락방이 아니라면 지하 창고에서 떨어질 수도 있습죠, 지하 창고에도 볼일이 있어서 매일 가니까요."

이반 표도로비치는 오랫동안 그를 바라보았다.

"허튼수작을 부리는 게 보이는군, 네놈을 알다가도 모르겠어." 조용하지만 어쩐지 위협적으로 그가 말했다. "그러니까 내일부터 사흘 동안 간질 발작이 일어난 척하겠다는 거냐, 뭐냐? 엉?"

스메르쟈코프는 땅바닥을 바라보면서 다시 오른쪽 발로 발장난을 치다가 오른쪽 발을 제자리에 놓고 그 대신 왼쪽 발을 앞으로 내민 뒤 고개를 들고는 씩 웃으면서 말했다.

"만약 제가 그런 장난을 칠 수 있다면, 다시 말해서 노련한 사람으로선 그런 시늉을 하는 것쯤은 아무 일도 아니니까 진짜 그렇게 할 수 있다면, 설사 그렇다고 할지라도 제 목숨 하나 살리자고 이런 수단을 활용하는 것은 완전히 저의 권리입죠. 제가 병에 걸려 누워 있으면, 아그라페나 알렉산드로브나가 그분의 아버님을 찾아왔다고 하더라도 그때는 그분도 아픈 사람한테 '왜 알리지 않았느냐?'라고 물으실 순 없을 테니까요. 그건 동네 부끄러운 일입죠."

"에이, 빌어먹을!" 이반 표도로비치가 갑자기 악에 받쳐 얼굴을 일그러뜨리면서 버럭 소리를 질렀다. "왜 자꾸 너는 네 목숨 따위에 벌벌 떨고 있는 거냐! 드미트리 형의 이런 협박들은 모두 홧김에 튀어나온 말일 뿐, 더 이상 아무것도 아니야. 형은 너를 죽이지 않을 거야. 죽이더라도, 네놈 따위는 죽이지 않아!"

"파리 새끼처럼 죽일걸요, 누구보다도 저를 먼저요. 하지만 이것보다 더 무서운 건 다른 겁니다. 즉, 그분이 아버지에게 터무니없는 일이라도 저지를 경우 제가 그분과 공범으로 몰리면 어쩔까, 싶은 것입죠."

"네가 왜 공범으로 몰린다는 거냐?"

"제가 왜 공범으로 몰릴 수 있느냐 하면, 그분에게 바로 그 신호들을 극히 비밀리에 알려 준 것이 저니까요."

"신호라니? 누구에게 알려 줬다는 거냐? 이 빌어먹을 놈, 더 분명하게 말하지 못해!"

"죄다 고백해야겠군요." 스메르쟈코프가 잘난 척하는 양 태연하게 굴면서 말을 질질 끌었다. "저와 표도르 파블로비치 사이에는 비밀이 한 가지 있습니다. 그분은, 도련님도 아시다시피, 벌써 며칠째 밤이 되면, 심지어 저녁만 돼도 곧장 안쪽에서 문을 잠그고 계십니다요. 하긴 최근 들어 도련님은 매번 일찌감치 위층의 도련님 방으로 올라가시고 어제는 아예 아무 데도 안 나가셨으니까, 어쩌면 그분이 지금 밤마다 얼마나 열심히 문을 걸어 잠그시는지 모르실 겁니다요. 그리고리 바실리예비치가 직접 온다고 해도, 목소리를 듣고 확신이 생긴 뒤에야 문을 열어 줄걸요. 하지만 그리고리 바실리예비치는 올 일이 없는 것이 이제 그분의 방에서 시중을 드는 것은 저 혼자뿐이거든요——아그라페나 알렉산드로브나와의 저 계략이 시작된 바로 그 순간부터 그분이 직접 이렇게 정했기 때문이고, 그래도 이제 밤이 되면 저는 그분의 지시대로 물러나서 곁채에서 지내는데 그래 봤자 자정까지는 잠도 못 자고 불침번 노릇을 하느라 일어나서 뜰을 한 바퀴 돌며 아그라페나 알렉산드로브나가 언제 오나 기다리는 것인데, 그분은 벌써 며칠째 꼭 정신이 나간 사람처럼 그녀를 기다리고 있거든요. 그분의 생각은 이렇습니다요. '그 여자는 그놈, 즉 드미트리 표도로비치(그분은 큰 도련님을 미첸카라고 부르시지만요.)가 무서워서 밤늦은 시각에 뒷길로 나를 찾아올 것이다. 그러니 너는 자정까지, 아니 시간이 더 늦더라도 그 여자가 오는지 망을 봐라. 만약 그 여자가 오면, 냉큼 달려와 문을 두드리거나 아니면 정원 쪽으로 난 창문을 한 손으로 두드리되 처음 두 번은 좀 조용하게, 그러니까 한 번——두 번, 그다음엔 이제 세 번을 두드리되 좀 더 급하게 툭——툭——툭, 두드려라. 자 그러면, 나는 그 여자가 왔다는 걸 알아채고서 너한테 살그머니 문을 열어 주마.' 이런 식입죠. 뭔가 이례적인 일이 일어날 경우에 대비하여 다른 신호도 알려 주셨습니다. 처음 두 번은 급하게 톡—톡, 그다음에는 한 템포를 기다린 뒤, 훨씬 더 세게 두드리는 것입죠. 그러면, 그분은 뭔가 급작스러운 일이 일어났기 때문에 제가 꼭 그분을 뵈어야 된다는 걸 알아채고서 역시나 저에게 문을 열어 줄 것이고, 저는 들어가서 아뢰는 겁니다. 이 모든 것이 아그라페나 알렉산드로브나가 직접 오시지 못하고 무슨 소식을 보내올 경우를 대비하는 겁니다. 이것 말고도 드미트리 표도로비치가 올 수도 있으니, 큰 도련님에 대해서도 그분이 가까이 와 있다는 걸 알려야 되지요. 그분은 드미트리 표도로비치를 아주 무서워하기 때문에 심지어 아그라페나 알렉산드로브나가 이미 와서 그분들이 함께 문을 걸어 잠그고 있다고 하더라도, 드미트리 표도로비치가 그 시간에 어디든 가까운 곳에 나타난다면, 그 즉시 저는 문을 세 번을 두드림으로써 그분에게 이 사실을 반드시 아뢰어야 하는데, 다섯 번 두드리는 첫 신호는 '아그라페나 알렉산드로브나가 오셨습니다.'라는 뜻이고, 세 번 두드리는 두 번째 신호는 '아주 다급한 일입니다.'라는 뜻이 되는 겁니다. 이런 식으로 그분이 몸소 시범을 보이시면서 저한테 가르쳤고 설명을 해 주셨습니다. 우주를 통틀어서 이 신호를 아는 사람은 저와 그분뿐이기 때문에, 그분은 이제 어떤 의심도 하지 않고 큰 소리를 내거나 하지도 않으시면서(그분은 큰 소리를 내는 걸 무서워하시죠.) 열어 주실 겁니다. 그런데, 바로 이 신호를 이제는 드미트리 표도로비치도 아시게 됐습니다."

"어떻게 알게 됐다는 거냐? 네가 말해 주었지? 어떻게 감히 그런 짓을 할 생각을 한 게냐?"

"너무 무서워서 그랬습니다요. 그분 앞에서 제가 어찌 감히 입을 다물고 있겠습니까요? 드미트리 표도로비치는 매일 '이 놈, 나를 속이는 거지, 나한테 뭔가 숨기는 게지? 내 네놈의 두 다리를 분질러 버리겠다!'라고 으름장을 놓곤 했습죠. 그래서 저는 이 비밀 신호들을 알려 줬습니다요, 최소한 내가 얼마나 노예처럼 복종하는지를 그분이 보실 수 있도록, 이로써 그분을 속이는 것이 아니라 뭐든 죄다 고해바치고 있음을 확신하실 수 있도록 하려고요."

"만약에 형이 그 신호를 이용해서 안으로 들어가려고 한다는 생각이 들면, 형을 절대 들여보내지 마."

"하지만 만약 제가 발작이 나서 누워 있다면, 그때는 들여보내지 않을 도리가 없잖습니까요, 그분이 그토록 필사적이라는 것을 알고 있어서 들여보내지 않으려고 기를 쓸 순 있겠지만 말입죠."

"에이, 빌어먹을! 어떻게 너는 간질 발작이 일어나는 걸 그렇게 확신하는 거냐, 이 빌어먹을 놈아? 지금 나를 갖고 노는 게냐, 뭐냐?"

"도련님을 갖고 놀다니요, 이렇게 무서운데 그럴 리가 있습니까요? 간질 발작이 일어나리라는 예감이 듭니다, 그런 예감이 든다굽쇼, 너무 무섭다는 것 하나만으로도 발작은 일어날 수 있습죠."

"에이, 빌어먹을! 네가 누워 있을 때면 그리고리가 망을 보면 될 것 아니냐. 그리고리에게 미리 알려 줘라, 그러면 형을 들여보내지 않을 테니."

"주인 어르신의 명령 없이는 그리고리 바실리예비치에게는 그 신호를 절대 알려 드릴 수가 없습니다요. 게다가 그리고리 바실리예비치가 그분의 소리를 듣고 들여보내지 않을 거라고 말씀하시지만, 그분이 때마침 어제부터 병이 나서 오늘 몸져 누웠고 마르파 이그나치예브나는 내일 그를 치료할 계획입니다. 얼마 전에 그렇게 하기로 말이 끝났지요. 그런데 이들의 치료법이 아주 흥미진진합니다. 마르파 이그나치예브나는 묘한 물약을, 어떤 풀로 만든 아주 독한 놈 하나를 알고 있어서 늘 떨어지지 않게 보관하고 있는데—그걸 쓰는 비법을 알고 있습죠. 그분이 이 비밀스러운 약으로 그리고리 바실리예비치를 치료하는 일은 일 년에 세 번 정도 있는데, 그러니까 그분의 허리께가 꼭 무슨 중풍에라도 걸린 듯 온통 마비되는 일이 일 년에 세 번은 있거든요. 그럴 때면 마르파 이그나치예브나는 수건을 가져와 이 물약으로 적셔서는 수건이 바싹 마를 때까지, 등이 발갛게 부어오를 때까지 그분의 등 전체를 문질러 댄 뒤 그다음엔 무슨 주문을 외우면서 유리병 안에 남은 것을 그분에게 마시도록 하는데, 그렇다고 전부 다는 아닌 것이 이와 같이 드문 경우엔 얼마간의 양을 자기 몫으로 남겨 뒀다가 자기가 마시거든요. 그러고는 두 분 다, 그러니까 술도 못하는 양반들이라서, 이런 일이 있고 나면 그대로 쓰러져서 아주 오랫동안 깊은 잠에 빠져든답니다. 그리고리 바실리예비치는 이렇게 하고 나서 잠에서 깨면 거의 언제나 씻은 듯 나아 있지만, 마르파 이그나치예브나는 그러고 나면 언제나 머리가 아프답니다요. 이렇다 보니, 내일 마르파 이그나치예브나가 자신의 계획을 실행에 옮긴다면, 그분이 드미트리 표도로비치의 소리를 들을 수도 없거니와 들여보내고 말고 할 것도 없는 것입죠. 주무시고 계실 테니까요."

"아니, 무슨 헛소리를 늘어놓는 게냐! 이 모든 것이 일부러 작당이라도 한 듯 그렇게 일시에 맞아떨어질 것이라는 소리가 아니냐. 네놈한테는 간질 발작이 일어나고, 저 두 사람은 인사불성 상태라니!" 이반 표도로비치가 소리쳤다. "모든 것이 맞아떨어지도록 네놈이 수작을 부릴 작정인 게지?" 이런 말을 불쑥 내뱉으면서 그는 위협적으로 양미간을 찌푸렸다.

"수작을 부리다니요, 어떻게 그럴 수…… 게다가 무엇을 위해서요, 이 모든 것이 드미트리 표도로비치 한 분, 그분의 생각 하나에 달려 있는뎁쇼……. 그분이 뭔가를 저지르고 싶다면, 그렇게 저지르는 것이고, 아니면 아닌 것이지, 제가 일부러 그분을 데려다가 아버님 방에다 떠밀어 넣을 리야 있겠습니까."

"아니, 형이 뭣 하러 아버지 방에 들어간단 말이냐, 게다가 만약 네 말대로 아그라페나 알렉산드로브나가 절대 오지 않을 거라면, 뭣 하러 몰래 그런 짓을 한단 말이냐." 이반 표도로비치는 너무 열에 받쳐 하얗게 질린 채로 말을 계속했다. "너도 계속 그렇게 말하고, 게다가 나도 거기 사는 동안 줄곧 영감 혼자 공상에 빠져 있을 뿐, 이 잡년이 아버지를 찾아오지 않을 거라고 확신하고 있었어. 만약 이 여자가 오는 일은 없다면 드미트리가 뭣 하러 영감 방에 몰래 기어들어 간단 말이냐? 냉큼 말해 봐! 난 네놈의 생각을 알고 싶은 거다."

"뭣 하러 오실지는 도련님이 더 잘 알고 계실 텐데, 제 생각이 무슨 소용이 있습니까? 그냥 분을 참지 못해 오실 수도 있고 아니면 혹시 제가 앓아누울 경우 미심쩍은 생각이 들어 오실 수도 있는 법, 그러니까 어제처럼 의심이 생겨 참지 못하고는 들어와 방을 샅샅이 뒤질 수도 있습죠. 혹시 자기 몰래 용케 들어온 건 아니냐는 식으로 말이죠. 그분도 표도르 파블로비치에게 3000루블이 든 커다란 봉투가 준비되어 있다는 것을 잘 알고 계신데, 봉투에 세 개의 봉인을 찍어 노끈으로 단단히 묶고 주인 나리가 자기 손으로 직접 '나의 천사 그루셴카에게, 찾아올 마음만 있다면'이라고 써 놨다가 그로부터 사흘쯤 지나서 '병아리에게'라고 더 써 넣었습죠. 자, 바로 이것이 미심쩍다, 이 말씀입니다요."

"헛소리 작작 해!" 이반 표도로비치는 미친 듯 흥분해서 고함을 질렀다. "드미트리는 돈을 강탈하러 올 위인도 아니고, 더욱이 그런 일로 아버지를 죽일 위인도 못 돼. 형은 어제 미친 바보처럼 열이 받친 나머지 그루셴카 때문에 아버지를 죽일 뻔했지만, 강도 짓을 하러 오진 않을 거야!"

"그분에겐 지금 돈이 아주 필요합니다, 아주 절실하게 필요합죠, 이반 표도로비치. 얼마나 필요한지 도련님도 모르십니다." 굉장히 차분하고 탁월할 정도로 또박또박 스메르쟈코프가 설명했다. "게다가 그분은 이 3000루블을 자기 돈으로 생각하고 있으며, 저한테도 그렇게 설명했습죠. '아버지는 나한테 아직 정확히 3000루블을 빚지고 있어.'라고요. 이 모든 것에 덧붙여, 이반 표도로비치, 제법 명백한 사실이 하나 더 있다는 걸 생각해 보십지요. 이거야말로 정말 거의 그럴듯한 이야기인데, 아그라페나 알렉산드로브나는 그분이 원하기만 한다면 반드시 그분, 즉 주인 나리인 표도르 파블로비치를 자기와 결혼하게끔 만들 것이며, 뭐, 그 여자분이 원하기만 한다면, 하고 단서를 달았지만—정말로 그분도 그걸 원할지도 모릅죠. 그러니까 저는 그분이 오지 않을 거라고 말했지만, 이건 그분이 어쩌면 더 많은 것을, 다시 말해서, 곧장 주인마님이 되길 원할지도 모르기 때문입죠. 제가 알기론, 그분의 상인인 삼소노프가 그분한테 완전히 탁 터놓고 그것 참 제법 영악한 일이 될 거라고 말하면서 웃었다더군요. 그런데 이분은 머리가 아주 좋거든요. 드미트리 표도로비치 같은 빈털터리에게 시집을 가진 않을 겁니다요. 자, 그러니까 이제 이 모든 걸 고려하여 직접 판단해 보시지요, 이반 표도로비치, 그렇게 되면 드미트리 표도로비치는 물론이고 도련님과 도련님의 동생 알렉세이 표도로비치에게도 아버님이 돌아가신 후에 정확히 땡전 한 푼 안 돌아올 것인데, 왜냐하면 아그라페나 알렉산드로브나가 그분에게 시집오는 건 전 재산을 자기 명의로 돌려서 죄다 자기 것으로 만들기 위해서니까요.

하지만 이와 같은 일이 일어나기 전에, 바로 지금 도련님의 아버님이 돌아가시면, 그 즉시 도련님들 각각에게 4만 루블씩은 족히 돌아갈 것이며, 그분의 유언장이 아직 작성되지 않았으니까 그분이 그토록 증오하는 드미트리 표도로비치에게도 돌아갈 테죠……. 이 모든 것을 드미트리 표도로비치도 너무도 잘 알고 계십죠……."

이반 표도로비치의 얼굴이 어쩐지 일그러지더니 부르르 경련이 일었다. 그는 갑자기 새빨개졌다.

"그렇다면 도대체 왜 네놈은" 하고 그가 갑자기 스메르쟈코프의 말을 가로막았다. "상황이 이렇건만 나더러 체르마쉬냐에 가라고 권하는 거냐? 도대체 무슨 말을 하고 싶어서 그랬던 거냐? 내가 떠나면 이 집에서 그런 일이 벌어질 텐데." 이반 표도로비치는 힘겹게 숨을 몰아쉬었다.

"바로 그 말씀입니다요." 스메르쟈코프는 조용하고 사려 깊게 말했지만, 그러면서도 이반 표도로비치를 유심히 지켜보았다.

"바로 그 말씀이라니?" 이반 표도로비치가 가까스로 스스로를 억누르고 위협적으로 눈을 번득이면서 다시 물었다.

"도련님이 가엾어서 드린 말입니다. 제가 도련님 처지라면, 그렇다면, 저는 당장에 이 모든 것을 던져 버렸을 겁니다요…… 이런 일을 지켜보고 있느니 차라리……." 스메르쟈코프가 아주 솔직 담백한 표정으로 이반 표도로비치의 번득이는 눈을 바라보면서 대답했다. 두 사람 다 잠깐 말이 없었다.

"네놈은 구제 불능의 백치인 데다가 그리고 물론…… 무섭도록 추잡한 놈이야!" 이반 표도로비치는 갑자기 벤치에서 일어났다. 그러고는 당장 쪽문으로 가려고 했지만, 갑자기 걸음을 멈추고서 스메르쟈코프 쪽으로 몸을 돌렸다. 뭔가 이상한 일이 일어났다. 이반 표도로비치는 느닷없이 꼭 경련이라도 인 양 입술을 꽉 깨물고 주먹을 불끈 쥐었는데—이대로 한순간만 더 있었더라면 물론 스메르쟈코프에게 달려들었을 것이다. 바로 그 순간, 최소한 상대방은 이것을 눈치채고서 부르르 떨더니 온몸을 뒤로 움찔 뺐다. 하지만 스메르쟈코프는 이 순간을 무사히 넘겼고, 이반 표도로비치는 어쩐지 어떤 의혹을 느끼면서도 말없이 쪽문 쪽으로 몸을 돌렸다.

"나는 내일 모스크바로 간다, 네놈이 알고 싶다면 말이야—그것도 내일 아침 일찍—이게 전부야!" 갑자기 그는 악에 받쳐서 큰 소리로 또박또박 말했는데, 그러고 나서도 이후엔 자기가 그때 무엇 때문에 스메르쟈코프에게 이런 말을 해야 했는지 스스로도 놀라워했다.

"그게 가장 좋은 방법입죠." 상대방은 꼭 이것을 기다렸다는 양 말을 받았다. "다만, 여기서 모스크바에 있는 도련님한테 전보를 쳐서 오시라고 할 순 있겠지요, 행여 무슨 일이 생긴다면 말입죠."

이반 표도로비치는 다시 걸음을 멈추곤 다시 스메르쟈코프 쪽으로 몸을 획 돌렸다. 하지만 상대방에게도 꼭 무슨 일이 일어난 것 같았다. 그의 허물없고 버르장머리 없는 태도는 죄다 순식간에 온데간데없이 사라져 버렸다. 대신, 그의 얼굴에는 온통 굉장한 주의력과 기대감이 드리워졌는데, 그건 이미 아첨을 떠는 소심하고 비굴한 성질의 것이었다. '뭐 더 말해 줄 건 없나, 뭐 덧붙일 말씀이라도?' 이반 표도로비치를 뚫어져라 바라보는 그의 주의 깊은 시선 속에서는 이런 말이 들어 있는 듯했다.

"그럼, 내가 체르마쉬냐에 가 있으면 못 부를 이유가 또 어디 있나…… 행여 무슨 일이 생긴다면?" 무엇 때문인지 끔찍할 정도로 언성을 높이면서 갑자기 이반 표도로비치가 고함을 질렀다.

"체르마쉬냐에 계셔도 마찬가지로…… 오시라고 할 수 있습죠……." 스메르쟈코프는 꼭 이성을 잃은 양 이렇게 속삭이듯 웅얼거렸지만, 여전히 주의 깊게, 아주 주의 깊게 이반 표도로비치의 눈을 똑바로 바라보았다.

"그저 모스크바가 좀 더 멀고 체르마쉬냐가 좀 더 가까울 뿐인데, 네놈이 그렇게 체르마쉬냐 타령을 하는 걸 보니, 여비가 아까운 게냐, 아니면 한 바퀴 빙 둘러 가야 되는 내가 안쓰러운 게냐?"

"바로 그 말씀입니다요……." 이미 탁탁 끊기는 목소리로 스메르쟈코프가 이렇게 웅얼거렸는데, 그러면서 음흉한 미소를 머금고 다시금 적시에 후다닥 몸을 뒤로 뺄 준비를 하는 것이었다. 하지만 이반 표도로비치는 갑자기 웃음을 터뜨림으로써 스메르쟈코프를 깜짝 놀라게 해 주었고, 그렇게 계속 웃으면서 급히 쪽문 안으로 들어가 버렸다. 누가 그의 얼굴을 봤다면, 아마 그가 즐거워서 웃는 것이 절대 아니라고 단정 지었을 것이다. 더욱이 그 자신도 그때 그 순간 자신에게 무슨 일이 일어났는지를 결코 설명하지 못했을 것이다. 그의 몸짓도, 걸음걸이도 흡사 꼭 경련이라도 일어난 사람 같았다.

7 '영리한 사람과는 얘기를 나누는 것도 흥미롭다.'

더욱이 말을 하는 태도도 그 못지않았다. 홀 안으로 들어서기가 무섭게 표도르 파블로비치와 마주치자, 그는 갑자기 두 손을 내저으면서 아버지에게 "위층의 내 방에 가는 길입니다, 아버지한테 가는 게 아니라요, 안녕히 계세요."라고 소리친 뒤, 심지어 아버지를 보려고도 하지 않고 그냥 지나쳐 버렸다. 이 순간 그에게 영감이 너무도 증오스러웠을 수는 있지만, 그렇다고 해서 이렇게까지 거리낌 없이 적개심을 드러내는 것은 표도르 파블로비치로서도 뜻밖의 일이었다. 한편, 영감은 곧장 그에게 어서 빨리 알려 주고 싶은 것이 있어서 이 일 때문에 일부러 그를 맞으러 홀로 나온 듯한 눈치였다. 이런 판에 참 대단히 상냥한 소리를 듣자, 말없이 걸음을 멈추고 다락방으로 난 계단을 올라가는 아들이 눈앞에서 사라질 때까지 비아냥거리는 표정으로 계속 지켜보고 있었다.

"저 녀석이 왜 저러느냐?" 이반 표도로비치의 뒤를 따라 들어온 스메르쟈코프에게 그가 빨리 물었다.

"화나는 일이 있으신 모양이지만, 누가 저분의 속을 헤아리겠습니까." 그는 은근슬쩍 회피하면서 중얼거렸다.

"망할 자식 같으니! 그래, 어디 실컷 화를 내 보라지! 사모바르를 내오고 네놈도 어서 빨리 썩 꺼져 버려, 냉큼. 무슨 새 소식은 없느냐?"

그러고서 스메르쟈코프가 지금 이반 표도로비치에게 불평을 늘어놓았던 바로 그 질문 공세가, 다시 말해, 영감이 목이 빠져라 와 주길 기다리고 있는 여자에 관한 질문 공세가 시작되었으니, 우리는 이 질문을 여기서는 생략하기로 한다. 삼십 분 뒤 문단속은 끝났고, 정신이 나간 영감은 이제 곧 다섯 번의 약속된 노크 소리가 들릴 것이라고 가슴이 콩콩 뛰도록 기대하면서 혼자서 방을 이리저리 왔다 갔다 했고 간간이 어두운 창문을 들여다보았지만, 칠흑 같은 밤 말고는 아무것도 보이지 않았다.

이미 매우 늦은 시각이었지만, 이반 표도로비치는 여전히 자지 않고 생각에 잠겨 있었다. 이날 밤 그는 늦게, 2시쯤 잠자리에 들었다. 하지만 우리는 그의 생각의 흐름을 전부 옮기지는 않을 것인데, 사실 지금은 이 영혼의 속을 파고들 때가 아니다. 이 영혼을 위해서는 앞으로 자기 차례가 올 것이다. 게다가 그 생각들을 전달하려고 시도한다고 해도 이건 아주 지난한 일이 될 것인데, 왜냐하면 이건 생각들이 아니라 뭔가 아주 애매모호한 것, 무엇보다도 지나친 흥분에 휩싸인 뭔가였기 때문이다. 그 스스로도 자신의 모든 실마리들을 잃어버렸음을 느끼고 있었다. 그를 괴롭힌 것은 또한 이상하고도 거의 완전히 예기치 못한 다양한 욕망들이었는데, 예를 들면 이런 것이다. 이미 자정이 지난 뒤에 그는 갑자기 아래로 내려가 문을 열고 곁채로 가서는 스메르쟈코프를 죽도록 패 주고 싶은 마음이 굴뚝같아 참을 수 없을 지경이었지만, 만약 무엇 때문이냐고 묻는다면 오직 이 머슴이 이 세상을 다 뒤져도 찾을 수 없을 만큼 가혹하게 그를 모욕한 놈인 양 증오스러워졌다는 것 말고는 결단코 단 한 가지 이유도 정확하게 댈 수 없었을 것이다. 다른 한편으론, 이날 밤 몇 번씩이나 뭐라 설명할 길 없는 굴욕적인 소심함이 그의 영혼을 휘어 감았고—그는 이렇게 느끼고 있었다—그 때문에 갑자기 육체의 힘마저도 소진한 듯했다. 머리가 아파서 현기증이 났다. 뭔가 증오스러운 것이, 꼭 누군가에게 복수할 채비라도 하는 양, 그의 마음을 미어터지게 했다. 아까 알료샤와 나눈 대화가 떠오르자 알료샤마저도 미웠고, 몹시 자주 자기 자신도 미웠다. 카체리나 이바노브나에 대해서라면 숫제 생각하는 것 자체를 거의 잊어버렸는데, 나중에 가서는 이 점이 많이 놀라웠다. 더욱이 어제 아침만 해도 카체리나 이바노브나 앞에서 내일이면 모스크바로 떠난다면서 그토록 호탕하게 유세를 부리면서도 막상 마음속으로는 '헛소리 작작 해, 가긴 어딜 가, 지금 네가 이렇게 허풍을 떨어 봤자 쉽사리 떨어질 순 없을걸.'이라고 스스로에게 속삭였던 것이 똑똑히 기억났으니 말이다. 오랜 세월이 지난 후 이반 표도로비치가 이날 밤을 기억할 때면 특별한 혐오감이 이는 추억이 하나 있었는데, 다름 아니라 갑자기 소파에서 일어나 꼭 누군가가 몰래 엿보지나 않을까 몹시 두려운 듯 조용히 문을 열고 계단으로 나가 아래쪽, 그러니까 아래층의 방들을 향해 귀를 쫑긋 세우고 거기 밑에서 표도르 파블로비치가 사부작거리며 왔다 갔다 하는 소리를 들었던 것이니—그렇게 꽤 오랫동안, 거의 오 분 동안이나 어떤 이상한 호기심에 사로잡혀 벌렁거리는 가슴을 안고 숨을 죽인 채 귀를 기울였지만, 무엇을 위해서 이런 짓을 하고 있는지, 무엇 때문에 귀를 기울이고 있는지는—물론 그 자신도 알지 못했다. 이 '행동'을 그는 이후 평생 동안 '추잡한 짓'이라고 불렀고, 평생 동안 남몰래 자기 마음 깊은 곳에서 자신의 일생 중 가장 야비한 행동이라고 생각했다. 그런데 정작 표도르 파블로비치에 대해서는 이 순간 어떤 증오도 느끼지 않은 반면, 그저 어쩐지 호기심만 죽도록 치밀어 올랐다. 저기 밑에서 아버지가 어떤 꼴로 왔다 갔다 하고 있을까, 지금 저기 자기 방에서 대략 무엇을 하고 있을까, 저기 아래 어두운 창문을 들여다보다가 갑자기 방 한가운데서 걸음을 멈추고서 누가 노크를 하지나 않을까 기다리고 또 기다리고 있지나 않을까 등—각종 추측과 생각이 맴돌았던 것이다. 이반 표도로비치는 이 짓을 하기 위해 두 번 남짓 계단으로 나와 봤다. 2시쯤 되어 사방이 잠잠해지고 표도르 파블로비치도 잠자리에 들자, 이반 표도로비치도 잠자리에 들었으니, 피곤해서 죽을 지경이었던 만큼 어서 빨리 잠들고 싶은 마음이 굴뚝같았다. 과연, 정말로 그렇게 됐다. 그는 갑자기 깊은 잠에 빠져 들어 꿈도 꾸지 않고 푹 잤지만, 일찍, 이미 날이 밝은 7시쯤엔 잠에서 깼다. 두 눈을 뜨자, 깜짝 놀랍게도, 갑자기 어떤 비상한 에너지가 넘쳐 나는 것이 느껴졌고, 그는 잽싸게 일어난 뒤 잽싸게 옷을 입고, 그다음엔 트렁크를 끌고 와서 조금도 꾸물대지 않고 서둘러 짐을 챙기기 시작했다. 마침 속옷은 어제 아침에 이미 전부 세탁부한테서 받아 둔 상태였다. 이반 표도로비치는 모든 것이 이렇게 딱 맞아떨어졌고 느닷없는 출발을 지연시킬 일이 아무것도 없다는 생각에 씩 미소를 머금기까지 했다. 어쨌거나 정말로 느닷없이 떠나는 셈이 됐다. 이반 표도로비치는 비록 어제(카체리나 이바노브나, 알료샤, 나중에는 스메르쟈코프에게까지) 내일 떠날 거라고 말을 하긴 했지만, 어제 잠자리에 들 때만 해도 자기가 그 순간 정말로 떠날 생각은 없었음을 아주 잘 기억하고 있었으며, 최소한 아침에 눈을 뜨기가 무섭게 당장 트렁크부터 챙길 줄은 꿈에도 생각지 못했던 것이다. 마침내 트렁크와 배낭이 준비됐다. 이미 9시가 다 됐고, 마르파 이그나치예브나가 그의 방으로 올라와 매일 해 왔듯 "차는 어디서 드시겠습니까, 도련님 방에서 드시겠습니까, 아니면 내려오시겠습니까?"라는 통상적인 질문을 던졌다. 이반 표도로비치는 아래층으로 내려왔는데, 비록 그의 내면에도, 그의 말과 몸짓에도 뭔가 산만하고 부산스러운 기색이 역력했지만, 표정은 거의 즐거워 보이기까지 했다. 아버지에게 다정스럽게 인사를 하고 특별히 안부도 상세하게 여쭤 보았지만 정작 아버지의 대답은 채 다 듣지도 않고 한 시간 뒤에 모스크바로 아주 떠날 테니까 말을 불러 주었으면 좋겠다고 딱 잘라 말했다. 영감은 이 소식을 들으면서 손톱만큼이라도 놀라기는커녕 아들 녀석이 떠난다는 데 서운한 기색을 내비치는 것마저 잊어버리는, 참으로 대단한 무례를 범해 버렸다. 그러니까 서운해하기는커녕, 때마침 긴요한 자신의 일 하나를 생각해 내고는 갑자기 엄청나게 수선을 떨어 댔던 것이다.

"아이고, 얘야! 이놈 하는 짓 하곤! 어제만 해도 아무 말도 없더니…… 뭐 이러나저러나 지금이라도 얘기를 좀 잘해 보자. 이 아비한테 선심 쓰는 셈 치고, 체르마쉬냐에 좀 들러 다오. 볼로비야 역에서 왼쪽으로 돌아 기껏해야 12베르스타 정도만 가면 돼, 그럼 바로 체르마쉬냐야."

"죄송하지만, 안 되겠습니다. 철도까지는 80베르스타인데, 모스크바행 기차는 역에서 저녁 7시에 떠나니까 기차 시간에 맞추기도 벅차요."

"내일 가면 될 거 아니냐, 모레도 아니고 내일인데, 오늘은 체르마쉬냐에 들러 주려무나. 아비 소원 들어주는 것이 뭣이 그리 힘드냐! 그쪽 일이 여간 급작스럽고 대단한 게 아니라서, 이쪽에 일이 없다면 내가 진작 몸소 날아갔을 테지만, 이쪽도 영 만만치 않아서 짬을 낼 수가 없어……. 봐라, 그쪽 베기체보와 쟈치키노, 그 두 구역의 황무지에 내 숲이 있단다. 마슬로프 집안사람들, 그러니까 상인 일을 하는 영감과 아들 녀석이 벌채권으로 겨우 8000을 내놓겠다지만, 불과 작년만 해도 만 2000에 사겠다는 작자가 있었는데 일이 틀어져 버렸지 뭐냐, 이곳 사람이 아니어서 딱 좋았는데 말이다. 지금 이곳 사람들은 가망이 없거든. 이 욕심쟁이 마슬로프 놈들—그러니까 이 부자(父子)는 십만장자야. 한번 눈독을 들이고 값을 매기면 꼭 그 가격으로 죄다 가져가는데, 이곳 사람들 중 아무도 감히 이들을 상대할 엄두를 못 내는 거야. 그런데 지난 목요일에 갑자기 일린스키 신부한테서 고르스트킨이 왔다는 편지가 이리로 날아온 거야, 이 작자는 나도 알고 있는 상인인데 마침 이곳 사람이 아니니 금상첨화지 뭐냐, 이곳 출신이 아니라 포그레보 출신이라서 마슬로프 놈들을 무서워하지 않는다, 이 말씀이야. 숲 값으로 만 1000을 내놓겠다는구나, 듣고 있느냐? 신부가 편지에 쓴 말로는, 그자가 이곳에 머무르는 건 기껏해야 앞으로 일주일이란다. 자, 그러니까 네가 가서 그 작자와 흥정을 좀 해 주면 좋겠는데……."

"그럼 아버지가 신부에게 편지를 쓰시면 되겠네요, 신부가 흥정을 할 테니까."

"그럴 재주가 없는 사람이란다, 바로 이게 골칫거리란 말이다. 이 신부는 뭘 보는 눈이 없어. 사람이야 더할 나위 없이 좋아서 내 지금이라도 그에게 영수증도 없이 2만을 보관하라고 맡길 수 있을 정도지만, 뭘 보는 눈이 없어서 숫제 사람도 아니야, 까마귀한테도 속아 넘어갈 위인이라니까. 하지만 저쪽은 배운 사람이거든, 거참 기가 막히지. 이 고르스트킨은 겉보기엔 시퍼런 반코트를 걸친 무지렁이 농군이지만, 성깔로 치자면 완전히 야비한 놈이거든, 바로 이게 우리 모두한테 큰 문제가 아니냐. 이놈은 거짓말을 밥 먹듯 한다니까, 정말로. 어떤 때는 입만 열면 전부 다 거짓말투성이라서 도대체 저놈이 왜 저러는 건지 놀라울 정도란 말이다. 재작년엔 마누라가 죽어서 벌써 두 번째 마누라와 결혼해 산다고 늘어놨는데, 사실 그건 새빨간 거짓말이었으니, 기가 막힐 노릇이지 않니. 이놈의 마누라는 죽기는커녕 지금도 시퍼렇게 살아 있어서 대략 사흘에 한 번씩 이놈을 두들겨 패고 있거든. 자, 이런 형편이니, 지금도 똑똑히 알아봐야 되는 거야. 이놈이 거짓말을 하는 건지, 참말을 하는 건지, 진짜로 숲을 살 마음이 있어서 만 1000을 내놓으려는 건지, 아닌지 말이다."

"그렇다면 나도 할 수 있는 일이 없겠는걸요, 나한테도 그런 쪽으론 보는 눈이 없으니까요."

"잠깐만, 좀 기다려 봐, 너도 소용이 된다니까, 내가 이놈과 이미 오랫동안 일을 해 오고 있으니 너한테 그러니까 고르스트킨의 온갖 특징들을 알려 주마. 자, 봐라. 우선 이놈의 턱수염을 살펴봐야 돼. 이놈의 턱수염은 불그죽죽하고 추잡하고 가늘어. 만약 턱수염이 파르르 떨리고 말을 하면서도 화를 내면—다시 말해 옳거니 됐다, 즉 진심으로 하는 말이고 일을 하고 싶다는 소리야. 만약 왼손으로 턱수염을 쓰다듬으면서 실실 웃고 있으면—뭐, 다시 말해서 뻥을 치고 싶어서 간계를 꾸민다는 소리야. 그놈의 눈은 절대로 보지 마라, 속이 시커먼 구정물 같은 악당이라서 눈을 봐서는 아무것도 알아낼 수 없으니까—턱수염을 살펴봐야 돼. 내가 너한테 그놈 앞으로 보내는 쪽지를 써 줄 테니, 가서 보여 줘. 그놈은 고르스트킨이라고 하지만 실은 고르스트킨이 아니라 랴가브이인데, 너는 그놈한테 랴가브이라고 말하면 안 돼, 성질을 낼 거야. 그놈과 흥정을 해 보고 옳거니 됐다 싶으면 그 즉시 이리로 편지를 보내 다오. 그저 '거짓말을 하는 건 아니다.'라고만 써 보내. 만 1000을 고수하되, 1000 정도는 깎아 줘도 되지만, 더 이상은 깎아 주지 말아라. 한번 생각해 보렴. 8000과 만 1000이라니—3000이나 차이가 나잖니. 이 3000을 나는 거저 줍는 셈이 아니냐, 산다는 사람은 통 나타날 생각을 않고 돈은 죽도록 필요한 판에. 그놈이 진심으로 저런다는 걸 알려 주면, 어떻게든 시간을 내서 여기서 직접 휭 날아가 결판을 내마. 만약 이게 죄다 신부 녀석 혼자 생각해 낸 거라면 내가 지금 그쪽으로 달려갈 이유가 어디 있니? 자, 그래, 갈래, 말래?"

"어휴, 시간이 없어요, 좀 봐주세요."

"에잇, 아비한테 선심 좀 쓰면 어디가 덧나냐, 내 이 은혜는 잊지 않으마! 하여간 요놈들은 인정머리라곤 손톱만큼도 없다니까, 정말! 너한테 하루나 이틀이 뭐 그리 아깝냐? 지금 어딜 그리 가는 게냐, 베네치아에라도 가니? 이틀 늦는다고 너의 그 베네치아가 무너지진 않아. 내 알료쉬카를 보냈으면 싶었다만, 아니, 알료쉬카가 어디 이런 일에 맞는 녀석이냐? 내가 너한테 이러는 건 오로지 네가 영리한 놈이기 때문이야, 내가 모를 줄 알고. 숲을 팔고 자시고 하는 건 몰라도, 넌 뭘 보는 눈이 있거든. 그러니까 그저 보기만 하면 돼. 이 사람이 진담으로 하는 말인가, 아닌가를. 분명히 말하지만, 턱수염을 살펴봐야 돼. 턱수염이 파르르 떨리면—진담인 거야."

"아버지가 나서서 나를 저 빌어먹을 체르마쉬냐로 떠미시는 건가요, 예?" 이반 표도로비치는 이렇게 소리친 뒤 악의에 차서 삐뚜름한 미소를 머금었다.

표도르 파블로비치는 악의는 알아보지 못했지만, 혹은 숫제 알아볼 마음도 없었지만 비뚜름한 냉소만은 포착했다.

"그러니까 간다는 소리지, 가는 거지? 내 지금 너한테 급히 쪽지에다 몇 자 휘갈겨 주마."

"갈지 안 갈지 모르겠어요, 도중에 결정하죠."

"도중이라니, 지금 결정해라. 얘야, 결정을 해 다오! 흥정을 해 보고 나한테 두 줄만 써 다오, 신부한테 맡기면 그자가 금방 나한테 너의 편지를 보내 줄 거야. 그러고 나면 너를 붙잡지 않을 테니, 서둘러 베네치아로 가렴. 신부가 자기 마차로 너를 다시 볼로비야 역으로 데려다 줄 테니……."

영감은 그야말로 환희 작약하면서 쪽지를 휘갈기고 말을 준비하라고 시키고 사람들을 불러 먹을거리와 코냑을 내왔다. 영감은 기쁠 때면 으레 열에 들떠 장광설을 늘어놓기 시작했지만, 이번만은 자제를 하는 성싶었다. 예를 들어, 드미트리 표도로비치에 관해서는 단 한마디도 내뱉지 않았다. 한편, 이별을 앞두고서도 전혀 까딱하지 않았다. 숫제, 무슨 말을 해야 할지도 모르는 듯했다. 그리고 이반 표도로비치는 이것을 아주 잘 알아챘다. '아버지는 나한테 싫증이 난 거야, 어쨌거나.' 그는 속으로 이렇게 생각했다. 그저 이미 현관으로 나와 아들을 배웅하는 차에, 영감은 다소 수선을 떨며 키스를 하려고 쭈뼛쭈뼛 다가갔다. 하지만 이반 표도로비치는 서둘러 손을 내밀어 악수를 청했는데, 보아하니 키스는 하기 싫은 눈치였다. 영감은 당장 알아채고서 냉큼 찌그러졌다.

"자, 하느님이 함께하길, 하느님이!" 그가 현관에서 반복했다. "살아생전에 언제 또 올 테지? 그래, 와라, 언제나 반갑게 맞아 주마. 자, 그리스도가 너와 함께하길!"

이반 표도로비치는 여행용 마차에 올랐다.

"잘 가거라, 이반, 이 아비를 너무 욕하지는 말고!" 아버지가 마지막으로 소리쳤다.

스메르쟈코프며 마르파며 그리고리며 모든 집안사람들이 배웅을 하러 나왔다. 이반 표도로비치는 모두에게 10루블씩을 선사했다. 그가 이미 마차에 자리를 잡았을 때, 스메르쟈코프가 양탄자를 바로잡으려고 뛰어올랐다.

"봐라…… 이렇게 체르마쉬냐로 가는구나……." 이반 표도로비치의 입에서는 어쩐지 갑자기 이런 말이 터져 나왔는데, 이번에도 어제와 마찬가지로 꼭 저절로 말이 튀어나온 것 같았고 게다가 어떤 신경질적인 웃음도 함께 나왔다. 훗날에도 그는 오랫동안 이것을 회상하곤 했다.

"그러니까 사람들 말이 사실이었군요, 영리한 사람과는 얘기를 나누는 것도 흥미롭다더니." 스메르쟈코프는 이반 표도로비치를 뚫어져라 바라보면서 확고한 어조로 이렇게 대답했다.

여행용 마차가 곧 출발하여 질주하기 시작했다. 여행객은 마음속은 혼란스러웠지만, 그래도 주위의 들판이며 언덕이며 나무를, 자기 위로 맑은 하늘 높이 날아가는 기러기 떼를 탐욕스럽게 바라보았다. 그러자 갑자기 기분이 무척 좋아졌다. 그는 마부에게 말을 걸기도 했는데, 그 농부가 그에게 말한 것 중 어떤 것이 그의 호기심을 굉장히 자극했지만, 일 분 뒤에는 모든 것이 귀를 스쳐 지나갈 뿐, 정작 그 자신은 사실상 농부의 대답을 전혀 이해하지 못했다는 생각이 들었다. 그는 입을 다물고 있었는데, 그래도 좋았다. 공기는 깨끗하고 싱그럽고 선선했으며 하늘은 맑았다. 그의 머릿속으로 알료샤와 카체리나 이바노브나의 형상이 스쳐 지나갔다. 하지만 그는 조용히 웃으면서 사랑스러운 환영들을 향해 조용히 바람을 불어 보냈고, 그러자 그들은 날아가 버렸다. '그들을 위한 시간은 또 있을 테니까.'라고 생각하면서. 마차는 단숨에 역에 도착했고 말을 바꿔 맨 뒤 볼로비야로 질주하기 시작했다. '영리한 사람과 얘기를 나누는 것이 왜 흥미롭다는 거야, 그놈은 무슨 말을 하려고 했던 걸까?' 갑자기 그는 숨이 콱 막혀 왔다. '그나저나 나는 또 뭣 하러 그놈한테 체르마쉬냐에 간다고 고한 걸까?' 볼로비야 역에 도착했다. 이반 표도로비치가 여행용 마차에서 내리자 마부들이 그를 에워쌌다. 체르마쉬냐까지 12베르스타의 거리를 샛길을 따라 사설 역마차를 타고 가기로 정했다. 그는 말을 매라고 명령했다. 역사 안으로 들어가 주위를 둘러보고 역참지기의 아내를 힐끔 쳐다보는가 싶더니 갑자기 현관으로 되돌아 나왔다.

"체르마쉬냐는 필요 없겠네. 이보게들, 7시 기차에 댈 수 있겠나?"

"딱 맞게 갈걸요. 말을 맬까요?"

"얼른 매게나. 누구든 자네들 중 내일 시내에 가는 사람 없나?"

"있다마다요, 여기 미트리가 갈 겁니다."

"그럼, 미트리, 청 하나만 들어줄 수 없겠나? 우리 아버지 표도르 파블로비치 카라마조프 집에 들러 내가 체르마쉬냐에는 가지 않았다는 말을 좀 전해 주게. 어때, 그럴 수 있겠나?"

"여부가 있습니까요, 들르도록 하겠습니다. 표도르 파블로비치라면 아주 오래전부터 알고 있으니까요."

"자 이거, 차라도 한잔 사 마시게, 어차피 아버지한테는 못 받을 테니까……." 이반 표도로비치는 즐겁게 웃었다.

"그분이야 주실 턱이 없죠." 미트리도 웃었다. "고맙습니다, 나리, 꼭 그리합죠."

저녁 7시, 이반 표도로비치는 객차 안으로 들어가 모스크바로 내달렸다. '지난 일은 전부 다 안녕이다, 지난 세계는 영원토록 작별이다. 그 세계로부터 어떤 소식도, 어떤 응답도 없길. 옆도 뒤도 안 돌아보고 새로운 세계, 새로운 장소로 가는 거다!' 하지만 황홀감 대신 갑자기 칠흑 같은 어둠이 그의 영혼에 깃들었고, 마음속에서는 그가 이전에는 평생 느껴 보지도 못한 크나큰 비애가 울부짖기 시작했다. 그는 밤새도록 곰곰 생각에 잠겼다. 기차는 마냥 질주했고, 날이 밝을 때쯤 되어서야, 이미 모스크바로 들어서서야 그는 갑자기 정신이 번쩍 든 것 같았다.

"나는 야비한 놈이야!" 그는 속으로 이렇게 속삭였다.

한편, 표도르 파블로비치는 아들을 보내 놓고서 아주 흡족한 상태였다. 꼬박 두 시간을 그는 거의 행복감에 젖어 홀짝홀짝 코냑을 마셨다. 하지만 갑자기 집 안의 모든 사람들에게 아주 짜증나고 아주 불쾌한 사건이 하나 터져서, 표도르 파블로비치의 기분을 순식간에 엉망진창으로 망쳐 버렸다. 다름 아니라, 스메르쟈코프가 무엇 때문인지 지하 창고에 갔다가 위쪽 층계에서 아래로 굴러떨어진 것이었다. 그나마 다행인 것은 그 시각에 마르파 이그나치예브나가 마당에 있다가 적시에 그 소리를 들었다는 점이었다. 떨어지는 것은 보지 못했지만, 대신 비명 소리를, 특별하고 이상하지만 그녀로선 이미 오래전부터 익숙해진 비명 소리를 들었던 것인데—바로 발작이 시작될 때의 간질병 환자의 비명 소리였다. 그가 계단을 따라 아래쪽으로 내려가던 순간에 발작이 일어났고 그리하여 물론 그 즉시 의식 불명이 되어 아래로 굴러떨어진 것인지, 아니면 반대로, 이미 굴러떨어져 경련이 일어난 나머지 원래 간질병

자로 유명한 스메르쟈코프에게 발작이 일어난 것인지—이것을 가려낼 도리는 없었지만, 발견 당시 그는 이미 지하 창고의 바닥에서 입에 거품을 문 채 온몸을 부르르 떨고 빌빌 꼬면서 몸부림치고 있었다. 처음에는 다들 필경 팔이든 다리든 뭐가 하나 부러지고 타박상을 입었을 것이라고 생각했지만, 마르파 이그나치예브나의 표현대로 그래도 '주님의 보살핌'이 있었던 것이다. 즉, 그런 일은 전혀 없었으며, 다만 그를 지하 창고에서 끌어내어 하느님의 세상으로 옮기는 것이 힘들었을 뿐이다. 그래도 이웃 사람들한테 도움을 청하여 어떻게 일은 무사히 처리됐다. 이 모든 의식(儀式)이 거행되는 자리에 표도르 파블로비치도 나와 있었고 몸소 일을 거들기까지 했는데, 이루 말할 수 없이 깜짝 놀라서 어안이 벙벙해진 듯했다. 그러나 환자는 좀체 의식을 차리지 못했다. 발작은 잠깐 멈추는가 싶으면 그다음에 또 재발하곤 했으므로, 그가 다락방에서 역시나 무심결에 굴러떨어졌던 작년과 똑같은 일이 일어나리라고 다들 결론지었다. 그때 그의 정수리에 얼음을 얹어 주었던 일을 기억해 냈다. 지하 창고에 얼음이 좀 있어서 마르파 이그나치예브나가 그 일을 도맡았고, 표도르 파블로비치는 저녁 무렵에 의사 게르첸슈투베를 부르러 사람을 보냈으며 의사는 즉각 도착했다. 환자를 꼼꼼하게 진찰한 뒤(이 사람은 현을 통틀어 가장 꼼꼼하고 주의 깊은 의사였으며 나이가 지긋이 든 점잖은 어르신이었다.) 그는 어마어마한 발작이어서 '목숨을 위협할 수도 있다.'라고 결론짓고는 지금으로선 그, 즉 게르첸슈투베도 정확히는 잘 모르겠지만 지금의 처방이 도움이 되지 않는다면 내일 아침 다른 처방을 해 보겠노라고 했다. 환자는 곁채에, 그리고리와 마르파 이그나치예브나의 거처 옆에 있는 작은 방에 눕혔다. 그러고 나서 표도르 파블로비치는 하루 종일 불행에 또 불행을 맛보았다. 다름 아니라, 마르파 이그나치예브나가 식사를 준비해 왔는데, 스메르쟈코프의 요리와 비교하자면 수프는 '구정물이나 다름없었고' 닭고기는 너무도 바싹 말라서 도무지 씹을 수가 없었다. 마르파 이그나치예브나는 비록 주인 나리가 옳긴 옳지만 여하튼 쓴소리를 하니까 그 암탉은 안 그래도 원래 너무 늙은 놈이었고 그녀 자신은 요리사 일을 배운 적도 없노라고 반박했다. 저녁 무렵에는 다른 근심거리가 생겼다. 표도르 파블로비치에게 사흘째 앓고 있던 그리고리가 때마침 거의 몸져누웠으며 허리가 마비됐다는 보고가 들어온 것이다. 표도르 파블로비치는 가능한 한 일찍 차 마시는 일을 끝내고 혼자 집 안에 틀어 박혔다. 그는 무섭고도 불안한 기대감에 차 있었다. 실은, 때마침 오늘 밤에는 꼭 그루셴카가 오리라, 이번엔 거의 틀림없다면서 기다리고 있었다. 최소한, 아침 일찍부터 스메르쟈코프에게서 "그분이 꼭 오시겠다고 약속하셨습니다요."라는 거의 확증에 가까운 말을 받아 두었던 것이다. 심장이 그칠 줄 모르고 불안스럽게 고동치는 가운데, 영감은 자신의 텅 빈 방들을 이리저리 오가면서 귀를 기울였다. 어디선가 드미트리 표도로비치가 그녀가 올까 망을 보고 있을 수도 있으니까, 귀를 바싹 곤두세워야 했다. 그녀가 창문을 두드리자마자(스메르쟈코프는 어디서 어디로 두드려야 할지를 그녀한테 전했노라고 벌써 사흘 전에 표도로 파블로비치를 확신시켰다.) 가능한 한 빨리 문을 열어야 하고, 뭣에 소스라치게 놀라서, 얼토당토않게 후다닥 달아나 버릴 수도 있으니까 절대 단 일 초도 그녀를 괜히 현관에 세워 두어서는 안 된다. 표도르 파블로비치는 내심 부산스럽기 짝이 없었지만, 그의 마음이 이보다 더 달콤한 희망에 젖어 있었던 적은 결코 없었다. 이번에는 기필코 그녀가 오리라고 거의 확신에 차서 말할 수 있었으니 말이다……!

세계문학전집 154

카라마조프가의 형제들 1

1판 1쇄 펴냄 2007년 9월 20일
1판 77쇄 펴냄 2024년 8월 23일

지은이 표도르 도스토옙스키
옮긴이 김연경
발행인 박근섭, 박상준
펴낸곳 (주)민음사

출판등록 1966. 5. 19. (제 16-490호)
서울특별시 강남구 도산대로1길 62(신사동) 강남출판문화센터 5층 (우편번호 06027)
대표전화 02-515-2000 팩시밀리 02-515-2007
www.minumsa.com

ISBN 978-89-374-6154-5 04800
ISBN 978-89-374-6000-5 (세트)

* 잘못 만들어진 책은 구입처에서 교환해 드립니다.

세계문학전집 목록

1·2 **변신 이야기** **오비디우스·이윤기 옮김** 서울대 권장도서 100선

3 **햄릿** **셰익스피어·최종철 옮김** 서울대 권장도서 100선 | 미국대학위원회 선정 SAT 추천도서

4 **변신·시골의사** **카프카·전영애 옮김** 서울대 권장도서 100선

5 **동물농장** **오웰·도정일 옮김** 미국대학위원회 선정 SAT 추천도서 | 《타임》 선정 현대 100대 영문소설

6 **허클베리 핀의 모험** **트웨인·김욱동 옮김** 《뉴스위크》 선정 100대 명저

7 **암흑의 핵심** **콘래드·이상옥 옮김** 미국대학위원회 선정 SAT 추천도서 | 《뉴스위크》 선정 10대 명저

8 **토니오 크뢰거·트리스탄·베네치아에서의 죽음** **토마스 만·안삼환 외 옮김** 노벨 문학상 수상 작가

9 **문학이란 무엇인가** **사르트르·정명환 옮김**

10 **한국단편문학선 1** **김동인 외·이남호 엮음** 국립중앙도서관 선정 청소년 권장도서

11·12 **인간의 굴레에서** **서머싯 몸·송무 옮김**

13 **이반 데니소비치, 수용소의 하루** **솔제니친·이영의 옮김** 노벨 문학상 수상 작가

14 **너새니얼 호손 단편선** **호손·천승걸 옮김**

15 **나의 미카엘** **오즈·최창모 옮김**

16·17 **중국신화전설** **위앤커·전인초, 김선자 옮김**

18 **고리오 영감** **발자크·박영근 옮김**

19 **파리대왕** **골딩·유종호 옮김** 노벨 문학상 수상 작가 | 《타임》 선정 현대 100대 영문소설

20 **한국단편문학선 2** **김동리 외·이남호 엮음**

21·22 **파우스트** **괴테·정서웅 옮김** 서울대 권장도서 100선 | 미국대학위원회 선정 SAT 추천도서

23·24 **빌헬름 마이스터의 수업시대** **괴테·안삼환 옮김**

25 **젊은 베르테르의 슬픔** **괴테·박찬기 옮김** 논술 및 수능에 출제된 책(1998~2005)

26 **이피게니에·스텔라** **괴테·박찬기 외 옮김**

27 **다섯째 아이** **레싱·정덕애 옮김** 노벨 문학상 수상 작가

28 **삶의 한가운데** **린저·박찬일 옮김**

29 **농담** **쿤데라·방미경 옮김**

30 **야성의 부름** **런던·권택영 옮김**

31 **아메리칸** **제임스·최경도 옮김**

32·33 **양철북** **그라스·장희창 옮김** 노벨 문학상 수상 작가 | 서울대 권장도서 100선

34·35 **백년의 고독** **마르케스·조구호 옮김** 노벨 문학상 수상 작가 | 서울대 권장도서 100선

36 **마담 보바리** **플로베르·김화영 옮김** 서울대 권장도서 100선

37 **거미여인의 키스** **푸익·송병선 옮김**

38 **달과 6펜스** **서머싯 몸·송무 옮김**

39 **폴란드의 풍차** **지오노·박인철 옮김**

40·41 **독일어 시간** **렌츠·정서웅 옮김**

42 **말테의 수기** **릴케·문현미 옮김**

43 **고도를 기다리며** **베케트·오증자 옮김** 노벨 문학상 수상 작가 | 서울대 권장도서 100선

44 **데미안** **헤세·전영애 옮김** 노벨 문학상 수상 작가

45 **젊은 예술가의 초상** **조이스·이상옥 옮김** 서울대 권장도서 100선

46 **카탈로니아 찬가** **오웰·정영목 옮김**

47 **호밀밭의 파수꾼** **샐린저·정영목 옮김** 《타임》 선정 현대 100대 영문소설 | 미국대학위원회 선정 SAT 추천도서 | 《뉴스위크》 선정 100대 명저 | BBC 선정 꼭 읽어야 할 책

48·49 **파르마의 수도원** **스탕달·원윤수, 임미경 옮김**

50 **수레바퀴 아래서** **헤세·김이섭 옮김** 노벨 문학상 수상 작가 | 국립중앙도서관 선정 청소년 권장도서

51·52 **내 이름은 빨강** 파묵 · 이난아 옮김 노벨 문학상 수상 작가
53 **오셀로** 셰익스피어 · 최종철 옮김 서울대 권장도서 100선
54 **조서** 르 클레지오 · 김윤진 옮김 노벨 문학상 수상 작가
55 **모래의 여자** 아베 코보 · 김난주 옮김
56·57 **부덴브로크 가의 사람들** 토마스 만 · 홍성광 옮김 노벨 문학상 수상 작가
58 **싯다르타** 헤세 · 박병덕 옮김 노벨 문학상 수상 작가
59·60 **아들과 연인** 로렌스 · 정상준 옮김 《뉴스위크》 선정 100대 명저
61 **설국** 가와바타 야스나리 · 유숙자 옮김 노벨 문학상 수상 작가 | 서울대 권장도서 100선
62 **벨킨 이야기 · 스페이드 여왕** 푸슈킨 · 최선 옮김
63·64 **넙치** 그라스 · 김재혁 옮김 노벨 문학상 수상 작가
65 **소망 없는 불행** 한트케 · 윤용호 옮김 노벨 문학상 수상 작가
66 **나르치스와 골드문트** 헤세 · 임홍배 옮김 노벨 문학상 수상 작가
67 **황야의 이리** 헤세 · 김누리 옮김 노벨 문학상 수상 작가
68 **페테르부르크 이야기** 고골 · 조주관 옮김
69 **밤으로의 긴 여로** 오닐 · 민승남 옮김 노벨 문학상 수상 작가 | 미국대학위원회 선정 SAT 추천도서
70 **체호프 단편선** 체호프 · 박현섭 옮김
71 **버스 정류장** 가오싱젠 · 오수경 옮김 노벨 문학상 수상 작가
72 **구운몽** 김만중 · 송성욱 옮김 서울대 권장도서 100선 | 국립중앙도서관 선정 청소년 권장도서
73 **대머리 여가수** 이오네스코 · 오세곤 옮김
74 **이솝 우화집** 이솝 · 유종호 옮김 논술 및 수능에 출제된 책(1998~2005)
75 **위대한 개츠비** 피츠제럴드 · 김욱동 옮김 《타임》 선정 현대 100대 영문소설
76 **푸른 꽃** 노발리스 · 김재혁 옮김
77 **1984** 오웰 · 정회성 옮김 《타임》 선정 현대 100대 영문소설 | 《뉴스위크》 선정 100대 명저
78·79 **영혼의 집** 아옌데 · 권미선 옮김
80 **첫사랑** 투르게네프 · 이항재 옮김
81 **내가 죽어 누워 있을 때** 포크너 · 김명주 옮김 노벨 문학상 수상 작가
82 **런던 스케치** 레싱 · 서숙 옮김 노벨 문학상 수상 작가
83 **팡세** 파스칼 · 이환 옮김
84 **질투** 로브그리예 · 박이문, 박희원 옮김
85·86 **채털리 부인의 연인** 로렌스 · 이인규 옮김
87 **그 후** 나쓰메 소세키 · 윤상인 옮김
88 **오만과 편견** 오스틴 · 윤지관, 전승희 옮김 미국대학위원회 선정 SAT 추천도서
89·90 **부활** 톨스토이 · 연진희 옮김 논술 및 수능에 출제된 책(1998~2005)
91 **방드르디, 태평양의 끝** 투르니에 · 김화영 옮김
92 **미겔 스트리트** 나이폴 · 이상옥 옮김 노벨 문학상 수상 작가
93 **페드로 파라모** 룰포 · 정창 옮김
94 **차라투스트라는 이렇게 말했다** 니체 · 장희창 옮김 국립중앙도서관 선정 청소년 권장도서
95·96 **적과 흑** 스탕달 · 이동렬 옮김 국립중앙도서관 선정 청소년 권장도서
97·98 **콜레라 시대의 사랑** 마르케스 · 송병선 옮김 노벨 문학상 수상 작가 | BBC 선정 꼭 읽어야 할 책
99 **맥베스** 셰익스피어 · 최종철 옮김 서울대 권장도서 100선 | 미국대학위원회 선정 SAT 추천도서
100 **춘향전** 작자 미상 · 송성욱 풀어 옮김 서울대 권장도서 100선
101 **페르디두르케** 곰브로비치 · 윤진 옮김
102 **포르노그라피아** 곰브로비치 · 임미경 옮김
103 **인간 실격** 다자이 오사무 · 김춘미 옮김
104 **네루다의 우편배달부** 스카르메타 · 우석균 옮김

105·106 **이탈리아 기행** 괴테 · 박찬기 외 옮김
107 **나무 위의 남작** 칼비노 · 이현경 옮김
108 **달콤 쌉싸름한 초콜릿** 에스키벨 · 권미선 옮김
109·110 **제인 에어** C. 브론테 · 유종호 옮김 BBC 선정 꼭 읽어야 할 책
111 **크눌프** 헤세 · 이노은 옮김 노벨 문학상 수상 작가
112 **시계태엽 오렌지** 버지스 · 박시영 옮김 《타임》 선정 현대 100대 영문소설 | 《뉴스위크》 선정 100대 명저
113·114 **파리의 노트르담** 위고 · 정기수 옮김 미국대학위원회 선정 SAT 추천도서
115 **새로운 인생** 단테 · 박우수 옮김
116·117 **로드 짐** 콘래드 · 이상옥 옮김 《뉴스위크》 선정 100대 명저
118 **폭풍의 언덕** E. 브론테 · 김종길 옮김 미국대학위원회 선정 SAT 추천도서
119 **텔크테에서의 만남** 그라스 · 안삼환 옮김 노벨 문학상 수상 작가
120 **검찰관** 고골 · 조주관 옮김
121 **안개** 우나무노 · 조민현 옮김
122 **나사의 회전** 제임스 · 최경도 옮김 미국대학위원회 선정 SAT 추천도서
123 **피츠제럴드 단편선 1** 피츠제럴드 · 김욱동 옮김
124 **목화밭의 고독 속에서** 콜테스 · 임수현 옮김
125 **돼지꿈** 황석영
126 **라셀라스** 존슨 · 이인규 옮김
127 **리어 왕** 셰익스피어 · 최종철 옮김 서울대 권장도서 100선 | 《뉴스위크》 선정 100대 명저
128·129 **쿠오 바디스** 시엔키에비츠 · 최성은 옮김 노벨 문학상 수상 작가
130 **자기만의 방 · 3기니** 울프 · 이미애 옮김
131 **시르트의 바닷가** 그라크 · 송진석 옮김
132 **이성과 감성** 오스틴 · 윤지관 옮김
133 **바덴바덴에서의 여름** 치프킨 · 이장욱 옮김
134 **새로운 인생** 파묵 · 이난아 옮김 노벨 문학상 수상 작가
135·136 **무지개** 로렌스 · 김정매 옮김
137 **인생의 베일** 서머싯 몸 · 황소연 옮김
138 **보이지 않는 도시들** 칼비노 · 이현경 옮김
139·140·141 **연초 도매상** 바스 · 이운경 옮김 《타임》 선정 현대 100대 영문소설
142·143 **플로스 강의 물방앗간** 엘리엇 · 한애경, 이봉지 옮김 미국대학위원회 선정 SAT 추천도서
144 **연인** 뒤라스 · 김인환 옮김
145·146 **이름 없는 주드** 하디 · 정종화 옮김
147 **제49호 품목의 경매** 핀천 · 김성곤 옮김 《타임》 선정 현대 100대 영문소설
148 **성역** 포크너 · 이진준 옮김 노벨 문학상 수상 작가 | 퓰리처상 수상 작가
149 **무진기행** 김승옥
150·151·152 **신곡(지옥편 · 연옥편 · 천국편)** 단테 · 박상진 옮김 《뉴스위크》 선정 100대 명저
153 **구덩이** 플라토노프 · 정보라 옮김
154·155·156 **카라마조프가의 형제들** 도스토옙스키 · 김연경 옮김
157 **지상의 양식** 지드 · 김화영 옮김 노벨 문학상 수상 작가
158 **밤의 군대들** 메일러 · 권택영 옮김 퓰리처상 수상 작가
159 **주홍 글자** 호손 · 김욱동 옮김 서울대 권장도서 100선 | 미국대학위원회 선정 SAT 추천도서
160 **깊은 강** 엔도 슈사쿠 · 유숙자 옮김
161 **욕망이라는 이름의 전차** 윌리엄스 · 김소임 옮김
162 **마사 퀘스트** 레싱 · 나영균 옮김 노벨 문학상 수상 작가
163·164 **운명의 딸** 아옌데 · 권미선 옮김

165 모렐의 발명 비오이 카사레스 · 송병선 옮김
166 삼국유사 일연 · 김원중 옮김 서울대 권장도서 100선
167 풀잎은 노래한다 레싱 · 이태동 옮김 노벨 문학상 수상 작가
168 파리의 우울 보들레르 · 윤영애 옮김
169 포스트맨은 벨을 두 번 울린다 케인 · 이만식 옮김
170 썩은 잎 마르케스 · 송병선 옮김 노벨 문학상 수상 작가
171 모든 것이 산산이 부서지다 아체베 · 조규형 옮김 《타임》 선정 현대 100대 영문소설
172 한여름 밤의 꿈 셰익스피어 · 최종철 옮김 미국대학위원회 선정 SAT 추천도서
173 로미오와 줄리엣 셰익스피어 · 최종철 옮김 미국대학위원회 선정 SAT 추천도서
174·175 분노의 포도 스타인벡 · 김승욱 옮김 노벨 문학상 수상 작가 | 《타임》 선정 현대 100대 영문소설
176·177 괴테와의 대화 에커만 · 장희창 옮김
178 그물을 헤치고 머독 · 유종호 옮김 《타임》 선정 현대 100대 영문소설
179 브람스를 좋아하세요... 사강 · 김남주 옮김
180 카타리나 블룸의 잃어버린 명예 하인리히 뵐 · 김연수 옮김 노벨 문학상 수상 작가
181·182 에덴의 동쪽 스타인벡 · 정회성 옮김 노벨 문학상 수상 작가
183 순수의 시대 워튼 · 송은주 옮김 《뉴스위크》 선정 100대 명저 | 퓰리처상 수상작
184 도둑 일기 주네 · 박형섭 옮김
185 나자 브르통 · 오생근 옮김
186·187 캐치-22 헬러 · 안정효 옮김 《타임》 선정 현대 100대 영문소설
188 숄로호프 단편선 숄로호프 · 이항재 옮김 노벨 문학상 수상 작가
189 말 사르트르 · 정명환 옮김
190·191 보이지 않는 인간 엘리슨 · 조영환 옮김 《타임》 선정 현대 100대 영문소설
192 왑샷 가문 연대기 치버 · 김승욱 옮김 퓰리처상 수상 작가
193 왑샷 가문 몰락기 치버 · 김승욱 옮김 퓰리처상 수상 작가
194 필립과 다른 사람들 노터봄 · 지명숙 옮김
195·196 하드리아누스 황제의 회상록 유르스나르 · 곽광수 옮김
197·198 소피의 선택 스타이런 · 한정아 옮김 퓰리처상 수상 작가
199 피츠제럴드 단편선 2 피츠제럴드 · 한은경 옮김
200 홍길동전 허균 · 김탁환 옮김
201 요술 부지깽이 쿠버 · 양윤희 옮김
202 북호텔 다비 · 원윤수 옮김
203 톰 소여의 모험 트웨인 · 김욱동 옮김
204 금오신화 김시습 · 이지하 옮김
205·206 테스 하디 · 정종화 옮김 미국대학위원회 선정 SAT 추천도서 | BBC 선정 꼭 읽어야 할 책
207 브루스터플레이스의 여자들 네일러 · 이소영 옮김
208 더 이상 평안은 없다 아체베 · 이소영 옮김
209 그레인지 코플랜드의 세 번째 인생 워커 · 김시현 옮김 퓰리처상 수상 작가
210 어느 시골 신부의 일기 베르나노스 · 정영란 옮김
211 타라스 불바 고골 · 조주관 옮김
212·213 위대한 유산 디킨스 · 이인규 옮김 서울대 권장도서 100선 | BBC 선정 꼭 읽어야 할 책
214 면도날 서머싯 몸 · 안진환 옮김
215·216 성채 크로닌 · 이은정 옮김
217 오이디푸스 왕 소포클레스 · 강대진 옮김 서울대 권장도서 100선
218 세일즈맨의 죽음 밀러 · 강유나 옮김
219·220·221 안나 카레니나 톨스토이 · 연진희 옮김 서울대 권장도서 100선

222 오스카 와일드 작품선 와일드·정영목 옮김
223 벨아미 모파상·송덕호 옮김
224 파스쿠알 두아르테 가족 호세 셀라·정동섭 옮김 노벨 문학상 수상 작가
225 시칠리아에서의 대화 비토리니·김운찬 옮김
226·227 길 위에서 케루악·이만식 옮김 《타임》 선정 현대 100대 영문소설 | 《뉴스위크》 선정 100대 명저
228 우리 시대의 영웅 레르몬토프·오정미 옮김
229 아우라 푸엔테스·송상기 옮김
230 클링조어의 마지막 여름 헤세·황승환 옮김 노벨 문학상 수상 작가
231 리스본의 겨울 무뇨스 몰리나·나송주 옮김
232 뻐꾸기 둥지 위로 날아간 새 키지·정회성 옮김 《타임》 선정 현대 100대 영문소설
233 페널티킥 앞에 선 골키퍼의 불안 한트케·윤용호 옮김 노벨 문학상 수상 작가
234 참을 수 없는 존재의 가벼움 쿤데라·이재룡 옮김
235·236 바다여, 바다여 머독·최옥영 옮김
237 한 줌의 먼지 에벌린 워·안진환 옮김 《타임》 선정 현대 100대 영문소설
238 뜨거운 양철 지붕 위의 고양이·유리 동물원 윌리엄스·김소임 옮김 퓰리처상 수상작
239 지하로부터의 수기 도스토옙스키·김연경 옮김
240 키메라 바스·이운경 옮김
241 반쪼가리 자작 칼비노·이현경 옮김
242 벌집 호세 셀라·남진희 옮김 노벨 문학상 수상 작가
243 불멸 쿤데라·김병욱 옮김
244·245 파우스트 박사 토마스 만·임홍배, 박병덕 옮김 노벨 문학상 수상 작가
246 사랑할 때와 죽을 때 레마르크·장희창 옮김
247 누가 버지니아 울프를 두려워하랴? 올비·강유나 옮김
248 인형의 집 입센·안미란 옮김
249 위폐범들 지드·원윤수 옮김 노벨 문학상 수상 작가
250 무정 이광수·정영훈 책임 편집 서울대 권장도서 100선
251·252 의지와 운명 푸엔테스·김현철 옮김
253 폭력적인 삶 파솔리니·이승수 옮김
254 거장과 마르가리타 불가코프·정보라 옮김
255·256 경이로운 도시 멘도사·김현철 옮김
257 야콥을 둘러싼 추측들 욘존·손대영 옮김
258 왕자와 거지 트웨인·김욱동 옮김
259 존재하지 않는 기사 칼비노·이현경 옮김
260·261 눈먼 암살자 애트우드·차은정 옮김 《타임》 선정 현대 100대 영문소설
262 베니스의 상인 셰익스피어·최종철 옮김
263 말리나 바흐만·남정애 옮김
264 사볼타 사건의 진실 멘도사·권미선 옮김
265 뒤렌마트 희곡선 뒤렌마트·김혜숙 옮김
266 이방인 카뮈·김화영 옮김 노벨 문학상 수상 작가 | 미국대학위원회 선정 SAT 추천도서
267 페스트 카뮈·김화영 옮김 노벨 문학상 수상 작가 | 국립중앙도서관 선정 청소년 권장도서
268 검은 튤립 뒤마·송진석 옮김
269·270 베를린 알렉산더 광장 되블린·김재혁 옮김
271 하얀 성 파묵·이난아 옮김 노벨 문학상 수상 작가
272 푸슈킨 선집 푸슈킨·최선 옮김
273·274 유리알 유희 헤세·이영임 옮김 노벨 문학상 수상 작가

275 픽션들 보르헤스·송병선 옮김 서울대 권장도서 100선

276 신의 화살 아체베·이소영 옮김

277 빌헬름 텔·간계와 사랑 실러·홍성광 옮김

278 노인과 바다 헤밍웨이·김욱동 옮김 노벨 문학상 수상 작가 | 퓰리처상 수상작

279 무기여 잘 있어라 헤밍웨이·김욱동 옮김 미국대학위원회 선정 SAT 추천도서

280 태양은 다시 떠오른다 헤밍웨이·김욱동 옮김 《타임》 선정 현대 100대 영문 소설

281 알레프 보르헤스·송병선 옮김

282 일곱 박공의 집 호손·정소영 옮김

283 에마 오스틴·윤지관, 김영희 옮김

284·285 죄와 벌 도스토옙스키·김연경 옮김 미국대학위원회 선정 SAT 추천도서

286 시련 밀러·최영 옮김

287 모두가 나의 아들 밀러·최영 옮김

288·289 누구를 위하여 종은 울리나 헤밍웨이·김욱동 옮김 노벨 문학상 수상 작가

290 구르브 연락 없다 멘도사·정창 옮김

291·292·293 데카메론 보카치오·박상진 옮김

294 나누어진 하늘 볼프·전영애 옮김

295·296 제브데트 씨와 아들들 파묵·이난아 옮김 노벨 문학상 수상 작가

297·298 여인의 초상 제임스·최경도 옮김 미국대학위원회 선정 SAT 추천도서

299 압살롬, 압살롬! 포크너·이태동 옮김 노벨 문학상 수상 작가

300 이상 소설 전집 이상·권영민 책임 편집

301·302·303·304·305 레 미제라블 위고·정기수 옮김

306 관객모독 한트케·윤용호 옮김 노벨 문학상 수상 작가

307 더블린 사람들 조이스·이종일 옮김

308 에드거 앨런 포 단편선 앨런 포·전승희 옮김 미국대학위원회 선정 SAT 추천도서

309 보이체크·당통의 죽음 뷔히너·홍성광 옮김

310 노르웨이의 숲 무라카미 하루키·양억관 옮김

311 운명론자 자크와 그의 주인 디드로·김희영 옮김

312·313 헤밍웨이 단편선 헤밍웨이·김욱동 옮김 노벨 문학상 수상 작가

314 피라미드 골딩·안지현 옮김 노벨 문학상 수상 작가

315 닫힌 방·악마와 선한 신 사르트르·지영래 옮김

316 등대로 울프·이미애 옮김 《타임》 선정 현대 100대 영문소설 | 《뉴스위크》 선정 100대 명저

317·318 한국 희곡선 송영 외·양승국 엮음

319 여자의 일생 모파상·이동렬 옮김

320 의식 노터봄·김영중 옮김

321 육체의 악마 라디게·원윤수 옮김

322·323 감정 교육 플로베르·지영화 옮김

324 불타는 평원 룰포·정창 옮김

325 위대한 몬느 알랭푸르니에·박영근 옮김

326 라쇼몬 아쿠타가와 류노스케·서은혜 옮김

327 반바지 당나귀 보스코·정영란 옮김

328 정복자들 말로·최윤주 옮김

329·330 우리 동네 아이들 마흐푸즈·배혜경 옮김 노벨 문학상 수상 작가

331·332 개선문 레마르크·장희창 옮김

333 사바나의 개미 언덕 아체베·이소영 옮김

334 게걸음으로 그라스·장희창 옮김 노벨 문학상 수상 작가

335 **코스모스** 곰브로비치 · 최성은 옮김
336 **좁은 문 · 전원교향곡 · 배덕자** 지드 · 동성식 옮김 노벨 문학상 수상 작가
337·338 **암 병동** 솔제니친 · 이영의 옮김 노벨 문학상 수상 작가
339 **피의 꽃잎들** 응구기 와 시옹오 · 왕은철 옮김
340 **운명** 케르테스 · 유진일 옮김 노벨 문학상 수상 작가
341·342 **벌거벗은 자와 죽은 자** 메일러 · 이운경 옮김 퓰리처상 수상 작가
343 **시지프 신화** 카뮈 · 김화영 옮김 노벨 문학상 수상 작가
344 **뇌우** 차오위 · 오수경 옮김
345 **모옌 중단편선** 모옌 · 심규호, 유소영 옮김 노벨 문학상 수상 작가
346 **일야서** 한사오궁 · 심규호, 유소영 옮김
347 **상속자들** 골딩 · 안지현 옮김 노벨 문학상 수상 작가
348 **설득** 오스틴 · 전승희 옮김
349 **히로시마 내 사랑** 뒤라스 · 방미경 옮김
350 **오 헨리 단편선** 오 헨리 · 김희용 옮김
351·352 **올리버 트위스트** 디킨스 · 이인규 옮김
353·354·355·356 **전쟁과 평화** 톨스토이 · 연진희 옮김
357 **다시 찾은 브라이즈헤드** 에벌린 워 · 백지민 옮김
358 **아무도 대령에게 편지하지 않다** 마르케스 · 송병선 옮김
359 **사양** 다자이 오사무 · 유숙자 옮김
360 **좌절** 케르테스 · 한경민 옮김 노벨 문학상 수상 작가
361·362 **닥터 지바고** 파스테르나크 · 김연경 옮김 노벨 문학상 수상 작가
363 **노생거 사원** 오스틴 · 윤지관 옮김
364 **개구리** 모옌 · 심규호, 유소영 옮김 노벨 문학상 수상 작가
365 **마왕** 투르니에 · 이원복 옮김 공쿠르상 수상 작가
366 **맨스필드 파크** 오스틴 · 김영희 옮김
367 **이선 프롬** 이디스 워튼 · 김욱동 옮김 퓰리처상 수상 작가
368 **여름** 이디스 워튼 · 김욱동 옮김 퓰리처상 수상 작가
369·370·371 **나는 고백한다** 자우메 카브레 · 권가람 옮김
372·373·374 **태엽 감는 새 연대기** 무라카미 하루키 · 김난주 옮김
375·376 **대사들** 제임스 · 정소영 옮김
377 **족장의 가을** 마르케스 · 송병선 옮김 노벨 문학상 수상 작가
378 **핏빛 자오선** 매카시 · 김시현 옮김
379 **모두 다 예쁜 말들** 매카시 · 김시현 옮김
380 **국경을 넘어** 매카시 · 김시현 옮김
381 **평원의 도시들** 매카시 · 김시현 옮김
382 **만년** 다자이 오사무 · 유숙자 옮김
383 **반항하는 인간** 카뮈 · 김화영 옮김 노벨 문학상 수상 작가
384·385·386 **악령** 도스토옙스키 · 김연경 옮김
387 **태평양을 막는 제방** 뒤라스 · 윤진 옮김
388 **남아 있는 나날** 가즈오 이시구로 · 송은경 옮김
389 **앙리 브륄라르의 생애** 스탕달 · 원윤수 옮김
390 **찻집** 라오서 · 오수경 옮김
391 **태어나지 않은 아이를 위한 기도** 케르테스 · 이상동 옮김 노벨 문학상 수상 작가
392·393 **서머싯 몸 단편선** 서머싯 몸 · 황소연 옮김
394 **케이크와 맥주** 서머싯 몸 · 황소연 옮김

395 **월든** 소로·정회성 옮김
396 **모래 사나이** E. T. A. 호프만·신동화 옮김
397·398 **검은 책** 오르한 파묵·이난아 옮김 노벨 문학상 수상 작가
399 **방랑자들** 올가 토카르추크·최성은 옮김 노벨 문학상 수상 작가
400 **시여, 침을 뱉어라** 김수영·이영준 엮음
401·402 **환락의 집** 이디스 워튼·전승희 옮김
403 **달려라 메로스** 다자이 오사무·유숙자 옮김
404 **아버지와 자식** 투르게네프·연진희 옮김
405 **청부 살인자의 성모** 바예호·송병선 옮김
406 **세피아빛 초상** 아옌데·조영실 옮김
407·408·409·410 **사기 열전** 사마천·김원중 옮김 서울대 권장도서 100선
411 **이상 시 전집** 이상·권영민 책임 편집
412 **어둠 속의 사건** 발자크·이동렬 옮김
413 **태평천하** 채만식·권영민 책임 편집
414·415 **노스트로모** 콘래드·이미애 옮김
416·417 **제르미날** 졸라·강충권 옮김
418 **명인** 가와바타 야스나리·유숙자 옮김 노벨 문학상 수상 작가
419 **핀처 마틴** 골딩·백지민 옮김 노벨 문학상 수상 작가
420 **사라진·샤베르 대령** 발자크·선영아 옮김
421 **빅 서** 케루악·김재성 옮김
422 **코뿔소** 이오네스코·박형섭 옮김
423 **블랙박스** 오즈·윤성덕, 김영화 옮김
424·425 **고양이 눈** 애트우드·차은정 옮김
426·427 **도둑 신부** 애트우드·이은선 옮김
428 **슈니츨러 작품선** 슈니츨러·신동화 옮김
429·430 **세계의 끝과 하드보일드 원더랜드** 무라카미 하루키·김난주 옮김
431 **멜랑콜리아 I–II** 욘 포세·손화수 옮김 노벨 문학상 수상 작가
432 **도적들** 실러·홍성광 옮김
433 **예브게니 오네긴·대위의 딸** 푸시킨·최선 옮김
434·435 **초대받은 여자** 보부아르·강초롱 옮김
436·437 **미들마치** 엘리엇·이미애 옮김
438 **이반 일리치의 죽음** 톨스토이·김연경 옮김
439·440 **캔터베리 이야기** 초서·이동일, 이동춘 옮김
441·442 **아소무아르** 졸라·윤진 옮김
443 **가난한 사람들** 도스토옙스키·이항재 옮김
444·445 **마차오 사전** 한사오궁·심규호, 유소영 옮김
446 **집으로 날아가다** 랠프 앨리슨·왕은철 옮김
447 **집으로부터 멀리** 피터 케리·황가한 옮김

세계문학전집은 계속 간행됩니다.